송기숙 소설어 사전

송기숙 소설어 사전

민충환 편저

보고사

서문

소설가 송기숙에 대한 관심은 주로 그의 소설과 우리 민족이 처한 당면 현실과의 관련성을 규명하는 측면에서 이루어져 왔다. 이러한 담론의 형성은 유신체제 하에서 '시국선언'으로 구속, 80년 광주항쟁 시민수습위원회 활동으로 구속, 5·18연구소를 개설하여 5·18광주민중항쟁 사료 수집, 민주화를위한전국교수협의회 창립을 주도하고 초대 공동의장, 민족문학작가회의 회장, 총선연대 공동 의장 등 민주화 운동과 관련된 그의 이력과 무관하지 않다.

1935년 전남 장흥에서 태어난 송기숙은 1965년 『현대문학』에 문학평론 〈이상 서설〉이 추천을 받아 평론가로 등단했다. 그러나 1966년 단편 〈대리복무〉를 같은 지면에 발표하면서 평론가보다는 소설가로서 활발한 활동을 시작하게 된다. 그의 소설은 대개 역사의 밑바닥에서 숨쉬는 민중들의 삶에 초점을 맞추고 있는데, 특히 1974년 『현대문학』에 연재한 〈자랏골의 비가(悲歌)〉는 그의 문학적 역량을 잘 보여주는 걸작으로 평가된다. 그는 그 이후로도 줄곧 분단현실과 민중의 삶을 깊숙이 파고드는 역작을 속속 발표하며 민족문학의 중추적 역할을 담당하여 왔다.

송기숙의 작품들을 읽으며 나는 그의 소설에 대해 활발히 진행되어 온 그간의 연구들이 소설이 보여주는 독특한 언어표현에 별반 관심을 가지지 않았음에 새삼 의아해졌다. 그의 대표작 〈자랏골의 비가〉

를 보면 다음과 같은 내용이 나온다.

"그런께 시방 그것이 지서주임 송별금이란 것인가?"
"예, 맞소."
"**즉어멈 떡을 치다가 꼬꾸라질 놈덜**, 코빼기가 어디에 붙었는지 제대로 구경도 못한 자석, 송별금이 **뭣 몰라 삐틀어진 송별금이여?**"
"**상놈의 종자덜**, 촌놈덜 뜯어갈 속으로는 통 뚫애져서 **모구다리에 골 내네**, 시방."
"연주창 앓는 놈 갓끈을 핥아 처묵든지, 당창쟁이 콧구녁에서 마늘씨를 빼묵고 말제, 글안해도 **비패런 땅나구 귀 비어가고** × 비어 가고, 시방 **눈썹만 건드려도 똥이 나오게** 생겼는디, 송별금이 뭔 **개뼉다구** 몰라진 송별금이여. 아무리 **상놈의 살림은 양반의 양석**이라고 하제마는, 개새끼들이 해도 너무 하네."
"**건너다보니 절터요, 찌그르 하니 입맛이제.**"
"그런께 지놈이사 삼년이 아니라 삼십년을 있었더래도, 그 동안에 월급은 월급대로 다 타 처묵고, 또 그만치 따로 뜯어다 처묵었으면 그만이제, 인자 갈 적에는 싸갖고 가자고 보따리까지 벌리는 격액삭하고 비패런 촌놈덜, 인자 더 뜯어가자도 뜯어갈 것이 없은께, 그만치 뜯어가고도 양이 안 차거던, 어디 노래기 **푸념한 데 가서 시루변이나 쪼깐 얻어 처묵고** 가라고 그러소."
욕설을 퍼부어보았자 **물 건너 술막 꾸짖기**였으나, 욕설이 그칠 줄을 몰랐다.

인용된 부분만 해도 한 페이지가 채 못 되는 짧은 대화 속에 수많은 속담과 비속어·관용어가 등장한다. 송기숙의 소설에서 이러한 어휘들은 단순히 장식적 역할을 담당하는데 그치지 않는다. 그 표현들에 대한 이해가 없다면, 소설 속의 사건은 물론 등장 인물의 파악에도 어려움을 겪게 될 것은 자명한 일이다. 이 때문에 한 작가가 표현하고자 한 미적 진실에 보다 가까이 다가가기 위해서는 언어표현에 대한 이해가 전제되어야 할 것이다.

송기숙은 핍박받고 소외된 민중들에 대한 깊은 애정을 바탕으로, 그들의 삶을 변화시키기 위한 실천적 노력을 일관되게 소설로 형상화한 작가이다. 그 결과, 그의 소설에는 민중의 삶을 사실감 있게 드러내주는 가식 없는 상말과 속담, 음담 등이 걸쭉한 전라도 사투리 속에 용해되어 일대 만화경을 펼쳐 보이고 있다. 이러한 언어표현들은 그의 소설에 멋스러움을 더하여 고유의 미감을 형성한다. 그러나 다른 한편으로 그 같은 비표준어의 사용은 문학의 이해를 난해하게 만드는 요인이 되기도 한다. 그러한 어려움을 겪은 한 사람으로서, 독자들의 독서 과정에 미력이나마 도움이 되기 바라는 마음에 본서를 기획하게 되었다.

국내에는 아직까지 소설어에 대한 전문적 연구서들이 그다지 풍요롭지 못하다. 홍명희, 채만식, 김유정, 이문구, 그리고 『토지』 사전과 근래의 이광수 문학사전 정도라 할 수 있다. 이처럼 소설어에 대한 심층적이고 구체적인 탐구가 그다지 활발하게 이루어지지 못한 현실에서 이 책은 송기숙이라는 현존작가를 조명하는 연구에 하나의 작은 주춧돌이 될 수 있을 것으로 믿는다.

책을 준비하는 지난 3년여의 과정 동안 나는 어려운 말을 작가에게 직접 물어가며 그의 소설을 파고들었다. 국문학 전공자이자, 또 우리말에 대한 깊은 이해를 보여주는 작가는 표준어 사전에 나오는 어휘들조차 점검하고 수정하는 치밀함을 보여주었다.

'말은 이 죽이듯 한다'는 속담의 예를 한번 보자. 사전에는 '말을 할 때 조금도 남김없이 자세히 다 함을 이르는 말'(국립국어연구원 표준국어대사전, 금성판 국어대사전, 이기문 속담사전)로 풀이되어 있으며, 심지어 어떤 사전에는 '마른 이 죽이듯 한다'고까지 엉뚱하게 고쳐 표제로 올리고 있는 경우도 있는데, 본디 이 말은 이가 많던 옛날에, 틈만

나면 이를 잡아 거의 쌀알 만한 이를 엄지손톱으로 으깨 죽이면 똑 소리를 내며 터져 죽는 데서, 말을 똑똑 끊어 명백하게 하는 것을 이르는 말이다. 이 밖에도 '벙어리 차첩 맡았다' '부등가리 안옆 조이듯' '외기러기 짝 사랑' 같은 속담도 기존 사전의 오류를 극복하고 올바른 풀이로 바로 잡아놓았다.

    이같이 소중한 내용을 혼자만 알고 지나치기 아까워 한 권의 책으로 엮게 되었다. 따라서 이 책의 내용은 작가의 창작 의도를 가장 가까이서, 작가 자신의 목소리를 통해 재구성한 것이라 할 수 있다

    짧지 않은 시간 계속되었던 귀찮은 질문들에 언제나 성의를 다해 답해주신 송기숙 선생님께 지면을 빌려서 깊은 감사를 드린다. 끝으로 본서 출간을 기꺼이 응해주신 도서출판 보고사의 김흥국 사장님, 그리고 워드프로세서 작업을 도맡아 준 부천대학의 많은 제자들과 언제나 격려를 아끼지 않았던 동료 선생님들께 감사의 마음을 전하고자 한다.

2002년 한여름에
민 충 환 씀

차례

일러두기

1. 표제어는 송기숙 문학 작품에서 독특하게 사용되고 있는 속담·관용어·비속어 2500여 개를 가려 뽑아 가나다 순으로 나열하였다.

2. 각 항목은 표제어, 표제어 풀이, 예문, 예문 출전 순으로 수록하였으며, 장편소설 및 단행본은 『 』으로, 단편소설은 < >으로 표시하였으며 속은 속담, 비는 비속어, 그리고 예문 앞의 (산)은 소설이 아닌 일반 산문을 각각 뜻한다.

3. 이 책에서 사용한 텍스트는 다음과 같다.

   가. 작품집
    1. 『백의민족』, 형설출판사, 1972.
    2. 『자랏골의 비가』 상·하, 창작과비평사, 1977.
    3. 『도깨비 잔치』, 백제, 1978.
    4. 『재수없는 금의환향』, 시인사, 1979.
    5. 『암태도』, 창작과비평사, 1981.
    6. 『개는 왜 짖는가』, 한진출판사, 1984.
    7. 『그리고 기타 여러분』(송기숙 외 공저), 사회발전연구소, 1985.
    8. 『테러리스트』, 한겨레, 1986.
    9. 『어머니의 깃발』, 심지, 1988.
   10. 『파랑새』, 전예원, 1988.
   11. 『녹두장군』 1~12, 창작과비평사, 1989~1994.
   12. 『은내골 기행』, 창작과비평사, 1996.
   13. 『오월의 미소』, 창작과비평사, 2000.

   나. 산문집·기타
    1. 『녹두꽃이 떨어지면』, 한길사, 1985.
    2. 『교수와 죄수 사이』, 심지, 1988.
    3. 『보쌈』, 실천문학사, 1989.

4. 이 책의 표제어 풀이에 참조한 사전은 다음과 같다.

- 국립국어연구원 편, 「표준국어대사전」(두산동아, 1999)
- 금성출판사 편집부 편, 「국어대사전」(금성출판사, 1993 제5쇄)
- 김동언 편, 「국어비속어사전」(프리미엄북스, 1999)
- 김재홍 편, 「시어사전」(고려대출판부, 1997)
- 박영준·최경봉 공편, 「관용어사전」(태학사, 1996)
- 사회과학출판사 편, 「조선말대사전」(사회과학출판사, 1992)
- 송재선 편, 「상말속담사전」(동문선, 1993)
- 송재선 편, 「우리말 속담 큰사전」(서문당, 1983)
- 신기철·신용철 공저, 「새우리말 큰사전」(삼성출판사, 1974)
- 연세대학교 언어정보개발연구원 편, 「연세한국어사전」(두산동아, 1998)
- 원영섭 편, 「우리속담사전」(세창출판사, 1993)
- 이근술 저, 「우리 토박이말 3000」(토담, 1999)
- 이근술·최기호 편, 「토박이말 쓰임사전」 상·하(동광출판사, 2001)
- 이기문 편, 「속담사전」(일조각, 1980 개정판)
- 정종진 편, 「한국의 속담 용례사전」(태학사, 1993)
- 정태륭 편, 「우리말 상소리 사전」(프리미엄북스, 1994)
- 최기호 저, 「사전에 없는 토박이말 2400」(토담, 1996)
- 한글학회 편, 「우리말 큰사전」(어문각, 1991)

ㄱ

가난뱅이 밥 그리듯 무엇을 몹시 그리는 경우를 이르는 말. ¶더구나 골짜기에 박혀 있으니 들녘보다 햇볕 쪼이는 시간이 짧아, 벼포기들이 햇볕 그리기를 가난뱅이 밥 그리듯 하여, 들녘보다 여물이 좋게 보름은 늦게 들었다. 『녹두장군』④

가난이 원수 〔속〕 가난하기 때문에 하고 싶은 일을 못하게 되거나 고통을 받게 되니, 가난이 원수같이 느껴진다는 말. ¶ "하여간, 가난이 원순디, 저것을 그렇게 꼬셔가지고 자기 남편을 저것 방에 처넣어서 애기가 든 성부른께, 자기 남편을 저것한테 더 못 가게 하느라고, 다른 데다 따로 방을 얻어 몰래 살렸던 모냥입디다…" 『자랏골의 비가』

가난이 죄다 〔속〕 불행이나 고통의 원인이 가난일 경우 그 사실을 한탄하는 말. ¶ "그라고 말일세. 이런 자린게 말인데, 자네 마누라 참말로 착한 여자네. 여편네들은 다 불쌍혀." 조망태 말은 점점 잦아들고 있었다. 장춘동이가 귀를 갖다 댔다. "두벌 세벌 감싸고 살게. 가난이 죄제 자네 마누라한테 무슨 죄가 있겠는가? 이럴 때는 사내들이 열번 스무번…" 조망태는 입술만 들썩였다. 이내 고개가 옆으로 피글 돌아갔다. 『녹두장군』⑫

가난한 집 여편네 딸 이바지 짐 만지듯 딸의 이바지를 넉넉하게 보내지 못하는 아쉬움을 드러낸 말이니, 무엇을 제대로 주지 못해 애달파하는 모습을 일컫는 말. '이바지'는 결혼 후에 신부가 시댁으로 가져가는 정성 들여 준비한 음식. 또는, 결혼 예물. ¶여인네들은 반찬을 장만하면서 가난한 집 여편네 딸 이바지짐 만지듯 아쉬움을 감추지 못했다. 『암태도』

가는 날이 장날이라 〔속〕 일을 보러 가니 공교롭게 장이 서는 날이라는 뜻으로, 어떤 일을 하려고 하는데 뜻하지 않은 일을 공교롭게 당한 경우를 이르는 말. ¶ "문제철이가 지금까지 그렇게 배짱을 부리고 있던 것이 막판에는 저놈들을 저렇게 몰아넣을 꿍심이다가, 가는 날이 장날이라고 우리가 이렇게 나락을 베고 있으니 그대로 돌아간 것 같아.”『암태도』 ¶전봉준이 영을 받고 전라도 북부 지역 형편을 살피러 여러 고을을 돌고 있던 김갑수와 왕삼이·막동이는 마침 가는 날이 장날이어서 어제는 금산 봉기를 구경하고 오늘은 진산으로 왔다. 그들도 농민군들 속에 끼여 휩쓸려 다녔다.『녹두장군』⑧

가는베 재워 놓듯 명주처럼 승새가 가는 베는 한번 다독여 놓으면 그대로 있으므로 그렇게 다소곳한 모습을 이르는 말. ‘가는베’는 가는 올로 곱게 짠 베. ¶그 동안 영감은 작인들을 이렇게 다좇아 가는베 재워 놓듯 곰살갑게 굽혀 놨는데, 그런 놈들이 7할이 어떻고 8할이 어떻고 버티고 나오니 복장이 잠잠할 리 없었다.『암태도』

가는 정이 있어야 오는 정이 있다㊞ 남에게 도움을 주어야 자기도 남에게서 그만한 도움을 받을 수 있다는 말. 가는 떡이 커야 오는 떡이 크다. ¶“시방 내가 이런 어려운 부탁을 맨입으로 하자는 것이 아니네. 가는 정이 있어사 오는 정이 있더라고 나도 다 그만한 작정이 있어…” <당제>

가당 택도 없는 소리 ‘턱없는 소리’의 힘줌말. ‘택’은 ‘턱’의 사투리. ¶“…그런 돈은 못 물었어. 못 물제. 못 물고말고. 가당 택도 없는 소리!”『자랏골의 비가』

가르친 사위㊞ 창조성이 없이 무엇이든지 남이 시키는 대로만 하는 사람을 낮잡아 이르는 말. ¶강쇠는 여태까지 동네 사람들뿐만 아니라 자기 아내한테도 무슨 일이나 가르친 사위로 그저 시키는 대로만 고분고분했었으나, 이번에는 그것이 아니었다.『녹두장군』⑤

가마도 앞 교군 따라서 잰 걸음 느린 걸음이다 무슨 일이든지 앞장선 사람이 전후 사정을 판단하고 이끌기 마련이라는 말. ‘교군(轎軍)’은 가마꾼. ¶“행여 더는 그런 눈치 보이지 말게. 하찮은 가매 한나도 앞 교군 따라서 잰 걸음 느린 걸음인데, 처음에 나서기가 불행이제 동네 임직 명색이 파임을 내면 먼 꼴이 되겠어? 더구나, 가는 데마다 장흥 농민군 장흥 농민군, 치사 소리가 흐드러지는데, 그런 치사 소리를 어떻게 배반한단 말인가?” 이주언이는 잔뜩 일그러진 이태주 상판을 노려보며 내쏘았다.『녹두장군』⑨

가마솥에 기름 받는 소리 애가 닳는 소리를 이르는 말. ‘받다’는 액체가 바짝 졸아서 말라붙다는 뜻. ¶유월례는 가마솥에 기름 받는 소리로 애걸을 했다. 그때 만득이는 다시 몽둥이 잡은 손에 힘을 주며 소리를 질렀다. “호방놈의 새끼야 들어라. 만당간에 우리 마누래한테 손끝 한나만 대봐라. 그때는 니놈 간을 내서 씹을 거이다.”『녹두장군』③

가색지간난(稼穡之艱難) 가색은 곡식을 심고 거둔다는 뜻이므로, 농사짓기의 어려움을 일컫는 말. ¶“…가색지간난이란 말이 있다시피 농사일이라는 것이 피땀으로 뼈를 저미는 일이라는 것은 새삼스럽게 말하잘 것도 없을 것입니다…”『암태도』

가슴에 못을 박다 두고두고 잊을 수 없는 원통한 일을 당하게 하거나 또는 그런 일을 겪는 경우를 이르는 말. ¶혜선이를 만난 이야기며 은내골이 잿더미로 된 사실도 쓰고 그런 와중에서 차출만이 같은 자들은 또 얼마나 많은 사람들 가슴에 못을 박았는지 모른다고 넌지시 차출만이를 들먹이고 나서 지금도 자기는 6·25라면 은내골이 떠오를 지경이라고 썼다. 『은내골 기행』

가슴에 칼을 세우다 아주 모진 마음을 먹거나 흉칙한 결심을 하는 경우를 이르는 말. ¶"철없는 소리 마라. 그런 일을 당할 때는 누구든지 생초목에 불이 붙을 일이었을 것이다마는, 밤 잔 은혜 없고 날 샌 원수 없다고, 세월이 이만치 흘러서 석서그러질 만치는 석서 그러진 일인께, 잊을 만한 일은 다 잊고 살아사제, 몇십 년 저쪽 일을 가지고 항상 가슴에 칼만 세우고 있으면 세상을 어드크롬 살 것이냐?…"『자랏골의 비가』

가슴이 방망이질하다 심장이 몹시 두근거린다는 말. ¶"안심하게. 나루터에서는 으레 저것들이 설쳐." 임군한이가 달주를 돌아보며 안심시켰다. 그러나 달주는 가슴이 방망이질을 했다. 『녹두장군』①

가시방석에 앉은 것 같다 처지가 몹시 불안하다는 말. ¶술을 주고받을 때도 그럴싸한 격식이 있을 것 같고, 또 용배처럼 그럴 듯한 재담도 한 마디씩 해야 할 것 같은데, 달주는 그런 쪽으로는 애초부터 숙맥이었다. 더구나, 허허해도 빚이 천냥이더라고 마음은 고부에 얽매여 있는데다, 또 당장 칼을 겨누며 눈에 불을 켜고 쫓는 자들이 있으니, 두루 가시방석에 앉은 기분이었다. 『녹두장군』②

가시 센 고기가 맛도 좋다 어느 한 부분이 특이하면 다른 부분도 마찬가지라는 말. ¶"그 계집이 쉽게 들을까요?" "가시가 셀 거란 소린가? 가시 센 고기가 맛도 좋지. 여자란 더구나 그렇지 먼가? 가시

를 꺾고 먹는 맛을 자네도 알 만한 나이 아닌가? 미리 웬만큼 요리를 해서 바치게나. 그때부터 어사 유세는 반은 자네 것일세. 하하." 호방은 가성까지 섞어 한층 큰소리로 웃었다. 『녹두장군』⑧

가얏고 뒤에 체장수 따라가듯 가얏고(=가야금) 메고 가는 사람과 체를 짊어지고 가는 체장수는 겉 모양이 비슷하여 무슨 관계가 있는 것 같지만 실은 아무 상관없는 사람들이므로, 얼핏 무슨 관계가 있는 것 같지만 사실은 아무 관계도 없는 경우를 이르는 말. ¶텃골댁은…가얏고 뒤에 체장수 따라가듯, 장꾼들 뒤를 따라가며 가서 어떻게 돈을 마련할 것인가 궁리를 굴려보았다. 『자랏골의 비가』

가운뎃다리 卑 '남자의 성기'를 속되게 이르는 말. ¶"이 집에 가운뎃다리 하나 걸걸한 사람 있다든디 그 양반은 안 뵈네." 패거리 속에서 누가 소리를 지르며 나왔다. "킬킬." 『녹두장군』④

가운뎃뿌리 卑 가운뎃다리. ¶"…그 작자는 늙은 것이 그 가운뎃뿌리 놀리기를, 고지기놈 세곡섬에 색대질하듯 아무데나 푹푹 쑤시고 댕겼으니 탈이 안 붙고 배겨…"『녹두장군』①

가을 논고랑에 게살 치고 있는 격 가을 논고랑에 게살을 쳐놓으면 게들이 저절로 살을 타고 연달아 구럭으로 들어가므로, 한 가지 방법으로 계속 편하게 이득을 보는 경우를 이르는 말. '게살'은 게를 잡으려고 치는 대발. ¶"그런게 우리는 소리만 지르고 대창만 잘 대고 있으면 즈그덜이 달려와서 즈그덜 사날로 대창으로 뛰어내려서 죽어주는구만." 곁에서 누가 말하자 또 와크르 웃었다. "가을

논고랑에 게살 치고 있는 격이구만." 또 웃었다. 『녹두장군』⑨

가을 다람쥐 같다　바삐 싸대는 경우를 이르는 말. ¶"자네는 일을 쪼깨 거들라면 딸꾹스럽게 착 달라붙어서 거들든지 말든지 하제 가실 다람쥐맨키로 어디를 그로코 싸대고 댕긴가?" 『녹두장군』①

가을 메추리　메추리는 가을에 살이 찌므로, 살이 통통하게 찐 경우를 이르는 말. ¶"가을 메추리라더니 네놈도 어지간히 살이 쪘구나…" 『녹두장군』①

가을 식은 밥이 봄 양식이다⑤　풍족할 때 함부로 낭비하지 않고 절약하면 뒷날의 궁색을 면할 수 있음을 이르는 말. ¶"앞일을 생각해서 애끼자는 것이지라우. 가을 식은 밥이 봄 양석이더라고 있을 때 애껴 살자 이것이제 저수지 물 애껴 놨다가 어디로 수출 할라고 그러겄소." <뚱바우 영감>

가을 아침 안개는 중 대가리 깬다　가을 날씨는 아침에 안개가 끼면 낮에는 불볕이 나는 데서 나온 말. 아침 안개가 중 대가리 깬다. ¶"가을 아침 안개는 중대가리 깬다더니 웃날이 제대로 든다." 금방 안개가 걷히고 늦가을 두터운 햇살이 화창하게 쏟아졌다. 『녹두장군』⑪ ¶"가을 아침 안개는 중 대가리 깬다더니 햇살 한번 두껍다." <신 농가월령가>

가을에는 부지깽이도 덤벙인다⑤　가을걷이 때는 할 일이 많고 바빠서 누구나 나서서 거들게 됨을 이르는 말. ¶"지금 벼는 거진 거둬들였지만 아직 부지깽이도 덤벙거린다는 꽃등인데 집에 천장만장 쌓인 일을 놔두고 쉽게 털고 나오겠습니까?…" 『녹두장군』⑪

가을에는 손톱 발톱도 다 먹는다⑤　가을 철에는 매우 입맛이 당기어 많이 먹게 됨을 이르는 말. ¶"…가을 일에는 손톱 발톱도 먹는 것이고 아침 저녁 곁두리까지 다섯 때를 먹어도 뱃구레는 늘 장대 빠진 채일인 것이 가을 식성인데, 먹자고 하는 일에 점심 한 끼에 살림 무너진다고 그 극성인지, 빌어먹을 와놓고 봐도 얄밉네." 『암태도』

가을 밤알 자위 뜨듯　때가 되면 무리를 하지 않아도 일이 저절로 이루어지게 되는 경우를 이르는 말. '자위 뜨다'는 밤톨이 익어서 밤송이 안에서 밑이 돌아 떨어진다는 뜻. '자위'는 밤이 완전히 익기 전까지 밤톨이 밤송이에 붙어 있는 자리. ¶"이런 것이 다 우리 힘으로 되았겄는가? 자네들이 일을 이렇게 지대로 허논게 이런 일도 가을에 밤알 자위 뜨듯 자위가 떠서 제절로 떨어진 걸세. 우리는 그 밤알을 주워온 것뿐이야." 『녹두장군』⑤

가을일은 미련한 놈이 잘 한다⑤　가을일은 일감이 많기도 하고 모두 때를 다투므로 계획을 세워서 하기보다 닥치는 대로 해치우는 것이 더 낫다는 말. ¶가을일은 미련한 놈이 잘한다고 급한 대로 이것저것 한꺼번에 서둘렀더니, 처음에 심란했던 것보다 훨씬 쉽게 추려졌다. 『자랏골의 비가』 ¶"나도 며칠 동안 나락 훑다가 타작하다 술덤벙 물덤벙 정신없이 나댔는데 그래도 나올 때 본게 가닥이 방불하게 잡히기는 잡혔더만." "그래서 가을일은 미련한 놈이 잘한다는 것이제." 『녹두장군』⑪

가을철에는 죽은 중도 꿈지럭거린다⑤　가을에는 부지깽이도 덤벙인다. 가을철에는 죽은 송장도 꿈지럭거린다. 가을철에는 일이 바빠 누구든지 일을 한다는 말. ¶…그 팔월이 지나고 구월달에 접어들면서 제대로 가을걷이가 시작되자 자랏골 사람들은 이런 때 항용 쓰는 말마따나 죽었던 중도 꿈적거리게 일손이 바빴다. 『자랏골의 비가』 ¶만재는 요사이, 죽은 중도 꿈쩍거린다는 가을 일인데도 일을 하다가 저도 모르게 먼산을 바라보거나 수곡리 재를 건너다보고 있기가 일쑤였다. 『암태도』 ¶"…상강(9.25)이 지나면 죽은 중도 꿈적인다는 가을걷이가 시작됩니다. 지난번 전주에서 보리가을 닥칠 때 농사일 걱정에 도망친 사람들 보십시오. 도망치는 사람이 생기기 시작하면 산사태 무너지듯 할 텐데 그걸 어느 장사가 막습니까?" 『녹두장군』⑪

가재는 게 편이라`속` 됨됨이나 형편이 비슷하고 인연 있는 것끼리 서로 편이 되어 어울리고 사정을 보아줌을 이르는 말. ¶"…가재는 기 편이라고 난 놈들은 난 놈들로 묵제, 우리 같은 놈들 사정 생각해 줄 것 같어?" <유채꽃 피는 동네> ¶"가재는 게편이라고 하기야 자네들은 어렸을 때부터 한 패거리였으니까." <재수없는 금의환향>

가정(苛政)이 맹어호(猛於虎) 가혹한 정치는 호랑이보다 무섭다는 뜻으로, 혹독한 정치의 폐가 큼을 이르는 말. 출전은 《禮記》<檀弓篇> ¶"…'관의 늑탈은 호랑이보다 무서운 것이구나(苛政猛於虎)'하고 탄식을 하면서 관의 가렴주구가 얼마나 무자비한 것인가를 일깨웠다는 얘기가 있습니다…" 『녹두장군』⑤ ¶(산) 그러자, 그 여인은 고개를 절레절레 저으면서 시중에는 세금이 무서워 살 수가 없기 때문이라고 했다. 이 말을 전해들은 공자는 제자들을 향해 "보라, 가렴주구는 호랑이보다 무서운 것이니라"(苛政猛於虎)하고 탄식하였다. 『녹두꽃이 떨어지면』

가지밭에 든 놈 같다 얼요기나 군것질하려고 가지밭에 들어가서 가지 하나쯤 따는 것은 큰 허물은 아니지만 그래도 주인한테 들키면 여간 면구스럽지 않을 것이므로 그런 정도의 난처한 처지를 일컫는 말. ¶종수는 마치 자기가 죄라도 진 것 같아, 자꾸 말이 목구멍으로 기어들어갔다. 그러나, 일단 정확한 이야기를 해주어야 할 것 같아, 가지밭에 든 놈처럼, 죄없이 잔뜩 주눅이 들어 보리죽 끓는 소리로 대답을 하고 있었다. 『자랏골의 비가』 ¶얼마 전까지도 이렇게 모여 앉으면 문재철이 험담과 욕설로 요란스러웠으나 요 며칠 사이에는 가지밭에 든 사람들처럼 말이 없었다. 『암태도』

가타부타 말이 없다`속` 좋다거나 싫다거나 아무런 의사 표시가 없는 것을 이르는 말. ¶곰영감은 종수 아버지 말에 가타부타 말이 없이, 한참 동안 저쪽을 보며 곰방대만 빨고 있었다. 『자랏골의 비가』 ¶문삼만이는 여전히 고개를 숙인 채 가타부타 말이 없었다. 『암태도』 ¶"감영에서는 가타부타 말이 없은께 도무지 저 사람들 속내를 짐작할 수가 없소." 『녹두장군』②

각전 시정 통비단 감듯`속` 각전에서 장사하는 사람이 통비단을 감듯 한다 함이니, 무엇을 익숙하게 잘하는 경우를 이르는 말. 각전(各廛 ; 갖가지의 전. 여러 전방), 전(廛 ; 물건을 늘어놓고 파는 가게), 시정(市井 ; 저잣거리), 통비단(필째로 있는 비단). ¶영감은 그저 전답 사들이는 것에만 재미를 붙인 듯 논을 사도 동네 상답으로만 골라, 각전 시정 통비단 감듯 살림을 늘여가고 있었다. 그러나 영감은 그렇게 재산이 늘어가면 갈수록 차츰 구두쇠가 되어 갔다. <가남 약전>

간밤의 홍두깨다 너무 갑작스런 일을 당한 경우를 일컫는 말. ¶형 대신 입대하라는 것이다. 제대한 지 닷새, 미처 숨도 제대로 돌리지 못한 玄鎬에게 이건 간밤의 홍두깨였다. <대리복무>

간에 바람 들다 하는 행동이 실없다는 말. ¶"뭐 5백 냥?" "돈 5백 냥에 뭘 그리 놀라시오?" "간에 바람 든 소리 작작 해라. 아무리 돈이 천해졌다지만 돈 5백 냥이 서리 맞은 참나무 밑에 상수리 이파린 줄 아냐?" "요새 돈 5백 냥이 돈이오?" 『녹두장군』②

간이 서늘하다 위험하고 두려워 매우 놀라다. ¶"하여간에, 조정에 틀거지를 틀고 앉아 있는 대신놈들이 오늘 소식을 들으면 간이 써늘할 것이오." "지금은 간만 써늘하겠제마는, 며칠 뒤에는 모가지가 써늘할걸." 농민군들은 유쾌하게 웃었다. 『녹두장군』⑨

간이 올라붙다 곤경에 처하여 가슴이 잔뜩 조여드는 경우를 이르는 말. ¶"이게 어찌된 일이야?" 형사는 이층 건물 뒤를 뒤졌다. 아래층으로 내려갔다. 샅샅이 뒤졌다. 김이태는 간이 올라 붙었다. <부르는 소리>

갈보가 열녀 되랴 갈보는 이미 정조를 잃어 열녀가 될 수 없으므로, 가망 없는 일을 하려는 경우를 이르는 말. ¶"지금

도 왜놈들을 행여나 하고 믿고 있단 말입니까? 왜놈들이 어떤 놈들인데, 갈보가 열녀 되기를 바라지 그놈들을 믿느냐 말입니다." 『암태도』

갈보질도 해본 년이라야 엉덩이짓이 남아도 남는다 무슨 일이든지 해본 사람이라야 그 비슷한 솜씨가 남는다는 사실을 속되게 이르는 말. ¶"…하찮은 경마잽이도 솜씨로 하는 것이고, 갈보질도 해본 년이라사, 엉뎅이짓이 남았어도 남았을 것인께, 일본놈덜 앞에서 알랑거리던 놈덜을 이참에는 즈그덜 앞에 알랑거리라고 그런 것 같애…" 『자랏골의 비가』

갈수록 태산이라 憩 무슨 일이 점점 더 힘들고 어려워짐을 이르는 말. ¶"허나, 동학도들은 분명한 것 같으니 우리가 안다미를 쓸 수밖에 없잖겠소?" "허 참, 이거 갈수록 태산이구만." 『녹두장군』④

갈파래 다발 내맡기듯 갈파래는 부피만 크고 값이 싼 물건이므로, 귀찮은 일을 덤터기 씌우는 경우를 일컫는 말. '갈파래'는 갈파랫과의 해조. 청태(靑苔). ¶"그럼 다른 동네서도 나와서 거들라고 할 텐께 같이 수고를 해주시오." 서원은 갈파래 다발 내맡기듯 맡겨놓고 가버렸다. 『녹두장군』④

감나무 밑에 누워도 삿갓 미사리를 대어라 憩 감나무 밑에 가 누웠다고 홍시가 절로 입에 들어오는 것이 아니므로, 의당 자기에게 올 기회나 이익이라도 그것을 놓치지 않으려면 그만한 대비가 필요하다는 말. '미사리'는 삿갓 따위의 밑에 대어 머리에 쓰게 된 둥근 테두리. ¶"…이것은 우리 동학이 시운을 탄 것이온데, 운수라는 것이 예사 사람들한테도 어느 때나 돌아오는 것이 아

니듯이 이런 교단에도 그것은 마찬가질 줄 압니다. 감나무 밑에 누워도 삿갓 미사리를 두르라 했습니다. 시운이 닥쳤다고 절로 무슨 일이 되는 것은 아닐 것입니다. 그것을 내 것으로 만들려면 그 시운을 휘어잡아야 하지 않겠습니까?" 『녹두장군』① ¶"논 30두락이 뉘집 강아지 이름인 줄 아시오? 그런 횡재 덩어리가 굴러들어오는데 사립문도 안 열고 그냥 굴러들어오기를 기다리겠다는 거요? 감나무 밑에 누워도 삿갓 미사리를 두르라 했소." 『녹두장군』②

감 놓아라 배 놓아라 한다（속） 상을 차릴 때 여기다 감을 놓아라 저기다 배를 놓아라 한다는 뜻으로, 남의 일에 이래라저래라 주제넘게 참견하는 경우를 이르는 말. ¶"어떤 개 아들놈이 그 따위 소리를 하고 앉았어? 표를 그로크롬 긁어 갔으면 다리를 못 놔줄망정, 우리가 돈을 내서 하는 일에 감 놓아라 배 놓아라 되잖은 간섭이나 하고 나와? 그런 호박에 이빨도 안 들어갈 소리는 잘 모셔뒀다가 이담 선거 때나 씨부리고 댕기라고 그러소." 영감은 어림 반푼어치도 없는 소리라는 투였다. <가남 약전>

감투거리（비） 여자가 남자 위에 올라가 하는 성행위. ¶"그러라고 하면서 지난번에는 남자가 위로 올라갔지만, 여자가 위로 올라가면 지옥맛은 없어지고 천당 맛만 난다고 능갈을 쳤습니다. 그런께 이번에는 일을 감투거리로 치른 것이지요. 일을 끝내고 나서 천당맛이 어떠냐고 했더니, 이제야 천당이 뭔 줄 알겠다고 생글거리더랍니다." 『녹두장군』②

값싼 망둥이가 장마다 날까 망둥이처럼 흔한 고기도 바다 물때에 따라 잡히기도 하고 안잡히기도 하여 장마다 날 수 없듯이, 아무리 하찮은 일도 조건이 맞아야 된다는 말. ¶"금매, 값싼 망둥이가 장마다 나는 것도 아닐 것이고, 이런 존질이 있은다치라먼 지름길은 종종걸음이라고, 그런 말이 떨어지기가 바쁘게 꿩 뒤에 매 뜨듯 해사 쓸 것인디, 보고도 못 먹는 떡이그마." 『자랏골의 비가』

갓난아이 주린 젖 조르듯 해산 뒤 젖이 나오지 않아 갓난아이가 젖을 몹시 조르게 되는 경우에 빗대어, 아주 안타깝게 조르는 경우를 이르는 말. ¶"…돈 많은 놈이라 인삼 녹용으로만 장복을 해서 그런지 젊어서부터 그 길로는 이골이 난 놈인디, 70이 넘은 놈이 지금도 색 바치기를 갓난아이 주린 젖 조르듯 하는 모양이야. 그 집에 거느리고 있는 첩년만도 새파란 것으로만 서넛 된다니 말 다 했지 뭔가?…" 『녹두장군』①

갓방 인두 달듯（속） 옛날 갓 만드는 집 인두는 항상 화로불 속에 달아 있지만 겉으로는 재 속에 묻혀 달아 있는 것이 보이지 않는 것에 빗대어, 항상 혼자 애달아 있는 경우를 이르는 말. ¶…가슴은 항상 참새 가슴이고, 속은 갓방 인두 닳듯 달아있는 판인데, 이런 일이 벌어졌으니, 자다가 날벼락도 이런 벼락이 없었다. 『자랏골의 비가』

갓 쓰고 똥 누는 것도 제멋（속） 갓 쓰고 박치기 해도 제멋. 어떤 짓을 하거나 제 마음대로 하라고 내버려 두라는 말. ¶"…갓 쓰고 똥 누는 것도 제멋인게, 천주학쟁이를 며느리로 맞이하든지 절간 중년을 며느리로 맞이하든지 김진사 댁에서도 알아서 하라고 하시오…" 『녹두장군』④

갓 쓰고 망신ⓢ 한껏 점잖을 빼고 있는데 망신을 당하여 더 무참하게 되었음을 이르는 말. ¶놈들은 그 시퍼렇던 서슬이 도무지 걸레가 되어 동네를 빠져나가는 것이었는데, 갓 쓴 망신이듯 칼 찬 망신이라 추렷하기가 뚝비 맞은 장닭이었다. 『자랏골의 비가』 ¶"갓 쓴 망신이라더니 도리우찌 쓰고 망신하니 더 못 보겠네. 하하." "뚝비 맞은 강아지 같구마." 놈은 걸음을 멈추고 동네 사람들을 할기시 돌아봤다. 『암태도』

강 건너 불구경 자기와 관계없는 일이어서 관심이 없는 경우를 이르는 말. 강 건너 불보듯. ¶"야미 거름 살라고 박이 터질 때는 강 건너 불구경으로 손발 개 없고 앉았던 녀러 새끼덜이…" 『자랏골의 비가』 ¶"…부자간에 강 건너 불구경으로 어정쩡하고 있다가 그쪽으로 혼사나 서둘고 있었으니 동네 사람들이 좋게 보겠습니까?…" 『암태도』 ¶"…요새는 일상들 덕분에 셈속도 푼푼할 테니 모두 늦가을 오소리처럼 배때기에 기름기가 끼었을 걸세. 그런 눈으로야 시골 무지렁이 사정쯤 강 건너 불구경 아니겠어?" 『녹두장군』①

강 건너서 개울에 빠진다 큰 난관을 무사히 헤쳐 나온 사람이 하찮은 일로 곤경에 처하는 경우를 일컫는 말. ¶"…그로크롬 해서 그 무시무시한 국경 검문소까지 무사 통과로 넘어오는디, 강 건너서 개울에 빠는다고, 엉뚱한 데서 사고가 났다 그랴." 『자랏골의 비가』

강물이 넘치면 둑을 무너뜨린다 큰 위세 앞에 작은 위세는 저절로 꺾인다는 말. ¶(산) 7백 명은 결코 소수가 아니다. 그 7백 명의 생애를 건 결단을 과소 평가해서는 안 된다. 강물이 넘치면 둑을 무너뜨린다. 바로 이 7백 명은 그 둑을 처음 넘어가는 물줄기가 될지도 모른다. 『교수와 죄수 사이』

강아지ⓥ 범죄자들이 담배 낱개비를 이르는 은어. ¶"뭐 좀 안 챘나?" "멍멍이 다섯하고, 알 서른 개." "야, 됐다. 요새는 어찌나 단속이 심해졌던지, 강아지 하나에 런닝 팬티가 하나씩이야. 어제는 주철민이한테 심청이 두 개로 런닝 팬티 하날 받았다구." <사형장 부근>

강아지떼가 호랑이한테 덤비는 격 수만 믿고 분수없이 설치는 경우를 일컫는 말. ¶"내 말 똑똑히 들어. 우리들은 모두 긴다란다 하는 검객들이다. 느그들은 여태 창 한번 잡아본 적이 없는 뚝머슴들이다. 느그들 수가 아무리 많아도 강아지떼가 호랑이한테 덤비는 격이다. 우리는 죽어도 한 사람이 스무 명 서른 명은 베고 죽는다. 목숨이 아깝거든 물러서라!" 『녹두장군』⑥

강아지 못된 것 들에 가서 짖는다ⓢ 개 못된 것은 들에 가서 짖는다. 제가 마땅히 해야 할 일은 하지 아니하고 아무 소용도 없는 데 가서 잘난 체하고 떠드는 경우를 이르는 말. ¶"강아지 못된 것 들에 가서 짖는다듬마는, 요녀러 새끼덜이 집에서 하라는 일은 빌빌 봐 돔시롱 뭣이, 돼깽이를 키어서 으짜고 으째?" 『자랏골의 비가』 ¶"강아지 새끼 못된 것 들에 가서 짖는다듬마는 이 못된 녀러 것이 그런께 이참에는 그런 무지한 노름판에까장 찌어들었단 말이여! 허허 기가 찰 노릇이그마." <뚱바우 영감>

강아지한테 별성마마다 강아지는 천연두에 걸리지 않으므로 천연두를 전파하는 별성마마가 무섭지 않다는 말. '별성마마(別星媽媽)'는 호구별성(戶口別星), 집집마다 찾아다니며 천연두를 앓게 한다는 여자 귀신. ¶"…지금 의논이 액막이 의논이라 했은께 말인디, 시방 자네들이 따지고 있는 액은 나 같은 사람한테는 강아지한테 별성마마여. 저놈들이 나와서 사람을 후려갈 때는 돈 나오라고 후려갈 것인디, 천렵에 깨구락지도 유분수제 나같이 살 한점 발겨낼 데가 없는 놈을 멋하자고 후려가겠는가?…" 『녹두장군』①

강아지도 손 늘 날이 있다㊓ 개도 손 들 날이 있다. 개에게도 손님이 올 날이 있으니, 하물며 사람에게야 어찌 없겠느냐는 말. ¶"우리 집에서 밥이래도 한 끼니 해사 쓸 것인디, 으짜께라우?" 유월례는 대접할 걱정부터 했다. "강아지한테도 손들 날이 있다등마는 우리한테도 손님이 왔구만잉." 만득이는 혼자 허허 웃었다. 『녹두장군』④

강아지 흥정에도 성애술이 있다 아무리 하찮은 일에도 격식이나 절차가 있다는 말. '성애술'은 흥정이 이루어졌을 때 내는 술. ¶"강아지 흥정에도 성애술이 있다는 것인디, 이런 일에 술 한잔이 없어사 쓰겄소." 이주호는 어디 눌렸다 풀려난 사람처럼 호기가 살아났다. 『녹두장군』⑤

강약이 부동 강약부동(强弱不同). 둘 사이의 힘이나 역량이 한편은 강하고 한편은 약하여 서로 상대가 되지 않음. ¶(산)"…저건 에비라는 무서운 짐승이니 너도 찬찬히 잘 봐두었다가 저놈이 나타나기만 하면 뒤도 돌아보지 말고 무작정 도망쳐! 귀때기가 떨어져도 내

중에 찾고 우선 도망부터 쳐 놓고 보는 거야." "허허. 호랑이 잡아먹는 담비가 있다더니, 백수지왕인 호랑이 아저씨께서 그렇게 겁을 먹는 것은 살다가 이번에 처음 봅니다." "이놈아, 강약이 부동인데, 무서워 할 것은 무서워해야지 내가 너같이 미련한 놈인 줄 아느냐?" 『보쌈』

강원도 꿀장사 어수룩한 사람. 또는 겉은 어수룩해 보이나 속은 영악한 사람을 일컫는 말. ¶"아짐씨, 저놈덜 야바우하는 솜씨나 쪼깐 구경하고 가씨요. 술 취한 놈 달걀 파는 것도 아니고, 강원도 꿀장사도 저보담은 낫을 걸요." 『자랏골의 비가』

갖바치 날 물리듯㊓ 갖바치 내일 모레. 갖바치가 약속한 기일을 잘 물리는 데서 나온 말로, 약속한 날짜를 이날저날 자꾸 미룬다는 뜻. '갖바치'는 예전에 가죽신을 만드는 일을 직업으로 하던 사람. ¶갖바치 날 물리듯 가을 추수 끝으로만 물려온, 자잘한 살림 속의 쓰임새며, 성도 이름도 제대로 알 수 없는 가지가지 잡부금에, 터주에 놓고 조왕에 놓고 나면, 아무리 손톱여물을 썰어보았자, 마포바지에 방귀 꼴도 아닐 것이었다. 『자랏골의 비가』

같은 값이면 다홍치마㊓ 값이 같거나 같은 노력을 들일 바에야 이왕이면 보기 좋거나 생색나는 것을 택한다는 말. '다홍치마'는 다홍빛 치마. ¶"같은 값인 다치라면 다홍치매여." 『자랏골의 비가』 ¶"…기왕 대명절을 명절답게 쇠려면 오랜만에 쇠고기도 한번씩 맛보게 소를 잡는 것이 좋겠소 기왕 돈 들일 것, 같은 값이면 다홍치마라고 소문도 그렇고

두루 좋겠소. 지난번 삼례 때는 되아지를 잡아논게 못쓰겠습디다." 정익서 말에 모두 웃었다. 『녹두장군』⑥ ¶"그러니까 같은 값이면 다홍치마라구 기왕 빠질려면 여자가 빨는 쪽이 건지는 쪽에서도 신명이 나겠습니다 그려." <어느 여름날>

개 같은 놈 ⑪ 못마땅한 사람을 욕하는 말. ¶"어쩐 일이오?" "선반 까치발이 가랭이가 찢어져부러서 그런 것이나 한나 없으까 하고 올라와 봤네. 자네도 시방 속이 속이 아니제. 그 개 같은 놈들." 박문장은 담배쌈지를 꺼내며 장춘동이 곁에 앉았다. 『녹두장군』③

개같이 벌어서 정승같이 쓴다 ㉿ 벌기는 천하게 벌어도 쓰기는 보람 있게 써야 한다는 사실을 이르는 말. ¶"그런께 개같이 벌어서 정승같이 쓴다는 소리는 벌기는 어떻게 벌었든 쓰기를 쓸 데다 씀속있게 쓰라는 소린디 저 아래 의병비 같은 건 오죽이나 생색나는 일이난 말이야." <재수없는 금의환향>

개구리가 주저앉는 뜻은 멀리 뛰자는 뜻이다 ㉿ 개구리가 주저앉는 것은 그냥 앉는 것이 아니라 멀리 뛰기 위한 예비동작이라는 뜻으로, 아무리 평범한 행동이라도 다 목적이 있음을 이르는 말. ¶"…개꾸락지도 움츠릴 때는 뛰자는 속이고, 굼뱅이도 지붕에서 떨어질 때는 다 지 속이 있는 것 아닌가? 그런디, 이런 큰 일에 그런 총찮은 짓을 할 것이여, 다 속이 있어서 그러제." 『자랏골의 비가』 ¶"…속말로 개구리가 움츠리는 것은 멀리 뛰자는 속셈이라더니 이제야 그분의 큰뜻을 알 것 같소." 임문한은 감탄해 마지않았다. 『녹두장군』①

개구리도 움쳐야 뛴다 ㉿ 개구리가 그저 쉽게 뛰는 것 같지만 몸을 일단 움츠려서 뛸 준비를 해야 뛸 수 있다는 뜻으로, 아무리 급한 일이라도 준비해야 할 것은 해야 한다는 말. ¶"…개구락지도 움쳐야 뛴다고, 어뜨크롬 쪼깐쓱 정신을 차리게 해사 물읍을 물든지 잡부금을 물든지 할 것 아니냔 말이요." 『자랏골의 비가』

개구리 밭에 돌멩이 던지듯 이쪽에서는 별다른 의도나 악의가 없이 하는 일이지만 상대방에게는 심각한 해를 입히는 경우를 이르는 말. '개구리 밭'은 개구리가 많이 몰려 있는 곳. ¶"…그런데도 작자들은 흔한 표현으로 개구리 밭에 돌멩이 던지듯 마치 장난처럼 간첩을 보내 이쪽 독재체제만 굳혀주고 이쪽의 소위 인민들한테는 말할 수 없는 고통을 주고 있습니다. 『은내골 기행』

개구리 밭에 태질 옛날 탈곡할 때 개상에다 벼이삭 따위를 후려쳤듯이 힘없는 사람들을 전후 가리지 않고 가혹하게 닦달하는 경우를 일컫는 말. ¶사람이고 짐승이고 걸리는 대로 걷어차고, 이건 미친개 걸레뭉텅이 찢어발기는 것도 아니고, 개구리밭에 태질도 아니었다. 『자랏골의 비가』 ¶"…기는 놈, 꼬꾸라지는 놈, 손으로 맥없이 머리통을 끌어안고 땅바닥에 고개를 처박고 있는 놈, 이건 도무지 난장박살에 달걀 바가지도 아니고 개구리밭에 태질도 아니었다. <가남약전>

개구리 삼킨 뱀 대가리 같다 되잖게 목에 힘을 주고 나서는 경우를 일컫는 말. ¶"…청지기면 청지기답게 찾아오는 손님한테 다소곳해야지 개구리 삼킨 뱀대가리같이 턱주가리를 뻣뻣하게 치켜들기는? 그게 어디서 배워먹은 버르장머리냐?"『녹두장군』②

개구멍에 망건 치기[속] 개가 들어오는 것을 막으려고 개구멍에 망건을 쳤다가 망건마저 못 쓰게 만들었다는 뜻으로, 되지도 않을 일을 어리석게 했다가 도리어 망신을 당하는 경우를 이르는 말. ¶"그것이 다 개구먹에 망건 치기제, 무슨 놈의 말밑천이 되기는 될 것이여? …"『자랏골의 비가』

개꼬리 삼 년 두어도 황모 못 된다[속] 개의 꼬리는 아무리 오래 두어도 값신 속제비의 꼬리털이 될 수 없다는 뜻으로, 본바탕이 나쁜 것은 아무리 노력해도 그 본바탕을 바꾸지 못하는 경우를 이르는 말. '황모(黃毛)'는 족제비의 꼬리털. 붓을 매는 데에 씀. ¶"개꼬리 황모 못 된다더니 옛말 그른 데 없습디다."『암태도』 ¶"저놈들이 며칠 갇혔다 나간다고 정을 다셔라우? 개꼴랑지 삼 년 물에 당과논다고 황모 될 성부르요? 우리가 뒤꼭지에다 사자밥 짊어지고 대창 들고 나설 때는 먼 맘 묵고 나섰소? 칼을 뽑았으면 하다못해 무시토막이라도 잘라사지라우. 대의가 멋이라요?…"『녹두장군』⑥

개 눈에는 똥만 보인다[속] 평소에 자신이 좋아하거나 관심을 가지고 있는 것만이 눈에 띈다는 사실을 이르는 말. ¶"말씀드리기가 황송하오나, 까놓고 말씀을 드리면 개한테는 똥만 보이더라고 장사치들이란 놈들은 저부터가 돈밖에 모르는 놈들이 아닙니까?…"『녹두장군』⑤

개 닭 보듯[속] 소 닭 보듯. ¶이주호는 장문식이가 옛날 달주 아버지 김한수씨하고 등소 소두를 섰다가 경을 친 영감이라는 것도 알고 있었다. 그러나 평소에는 개 닭 보듯 서로 인사도 하는 둥 마는 둥 하는 사이였다.『녹두장군』⑤

개도 무는 개를 돌아보고 가시 있는 나무는 쉽게 못 꺾는다[속] 남들이 만만하게 여기지 못할만한 구석이 있어야 그만한 대접을 받는다는 말. ¶"…개도 무는 개를 돌아보고 가시 있는 나무는 쉽게 못 꺾는다. 조병갑이 탓하고 이용태 탓할 것 없다. 백성들이 모두 병신들인게 그놈들은 병신을 병신 취급을 한 것뿐이다. 병신을 병신 취급한다고 탓만 하고 있으면 두 벌로 병신이다. 기어코 죽이자." 오기창이는 이를 악물었다.『녹두장군』⑩

개도 부지런해야 더운 똥을 얻어먹는다[속] 누구든지 우선 부지런해야 웬만하게 살아갈 수 있다는 사실을 이르는 말. ¶"달식아, 이사짐 뒤에 강아지 따라 댕기대끼 한다등마는 니가 꼭 그짝 났구나. 어디 부지런히 한번 따라댕게 봐라. 강아지도 부지런히 싸대사 더운 똥을 묵드라고 혹시 알겄냐?" 아까 그 젊은이가 핀잔을 주자 모두 와 웃었다.『녹두장군』⑥

개도 짖는 개를 돌아본다[속] 개도 무는(사나운) 개를 돌아본다. 너무 온순하게만 지낼 것이 아니라 자기를 해치려는 사람에게는 가만히 있지 말고 강하게 대해야 한다는 것을 이르는 말. ¶"…우리가 참고 있는 것을 은인자중으로 보는 것이 아니라 못난 꼴로 본다 이 말씀입니다. 속담에 개도 짖는 개를 돌아본다고 했습니다…"『녹두장군』②

개떡[비] 하찮은 것을 속되게 이르는 말. ¶이렇게 냉수 마시고 김칫국 마셨던 입을 가신 사람들은 과거 안볼 제는 시관이 개떡인 법이라. 『자랏골의 비가』

개떡 같다 〔비〕 마음에 들지 않음을 속되게 이르는 말. ¶"…아무리 생각을 해도 일들을 개떡같이 하고 있구만잉…" 『녹두장군』⑥

개똥밭에 굴러도 이승이 좋다 〔속〕 아무리 천하고 고생스럽게 살더라도 죽는 것보다는 사는 것이 나음을 이르는 말. '개똥밭'은 개똥이 많아 더러운 곳. ¶"…사람이랏 것이 세상에 나와 갖고 사대 육신이 썽썽해사, 개똥밭에서 이슬을 받아묵고 궁글어도 그것이 사람이제, 소리 듣는 귀가 귓창이 터져부렀으먼 사람 그것이 사람일 것이여?…" 『자랏골의 비가』 ¶"개똥밭에 뒹굼시롱 이슬을 받아묵고 살아도 이승이 좋더라고, 염라대왕이고 옥황상제고 다 쓸디없고, 종으로 살더래도 이승이 낫겄던 모냥이제." "산 개가 죽은 정승보다 낫다는 말도 있잖어?" 『녹두장군』③

개똥에 미끄러져 쇠똥에 입 맞추듯 곤경을 당하고 그 곤경이 원인이 되어 더 험한 곤경을 당하는 경우를 일컫는 말. ¶맞아 어혈이 든 데나 골병에는 똥물밖에 약이 없다는 것이어서, 개똥에 미끄러져 쇠똥에 입 맞추듯, 똥일로 얻어맞고 또 이번에는 그 똥물로 어혈을 풀어야 할 판이니, 똥같은 인생이라 똥같은 일만 장마에 개똥참외 열리듯 줄레줄레 뒤를 이었다. 『자랏골의 비가』

개똥주머니에 마패 들었다 〔속〕 떨어진 주머니에 어패 들었다. 겉모양은 허술하고 보잘것없으나 실속은 뜻밖에 훌륭하고 소중하다는 말. ¶(산) "보잘것없는 시골 선빕니다마는 개똥주머니에도 마패

가 들었더라고 계책이 문제지 사람이 문제겠습니까?…" 『보쌈』

개똥참외도 먼저 맞추는 이가 임자라 〔속〕 아무리 하찮은 물건이라도 먼저 발견하는 사람이 가지게 마련이라는 말. '개똥참외'는 사람이나 마소의 똥 속에 있던 참외 씨가 자라서 철 늦게 열매를 맺는 야생 참외. ¶개똥참외도 먼저 맞추는 것이 임자라고 마음은 바쁜데 정작 줄을 대보자니…거기까지 줄을 댈 길이 아뜩했다. 『자랏골의 비가』

개망나니 〔비〕 하는 짓이나 성질이 아주 못된 사람을 낮잡아 이르는 말. ¶"개망나니들, 오늘은 오겠지. 오냐, 붙기만 해라, 그저!" 백산에 몰려앉은 농민군들은 태인 쪽 들판을 건너다보며 이를 악물고 별렀다. 『녹두장군』⑨

개 머루 먹듯 〔속〕 개가 약과 먹듯. 개가 머루의 겉만 핥듯이, 자기가 하는 일의 내막을 전혀 모르고 시키는 대로만 하는 경우를 이르는 말. ¶"…그래도 먼 속이 있기는 있는 것 같아서 개 머루 묵대끼 하라는 대로 그 사람을 찾아가서 피물장사를 시작했구나…" 『자랏골의 비가』

개 물려보냈나 무엇을 쉽게 잃었거나 잊었음을 빈정대는 말. ¶"어차피 언젠가는 본색이 드러나고 말 것인데?" "하하, 임군한이 그 배짱은 갑자기 개 물려보냈는가? 여자 팔자란 그러기 뒤웅박 팔자란 걸세. 처음에는 좀 놀랄지도 모르지만 팔자에 무른 것이 여잘세. 또 얼금뱅이도 정이 들면 얽은 구석구석까지 정이 든다지 않던가?" 김오봉은 제 혼자 차 치고 포 치고 아퀴를 짓다시피 했다. 『녹두장군』①

개미 쳇바퀴 돌듯 한다 〔속〕 개미가 쳇바퀴

를 따라 끝없이 돌기만 하듯이, 뱅뱅 돌
아서 항상 제 자리로 돌아오는 경우나,
아무 소득 없이 헛수고만 하는 경우를
이르는 말. ¶"그 도둑놈이 한밤중에 동
네에서 소를 끌고 내빼는디 이놈이 안
잽힐란게 내빼도 얼마나 정신없이 내뺐
겠소? 제놈은 죽고살고 내뺀다고 저녁
내내 오금에서 불이 나고 발부리에서
부싯돌이 번쩍이게 내뺐는디 아침에 날
이 새서 본게 저 선돌만 뱅뱅 돌고 자빠
졌더라요. 개미 쳇바퀴 돌대끼 선돌만
돌다가 날이 새부렀으니 그놈 신세가
무엇이 되았겄소?" 동네 사람들이 와
웃었다. 『은내골 기행』

개 발에 놋대갈⚅ 개 발에 주석편자.
'놋대갈'은 놋쇠로 만든 대갈(말굽에 편
자를 박을 때 쓰는 징). ¶…양문이가
여기다 묏등을 써서, 관운 재운을 눈에
안보이는 명당 소응으로만이 아니고,
그것을 짐으로 져갈 것이어서 그렇게
짊어져간다 하더라도, 개발에 놋대갈로
제 분수에 닿지 않는 그런 관운 재운에
시샘할 위인붙이들은 당초에 아니었다.
『자랏골의 비가』

개 발에 주석 편자⚅ 제격에 맞지 않게
지나친 치장을 하여 도리어 보기 흉한
경우를 이르는 말. '주석'은 은백색 광
택이 나고 녹이 잘 슬지 않는 금속.
'편자'는 말굽에 대어 붙이는 쇳조각.
¶…인감도장이고 땡감도장이고, 나한
테는 그것이 개발에 주석 편자도 아니
고, 쇠발에 놋대 괄도 아닌 물건인디,
그런 것이 찍혔다고 생살을 뜯기랴? 가
당 택도 없는 소리!" 『자랏골의 비가』

개밥에 도토리⚅ 개밥에 도토리가 섞인
것 같다는 뜻으로, 축에 끼지 못하고

따돌림 당한 사람을 낮잡아 이르는 말.
¶"흐음, 저것들이 개밥에 도토리 불거
지듯 제 본색이 드러나는구나." 『녹두장
군』②

개 버릇 남 못 준다⚅ 제 버릇 개 못 준
다. ¶"…개버릇 남 못 준다고 그런 사
람 앞에서 양아치 말버릇이 나오면 우
리는 갈데없이 조마리(고물 작업장 주인),
시나이(넝마주이)가 되고 만단 말이야."
<어머니의 깃발>

개 보름 쇠듯⚅ 즐거이 지내야 할 명절
따위에 먹지도 못하고 무미하게 지내게
됨을 이르는 말. ¶"어허, 깐딱했더라면
농민군들 보름이 개보름이 될 뻔했는디,
충청도 큰애기 덕분에 보름 한번 걸게
쇠보겠네…" 『녹두장군』⑥

개 부리듯 하다 천하게 부려먹는 경우
를 이르는 말. ¶(산) 관속들은 최환락
이가 고분고분할 때 공사간에 그를 개
부리듯 했던 터라, 그가 그들의 비행을
손바닥 들여다보듯 속속들이 알고 있었
으므로 만약 그가 심통을 부리기로 하
면 그런 비행을 목사한테 모두 꼬아
바치지 말라는 법도 없었기 때문이었
다. 『보쌈』

개불두덩⚆ 개 자지나 보지 언저리의 두
둑한 부분. ¶"젠장 뉘집 산소는 개 불
두덩인가? 많이 있는 사람 놔두고 으째
서 날보고 그런 소리여?" 『자랏골의 비가』

개뼉다구⚆ 개뼈다귀. 아주 못마땅한 것
을 이르는 말. ¶"…송별금이 뭔 개뼉
다구 몰라진 송별금이여…" 『자랏골의
비가』

개새끼도 물 때는 으르렁거린다 개도 공
격을 할 때는 미리 경고를 한다는 말.
¶"개새끼도 물 때는 으르렁거리고 무는

법인디, 머라 말 한마디도 없더란 말이오?”『녹두장군』②

개에게 메스꺼 속 개가 더러운 것을 보고 메스꺼을 느끼지 못한다는 데서, 염치나 체면을 전혀 모르는 경우를 이르는 말. ¶“그 사람이야 이미 내논 역적으로 너울 쓰고 나온 것이 언제부터라고, 그런 사람한테 체면 타령이 개한테 메스꺼이지 당할 소리라고 그런 소리를 하고 있어?”『암태도』

개 입에 벼룩 씹듯 속 이따금 우연히 맞히거나 좋은 성과를 얻었을 때를 이르는 말. ¶“…으짜든가, 그 영감 미친 영감 아니던가? 그리고 본께 서울서 으쪘다는 소리도, 그 미친 입으로 개 입에 벼룩 씹히대끼 떠버린 소린 것 같네.”『자랏골의 비가』 ¶…이놈들은 처음부터 간평이라는 것을 나오면, 전체 수확고는 제쳐두고 자기들이 받아갈 소작료만 이 논에서 얼마, 이 논에서는 얼마, 이렇게 개 입에 벼룩 씹듯 하고 돌아다녔다. <가남 약전> ¶논두렁이 길어 거기까지가 보지도 않고 저만치 서너배미나 먼 데다 논을 두고 개 입에 벼룩 씹듯 소작료를 먹인 것이다. <청개구리>

개자식 비 개새끼. 됨됨이나 행동이 형편없는 사람을 모욕적으로 이르는 말. ¶…자랏골 놈으로 거기에 입침을 흘리지 않는다는 놈이 있다면 그것은 개자식이었다.『자랏골의 비가』

개천에서 용 난다 속 미천한 집안에서 훌륭한 사람이 나는 경우를 이르는 말. ¶“개천에서 용 난다는 말이 있기는 하제마는, 그것이 말인게 쉽게, 이 숭악한 산골 칡더월 밑에서 저런 큰 인물이 날 줄이사 세상에서 뉘 아들 놈이 꿈이나

꿨냔 말이여?”『자랏골의 비가』 ¶“또 있어. 작두장사는 어디서 났관대?” “그려그려. 아따, 만득이 말이여, 그런 데다 내논게 인물도 헌칠하고 개천에서 용 난다듬마는 항우장사가 따로 없더라.”『녹두장군』⑩

개코 냄새를 잘 맞는 경우를 비유로 쓴 말. ¶“요새 멍멍이 장사 잘되나?” “이 새끼들이 냄새를 맡은 것 같아서 당분간 쉬고 있어요. 개코를 가지고 있는 새끼들이 있어서 자칫하다가는 짜드락 나요.” <사형장 부근>

개탕을 치다 개탕대패로 나무에 반듯하게 홈을 내듯이 사리를 제대로 따져 경위를 바르게 잡는 경우를 이르는 말. ‘개탕’은 인방이나 문틀에 미닫이나 미세기 창문을 끼우는 홈. ¶“이런 식으로 계산을 해나가다가는 나중에는 비패런 당나구 귀 비어내고 × 비어내고 우리 짓은 한푼도 남는 것이 없을 것인께 이참에 그런 개탕을 쳐도 야물딱지게 칩시다.” <가남 약전>

개털 비 집이 가난해서 영치금이 없는 죄수를 가리키는 교도소의 은어. 반대말은 범털. ¶(산)“아까 그 애는 왜 때렸지?” “나쁜 자식이에요. 그 방에는 개털들 뿐인데, 녀석이 날마다 애들을 들들 볶잖아요. 몇 번이나 그러지 말라고 했는데도 한 귀로 듣고 흘려 버리길래 손을 좀 봤죠.”『교수와 죄수 사이』

개판 비 온당하지 못하고 엉망인 형국을 이르는 말. ¶“조정군은 말이 군대지 개판도 그런 개판이 없습니다. 조정이나 조정 군대나 썩을 대로 썩어서 더 썩을 것도 없습니다.”『녹두장군』⑨ ¶(산)지난번 교원 인사도 말로만 어쩌고 어쪘

지 내용은 개판이었던 모양이니 딱한 일이다. 『녹두꽃이 떨어지면』

개 팔아 한반 돌 팔아 한반 개돌 합쳐 양반宿 양반을 같잖게 여겨 놀림조로 이르는 말. '돌'은 돼지의 옛말. ¶"허허, 이게 무슨 행팬가?" "행패라니? 자네가 도포를 걸쳤으면 걸쳤제, 요새 시속으로 보면 개팔아 한반, 돌팔아 한반, 개돌 합쳐 양반인지, 개다리소반인지, 밑빠진 쟁반인지 어느 놈이 안다던가?" 왕삼이가 능글거리며 쏘아댔다. 『녹두장군』②

개 패듯 하다 함부로 몹시 치고 때리다. ¶놈들은 잡히는 대로 몽둥이를 들어 형제를 개 패듯이 후려갈겼다. 『자랏골의 비가』 ¶농민군이 온다는 소리를 듣고 읍내 사람들이 아전들 집에 들이닥쳐 아전들을 잡아 개 패듯이 패고 그들집에 불을 질러버렸다는 것이다. 『녹두장군』⑨

개 핥은 죽사발 같다宿 싹싹 쓸어 남긴 것이 없을 뿐만 아니라 그릇까지 깨끗함을 이르는 말. ¶"히히, 맛이 좋구나." 작자들은 다투어 집어먹었다. 삽시간에 임금 수라는 개 핥은 죽사발이 되고 말았다. 장 종지에 장만 남았다. "임금한테 갖다 주어라." 장교가 내시들한테 소리를 질렀다. 『녹두장군』⑪ ¶일년 공들인 일이 하루 아침에 개 핥은 죽사발처럼 말끔히 쓸려버린 것이다. <가남약전>

갯바위에 굴적 붙듯 무엇이 단단하게 어겹이 져서 붙어 있는 상태를 이르는 말. ¶그것을 기화로 이 환곡을 주고받고 보관하는 데 갖가지 농간이 갯바위에 굴적 붙듯 더뎅이가 져버렸다. 『녹두장군』⑥

갯바위에 붙은 굴적 같다 갯바위의 굴적처럼 거칠고 어기차다는 말. ¶세 사람다 바닷가 출신으로 헤엄도 잘 쳤지만 갯바람에 씻기고 사나운 파도를 헤치며 단련된 사람들이라 몸도 건장하고 성격도 갯바위에 붙은 굴적 같은 악바리들이다. 『녹두장군』⑫

거둥에 망아지 새끼 따라다니듯宿 어미말이 임금을 태운 수레를 끌고 가니 망아지 새끼가 뒤따라 다니듯 한다는 뜻으로, 필요도 없는 사람이 쓸데없이 여기저기 귀찮게 따라나님을 이르는 말. '거둥'은 임금의 나들이. ¶"…생호랑이 코에 불침을 놓는 일에, 니가 무슨 상관이 있다고 거동에 망아지 새끼 따라 나서 대끼 니가 따라나서기를 나선다는 말이여, 응?" 『자랏골의 비가』

거리귀신한테 내전밥 내주듯 별로 중요하지 않은 사람을 곁붙이로 대접하는 경우를 이르는 말. '내전밥'은 무속에서 머리가 아플 때 접시에 담아 머리맡에 두는 밥으로 자고 일어나서 내다 버리면 아픈 머리가 낫는다고 함. ¶…부조에 말썽을 부리면 그 나졸 귀신이 발동을 하지 않을까 사위스럽기도 한 모양이었다. 거리귀신한테 내전밥 내주듯 쌀한두 됫박으로 잡귀를 내치자는 심사인 듯했다. 『녹두장군』①

거리 부정난 송장 객사한 송장을 이르는 말. ¶거리 부정난 송장을 묻을 때의 그 영감 으등그러진 상판이 떠올라 달주는 혼자 웃었다. 『녹두장군』④

거목에 낫 걸기宿 장나무에 낫 걸기. ¶동네 사람들이 양문이 욕설을 퍼부을때는, 제 아무리 그래 보아야 거목에 낫

걸기고 향청 머슴놈 싸리비 얼러 메고 나서는 얼뜬 수작들로 보여 속으로 코방귀를 뀌었던 것인데, 『자랏골의 비가』

거미줄로 방귀 동이듯 金 지극히 약한 거미줄로 형체도 없는 방귀를 동여맨다는 것이니, 어떤 일에 실속 없이 건성으로만 하는 체하는 모양을 이르는 말. ¶"방도가 먼 방도가 있겠소? 그놈은 시방 폴쎄 속거천리 내빼부렀을 것인디, 그놈도 없는디서 방도를 찾아봤자 거무줄로 방구 동치기제 멋이겠소?" 오기창이는 장특실이를 허옇게 건너다보며 핀잔을 주었다. 『녹두장군』⑥

거시기하다 머시기하다. ¶"듣고 본게 그럴 법도 하네마는 사람이란 것은 원래 육지에서 살게 생긴 짐승이라 암만해도 그런 깊은 섬에 들어가서 살기는 여간 거시기하잖을까 싶어?" "그러기는 하요마는 배고픈 설움에다 대겠소?" 『녹두장군』①

거적문에 은 돌쩌귀 金 지나친 치장을 하여 어울리지 않는 경우를 이르는 말. '돌쩌귀'는 문짝을 문설주에 달아 여닫는 데 쓰는 두 개의 쇠붙이. ¶짚신에다 장원이라니 거적문에 은 돌쩌귀같이 엉뚱한 소리여서 잠시 어리둥절했다가, 두레 장원에다 빗대니까 그럴 법하다 싶은 모양이다. 『녹두장군』⑥

거지같은 새끼 卑 하는 짓이 지저분한 사람을 욕으로 하는 말. ¶"거지같은 새끼들!" 그는 앉자마자 책을 펴들며 욕부터 했다. <백의 민족·1968년>

거짓말도 잘 하면 오려논 닷 마지기보다 낫다 金 사람은 임기응변하는 말주변이 있어야 한다는 말. '오려논'은 올벼를 심어 놓은 논. ¶"맞네. 억지가 낫을 때는

사촌보담 낫고, 거짓말도 잘하먼 올벼논 닷마지기보담 나은 것이어. 이런 데 하는 거짓말이사 놈을 둘러묵자는 것이 아닌께 그럴듯하게 해." 『자랏골의 비가』

거짓말을 냉수 먹듯 한다 거짓말을 조금도 거침없이 한다는 말. ¶"확실하게 말을 하고도 거짓말을 냉수 먹듯 하는 놈들인데 저놈들의 그런 어정쩡한 말을 믿고 여태까지 싸운 것을 포기하고 돌아간단 말이요? 저놈들의 그런 잔꾀에 넘어가면 지금까지 싸운 것이 모두 허사가 돼요." 『암태도』

거짓말하고 뺨 맞는 것보다 낫다 金 무엇이 이루어지기를 간절히 바랐다가 겨우 아쉬움을 면할 정도로 이루어졌을 때 자위하는 말. 일테면 무엇을 좀 얻어먹을까 하고 나대다가 겨우 입가심이나 했을 경우에 자위하는 말. ¶하여간 귀신 접대하여 그른 데 없는 것이니 거짓말하고 뺨 맞는 것보다 낫겠지 하고, 기왕에 그러기로 하면 흔연스럽게 하자 해서 소작인들은 한 사람도 엄발나는 사람이 없이 너도 나도 돈을 냈고, 서태석도 이것이 내가 할 부조겠구나 싶어, 떳떳하지 못한 공사였으나 내색을 하지 않고 앞교군을 섰던 것이다. 『암태도』

걱정도 팔자 金 하지 않아도 될 걱정을 하거나 관계도 없는 남의 일에 참견하는 사람에게 놀림조로 쓰는 말. ¶"아무케나 그런 말을 해도 괜찮을까?" "아따, 걱정도 팔자요잉. 멋이 애러서 말 못하겠소." 강쇠네는 이런 일에는 자기가 미립이 났다는 듯 큰소리를 쳤다. 『녹두장군』③ ¶"걱정도 팔자요. 닭장태 안 틀어본 사람이 누가 있다고 그런 걱정을 다 하고 댕기요 이런 속은 두령들 문자속보

담 훤한게 염려 노시오.”『녹두장군』⑨

걱정이 태산이다 해결해야 할 일이 너무 많거나 복잡하다는 말. ¶“무자년 가뭄 안 겪어보셨소? 술객들 이야기를 그대로 믿는 것은 아닙니다마는, 금년에는 무자년 가뭄보다 더 무서운 가뭄이 닥칠 것이라 해서 지금 백성들은 걱정이 태산이오…”『녹두장군』④ ¶“…우리나라 상인들은 조금만 더 있으면 난군들 기세가 금방 팔도로 번질 것 같다고 걱정이 태산입니다…”『녹두장군』⑨

건너다보니 절터요 찌그르르하니 입맛㊂ 걸핏하면 먹을 것을 주지 않나 하고 기대하는 것을 놀림조로 이르는 말. ¶이 새 저새 해도 먹새가 제일이라, 항상 가난한 자랏골 사람들의 주린 창자로는, 건너다보니 절터요, 찌그르 하니 입맛이라, 발길이 음식 끝으로 뻗을 수밖에 없었는데,『자랏골의 비가』

건더기 주고 국물 얻어 먹는다 실속은 빼앗기고 헛물만 켜는 경우를 일컫는 말. ¶“…다리 놓아서 존 일 볼 놈덜은 따로 있는데, 어뜬 시러배 아들놈이 건대기 주고 국물 얻어 처묵을라고, 산주들한테까지 가서 아쉰 소리 해다가 나무를 내는고?”『자랏골의 비가』

건밭에 수숫대 같다㊂ 비옥한 밭에서 껑충하게 자란 수숫대는 속이 그만큼 비어 있으므로, 키만 크고 속이 차지 않은 사람을 이르는 말. 건밭에 부룻대 같다. ‘건밭’은 흙이 기름지고 양분이 많아 농작물이 잘되는 밭. ¶“…원자폭탄인가 뭣으로 미친개 호랭이 잡대끼 일본놈덜을 잡기는 잡았제마는, 속은 건 밭에 쒸시대맨키로 겅둥겅둥한 놈덜인 모냥이여.”『자랏골의 비가』

건잠도 모르고 깨춤이라 일이 어떻게 돌아가는 줄도 모르고 좋아서 까불어 대는 경우를 일컫는 말. ‘건잠’은 일이 제대로 된 실상. ‘깨춤’은 깨를 볶을 때 톡톡 튀듯 몸집 작은 사람이 경망스럽게 까부는 짓. ¶“망둥이가 뛴께 전라도 빗자루도 뛴다등마는, 이 잣것덜이 건잠도 모르고 깨춤이네, 시방, 이것이 사람 할 짓거리라고 했으까? 세상에 이것이 사람 할 짓거리여?”『자랏골의 비가』 ¶“이 빠진 강아지 언똥에 덤빈다더니, 그러니까 건잠도 모르고 깨춤이었그만…”『암태도』

걸레 같은 놈㊌ 행실이 지저분한 사람을 욕으로 하는 말. ¶“걸레 같은 놈들.” 한쪽에서는 숨을 씨근거리며 이죽거렸다.『녹두장군』⑧

걸레를 씹어 먹었나㊂ 지저분한 소리가 심할 경우 핀잔주는 말. ¶“…으째서 동네 회의석상에서 걸레 씹어 묵는 소리로 난리가 난리여?…”『자랏골의 비가』

걸음아 날 살려라㊂ 급히 도망갈 때 몹시 빨리 뛰어감을 이르는 말. ¶이 어처구니없는 광경을 멍청하게 보고 있던 일행 한 놈은 미척미척 뒷걸음질을 치더니 걸음아 날 살려라고 후다닥 달아났다. <가남 약전>

검거든 얽지나 말지㊂ 얽거든 검지나 말지. 이미 있는 결함에 다른 결함이 겹쳐 있다는 말. ¶“잣것이 검을라면 얽지나 말랬더라고, 키도 키제마는 꼬부라지기도 이것이 꼭 새나꾸 날 풀어논 것맨키로 뱅뱅 돌려감시롱 꼬부라져 놔서, 이것을 어뜨크롬 눕혀사 다른 놈하고 궁합을 지대로 마춰 눕힐 것인고, 남생이 등거리 맞추기었어.”『자랏골의 비가』

겉 다르고 속 다르다(송) 겉으로 드러나는 행동과 마음속으로 품고 있는 생각이 다름을 이르는 말. ¶"…관가 사람들 하는 짓은 항상 겉 다르고 속 달라서 종잡을 수 없습니다. 아까 말씀들 하신 대로 겉으로는 감결(甘結)이니 뭐니 내려놓고 속살로는 다른 수작을 부려 우리 두령들부터 잡아들이라고 법석을 떨지도 모를 일이지요…" 『녹두장군』③

겉볼안 겉을 보면 속까지도 짐작하여 알 수 있다는 말. ¶"겉볼안이라고 사람이 저만치 생겼으면 속도 실할 것 같구만." "듣던 대로 웬만한 것 같아." "그려, 조정에서 맘묵고 사람을 골라 보낸 것 같네. 아이고, 인저부터 발 뻗고 쪼깨 살아 볼란가?" 노인들은 박원명의 온화한 생김새와 그의 말에 적이 안심이 된 것 같았다. 『녹두장군』⑦ ¶(산) 키도 보통 키보다 되레 작고 몸피도 헐깡하여 '傑'자가 도무지 걸맞지 않아 보인다. 그러나 찬찬히 보면 외모가 이만저만 강단지지 않고 겉볼안으로 성격 또한 그 외모처럼 여간 깐깐한 게 아니다. 『교수와 죄수 사이』

게 눈 감추듯(송) 게가 눈알을 감추어 버리듯 한다는 뜻으로, 음식을 단숨에 흔적도 없이 먹어치우는 모양을 이르는 말. ¶김덕호는 밥을 반 그릇만 먹었으나 임군한과 달주는 밥 한 그릇씩을 또 게눈 감추듯 했다. 『녹두장군』① ¶내외는 굴풋하던 다음이라 죽 두 그릇씩을 게눈 감추듯 했다. 『녹두장군』③

게는 나면서부터 집는다 집는 것은 게의 본성이듯 어떤 사람에게 어떤 행위는 당연한 행위임을 이르는 말. ¶"게는 나면서부터 집더라고 느그 증조할아버지대부터 내림이 있는 집안 아니냐?" 『오월의 미소』

게 등짝에 소금 치는 소리 아무런 호소력이나 설득력도 없는 소리를 일컫는 말. ¶"…어 야, 윤달이, 자네 잘난 중 동네 사람들이 다 안께, 게 등짝에 소금 치는 소리 그만 하고 남의 잔치판에 왔으면 술이나 묵소. 내가 자네 타박하다가 맵 갑시 저 양반한테 미안스럽게 되아 부렀네." 김태선이 고성댁을 가리키며 그쪽으로 갔다. 『오월의 미소』

겨울이 되어야 솔이 푸른 줄 안다(송) 푸른 것이 다 없어진 한겨울에야 솔이 푸른 줄 알듯이, 사람은 위급하거나 어려운 고비를 당할 때에야 비로소 정말 어떠한 사람인지를 알게 된다는 말. ¶"겨울이 되어야 솔이 푸른 줄을 안다더니 이럴 때 보니 박성삼이는 사내 중에서 사내야. 농민군이 능티에서 후퇴를 할 때 박성삼이가 자기 부대를 이끌고 관군을 막았어…" 『녹두장군』⑫ ¶"아까운 사람이었네. 나는 그이 재판에 빠지지 않고 방청을 했네마는 그이 법정 태도는 지금도 화젯거리네. 겨울이 되어야 솔이 푸른 줄을 안다더니 보통사람이 아니더구먼…" 『은내골 기행』

겨울 지난 울바자의 수숫대 꼴이다 수숫대 울바자의 수명은 일년이므로, 수명이 다했음을 이르는 말. '울바자'는 바자로 만든 울타리. '바자'는 대·수수깡·싸리 따위로 발처럼 엮은 물건. ¶환도도 녹이 잔뜩 슬어 있었다. 활은 더 엉망이었다. 문서에는…도합 432자루였으나, 여기 남아 있는 실물은 1백여 자루 남짓인데, 그나마 전부 삭아 제구실할 만한 것은 한 자루도 없었다. 화살도 다

썩어 겨울 지난 울바자의 수숫대 꼴이
었다. 『녹두장군』⑤

격강(隔江)이 천 리라〔속〕 가까운 거리에
있는 사람이라도 내왕이 없으면 먼 곳
에 있음과 다름 없음을 이르는 말. '격
강'은 강을 사이에 두고 서로 떨어져 있
음. ¶격강이 천리라지만 풍선으로는 제
바람 만나 노아가야 한나절, 대개는 하
루 배질이 빠듯한 목포까지의 아득한
뱃길을 두 시간에 훌쩍 건네다 주니 육
지가 그만큼 가까워진 것도 가까워진
것이지만, 저런 기선을 타고 다닐 수 있
게 되었다는 것이 자기들도 그만큼 새
명을 한 것 같아 이제 섬에 살아도 사람
축에 낀 것 같았다. 『암태도』

겻섬 털듯 가까이 오지도 못하게 하는
모양. '겻섬'은 겨를 담은 섬. ¶그 아
버지에 그 아들이라 전에 문재철이도
이쪽 말 들을 귀에는 처음부터 마늘쪽
을 박고 자기 말만 말 살에 쇠 살, 겻섬
털듯 하는 통에 마치 구정물이라도 뒤
집어쓰고 나온 기분이었던 것이다. 『암
태도』

경위〔境遇〕가 삼칠(三七) 장이라〔속〕 사물
의 옳고 그름과 좋고 나쁨을 가리지 못
함을 이르는 말. '장'은 투전에서 열 끗
곧 점수가 없는 끗. ¶"…우리가 뽑아
논 국회의원이 도적질을 해처묵었으면,
그 놈을 국회의원으로 뽑아논 것은 백
성덜인께, 그런 돈도 백성덜이 물어사
쓰겠그마. 자네 경오가 그러고 본께 삼
칠장이네. 허허." 『자랏골의 비가』

경위가 튕겨 놓은 먹줄같다 경위가 아주
분명하다는 말. ¶"아따, 그러고 본께
질천이 경오가, 시방 튕겨논 먹줄이네
…" 『자랏골의 비가』 ¶"…그뿐 아니오

라, 보부상들은 그 고을 임방을 중심으
로 행수 밑에 똘똘 뭉쳐 상하 위계가 퉁
겨논 먹줄같이 반듯하옵고, 행수 명령
하나면 위아래가 한 몸뚱이에 붙은 손발
놀 듯 하옵니다…" 『녹두장군』⑨ ¶"달
중이가 입은 뒷간 너까레같이 걸어도 이
럴 때 보면 경오나 인사깔 하나는 튕겨
논 먹줄여. 술까지 가져 온 것 봐. 하
하." 만득이가 거들고 나섰다. <재수없
는 금의환향>

계란 바구니에 절구질 달걀 섬에 절구질.
¶말을 맺자 전화기를 탕 내던졌다. 뚝
배기로 싸패듯 하는 소리였다. 성호는
가슴속에서 모든 것이 와장창 무너지는
소리를 들었다. 계란바구니에 절구질이
라도 해버리듯 와삭와삭 작살이 나버린
이 기막힌 사태 앞에서 성호는 잠시 머
리가 띵한 혼란에 빠지고 말았다. <도깨
비 잔치>

계룡산 호랑이는 무엇을 먹고 사는지 호
랑이한테 물려가라고 저주하는 말. ¶
"워이구, 저런 놈을 놔두고 계룡산 호
랭이는 또 멋을 묵고 사는지." 주모는
방필만이 악매에 서릿발이 쳤다. 『녹두
장군』③

계집년 사타구니에다 쏟아붓다〔비〕 계집질
에 돈을 탕진하는 경우를 이르는 말.
'사타구니'는 샅의 속된말. 두 다리의
사이. ¶"아까 돈 털렸다는 소리도 새빨
간 거짓말이고 틀림없이 계집년 사타구
니에다 쏟아부었을 것이다. 개 같은 놈."
『녹두장군』⑤

계집년이 궁둥이가 빤지롬하면 애가 든다
무슨 일이든지 미리 그럴만한 징조가 나
타난다는 말. '빤지롬하다'는 번드르하
다를 힘주어 말한 사투리. ¶"…지집년

이 궁뎅이가 빤지롬하면 애기가 드는 법인디, 그 자석 지 주제에 넥구다이까지 하고 댕기는 것이 암만해도 쪼깐 수상해…』『자랏골의 비가』

계집 친 날 의붓아비 거동이라🔒 계집 때린 날 장모 온다. 골난 날 의붓아비 온다. 일이 공교롭게도 잘 안되는 경우를 이르는 말. ¶계집 친 날 의붓아비 거동이라고, 아직도 종수하고의 뒷감정이 딩딩한 판에, 한패거리의 싸가지 없는 새끼들이 나타나자, 묵은 감정이 뒤집혀, 겉으로는 허허 했어도, 지금 속은 소태 마신 속으로 환장하겠는데, 어째서 너까지 사람 속을 쑤시냐는 울화 끝이라 말마디가 퍼렇게 독이 올라 있었다. 『자랏골의 비가』

계집하고 쪽박은 내돌리면 탈이 난다🔒 여자가 밖으로 나돌아다니면 유혹을 받아 바람이 나게 됨을 이르는 말. ¶계집년들이 서울 가면 버린다는 것은 원래 계집하고 쪽박은 내돌리면 상하기 십상이던 이치로도 환한 것이었으나 그래도 제 마음 하나 단단하게 사려먹고 중심만 잃지 않으면 어디가든지 사람 나름이겠거니 싶어 자기 딸 달순이는 그런 못된 것들 속에서 한쪽으로 한발 빕더 세워 놓고 생각했던 것인데 세상이 이렇게 막되어 먹기로 하면 그게 아니겠다 싶어 마음이 조급했다. <뚱바우 영감> ¶(산) "…계집하고 쪽박은 내돌리면 탈이 나는 법이니 그런 염려도 조금은 해야지, 보내준다고 그냥 제비새끼처럼 넘름넘름 받아 먹고만 있을 참인가?…"『보쌈』

고기는 씹어야 맛이요 말은 해야 맛이라🔒 할 말은 해야지 공연히 끙끙거리며 애

만 태우지 말라는 말. ¶"자리가 그런 자린께 득철이한테 이애기를 쪼깐 해사 쓰겄그마. 기분 존 일은 아니제마는 괴기는 씹어야 맛이고, 말은 해사 맛이더라고, 할 소리는 해부러사 쓰겄어." 『자랏골의 비가』 ¶"이런 말씀을 드리면 으떻게 생각하실란가 모르겄소마는, 고기는 씹어야 맛이고, 말은 해야 맛이더라고 쪼깐 껄쩍지근한 구석이 있글래 하는 말씀이오. 이것이 이번 한번만 있고 말 일이 아닌 것 같은께 계는 계대로 치고 넘어갑시다…"『녹두장군』④

고래 싸움에 새우 등 터진다🔒 강자끼리 다투는 사이에서 아무 관계가 없는 약자가 공연히 크게 해를 입는 경우를 이르는 말. ¶"고래싸움에 새우가 등이 터져도 유분수제, 이 때려죽일 놈들 자리 싸움 등쌀에 백성들만 죽어나야 한단 말이오? 이것들 그냥 뒀다가는 고부 사람들 살림 다 결딴나게 생겼소." 달주가 다시 흥분을 했다. 『녹두장군』④

고름이 살 되랴🔒 살이 곪아서 고름이 된 것이 다시 살로 될 수 없다는 뜻으로, 일이 이미 그릇되어 본래대로 돌이킬 수 없는 경우를 이르는 말. ¶"이로크롬 뜯어가니 촌놈들이 살겄는가? 나는 이때까지 앤간하면 고름이 살 될라디야 하고 말썽없이 내왔네마는, 그래도 이것이 갓이 있고 끝이 있어사제…"『자랏골의 비가』

고산강아지 감 꼬챙이 물고 나서듯 한다🔒 감 고장인 강원도 고산의 강아지가 먹을 것도 없는 감 꼬챙이를 빨려고 물고 나선다는 뜻으로, 가난한 사람이 평소에 자기가 좋아하는 것이면 남도 좋아하는 줄 알고 그것만 내미는 경우를 이르는

말. ¶…고산강아지 감 꼬챙이 물고 나서듯 닭꾸러미만 디밀기도 멋쩍어, 나무를 한짐씩 져다 부려주기도 하고… 『자랏골의 비가』 ¶"쳐들어가는 일은 쉬운 일이 아니오. 또 그 소립니다마는 더 두고 봅시다." 핀잔을 받으면서도 고산강아지 감꼬챙이 물고 나서듯 두고 보자는 소리밖에 더 할 말이 없어 전봉준은 웃으며 사람들을 달랬다. 『녹두장군』③

고슴도치 물외 걸머지듯⦿ 고슴도치가 제 가시에 물외를 줄레줄레 따 붙이고 잔뜩 눌려서 다니듯이, 남에게 빚을 많이 짊어짐을 이르는 말. '물외'는 참외에 대하여 오이를 구별하여 이르는 말. 물오이. ¶"젠장 칠놈의 것, 고슴도치 물윗짐 걸머지대끼 잘도 걸머진다." 『자랏골의 비가』

고양이 달걀 굴리듯⦿ 무슨 일을 재치 있게 잘 해나가는 모양을 이르는 말. ¶"그런게, 괭이새끼 달괄 궁글리대끼 그러고 있지 말고 낼라면 아싸리 탁 내놔!…" 『자랏골의 비가』

고양이도 낯짝이 있다⦿ 벼룩도 낯짝이 있다. ¶"…청백리를 뽑을 놈들 스스로가 오리(汚吏)들의 우두머린디, 고양이도 낯짝이 있더라고 그런 놈들이 청백리를 뽑을 염치가 있겠는가?…" 『녹두장군』② ¶"모두가 판에 박은 듯이 똑같은 신문을 무엇하러 세 가지나 보낸 말이야. 고양이도 낯짝이 있더라고 좀 염치가 있어야지. 한번만 더 넣었다간 가만두지 않을 테야." <개는 왜 짖는가>

고양이 다스리자고 늑대를 불러들이는 격 작은 화를 면하려다 더 큰 화를 불러들이는 경우를 이르는 말. ¶"그제도 말씀드렸지만 내정을 개혁하여 우선 관리들늑탈만 없애면 가라앉을 것인데 외국 군대를 불러오다니 고양이를 다스리자고 집안에다 늑대를 불러들이는 격인 줄로 아뢰옵니다." 정범조가 단호하게 반대를 했다. 『녹두장군』⑨

고양이 목에 방울 달기⦿ 얼핏 보기에는 좋은 방법 같으나 현실적으로 실행하기 어려운 방법을 이르는 말. ¶한껏 흥분들을 하기는 했으나, 정작 고양이 목에 방울 달 방법을 내놓으려니, 금방 꿀 먹은 벙어리꼴로 서로 쳐다보며 눈만 말똥거렸다. 『자랏골의 비가』 ¶"백성들은 관속들과 부호·양반들한테 말로는 죽일 놈 살릴 놈 입침을 튀기지마는 정작 고양이 목에 방울을 달자면 선뜻 나서는 사람은 열에 하나도 되지 않습니다…" 『녹두장군』⑨

고양이 방자의 쥐 푸념 쥐가 고양이를 방자하는 것은 으레 하는 일일 것이므로, 늘상 하는 불만이나 불평을 이르는 말. '방자'는 남이 못 되도록 귀신에게 비는 짓. ¶미신타파에 대해서 이러쿵저러쿵 저마다 한마디씩 지껄였으나, 모두가 고양이 방자의 쥐푸념으로, 그저 한마디씩 해보는 무력한 얘기들일 뿐, 여기서라고 무슨 뾰족한 수가 나올 까닭이 없었다. 『자랏골의 비가』

고양이 세수하듯⦿ 세수를 하되 콧등에 물만 묻히는 정도밖에는 아니한다는 말. ¶덕재영감은…잠을 설친 빨간 눈에 고양이 세수를 하고 새벽같이 재를 넘어갔다. 『자랏골의 비가』

고양이 손발이라도 빌려쓴다⦿ 고양이의 그 작은 손발이라도 빌려쓸 만큼 손이 모자라고 몹시 바쁨을 이르는 말. ¶죽은 중도 꿈적이고 고양이 손도 빌린다는 가을 일에, 더구나 늦게 잡고 한 일이니 뜨거운 것 집어내듯 해야 할 판이었으나 아무도 일손을 잡는 사람이 없었다. 『암태도』

고양이 앞에 쥐 㪍 무서운 사람 앞에서 쩔쩔매며 꼼짝 못하는 경우를 이르는 말. ¶선찬이를 피해 한쪽으로 조그맣게 잦아들었던 써운이가 선찬이 호령에 냉큼 일어섰다. 선찬이 앞에서는 고양이 앞에 쥐 꼴로 주눅이 들어 있었다. 『자랏골의 비가』 ¶졸개들은 고양이 앞에 쥐 꼴로 숨을 죽이고 있었다. 『녹두장군』①

고양이 죽는 데 쥐 구경 적대 관계에 있는 사람이 불행에 빠지는 것은 고소한 구경거리라는 말. ¶불구경 않는 군자 없다고 이것이 엄청난 일이면 엄청난 만큼 큰 구경거리였고, 더구나 자기가 나서서 어쩌지는 못할망정, 양문이가 그렇게 당한다는 데야 양문이 혼자 당하건 그 가족이 몰살이 되건 고양이 죽는 데 쥐 구경이었다. 『자랏골의 비가』

고양이 죽 쑤어 줄 것 없고 생쥐 볼가심할 것 없다 㪍 너무 가난하여 아무것도 먹을 것이 없다는 말. '볼가심하다'는 적은 음식으로 시장기를 면하다. ¶"…비패런 땅나구 귀 비어 내고 × 비어 내고 난께 새앙쥐 불가심할 것도 없고, 괴 죽 쑤어 줄 것도 없는 형편이라…" 『자랏골의 비가』

고의춤에 불개미 싸 담은 사람 같다 안절부절못하는 경우를 이르는 말. '고의춤'은 고의나 바지의 허리를 접어서 여민 사이. ¶(산) 평소에는 내 몰라라, 한가하게 손 개얹고 있던 사람들이 위에서 무슨 지시라도 떨어지면 고의춤에 불개미 싸 담은 사람들처럼 조사다 뭐다 요

란법석을 떨다가 그때만 지나고 나면 언제 그런 일이 있었더냐는 듯 또 그것으로 그만이던 그런 일들을 이 영감도 많이 겪었으리라. 『녹두꽃이 떨어지면』

고자리 먹고 자란 호박 꼴 몹시 여리고 마디게 자란 모양을 이르는 말. '고자리 먹다'는 고자리(오이돼지벌레의 애벌레)가 어린 오이·호박이나 배추 잎을 쏠아먹다. ¶자기 아버지 꼴은 더 말이 아니었다. 상투가 뎅겅 잘려나간 것 말고도, 수염은 꼭 서당 아이 꼴 베어낸 자국처럼 듬성듬성 뜯겨 있었고, 얼굴 또한 말이 아니었다. 상투를 잘리면서 모탕에다 짓찧어 그랬는지 홀쭉하던 볼이 한참 부어올라 고자리 먹고 자란 호박 꼴로 뒤틀려 있었다. 『녹두장군』②

고자리 먹은 오이꼬부리 같다 심하게 뒤틀린 모양을 이르는 말. ¶시또와 기얼은복이는 상판이 밤송이로 으등그려졌다. 어지간한 일에는 언죽번죽 주눅이 들지 않던 기얼은복이도 상판이 고자리 먹은 오이꼬부리가 되고 말았다. 『녹두장군』⑩

고자 처갓집 가듯 㪍 싱겁게 자주 왔다갔다하면서도 요긴한 목적은 이루지 못하는 경우를 이르는 말. ¶맨손 쥐고 장에 가보아야 고자 처갓집 가는 격이고, 추석 단 대목에 누구보고 돈 꾸어달라고 손 빌린다는 것도, 섣달 그믐날 시루 빌리자는 얼빠진 수작일 것이었다. 『자랏골의 비가』 ¶양총부대는 그동안 핀잔도 숱하게 받았다. 총을 닦을 때는 과부가 화장해서 뭣하냐느니, 고자가 처갓집 가냐느니, 향청 머슴은 싸라비가 제격이라느니, 드나나나 핀잔이었으나 이제 호랑이가 날개를 단 셈이었다. 『녹두장군』⑫

고자 힘줄 같은 소리㈜ 전혀 힘이 없는 소리를 이르는 말. ¶기껏 별러 한다는 소리가, 시들방귀도 아니고, 고자 힘줄도 아니었다. 『자랏골의 비가』

고지기놈 세곡섬에 색대질하듯 함부로 푹푹 쑤시는 경우를 이르는 말. '색대'는 가마니 속에 들어 있는 곡식을 검사하려고 곡식을 빼내는 기구. '고지기'는 관아의 창고를 지키며 곡물의 수납을 맡던 사람. '세곡'은 관아에 세로 바치던 곡식. ¶"…그 작자는 늙은 것이 가운뎃뿌리 놀리기를, 고지기놈 세곡섬에 색대질하듯 아무데나 푹푹 쑤시고 댕겼으니 탈이 안 붙고 배겨?…" 『녹두장군』①

고지기 주는 것은 휘에 친다㈜ 뇌물 먹은 고지기 환자 받듯. '휘'는 곡물을 되는 그릇(스무 말 들이와 열닷 말 들이가 있었음)으로, 관의 창고 출납을 맡아 세곡과 환자를 내주고 받아들이는 고지기는 곡물을 되는 손재간에 따라 곡물이 몇 되가 왔다갔다하므로 사적인 거래관계를 그런 식으로 적당히 후무리는 것을 이르는 말. ¶"…고지기 준 것 휘로 치더라고 이런 일이 있고 나면 어느 구석에 그만한 사정이 끼여도 끼겠지라우. 이 일은 새겨보면 새겨볼수록 기막힌 생각인 것 같소…" 『녹두장군』④

고추⑪ 어린아이의 자지를 귀엽게 이르는 말. ¶열 살잡이 사내는 배꼽 떨어지고 지금까지 바지 하나 얻어 입어보지 못한 채 여름이나 겨울이나 고추를 내놓고 자라고 있었다. 『녹두장군』③

고추 먹은 소리 매운 것 먹었을 때 하, 허, 하듯 하, 허, 허참, 따위 허텅지거리를 섞어서 하는 소리를 이르는 말. ¶종수의 서슬에 한참 말이 없다가 고추 먹은 소리로 입맛을 다시면서 푸념을 했다. 『자랏골의 비가』 ¶"내가 시방 이것을 뵈어 드려도 괜찮을란가 모르겠네." 만득이는 혼자 고추 먹은 소리로 한참 입맛을 다셨다. "서찰이 무슨 떡쪼가리 간대 누가 떼어 먹을 것 같아서 그래?" 달주가 다시 핀잔을 주었다. 『녹두장군』② ¶(산) 변호사님께서는 후회막급이어서 한식경이나 독한 고추 잡수신 소리를 하셨다. 『녹두꽃이 떨어지면』

고추 먹은 입 하, 소리 하듯 벌린 입. ¶양문이는 태시 곁에 엉기주춤 시시 고추 먹은 입을 하고 있었다. 『자랏골의 비가』

고추밭에 말 달리기㈜ 고추밭에 말을 내몰아서 고추를 몽땅 짓뭉개 놓는다는 뜻으로, 뭇 사람들을 인정 사정 두지 않고 험하게 닦달하는 경우를 이르는 말. ¶그놈들 평소 하던 행티로 보면 촌놈들 닦달이야 고추밭에 말 달리기도 아닐 것이어서, 죄가 있고 없고가 문제가 아니었다. 『자랏골의 비가』 ¶"…지금 순사 놈들이 문재철이 물 켜고 앉아 무슨 언턱거리가 없나, 틈 노리기를 첫배 과부 코고는 머슴방 엿보듯 하고 있을 텐데 그런 꼬투리가 잡혀 보게. 난장박살이 고추밭에 말달리길 걸세." 『암태도』

고추장에 풋고추 박히듯㈜ 된장에 풋고추 박히듯. ¶"허허, 술막 자리꺼정 잡아줬냐? 그런데 너는 고추장에 풋고추 백히대끼 이 집에 아조 칵 박혀부렀구나. 이 자석아, 골수박을 파더래도 앞뒤 돌아봄시로 파." 설만두는 들떼놓고 김달식에게 면박을 주었다. 『녹두장군』⑥

고추장이 열두 단지다 '고추장 단지가 열둘이라도 서방님 비위를 못 맞춘다'는 속담과 연관된 말로, 성미가 몹시 까다로워 비위 맞추기가 어려움을 이르는 말. ¶…여편네들은 여편네대로 진일, 마른일을 가리지 않아, 부엌 앞 구정물통이 제대로 꼭지를 차보지 못했고, 조석 문안으로 그 여편네 비위 맞추기에 고추장이 열두단지였다. 『자랏골의 비가』 ¶(산) "…그 신미양요가 일어난 후 미국인 문책사가 평양에 왔어. 여기서 이 작자 비위를 건드리면 큰 야단이라 평양에서는 위로는 감사로부터 아래로는 관노에 이르기까지 이 문책사 비위 맞추기에 고추장이 열두 단지였지 어쨌겠나?…" 『보쌈』

고춧가루 뒤집어 쓴 상판이다 화가 잔뜩 난 얼굴을 이르는 말. ¶"오냐, 두고보자. 이 담에 한번만 더 붙어라." 화승총도 차지하지 못하고 그대로 창을 쥐고 있는 병사들은 고춧가루 뒤집어쓴 상판들이었다. 『녹두장군』⑫

고향 벗은 5년이고 객지 벗은 10년이다 고향 사람과 객지 사람이 허교(許交)하는 나이 차이를 이르는 말. ¶"뭐, 형님이오? 고향 벗은 5년이고 객지 벗은 10년이라지 않소? 나이 다섯 위면 어느 쪽으로나 벗잡인데 무슨 말씀이오? 더구나, 이모님께서 그런다니 그런다 쳐서 아무리 호랑이 새끼라 하더라도 놀던 데가 주미산과 계룡산이면 거지부터가 우아랫물이 하늘과 땅 차이 아니오?" 용배가 시치미를 따고 입심을 부렸다. 중식이는 그냥 웃고만 있었다. 『녹두장군』②

고황에 든 병은 편작도 할 수 없다 좀 죽음에는 편작도 할 수 없다. 고황에 든 병은 천하의 명의라도 고칠 수 없다는 말. '고황에 들다'는 병이 고치기 힘들게 몸속 깊이 들다. '편작'은 중국 전국시대

의 의원으로 명의의 대명사. ¶"아까운 인물 하나가 까마귀밥이 되었구나. 고황에 든 병은 편작도 못 다스릴 터. 이제 5백년 사직이 상것들 발 아래 짓밟힐 날만 남았구나." 노인은 혼자 탄식을 하며 나귀를 타고 쓸쓸하게 사라졌다. 『녹두장군』⑨

곡식은 주인 발자국 소리 듣고 자란다 좀 주인이 밭에 자주 다니며 정성을 쏟아야 곡식이 잘 된다는 말. ¶"논밭에 곡식이란 것이 절로 자란 것이 아니라 주인네 발자국 소리 듣고 자란다는 말이 있잖소? 그 말이 한나도 틀린 말이 아니오. 하루에 논에 한번 간 것하고 두번 간 것하고 다르요. 잘 보면 나락이 몸살하는 것까지 뵈지라우…" 『녹두장군』⑥ ¶(산) "곡식은 거름만 빨아먹고 자라는 것이 아녀. 주인네 발자국 소리 듣고 자라는 것이여." 틈만 있으면 논밭에 나가서 거두어야 한다는 소리일 것이다. 『녹두꽃이 떨어지면』

곤쇠아비 딸년이다 근본을 모르는 집안의 딸을 이르는 말. '곤쇠아비'는 나이가 많고 흉측한 사람이나, 신분을 알 수 없는 떠돌이를 이르는 말. ¶"행실이나 기품이 소문나잖았습니까?" "행실? 가마귀가 웃다가 아래턱 떨어질 소리 작작 하게. 곤쇠아비 딸년인지 몽구리 개구멍받인지 근본도 모르는 년, 더구나 충청도서 예까지 굴러와서 전봉준이 품에 안긴 년이라면 사내가 지나갔어도 몇 뭇이 지나갔는지 모르는데, 행실이 어쩐다니? 하지 지난 장독에 골마지 같은 소리 작작 하게…" 『녹두장군』⑧

곤쇠아비 아들이다 곤쇠아비 딸년이다. ¶그들은 과장출입을 밑천으로 향교 출

입을 하며 양반이라고 건들거렸지만, 본색을 제대로 파보면 거거가 곤쇠아비 아들이라 이들도 수령한테 뜯기기는 마찬가지였다.『녹두장군』⑤ ¶그는 그대로 그 동네서 살림 늘리며 눌러 살았는데, 가난하기는 했지만 성씨도 줄기가 있어 그냥 곤쇠아비 아들은 아닌 데다가, 사람이 그만치 무던하고 더구나 그렇게 식자까지 들다보니, 옛날에 머슴살이를 했다고 그를 깔보거나 하는 사람은 아무도 없었다. <도깨비 잔치>

곤자리(고자리)가 뛰어야 제 길로 한 길이다㊲ 자기 능력의 한계를 벗어날 수 없다는 말. '고자리'는 오이나 참외 따위를 파먹는 노린재의 애벌레. ¶…재주라고는 비럭질 재주뿐이라 이럴 때면 팔다리를 한껏 부산하게 움직여 나낸다고 나대 보지만 돋우고 뛰어야 복사뼈고 곤자리가 뛰어야 제 길로 한 길이었다.『자랏골의 비가』

곤자소니에 발 기름이 끼었다㊲ 부귀를 누리고 크게 호기를 부리며 뽐내는 사람을 이르는 말. '곤자소니'는 소의 창자 끝에 달린 기름기가 많은 부분. ¶왕후장상에 씨가 없고, 정승 날 때 강아지도 나는 법이라, 항상 돈피에 잣죽으로 곤자소니에 발기름이 끼어 살던 양문이었지만, 그런 양문이나, 얻어먹던 해룡이나 하늘 아래 벌레기는 마찬가지여서 병 앞에서는 따로 장사가 없다 보니, 같은 병원에 나란히 누워 같은 의사의 치료를 받으며 같이 앓고 있었다.『자랏골의 비가』

곤지로 잉어 낚는다㊲ 곤쟁이 주고 잉어 낚는다. 적은 노력으로 큰 이익을 봄을 이르는 말. '곤지'는 새우. ¶(산) "…곤지로 잉어를 낚는다면 모르거니와 매로 호랑이를 잡다니 육십 평생 듣던 중 희한한 소릴세. 도대체 어떻게 잡는단 말인가?"『보쌈』

곧은 나무가 부러진다㊲ 곧은 나무 쉬 꺾인다. 똑똑하고 강직한 사람이 사회에서 도태되기 쉽다는 말. ¶"…맨숭맨숭한 정신으로 이를 악물고 버티었더라면, 곧은 나무가 부러지더라고 그렇게 못 버텼을지 모릅니다. 두레 일을 할 때 보면 허리가 부러지게 고된 논매기를 노래 부름시로 쉽게 해내는데 거기서도 꼭 그작이었지요…"『녹두장군』③

골로 빠지다㊱ 엉뚱한 데로 빠지다. ¶춘자는 이미 골로 빠졌다는 소문이었고, 지금 하는 소리들도 은근히 비꼬는 소리들인 것이다.『자랏골의 비가』

골을 붉히다 부끄럼을 타다. ¶"계집이 삼삼해야 합니다. 이 녀석은 이렇게 상투를 싸올리기는 했소마는, 외자로 올린 상투라 실은 면총각을 못한 숙맥입니다. 이 작자 지금 여기까지만 얘기를 듣고도 아랫도리가 당겨논 활줄처럼 뻐근할 거요." 달주는 골을 붉혔다. 둘이는 크게 웃었다.『녹두장군』② ¶오순녀는 황새머리에서 제일 예쁜 처녀였고 집도 부자였다. 순녀가 젖가슴이 부풀어 오를 무렵부터 전봉준은 순녀만 보면 실없이 가슴이 뛰었고, 순녀도 전봉준을 보면 유독 골을 붉혔다.『녹두장군』③

골이 붉어지다 얼굴이 붉어지다. ¶지금도 그때 일을 생각하면 절로 골이 붉어지고, <지리산의 총각샘>

곯아도 젓국이 좋고 늙어도 영감이 좋다㊲ 사람은 늙어도 자기 배우자가 가장 좋다는 말. ¶"늙어서 영감을 뭣에 쓰자고 생각하고 말고 해?" "그래도 있다가 없어 보소. 늙을수록 영감이여. 곯아도 젓국이 좋고 늙어도 영감이 좋다고, 감기 고뿔이래도 들어봐. 늙을수록 서로 몸 생각해주는 것은, 이녁 속으로 빠진 자석들보담 영감이여…" 『자랏골의 비가』 ¶(산) "훈장님, 우리 할아버지 말씀이, 곯아도 젓국이 좋고 늙어도 할멈이 좋다고 하십디다. 그리 장가 가십시오." "허허, 그놈, 맹랑하긴." 『보쌈』

곰 가재 뒤지듯 속 곰이 냇가의 돌을 하나하나 들추어내면서 가재를 잡듯이, 둔한 사람이 차근하게 무엇을 뒤지고 있음을 이르는 말. ¶"오늘도 가재 많이 잡았나?" 한참 곡괭이질을 하고 있는데 한동네 친구가 지게를 지고 오다 핀잔을 주었다. 매양 곰 가재 뒤지듯 바윗덩어리만 잡고 씨름을 한다는 소리였다. 『녹두장군』⑧ ¶딸하고 둘이 살림, 일이래야 논 두 마지기 농사짓는 일밖에 없다 보니, 날마다 밥을 먹으면 강가에 나가 곰 가재 뒤지듯 꾸물거리고 있었다. <가남 약전> ¶낮에는 곰 가재 뒤지듯 논밭에서 고물거렸고 밤이면 밤대로 손을 놀리지 않고 멍석을 틀거나 새끼를 꽜다. <뚱바우 영감>

곰굴 맞춘 사냥꾼 같다 큰 비밀을 알고 있으면서도 시치미를 뚝 따고 있는 경우를 이르는 말. ¶"음." 홍계훈은 대번에 곰굴 맞춘 사냥꾼처럼 눈을 밝히며 병사를 보았다. 『녹두장군』⑨

곰배팔이 왼새끼 꼬듯 사리에 맞지 않는 일이나 말을 하는 경우를 이르는 말. '곰배팔이'는 병으로 팔뚝이 꼬부라져 붙거나 없는 사람. ¶"수가 적으니까 그런 사람이 나올지 모른다는 소리는 무슨 이면으로 하는 소리여? 그런 곰배팔이 왼새끼 꼬듯 되잖은 소리는 자네 동네 쪽으로나 두르고 해!" 『암태도』

곰 사촌 미련한 사람을 이르는 말. ¶"곰 사촌으로 땅 뒤지는 재주밖에 없는 사람들이라 곰같이 미련해서 논배미를 세었을까요?…" 『녹두장군』⑤

곰 창날 받듯 속 사냥꾼이 곰에게 창을 드리대면 벌떡 일어선 곰이 창을 붙잡고 자기 배를 향해서 창을 잡아당긴다는 데서, 방어를 한다고 되레 자신을 해치는 행위를 함을 이르는 말. ¶"제미, 아무리 양문이라고 하제마는 그래도 참새도 죽을 적에는 쩩하고 죽는 것인디, 턱 떨어진 외가리맨키로 양문이 입만 쳐다보고 있다가, 곰 창날 받대끼 그런 뚜부에 이빨도 안들어갈 소리나 듣고 와서, 괴 불알 앓는 소리도 아니고, 도깨비 여울물 건너는 소리도 아닌 소리로 연설이나 풀고 있단 말이여?" 『자랏골의 비가』 ¶문명호는 곰 창날 받듯 몽둥이를 붙잡았다. 『암태도』

공든 탑도 개미구멍으로 무너진다 속 개미구멍으로 공든 탑 무너진다. 조그마한 실수나 방심으로 큰일을 망쳐버린다는 말. ¶"…공든 탑도 개미구멍으로 무너지더라고, 이런 식으로 정신이 흐트러지기로 하면 큰일이 이런 작은 일에서 산통이 깨집니다…" 『암태도』

공자님 가운데 토막 속 부처님 가운데 토막. ¶"…그만 못한 사람도 부자라면 잡아다 조지는 집장소가 그런 사람한테는 왜 그렇게 공자님 가운데 토막인고? 더구나 그런 작자한테 악 한 번 썼다고 생사람을 잡아가?" 『녹두장군』⑩

공자님 앉혀놓고 논어 타령한다 속 공자

앞에서 문자 쓴다. 자기보다 유식한 사람 앞에서 아는 체함을 이르는 말. ¶ "당신은 이런 문초에 이골이 난 사람이오. 내가 당신 같은 사람을 앉혀놓고 문초를 한다는 것은 공자님 앉혀놓고 언어 타령을 하고 있는 짓일 것이오. 그래서 당신 스스로가 당신 스스로를 문초하도록 하겠소…" 『녹두장군』⑤

공자 앞에서 문자 쓴다 어느 방면의 지식이나 물정에 달통한 사람 앞에서 아는 체하는 경우를 비꼬는 말. ¶ "…내가 지금 공자님 앞에서 문자 쓰는 것 같소마는 근교농업이라는 말씀 들어보셨을 줄 압니다. 도시 근처에서 하는 농업을 근교농업이라고 합니다…" <신 농가월령가>

공자왈 맹자왈 懲 실천은 없이 헛된 이론만 일삼는 태도를 이르는 말. ¶ 나이가 있다고는 하지마는 그래도 곰영감이 이렇게까지 공자왈 맹자왈 하고 나올지는 몰랐다. 『자랏골의 비가』 ¶ 서태석이 점잖게 타일렀다. 그런데 듣고 보니 공자왈 맹자왈로 무작정 참으라는 소리가 아니었다. 『암태도』 ¶ "…이제부터 세상을 도깨비 가시덤불 헤치듯 내달아야지 외곬으로 올곧게만 가려다가는 한 발자국도 제대로 못 내딛고 넘어지네. 밤낮 공자왈 맹자왈, 천리와 도덕을 외고 있는 사람들도 풀벌레 밟아 죽이는 것쯤 예사 아닌가?" 『녹두장군』①

공작은 날거미만 먹고 살고 수달은 발바닥만 핥고 산다 懲 아름다운 공작도 날거미를 먹고 살고 비싼 털가죽을 가진 수달도 발바닥을 핥고 사는데, 같잖은 주제에 음식 타박을 하느냐고 핀잔하는 말. ¶ "아무리 공작은 날거미만 묵고 살

고, 수달피는 발바닥만 핥고 산다고 하제마는, 그래도 세상이 법도란 것이 있는 것인디 이것이 말짱 먼 짓거리들이여." 『자랏골의 비가』

곶감타래 헐리 듯하다 소중한 것이 축나기 시작하는 것을 아쉬워하는 말. ¶ 눌눌하게 익어가고 있는 들판 여기저기가 쥐 뜯어먹다 둔 것처럼 올벼 논의 벼가 걷혀 있었다. 곶감타래 헐리듯 일년 농사가 헐린 것이다. 『자랏골의 비가』

과객질에는 염치가 밑천이다 염치가 좋아야 과객질을 할 수 있다는 말. '과객질'은 먼 길을 갈 때 도중에 모르는 이의 집에 들어가 밤을 지내고 거저 밥을 얻어먹는 짓. ¶ "충청도서 오는 사람인데, 함평까지 가다가 날이 저물어 하룻저녁 묵어가자고 왔소이다." 과객질에는 염치가 밑천이라 용배는 공손하게 허리를 주억거리며 사뭇 정중하게 말했다. 『녹두장군』③

과거를 아니 볼 바에야 시관이 개떡 같다 懲 자기가 과거를 치르지 않으면 시험관이 시시한 개떡으로밖에 여겨지지 않는다는 뜻으로, 자기에게 관련이 없는 일이라면 조금도 두려워할 것이 없다는 말. '시관(試官)'은 조선조 때 과거 시험에 관계되는 관원을 통틀어 일컬음. ¶ 이렇게 냉수 마시고 김칫국 마셨던 입을 가진 사람들은 과거 안볼 제는 시관이 개떡인 법이라, 춘영이 말이라면 말끝마다 가시가 돋혔고, 안질로 들은 그 여편네 발굼치가 달걀이라고 흉이었다. 『자랏골의 비가』

과부년 똥녁가래 내세우듯 懲 과부 집 똥녁가래 내세우듯. 변통성은 없고 호기만 부린다는 말. '똥녁가래'는 똥을 치는

가래. ¶"…과부년 똥녁가래 내세우대 끼, 촌놈덜 느그덜 으짤라디야 하고 처 맽기는 것 보면 으아이고, 호랭이는 시 방 뭣을 묵고 사는고?" 『자랏골의 비가』 ¶"고을 벙거지들은 과부댁 머슴놈 똥녁 가래 내세우듯 육모방망이 휘두르며 왕 방울 행세나 요란스럽지 그런 싸움판에 내노면 내뺄 구멍부터 찾을 것 같습니 다. 보부상들을 모아서 싸우는 것이 어 떻겠습니까?" 『녹두장군』⑨ ¶"누가 안 따졌간대?" "따질라면 제대로 따져사제 따질 것은 안 따지고 이쁘잖은 벌금 통 지서나 갖다가 과부년 똥녀까레 내밀대 끼 내미는 것이 이장이냐, 이거여." 용 만이는 삿대질까지 하며 입에 거품을 물었다. 『은내골 기행』

과부는 은이 서 말이고 홀아비는 이가 서 말이라ㅿ 남녀가 이혼을 하면 과부는 돈을 모으며 알뜰히 살아도 홀아비는 생 활이 곤궁하다는 사실을 대비하여 이르 는 말. ¶(산) "집을 봐달라구요?" "끼니 앓힐 것은 없어도 도둑 맞을 것은 있더 라고, 변변찮은 살림이지만 집을 비우자 니 마음이 안놓입니다." "그렇게 하지 요. 잘 보아드릴 테니 안심하고 다녀오 십시오." "고맙습니다. 깔깔" 변변찮은 살림이라고 했지만 그게 아니었다. 과부 는 은이 서 말이요, 홀아비는 이가 서 말이라고, 이 여자는 과부가 되고 나서 도 살림이 연방 늘어가기만 해서 동네서 손꼽히게 살림속이 포실했다. 『보쌈』

과부댁 종놈은 왕방울로 행세한다ㅿ 과부 네 집에서 종살이하는 사내종은 왕방울 울리듯 큰소리로 공연히 떠들어대는 것 으로 한몫 보는 경우를 이르는 말. '왕 방울'은 큰 방울. ¶감사 이용직은 탐관

오리의 표본으로 무능하기 짝이 없는 자여서 어찌해야 좋을지 몰라 과부댁 종놈 왕방울 행세로 고래고래 악만 쓰 고 있었으나 초토사 지석영은 만만찮은 사람이었다. 『녹두장군』⑪

과부방에 들었던 새벽 중 내빼듯 누가 볼 까 싶어 정신없이 도망치는 경우를 이 르는 말. ¶머슴들은 골목을 빠져나오자 과부방에 들었던 새벽 중 내빼듯 동네 를 빠져 달아났다. 『암태도』

과부 설움은 과부가 안다ㅿ 곤란한 처지 는 그와 비슷한 처지에 놓여 있는 사람 이 잘 알 수 있음을 이르는 말. ¶(산) "여보시오. 지금 내 다리도 이 꼴이니, 나도 거기다 좀 매달아주시오." "당신도 몹시 저는구려. 과부 설움은 과부가 알더 라고 여태 고생하고 살아온 심정을 알 겠소. 그럼 매달아주지요." 『보쌈』

과부 여윈 데 없고 대우콩 죽은 데 없다 과부는 몸단속이나 살림이 알뜰하고 대 우콩은 모두 여물이 잘 든다는 데서, 매 사가 알뜰하고 실속 있는 경우를 이르 는 말. '대우콩'은 논두렁에 심는 콩. ¶ "앗따, 이 집 콩 한번 여물었다. 과부 여윈 데 없고, 대우콩 죽은 데 없다지만 다른 시절이 좋아논께 콩도 유독 잘 여 물었구만." <신 농가월령가>

과부 집에 가서 바깥양반 찾기ㅿ 당치도 않는 데 가서 엉뚱한 것을 찾는다는 말. ¶"…의논을 한다고 없는 나무가, 나 여 그 있소 하고, 땅속에서 뽈깡 쇳개 나올 것이여? 과부댁에 가서 바깥양반 찾기 제." 『자랏골의 비가』 ¶"…세미를 다 낸 집에 와서 이러코 따지믄 과부댁에 와 서 바깥양반 찾기도 아니고 다 낸 사람 은 어쩌란 소리요?" "뭐요, 과부댁이 어

쩌고 어째요. 우리는 군아 계관만 가지고 따지기로 했은께 이미 냈건 말았건 그것은 당신네 동네 사람끼리 따지란 말이오. 이래도 무슨 말인지 못 알아먹겠소?" 『녹두장군』①

과일 망신은 모과가 시킨다 函 못난 사람이 그가 속해 있는 집단을 망신시키는 경우를 이르는 말. ¶"…시골 우리집에 아주 큰 모과나무 한 그루 있었는데, 과일 망신은 모과가 시킨다는 말이 있듯이 그 나무도 열매처럼 참 볼품없는 나무라고만 생각해 왔어…" <도깨비 잔치>

곽란에 약 지러 가듯 하다 다급한 일에 다급하게 대처하는 경우를 이르는 말. '곽란'은 갑자기 토하고 설사가 나며 고통이 심한 급성 위장병. ¶이갑출이는 이를 갈며 혼자 넋두리를 했다. 그는 그때부터 길 재촉하기를 곽란에 약 지러 가듯 했다. 그러면서도 그는 제물에 신명이 나서 실없는 농을 하기도 하고 턱없이 큰소리로 낄낄거리기도 했다. 『녹두장군』③

곽란에 약 지으러 보내면 좋겠다 函 빨리 서둘러야 할 경우에 행동이 몹시 느리고 우둔한 사람을 비꼬는 말. ¶"금방 묵을 떡에도 소를 박더라고 싸목싸목 삼아도 방불하게 삼아사지라우." "예끼 여보시오. 아무리 그런다고 곽란에 약을 지러 가시게, 그 솜씨 갖고 장원 바라보고 나왔소?" 조망태 익살에 폭소가 터졌다. 『녹두장군』⑦

관가 종놈들은 생청으로 행세한다 과부댁 종놈은 왕방울로 행세한다. '생청'은 생판으로 쓰는 억지나 떼. ¶"과부댁 종놈은 왕방울로 행세하고, 관가 종놈들은 생청으로 행세한다등마는 옛말 그른 데

없구만. 여보게, 자네들 눈구멍은 뽄보기로 달고 댕기는가?…" 『녹두장군』①

관 돝 배 앓기 函 관가 돼지 배 앓는 격. 관가의 돼지가 배를 앓아도 시골 사는 사람이 무슨 상관이냐는 뜻에서, 자기와는 아무 상관없는 일이라는 말. ¶"그 영감 소원이 무엇이든, 그런 것은 나한테는 관돝 배앓이고, 내가 지금 이 일을 장난으로 하자는 것이 아닌께 누 입장이나 형편을 생각하고 있을 수가 없소." 『자랏골의 비가』 ¶(산) 이 때려죽일 놈이, 제 논에는 물을 세곡선 볏섬 싣듯 논둑이 넘치게 치렁치렁 실어놓고도, 말라붙어가는 단골 논은 관돝 배앓이로 본 척도 않았다. 『보쌈』

관속한테 안 뜯기고 양반 꼴 안 보는 직업은 도둑놈하고 사냥꾼이다 函 도둑놈하고 사냥꾼은 관속들의 직접적인 규제에서 벗어나 있음을 이르는 말. ¶"…당신들은 전에는 어쨌는지 모르지만 포수질을 시작하면서부터는 관속들한테 늑탈도 당하지 않고 양반과 부호들 꼴도 안 보고 살아왔습니다. 관속한테 안 뜯기고 양반 꼴 안 보는 직업은 도둑놈하고 사냥꾼이라는 속담도 있습니다. 당신들은 농산꾼들과는 그렇게 형편이 다른 사람들입니다…" 『녹두장군』⑫

관청에서 뺨 맞고 집구석에 와서 계집 친다 函 힘센 사람한테 당하고 만만한 사람에게 화풀이하는 경우를 이르는 말. ¶"…관청에서 뺨맞고 집구석에 와서 지집 친다고, 으째서 동네 회의석상에서 걸레 씹어 묵는 소리로 난리가 난리여?…" 『자랏골의 비가』

관청에서는 벼슬이 어른이고 촌에서는 나이가 어른이다 위계의 기준이 관청과 민

간이 다르다는 것을 이르는 말. ¶"선호, 자네가 쪼깐 또 수고를 해사 쓰겄네. 이장님을 부려먹어서 안됐네마는 관청에서는 벼슬이 어른이고 촌에서는 나이가 어른이더라고 이런 자리에서는 나이 어린 것이 쥔께 할 수 없네. 복만이 집에 가서 오늘 가져온 서양쐬주 한병 달래더래서 가져오게." <재수없는 금의환향>

관청에 잡아다 놓은 촌닭㊂ 영문 모르고 낯선 데로 끌려와서 어리둥절해 있는 사람을 이르는 말. ¶용배는 계속 입심을 부렸으나, 달주는 관청에 잡아 논 촌닭처럼 어리벙벙한 표정이었다. 『녹두장군』② ¶입던 옷 그대로 끌려온 김성만이 모습은 여간 초라하지 않았다. 동네서는 그렇게 팔팔하던 사람이 여기다 내놓고 보니 관청에 잡혀온 촌닭이란 말이 실감날 지경이었다. 『은내골 기행』

광주 생원 첫서울㊂ 광주에 사는 생원이 처음 서울에 올라간 것 같다는 뜻으로, 무엇이든지 처음 보면 신기하여 정신이 얼떨떨하고 어리둥절하여진다는 말. ¶여러 가지로 궁리를 하다가 그래도 읍내 사람이라면 그런 길속으로야 산골 촌놈들보다 낫겠지 싶어, 그런 일로라면 광주 생원 첫서울로, 무작정 읍내를 향했다. 『자랏골의 비가』 ¶섬사람들은 그런 일의 나들이라면 모두가 광주 생원 첫서울로 염전 주인 조카라는 곽가 성 가진 젊은이를 따라 그가 이끄는 대로 따라 다녔다. <귀향하는 여인들>

괭이 새끼도 낯짝이 있다㊂ 고양이도 낯짝이 있다. ¶"그래도 우리덜 인산께 모른대끼 계십시오. 괭이 새끼도 낯짝이 있더라고, 동네다 이런 큰 일을 해주시는디, 우리는 우리대로 이런 일이라도

한나 해드린다고 해사 사람 구실일 것 아니것소." <가남 약전>

괭이 초상에 애먼 쥐새끼 보고 단지하란다 적대관계에 있는 사람한테 사뭇 엉뚱한 희생을 요구하는 경우를 이르는 말. '단지(斷指)'는 예전에 가족의 병이 위중할 때에 그 병을 낳게 하기 위하여 피를 내어 먹이려고 자기 손가락을 자르거나 깨물던 일. ¶"…즈그덜이사 도장을 당했던지 즈그 어매 뻑다구를 잃었든지, 괭이 초상에 애먼 쥐새끼 보고 단지하라는 소리여, 뭣이여?" 『자랏골의 비가』

괭이 할 일 따로 있고 소 할 일 따로 있다 능력에 따라 할 일이 다름을 이르는 말. ¶"외라는디, 먼 잔소리여?" 포교가 방망이로 어르며 깡 고함을 질렀다. "먼 일인지는 모르겄소마는, 괭이 할 일 따로 있고 소 할 일 따로 있는 것 아니오? 외는 일은 제지기 소임이오." 양찬오가 늘어진 소리로 대거리를 했다. 『녹두장군』①

괴 값에 쇠 값을 치르다 하찮은 물건에 엉뚱하게 비싼 값을 치른 경우를 이르는 말. '괴'는 고양이의 사투리. ¶"…쌀로 사백석이면, 지금 계산 하더라도 그것이 얼맙니까? 그러나, 속으로 그런 꿍꿍잇속이 있었기 때문에 괴 값에 쇠 값을 치루었던 것입니다…" 『자랏골의 비가』

괴 딸 아비㊂ 고양이의 딸의 아비라는 뜻으로, 동네에 들어온 내력을 알 수 없는 사람을 이르는 말. ¶판돌이는…해방과 함께 그 일이 그쳐버리자, 날샌 올빼미 신세가 되어 괴딸아비로 여기 눌러 살고 있었다. 『자랏골의 비가』

괴 불알 앓는 소리㊂ 쉴새없이 흥얼거리며 듣기 싫게 구는 것을 놀리는 말. ¶

"그런께, 이놈의 일이 괴가 불알을 앓는 일인가, 소한테 우황이 든 일인가, 그 자세한 내막을 알아도 알아사 어디다 대고 말을 하던지 죽을 쑤든지 할 것 아니요…"『자랏골의 비가』

구더기 같은 새끼 ⑪ 아무 쓸모가 없는 사람에 대한 욕설. ¶"에이, 구데기 같은 새끼." 강삼주는 일그러진 표정으로 이싯뚜리한테 손을 맡겼다.『녹두장군』⑦

구더기 무서워 장 못 담글까 ㉑ 다소 두려운 일이 예상되더라도 마땅히 할 일은 하여야 함을 이르는 말. ¶"그렇지만 장 군님 일굴 아는 사람이 많지 않겠습니까?" 달주가 말했다. "구데기 무서워 장 못 담겠냐? 전에 몇번 가보았다마는 그 것 가지고는 안되겠다." 두 사람은 아직도 어리둥절한 표정으로 따라갔다.『녹두장군』⑪

구렁이 본 참새 떼 같다 무슨 일에 무작정 떠들기만 하는 경우를 이르는 말. ¶가뜩이나 심심하던 산골 아이들이라, 해룡이만 나타나면 구렁이 본 참새 떼들처럼 신명이 나서 놀려댔다.『자랏골의 비가』 ¶조무래기들은 만재 뒤에 붙어서며 와글와글 떠들어댔다. 가뜩이나 심심하던 판에 신나는 구경거리가 생기자 구렁이 본 참새떼 같았다.『암태도』

구렁이 참새 여기듯 아무리 떠들어도 무시해 버리는 경우를 이르는 말. ¶곱댁은 영감한테 대들 듯 했다. 그러나 영감은 구렁이 참새 여기듯 눈만 껌벅거리며, 곰방대만 빨고 있을 뿐이었다.『자랏골의 비가』

구름 같은 댁에 신선 같은 나그네 온다 장타령에서 주인댁과 자신을 추켜세운 과장법. ¶"뚜루루 돌아왔소. 땅, 각설이라 먹설이라 동서리를 짊어지고, 땅, 구름 같은 댁에 신선 같은 나그네 왔소…"『암태도』 ¶"뚜르르 돌아왔소. 구름 같은 댁에 신선 같은 나그네 왔소." 조망태가 넉살을 피우며 들어섰다.『녹두장군』①

구름발에 안개 쌓이듯 이것과 저것을 분간할 수 없는 경우를 이르는 말. '구름발'은 길게 벋어 있거나 퍼져 있는 구름덩이. ¶김영달이는 비굴하게 웃으며 한 발 물러섰다. 구름발에 안개 쌓이듯 슬쩍 묻어들어가 이들하고 같은 격으로 행세를 해보려다가 들통이 난 것이다. 김영달이는 하릴없이 뒤로 처지고 말았다.『녹두장군』⑤

구름장에 치부했다 ㉑ 구름을 표하고 물건 파묻기. 흘러가는 구름장에 적어놓는다는 뜻으로, 없어질 데다 기록해 두거나, 보고들은 것을 쉽게 잊어버린 경우를 이르는 말. '구름장'은 넓게 퍼진 두꺼운 구름덩이. ¶…또 그때 보자는 이야기도 날아가는 구름장에 치부해놓은 것 같기도 했고, 꿈에 땅 마련한 것 같기만 해서 도무지 무슨 짐작으로 가늠이 앵겨오지 않아 안타까웠다.『자랏골의 비가』

구리귀신 ⑪ 지독한 구두쇠를 낮잡아 이르는 말. ¶"자네는 돈속으로만 노는 구리귀신인 줄 알았더니 이렇게 크게 노는 대목도 있구만…"『녹두장군』⑧

구린 방귀 한 번 뀌어볼 수 없다 못된 소리는 한마디도 한 적이 없다. ¶그러나 속으로만 곯을 뿐, 지주 앞에서는 말할 것도 없고 지주가 없는 데서도 그 동네 쪽으로 두르고 구린 방귀 한 번 뀌어볼 수 없었다.『암태도』

구멍을 뚫는 데는 도끼가 끌만 못하고 쥐 잡는 데는 호랑이가 고양이만 못하다[속] 무엇이나 제구실이 따로 있고, 쓰이는 데가 각각 다름을 이르는 말. 구멍을 파는 데는 칼이 끌만 못하고, 쥐 잡는 데는 천리마가 고양이만 못하다. ¶"…구멍을 뚫는 데는 도끼가 끌만 못하고 쥐 잡는 데는 호랑이가 고양이만 못한 법입니다. 전쟁에야 원효대사가 충무공만 하겠습니까?" 『녹두장군』⑧

구멍을 뚫는 데는 청룡도가 끌만 못하다[속] 사람은 적재적소에 배치해야 능률을 낼 수 있다는 말. '청룡도'는 청룡언월도 즉 예전에 보병이나 기병이 쓰던 긴 칼을 이름. ¶"…쥐 잡는 데는 천리마가 괭이만 못하고, 구녁 뚫는 디는 청룡도가 끌만 못한 것인께, 이런 자잘한 나라 안 일은 조선놈덜 말을 지대로 들어가지고 해사 쓸 것인디, 순사놈덜한테 덜렁 칼자루라니, 이것이 그냥 총찹은 짓거리고 말 것이여?" 『자랏골의 비가』

구멍 하나 뚫는 데도 끌 따로 송곳 따로다 같은 일에도 경우에 따라 소용되는 것이 다르다는 말. ¶"구멍 하나 뚫는 데도 끌 따로 송곳 따론데 우리는 송곳이 할 일을 하고 있은게 달주 자네는 자네 집안일에는 마음 턱 놓고 끌 노릇이나 잘 하게." 조망태 너스레에 모두 배슬거렸다. 『녹두장군』⑩

구새 먹은 삭정이 부러지듯 쉽게 부러지거나 누그러지는 경우를 이르는 말. '구새 먹다'는 크게 자란 나무의 속이 썩어서 구멍이 뚫어진다는 말. ¶"…지금 문재철이 버티고 나오는 것이 구새 먹은 삭정이 부러지듯 하지는 않을 것 같으니까, 우리가 나락 안 베는 데까지는 저

쪽 사람들한테 업혀가지 않는다 하더라도 이런 것은 미리 각오를 하자 이 말입니다." 『암태도』

구슬이 서 말이라도 꿰어야 보배라[속] 아무리 훌륭한 것이라도 쓸모 있게 만들어야 제구실을 하거나 제값을 받는다는 말. ¶"승산이오? 있습니다. 백성들 소리를 듣지 않소? 천하인심은 익을 대로 익어 이미 자위가 떴습니다. 건드리기만 하면 떨어집니다. 그들을 잘만 묶으면 틀림없이 이깁니다. 감나무 밑에 누워도 삿갓 미사리를 두르라는 소리가 무슨 소립니까? 구슬이 서 말이라도 꿰어야 구슬입니다. 백성 한 사람 한 사람을 꿸 사람이 누굽니까? 어째서 아직까지 구슬을 구슬로 보지 못하고 있습니까?" 전봉준은 열변을 토했다. 『녹두장군』⑧

구시월 귀뚜라미 속이다 구시월 귀뚜라미 소리가 아주 맑다는 데서, 무엇을 환히 알고 있는 경우를 이르는 말. ¶"하여간에 시방 조선 팔도가 농민군으로 들썩들썩 들썩이는데, 그 들썩이는 것이 겨울잠 자고 난 곰이란 놈이 흙구뎅이를 등으로 지고 일어나는 것매이로 땅덩어리가 바닥부터 욱신거리구만이라. 그 들썩이는 속은 저 홍처사가 구시월 귀뚜라미 속인게 그 소식을 한번 들어보는데…" 『녹두장군』⑩

구정물 뒤집어쓴 것 같다 기분이 지저분한 경우를 이르는 말. ¶"하기는 그렇지만 서양놈들한테 고개 숙이고 들기가 구정물 뒤집어쓰는 것 같아서 말이 입에서 지대로 기어나올란가 모르겠그만." "이 자식아, 지금 구정물 찾고 맹물 찾을 때냐? 이용태 그놈 성질에 지금이라도 목을 치지 않았는가 모르겄어. 어서

가자." 이천석이가 거듭 통바리를 놓으며 서둘렀다. 『녹두장군』⑧

구정물 한 방울 튀어간 사람이 없다 혈연 관계가 전혀 없는 경우를 이르는 말. ¶지난번 자기 신세 한탄을 할 때는 고부 천지에는 친척이라고는 구정물 한 방울 튀어간 사람이 없다고 눈물까지 쨌었다. 『녹두장군』⑧

국립호텔 圓 교도소를 이르는 말. ¶(산) 국적 치레와 시국 치레를 잘못한 탓으로 광주에 있는 국립호텔은 안 가본 데가 별반 없이 지하실 두 군데까지 포함해 두루 거쳐봤으니 밀이지만, 사람을 사람답게 대접하는 데는 ○군 영창만한 데가 없었다. 『녹두꽃이 떨어지면』

국상에 죽산마 지키듯 俗 무엇인지도 모르고 시키는 대로 엄격하게 지키고만 있는 경우를 이르는 말. '죽산마(竹散馬)' 는 왕이나 왕후의 장례 때 말 모양으로 수레 위에 세워 놓았던 장의 기구의 하나. ¶산골에 묻혀 사는 촌놈들이라, 처음 나라가 망해 어쩐다고 야단일 때는, 그것이 크게 안된 일인가보다만 생각하고, 국상에 죽산말 지키는 멍청한 꼴들이었지만, 나라 없는 설움이 어떤 것이던가는, 정작 살아 겪어보니 알겠어서 거기서 풀려난 기쁨은 그 험하게 당한 만큼 목이 매어졌다. 『자랏골의 비가』

국수 잘 하는 솜씨가 수제비 못 하랴 俗 그보다 어려운 것을 할 수 있는 사람이 그보다 쉬운 것을 못할 리가 없다는 말. ¶"보부상들은 상하 질서도 군율보다 더 엄하려니와 물미장에 써가지고 다니는 그자들 규칙만 보더라도 예사 군대 뺨치게 규율이 엄합니다. 그런 사람들이라면 상말로 국수 잘 하는 솜씨가 수제비

못 하겠습니까?" 『녹두장군』⑨

국 쏟은 꼴 크게 낭패 당한 꼴. ¶부안댁은 국 쏟은 꼴로 멍청하게 앉아 있었다.

국 쏟은 며느리 잡죄듯 만만한 사람이 잘못을 저질렀을 때 험하게 닦달하는 경우를 이르는 말. '잡죄다'는 아주 엄하게 다잡다. ¶"나라 꼴 한번 잘 되어가는구마. 제 나라 백성들은 죄가 있으나 없으나 국 쏟은 며느리 잡죄듯 건듯하면 잡아다 조지는 놈들이 저런 놈 아들 하나 잡아다 닦달을 못하니 이것이 나라 꼴이가?" 『녹두장군』④

군자 말년에 배추씨 장사 俗 평생을 두고 어질게 살아온 사람이 말년에 가서는 매우 곤곤하게 사는 경우를 이르는 말. ¶"나는 그래도 그로크롬 독립운동을 하신 양반이면, 못해도 어디 군수 한자리는 하고 있을 줄 알았단 말이다. 그런디, 군수는 놔두고, 이것은 군자 말년에 배추씨 장사도 아니고, 다 찌그러져가는 성냥곽만한 판자집에서, 열너더살 묵은 손주 하나를 데리고 사는디, 거지도 그런 거지는 없겄더라.…" 『자랏골의 비가』 ¶"신문기자 퇴물이라는 것 같든디 밥줄도 끊어졌겄다, 군자 말년에 배추씨 장사라고 먼 꿍꿍잇속이 있든지 꿍꿍잇속이 있소. 너무 가까이 맙시다." 이용만이는 끝내 의심을 풀지 않았다. 『은내골 기행』 ¶한때는 곡마단 단장으로 전국을 누비고 다녔지만 지금은 군자 말년에 배추씨 장사로 옛날 곡마단의 단원이었던 김개만 사장한테 얹혀 이렇게 고물을 분류하는 일로 기껏 밥벌이를 하고 있는 셈이었다. <어머니의 깃발>

굴러온 돌이 박힌 돌 뺀다 俗 외부에서 들어온 지 얼마 안 되는 사람이 전부터 자

리잡고 있는 사람을 내쫓거나 해치려 함을 이르는 말. ¶까치가 도망친 것이다. 여름 겨울 없이 경기전에 붙박여 살던 까치들이 뜨내기로 날아온 백로들한테 쫓겨난 것이다. 굴러온 돌이 박힌 돌 뽑은 꼴이었다. 『녹두장군』⑧

굴러들어온 복이다　자신이 노력한 것이 아니고 저절로 얻게 된 복이라는 말. ¶ "…우엣 논이 두 마지긴다치라면, 우리 같은 형편으로사, 하늘이 알 만한 일인디, 제절로 굴러들어온 복덩어리를 발로 차냉겨분다는 소리여?" 『자랏골의 비가』

굴려봐야 물레방아요 던져봐야 마름쇠(속) 돌다가 보아도 물레방아 던져보아야 마름쇠. ¶(산) 저녁 내내 몸뚱이를 자반 뒤집기를 하면서 궁리에 궁리를 굴렸으나, 아무리 궁리를 굴려도 굴려봐야 물레방아요, 던져봐야 마름쇠로, 이렇다할 궁리가 터지지 않았다. 『보쌈』

굴타리 먹은 물외 같다　벌레 먹어 고부라진 물외 같다. '굴타리 먹다'는 덩굴에 달려있는 오이·호박 같은 것이 흙에 닿아서 상한 자리를 벌레가 파먹는다는 말. ¶"제때에 거름을 안하먼 거름 맛 못 본 곡식맨키로 털만 모지게 자라는 것이 아니라 연장까지 굴타리 묵은 물외 맨키로 꼬부랑 자지가 되기 쉬운 것인디 으짠가 모르겄그마." 달중이가 음충맞게 능갈치고 나왔다. <재수없는 금의환향>

굴 파는 데는 토끼가 선생이고 궁그는 데는 굼벵이가 선생이다　일에 따라 잘하는 사람이 따로 있다는 말. '궁그다'는 구르다의 사투리. ¶"세상 만사가 굴 파는 데는 퇴깽이가 선생이고, 궁그는 데는 굼벵이가 선생인게, 더구나 이런 일판을

벌일라면 그런 쪽으로 선생부터 찾아서 의논을 착실히 한 담에 판을 벌여도 벌여사 쓰겄등만." 최낙수는 계속 익살을 떨었다. 『녹두장군』⑩

굼벵이도 궁글 때는 다 그만한 속이 있다(속) 굼벵이도 지붕에서 떨어질 때는 생각이 있어 떨어진다. ¶"굼벵이가 궁그는 디도 다 지 질속이 있대끼 다 질속이 있는 것인께, 굿이나 보고 있다가 떡이나 얻어묵어…" 『자랏골의 비가』 ¶"제놈도 그만한 눈치는 채고 있는 것 같소. 굼벵이도 궁글 때는 다 그만한 속이 있는 것인디, 지난번에도 저러고 댕기다가 잡혀들어간 놈이 또 잡혀들어갈 짓이야 하겠소?" 황방호가 안심을 시켰다. 『녹두장군』②

굼벵이도 궁구는 재주가 있다(속) 누구든지 각각 장기(長技)가 있으니 업신여기지 말라는 말. ¶"그런디, 해룡이 동냥하는 솜씨 말이여, 굼벵이도 궁그는 재주 있고, 메기가 눈은 작아도 제 묵을 것은 다 찾아묵는 질속이 있다등마는, 장타령 하는 것 본께 참말로 그 질로 묵고 살겄데…" 『자랏골의 비가』

굼벵이도 떨어지는 재주는 있다(속) 아무리 미련하고 못난 사람이라도 한 가지 재주는 있음을 이르는 말. ¶"굼벵이 같은 미물도 제 살아나갈 궁리로는 지붕에서 궁글어 떨어지는 재주가 있고, 뱀장어도 그 작은 눈으로 한 길 앞을 본다고 했소. 국법이 지엄한 줄도 알고 국법을 어기면 어떤 벌을 받는다는 것도 잘 알고 있소. 그런디, 그 지엄한 국법이 어뜨크롬 쓰이고 있소?…" 『녹두장군』④

굼벵이도 지붕에서 떨어질 때는 생각이 있어 떨어진다(속) 남 보기에는 못나고 어

리석은 행동도 그 자신에게는 그만한 뜻이 있다는 말. ¶ "…개꾸락지도 움츠릴 때는 뛰자는 속이고, 굼뱅이도 지붕에서 떨어질 때는 다 지 속이 있는 것 아닌가? 그런디, 이런 큰일에 그런 총찮은 짓을 할 것이여, 다 속이 있어서 그러제." 『자랏골의 비가』

굼뱅이만치도 못한 놈 ⑪ 동작이 굼뜨고 느린 사람을 욕하는 말. ¶ "…이 굼뱅이만치도 못한 놈덜. 내일 어느 놈이고 일 나가는 놈만 있어 봐라, 다리몽댕이를 분질러 앉혀 놀텨!" 『자랏골의 비가』

굼뱅이 천장하듯 ㉑ 굼뱅이는 느리므로 무덤을 옮기자면 오래 걸린다는 뜻으로, 어리석은 사람이 일을 지체하며 좀처럼 성사시키지 못함을 이르는 말. ¶ "어야, 폰돌이! 시방 자네 쥐 달걀을 궁글리고 있는가, 굼뱅이 천장을 하고 있는가? 독덩어리 한나를 붙들고 시방 몇나절을 뙤작거리고 앉았어?…" 『자랏골의 비가』

굽도 절도 할 수 없다 ㉑ 굽힐 수도 젖힐 수도 없다는 뜻으로, 사정이나 형편이 막다른 데 이르러 어떻게 하여 볼 방도가 없음을 이르는 말. ¶ "진격!" 달주도 진격 명령을 내렸다. 앞뒤에서 총알을 퍼붓는 바람에 굽도 절도 할 수 없으므로 이판사판이었다. 앞장서 달리던 대원들이 그대로 땅바닥에 엎드렸다. 『녹두장군』⑩

굽은 나무가 선산 지킨다 ㉑ 자손이 빈한하여 선산의 나무까지 팔아버릴 때 곧은 나무는 모두 베어가고 줄기가 굽은 나무는 남아서 도래솔 구실을 하게 되는 경우를 가리키는 말로, 쓸모없어 보이는 것이 도리어 큰 구실을 하게 되는 경우를 이르는 말. ¶ "그래도 굽은

나무가 선산 지킨다고 그것이 동냥질이라도 한께 안 묵고 산다고?" 『자랏골의 비가』

굽은 나무는 안장감 꺾인 나무는 길마감 얼핏 쓸모없이 보이는 것도 모두 쓰임새가 있다는 말. '길마'는 짐을 싣거나 수레를 끌기 위하여 소나 말 따위의 등에 얹는 안장. ¶ "…인자 먼 말인지 쪼깐 알어묵겄냐? 몽망골 쥐똥나무도 뱁새 앉는 디는 지도 한몫이고, 굽는 나무는 안장감, 꺾인 나무는 질매감, 나무 생긴 것을 놓고 씀씀이를 지대로 보고 나서 말을 해도 해라…" 『자랏골의 비가』

굿 뒤에 날장구 친다 ㉑ 일이 끝나거나 결정된 후에 이러쿵저러쿵 말썽부리는 경우를 이르는 말. '날장구'는 판이 다 끝난 뒤에 쓸데없이 치는 장구. ¶ "제미랄 놈덜,…굿 뒤에 날장구도 방불해싸제, 사람이 밥 묵고 살라고 농사 짓는 일을 애기덜 장난으로 아까 으짜까?" 『자랏골의 비가』

굿이나 보고 떡이나 먹지 ㉑ 남의 일에 쓸데없는 간섭을 하지 말고 되어 가는 형편을 보고 있다가 자기에게 돌아오는 이익이나 취하라는 말. ¶ "굼뱅이가 궁그는 디도 다 지 질속이 있대끼 다 질속이 있는 것인께, 굿이나 보고 있다가 떡이나 얻어묵어…" 『자랏골의 비가』

궁인모사(窮人謀事)는 계란에도 유골이라 ㉑ 운수가 궁한 사람이 꾸미는 일은 모두 실패한다는 뜻으로, 일이 뜻대로 이루어지지 않음을 가리키는 말. '궁인모사'는 운수가 궁한 사람이 꾸미는 일이라는 뜻. ¶ "…안되는 집 모사에는 계란에도 유골이라고 모도 이래싼게 어디 일이 되겠소?" 『자랏골의 비가』

궁지에 빠진 쥐가 고양이를 문다㊳ 막다른 지경에 이르게 되면 약한 자도 마지막 힘을 다하여 반항함을 이르는 말. ¶ "그렇지만 수곡리 사람들을 이렇게까지 몰아붙이면 궁지에 몰린 쥐가 고양이 물더라고 무슨 일이 일어날는지 알겠소?"『암태도』 ¶ "…다른 일은 고을 형편에 따라 지금 해가는 대로 하더라도 불량한 양반과 부호 징치만은 이제 그쳐야 할 것 같습니다. 지금 그 사람들도 정을 다실만큼 다셨습니다. 궁지에 몰린 쥐가 고양이 물더라고 더 몰아치면 그 사람들이 가만 있지 않습니다."『녹두장군』⑪

궂은일에는 셈찬 아재비다 궂은일 의논할 사람은 사리 밝은 집안 어른이라는 사실을 이르는 말. '셈차다'는 일이나 사정을 잘 분별하는 능력이 있다. ¶ "궂은일에는 셈찬 아재비더라고, 명색 좋은 물읍이라 첫발 디밀 데는 이 집이 제일 만만 하구만." "조망태가 동임 고지 묵었나?" 김이곤이가 웃으며 핀잔이었다. 『녹두장군』①

궂은일에는 형제간이다 궂은일을 의논하고 도움 청할 사람은 형제간밖에 없다는 사실을 이르는 말. ¶ "지금 의원 갖고는 안될 것 같다. 내가 영한 의원을 알아볼란게 그리 알아라." 이갑출이는 경옥이 방문에다 대고 말을 했으나, 안에서는 아무 반응이 없었다. "궂은일에는 형제간이다." 이갑출이는 한마디 해놓고 껄껄 웃으며 돌아섰다. 『녹두장군』⑩

권에 띄어 방립 쓴다㊳ 하고 싶은 생각은 없으나 남의 권에 못 이겨 어쩔 수 없이 엉뚱한 일을 하게 되는 경우를 이르는 말. 사정에 못 이겨서 방갓 쓴다. '방립(방갓)'은 상제가 쓰는, 가는 대오리로 엮은 큼직한 갓. ¶ "권에 띄워 방립 쓰더라고 솜씨는 없제마는 전에 하던 일인게 내가 앞을 서겠소. 풍물은 동네 구별 없이 구색 따라서 석 줄로 섭시다. 서는 순서는 예사 풍물 칠 때하고 똑같이 꽹매기부터 징·장구·북·버꾸 이렇게 서요."『녹두장군』⑤ ¶ "허허, 권에 띠어 방갓 쓴다등마는 시방 내가 꼭 그 짝 나부렀소. 잣것 나도 이랄 때나 한번 이런 디 올라와 보제 언제 올라보겠소…"『녹두장군』⑥

권커니잣거니 술 따위를 남에게 권하기도 하고 자기도 받아 마시기도 하며 즐겁게 먹는 모양을 이르는 말. ¶ 두 사람은 권커니잣거니 옛날 친구라도 만난 듯이 스스럼없이 잔이 오갔다. 『녹두장군』⑪ ¶ …첨에는 신기해 하기만 하더니 이내 막걸리 마시던 가락으로 입안에 훌훌 털어 넣었다. 권커니 잣거니 부어라 마셔라 술 한병이 잠깐 새에 바닥이 나버렸다. <재수없는 금의환향>

권하는 장사 밑지는 법 없다 여러 사람이 권하는 일은 손해 보는 일이 없다는 사실을 이르는 말. ¶ "권하는 장사 밑지는 법 없네. 자네가 밖에서는 천하를 호령하는 녹두장군 전봉준이네마는 여기서는 옛날 친구 전봉준일세."『녹두장군』⑪

귀가 도자전 마룻구멍이다㊳ 칼이나 패물 따위를 파는 도자전(刀子廛)은 어지간한 부유층들이 드나드는 곳이라 세상의 갖가지 이야기들이 오갈 것이므로 세상 소문을 많이 들어 아는 경우를 이르는 말. ¶ …그래도 읍내서 굴러먹은 사람들이라면, 그런 길속으로는 들은 것이 있어도 귓구멍이 도자전 마룻구멍일 것이고, 궁리가 터져도 자랏골 촌놈들보다는 시원스럽게 터질 것 같아, 우선 그런 집에부터 닭 러미를 디밀면서 의논을 했다. 『자랏골의 비가』 ¶여편네가 무식하기는 해도, 그렇게 생선장수로 여기저기 돌아다니는 동안 귀가 도자전 마룻구멍이라 부처님 제자 중에 관음보살이란 보살이 있어 그 보살이 중생의 자비를 맡아보는 보살이라는 것을, 꼭이 이렇게 가닥을 추려서 들은 것은 아니더라도 대강 그런 짐작으로 얻어들었던지, 일테면 영감이 그 관음보살 같은 괸읍영감이리는 것이다. <가남 약전>

귀가 번쩍 뜨이다 들리는 소리에 선뜻 마음이 끌린다는 말. ¶"오매, 가난뱅이도 없고 부자도 없이 똑같이 잘 살아?" 산매댁이 물레 꼭지마리를 놓고 물었다. 이 동네서 누구보다 가난에 찌든 사람이라 그 소리에 귀가 번쩍 뜨이는 모양이었다. 『녹두장군』③

귀때기가 떨어졌으면 이다음에 와서 찾지囹 서둘러 급히 떠날 때에 하는 말. '귀때기'는 귀의 속된말. ¶"…그 통에 수만명이 달아나는디, 귀때기야 떨어져라 낸중에 찾자 함시롱, 꼭 우케 덕석에 참새떼 날아가대끼 내빼더라여." 『자랏골의 비가』 ¶(산) "…저건 에비라는 무서운 짐승이니 너도 찬찬히 잘 봐두었다가 저놈이 나타나기만 하면 뒤도 돌아보지 말고 무작정 도망쳐! 귀때기가 떨어져도 내중에 찾고 우선 도망부터 쳐놓고 보는 거야." 『허허. 호랑이 잡아 먹는 담비가 있다더니, 백수지왕인 호랑이 아저씨께서 그렇게 겁을 먹는 것은 살다가 이번에 처음 봅니다." 『보쌈』

귀때기에 피도 안 마르다団 나이가 어리

다는 것을 얕잡아 이르는 말. ¶"저 역졸놈들은 모두 잡아서 한나도 냉기지 말고 씨를 말려야 하요. 우리 동네서는 열살짜리 귀때기에 피도 안 마른 가시내꺼정 겁탈을 했소." 설만두가 이를 앙다물며 성한 팔을 휘둘렀다. "그애는 영영 신세 망쳤구만." 『녹두장군』⑦

귀먹은 욕囹 자기가 듣지 못하는데 하는 욕을 이르는 말. ¶"…동네 적선은 도깨비 명당보다 나은 것이네. 일편단심하게. 어차피 귀먹은 욕인께 욕을 꿀로 알고 이긋하게 대들어." 『녹두장군』①

귀먹은 중囹 귀먹은 중 마 캐듯. 남이 무슨 말을 하거나 말거나 알아듣지 못한 체하고 저 하던 일만 그대로 함을 이르는 말. ¶그는 오금에서 비파소리가 나게 매복한 데를 싸대고 다녔지만 가는 데마다 편잔이었다. 그러나 오거무는 원체 성깔이 좋아 그저 귀먹은 중처럼 혼자 구시렁거리거나 할 뿐 제대로 대거리 한마디 하지 않았다. 『녹두장군』⑥

귀밑머리 마주 풀고 만나다 예식을 갖추어 결혼하다. ¶"…마침 그럴싸한 자리니 내 말 듣게. 초례청 차려 장가 들어! 오다가다 만나는 수도 있지만, 그렇게 만난 뜬계집은 아무리 죽자 살자 살을 부벼도 어디가 떠도 한 자락이 뜨는 법이네. 귀밑머리 마주푼 장가처에 비길 바가 아니네." 임군한의 표정은 얄궂게 일그러지고 있었다. 『녹두장군』①

귀빠진 일자리 남이 하지 않거나 궁벽한 곳에서 하는 일자리. ¶"허허. 정말 어려운 세월 보냈구만." "그러기, 이렇게 귀빠진 일자리만 골라 다녔지…" <유채꽃 피는 동네>

귀신 간 내갈 짓이다 교활하고 영악한 방

법으로 하는 짓을 이르는 말. ¶"허허, 어떤 놈이 이런 귀신 간 내갈 짓거리를 했으까? 거름 벼늘 밑에 묻어논 뼉다구까지 가져가부렸네…"『자랏골의 비가』

귀신 같은 놈 劂 재주가 비상한 사람을 낮잡아 이르는 말. ¶"차령고개에서 복면이 벗겨졌던 게 큰 불찰이었다. 복면이 벗겨졌을 때 그놈들이 내 얼굴을 보았지만 한두 놈이 얼핏 보았길래 설마 했더니, 설마가 사람 죽인다는 소리가 이래 두고 난 말이구나. 하여간, 귀신 같은 놈들이다."『녹두장군』②

귀신 대접하여 그른 데 있느냐 탈이 될 만한 일에는 미리 손을 쓰는 것이 좋다는 말. ¶그때 호방이 들어왔다. 정익수는 엉겁결에 일어나서 호방 앞에 너부죽이 큰절을 했다. 절을 하다 생각해 보니 이틀 전에 만난 사람한테 이렇게 절을 하다니, 내가 왜 이런 새꼽빠진 짓을 하고 있을까 하는 생각이 들었다. 그러나 귀신 접대해서 그른 데 있더냐고, 어차피 벌인 춤, 공손하게 절을 했다.『녹두장군』⑤

귀신도 모른다 劂 일이 하도 비밀이어서 제아무리 잘 알아내는 사람도 그 비밀은 모른다는 말. ¶"…다 아시다시피 그런 때 그런 자금을 대었다가 만당간에 발각이 되었다 하는 날에는 귀신도 모르게 처치가 되는 때였습니다…"『자랏골의 비가』 ¶박봉양은 그냥 돌아와 지난번에 앞장섰던 두령들을 앞세워 소작인들을 중심으로 농민들을 귀신도 모르게 하나하나 다시 묶어나가기 시작했다.『녹두장군』⑪

귀신 듣는 데 떡 소리 한다 劂 남 앞에서 그 사람이 좋아하는 것을 말함을 이르는 말. ¶그것이 재작년 태풍에 무너져 버린 뒤 지금 동네 형편으로는 지을 엄두를 낼 수가 없는 판인데, 그것을 공짜로 지어주겠다니, 이것은 귀신 듣는 데 떡소리였다.『자랏골의 비가』 ¶"그럼 여자 맛은 한번이나 봤냐?" 퉁방울 눈은 킬킬거리며 물었다. 다른 병사들은 이미 어둠 속을 저만큼 달려가 버리고 두 사람만 히히덕거리며 터벅거리고 있었다. "귀신 듣는데 떡소리 말어. 미치겄은께."『녹두장군』⑪

귀신 씻나락 까먹는 소리 劂 이치에 닿지 않는 엉뚱하고 쓸데없는 말. '씻나락'은 볍씨의 사투리. ¶"…연설을 할 적에는 뭣이라고 하는가 쪼깐 알어묵겄등마는, 그 읽는 소리는 먼 소리가 먼 소린가, 우리 같은 촌놈덜 귀에는 귀신 씻나락 까묵는 소리도 아닌 소리를 한나절이나 읽고 있데…"『자랏골의 비가』 ¶"니기미, 고추장에다 고드름을 찍어묵음시로 귀신 씻나락 까묵는 소리를 듣고 앉았제 못 듣고 있겄네. 하이고, 좆 같은 새끼들." 참다 못해 욕설을 퍼부으며 군중 속을 빠져나오는 사람도 있었다.『녹두장군』④

귀신은 경문에 막히고 사람은 인정에 막힌다 劂 귀신은 경을 읽으면 그에 감응하여 발동을 멈추고 사람은 누구나 딱한 형편을 사정하는 데에 마음을 움직이어 강경한 처사를 못함을 이르는 말. ¶"이 사람아, 그래도 귀신은 경문에 맥히고 사람은 인정에 맥히는 것인디, 사람 한나가 쪽박을 차게 생긴 일을 가지고, 꼭 그래사 도리란 말인가?…"『자랏골의 비가』 ¶"귀신은 경문에 막히고 사람은 인정에 막히더라고 말이여, 스님이 저렇게 사정을 해싼게 우리가 한발 물러서서 생각해보면 어쩌겠어?" 이장이 늘어진 소리를 했다. 『은내골 기행』

귀신은 경으로 떼고 도깨비는 방망이로 뗀다 솜 귀신은 경문(經文)을 읽으며 푸닥거리를 하여 쫓아내고 도깨비는 방망이로 쳐서 쫓는다는 뜻으로, 어떤 일에서나 그에 알맞은 방법을 써야 한다는 것을 이르는 말. '경문(經文)'은 푸닥거리할 때 외는 주문. ¶"귀신은 경문으로 떼고 도둑은 몽둥이로 쫓는 것이니, 땅, 내가 이 집에 든 도둑을 몽둥이로 쫓겠소, 땅…" 『암태노』

귀신이 곡할 노릇 솜 세상에 모르는 것이 없다는 귀신조차 알지 못하여 통곡할 만한 일이라는 뜻으로, 신기하고 기묘하여 그 속내를 알 수 없음을 이르는 말. ¶8백 명이나 되는 어사 행차가 온데간데 없다니 귀신이 곡할 일이었다. 모두 도깨비에 홀린 표정으로 잠시 눈만 멀뚱거리고 있었다. 『녹두장군』⑦ ¶귀신이 곡할 노릇이었다. 돈 거래는 물론이고 조합이며 계며 야유회다 뭐다 가지가지로 얽힐 것이 분명한데 그 많은 점포 가운데서 아는 사람이 없었다. 명호는 도깨비에 홀린 것 같았다. 『은내골 기행』 ¶한 장 한 장 넘기며 여덟 권을 낱낱이 검토해 보았으나 이렇다하게 미진한 구석이 없었다. 정말 귀신이 곡할 노릇이었다. <갈머리 방울새>

귀신 접대하여 그른 데 없다 귀신을 접대하면 그만한 보답을 한다는 말. ¶하여간 귀신 접대하여 그른 데 없는 것이니 거짓말하고 뺨 맞는 것보다 낫겠지 하고, 기왕에 그러기로 하면 흔연스럽게 하자 해서 소작인들은 한 사람도 엄

발나는 사람이 없어 너도 나도 돈을 냈고, 서태석도 이것이 내가 할 부조겠구나 싶어, 떳떳하지 못한 공사였으나 내색을 하지 않고 앞교군을 섰던 것이다. 『암태도』

귀양도 가려다 못 가면 서운하다 달갑지 않은 일도 하려다 못하게 되면 섭섭하다는 말. ¶"…귀양도 가려다 못 가면 서운하다는 것인데 권유해서 데리고 온 사람들을 중도에서 돌아가라고 하면 접주들 체면도 체면이려니와 너무 섭섭해 할 것 같습니다…" 『녹두장군』④

귀양을 가더라도 살림 그루는 앉혀놓고 간다 살림은 만사의 근원이므로 어떤 경우에도 그 기초는 잡아 놓는 것이 도리라는 말. 혹은 어떤 경우에도 희망을 잃어서는 안된다는 말. ¶소작인들은 보리베기 등 하다 둔 일머리를 찾아 논밭으로 흩어졌다. 마음이 건둥거려 일손이 제대로 잡히지 않았다. 그러나 귀양을 가더라도 살림 그루는 앉혀놓고 가더라고 이것저것 손갈 데가 많았다. 『암태도』

귀에 못이 박히다 같은 이야기를 너무 들어서 더 이상 듣기 싫게 된 지경을 이르는 말. ¶"귀에 못이 박혀 있던 선친들의 말이 아니었더라면, 나는 그 씨름판에서 함성을 지르는 군중들의 운김에 들떠 그대로 그자를 메어꽂았을 것이고, 그랬더라면, 나는 금구 건달들 등쌀에 상은 그만두고 제발로 금구바닥을 걸어나오지도 못했을 것입니다…" 『녹두장군』③

귓구멍에 말뚝 박았나 솜 말을 잘 알아듣지 못하는 사람에게 핀잔하는 투로 이르는 말. ¶"뉘신데요?" "뉘고 쌀이고 네 깐 놈한테 밝힐 처지가 아녀. 어서 진사

나리한테 가서 잠깐 뵙잔다고 전하기나 해!" "나오시라고라우?" "이놈이 귀에 말뚝을 박았나?" 『녹두장군』① ¶"이놈아, 귀에다 말뚝을 박았냐?" 젊은이 하나가 마루로 뛰어올라 대창으로 등짝을 후려갈겼다. 『녹두장군』⑫

귓불에 피도 안 마른 새끼 〔비〕 귀때기가 새파란 녀석. 나이가 어린 사람을 낮잡아 이르는 말. '귓불'은 귓바퀴의 아래쪽에 붙어 있는 살. ¶"어라, 이 귓불에 피도 안 마른 새끼가 뭐라구?" 방세주가 이를 악물었다. "당신은 귓불에 피 마른 지 몇 년이나 되었는지 모르지만, 내 나이 스물이오." 『녹두장군』② ¶명호는 미륵을 뚫어지게 바라보며 혜선이 뒤를 따라 미륵 앞을 조심조심 지나쳤다. 귓불에 피도 안 마른 녀석이 그런 싹수머리 없는 소리를 하느냐고 버럭 고함이라도 지를 것 같았다. 『은내골 기행』

귓불에 피 마르고 처음이다 태어나서 처음이라는 말. ¶도대체 자랏골 사람들은 이렇게 소리를 한꺼번에 맞추어 질러보기도 난생 처음 일이고, 동작을 한꺼번에 같이 맞추어 주먹 같은 것을 휘둘러보는 것도 귓불에 피 마르고 처음이었다. 『자랏골의 비가』

그 놈이 그 놈이라 〔속〕 이 사람이나 저 사람이나 모두 다 마찬가지라는 말. ¶돼지 샀던 놈도 그놈이 그놈으로 다 한패거리였던 것을 『자랏골의 비가』

그물에 든 송사리 〔속〕 그물에 든 고기. 이미 잡힌 몸이 되어 벗어날 수 없는 신세를 이르는 말. ¶"그런 놈들이 벼리를 잡고 있으니까 우리같이 그물에 든 송사리들이 별 수 있습니까?…" 『자랏골의 비가』

그물이 삼천 코라도 벼리가 으뜸 〔속〕 그물코가 삼천이 된다 할지라도 벼리가 있어야 그물을 칠 수 있고 조일 수 있다는 뜻으로, 아무리 수가 많더라도 그것을 이끌어가는 것이 없으면 소용없다는 말. '벼리'는 그물의 위쪽 코를 꿰어서 잡아 당기게 된 줄. ¶"허허. 그런께 일이 되기로 하면 이로크롬 되는 수도 있기는 있그마. 그물이 삼천코라도 벼리가 으뜸이라고 웃꼭지를 틀어야 한당께, 웃꼭지를." 『자랏골의 비가』 ¶"그물이 삼천코라도 벼리가 으뜸이더라고, 교주님이 오셔야 무슨 일판이 제대로 될 성부른디, 안 오셨다면 일이 제대로 될까라우?" 『녹두장군』②

그슬린 돼지가 달아맨 돼지타령 한다 〔속〕 형편이 더 험한 처지에 있는 사람이 나은 처지에 있는 사람을 걱정한다는 말. ¶"돈을 어뜨크롬 간수했간디, 그런 험한 일을 당했소?" 텃골댁은 한마디 위로를 했다. 똥싼 주제에 매화타령으로 그슬린 돼지가 달아맨 돼지타령이었다. 『자랏골의 비가』 ¶"한번만 더 물어봅시다. 윤선경씨는 지금 신문 받고 있습니까?" 명호는 개발코가 내민 담뱃값에서 담배를 뽑으며 은근한 소리로 물었다. "자식, 그을린 돼지가 달아맨 돼지 걱정하고 자빠졌네." 개발코는 픽 웃었다. 『은내골 기행』

그 아버지에 그 아들 〔속〕 아들이 여러 면에서 그 아버지를 닮았을 경우를 이르는 말. ¶그 아버지에 그 아들이라 전에 문재철이도 이쪽 말 들을 귀에는 처음부터 마늘쪽을 박고자기 말만 말 살에 쇠살, 겻섬 털듯 하는 통에 마치 구정물이라도 뒤집어쓰고 나온 기분이었던 것이다.『암태도』

근창 가는 배도 둘러 먹는다㈜ 굶주린 사람은 먹기 위하여 수단과 방법을 가리지 않는다는 말. '근창'은 근참(覲參)의 와음으로 높은 사람이나 존경하는 사람을 찾아 뵙고 인사하는 일이나 신이나 부처에게 참배하는 일. ¶이 기막힌 심정으로는 근창 가는 배도 둘러먹겠고, 상감 망건 사러 가는 돈이라도 돌려쓸 지경이었으나, 앞뒤가 꽉꽉 막혀 있었다.『자랏골의 비가』

글귀는 몰라도 말귀조차 모를까㈜ 비록 무식해도 웬만큼 알아늘을 수 있다는 말. ¶"…샌님 글귀 돌아가는 것은 몰라도 말귀 돌아가는 짐작은 있는 것인디, 그런 말을 대강 눈치를 채도 체제 그런 짐작이 없어?"『자랏골의 비가』 ¶"허허허, 촌놈 글귀 돌아가는 속은 몰라도 말귀 돌아가는 짐작은 있소. 짐작은 있는디, 이 새끼 여물통 운전하는 뻐두가 사람의 새끼 하는 짓이요?…" <가남약전>

금방 먹을 떡에도 소를 박는다㈜ 아무리 급한 일이라도 밟아야 할 순서는 밟아야 하며 갖추어야 할 격식은 갖추어야 함을 이르는 말. '소'는 떡 따위를 만들 때 맛을 내기 위하여 속에 넣는 여러 가지 고명. '소를 박다'는 소를 넣다. ¶"금방 묵을 떡에도 소를 박더라고 싸목싸목 삼아도 방불하게 삼아사지라우."『녹두장군⑦』

금승말 갈기 외로 질지 바로 질지 모른다㈜ 아직 어린 말의 갈기가 장차 어느 쪽으로 넘어질지 모르듯, 일이 앞으로 어떻게 될지 짐작할 수 없음을 이르는 말. '금승말'은 그 해에 난 말, 곧 한 살 된

말. ¶"금승말 갈기 바로 질지 외로 질지 두고 봐." "입은 비뚤어졌어도 출래는 바로 불더라고, 찌그리가 고개는 틀어졌어도 앞일 하나는 제대로 내다보는 것 같습니다."『암태도』 ¶"영리들이 붙었다니 세상은 다된 것이구만. 금승말 갈기 외로 질지 바로 질지 물때 짐작만 하는 작자들이 이리 붙었다면 세상은 이미 기울었다는 소리잖아?" 황해도 수부를 점령해버리자 황해도 사람들은 지난 번에 전주를 점령했을 때 전라도 사람들보다 더 기고만장이었다.『녹두장군』⑪

금이야 옥이야㈜ 무엇을 다루는 데 매우 애지중지하여 금이나 옥처럼 귀중히 여기는 모양을 이르는 말. ¶"그 나이에 아들을 봤으면 부모 된 정으로야 금이야 옥이야 했겠제마는, 정실이 아니고 오다가다 만난 사람한테서 태어난 서출이라 그것이 또 한이구만유…"『녹두장군』③

금주에 누룩 흥정 금주령이 내려 있을 때 누룩을 팔려고 흥정한다 함이니, 쓸데없는 수고를 한다는 말. ¶"아니, 이로크롬 동네 다리 놓는 일에까지 허가 없이 나무를 비어서는 안되는가? 그런다치면 이것이 말짱 금주에 누룩 흥정 아니라고?"『자랏골의 비가』

급살맞을 년㊟ 저주로 하는 욕설. '급살맞다'는 급작스럽게 죽다. ¶"아이고, 이 급살맞을 년! 손에 그것이 멋이냐?"『녹두장군』①

급히 먹는 밥이 체한다㈜ 급하게 일을 하면 실패하기 쉽다는 말. ¶"내가 다시 한번 광주에 다녀오겠소. 일의 구체적인 내막을 알아보지 못하고 왔으니 내가 가서 자세한 내막을 알아보고 온 다음,

그때 가서 광주로 몰려가는 일은 결정합시다. 급히 먹는 밥 체하더라고 이런 때일수록 침착하게 대처를 해야 합니다.』『암태도』

급하면 부처 다리 안는다㊍ 누구나 궁지에 빠지게 되면 아무에게나 도움을 받으려고 한다는 말. ¶남자들이 이러는 사이, 여편네들은 여편네들대로 한몫, 급하면, 부처님 다리 안는다고 뒤곁에다 정화수를 떠놓고 북두칠성이건 부처님이건 아무한테나 골백번이고 절을 했다. 『자랏골의 비가』

기갈 든 놈은 돌담장도 부순다㊍ 사람이 몹시 굶주리면 상식으로는 도저히 생각할 수 없는 일까지도 능히 저지른다는 말. ¶"기갈이 들면 돌담도 허문다등마는, 아무리 나무가 없다고 울타리가 말짱 그 팽나무 하나에다 힘을 태고 있는디, 그것을 비어뻔지면 울타리는 으짜란 소리여?"『자랏골의 비가』

기는 놈 위에 나는 놈 있다㊍ 아무리 재주가 있어도 그보다 나은 재주를 지닌 사람이 있다는 말. ¶"그래그래. 기는 놈 위에 나는 놈이 있지만 기는 놈이 나는 놈을 이기는 게 바로 그거지." 최가 웃으며 한마디 했다. 『오월의 미소』

기다리는 매가 더 아프다 여러 사람이 차례로 매를 맞을 때 자기 차례를 기다리고 있는 고통이 직접 매를 맞는 고통보다 더 크다는 말. ¶살이 찢어져도 엇결로 찢어지는 비명소리가 벽을 뚫고 나올 때마다, 기다리는 매가 더 아파, 김칫국 채어먹은 거지 떨듯 몸을 떨며, 그때마다 귀를 막고 고개를 처박았다. 『자랏골의 비가』 ¶나졸들은 장일만이를 끌어다 능란한 솜씨로 형틀에 잡아맸다.

그는 몸뚱이를 내맡긴 채 그냥 흑흑 느끼기만 했다. 뒤에 앉아 있는 사람들은 새파랗게 질려 발발 떨고 있었다. 기다리는 매가 더 아파 얼굴들이 모두 백짓장으로 사색을 뒤집어쓰고 있었다. 『녹두장군』③

기둥서방㊀ 몸 파는 여자들의 영업을 돌보아 주면서 얻어먹고 지내는 사내. ¶보통 사당패라 부르는 여사당패는 쌍쌍의 남녀로 이루어진다. 우두머리를 모갑이라 하며, 거사라고 부르는 남자들은 연희에는 전혀 관계하지 않고 여사당들을 데리고 다니며 돌봐주는 말하자면 기둥서방이었다. 놀이는 노래와 춤뿐이며 매음을 하기도 했다. 『녹두장군』⑦

기둥에 옻칠한다 엉뚱한 데다 헛치장을 한다는 말. ¶"새꺄, 여물통 닥치고 시킨 대로 해." "제길, 기둥에 옻칠한다더니 애기통 청소는 무슨 청승이야." 호도장은 투덜거리며 돌아섰다. <어머니의 깃발>

기둥을 치면 대들보가 운다㊍ 직접 말하지 않고 간접적으로 넌지시 말하여도 알아들을 수가 있음을 이르는 말. 또는 어떤 주 되는 대상에게 일격을 가하면 그에 관련된 대상들은 자연히 영향을 입게 됨을 이르는 말. ¶"이놈의 일이 기둥을 치면 서끌이 울리든지 들보가 울리든지 해야 무슨 가늠이 잡힐 것인데, 길 모르고 밤길 걷기그만."『암태도』

기똥차다㊀ '기막히다'를 속되게 이르는 말. ¶"그놈은 조병갑이보다 더 무지막지한 놈이라매?" "조병갑이가 뭐여? 그놈은 무식하기가 절간 굴뚝보다 더 깜깜한 놈이라 진서는커녕 기역자 외짝 다리가 왼쪽에 붙었는지 오른쪽에 붙었는지도 모르는 청맹과닌데 색 하나는 기똥찬 놈이라더만.”『녹두장군』⑪ ¶“나는 서울 와서 재수가 좋았어. 첨에는 고생을 좀 했지만 얼마 안되서 그런 속으로 요령이 기똥찬 언니를 만난거야…” <몽기미 풍경>

기름 먹어본 개같다㉠ 한번 맛을 본 후로는 그 맛을 못 잊어 자꾸 또 하고 싶어 하는 모양을 이르는 말. ¶“잡혀가는 사람마다 돈을 꼴아박고 빠져나오니 이놈들이 기름 먹은 강아지처럼 바로 그 돈 맛에 동학도들을 잡다 패는 것이 아니겠냐?…”『녹두장군』①

기름 먹인 가죽이 부드럽다㉠ 뇌물을 써서 통해 놓으면 일이 순조롭게 됨을 이르는 말. ¶기름 먹은 가죽이라 부드러울 수밖에 없는 것이지만, 대교 사람들은 자기 같은 촌놈들 편을 들어 그 작자 욕을 하고 나오는 것만으로도 변호사 다리라도 끌어 안고 싶은 심정이었다. <유채꽃 피는 동네>

기생년한테 수절 의논한다 의논할 자격이 전혀 없는 사람한테 의논한 경우를 이르는 말. ¶“…알아보아도 해필 은행놈을 잡고 알아보다니, 자네 지금 기생년한테 가서 수절 의논하고 왔네.”『자랏골의 비가』

기생의 자릿저고리㉠ 간사스럽게 남에게 아양을 떨며 단작스럽게 노는 사람을 욕으로 이르는 말. ‘자릿저고리’는 잠잘 때 입는 저고리. ¶벗이란 소리에 외팔이는 허옇게 질천이를 노려보았다. 질천이는 기생의 자릿저고리로 상전 앞이라면 그저 진 데 마른 데 가리지 않고 나서다 보니, 또 이런 실수까지 하고 말았다.『자랏골의 비가』

기생 환갑은 스물다섯㉠ 나이 스물다섯이면 기생으로서의 수명이 다한 것이나 다름없다는 말. 기생 환갑은 서른. ¶“뭣이라고, 스물여섯? 허허, 나는 많아야 스물한둘로 봤구만. 허어, 얼굴이 이쁘면 나이도 안 타는 모양이지.” 이용태는 거듭 감탄이 흐드러졌다. 유월례는 나이를 속이고 있었다. 기생 환갑은 스물다섯이란 말이 있는 터라 나이라도 속여 그의 관심에서 벗어나 보려는 속셈이었다.『녹두장군』⑦

기역자 왼 다리도 못 그리다㉠ 아주 무식하다는 말. ¶“뭣이 으짜고 으째? 문서 놓고 주고받았은께 으짠다고? 기역자 왼다리가 어뜨크롬 생긴지도 모르는 놈이 은제 문서때기 디려다봄시롱 돈 주었간디?”『자랏골의 비가』

기역자 외짝 다리가 왼쪽에 붙었는지 오른쪽에 붙었는지도 모른다 기역자 왼 다리도 못 그린다. ¶“그놈은 조병갑이보다 더 무지막지한 놈이라매?” “조병갑이가 뭐여? 그놈은 무식하기가 절간 굴뚝보다 더 깜깜한 놈이라 진서는커녕 기역자 외짝 다리가 왼쪽에 붙었는지 오른쪽에 붙었는지도 모르는 청맹과닌데 색 하나는 기똥찬 놈이라더만.”『녹두장군』⑪ ¶글자 속이라면 세 놈 다 기역자 외짝 다리가 왼쪽에 붙었는지 오른쪽에 붙었는지도 모르는 놈들이었기 때문에 이런 경우 글귀 따져 찍고 어쩌고 할 계제는 처음부터 아니었지만, 닦달하는 서슬이 하도 무시무시하다 보니 여기다 도장을 찍어도 좋을 것인가, 새삼 어리 병병하지 않을 수 없었다. <가남 약전> ¶“…기역자 외짝 다리가 어느 쪽으로 뻗었는지도 모르는 무식쟁이

주제에 돈 몇푼 쥐었다고 되잖게 떵떵
거려?" <불패자>

기와 한 장 아끼다가 대들보 썩힌다⑤ 조
그마한 것을 아끼다가 큰 손해를 봄을
이르는 말. ¶"모두들 설마하고 서로 제
잔털 하나 안뽑을라고 꽁무니를 사리다
가 이꼴이 되었는디, 기와 한 장 애끼려
다 대들보 썩는 것인께, 끼니를 줄이는
한이 있더라도 모두 나서. 의논이 맞으
면 부처도 안군다고 다 의논이 맞아사
일이 되는 것이여!" <유채꽃 피는 동네>

기왕에 부러진 팔자다　형편이 이미 험하
게 뒤틀린 경우를 이르는 말. ¶기왕에
부러진 팔자로 비럭질을 해먹는 판에는,
이런 풍신 밑천이라도 제대로 활용을
하자는 생각에서, 요사이는 거기다가 장
타령까지 얹어 솜씨를 가다듬었다. 『자
랏골의 비가』

기왕에 줄라면 깨 활딱 벗고 줘라⑪ 호의
를 베풀 때는 허심탄회하게 베풀라는
말. ¶"…기왕에 줄라면 깨 활딱 벗고
주는 것이여. 치매끈 끄을 때 사정하고
고쟁이 벗을 때 사정하고, 줘도 그로크
롬 준다치라면 준 본정이 있간디?"『자
랏골의 비가』¶"…아랫것들이 쓰는 속언
에 기왕 줄라면 꽤 활딱 벗고 주라는 말
이 있소. 그것들이 무식한 것 같아도 세
상 쓴맛 단맛 고루고루 맛보고 사는 터라
그것들이 빚어낸 속언은 씹어보면 씹을
수록 깊은 뜻이 있소…"『녹두장군』④

기운이 세면 소가 왕 노릇 할까⑤ 소가
아무리 힘이 세고 체격이 커도 왕 노릇
을 할 수 없듯이, 사람도 마찬가지라는
말. ¶"장수가 뚝심으로 싸우간디? 그러
면 기운 시다고 소가 왕 노릇하게?"『자
랏골의 비가』

기죽은 강아지 꼴이다　형편없이 기가 죽
은 꼴을 이르는 말. ¶그들은 기죽은 강
아지 꼴로 잠자리에 들었는데, 오늘 새
벽 첫닭이 울자마자 김덕호가 용배와
이천석이를 깨워 어음쪽을 주며 강경으
로 쫓았던 것이다.『녹두장군』⑧ ¶두 사
내는 마치 기죽은 개처럼 여인들한테
밀려서 대문을 빠져나왔다. <어머니의
깃발>

긴 병에 효자 없다⑤ 무슨 일이나 너무
오래 끌고 가면 그 일에 대한 성의가 풀
리어 소홀히 하게 된다는 말. ¶"…장
병에 효자 없더라구 괜히 여편네 인심
만 사나워진데다가, 또 소문이 그런 쪽
으로만 나서 그렇지 원래는 착한 사람
이야…" <낙화>

길고 짧은 것은 대어 보아야 안다⑤ 무
엇을 짐작이나 말보다는 실지로 겨루거
나 겪어 보아야 안다는 말. ¶"하여간,
길고 짧고는 이 일이 여차해서 내중에
몽둥이 들고 나설 때 봐야 알 것이여."
『암태도』 ¶(산)"길고 짧고는 맞대봐야
안다고, 잡혀 먹힐지 잡아 먹을지는 맞
닥뜨려봐야 알 것 아닙니까?…"『보쌈』

길 내놓고 등 떠밀 듯　모든 준비를 다 해
놓고 권하는 경우를 이르는 말. ¶모든
일이 길 내놓고 등 떠밀 듯 나를 서울로
밀어올리고 있었다.『오월의 미소』

길 닦아 놓으니까 용천뱅이 먼저 지나간다
⑤ 정성껏 공들여 이루어 놓은 일에 엉
뚱한 사람이 먼저 재미를 보는 경우를
이르는 말. '용천뱅이'는 문둥이를 이르
는 사투리. ¶"새도록 질 닦아놓는게 용천
배기가 몬차 지나간다등마는 벨것들이
다 달라드네."『녹두장군』⑤

길 모르고 밤길 걷기　다가올 위험을 전혀

예상 못한 채 일을 하는 경우를 이르는 말. ¶"이놈의 일이 기둥을 치면 서끌이 울리든지 들보가 울리든지 해야 무슨 가늠이 잡힐 것인데, 길 모르고 밤길 걷기그만." 『암태도』

길 아래 돌부처[속] 무심히 지켜보기만 하는 사람을 이르는 말. ¶…그가 후배들하고 그런 이야기를 하다가 도청되어 경을 친 다음부터는 뚜껑 닫은 소라처럼 아예 입을 처깔해버렸고 그런 소리라면 곁에서 아무리 열을 올려도 길 아래 돌부처였다. 『오월의 미소』 ¶그 일이 있은 뒤부터 한봉영감은 동네 일이라면 그저 길 아래 돌부처였다. <당제>

길을 두고 뫼로 간다[속] 길을 두고 뫼로 갈까. 평탄한 길을 두고 험한 산으로 간다는 뜻이니, 쉽게 할 수 있는 일을 구태여 어렵게 하는 경우를 이르는 말. ¶"…탐학을 금한다는 약속을 하고 달래면 금방 흩어질 것이온데 외국 군대를 불러다가 친다는 것은 길을 두고 뫼로 가는 일인 줄 아뢰옵니다. 외국 군대를 불러오면 난도들이야 진압을 할 수 있겠지만, 그 다음에는 바로 그 외국 군대가 난도들보다 우리한테 몇배나 더 큰 짐이 될 것이옵니다. 통촉하시옵소서." 조병세는 또박또박 말을 했다. 『녹두장군』⑩

길이 아니거든 가지 말고 말이 아니거든 하지를 말라[속] 몸가짐과 움직임에 늘 신중히 하고 함부로 덤벼 날뛰지 말라는 말. ¶"…길이 아니면 가지를 말고, 말이 아니면 하지를 말랬는디, 그래 할 말이 따로 있고 윗길말이 따로 있제, 주먹만한 조무래기들 말을 그것이 말이라고 챙겨 듣고 부풀래도 이로코 부풀래서 생사람을 잡는단 말이냐? 이년들을 내

가 가만둬서는 안되겠다." 어머니가 이를 앙다물며 을러멨다. 『녹두장군』③

김칫국 채어 먹은 거지 떨듯[속] 겨울 김칫국을 먹다가 채인 거지가 떨듯 한다 함이니, 심하게 떠는 경우를 이르는 말. ¶…어른 아이 할 것 없이 김칫국 채어 먹은 거지 떨듯 손발을 떨었다. 『자랏골의 비가』 ¶동네 사람들은 총부리와 몽둥이에 터지고 짓밟혀 몸뚱이가 걸레가 되었지만 관군들 고함 소리 한마디면 정신없이 뛰어다니며 음식을 만들고 밥상·술상을 날랐다. 김칫국 채어 먹은 겨울 거지 꼴로 손발을 달달 떨면서도 고함소리만 터지면 바람개비 돌아가듯 날래게 돌아갔다. 『녹두장군』⑪ ¶김칫국 채어 먹은 거지 떨듯 떨고 있던 광부들은 다시 헌병들 말채찍에 몰려 식당에서 쏟아져 나왔다. <가남 약전>

까놓고 말하다[비] 드러내 놓고 솔직히 말하다. ¶"…까놓고 말해서 지금 암태도 소작쟁이를 주도하고 있는 사람들의 성분이 어떤 사람들입니까? 내가 어린앤 줄 아시오. 기왕에 여기 왔으니 말인데, 앞으로 주의하시오…" 『암태도』 ¶"…까놓고 말해서 시방 동네 사람들이 너나없이 그 소작을 벌라고 하는 통에 손바닥만한 동네가 인심이 시방 말이 아닌 것 같소." 『녹두장군』④

까다롭기는 옹생원 똥구멍이라[속] 유별나게 까다로운 사람을 낮잡아 이르는 말. '옹생원'은 성질이 옹졸하고 도량이 좁은 사람. ¶"…제미, 나무 내는 사람도 있그마는 놈 안 가진 겐노 쪼깐 가졌는가 까다롭기는 옹생원 똥구멍이그만잉…" 『자랏골의 비가』

까마귀 게발 물어다 던지듯[속] 까마귀가

게를 물어다가 파먹고 남은 게발을 아무데나 버리듯 한다는 데서, 아무도 아는 사람이 없는 곳에 내던져져서 외롭게 된 모양을 이르는 말. ¶…만석이는 그런 공론이 벌어지고 있는 자리는 일부러 피했다. 마음은 굴뚝 같았으나 남의 집 귀한 딸을 까마귀 게발 물어다 던져 놓듯 이런 데 데려다 놓고 그런 데 뛰어들었다가, 만약에 자기에게 무슨 일이 생긴다면 꼴이 뭐가 되겠는가 하는 생각에서였다. 『암태도』

까마귀 날자 배 떨어진다 ㊬ 서로 아무 관계가 없는 일들이 공교롭게도 어떤 관계가 있는 것처럼 의심을 받게 됨을 이르는 말. ¶"이것이 까마구 날자 배 떨어진 일인지도 모른께 미리 그로크롬 표를 박을 것은 없고, 하여간 득철이가 동네를 나간 것은 틀림이 없는 일인께, 그런 잡부금 뒷이나 잘 알아봐." 『자랏골의 비가』 ¶"관가 놈들은 그런다치고 법소에서까지 덩달아 관의 장단에 놀아날 것은 뭐요?" 김도삼은 통문을 구겨 쥐며 목소리를 높였다. "그럴 리야 있겠소. 어디서나 꼴들이 마찬가지라 동학도들을 단속한다는 게 까마귀 날자 배 떨어지는 격이 되었겠지요." 정익서는 법소를 옹호하고 나섰다. 교도들 앞이라 그런 모양이었다. 『녹두장군』④

까마귀도 내 땅 까마귀라면 반갑다 ㊬ 객지에서 고향의 것이라면 다 좋고 고향 사람을 만나면 더욱 반갑다는 말. ¶"…먼 소린고 하고 문 틈새로 내다본께 이것이 해룡이 아닌가? 저것이 안 댕기는 데가 없구나 함시롱 그대로 내다보고 있었어. 그래도 내 땅 까마구라고 반갑기는 하데마는 내가 알은 체하면 무색

할 것 같아서 그냥 하는 짓만 보고 있었어…" 『자랏골의 비가』

까마귀 똥도 약이라니까 물에 깔긴다 ㊬ 흔한 것도 정작 소용이 되어 쓰려고 하면 구하기 힘들게 된다는 말. 개똥도 약에 쓰려면 없다. ¶"이 사람아, 자네는 그것을 떨어서 논 늘리자는 데백이는 쓰잘 데가 없는 바우제마는, 우리는 그만치 중요해서 그만한 대가를 주었다는디, 까마구 똥도 약이라 한께 으짠다고, 꼭 그로크롬 해사 쓰겄어?" 『자랏골의 비가』 ¶"제미, 까마구똥도 약이라면 낙동강에다 찍 깔긴다등마는, 말 똥구멍이나 들여다보고 사는 것들이 되게 비싸게 노네." 『녹두장군』①

까마귀 밥이 된다 ㊬ 거두어 줄 사람이 없이 죽어서 버려짐을 이르는 말. ¶"아까운 인물 하나가 까마귀밥이 되었구나. 고황에 든 병은 편작도 못 다스릴 터. 이제 5백년 사직이 상것들 발아래 짓밟힐 날만 남았구나." 노인은 혼자 탄식을 하며 나귀를 타고 쓸쓸하게 사라졌다. 『녹두장군』⑨

까마귀 아래턱 떨어질 소리 ㊬ 상대방으로부터 천만 부당한 말을 들었을 경우에 어처구니없어 그런 소리 말라고 이르는 말. ¶"시세가 아니라 땅덩어리가 기운다 해도 그런 까마귀 아래턱 떨어질 소리는 반귀에도 안 들어오네…" 『암태도』 ¶"멋이, 나좔 초상에 부조가 쌀이 두 되? 허허, 살다가 까마귀 아래턱 튕길 소리 한번 들어보겄네." 『녹두장군』①

까마귀 열두 가지 소리 하나도 고울 리 없다 ㊬ 미운 사람이 하는 말은 하나부터 열까지 다 듣기 싫다는 말. ¶"이 사람아, 그 잭인 아가리가 벌어진다고 까마

구 열두 소리에 하나 고운 소리 있을 것 같은가? 그로크롬 입 딱 봉하고 있다가 죽기나 곱게 죽으라고 허소." 『자랏골의 비가』

까마귀 울어 날샌 적 없고 개미떼에 담 무너진 적 없다 ㊠ 무슨 일이 얼핏 무엇이 될 수 있는 징조로 보이지만 실은 전혀 가당치 않은 경우를 이르는 말. ¶"… 지금까지 민란이 숱해 일어났지마는 까마귀 울어 날샌 적 없고, 개미떼에 담 무너진 적 없소. 저놈들이 지금 제세상인 줄 알고 설치지마는 몇 조금 못 갑니다…" 『녹두장군』⑩

까리한 년 ㊌ 예쁘게 생긴 여자를 비속하게 이르는 말. ¶"그러니까 지금은 그런 짓 않는다는 애기냐?" "상대가 애숭이가 아니고 그냥 까리한 년으로 바뀌었지요." <어머니의 깃발>

깎은 밤알 같다 젊은 남자가 말쑥하고 단정하게 차려입은 모습을 이르는 말. ¶깎아논 밤알처럼 단정하고 야심만만하던 청년 김개남이 모습이 녹음이 우거진 산처럼 선명하게 앞을 가로막았다. 『녹두장군』⑪

깐깐 오월 미끈 유월 어정 칠월 건들 팔월이라 ㊠ 오월부터 팔월까지 농사철로서 달마다의 특징을 이르는 말. 오월은 일이 고되고 많아 날이 깐깐하게 가지 않고, 유월은 미끌어지듯 얼른 가고, 칠월은 어정거리는 사이에 가고, 팔월은 별로 하는 일 없이 건들거리는 사이에 간다는 말. ¶깐깐 오월, 미끈 유월, 어정 칠월, 건들 팔월, 농사철 일년 치고 어느 때라고 바쁘지 않던 때가 있던가마는, 그래도 팔월은 큰 명절까지 끼인데다가, 다른 때에 비기면 동동거려도 당

장 쫓기는 일이 없어 건들거리는 셈이었는데, 『자랏골의 비가』 ¶깐깐 오월, 미끈 유월, 어정 칠월, 건들 팔월, 농사철 어느 달이라고 바쁘지 않던 달이 있던가마는, 그래도 칠월 한 달은, 모내기나 가을걷이같이 당장 쫓기는 일이 없다보니 불볕이 쏟아지는 한낮에는 갓 시집온 새댁까지도 한잠씩 늘어지게 낮잠을 잤고… <신 농가월령가>

깜진 여편네 첫아기 낳기만 하다 ㊠ 일을 아주 어렵게 해내는 경우에 쓰는 말. '깜지다'는 소견이 좁고 꽁꽁거리기를 잘하는 것을 이르는 말. ¶"아따, 그 놈의 겐노, 깜진 여편네 첫애기만치나 어렵게 나온다. 하하하." 『자랏골의 비가』 ¶"허허 먼 소리가 얼마나 이쁜 소리가 나올라고 깜진 여편네 첫애기만큼이나 어렵게 나오는고 했등마는, 참말로 듣다가 이쁜 소리 한번 들어 보겠네. 얌전하게 명색까지 쉽고, 어렵고, 무식하고 유식하게 부조에다 민부전에다 고루고루 갖췄구만." 『녹두장군』①

깡을 씹다 ㊌ 말을 험하게 하다. ¶"개새끼가, 형님 어머니가 문둥이 어쩌고 괜히 깡을 씹지 않습니까?" 인걸이가 제물에 또 화가 받쳐 욱 달려들려 했다. <어머니의 깃발>

깨가 쏟아지다 오붓하여 몹시 아기자기하게 재미가 나다. ¶(막동이와 말순이는)…가을이면 곶감을 많이 깎아놨다가 눈 오는 날 밤에 먹고, 아들은 둘만 낳고 딸은 하나만 낳고, 둘이는 저녁마다 깨가 쏟아졌다. 『녹두장군』⑫ ¶"총각은 꽃 같은 우렁각시하고 깨가 쏟아지게 사는데 이 총각이 하루는 몸이 아파서 논에를 갈 수가 없게 되었구먼." 『은내

골 기행』 ¶(산) 삼돌이란 놈은 그 예쁜 공주님하고 근심 걱정 없이 날마다 깨가 쏟아지는구만.『보쌈』

깨어진 그릇 맞추기[속] 본래대로 돌리려고 애써도 돌릴 수 없는 경우를 이르는 말. ¶감역에게 막보기로 그 흙만 가져다 주지 않고 그냥 동네를 나왔더라도 나졸들을 그렇게 해치지는 않았을는지 모른다. 그러나 아무리 후회해 봤자 이제 와서는 모두가 깨진 그릇 맞추기였다.『녹두장군』①

깨춤에 매화타령 방정맞게 까불고 되잖은 소리를 늘어놓은 경우를 이르는 말. '깨춤'은 깨를 볶을 때 톡톡 튀듯 몸집이 작은 사람이 경망스럽게 까불어대는 짓의 비유. '매화타령'은 주제에 맞지 아니하는 같잖은 언행을 조롱하여 이르는 말. ¶…동네 사람들은 자기들한테 돌아올 혜택에만 들떠 초상집에서 팥죽타령으로 깨춤에 매화타령이 요란들 했다.『자랏골의 비가』

꺽저기 탕에 개구리 뛰어오르듯이 멋모르고 죽을 곳에 뛰어드는 경우를 이르는 말. '꺽저기 탕에 개구리 죽는다'는 국을 끓이려고 꺽저기를 잡을 때 개구리도 잡혀 죽는다는 뜻으로, 아무 까닭없이 억울하게 희생된다는 말. ¶…위매 대목을 침시롱 자빠지고 엎어지고, 서로 뒤엉켜갖고, 꺽저귀 탕에 개구락지 뛰어오르대끼 뛰는 속에서, 나도 아무데라도 우선 대가리부텀 처박음시롱 뛰어들었제 으쨌더란가?…』자랏골의 비가』

껍질에서 뽑아내논 암달팽이 같다 추위에 옷을 벗었거나, 너무도 순진한 경우를 일컫는 말. ¶…만복이란 놈은 동네 조무래기들 등쌀에 죽을 지경이었습니다.

이건 꼭 껍질에서 뽑아내논 암달팽이처럼 항상 썰렁한 얼굴로 동네 아이들을 경계하며 피해 다녔습니다." <만복이>

꼬부랑자지 제 발등에 오줌 눈다[속] 어리석은 사람은 자기에게 해로운 일만 함을 이르는 말. ¶"여편네한테 꼼짝 못하는 눈치인 것도 그렇지만 아까 저 아래서 오줌 누는걸 봤는데 발등에다 갈기고 있더라고. 꼬부랑자지 제 발등에 오줌 눈다는 말이 있는데 달중이 말대로 고장이 붙은 게 틀림없어 하하." <재수 없는 금의환향> ¶"신골하면 순경이 나오겠지. 잘됐다. 꼬부랑자지 제 발등에 오줌 누더라고, 순경 앞에서 혼 한번 나봐라." 여태 말이 없던 굴때장군이었다. <개는 왜 짖는가>

꼴값하다[비] 격에 맞지 아니하는 아니꼬운 행동을 하다. ¶…그것을 저녁마다 일삼아서 보챈다고, 꼴에 꼴값 하느라고 보채도 너무 보챈다며 욕설을 퍼부은 일이 있었는데, 거기다가 그것을 또 먹어 놓으면 일이 어떻게 될 것인가 싶어 호들갑스럽게들 웃은 것이다.『자랏골의 비가』 ¶"이 죽일 놈아, 꼴값을 해도 유분수지 집안 망신을 이렇게 시켜…"『암태도』 ¶"어라, 이것이 꼴값하네. 좋다. 어디 턱주가리 돌아가는 귀갱 한번 하자." 작자들이 막동이의 사투리를 흉내내며 허허 웃고 따라나섰다.『녹두장군』④

꼴에 수캐라고 '꼴에 남자'라는 뜻으로, 남자답지 못한 사람이 잘난 체하려는 것을 비꼬아 이르는 말. ¶큰애기 젖꼭지 만지듯 사알살 만지다 갖다주라는 소리가 꼴에 수캐라고 크게 우스웠던가, 그만 그런 괴성으로 참던 웃음이 터져버린 모양이었다.『자랏골의 비가』 ¶"킥

킥." 조무래기들이었다. 꼴에 수컷들이라고 마누라를 어쩐다는 소리가 우스웠던 모양이다. 『녹두장군』④

꼽사리 끼다⑭ 여럿이 있는 틈에 끼어드는 경우를 낮잡아 이르는 말. ¶…그러니까 임술년 진주민란에 가담했던 놈이래서 임진한, 임신년 문경민란을 재차 도모했던 놈이래서 임문한, 그래 임군한이도 임오군란을 업고 거기 꼽사리 끼여 임군한이란 것이다. 『녹두장군』① ¶ "…어르신덜 틈에 꼽사리 끼어 나도 재미 한번 봅시다. 칼칼칼." <귀향하는 여인들>

꼿꼿하기는 개구리 삼킨 뱀이다㋐ 개구리 삼킨 뱀이 목을 꼿꼿하게 세우듯이, 꼿꼿해서 남의 의견을 아예 들으려고 하지 않는 아주 고집이 센 사람을 이르는 말. ¶ "이 사람아, 좋자는 동네 일에 으째서 나무 하나 갖고 꼿꼿하기는 개구락지 생킨 살무사 대가리맨키로 그런가?…"『자랏골의 비가』

꽁무니에 불 단 듯 매우 빠르게 내닫는 모양을 이르는 말. ¶ "그러면 남편 될 놈이 데려오면 되잖겠습니까?" "으음, 그 생각을 못했군. 그놈이면 꽁무니에 불 단 듯 쫓아가겠지요. 하하."『암태도』 ¶용배와 달주는 꽁무니에 불단 걸음으로 내달았다. 경천점까지는 십리 길이었다.『녹두장군』①

꽁지 빠진 강아지 같다㋐ 꽁지 빠진 수탉 같다. 보기에 추레하여 볼품이 없거나 위신이 없어 보임을 이르는 말. ¶놈들은 꽁지 빠진 강아지 새끼들처럼 사립문을 빠져나가고 없었다.『암태도』 ¶손달문이는 꽁지 빠진 강아지처럼 나졸들을 달고 총총걸음으로 동네를 빠져나갔

다. 『녹두장군』④

꽃등에는 피하고 본다 난세나 무슨 분란이 꽃등 곧 최고조에 이를 때는 피하라는 격언. ¶ "느그들 몇 사람은 잠시 피해 있는 것이 으짜겠냐? 더구나 너는 일마다 앞장을 서봐서 질 몬자 잡아갈 것 같다. 꽃등에는 피하고 보는 것인께 잠시 피해 있다가 불낸 놈이 잽히거든 나오니라."『녹두장군』④ ¶ "죄진 것은 없습니다마는 세상이 하도 뒤숭숭하길래 잠시 피해 있자고 집을 나섰습니다." "잘 왔네. 이런 꽃등에는 피하고 보는걸세. 안심하고 우리 집에 있게." 혜선이 할아버지는 형님을 안심시켰다. 『은내골 기행』

꽹과리 청에 비맞은 버꾸 소리다 사뭇 거센 목소리에 대비되는 시르죽은 목소리. '버꾸'는 농악기의 한 가지인 자루가 달린 작은 북으로 가죽에 비가 맞으면 소리가 거의 나지 않음. ¶ "왜 박수가 그따위요? 정신이 썩어빠졌어요, 썩어빠져. 다시!" 다시 손바닥을 토닥거렸다. 그러나 놈들의 서슬에 비기면 꽹과리 청에 비맞은 버꾸 소리였다. 『자랏골의 비가』

꾸어다 놓은 보릿자루㋐ 여럿이 모여 웃고 떠드는 자리에 혼자 어울리지 못하는 사람을 놀림조로 이르는 말. ¶아무리 기다려도 수사관은 나타나지 않았다. 무슨 연락도 없었다. 나는 꾸어다는 보릿자루처럼 무료하게 앉아 있었다. 『오월의 미소』

꿀단지에 개미떼 꼬이듯 좋은 일이나 큰 이익이 있는 곳에 많은 사람이 몰려드는 경우를 이르는 말. ¶쟁우댁은 다른 데서 이런 술장사를 하다가 왔는지, 여

간 수다스럽고 쌉쌉하지가 않았다. 거기다가 그런 예쁜 처녀까지 있어노니 대번에 그 술막에는 사람들이 꿀단지에 개미떼 꼬이듯 꾀어들었다. 『녹두장군』⑥ ¶(산) 처녀는 자기가 직접 총각을 보고 신랑감을 고르겠다고 했다. 이 소문이 나자 총각들은 더 들떠버렸다. 권문세가 부상대고의 자제들은 물론이요, 장판의 건달이며 남산골 백면 서생에 이르기까지 너도 나도 몰려들기를 꿀단지에 개미떼 꼬이듯 했다. 『보쌈』

꿀 먹은 벙어리 俗 벙어리는 맛을 알면서도 어떻다고 말은 못하므로, 속에 있는 생각을 나타내지 못하는 사람을 이르는 말. ¶사기충천했던 그들은 이 엄연한 적을 보고도 어쩔 수 없는 안타까움에 꿀 먹은 벙어리가 되어 있었다. 『자랏골의 비가』 ¶이렇게 사흘이 지났으나 감영에서는 꿀먹은 벙어리처럼 말이 없었다. 『녹두장군』② ¶"…우리 할머니는 지금 일흔이 가깝지만 초등학교를 나오셨어. 너희들 가운데서 할머니가 초등학교 이상 나온 사람 있으면 손 한번 들어봐, 이랬더니 모두 꿀먹은 벙어리가 되는 거야." 미선이는 급우들 앞에서 지었음직한 당돌한 표정을 지으며 웃었다. 『오월의 미소』

꿈보다 해몽이 좋다 俗 하찮거나 언짢은 일을 그럴듯하게 돌려 생각하여 좋게 풀이함을 이르는 말. ¶텃골댁은 금방 눈물을 짰다. 꿈보다 해몽이 좋아 텃골댁은 그냥 그렇게 눈물을 짜고 있었다. 『자랏골의 비가』 ¶"꿈보다 해몽이 좋다더니 그 격이군요." "맞아. 설사 꿈이 나쁘더라도 해몽이 좋아야 해. 아무리 어려운 일을 당해도 이겨내겠다는 자신

감을 가지고 닥뜨리면 안되는 일이 없어…" 『암태도』

꿈에도 생각지 못하다 전혀 생각하지 못하다. ¶자랏골 사람들은, 이 사나이가 몇 달 뒤에 몰고 와, 이 자랏골을 한바탕 휘몰아칠 폭풍은 꿈에도 생각하지 못하고, 가시 돋은 사령으로 어사 덕분에 큰기침할 것만 지레 신명이 나서, 김칫국에 모지랑 노랑 수염들을 쓰다듬으며 웃음소리들이 한결 호들갑스러웠다. 『자랏골의 비가』

꿈에 도적놈 만난 셈 손해를 보았지만 가볍게 치부해버린다는 말. ¶"안부한테 기러기 안겨 검은 머리 마주 풀고 홀기 불러 초례청 차린 조강지처도 헌신짝같이 버리는 것이 사내놈들인데, 거기 얼굴 하나 욕심나서 헐떡거리던 작자 더 기다려서 뭘해? 꿈에 도적놈 만난 셈 치라구." 『녹두장군』⑩

꿈에 땅 마련한 것 같다 전혀 실속 없는 헛생각 하는 경우를 이르는 말. ¶…또 그때 보자는 이야기도 날아가는 구름장에 치부해놓은 것 같기도 했고, 꿈에 땅 마련한 것 같기만 해서 도무지 무슨 짐작으로 가늠이 앵겨오지 않아 안타까웠다. 『자랏골의 비가』

꿈에 용보기 만나기가 매우 어려움을 일컫는 말. ¶접주들은 특히 요사이같이 답답한 일이 많을 때는 그를 만나 교시를 받고 싶은 일이 한 두 가지가 아니었으나 그를 만나기는 꿈에 용보기였다. 『녹두장군』①

꿈자리가 사납더니 일이 뜻대로 되지 아니하고 방해되는 것이 끼어들 때 한탄조로 이르는 말. ¶"오해를 받아 쫓긴다며요?" "그렇소. 어제 저녁 꿈자리가

사납더니 별꼴을 다 당합니다.” 『녹두장군』②

꿩 구워 먹은 자리 團 ① 어떤 일의 흔적이 전혀 없어져버린 것을 이르는 말. ¶동네 사람들이 말짱 나서서 뒤지동하고 이 동네까지의 길을 산속까지 뒤졌고, 길처 저수지나 냇가 웅덩이를 샅샅이 살피기도 했으나, 길례 종적은 꿩 궈먹은 자리였다는 것이다. 『녹두장군』③ ② 소식이 아주 없다는 말. ¶“좀 아는 사이지요. 그 뒤 고향에 온 적 없읍네까?” “한번 나간 뒤로는 꿩 궈 먹은 뒷이요. 일본서 산다는 소리가 풍편으로 있는 것 같습디다마는…” <가남 약전>

꿩 대신 닭 團 적당한 사람이나 물건이 없을 때 그만은 못하나 그와 비슷한 정도의 사람이나 물건으로 대신함을 이르는 말. ¶“…옛날 남원에 내려온 신관 사또 변학도가, 춘향이보고 수청을 들라고 아무리 사정을 하고, 어르고, 호령을 하고, 곤장을 치고, 큰칼 씌워서 옥에다 가두고, 벼라별 지랄발광을 해도 안 들은께, 그 사이 딩딩하게 부풀어오른 아랫도리를 주체할 길이 없잖았겠소. 그래서 꿩 대신 닭이라고 엉뚱하게 춘향이 곁에 설향이를 잡다가 냅다 갈겨부렀는디, 아, 그것을 갈겨도 지대로 갈겼던가 설향이란 년 뱃속에 떠억 애기가 들어부렀소그랴…” 『녹두장군』② ¶“…잣것, 기왕 일판을 벌였은게로 꿩 대신 닭이라고 조뱅갑이 대신 아전놈들이나 몇 놈 모가지를 달아매사 쓸 것 아녀.” 『녹두장군』⑤

꿩 뒤에 매 뜨듯 무슨 일에 발밭게 대처함을 이르는 말. ¶“금매, 값싼 망둥이가 장마다 나는 것도 아닐 것이고, 이런 존 질이 있은다치라먼 지름길은 종종걸음이라고, 그런 말이 떨어지기가 바쁘게 꿩 뒤에 매 뜨듯 해사 쓸 것인디, 보고도 못 먹는 떡이그마.” 『자랏골의 비가』

꿩 떨어진 매 團 쓸모없게 된 것을 이르는 말. ¶…돈을 가지고 일본으로 간 큰아들은, 고당영감이 죽으면서 그 아들에게는 알리지 말라고 당부를 했다지만, 하여간, 그때도 나타나지 않았고, 그 뒤로도 소식이 끊겨, 두 모자만 꿩 떨어진 매처럼 외롭게 남고 말았다. 『자랏골의 비가』 ¶“…그런디 소작인들이 몬자 그 사람을 처치해불면 나는 꿩 떨어진 매다. 논 두 마지기 값 보인에 닷 마지기를 뺏겼은게 서 마지기를 공짜로 날린 심인디, 우리 같은 형편에 논이 서 마지기면 얼매냐? 하늘이 알 만한 재산이다.” 정묘득이는 터놓고 호소를 했다. 『녹두장군』⑥

꿩 먹고 알 먹는다 團 한 가지 일을 하여 두 가지 이상의 이익을 보게 됨을 이르는 말. ¶조병갑이 첩 살림은 찾으러 오면 돌려주면 그만이고, 찾으러 오지 않으면 꿩 먹고 알 먹고였다. 『녹두장군』⑧

꿩 잃고 매 잃는다 團 무슨 이익을 보려다가 이익도 못보고 오히려 제 것만 손해본 경우를 이르는 말. ¶다 잡아논 고기를 놓쳤을 뿐만 아니라 미끼까지 떨귀, 꿩도 매도 다 놓치고 열 명 가까이나 되는 포교와 나졸들이 팔을 싸매고 대가리를 처맨 꼴로 파지가 되어 돌아왔으니 기가 막힐 노릇이었다. 『녹두장군』③ ¶거개가 날품팔이, 지게꾼, 노점 잡상인, 리어커꾼 등 그날 그날 목구멍 에워가기만도 탁탁한 형편에 마른나무에 물

내듯 뼈를 깎아 재판을 했지만, 꿩도 매도 다 놓치고 맨몸뚱이로 쫓겨 나게 생긴 판에, 임대료라니 억장이 무너지지 않을 수 없었다. <유채꽃 피는 동네>

꿩 잡는 것이 매[속] 방법은 어떻든 간에 목적을 이루는 것이 중요함을 이르는 말. ¶"…꿩 잡는 것이 매이오니 날짜 걸리는 것쯤 크게 괘념 않으셔도 좋을 듯하옵니다. 제대로 정탐을 할 때까지 지그시 참고 계시다가 놈들을 본때있게 쳐서 줄줄이 엮어오는 날에는 그때야말로 사또 나리의 원모에 백성들이 감복을 할 것이옵니다."『녹두장군』③

꿩 잡아 먹은 쑥구렁이 같다 못된 일을 저질러 놓고 능청스럽게 시치미를 떼고 있는 경우를 이르는 말. '쑥구렁이'는 쑥밭의 구렁이라는 뜻으로, 대단하지 아니한 뱀. ¶"그래도 쫓는 데까지는 한 번 쫓아 봐야겠어. 그 작자가 생사람을 죽여 놓고도 꿩 잡아 먹은 쑥구렁이처럼 늘럼한 얼굴로 병원 문을 나간지도 모른다 생각하니 세상이 온통 그 작자한테 농락을 당하는 것 같아…" <추적>

끈 떨어진 망석중[속] 의지할 데가 없어져 외롭고 불안하게 된 처지를 이르는 말. '망석중'은 팔다리에 줄을 매어 그 줄을 움직여 춤을 추게 하는, 나무로 다듬어 만든 인형. ¶유월례를 데리고 전주로 온 호방은 영저리 집 방 한 칸을 빌려 거기서 같이 지내고 있었는데 그가 고부 아전들과 함께 잡혀가버리자 유월례는 끈 떨어진 망석중이 꼴이 되고 말았다.『녹두장군』⑨

끓는 국에 맛 모른다[속] 급한 경우를 당하면 정확한 판단을 할 수 없음을 이르는 말. ¶"아니, 가만 있소. 시방 세상이 어세 두세 한께, 끓는 국에 맛 모른다고, 망둥이도 뛰고 곤자리도 뛰고 하는디, 나라가 지대로 서서 법도가 잽힌다치라면, 그런 자식들을 그냥 둘 것이여?…"『자랏골의 비가』

끗발[비] '잘 나가는 기세나 힘'을 속되게 이르는 말. ¶예사 사람 같았으면 어림없는 일이지만, 군자란의 끗발 때문에 용배 집까지 무사한 것 같았다.『녹두장군』②

끼니 굶는 놈한테 감기 고뿔 걱정[속] 끼니 없는 놈에게 점심 의논. 큰 걱정이 있는 사람에게 하찮은 일을 걱정하는 경우를 이르는 말. '고뿔'은 감기. ¶사람이, 사람 사는 구색을 그래도 방불하게 갖추고 살았어야, 말부조도 구색을 갖추어 오고 갈 것인데, 몸이 성했고 뭐가 어쨌고 한다는 게, 끼니 굶는 놈한테 감기 고뿔 걱정의 얼빠진 수작이어서, 그러다가는 죽은 송장이 아니라, 살아 있는 해룡이를 업고 나서야 할 판이었다.『자랏골의 비가』

끼니 앟힐 것은 없어도 도둑맞을 것은 있다[속] 아무리 가난한 살림살이라 하더라도 도둑 맞을 물건은 있다는 말. ¶"끼니 앟힐 것은 없어도 도둑 줄 것은 있다라고 문단속을 지대로 안하고 온 것 같글래 집에 쪼깨 갔다 왔소. 깔깔깔." 강쇠네는 깔깔거리며 넉살을 떨었다.『녹두장군』① ¶(산)"집을 봐달라구요?" "끼니 앟힐 것은 없어도 도둑 맞을 것은 있더라고, 변변찮은 살림이지만 집을 비우자니 마음이 안놓입니다."『보쌈』

ㄴ

나가는 년이 물 길어 놓고 갈까(속) 일이 이미 글러서 떠나는 터에 뒷일을 생각할 리가 만무하다는 말. ¶"다 저저금 이익 추리면 그만이제, 나가는 년이 물 질러 놓고 나가고, 남의 동네 세간 걱정까지 하고 나갈 것이여?" 『자랏골의 비가』

나간 집 같다 주인이 버리고 간 빈집처럼 적막하다는 말. ¶동네 한쪽에 자리 잡은 길례 집은 그 집 뒤란으로 울창한 숲이 집 앞의 귀목나무와 함께 집을 넉넉하게 감싸고 있어 여간 아늑하고 여유 있게 보이지가 않았으나 오늘은 나간 집처럼 을씨년스러웠다. 『녹두장군』③ ¶"…여기에 친척이 있냐 뭐가 있냐? 처가에서 몇 왔을 뿐 초상집이 나간 집처럼 썰렁했어." 양명식이는 새삼스럽게 화가 나는 모양이었다. 『은내골 기행』

나간 집 대문 열어놓듯 안이 훤히 들여다보이게 열려 있는 경우를 이르는 말. ¶달주는 나간 집 대문처럼 입을 벌리고 강쇠네만 건너다보고 있었다. 『녹두장군』⑥ ¶한몰댁 등 여인들 사진이며 한몰댁 아들 김영식이 사진도 잘 나왔고, 공

선이 표정은 가관이었다. 얼굴에 있는 구멍이란 구멍은 나간 집 대문 열어놓듯 있는 대로 열어놓고 있었다. 영락없이 동래탈춤 야류의 말뚝이 탈바가지였다. 『은내골 기행』

나는 새도 떨어뜨린다(속) 권세가 대단하여 무슨 일이든지 제 마음대로 할 수 있는 경우를 이르는 말. ¶…그때 양문이라면 날아가는 새에 손가락질만 해도 떨어질 지경이었다. 『자랏골의 비가』 ¶…소작인들은 지주가 아무리 나는 새를 떨어뜨리는 국회의원이라 하더라도 용수를 채반 만드는 재주가 없고서야 그 재판에서 이길 수 없을 것이라고 생각했다. <유채꽃 피는 동네>

나막신 신고 발바닥 긁는 소리 전혀 씨가 먹히지 않는 말을 하는 경우를 이르는 말. ¶"이놈아, 나막신 신고 발바닥 긁는 소리 작작해라. 네놈 상전이 내라는 소작료는 그것이 소작료가 아니고 강도질이니까, 강도질 말고 소작료만 받아가라고 버티고 있는 것이다. 이놈아." 『암태도』

나무는 큰 나무 덕을 못 보아도 사람은 큰 사람의 덕을 본다[속] 훌륭한 사람에게는 음으로나 양으로나 덕을 보게 됨을 이르는 말. ¶"옛말 그른 것 보았간디? 본시 큰 나무 덕은 못봐도 큰사람 덕은 보는 법이여."『자랏골의 비가』 ¶"…내 말 알아묵겠냐 못 알아묵겠냐? 당장 이로코 오랏줄 풀어준 것부터가 으짜냐? 이만하면 내 배짱 알겠지야. 엔간한 배짱 갖고 이로코 오라를 풀어주겠냐? 나무는 큰나무 덕을 못봐도 사람은 큰사람 덕을 보는 것이여." "알겠그만이라."『녹두장군』③

나무아미타불 십년공부 나무아미타불. ¶"그런데, 저자들 입을 아무리 틀어막아 놔도 동네서 소문이 정읍쪽으로 흘러가면 나무아미타불일세. 그래서 그 방도를 좀 의논하자고 자네를 만나자고 했네…"『녹두장군』①

나무에 오르라 하고 흔드는 격[속] 남에게 무슨 일을 시켜놓고 위험에 빠뜨리는 경우를 이르는 말. ¶"…칠팔백 명 소작인들이 모여 결의한 일을 가지고 변사스럽게 이랬다 저랬다 요변덕을 부리고 나오면 서태석씨나 박복영씨 같은 사람들을 나무에다 올려놓고 흔들자는 것이요?"『암태도』

나무칼로 귀를 베어도 모르겠다[속] 잠이 깊이 든 경우나 어떠한 일에 몹시 골몰하여 제 정신이 아님을 이르는 말. ¶"군자란이가 어떤 여자라고 세곡선 닻줄보다 더 든든한 그런 줄을 놓치겠소? 그 집 설야월이라든가 그 계집한테 퐁당 빠져서 나무칼로 귀때기를 베어가도 모를 지경이라고 합디다."『녹두장군』①

나발대를 불다[비] 말하는 것을 심하게 얕잡아 이르는 말. '나발대'는 나발의 몸통 부분. ¶"…그 새끼가 그림을 보면 속을 훤히 안다고 나발대를 불고 다니까, 만약에 내가 그걸 그리지 않으면 내 속을 환히 알고 야단을 칠 것 같았어…" <사형장 부근>

나 안 먹는다고 우물에 침뱉는 격 당장 자신에게 이해 관계가 없다고 심하게 해코지를 하거나 심술을 부리는 경우를 이르는 말. ¶"그러면 처음부터 법으로 묶든지 말든지 할 일이제, 즈그덜도 내나 맛있게 처먹던 놈들이, 나 안 먹는다고 우물에 침뱉는 격으로 멀쩡한 음식에 병균이 득실거린다고 나불대를 불어." <신 농가월령가>

나이가 농간 한다 나이 먹은 사람이 노회하게 농간을 부릴 때 나이를 탓하며 경멸하는 말. ¶"허허. 이런 기막힌 일도 있나? 그때 그놈 병원에서 닷새만엔가 이레만에 정신이 깨나서 지금 시퍼렇게 살아 있어. 살아도 그냥 살아 있는 것이 아니고, 나이가 농간 한다더니 그때보다 농간이 더 하네." "아, 그 석달곤이가 살아 있다니." <유채꽃 피는 동네>

나이 적은 형은 없어도 나이 적은 아재비는 있다[속] 형과 아우는 나이 기준이므로 나이가 적은 형은 없지만 아저씨와 조카는 항렬이 기준이므로 나이가 적어도 아저씨 되는 사람이 있다는 사실을 이르는 말. ¶"허!" 이상만이는 어이가 없다는 듯이 먼지 날리는 소리로 웃었다. "웃어? 내가 너보담 나이는 여남은 살 아랠 것이다마는 작은아부지는 작은아부진디 으짤것이냐? 촌수란 것이 그래서 나이 적은 성은 없어도 나이 적은 아재비는 없는 법이다. 이놈아, 알았으면 인사를 하란 말이다, 인사를!" 이갑출이는 더욱 거세게 소리를 질렀다. 『녹두장군』③

나이찬 자식 본 듯 미덥고 오랄지게 여기는 모습을 이르는 말. ¶…섬사람들은 저 연락선만 보면 거기에 자기 돈이 얼마나 들었건 모두가 나이찬 자식 본듯 뿌듯한 보람이 안겨 왔다. 『암태도』

나중에 볼 나무는 그루 적부터 다져야 한다 다음에 이익을 보거나 도움을 받으려면 미리 그만한 공을 들여야 한다는 말. ¶ "…즈그덜도 내중에 표 찍어주라는 소리를 할라면, 선거가 코앞에 당했을 적에사, 고산 강아지 감꼬챙이 물고 나서대끼 알량한 고무신짝이나 돌릴 것이 아니라, 내중에 볼 나무는 그루적부터 다지더라고, 다 이럴 때 일을 해도 해주어사 그럴 때 오는 정 가는 정일 것 아니요?…" 『자랏골의 비가』

나중에야 삼수갑산을 갈지라도㈜ 일이 잘못되어 나중에 어떤 곤경에 처하더라도 지금 하고 싶은 대로 하겠다는 결의를 다지는 말. '삼수갑산(三水甲山)'은 우리나라에서 가장 험한 산골이라 이르던 삼수와 갑산. 조선시대에 귀양지의 하나였음. '삼수갑산을 갈지라도'는 삼수갑산에 귀양살이를 갈지라도. ¶"낸중에야 삼수갑산을 가더래도 가놓고 볼 모냥이제." 동네 여인들이 달려가는 박문장을 건너다보며 깔깔거렸다. 박문장 뛰어가는 기세가 여인들의 말마따나 정말 나중에야 자기 아버지 서슬에 삼수갑산을 갈망정 나가놓고 보자고 도망쳐 나온 것 같았다. 『녹두장군』⑤ ¶"그러제마는 나중에야 삼수갑산을 갈망정 사내자식이 받아논 밥상을 내치고 물러나

졌어. 다 이런 것도 연분인게 그런 중 알어라." 주근깨는 능글맞게 이죽거리며 오라를 들고 무릎걸음으로 다가왔다. 『녹두장군』⑧

낙동강 오리알㈜ 험하게 몰락하거나 외톨이가 된 처지를 이르는 말. ¶…그런 놈 아들을 국회로 보내냐고 떠벌리고 댕기면 말이여, 이종석이 지가 낙동강 오리 알이제, 국회의원이 뭣이여?" 『자랏골의 비가』

낙락장송도 근본은 종자㈜ 아무리 훌륭한 사람이라도 처음에는 보통 사람과 다름이 없었음을 이르는 말. '낙락장송(落落長松)'은 가지가 길게 축축 늘어진 키가 큰 소나무. ¶"조소리서는 큰 장군 나고 하학동서는 작은 장군 났어. 작은 장군." 조망태가 소리를 질렀다. "작은 장군이 크면 큰 장군 되겠제. 낙락장송도 근본은 종자여." 모두 까르르 웃었다. 『녹두장군』⑩

낙엽 하나가 떨어지는 것을 보고 온 세상에 가을이 온 것을 안다 조그마한 조짐으로 전체를 알 수 있다는 말. 이 말은, 당시(唐詩) '一葉落知天下秋'에서 유래함. ¶(산) 이런 대학의 학생들이 그런 교수들에게 돌멩이를 던지게 되었다면 이 돌멩이는 단순한 돌멩이가 아니다. 낙엽 하나가 떨어지는 것을 보고 온 세상에 가을이 온 것을 알 수 있듯이, 이 것은 민족의 백년대계인 교육이 끝장났다는 조종의 돌멩이가 아니겠는가? 『녹두꽃이 떨어지면』

낙태한 고양이 상㈜ 몹시 낙담하거나 실망하여 얼굴을 잔뜩 찌푸리고 있는 모습을 이르는 말. ¶…끙끙 앓고 있던 사내들은 똥사발을 앞에 놓고, 낙태한 괭이

상이 되어 똥사발을 내려다 보았다. 『자 랏골의 비가』

낚시에 걸린 물고기 신세　죽음을 면할 수 없는 처지를 이르는 말. ¶당신들은 지금 낚시에 걸린 물고기 신셉니다. 그 낚시에 그 줄이면 당신들 몸뚱이를 공 중으로 끌어올릴 수도 있어요. 『오월의 미소』

난다 긴다 하다　재주나 능력이 뛰어나다. ¶"…이 숭악한 산골에서 나서 산골 너 구리 사촌으로 자란 놈이 긴다 난다 하 는 놈들만 몰려사는 서울 바닥에 부비 고 들어 그만한 돈을 잡았다면 무조건 알아줘야 혀…" <재수없는 금의환향>

난장 박살에 달걀 바가지　험하게 당한 경 우를 이르는 말. ¶…기는 놈, 꼬꾸라지 는 놈, 손으로 맥없이 머리통을 끌어안 고 땅바닥에 고개를 처박고 있는 놈, 이 건 도무지 난장박살에 달걀 바가지도 아니고 개구리밭에 태질도 아니었다. <가남 약전>

난장 박살 탕국에 어혈 밥 말아 먹기⑤　험 하게 맞아 성한 데 없이 멍이 들고 거의 죽게 된 경우를 이르는 말. ¶이미 십년 가까이 묵은 일을, 이제 들쑤신다고 해 서 범인이 밝혀질까도 싶지 않았지만, 그 범인을 찾는다면, 필경 형조패두의 버릇으로 자랏골에 또 경찰을 몰아붙일 판이니, 그렇게 되면 또 애먼 자랏골 사 람들만 난장박살에 어혈탕국이 되고 말 것 아닌가? 『자랏골의 비가』

난쟁이 교자꾼 참여하듯⑤　키가 작아 가 마 메는 사람들 축에 끼지도 못할 사람 이 거기에 참여한다는 뜻으로, 능력도 없는 사람이 자기 분수에 맞지 않는 일 에 주제넘게 참여함을 이르는 말. '교자

꾼'은 가마꾼. ¶"…지가 손을 뻗어 가 지고사 포돗이 다른 놈하고 같이 한질 인디, 요것이 여그 찌어봤자, 난쟁이 고 잣꾼 참여제, 다른 놈하고 어뜨크롬 심 을 같이 쓸 것이냐?" 『자랏골의 비가』

난쟁이 동네 키다리 꼴이다　따돌림당한 경우를 이르는 말. ¶모두 천보총과 회 룡총 곁으로 가며 얼싸안았다. 쌀 두 말 무게나 되는 천보총과 회룡총은 소리도 대포소리 같고 사거리도 길었으나 명중 률이 형편없어 평소에는 난쟁이 동네 키다리 꼴이더니 오랜만에 위력을 발휘 했다. ―드드드드드. 『녹두장군』⑫

난쟁이 턱 차기　닦달하거나 해코지하기가 아주 쉬운 경우를 이르는 말. ¶"…남해 는 경상돈게 물도 설고 낯도 설고 말도 선 데요. 그놈이 귀양 살고 있는 데만 알아내면 우리 다섯만 가도 그런 놈 하 나 잡기는 난쟁이 턱 차기요. 염려 말고 갑시다." 오기창이는 숨을 씨근거리며 앞장을 서서 내달았다. 『녹두장군』⑩

날개 돋친 듯　소문 같은 것이 먼 데까지 빨리 퍼져가는 것을 이르는 말. ¶다음 날부터 이 소문은 날개 돋친 듯 사방으 로 번져나갔다. 『녹두장군』①

날개 부러진 새⑤　옴짝달싹할 수 없는 처지에 빠진 사람을 이르는 말. ¶여덟 권의 두툼한 수첩에 깨알같이 적어 넣 은 이름자 밑에 마지막 ×를 하고 허탈 해진 성준은 이제 더 가 볼 데도 없었지 만 배가 끊겨 날개 부러진 새처럼 대한 민국 마지막 심(沈)가 집에서 여덟 달 동안의 허망을 달래고 있었다. <갈머리 방울새>

날 받아논 큰애기 수틀 만지듯　소중한 일 을 정성스레 하거나 만지는 경우를 이

르는 말. '큰애기'는 처녀의 사투리. ¶
일하기가 헝클어진 실패 추리기였으나,
작인들은 날 받아논 큰애기 수틀 만지
듯 정성스럽게 벼이삭 하나를 아껴가며
일을 추려갔다. 『암태도』

날 샌 올빼미 신세㈜ 한물간 처지를 이르
는 말. ¶판돌이는…해방과 함께 그 일
이 그쳐버리자, 날샌 올빼미 신세가 되
어 괴딸아비로 여기 눌러 살고 있었다.
『자랏골의 비가』 ¶민병석은 이판사판 청
나라에 기댈 수밖에 없었다. 지금 민가
들은 날샌 올빼미 신세인데 다 민병석이
자신이 지은 죄만도 모가지가 열손가락
이라도 부족할 판이었다. 『녹두장군』⑪

**날은 좋아 웃는다마는 동남풍에 잇속 그을
리는 줄 모른다**㈜ 눈앞의 현상만 보고
형편이 좋은 줄 알고 희희낙락하지만
사실은 어려움이 닥치고 있는 경우를
이르는 말. ¶(덕재영감은)…날은 좋아
웃는다마는 동남풍에 잇속 그을리는 줄
이나 알아라고 혼자 배를 쓸며 시치미
를 떼고 앉아 있었다. 『자랏골의 비가』 ¶
"저것들이 덩덩한께 제 세상인 줄 알고,
깔깔거리고 나대는데, 지금은 세월 좋아
웃지마는 동남풍에 잇속 그을리는 줄
모르고 있어. 가을에 보라구. 저것들 빚
이 지금 얼만줄 알어." <신 농가월령가>

남대문 입납㈜ 이름도 주소도 모르고 집
을 찾는 일을 이르는 말. 입납(入納)은
'귀하'나 '앞'처럼 옛날 편지를 바친다
는 뜻으로 이름 밑에 썼던 말. ¶이렇게
되고 보니 삼일운동 때 자기들이 나라
의 독립을 외친 것은 구체적인 자기들
의 적을 향해서가 아니고, 남대문 입납
으로 공중에다 대고 주먹질을 한 것이
나 마찬가지였다. 『암태도』

남산골 딸깍발이㈜ 가난하면서도 자존심
이 강한 선비를 농으로 이르는 말. ¶딸
깍발이란 나막신 신은 사람을 일컫는
말인데 '남산골 딸깍발이'라면 오기밖에
남지 않은 가난한 선비를 이르는 말이
될 지경이었다. 『녹두장군』⑩

남산골 샌님 남산골 딸깍발이. ¶"…상
놈이 양반댁 마나님하고 상음을 했으먼
상놈들로서야 남산골 샌님 역적 소문보
다 더 신명나는 일인데, 당신들은 무슨
억하심정으로 슬인춤에 지겟작대기 짚
고 나서요?"『녹두장군』②

**남산골 샌님은 뒤지하고 담뱃대만 들면 나
막신 신고도 동대문까지 간다**㈜ 의관을
제대로 갖추지 아니하고도 거리낌 없이
외출함을 이르는 말. '뒤지'는 대변을
보고 밑씻개로 쓰는 종이. ¶'남산골 샌
님은 뒤지 하나와 담뱃대 하나면 나막
신을 신고도 동대문까지 간다'느니, '남
산골 샌님은 신청안 고지기 시킬 재주
는 없어도 뗄 재주는 있다'느니, 이런
소리들은 그들의 가난과 오기를 그대로
말해 주는 속담이었다. 『녹두장군』⑩

**남산골 샌님이 망해도 걸음 걷는 보수는 남
는다**㈜ 남산골 샌님이 망하여 아무것
도 없으나 그 특이한 걸음걸이만은 남
는다는 말이니, 몸에 밴 버릇은 없어지
지 않음을 이르는 말. ¶(산)이 남산골
샌님을 소재로 한 속담만도 한두 가지
가 아닌데, 이런 속담에는 그들의 그런
모습이 여러 가지로 나타나 있다. '남산
골 샌님은 뒤지하고 담배대만 가지면
동대문까지 간다' '남산골 샌님은 신청
안 고지기 시킬 재주는 없어도 뗄 재주
는 있다' '남산골 샌님은 망해도 걸음걸
이 보수는 남는다' 등등인데, 딸각발이

는 신이 없어 마른 날에도 나막신을 신고 다닌다는 뜻으로 가난한 선비를 가리키는 말이다. 『보쌈』

남산골 샌님이 신청안 고직이 시킬 재주는 없어도 뗄 재주는 있다 ㊀ 양반이라도 아무 세력 없는 남산골 샌님이 고직이를 시켜줄 힘은 없어도 여론을 일으켜 못하게 할 수 있다는 말로, 무슨 일을 해줄 수는 없어도 못하게 방해할 수는 있다는 사실을 이르는 말. '신청안'은 선혜청의 와음으로 옛날 나라에 바치는 진상품을 받는 관청. '고직(庫直)'은 관아의 창고를 지키고 감시하던 사람. 창고지기. ¶"앞으로 그 작자 소식을 좀 알려주게. 잉임이 될 것 같은지 어쩐지 그런 낌새가 보이거든 좀 알려줘." "하하, 잉임이 된다면 훼방놀 길이라도 있는가? 하기사 남산골 딱깍발이가 향청 고지기는 못 시켜도 참판 모가지는 뗀다는 말이 있지." 정석희 말주변이 제법이었다. 『녹두장군』⑤

남산골 샌님 역적 바라듯 ㊀ 소외된 사람들일수록 정권이 뒤바뀌기를 바라는 경우를 이르는 말. ¶…놈들 하던 꼴이 하도 눈이 시리다 보니, 터지려면 한번 크게 터지라고 남산골 샌님 역적 바라듯 하며 시국 소식을 기다리고 있었다. 『자랏골의 비가』 ¶…어느 부자집이 털렸다거나 어디로 가는 봉물이 결딴났다는 소문이 퍼지면, 이 지방 사람들은 잘코사니야 하고 한결 고소해했다. 이런 심사야, 남산골 샌님 역적 바라듯 뜯기고 사는 사람들은 누구나 지니고 있는 심사지만, 여기 사람들은 그게 대둔산 녹림객들이 저지른 일일 거라 싶어 마치 자신들이 그렇게 한탕 친 것처럼 웃음소리들이 한결 호들갑스러웠다. 『녹두장군』①

남새밭에 똥싼 개는 항상 저 개 저 개 한다 ㊀ 한번 좋지 못한 일을 한 사람은 건뜻하면 사람들의 손가락질을 받게 된다는 것을 이르는 말. '남새밭'은 채소밭. ¶"그럼 그 통사가 오거무를 해치고 돈을 빼앗았단 말이냐?" "돈이 적잖으니까 얼마든지 그럴 수가 있지. 오거무는 남새밭에 한번 똥싼 개라 건뜻하면 저 개 저개 하는데 그게 아닐지도 몰라. 장통사 그 작자를 잡아다 어디 산으로 끌고 가서 야무지게 한번 불림을 받아보면 어쩔까 싶어." 『녹두장군』⑪

남생이 등 맞추듯 ㊀ 서로 잘 들어맞지 않는 것을 맞추려는 경우를 이르는 말. ¶"잣것이 검을라먼 얽지나 말랬더라고, 키도 키제마는 꼬부라지기도 이것이 꼭 새나꾸 날 풀어논 것맨키로 뱉뱉 돌려감시롱 꼬부라져 놔서, 이것을 어뜨크롬 눕혀사 다른 놈하고 궁합을 지대로 마춰 눕힐 것인고, 남생이 등거리 맞추기겄어." 『자랏골의 비가』

남생이 등에 풀쐐기 쏨 같다 ㊀ 남생이의 등딱지는 풀쐐기가 쏘아도 아무렇지 않듯이, 해를 끼치려 해도 해를 끼치지 못하는 경우를 이르는 말. '풀쐐기'는 불나방의 애벌레. ¶"…이 사람이 죽은 것은 맞아죽은 것이 아니고, 다른 병으로 죽은 것이다, 이런 진단서 한 장이면, 우리 같은 놈이사 관청 담벼락에다 대가리를 처박아도 남생이 등거리에 풀쐐기제 누가 왼눈 한나나 깜짝하겄소?…" 『자랏골의 비가』

남의 눈에 눈물 내면 제 눈에는 피가 난다 ㊀ 남에게 모질고 악한 짓을 하면 자기

는 그보다 더한 벌을 받게 됨을 이르는
말. ¶"…나는 어려서부터 놈의 눈에
눈물 내면 내 눈에서는 피가 난다는 소
리를 여러 번 들었소. 피가 난다는 소리
가, 하늘이 먼 조화를 부려갖고 피를 나
게 하는 줄 알았등마는, 이번에 고부 와
서 대창 든 사람들을 봄시로 생각해 본
게, 그것이 아니고 그 눈물난 놈이 눈물
낸 놈들 눈에서 피를 낸다는 소리등만
이라우…"『녹두장군』⑥ ¶"나는 역졸놈
들 열 놈 배때기에다 맞창을 못 내면 내
성을 갈아버릴 것이다." "남의 눈에 눈
물을 내면 내 눈에서는 피가 나는 법이
다. 두고 보자. 그동안 많이 처먹고 기
다려라." 고부 사람들은 이를 악물며 한
마디씩 했다.『녹두장군』⑧

**남의 눈에서 피 내리면 내 눈에서 고름이
난다**㈜ 남의 눈에 눈물 내면 제 눈에는
피눈물이 난다. ¶"오는 방망이, 가는
홍두깨라는 말이 있지? 남의 눈에 피를
내면 제 눈에서는 고름이 나는 것이다.
양문이 같은 놈은 한번 그래봐야 세상
사람들이 사람 무서운 줄도 알 것 아니
냐? 사람이 죽고 살기는 시왕전에 매인
것이고, 그래도 이왕에 손에 묻혀서 일
을 할라면 제대로 한 것같이 하고 죽어
도 죽어야 한다."『자랏골의 비가』

남의 동티에 경문 듣듯 자기하고 상관이
없는 일이어서 건성으로 듣는 경우를 이
르는 말. ¶"그렇게 남의 동티에 경문
듣듯 하고 있다가 내 말만 똑 따먹고 말
면 나만 병신 되라고?"『암태도』

남의 불에 게 잡는다㈜ 자기는 힘들이지
않고 남의 덕으로 이익을 보게 됨을 이
르는 말. ¶"그러면 자네들이 싸워서 세
웠단 말인가?" "우리도 안 싸웠습니다.

어르신들 말 듣다가 우리도 가만히 앉
아서 남의 불에 게 잡았습니다. 이제부
터 우리도 다른 고을 농민들처럼 싸우
러 나설 참입니다."『녹두장군』⑪

남의 사위 이 앓이다 자기하고 전혀 상관
없는 걱정거리를 이르는 말. ¶"이 사람
아 돈 들여서 저수지 막을 적에는 제때
에 물 터서 농사 짓자고 막은 것이제 잉
어새끼나 키우자고 귀 바른 논밭 뭉개
서 저수지를 막았간디 타들어가는 못자
리를 보고도 놈의 사우 이 앓이로 천연
보살이여?" <뚱바우 영감>

남의 사정 보다가 갈보 된다㈜ 분별없이
남의 사정만 보아주는 것을 경계하는
말. ¶"더구나 남 사정 보다가 갈보 되더
라고 말이여. 작자들이 그 땅을 사서 거
기다가 기도원같은 것을 짓든지 공장을
짓든지 하면 동네가 멋이 되겄어?" 머리
에 황토가 튀어박힌 이용만이가 나섰다.
『은내골 기행』

남의 사정 보다가 애기 배는 꼴 남의 사
정 보다가 갈보 난다. ¶유월례는 홍덕
댁 호들갑에 얹혀 인정에 밀리다보니
이건 꼭 남 사정 보다 애기 배는 꼴이
되고 있었다.『녹두장군』⑧

남의 염병이 내 고뿔만 못하다㈜ 남의 큰
걱정이나 위험보다는 제 작은 근심거리
가 더 절박하게 느껴진다는 말. '염병(染
病)'은 장티부스를 속되게 이르는 말. ¶
"놈의 염병이 내 고뿔만 못하다고 하제
마는 그래도 사람 인심이 이럴 수가 있
어."『자랏골의 비가』

남의 장단에 춤춘다㈜ 주견이 없이 남이
하는 대로 덩달아 행동함을 비웃어 이
르는 말. ¶…이 작자가 이렇게 쉽게
나오는 것은 사람을 그만큼 만만하게

보는 것이고, 또 동네 사람들도 남의 일
이라 그 장단에 춤을 추고 나오고 있었
다. 『자랏골의 비가』

남의 제사에 감 놓아라 배 놓아라 한다(속)
자기와는 상관없는 일에 공연히 간섭하
는 경우를 비꼬아 이르는 말. 감 놓아라
배 놓아라 한다. ¶"보자보자 한게 해도
너무해. 남의 제사에 감 놔라 배 놔라,
궁글어 간다 쪼개놔라, 먹기 좋게 깎아
놔라, 보기 좋게 괴어놔라? 촌놈들 일에
그렇게 간섭을 하려면 관청 놈들이랑
신문기자랑 떼몰려와서 아주 우리 동네
살림을 해주지 그려?" 동네 사람들은
중구난방으로 정신없이 내갈겼다. 『은내
골 기행』

남의 집 사위 보듯 자기와는 아무 관계가
없어 관심이 없음을 이르는 말. ¶…먼
데서 예가지 성묘 오는 사람들을 점심
한끼 대접하면 그것이 다 정이 되고 공
이 될 것인데, 꼭 남의 집 사위 보듯 해
야 도리일 것 같지도 않았다. 『자랏골의
비가』

남의 집 삼년 살고 주인 성 묻는다 뻔히
알만한 일을 모르고 있다가 묻는 경우
를 이르는 말. ¶"가만 있자, 남의 집
삼년 살고 주인 성 묻는다더니, 저희가
그 짝입니다. 스님께서는 법호를 어떻게
쓰십니까?" "거월, 갈거(去) 달월(月)일
세." 『녹두장군』① ¶"쥔네 성은 또 멋에
다 쓸라고 챙긴다요? 남의 집 삼년 살고
쥔네 성 묻는다는 소리도 못 들어봤소?"
작자는 시치미를 뚝 따고 엉뚱한 소리
를 했다. 『녹두장군』⑩

남의 집 조상이다 남에게는 귀한 사람이
지만 자기와는 상관없는 사람을 이르는
말. ¶"그 노인은 왜 그 모냥인지, 자기

가 못 거들어 주었으면 가만하나 기실
일이제 혀도 너무한 것 같습디다." 이싯
뚜리는 노골적으로 핀잔을 주고 나왔다.
그는 동학도가 아니므로 최시형이가 비
록 동학의 우두머리라 하더라도 그에게
는 남의 집 조상이었다. 『녹두장군』⑦

남의 초상에 단지(속) 남의 친환에 단지.
남의 부모가 앓아서 위급하게 되었을
때 그를 살리겠다고 손가락을 끊어 피
를 먹인다는 뜻으로, 자기하고는 아무
상관도 없는 일에 쓸데없이 애를 태우
는 것을 비꼬는 말. ¶동네 사람들은 이
렇게 되고 보니, 그날 몽둥이 휘두르며
나선 것이 남의 초상에 단지도 아니고,
이중삼중으로 배신당한 기분이었다. 『자
랏골의 비가』

남의 풍잠맛에 날장구 친다 남의 일에 분
수없이 놀아나는 경우를 이르는 말. '풍
잠'은 망건의 앞이마에 반달 모양으로
된 장식품. ¶이 동네서 대학생 났다는
것으로 들떴던 것이야, 남의 풍잠맛에
날장구 치려는 것이었으니, 그것이야 누
구를 탓하고 자실 일이 못되었지만, 떠
나는 인심이 이러다 보니, 핀잔 끝이 거
칠어질 수밖에 없었다. 『자랏골의 비가』

남이 장에 간다고 빈 지게 지고 나선다(속)
자기 주견이 없이 남이 한다고 덩달아
따라 함을 이르는 말. ¶"아이고 잘났
소, 잘났어. 밥싼 놈이 우줄거린게 똥싼
놈도 우줄거린다등마는, 당신이 꼭 그
짝이요잉. 생각을 혀보씨요, 생각을 혀
봐. 이런 일에 아무 상관도 없는 사람이
놈이 장에 간게 빈 지게 지고 장에 가라
우?…" 『녹두장군』⑤

남자는 배짱 여자는 절개다 남자는 배짱
이 두둑해야 하고, 여자는 정숙해야 한

다는 말. ¶"자, 돈 놓고 돈 먹기. 산에 가야 범을 잡고, 또랑치고 가재잡고, 남자는 배짱, 여자는 절개. 이 빨간 놈이 든 곽을 잡아내기만 하면 앉은 자리에서 삼배…"『자랏골의 비가』

낫 들고 고목에 용쓰는 꼴 엄청난 일에 가당치도 않는 방법으로 덤비는 것을 비꼬아 하는 말. ¶관군 수천명이 둘러싸고 있는 성 안에서 엽전뭉치와 단검을 들고 벼르고 있는 꼴은 낫 들고 고목에 용쓰는 꼴이었으나 두 사람은 한밤중까지 눈에 날을 세우고 지키고 있었다.『녹두장군』⑪

낮말은 새가 듣고 밤말은 쥐가 듣는다㊀ 말조심해야 한다는 말. ¶"낮말은 새가 듣고 밤말은 쥐가 듣는다는 소리가 말 흘러가는 길속만을 얘기하는 소리겠어?" "매사에 조심은 해야지만 너무 길 것도 없지요." 임군한이가 웃으며 받았다.『녹두장군』① ¶"이런 말은 어디 가서 함부로 하지 말어. 저놈들이 알아노면 말짱 헛일인게 이런 일일수록 입조심해야 혀. 낮말은 새가 듣고 밤말은 쥐가 듣는 거여." 사내 하나가 잔뜩 흥분한 소리로 다졌다.『녹두장군』⑫

낮에 보아도 낫자루 밤에 보아도 밤나무 별스럽게 던져보았자 마름쇠 환경이 달라진다고 사물의 속성이 변하지 않는다는 사실을 이르는 말. ¶"아무리 뜯고 맵슬러 보아야 생기기를 저로크롬 생긴 것이면, 낮에 보아도 낫자루, 밤에 보아도 밤나무고, 별스럽게 던져보았자 지가 마름쇠제, 저것이 다리 놓는디사 어디다 쓸 데가 있다고 시방 타령소리가 그로크롬 요란스럽냐?"『자랏골의 비가』

낯빤대기에 쇠가죽을 뒤집어쓰다 염치가 없고 부끄러움이나 체면을 생각지 않는다는 말. ¶"…서울서 돈 벌어보겠다는 배짱이면, 선차에 양심부터 싹 잡아 떼어가지고 시렁에다 집어 올려놓고, 낯빤대기에는 쇠가죽을 뒤집어써사 할 판인디, 사람이랏 것이 양심 하나 변해보소. 안되네…"『자랏골의 비가』 ¶"…신문이 그렇게 지주를 몰아세워 보시오. 제가 낯바닥에 쇠가죽 뒤집어쓴 사람이 아닌 다음에야 그 앞에서 소작료를 안 내리고 어떻게 배깁니까?"『암태도』

낯짝이 쇠가죽이다 낯가죽이 두껍다. 창피하거나 부끄러운 줄을 모를 만큼 염치가 없고 뻔뻔스럽다는 말. ¶"저 작자가 가네야마 경부 아닌가? 여기가 어딘 줄 알고 저런 놈이 경축사를 한단 말이여." 김학모씨가 경축사를 펴든 참인데, 노인들 석에서 이런 고함소리가 튀어나왔다. 낯짝이 쇠가죽인 김학모씨였지만, 면전에서 이렇게 쏘아붙이는 데야 속수무책, 잠시 어리둥절해 있었다. <도깨비 잔치>

낯짝이 양푼 밑바닥 같다 낯짝이 쇠가죽이다. '양푼'은 음식을 담거나 데우는 데 쓰는 놋그릇. ¶너무도 어이없는 꼴에, 너무도 어이없는 소리여서, 낯짝이 양푼 밑바닥인 명산댁도 얼른 뭐라 참견을 하고 나서지 못하고 어리둥절하고 있었다.『자랏골의 비가』

내가 부를 노래를 사돈이 부른다㊀ 내 할 말을 사돈이 한다. 자기가 하려고 하는 말을 도리어 남이 해준다는 말. ¶저 묏등을 파버리자는 것은 내가 부를 노래를 엉뚱한 사돈이 불러주는 격이어서 그 일만으로라면, 형제 아우 짝짜꿍으로 가서 얼싸안기라도 하고 싶을 것이겠으나, 『자랏골의 비가』 ¶ "하룻강아지 범 무서운 줄 모른다더니 잘 논다." "내가 부를 노래를 사돈이 부르고 있구나." 『암 태도』

내 것은 내 것이고 네 것도 내 것이다⬆ 자기 것은 물론 남의 것까지도 탐내며, 남의 것을 함부로 제 것 쓰듯 함을 이르 는 말. ¶ "허허. 원하고 급창이 거래를 해도 돈을 받았으면 물건을 주는 것이 사린디, 이 작자는 땅값은 땅값대로 받 아 처묵고 나서도 내 것은 내 것이고, 니 것도 내 것이라는 배짱 아닌가?" <유채꽃 피는 동네>

내 노랑 병아리만 내라 한다⬆ 무리하게 억지를 쓰면서 계속 고집을 부리는 경 우를 이르는 말. ¶ "아니, 이 사람아, 자 랏골에서 논이 서 마지기면 그것이 얼 만디, 자네는 내 노랑 병아리만 병아리 로 여기고 있는가?…" 『자랏골의 비가』

내놓은 얼간이 꼴 누가 보아도 얼간이라 는 말. ¶ 지난번 남산 왜성대에다 경복 궁을 향해 포를 설치할 때만 하더라도 이를 갈았던 조선 병사들은 요사이는 내논 얼간이 꼴로 그들 하는 짓만 구경 할 뿐이었다. 『녹두장군』⑪

내놓은 자식 꼴 이미 버린 자식이란 말. ¶ "잡지에는 저 선돌이 옛날 장마에 땅 속에 묻혔다고 했더군요." "옛날에는 동 네로 들어오는 길이 저쪽 개울가로 났 고 선돌도 그 길가에 있었는디 길을 이 리 냄시로 선돌은 그 자리에다 혼자 놔 두게 내 논 자식 꼴이 되어버렸지라…" 『은내골 기행』

내 똥 구린 줄 모르고 남의 방귀 탓하는 격 자신의 큰 허물은 모르고 남의 허물 만 버르집는 경우를 이르는 말. ¶ "허

허, 네놈이 우리들 음담을 탓했겠다? 내 똥 구린 줄은 모르고 남의 방귀 탓하는 격이로구나. 남의 음담을 탓하려면 네 아비부터 상풍죄로 잡아다 감옥에 처넣 고 와서 탓을 해도 해라!" 염소수염이 만만찮게 내질렀다. "저 쳐죽일 놈!" 방 학주가 욱 쫓아왔다. 『녹두장군』②

내 배 따라고 버티다 막무가내로 버티다. ¶ 그러나, 손바닥만한 동네, 뉘집 아버지 제사가 며칠날이고, 뉘집 아들 돌까지 속속들이 알고 있는 형편으로는, 그것이 다 눈 감고 아웅이지만, 그래도 은행을 상대로 내 배 따라고 버텨볼 배짱이라 면, 이렇게 쪽박도 써보고, 손바닥으로 하늘도 가려보고, 하여간 할 대로는 해 볼 법했다. 『자랏골의 비가』

내 복에 난리냐⬆ 내가 복을 타서 난리 를 만났느냐는 뜻으로, 일이 잘 되어 가 다가 뜻밖의 방해물이 끼어든 경우에 한탄하는 말. ¶ "내 복에 무슨 난리라 고, 기왕에 들어갔은께 지리산에서 국으 로 산전이나 일구고 칡뿌리나 캐묵고 사는 것인디, 허허, 무단한 선왕제 지내 고 지벌 입는다등마는 내가 꼭 그짝이 구만…" 『녹두장군』① ¶ "그랬디야. 그 랬으면 그랬제." 영감은 멋쩍게 너털 웃 음을 웃었다. 실은 딸의 행실에 노발대 발 하기는 하면서도 그 구백 만원이라 는 엄청난 돈에 올깃한 생각이 전혀 없 던 것만도 아니었던 다음이라 이렇게 되고보니 내 복에 무슨 난리랴 싶어 웃 음이 나왔던 것이다. <똥바우 영감>

내 속 짚어 남의 말 한다⬆ 제가 그러니까 남도 그러려니 짐작하고 말하는 경우를 이르는 말. ¶ "…부처님보고 생선토막을 돌라묵었다고 해도 유분수제, 군자 같은

그분한테 상피라니 그게 어디 당할 소린가? 내 속 짚어 남 말하더라고, 작자들이 못되묵어도 원체 못되먹은 인간 망종들이라, 바로 짐승 같은 제놈들 속살을 그렇게 드러냈던 걸세…"『녹두장군』① ¶"어이구. 내 속 짚어 남 말 한다더니, 자기 속이 의뭉한께 남도 다 그러는 줄 아는구만." <신 농가월령가> ¶(산) 형은 기가 차서 말문이 막히고 말았다. 원체 소가지가 밴댕이 창자 같은 작자라 내 속 짚어 남 말 하더라고 형도 자기하고 같은 줄 아는 모양이었다.『보쌈』

내 손에 상을 지지겠다㈜ 자기의 주장이 옳다는 것을 장담할 때 하는 말. 내 손톱에 장을 지져라. ¶"…작자들이 촌사람들 농사 걱정해서 그러겠는가? 그렇게 새 보를 막아 수세를 받아내자는 수작일세. 두고 보게. 내 말이 틀리면 내 손에다 장을 지지겠네."『녹두장군』④

내장산 몽구리한테 족징을 물린다 얼토당토않는 사람한테 언걸을 입히다. '몽구리'는 중을 놀림조로 이르는 말이며, '족징(族徵)'은 조선시대에 세금을 내지 못하는 경우, 그 일가붙이에게 대신 물리던 일. ¶"엄발을 안 나자도 형편이 형편인디 어쩔 것인가? 우리 집에 쌀 명색이라고는 약에 쓰자도 없네. 없는 쌀을 어디서 가져다 부조를 할 것이여? 시방 제대로 이름자 달고 나온 세금도 내장산 몽구리한테 족징을 물릴 형편이구만."『녹두장군』①

내 집 부뚜막이 남의 집 고루거각보다 낫다 아무리 초라해도 내 집이 남의 집보다 낫다는 사실을 이르는 말. '고루거각(高樓巨閣)'은 높고 크게 지은 집. ¶"오늘 아침 밥 묵는 수는 생각보담 적게 왔그

만이라. 내 집 부뚜막이 남의 집 고루거각보다 낫더라고 명절날이라 이녁집 무싯국이 쇠고깃국보담 낫은갑소."『녹두장군』⑥

내 코가 석자㈜ 자기도 곤경에 빠져 남의 사정 돌볼 겨를이 없다는 말. ¶호방이 들었다는 여각으로 달려갔다. 호방은 제코도 석자나 빠져 상판이 말이 아니었다. 어제 저녁에 한숨도 못 잤는지 눈에 핏발이 서 있었다.『녹두장군』⑦

냉갈령을 부리다 냉차게 대하다. '냉갈령'은 몹시 매정하고 쌀쌀한 태도. ¶(산) "어려운 부탁이 하나 있어 왔소." 이웃집에 사는 과부가 방실방실 웃으며 홀아비집 마당으로 들어섰다. 아침상을 물리고 난 홀아비는 무슨 일인가 하여 과부를 건너다보고 있었다. 평소에는 예사 일로 말을 걸어도 지레 눈부터 아래로 깔고 새침하게 냉갈령을 부리던 과부였다.『보쌈』

냉수 마시고 냉돌방에서 땀낼 소리 터무니없는 소리 하는 걸 잔뜩 비꼬아 하는 말. '냉돌방'은 불기 없는 찬 온돌방. ¶"…오는 정 가는 정이더라고 쇠가죽 부채질에 사정이 좀 있었던 것 아닌가 했더니, 그놈의 쇠가죽 부채는 이웃사촌도 몰라봤던 모양이지?" "허허. 냉수 마시고 냉돌방에서 땀낼 소리 작작 하시오."『암태도』

냉수 먹고 속 차려라㈜ 제대로 처신하지 못하는 사람에게 정신을 차리라고 비난조로 이르는 말. ¶"철그른 동남풍에 늦은 밥 묵고 파장 갔다 와서 기분들 내지 말고 일찌감치 생수 자시고 맘들 잡어."『자랏골의 비가』 ¶"냉수 마시고 맘 돌리라고 해. 하여간 타작을 해서 나락섬을

고방에 처재논 다음에는 돌아가신 우리 할아버지가 와서 사정을 해도 왼눈 하나도 떠보지 않을 거여.”『암태도』 ¶“…설사 가르쳐 준다고 해도 당신 같은 약골은 그 곁에 얼씬도 못하오. 일찌감치 냉수 마시고 맘 돌리시오.”『녹두장군』②

너구리 굴 맞춰놓은 것 같다 돈 나올 데나 웬만큼 믿는 구석이 있어 여유가 있는 경우를 이르는 말. ¶“…쓰잘데 없이 입을 잘못 놀렸다가 자기 성가실 것만 생각하고 꼴랑지를 싹 새려분다치라면, 미련한 강아지 잡지도 못할 꿩만 내모는 격이 되겠글래, 너구리 굴 맞춰논 것맨키로 슬쩍 속치부만 하고 와서 이로크롬 자네한테 말을 하는 것이여.”『자랏골의 비가』

너구리 굴 보고 피물 돈 내어 쓴다 촉 일이 되기도 전에 그 일에서 나올 이익을 타산하여 미리 당겨씀을 이르는 말. ‘피물 돈’은 짐승의 가죽 또는 그것으로 만든 물건으로 갚기도 하고 얻어 쓰는 돈. ¶너구리 보고 피물 돈도 내어 쓰는 것, 막걸리가 아니고 소주를, 안주까지 돼지 족통으로 하나를 뜯고 나서 황홀하고 덩덩한 기분으로 재를 넘었다.『자랏골의 비가』

너와로 이었어도 사당은 사당이다 아무리 초라해도 명색에 따른 제 기능이 있다는 말. ‘너와’는 널기와. ¶그러나 너와로 이었어도 사당은 사당이더라고 비록 논두렁에 홑이불 지붕의 바람막이 울타리 막치 술집이었으나, 여기서도 술을 팔고 있으니 술집은 술집이어서 퉁때 묻은 동전 한두 닢을 내놓고 시레깃국에 막걸리 한잔일망정 고루거각의 유곽에 진배없는 흥취와 느긋함이 있었고,

술이 조금 거나해지면 옷고름 풀어헤치는 건들거림이 있었다.『녹두장군』⑥

너 죽고 나 죽자 ⑪ 끝장을 내자고 으름장을 놓는 말. ¶“…내 말 안들으면, 너 죽고 나 죽는다고 한바탕 을러메갖고는, 두 말할 것 없이 그 자리에서 봐부러.”『자랏골의 비가』 ¶“그놈 만나서 다시 한번 이야기를 혀갖고 안 들으면 저 죽고 나 죽고 할 참이오.” 정묘득이가 이를 앙다물었다.『녹두장군』⑥

널도깨비가 복은 못 줘도 화는 준다 촉 못된 사람은 남에게 좋은 일은 못하지만 나쁜 일은 할 수 있다는 말. ‘널도깨비’는 관에 붙은 도깨비라는 뜻으로, 귀신을 이르는 말. ¶널도깨비가 복은 안 줘도 화를 주려면 쌍으로 준다더니, 아직 동네에 들어서지도 않은 도깨비가 벌써 두번째 재앙을 그도 이번에는 너무도 처참한 재앙을 몰아와 한꺼번에 네 사람이나 줄초상이 나고 말았다.『자랏골의 비가』

널도깨비 갈밭 헤매듯 부산스럽게 헤매는 모습을 이르는 말. ¶옆구리에 시퍼런 칼을 철덕거리며 널도깨비 갈밭 헤매듯 한참 그렇게 서슬을 번득이고 쏘다니다가, 이건 꼭 월천하다 사또 만난 꼴로 난데없는 대학생과 딱 부딪치고 말았다.『자랏골의 비가』

네미룩내미룩하다 서로 상대편으로 책임을 떠넘기어 미루는 모양. ¶예조에서는 네미룩내미룩하다가 한참만에 참의가 일본공사관으로 달려갔다.『녹두장군』⑩

네 병이야 낫든 말든 내 약값이나 내라 촉 일의 결과는 덮어 놓고 그 보수만을 요구함을 이르는 말. ¶“…네 병 낫든 말든 내 약값 달랬더라고 형장들이야 그

작자 있는 데만 귀뜸했으면 그만이제, 애초에 그런 약조가 없는 바에 무슨 염치로 그것을 탓하겠소.”『녹두장군』②

네 쇠뿔이 아니면 내 각담이 무너지랴㉑ 다른 사람 때문에 공연히 자기가 손해를 입었음을 이르는 말. 네 각담이 아니면 내 쇠뿔이 부러지랴. ‘각담’은 논밭의 돌을 추려 한쪽에 나지막이 쌓아 놓은 무더기. ¶“그런께, 지금 자네 이애기는 니 소가 아니었으면 내 각담이 무너졌으랴는 소린디, 나는 하늘에 걸고 애매하니 이것이 딱한 일 아닌가?”『자랏골의 비가』 ¶“허허, 지금 자기 잘못은 어디다 얹어 놓고 누구한테 언걸인고?” “언걸? 그집 쇠뿔이 아니면 내 각담이 무너져?” “그런 터도 없는 생청은 아무데나 대고 부리는 것이 아녀…”『암태도』

넥타이에 지게 작대기 갓 쓰고 자전거 탄다. 격에 맞지 않는다는 말. ¶“뭣이 으째? 저것을 지둥으로 써? 존 다리 하나 배리네. 넥구다이에 지게 작대기를 짚어도 분수가 있제 저것으로 지둥을 해? 하하하.”『자랏골의 비가』

노가다판㊌ ‘공사판’을 속되게 이르는 말. ¶“처음부터 그런 배짱이람, 그 동안에 이런 험한 노가대판에 끼어 들어 뼛골 뺄 것은 뭐람.” <유채꽃 피는 동네>

노가리㊌ ‘거짓말’을 속되게 이르는 말. ¶“…이 말씀 한마디만 해주시면 그 분은 내중에 틀림없이 천당 가실 것입니다. 그럼 노가리는 이만 까고 철거덕 쥐덫을 소개해 올리겠습니다.” 단장은 왕년의 곡마단 단장답게 익살이 구성졌다. <어머니의 깃발> ¶“…추석 하면 척 떠오르는 것, 그걸 솔직하게 그리라 이 말이다. 이러고 한참 노가릴 깠어…” <사

형장 부근>

노는 입에 염불하기㉑ 가만히 있기보다는 염불이라도 외는 것이 좋다는 뜻으로, 하는 일 없이 그저 노느니 무엇이건 하는 것이 낫다는 말. ¶하루 품이 그렇게 아깝다면 추석 같은 날 노는 입에 염불하기로 낫 한 자루를 들고 나서면 그쯤 수고로 그만큼 생색나는 일도 없을 것이었다.『자랏골의 비가』 ¶“가닥을 추리고 탓을 하기로 하면 한정 없고 못이긴대끼 가세. 당장 우리 것 뺏어가는 것도 아니고, 또 마침 손이 놀고 있을 땐게 노는 입에 염불하는 셈쳐.” 양찬오는 너울가지 있게 달랬다.『녹두장군』④

노래기 간을 내먹지 하찮은 이익에 염치 불구하고 덤비는 경우를 이르는 말. ‘노래기’는 고약한 노린내를 풍기는, 발이 많이 달린 벌레. ¶“…노래기 간을 내먹고 말지 이런 사람들한테 행사료만 받아먹고 이게 뭡니까?” <칠일야화>

노래기 푸념한 데 가 시룻번이나 얻어먹어라㉑ 염치도 체면도 없이 이익만 좇는 사람을 핀잔하는 말. 노래기 회도 먹겠다. ‘시룻번’은 시루를 솥에 안칠 때 그 틈에서 김이 새지 않도록 바르는 반죽. ¶“…그만치 뜯어가고도 양이 안 차거던, 어디 노래기 푸념한 데 가서 시룻번이나 쪼깐 얻어 처묵고 가라고 그러소.”『자랏골의 비가』

노래청에 든 귀머거리 격 주변 사정을 전혀 모르는 경우를 이르는 말. ¶…일본말로 내갈기는 소리라 자랏골 사람들은 노래청에 든 귀머거리 격이었지만, 알아듣지 못하는 소리라 더 청산유수로 들렸다.『자랏골의 비가』

노루뜀에 돼지 꼴 날랜 사람한테 굼뜬 사람을 비겨 하는 말. '노루뜀'은 노루가 뛰는 것처럼 경중경중 뛰는 뜀. ¶두 사람은 있는 힘을 다해서 달렸지만 노루뜀에 돼지 꼴이었다. 오거무는 한참 내빼다가 길가 산 위로 올라붙었다. 『녹두장군』⑤

노루잠에 개꿈이라⑥ 아니꼽고 같잖은 꿈 이야기나 격에 맞지 않는 말을 할 때 이를 놀리어 하는 말. '노루잠'은 깊이 들지 못하고 자주 깨는 잠. ¶그런데, 노루잠에 개꿈으로 속절없는 한때의 헛꿈이었을망정, 자랏골 사람들은 정말 오랜만에, 다리 아래 굽실거리기만 하던 허리를 펴고… 『자랏골의 비가』

노루 친 막대기 삼 년 우린다⑥ 노루를 쳐 잡은 몽둥이에 고기 맛이 옮았으리라고 그것을 삼 년 동안이나 우려 먹는다 함이니, 보잘것없는 것을 두고두고 되풀이하여 이용함을 이르는 말. ¶"…그놈들한테는 도깨비방망이도 이런 방망이가 없을 것이네. 노루 친 막대기 삼 년 우려먹더라고 이만한 구실이면 이놈들이 몇삼년을 우려먹을지 누가 알어?" 『녹두장군』①

노장(老將)은 병담(兵談)을 아니하고 양고 (良賈)는 심장(深藏)한다⑥ 경험 많은 장수는 병담을 함부로 하지 않고 노련한 상인은 좋은 물건이 들어오면 깊이 감춰놓고 판다는 뜻으로, 참으로 훌륭한 사람은 재주나 덕을 함부로 내세우지 않는다는 말. ¶"노장은 병담을 아니하고 양고는 심장한다는 말이 있네. 늙은 장수는 남 앞에서 함부로 병담을 하지 않고, 도가 트인 장사치는 좋은 물건이 들어오면 깊이 감춰 둔다는 말일

세." 『녹두장군』③

노적가리에 불지르고 싸라기 주워먹는다⑥ 큰 것을 잃고 나서 작은 것을 아끼는 어리석음을 일컫는 말. '노적가리'는 한데 쌓아둔 곡식 더미. ¶…재미라야 기껏 노적가리에 불붙이고 싸라기 주워 먹는 재미였겠지만, 어쨌든 그것도 재미는 재미였다니, 명당설 덕이라면 자랏골 사람들에게는 이런 정도의 덕이 고작이었다. 『자랏골의 비가』 ¶"…이 새끼야 인자와서는 노적가리에 불 붙이고 싸래기 줏어 먹자고 흥정을 붙혀?" <유채꽃 피는 동네>

녹비에 갈 왈자⑥ 사슴 가죽에 쓴 갈 왈자는 가죽을 위아래로 잡아당기면 일(日)자가 되고 양쪽으로 잡아당기면 왈(曰)자가 된다는 뜻으로, 일정한 주견이 없이 남의 말을 좇아 이랬다저랬다 함을 이르는 말. ¶…양문이가 누구라고 그냥 두었겠느냐, 허나, 남의 뒷등을 어쩌겠느냐, 녹비에 가로왈로 앞뒷 벽을 쳐서 은근히 공갈을 놓았다. 『자랏골의 비가』

논다니⑪ 웃음과 몸을 파는 여자. ¶"삼패 막창 논다니도 아니고 여염집에서 자랏단 규수가 첫날밤에 신랑을 사타구니 밑에 깔고 앉아버렸으니 꼴이 뭐가 됐겠소?…" 『녹두장군』②

논두렁 이웃에 의좋은 사람 없다 위아랫 논을 버는 사람들은 물 때문에 항상 싸울 수밖에 없음을 이르는 말. ¶"…논두렁 이웃에 의좋은 사람 없더라고 내 논이 이 작자 논 밑으로 보가 물렸는데 이 때려 죽일 작자가 날이 며칠만 가물면 도랑을 처깔해 놓고 물 한 방울을 안 흘려내리는구만이라…" 『녹두장군』⑫

놀란 토끼 벼락바위 쳐다보듯㊠ 놀란 토끼가 앞을 가로막은 아찔한 벼랑바위를 쳐다보듯 한다는 뜻으로, 위급한 정황에서 말도 못하고 눈만 껌벅거리며 쳐다보는 경우를 이르는 말. '벼랑바위'는 벼랑을 이루는 험한 바위. ¶춘영이는 놀란 토끼 벼락바위 쳐다보듯, 거기 한참 넋이 나가 있다가 뭉개진 묏등으로 기어올라갔다. 『자랏골의 비가』 ¶"…그 집 사내들은 모두 골통이 깨지고 팔다리가 부러져 늘어져 있으니, 동네 사람들은 영문을 몰라 놀란 토끼 벼락바위 쳐다보듯 도망치는 놈들만 멀거니 건너다보고 있습니다…" 『녹두장군』①

농땡이㊦ 꾀나 게으름을 부리는 짓. ¶"…이 새끼 원체 농땡이라 공부 가르치기 싫으면 언제든지 학생들보고 그림을 그리라 해놓고, 제놈은 의자에 기대어 낮잠을 자든지 비실비실 놀든지 하는 거야…" <사형장 부근>

농사꾼은 굶어 죽어도 씨나락은 베고 죽는다㊠ 농부가 굶어 죽으면서도 종자는 먹지 않고 남긴다는 말. '씨나락'은 볍씨의 사투리. ¶(산) 농부는 굶어죽어도 씨나락은 베고 죽는다는 속담이 있습니다. 이 말은 자기는 굶어죽더라도 후손들이 농사지을 종자는 남긴다는 말입니다. 언필칭 국가백년대계라는 교육은 민족의 장래를 위한 씨나락입니다. 『녹두꽃이 떨어지면』

농사 물정 안다니까 패는 나락 화기 뽑는다㊠ 농사 물정을 안다고 칭찬해 주니까 벼를 빨리 패게 한답시고 패 나오고 있는 화기를 억지로 뽑는다는 말이니, 남의 아첨하는 말이나 비꼬는 말을 제대로 알아듣지 못하고 잘난 체하거나 우쭐거리며 더 괴상한 짓을 하여 어리석음을 드러냄을 이르는 말. '화기'는 벼·수수·갈대 같은 것의 이삭이 달린 줄기. ¶"허허. 농사 물정 안당께는 나락 화기 뽑는다고 하더니, 그 일을 누구보다도 잘 아는 그놈이 우리를 지금 죽여도 몇 벌로 죽이자는 수작이제." <유채꽃 피는 동네>

농사일에 중놈 농사일은 전혀 모르는 사람을 가리키는 말. ¶"내가 여기 와서 무얼 말하겠소. 나는 전쟁마당에서는 농사일에 중놈 한가지지요. 낄낄낄." 『녹두장군』⑦

높바람에 샛바람이다 북풍에 남풍처럼 서로 대립되어 있는 세력이 부딪히는 경우를 이르는 말. ¶"오늘은 일진이 어떻게 생긴 날이관대, 임금 사자에 법헌 파발에 바깥 바람이 높바람에 샛바람일까? 저 편지도 존 소리는 아닐 것 같은데…" 김경천이가 또 혼잣소리로 이죽거렸다. 『녹두장군』⑨

놓고 치나 메고 치나 어떻게 하든 별 차이가 없다는 사실을 이르는 말. ¶"그것을 따질라면 응팔이한테서 받을 일이제 어째서 선원들 것에서 깝니까?" "놓고 치나 메고 치나 일반 아녀?" <가남 약전>

뇌물 먹은 고지기 환자 받듯 까다로운 사람이 갑자기 너그럽게 대하는 경우를 비꼬아 이르는 말. '환자(還子)'는 환곡 즉 조선시대에 곡식을 사창에 저장하였다가 백성들에게 봄에 꾸어주고 가을에 이자를 붙여 거두던 일. ¶공무원들도 예사 때의 그 까탈스럽고 데데하던 행티를 싹 버리고, 뇌물 먹은 고지기 환자 받듯 장광 곁 회추리만한 앵두나무도 유실수라면 두말없이 고개를 끄덕여 치

부를 해주었고, 그 값을 매기는 데도 활수하기가 목비 온 뒤 부자 마님 못밥 인심이었다. <당제>

누운 소잔등 넘기　무슨 일을 힘들이지 아니하고 쉽게 해냄을 이르는 말. ¶한잔 걸치고 나니 예사때는 그렇게 꽉꽉하고 지리하던 잿길이 누운 소잔등 넘기였다. 『자랏골의 비가』

누운 소 타기〔속〕　하기가 쉬운 일을 이르는 말. 누워서 떡 먹기. ¶눈에 불을 켜 대고 나대다가 시아버지를 졸라 이듬해 만득이와 짝을 지어버렸다. 그러나 종년은 누운 소 타기라 이상만이는 틈만 있으면 유월례를 범했다. 『녹두장군』①

누울 자리 봐 가며 발 뻗어라〔속〕　어떤 일을 할 때 그 결과가 어떻게 되리라는 것을 생각해서 미리 살피고 일을 시작하라는 말. ¶"…그러고 내가 잡힐까는 염려 마라. 누울 자리 봐놓고 발 뻗는다고 그만한 계산은 내가 다 하고 있다…" 『자랏골의 비가』 ¶"관가놈들이 그렇게 한번씩 당하고 나면 뒤가 꿀리겠지요." "두말할 것도 없지요. 누울 자리 봐서 발 뻗더라고, 지금 어디서나 관가놈들이 그렇게 설치는 것은 백성들이 만만하니까 그렇지요." 『녹두장군』⑤

누이 좋고 매부 좋다〔속〕　어떤 일에 있어 서로 다 이롭고 좋음을 이르는 말. ¶ "…그것 떤다치라면 마당 넓어지고, 담 치고, 또 동네 다리까지 놓고, 누 좋고 매부 좋고 동네까지 안 좋냐?" 『자랏골의 비가』 ¶(산)"쇠고기를 수입하는 것은 이해할 수 있습니다. 기왕 수입하려면 쇠고기가 아니라 송아지를 수입해야 합니다. 그걸 농민들이 키워서 팔면 누이 좋고 매부 좋고지요…" 『녹두꽃이 떨어지면』

눈 가리고 벼랑길 걷는 기분이다　위험한 일을 전후 사정도 모르고 해야 하는 기분을 이르는 말. '벼랑길'은 벼랑에 난 험한 길. ¶도대체 무슨 일인지, 부러진 내막이라도 알았으면 마음이 죄어도 그 쪽을 향해 골이 질 것인데, 도무지 이건 눈 가리고 벼랑길 걷는 기분이었다. <가남 약전>

눈 가리고 아웅〔속〕　빤히 속이 들여다보이는 것을 숨겨 보려고 매우 얕은수로 남을 속이려 한다는 말. ¶"그 자식 변호사가 먼 말을 한다치라면 만리장성으로 듣고 앉았는 놈이 이쪽 입은 봉할라고만 하니, 시방 이 놈이 지주 쪽으로 이미 판결을 내려 놓고 눈 가리고 아웅하는 수작인 것만 같어…" <유채꽃 피는 동네>

눈 감고 아웅한다〔속〕　눈 가리고 아웅. ¶ 그러나, 손바닥만한 동네, 뉘집 아버지 제사가 며칠날이고, 뉘집 아들 돌이 며칠날인가까지 속속들이 알고 있는 형편으로는, 그것이 다 눈 감고 아웅이지만, 그래도 은행을 상대로 내 배 따라고 버텨볼 배짱이라면, 이렇게 쪽박도 써보고, 손바닥으로 하늘도 가려보고, 하여간 할 대로는 해볼 법했다. 『자랏골의 비가』 ¶"김개남 장군은 이번 개혁조치를 보고도 마찬가지라지요?" "그분 성격에 그럴 수밖에 없지요. 더구나 대원군이라면 고개를 흔드는 사람이라 그런 정도 개혁은 눈 감고 아웅이라 생각하는 것 같습니다." 김덕호는 웃으며 대답했다. 『녹두장군』⑪

눈 감으면 코 베어먹을 세상〔속〕　세상 인심이 매우 험악함을 이르는 말. ¶눈 감으면 코 배어 먹을 데가 서울이니, 누가 까닭 없이 말을 걸어 오거나 친절을 베풀어오는 놈이 있으면 바로 그놈이 도적놈이고 사기꾼이라고 보면 틀림 없다는 등 섣부르게 서울 물정 생각할 것이 아니라 무엇이든지 이쪽 짐작에 조금만 미심쩍은 것이 있으면 시골 늙은이 유세하고 무작정 큰소리부터 쳐서 기를 꺾어노는 담에 따져도 따지는 것이 수다는 둥, 저마다 한마디씩 아는 소리들이 요란스러웠다. <똥바우 영감>

눈구멍을 까뒤집다囲 '눈을 뒤집다'를 속되게 이르는 말. 몹시 성이 나서 이성을 잃다. ¶"아니, 으짠다고 이 사람이 나한테 시방 눈구멍을 까뒤집고 소락대기를 질러싼고?" 『자랏골의 비가』

눈꼴시다 하는 짓이 거슬리어 보기에 아니꼽다. ¶"자, 나도 한잔!" 자리에 끼여 앉으며 아무 잔이나 주워들었다. "반갑소. 젊은 것들 사이에 생과부로 끼여 앉았으려니 눈꼴이 시려 못 보겠더니 나도 면과부했구만." 백도가 중식이한테 잔을 권하며 너스레를 떨었다. 『녹두장군』② ¶"누가 이쁘다고 해서 이꼴이여? 이쁘잖은 며느리 달밤에 삿갓 쓰고 나온다더니, 허허 잔내비 맨스 하는 걸 보제. 눈꼴 시려 못봐 주겠네." 달중이와 만득이가 한참 복만이 악매에 서릿발이 섰다. <재수없는 금의환향>

눈떼기 강아지만하다 강아지만큼 큰 모양을 이르는 말. '눈떼기 강아지'는 막눈을 뗀 강아지. ¶도래실 영감이 고구마를 주워 담으며 말했다. 정말 밑이 예사로 잘 든 게 아니었다. 모두가 팔뚝 굵기에 어금지금했고, 눈떼기 강아지만한 놈도 한 두둑에서 여남은 개씩 뒤집

혔다. <신 농가월령가>

눈먼 돈 우연히 생긴 공돈을 이르는 말. ¶"앞으로 너한테도 눈먼 돈이 수월찮게 들어올 것이다." 호방은 껄껄 웃으며 유월례를 껴안았다. 『녹두장군』⑧

눈 박힌 놈囲 문맹에 대하여 문자 해득자를 이르는 말. ¶"…자네라도 있기망정이제 자네 말고 자랏골에 눈 백힌 놈이 또 누가 있는가?" 『자랏골의 비가』

눈썹만 뽑아도 똥 나오겠다㊈ 견디기가 한계에 이르러 조금만 더하면 끝장나겠다는 말. ¶"…눈썹만 뽑이도 똥 나오게 생긴 비패런 촌놈들한테서 모구 다리에 피빼대끼 훑어만 갈라고 환장을 하니, 사람이 어뜨크롬 숨을 쉬고 살 것냔 말이여." 『자랏골의 비가』 ¶"…이런 일은 상말로 보리개떡으로 찰떡 인심낼 일인디 그런 일을 부자 생색내라고 내맡기자는 소리요?" 별감이었다. "그래도 지금 군민들 형편이 눈썹만 뽑아도 똥 나오게 생겼는디, 또 그런 돈을 내라면 우선 얼굴부터 찡그릴 것 아니오." 『녹두장군』④

눈썹 하나 까딱 않는다 도무지 무서워하는 기색이 없다는 말. ¶종수는 눈썹 하나 까딱하지 않고 그대로 서 있었다. 『자랏골의 비가』 ¶"통모? 돈 나오라는 핑계제 통모는 누가 통모를 해?" 여인은 지지 않고 대들었다. 그때 군중들이 우 소리를 지르며 포교 앞으로 육박해 들어갔다. 포교는 눈썹 하나 까딱하지 않고 버티고 서서 군중을 노려보고 있었다. 『녹두장군』① ¶(산) 수백 년 묵은 도래솔을 있는 대로 잘라가자 산주들은 길길이 날뛰었다. 그러나 조병갑이는 눈썹 하나 까딱하지 않았다. 『교수와 죄수 사이』

눈알을 부라리다 눈을 부라리다. 성이 나서 눈을 부릅뜨고 눈알을 이리저리 굴리다. ¶ "이놈이 어디다 대고 함부로 아가리를 놀리냐?" 작자들은 경황중에도 눈알을 부라렸다. 『녹두장군』①

눈알이 뒤집히다 눈이 뒤집히다. 화가 나서 앞뒤를 잴 수 없도록 정신이 없다. ¶ 달주 아버지가 4년 전에 터무니없이 상피죄로 끌려가 곤장을 맞고 그 장독으로 죽었다. 그 소리를 되새겨오자 달주는 대번에 눈알이 뒤집히고 말았다. 『녹두장군』①

눈알이 화등잔 같다 눈이 똥그랗게 큰 모양을 이르는 말. '화등잔(火燈盞)'은 불을 켠 등잔이란 뜻으로, 놀라거나 앓아서 퀭하여진 눈을 이르는 말. ¶ "바른 생각이다. 아무리 종이라고 하제마는 눈알이 화등잔 같은 서방이 너를 못잊어서 그로코 미치는디, 목구녕 하나 팬하자고 본서방을 배반한다면 그것이 사람이겠냐?…" 『녹두장군』③

눈에 가시 俗 몹시 밉거나 늘 눈에 거슬리는 사람을 이르는 말. ¶ 김서기는 평소에도 그 떠세로 내노라 벋대는 자라소작인들은 그를 눈에 가시 보듯 했는데… 『암태도』 ¶ 이갑출이는 전에 말목장터를 누비던 건달로 행실이 개망나니였다. 이주호는 그를 항상 눈에 가시처럼 생각하고 있다가 그가 남의 부인을 건드려 말썽이 생기자 그걸 빌미로 말목서 못살게 쫓아버렸다. 『녹두장군』③ ¶ "…차가가 하필 여기까지 내려와서 정착한 것은 왜정시대 자기의 험한 행적을 숨기자는 속셈이었을 텐데 이 좁은 읍내에서 자신의 행적을 자세히 아는 사람하고 같이 살게 되었으니 눈엣가시

였겠지요…" 『은내골 기행』

눈에 보이는 게 없다 인사불성 상태를 이르는 말. ¶ "그냥 뛰어다닌 것이 아니라 반 미쳐버린 것입니다. 눈에 보이는 게 없었어요. 아까 나졸들이 자네 아버지 이야기를 할 때 제정신이 아니었다고 했잖았는가? 나는 그때 내 심정으로 미루어 아까 자네 그런 심정을 열 번도 짐작했네…" 『녹두장군』①

눈에 불을 켜다 ① 몹시 욕심을 내거나 크게 관심을 기울이다. ¶ 왜놈들이 한창 고려자기에 환장을 하고 나댈 때는, 이 자랏골 사람들만으로도 전문적인 호리꾼이 서너 사람이 되었는데, 그때 그들은 밤낮으로 눈에 불을 켜고 땅을 쑤셔 재미를 보았다. 『자랏골의 비가』 ② 화가 나서 눈을 부릅뜨다. ¶ "그 날강도 같은 놈들 잡기만 잡아 봐." 와촌 사람들은 눈에 불을 켜고 쫓아갔다. 『암태도』 ¶ "…순천에서는 김인배라는 김개남이 부하가 양호 대접주라 자칭하며 지금 눈에 불을 켜고 군사를 모으고 군자금을 긁어들이고 있습니다…" 『녹두장군』⑪

눈에서 딱정벌레가 왔다갔다 한다 어지러움증이 나서 갑자기 정신이 혼미해질 때 눈이 아찔아찔함을 이르는 말. '딱정벌레'는 딱딱한 날개와 껍질로 덮인 벌레로 몸빛이 금빛 나는 녹색 내지 구릿빛 나는 붉은 빛에 윤이 남. ¶ 종수가 뭐라 나불거리는 소리도 귀에 앵겨오지 않고 눈에서 딱정벌레만 오락가락했다. 『자랏골의 비가』

눈에 쌍심지가 돋다 눈에 쌍심지를 켜다. ¶ "…열석 달 동안이나 봉급미를 못 받고도 군대란 것이 군률 하나로 영에 매어 사는 것이라 속이 상해 곪아터져도,

굵은 창자를 두벌 세벌로 젓담으며 참아왔었네마는 모래 섞은 쌀을 받고 보니 대번에 눈에 쌍심지가 돋더라구…" 『녹두장군』①

눈에 쌍심지를 켜다　몹시 미워하는 사람을 볼 때에 눈에 핏대를 올려 증오함을 나타낸다는 말. ¶"…이놈이 양반하고는 무슨 원수가 져도 얼마나 험하게 졌는지 양반이라면 눈에 쌍심지를 켜는 놈이다…" 『녹두장군』①

눈에 칼을 세우다　표독스럽게 눈을 번쩍이고 노려보다. ¶"전쟁에서 사람 죽는 것이야 어쩔 수 없는 일입니다는, 민간인들이 한 수 더 떠 서로 눈에 칼을 세우고 설치니 그게 더 탈입니다." <파랑새>

눈에 헛거미가 끼다　헛거미가 잡히다. 욕심에 눈이 어두워 사물을 바로 보지 못하다. ¶"…내가 돈에 환장을 해서 눈에 헛거미가 끼었던가, 이럴 때는 그대로 선 자리에서 벼락이라도 깡 때려주었으면 싶었으나, 세상은 햇볕이 쨍쨍 나고 있어, 되레 이것이 남의 세상인 것 같이 생소하게 느껴질 지경이었다. 『자랏골의 비가』 ¶"돈에 눈이 가리면 삼강오륜도 석냥 닷푼으로 읽는다지 않던가? 그런 눈에 사돈이 제대로 뵈겠는가? 중놈 어물값 물었네." "아무리 눈에 헛거미가 끼었다기로 사람을 멋으로 본 것이여." 조만옥은 눈꼬리를 모로 세웠다. 『녹두장군』①

눈에 흙이 들어가다　죽어 땅에 묻히다. ¶"…못 떠네, 못 떨어. 내 눈에 흙이 들어가기 전에는 이 바우는 못 떨어." 『자랏골의 비가』

눈 오는 날 들쥐 같다　들쥐들이 쥐구멍에서 눈 오는 들판을 내다보듯 옹기종기 모여있는 모양을 이르는 말. ¶(산) 대감 집 사랑방에는 이 작자와 사정이 비슷비슷한 시골 샌님들이 여남은 명이, 눈 오는 날 들쥐같이 꾀죄죄한 꼴로 화롯가에 옹기종기 옹송그리고 앉아 있었다. 『보쌈』

눈을 씻고 봐도 안 보인다　아무리 애를 쓰고 보려고 해도 보이지 않는다는 말. ¶"…제대로 정신 박힌 놈이라고는 눈을 씻고 보아도 한 놈도 없고 한배에 난 강아지들처럼 모두 똑같은 놈들입니다…" 『녹두장군』⑥

눈이 뒤집히다　어떤 일에 열중하여 이성을 잃는다는 말. ¶정길남이는 아까 자기 집이 불탈 때까지도 참고 있었다. 으득으득 이를 갈면서도 몸을 떨며 참는 것 같았다. 그러나 자기 동네 사람들이 묶여나오는 것을 보자 눈이 뒤집히고 말았다. 『녹두장군』⑧

눈이 맞다　남녀 사이에 마음이 통하다. ¶경옥이는 이러다가 정말 일이 그대로 되면 도망을 쳐버리겠다고 생각했다. 종과도 눈이 맞아 그렇게 도망쳐 깊은 산속이나 섬에 들어가 사는 사람들이 있다는 이야기들이 생각났다. 『녹두장군』③

눈이 보배다⑤　눈썰미가 있어서 한번 본 것은 잊지 않음을 이르는 말. ¶"살림에는 눈이 보배라등마는 어떻게 그것을 보셨더라요? 우리는 날마다 지나다녀도 못 봤는데, 횡재를 해도 큰 횡재를 하셨네." 주인 여자가 호들갑을 떨었다. 『녹두장군』⑧

눈이 빠지도록 기다리다　몹시 애타게 오랫동안 기다리다. ¶여기저기 흩어진 고부 사람들은 허기진 창자를 붙안고 긴긴 하루하루를 원수같이 보내면서 백산에 봉화 오르기만 눈이 빠지게 기다리고 있었다. 『녹두장군』⑧

눈코 뜰 새 없다 정신을 차릴 수 없게 몹시 바쁨을 이르는 말. ¶부민들이 멍석과 섬을 가져다 깔고 그 위에 부상자들을 눕혔다. 지산영감 등 의원들은 눈코 뜰 새가 없었다. 『녹두장군』⑩

눈 하나 깜짝 않는다 조금도 놀라거나 겁내지 않는다. ¶"뒈져라. 너 하나 죽어 봤자 눈 하나 깜짝 않는다." 『암태도』

뉘 집 강아지 이름 부르듯 하다 함부로 입에 올릴 수 없는 말을 아주 쉽게 하는 경우를 일컫는 말. ¶그들은 돈 한 냥이면 손톱 여물을 썰 듯 쪼개 쓰는데, 백냥 천냥을 뉘 집 강아지 이름 부르듯 하니 도무지 얼떨떨하기만 했다. 『녹두장군』②

뉘 집 강아지 이름인 줄 아나㊍ 뉘 애기 이름인 줄 아나. 실없는 소리를 한다고 핀잔 주는 말. ¶"허허. 권리 행사가 뉘 집 강아지 이름인 줄 아나? 우리는 당당히 소작료를 받아갈 권리가 있어. 무식한 도깨비 부적을 모른다고, 잘들 놀아 봐." 『암태도』 ¶"…쌀 한 섬이 뉘 동네 강아지 이름인가디, 쌀 한 섬을 허투루 내던져?" 『녹두장군』① ¶"이 사람아, 노름이건 도박이건 구백만원이 뉘집 강아지 새끼 이름인가디. 찬물 튕기는 소리만 쩨고 있어?" <뚱바우 영감>

늑대가 물러가자 호랑이가 들어앉는다 무서운 상대를 피하고 나니 더 무서운 상대가 나타났다는 말. ¶"허허. 이런 떡을 치다가 꼬꾸라질 놈의 세상, 우리 조선놈덜은 타고나도 먼 웬수진 운수만 타고났간디, 늑대가 물러나고 난께, 이참에는 그 자리에 호랭이가 들어앉는단

말인가?" 『자랏골의 비가』 ¶민영준이를 만나 10만 냥으로 관직을 흥정하여 강과에 합격했다. 박봉양은 호랑이가 날개라도 단 기세로 떵떵거리며 고향에 내려왔다. 그 기세가 한창 날파람이 나는 판인데 그만 농민군이 일어난 것이다. 늑대를 피하고 나니 호랑이가 으르렁거리고 나온 꼴이었다. 당장 목숨 도모도 다급했지만 재산을 지킬 일이 아뜩했다. 『녹두장군』⑩

늑대 눈에서 살기 걷히기를 기다린다 살기는 늑대의 본성인데 본성이 변하기를 기대한다는 말이니, 가망 없는 일을 바라는 경우를 일컫는 말. ¶"치받건 내리받건 언제는 저놈들이 서슬 누그런 적 있었던가? 늑대 눈에서 살기 걷히기를 기다리지." 『녹두장군』④

늙어도 소승 젊어도 소승㊍ 중은 늙거나 젊거나 자기를 가리킬 때 소승이라 한다는 데서, 늙거나 젊거나 자기를 낮추고 굽신거려야 하는 딱한 처지를 이르는 말. ¶…아랫목은 산주들 차지가 되어버리고, 부모들은 산주들 앞에서 젊어도 소승 늙어도 소승 주억거리는 것이 고개고, 굽실거리는 것이 허리인 꼴을 보고 있노라면, 구정물이라도 들이킨 것같이 창자가 기어나올 지경이었다. 『자랏골의 비가』

늙은 말이 콩 마다할까㊍ 늙은 말이 콩을 싫다고 할 리가 없다는 데서, 어떤 것을 거절하기는커녕 더 좋아함을 이르는 말. ¶"아니, 내가 시방 없는 소리 했간디라우? 늙은 말이 콩 마다하랴는 소리가 있글래, 나는 그 소리가 말한테만 두고 쓰는 소린 중 알았등마는, 그것이 오늘 본께 두루 쓰이는 소리였던 모냥이여, 허

허허.” 이승수의 짓궂은 익살에 모두 웃음을 걷잡지 못했다. 『녹두장군』④ ¶“이 사람아. 늙은 말이 콩 마다 할 것이라고 원하고 자시고가 있을 것이여. 하하.” <귀향하는 여인들>

늙은 서방 첩년 서방질 닦달하듯 닦달이 예사 사람보다 더 거센 경우를 이르는 말. ¶“우리 동네서는 좀털이나 뜨내기질은 늙은 서방 첩년 서방질 닦달하듯 서릿발치는데, 이 동네는 너그럽구만.” 용배가 닭고기에 입맛을 다시며 이죽거렸다. 『녹두장군』③

능수버들 봄바람 맞듯 아주 다정스럽고 살갑게 맞는 경우를 이르는 말. ¶“…네 몸이 처음으로 나를 제대로 받아주었으니 이제 무엇을 더 바랄 것이 있겠느냐? 닭살같이 까치럽기만 하던 네 몸이 능수버들 봄바람 맞듯 하더구나. 이제부터 나는 매양 꽃 속에 나비잠이렷다.” 호방은 유월례 입에다 입을 쪽 맞췄다. 『녹두장군』⑧ ¶(산) 여인은 이쪽에서 한 걸음 나가면 저쪽에서는 두 걸음 다가와 능수버들 봄바람 맞듯 콩대가 척척 맞아 돌아갔다. 『보쌈』

늦가을 돌개바람에 미친년 치마 뒤집어지듯 느닷없는 일이 계기가 되어 비밀이 탄로나는 경우를 이르는 말. ‘돌개바람’은 회오리바람. 또는 갑자기 세게 부는 바람. ¶“아전놈들 문초는 지대로 하고 있는가?” “최경선이 그 양반이 야물딱지게 닦달을 하고 있다는 것 같구만, 시방 그 도적놈들 도적질한 내막이, 늦가을 돌개바람에 미친년 치매 뒤집어지대끼 활딱 뒤집어질 것이로구만.” 『녹두장군』⑤

늦가을 밤밭에 다람쥐 한짝이다 바쁘게

싸대는 경우를 이르는 말. ¶그래도, 그 형은 형답게 사람됨이 대범했으나, 그 아우는 방정맞기가 늦가을 밤밭에 다람쥐 한짝이어서, 형네 집에 손이 더 꾀는 날은 미간에 내천(川)자가 바늘을 꽂게 날이 서고, 온 상판이 쭉정이 안은 밤송이로 으등그려져 죄없는 집안 사람들만 들들 볶았다. 『보쌈』

늦가을 오소리 같다 살이 투실투실 찐 경우를 이르는 말. ‘오소리’는 족제비과에 속하는 산짐승. ¶“…요새는 일상들 덕분에 셈속도 퓨퓨할 테니 모두 늦가을 오소리처럼 배때기에 기름기가 끼었을걸세. 그런 눈으로야 시골 무지렁이 사정쯤 강 건너 불구경 아니겠어?” 『녹두장군』①

늦여름 고사리 쇠듯 이미 철이 지났음을 이르는 말. ¶“…방가놈은 그렇게 당하고도 제 버릇 개 못 준다고 그 버릇 못 고치고 뒈질 거로구만. 버릇이 굳어 늦여름 고사리 쇠듯 쇠버렸어…” 『녹두장군』①

늦은 밥 먹고 파장 간다속 때를 놓치고 나서야 일을 시작함을 이르는 말. ¶“철그른 동남풍에 늦은 밥 묵고 파장 갔다 와서 기분들 내지 말고 일찌감치 생수 자시고 맘들 잡어.” 『자랏골의 비가』 ¶늦은 밥 먹고 파장 간 꼴로 멍청해 있는데, 그 어처구니 없는 사건에 원고 승소 판결이 내려지고 말았다. <유채꽃 피는 동네>

늦참한 상주 제청에 뛰어들듯 무슨 일에 사뭇 다급하게 참여하는 경우를 이르는 말. ‘늦참하다’는 뒤늦게 참석하다. ¶그는 조회문을 들고 늦참한 상주 제청에 뛰어들듯 청나라 통리아문으로 달려갔다. 조회문을 받은 원세개는 회심의 미소를 지으며 조회문을 펴들었다. 『녹두장군』⑩　¶(산) 늦참한 상주 제청에 뛰어들 듯 더운 김을 사뭇 내뿜으며 홍변호사님 사무실로 뛰어들었다. 『녹두꽃이 떨어지면』

늦 있는 아이 추듯　진취성이나 내뻗성 있는 아이를 칭찬하듯 한다는 말.　¶방촌영감이 지나가며 늦 있는 아이 추듯 호들갑을 떨었다. <신 농가월령가>

니기미⑪　매우 못마땅할 때 욕으로 내뱉는 허텅지거리.　¶"…니기미, 너같이 심덕 좋고 허우대도 그만한 새끼가 으짜다가 팔자를 타고나도 좆같이 해필 종팔자를 타고나서 이 지랄이냐?" 『녹두장군』③

[ㄷ]

다 된 밥에 재 뿌리다 다 된 일을 악랄한 방법으로 방해함을 이르는 말. ¶ "…만약에 지금 제대로 일을 발라가고 있다면 다 된 밥에 재 뿌리는 꼴 아닌가?" 『암태도』 ¶ "이 사람아,…어째서 다 된 밥에 재나 뿌리고 있냐 이거야." "면목없습니다." 정익서가 고개를 숙였다. 『녹두장군』④

다 된 밥에 코 빠졌다㊐ 다 된 죽에 코 빠졌다. 거의 다 잘된 일을 그르쳐 놓았다는 말. ¶자꾸 울려가는 말이 질천이를 몰아치고 있어, 그것이 그 심통에 잘못 튀기면 다 된 밥에 괜한 코가 빠지는 게 아닌가 염려스럽기도 해서였다. 『자랏골의 비가』

다람쥐 담구멍 드나들 듯 바삐, 또는 자주 드나드는 경우를 이르는 말. ¶조망태가 당한 꼴을 본 동네 사람들은 모두 기죽은 강아지 꼴로 고분고분했다. 일은 마루 넘은 수레 굴러가듯 쉬웠다. 서원은 다람쥐 담구멍 드나들 듯 이집 저집 바삐 드나들었다. 『녹두장군』①

다람쥐 첩 얻은 것㊐ 다람쥐 계집 얻은 것. 가욋일로 힘겨운 일을 맡았음을 이르는 말. ¶ …등에 얹힌 바랑은 그것도 한몫 제멋대로 나대어, 가뜩이나 거추장스러운 몸뚱이에 위엣 것까지 얹혀 놓으니, 거북살스럽기가 다람쥐 첩 얻은 꼴이었다. 『자랏골의 비가』

다람쥐 살림에도 규모가 있고 두꺼비 눈깜작에도 요량이 있다 누구나 무슨 일을 할 때는 그만한 의도가 있다는 말. ¶ "…그래도 명색이 한나라 정치를 한다는 놈덜이, 다람쥐 살림에도 규모가 있고, 뚜꺼비 눈 깜작에도 요량이 있는 것인디, 순사한테 칼을 쥐어줬다는 소리가 이것이 정칠 것인가, 말삼은 소 신일 것인가?…" 『자랏골의 비가』

다리 걷어 놓고 꼭뒤 차는 꼴 다리를 걷어 쓰러뜨려 놓고 뒤통수까지 친다는 것이니, 아주 험하게 닦달하는 경우를 이르는 말. '꼭뒤'는 뒤통수의 한가운데. ¶(산)농민들은 가을에 타작해 놓고 보니 알이 제대로 나오지 않아, 여름 수해를 탓하며 상판을 찡그리고 있는데 수세를 내라는 것이었다. 다리 걷어 놓고 꼭뒤 차는 꼴이었다. 『교수와 죄수 사이』

다리 부러진 장수图 기운을 못쓰게 된 신세를 이르는 말. ¶이렇게 다리 부러진 장수처럼 개를 놓아먹이고 있던 그가, 마지막 기막힌 사냥 솜씨를 동네 앞산에서 보인 적이 있었다. 『자랏골의 비가』

다리아랫소리 남에게 동정을 얻으려고 아첨을 해 가며 비위를 맞추는 말. ¶그러나, 그런 급한 일에 달리 돈을 변통할 재주가 없는 자랏골 사람들은…다리 아랫소리까지 해가며 살을 깎듯 그 돈을 내다가 썼다. 『자랏골의 비가』 ¶ "하여간 차가 그 작자 농간 속은 우리 촌놈들보다는 차포에 오졸이 더한 놈인 게 이장 자네도 존 밥 먹고 다리 아래 소리 그만하고 이 일에서 손떼게." 이용만이었다. 이장은 난처한 표정이었다. 『은내골 기행』

단매에 패죽여도 시원찮을 놈图 죽여도 시원찮을 놈의 힘줌말. '단매'는 단 한 번 때리는 매. '단매에'는 단번에. 한 번 때려서. ¶ "…이 단매에 패죽여도 션찮을 놈들아, 갯바닥에 짱뚱이 새끼들도 물때 썰때를 아는데 아무리 못돼처먹었기로소니 배때기에 오장을 지녔으면 지금이 때가 어느 땐지 짐작도 없더냐!…" 『암태도』

단 솥에 메뚜기 꼴 참기 어려워 심하게 나대는 꼴. ¶곱댁은 안달복달 단 솥에 메뚜기 뛰듯 했으나, 영감의 입은 또 한 번 다물어지고 나서 열릴 줄을 몰랐다. 『자랏골의 비가』 ¶그때 소작인들은 단 솥에 메뚜기 뛰듯 했으나, 대법원 확정판결이 난 다음에야 대법원 담벼락에다 대가리를 처박아도 소용이 없게 되고 말았다. <유채꽃 피는 동네> ¶(산)농투

산이 농사 짓는 심정이란, 자식 죽는 것은 봐도 곡식 타는 것은 못본다는 것이라, 단골은 타들어가는 벼포기에 속이 화확 달아, 사뭇 더운 김을 내뿜으며 단 솥에 메뚜기 뛰듯 발싸심을 하고 쏘다녔다. 『보쌈』

달걀도 굴러가다가 서는 모가 있다图 무슨 일이든지 하려고 하면 되는 방법이 있다는 말. ¶ "…달꽐도 구르다가 서는 모가 있는 법인디, 이 산중에서 맘만 있으면 손바닥만한 다리 한나 놀 나무 몇 주 못 볼가내?" 『자랏골의 비가』

달걀로 바위 치기图 아무리 공격해도 도저히 이길 수 없는 경우를 이르는 말. ¶ "…법으로야 날 쥐고 나대는 촌놈덜이 자루 쥔 당신들 앞에서는 달꽐로 바우 치기제마는 목숨 하나 내던지고 나서기로 하면 다 한가락씩은 있어…" 『자랏골의 비가』

달걀 삼킨 쑥구렁이 같다 꿩 잡아 먹은 쑥구렁이 같다. '쑥구렁이'는 쑥밭의 구렁이라는 뜻으로, 대단하지 아니한 뱀을 이르는 말. ¶오기창이와 최낙수는 달걀 삼킨 쑥구렁이처럼 시치미를 뚝 따고 동네 사람들 속에 천연스럽게 얼렸고 농민군들도 그들을 별로 이상스럽게 보지 않았다. 『녹두장군』⑦

달걀 섬 모시듯图 몹시 조심하여 다룸을 이르는 말. ¶ "숨도 크게 쉬지 말어. 달걀섬 모시듯 해야지 조금만 손 거칠게 했다가는 애기 양식은 쏟고 말겠어." 『암태도』

달걀 섬에 절구질 약자를 잔인무도하게 다루는 경우를 이르는 말. ¶ "…모두 화적떼같이 무지막지하게 생겼는디, 아무리 무지막지해도 그렇게 무지막지한 놈

들도 있는지, 들이당짝 말 한마디 없이 몽둥이를 휘둘러대잖었이유. 달걀섬에 절구질도 유분수제, 세상에 그런 놈들이 어딨겠이유.” 여편네는 입에 거품을 물었다. 『녹두장군』②

달걀에 제 똥 묻은 격 흠이 있기는 하나 무시해도 좋은 흠을 일컫는 말. ¶“하하. 우리끼리 하던 일인데, 그까짓 거야 달걀에 제 똥 묻은 격이지 과오랄 것까지야 있겠니까?…” 『암태도』

달리면서도 쇤네 뛰면서도 소인 어느 경우든지 자기를 낮추는 경우를 이르는 말. ¶…외쌀이 앞에서 준영이는 평소에도 달리면서도 쇤네, 뛰면서도 소인이었으나, 이런 험한 일을 당하고 보니, 죽 쑨 며느리도 아니게 주눅이 들어 안절부절이었다. 『자랏골의 비가』

닭 끌어안은 구렁이 같다 꿩 잡아 먹은 쑥구렁이 같다. ¶만득이는 닭 끌어안은 구렁이처럼 다리를 싸안고 딩굴었다. 모두 속수무책, 그대로 보고만 있었다. 『녹두장군』② ¶정참봉은 닭 끌어안은 구렁이처럼 논바닥에서 몸뚱이를 뒤틀고 있었고, 김확실이는 숨을 씨근거리며 정참봉을 내려다보고 있었다. 『녹두장군』⑤

닭똥 같은 눈물 몹시 방울이 굵은 눈물을 이르는 말. ¶“…우리 애어밀 보더니 그만 눈물을 펑펑 쏟아 놓더랴. 닭의 똥 같은 눈물을 어찌나 쏟는지 처량해서 못 보겠더라구…” 『암태도』 ¶“그런 소리를 한께 그냥 닭의 똥 같은 눈물을 주룩주룩 흘리더라요. 그 소리를 함시롱 그 강쇠네도 눈물을 찔끔거립디다.” 남분이는 침통하게 말했다. 『녹두장군』③ ¶(산) 작자는 아이고 더욱 크

게 지르며 닭의 똥 같은 눈물을 뚝뚝 떨구었다. 『보쌈』

닭서리꾼 씨암탉 안듯 소원이던 물건을 얻어 오랄지게 챙기는 경우를 이르는 말. ‘닭서리’는 몇 사람씩 떼를 지어서 남의 집 닭을 훔쳐서 잡아먹는 장난. ¶“음, 장춘동이라 이 말이지.” 작자는 여자가 한 말을 닭서리꾼 씨암탉 안듯 오달지게 챙겼다. 『녹두장군』⑧

닭의 새끼가 발을 벗으니 오뉴월만 여긴다 㰍 닭이 아무것도 신지 않고 맨발로 다니는 것을 보고 음력 오월 더운 때인 줄 아느냐 하는 말이니, 겉만 보고 상대방의 사정을 착각하는 경우를 이르는 말. ¶나도 이만했으면 이제 내 길로 한길인데, 닭의 새끼가 발 벗었으니 항상 오뉴월인 줄만 아느냐 그런 객기가 넘치고 있는 것 같았다. 『자랏골의 비가』 ¶“야, 이 잡을 새끼들, 아가리 닥쳐. 병아리새끼가 발 벗었으니 항상 오뉴월인 줄 아느냐?…함부로 아가리를 놀리고 있는데, 더 까불었단 여차 하는 날에는 네놈들 모가지부터 풍뎅이 모가지 비틀듯 비틀어놀겨.” 『암태도』 ¶“나를 잡아 갈 까닭을 제대로 못 대었으면 돌아가시오. 삥아리가 발 벗었은께 항상 오뉴월인 줄 알제마는, 인자부텀 우리도 전하고는 다를 것이오. 몰려온 사람들 눈 보시오.” 이주언이는 여전히 침착한 목소리로 말했다. 『녹두장군』④

닭이 천이면 봉이 한 마리 㰍 닭이 천 마리면 그 가운데는 봉도 한 마리 있으리라는 말로, 사람이 많으면 그중에는 뛰어난 사람도 있음을 이르는 말. ¶“아 있제 없어? 달구새끼가 천마리면 봉이 한 마리 난다는디, 조선 천지에 중이 몇

이라고 총 중에 그런 중 하나 없을 것인가?"『자랏골의 비가』

닭 잡아먹고 오리발 내놓기 ㊀ 옳지 못한 일을 저질러 놓고 엉뚱한 수작으로 속여 넘기려 하는 경우를 이르는 말. ¶"허허, 그것이 닭이라고라우? 닭 잡아먹고 오리발 내민다등마는, 멀쩡한 꿩을 보고 닭이라고? 억지도 가지가지구랴."『녹두장군』①

닭 쫓던 개 꼴 ㊀ 닭 쫓던 개의 상. 일이 실패로 돌아가 더 이상 어찌할 도리가 없게 되어 맥이 빠진 모양을 이르는 말. ¶선찬이는 닭 쫓던 개 꼴로 그 자리에 멍청하니 서 있다가 얼핏 벼랑 끝으로 몇 발짝 옮겼다.『자랏골의 비가』 ¶소작인들을 설득시켜 창고로 보냈던 두 사람은 닭 쫓던 개 꼴이 되어 버렸다.『암태도』 ¶민영수는 의자를 박차고 일어서 버렸다. 두 사람은 닭 쫓던 개 꼴이 되고 말았다. 토방에 섰던 아전들도 멍청한 표정이었다.『녹두장군』⑦

닭 쫓던 개 지붕 쳐다보듯 ㊀ 애써 하던 일이 절망적인 처지에 빠졌음을 이르는 말. ¶세 사람은 닭 쫓던 개 지붕 쳐다보듯 호방 뒷모습만 멍청하게 바라보고 있었다.『녹두장군』⑧

닭 찬 독수리 같다 닭을 낚아챈 독수리처럼 다급하게 도망치는 경우를 이르는 말. ¶찦차는 닭찬 독수리처럼 가로수 사이를 기세좋게 질주했다. <어떤 완충지대>

닭 챈 소리개 같다 닭 찬 독수리 같다. ¶"저놈 잡아라. 저 때려죽일 놈." 김문현은 벌떡 일어나며 고래고래 악을 썼다. 떠거머리는 쇠불알만한 주머니를 옆구리에 끼고 닭 챈 소리개처럼 냅다 뛰었

다. 그는 피난민들이 몰려오고 있는 큰 길로 사라져버렸다.『녹두장군』⑨

닭 추렴에 콧물 빠진 꼴 즐겁게 이루어진 일에 엉뚱한 잘못으로 판이 깨지는 경우를 이르는 말. ¶(산)…관속들은 닭 추렴에 콧물 빠진 꼴로 서로 얼굴만 건너다보고 있었다. 하는 수 없이 그에게 일을 맡기기로 작정을 했다.『보쌈』

담 구멍에 족제비 눈 숨어서 보는 겁에 질린 눈을 이르는 말. ¶동네 사람들은 모두 담 구멍에 족제비 눈을 하고 숨을 죽이고 있었다.『자랏골의 비가』

닷곱에도 참례 서곱에도 참견 ㊀ 너무 사소한 일에까지 간섭함을 비꼬아 이르는 말. '닷곱'은 다섯 홉 곧 한 되의 반. ¶…기왕 내맡긴 송사를 놓고 닷곱에 참견 서곱에 참예, 일일이 다그치고 나섰다가 혹시 비윗장이라도 건드릴까 조심스러워, 그저 샌님 거동이나 구경하고 있을밖에 없었다.『자랏골의 비가』

당겨놓은 빨랫줄 같다 위세가 당당한 경우를 이르는 말. ¶그는 비록 남의 고을 객사에서 지내고 있었지만, 수령 이하 진잠 상하 관속들을 종놈 부리듯 했다. 민가들 위세는 어디서나 당겨논 빨랫줄이었다.『녹두장군』⑨

당골래 머슴 부작 심부름 하듯 자기가 하는 일의 내막을 모르면서도 다소곳이 일을 하는 경우를 이르는 말. '당골래'는 어떤 집안에 단골로 점을 쳐 주는 점쟁이. 전라도에서는 무당을 일컫는 말. ¶전방호와 질천이는 마음에 없는 염불이었으나, 한번 벌린 춤이라 당골래 머슴 부작 심부름하듯 종수가 적어준 종이쪽지를 들고 가서 또 멍청하게 외팔이 앞에 내밀었다.『자랏골의 비가』

당골래 십년에 목두기 귀신은 못 보았다
목두기란 귀신은 본 사람이 없다는 데
서, 그런 일이나 말은 듣지도 보지도 못
했다는 사실을 빗대어 하는 말. '목두
기'는 이름이 무엇인지 모르는 귀신의
이름. ¶"아닌 밤중에 홍두깨도 유분수
제 대낮에 옛날 이애기라니, 당골래 십
년에 목두기 귀신 못 봤다등마는 환갑
을 냉개 살도록 대낮에 이애기 졸림은
첨이네." 보살 할머니는 너스레가 흐드
러졌다. 『은내골 기행』

당나귀 귀 베고 좆 베면 먹을 것이 없다[속]
큰 것을 다 가지고 가면 자기가 차지할
것은 없다는 말. ¶"…비패런 땅나구
귀 비어 내고 × 비어 내고 난께 새앙쥐
불가심할 것도 없고, 괴 죽 쑤어 줄 것
도 없는 형편이라…"『자랏골의 비가』¶
"그러면 지금 예순 냥을 쓰고 명년에
백스무 냥씩 갚으라는 소리제?" "그렇
지라우. 그 속에서 지 신발차도 계산하
셔야 하오." "얼만가?" "다른 사람 같으
면 닷 냥에서 피천 한푼도 귀를 낼 수가
없제마는 조생원 일인디다가 한 섬을
다 쓰는 것도 아닌디 다 받겠소. 두 분
이 합처서 석 냥만 주시오." "허허, 비
패런 당나귀 귀 비고 좆 비고 잘도 뜯긴
다."『녹두장군』① ¶"이런 식으로 계산
을 해나가다가는 나중에는 비패런 당나
구 귀 비어내고 × 비어내고 우리 짓은
한푼도 남는 것이 없을 것인께 이참에
그런 개탕을 쳐도 야물딱지게 칩시다."
<가남 약전>

당나귀 방귀 소리여 조랑말 투레질 소리여
누가 하는 말을 아주 낮잡아서 핀잔을
주는 말. '투레질'은 말이나 당나귀가
코로 숨을 급히 내쉬며 투루루 소리를

내는 짓. ¶"…친사돈네 대사에도 쌀
한 되면 대문간에서부터 큰기침하고 들
어 가는디, 나졸 초상에 쌀이 두 되라니,
이것이 땅나구 방구 소리여, 조랑말 투
레질 소리여?"『녹두장군』①

당나귀 새끼를 생으로 회쳐먹었나 목소리
가 사납고 시끄럽다는 것을 낮잡아 하
는 말. ¶"당신 당나귀 새끼를 생으로
회쳐묵고 왔소, 역병난 동네 북을 삶아
묵고 왔소. 어째서 모주 먹은 돼아지
껄대청으로 꽥꽥 괌이요, 괌이?" 사장
이가 늙은이한테 핀잔을 퍼부었다. 『녹
두장군』②

당나귀 좆 치레[속] 시원찮은 사람이 한
가지는 제대로 갖췄다고 핀잔하는 말.
당나귀 귀 치레. ¶"물건이 아무리 걸
쭉해도 이런 존 판에 배짱 없으면 땅나
구 좆치레제 뭣이여?" 퉁방울눈은 되게
비윗장이 상한 모양이었다. 『녹두장군』⑪

당나귀 찬물 건너가듯[속] 당나귀가 찬물을
건너가려면 졸졸 잘 간다는 데서, 글을
막힘없이 줄줄 잘 읽음을 이르는 말. 또
는 무슨 일을 쉽게 해치우는 경우를 이
르는 말. ¶…수의도 곰영감 집에서 해
다가 판돌이가 염을 했으며, 움막 부엌
한켠에 새둥우리같이 영호도 흉내를 내
는 등, 이것저것 당나귀 찬물 건너듯 대
강대강 일을 추렸다. 『자랏골의 비가』¶
사내는 또 한참 주접을 떨며 수판고동
을 퉁겨 당나귀 찬물 건너듯 대강대강
패를 풀었다. <싸구려 행운>

**당창쟁이 콧구멍에서 마늘씨를 빼 먹고 말
지**[속] 남의 것을 다랍게 욕심내고 탐하
는 사람을 욕하는 말. 문둥이 콧구멍에
마늘씨도 파먹겠다. ¶"연주창 앓는 놈
갓끈을 핥아 처묵든지, 당창쟁이 콧구녁

에서 마늘씨를 빼묵고 말제, 글안 해도 비패런 땅나구 귀 비어가고 × 비어가고, 시방 눈썹만 건드려도 똥이 나오게 생겼는디, 송별금이 뭔 개뼉다구 몰라진 송별금이여…”『자랏골의 비가』 ¶“첨부터 우리가 속이 없었어. 언제는 외갓집 콩죽으로 살았더라고 당창쟁이 콧구멍에 마늘씨를 넘보제 복만이한테 기부소릴 했으니.” <재수없는 금의환향>

대가리를 삶으면 귀까지 익는다(속) 머리를 삶으면 귀까지 익는다. ¶“세상 일이란 것이 물때 썰때가 있는 것인데, 지금 우리가 관군한테 몰리는 것도 아니고, 저렇게 한참 기세가 오르고 있잖습니까? 대가리를 삶으면 귀까지 익더라고 조정을 쓸어버리면 그 담에는 부자고 양반이고 모두가 벌벌 길 것이오. 그때 가서도 꼭 처치할 놈이 있으면 그때 처치를 합시다.”『녹두장군』⑨

대들보 썩는 데 기왓장 한 장 꼴 대들보 썩는 줄 모르고 기왓장 아끼는 격. 장차 크게 손해 볼 것은 모르고 당장 돈이 조금 든다고 사소한 것을 아끼는 어리석은 행동을 이르는 말. ¶“아무렴. 그까짓 경비 몇 푼이야 대들보 썩는데 기왓장 한 장 꼴로 생색이 나는 돈인데, 절 모르는 중놈한테 시주도 하는 인심에 그런 걸 가지고 따지고 자시고 할 사람이야 있겠어? 이런 정이야 되로 주고 말로 부풀지.”『암태도』

대삿날 안방 열듯 예사 때는 열지 않는 문을 여는 경우를 이르는 말. ¶저쪽에서는 상여가 꾸며지고 있었고, 두령들은 장막에서 조문객을 접대했다. 평소에는 장막 안에 일반인들은 출입을 막았으나 오늘은 대삿날 안방 열듯 장막을 열었

다. 이 근방 웬만큼 사는 사람들은 거진 문상을 왔다.『녹두장군』⑥

대신 댁 강아지 범 무서운 줄 모른다(속) 대신 댁 송아지 백정 무서운 줄 모른다. ¶“대신댁 강아지 범 무서운 줄 모른다더니 세상이 하도 험하게 망가져는께 이러다가는 홍루에서 나팔소리 터지겠네.”『녹두장군』②

대신 댁 송아지 백정 무서운 줄 모른다(속) 제가 의지하고 있는 주인의 세력을 믿고 안하무인격으로 거만 떠는 사람을 낮잡아 하는 말. ¶“당신, 대신댁 송아지 백정 무서운지 모른다더니, 지금 내 마음에 먼 서슬이 젓는지 알고, 시방 덤벙거리고 있소?”『자랏골의 비가』 ¶“야, 이 잡을 새끼들, 아가리 닥쳐.…대신댁 송아지 백정 무서운지 모른다고 함부로 아가리를 놀리고 있는데, 더 까불었단 여차 하는 날에는 네놈들 모가지부터 풍뎅이 모가지 비틀 듯 비틀어 놀겨.”『암태도』

대신 댁 종놈은 왕방울로 행세한다 과부댁 종놈은 왕방울로 행세한다. ¶대신댁 종놈은 왕방울로 행세하더라고 호방은 이치가 딸리자 말꼬리를 잡고 호령을 하고 있었다.『녹두장군』④

대장간 풀무질 소리 시르죽은 소리를 빗댄 말. ¶“아이고, 어떻게 했으면 좋겠소? 이 집은 괜찮겠소?” 조병갑이는 대장간 풀무질 소리로 가쁜 숨을 내뿜으며 제정신이 아니었다.『녹두장군』⑤

대추나무에 연 걸리듯(속) 가시가 사나운 대추나무 가지의 여기저기에 연이 걸려 있듯이, 여기저기에 빚을 많이 진 것을 이르는 말. ¶…이 조목 저 조목 대추나무 연줄 걸리듯한 잡부금을 물고나면,

해도 넘기기 전에 뒤주 밑이 긁힐 집이 태반이다. 『자랏골의 비가』 ¶ "지금 너 나 없이 모두 세미가 대추나무 연줄 걸리듯 했는디, 또 이런 것을 짊어지고 가면 누가 이쁘다고 하겠소. 이런 일은 살림 형편이 좀 넉넉한 부자들이 나서서 하는 것이 어쩌겠소?" 『녹두장군』④

대통 맞은 병아리 같다[속] 심하게 얻어맞거나 의외의 일을 당하여 정신이 멍한 것을 이르는 말. '대통'은 담뱃대의 담배 담는 부분. ¶막걸리잔에 얼굴이 불콰해서 해벌럭거리며 나오던 얼굴들이 대통 맞은 병아리 꼴이 되고 말았다. 『자랏골의 비가』 ¶ "머, 멋이? 조, 좆이 되라고? 여태 헤벌쭉했던 시아버지는 대통 맞은 뻥아리맨키로 입이 열어논 절간 대문이 되아부렀구만이라우…" 『녹두장군』③

댓진 먹은 뱀[속] ① 죽게 되어 발악하는 모습을 이르는 말. '댓진'은 담뱃대의 구멍에 낀 까맣고 끈끈한 진. ¶종수는 필순이가 외팔이한테로 시집을 간다는 사실에 걷잡을 수 없는 모멸과 울분으로 댓진 먹은 구렁이 꼴이 되어 혼자 몸뚱이를 뒤틀고 있다가, 거기 가면 이런 소문 내막이 좀더 자세하게 밝혀질 것도 같아 사랑방으로 나갔다. 『자랏골의 비가』 ② 담뱃진을 뱀이 먹으면 즉사하므로, 이미 운명이 다된 사람을 이르는 말. ¶한참만에야 아픔이 구렁이 기어가듯 가라앉기는 했으나, 댓진 먹은 살모사처럼 사지가 늘어졌다. 『자랏골의 비가』

더부살이가 주인 마누라 속곳 걱정한다[속] 더부살이 주제에 주인 마누라의 속곳 걱정한다 함이니, 간여해서는 안 될 일에 주제넘게 간여하여 걱정하는 경우를 이르는 말. ¶ "더부살이 주인 마누라 속곳 걱정한다등마는, 보자한께 당신 걱정도 팔자요그랴…" 왕삼이가 핀잔을 주었다. 『녹두장군』②

덩덩하니 굿만 여겨[속] 북을 치는 덩덩 하는 소리만 나면 굿하는 줄 여기고 떠든다는 뜻으로, 무엇이 얼씬만 하여도 무슨 좋은 일이나 구경거리가 난 줄 알고 우쭐거리는 경우를 이르는 말. ¶ "덩덩하께 굿인지 알고, 장에 쏘염 난 놈은 다 제 할애비로 모시고 양문이 집에 드나듬시롱, 털도 없이 양문이 앞에서 부얼부얼하는 모양인디…" 『자랏골의 비가』

덩덩하니까 메밀개떡 굿인 줄 아느냐 덩덩하니까 물 건너 굿인 줄 아느냐. ¶ "흥, 자네도 안암팎으로 살판들이 났구만. 덩덩한게 메밀개떡굿인지 알고 밀물갯물 없이 후덩거리고 댕긴다마는, 몇 조금이나 가는가 어디 보자." 김제댁은 매듭힘을 꽁꽁 쓰며 핀잔이었다. 『녹두장군』⑤

덩덩하니까 물 건너 굿인 줄 아느냐 덩덩하니 굿만 여겨. ¶ "오매, 저 사람은 또 뭔 멋으로 저라고 나서까? 덩덩한게 물 건너 굿인 중 아는 모냥인디, 지 예팬네 하나도 감장 못하는 주제에 잘 한다, 잘 해." 두전댁은 숨을 씨근거리며 장춘동이 뒤에 대고 핀잔을 주었다. 『녹두장군』⑤ ¶ "그 정신없는 놈이 덩덩한게 물 건너 굿인지 알고 놀아나도 험하게 놀아났던 모양이구만. 아들이 잽혀간게 엄씨도 자리 지고 반송장이 되어버렸다는데, 이러다가는 모자가 줄초상이 나게 생겼어…" 『녹두장군』⑧

덩덩하니까 제 할미 메밀떡 굿인 줄 안다 덩덩하니 굿만 여겨. '메밀떡'은 메밀가루로 만든 떡. ¶"재수가 없을란게 아침부터 껄쩍거리는 낌새가 뭣이 쪼깐 요상스럽네. 세상이 덩덩한게 지금도 제 할미 메밀떡 굿인중 아는 모냥인디, 설쳐도 물때 짐작해감시로 설쳐 잉."『오월의 미소』

덩덩하니까 제 할애비 메밀떡 굿인 줄 안다 덩덩 하니 굿만 여겨. ¶"…세상이 덩덩하니까 제 할애비 메밀떡 굿인 줄 알고 덤벙거리는데, 시국이 지금 어느 시국이라고 섬놈의 새끼들까지 건들거리냔 말이야?"『암태도』 ¶"…덩덩하니까 제 할애비 메밀떡 굿인 줄 알고 민물 갯물 없이 한통으로 뒤얽혀 후딩거리고 있는데 머리를 가졌으면 생각을 좀 해보라 이거야…"『암태도』

덴 소 날치듯🔶 물불을 가리지 못하고 함부로 날뛰는 모양을 이르는 말. ¶덴 소 뛰듯 설치는 저놈들 서슬이, 잘못하다가는 이번에야말로 사람이 결단이 나도 크게 날 것 같았지만,『자랏골의 비가』 ¶"낸들 어찌 알겠이유? 난데없는 놈들이 덴 소 뛰듯 뛰어들어 닥치는 대로 북새질을 치는 통에 나는 식구들 다 죽는 줄만 알았이유…"『녹두장군』②

도감포수 마누라 오줌 짐작하듯🔶 도감포수가 매일 새벽에 영(營) 안으로 들어갈 때 마누라가 오줌 누는 시간으로 때를 짐작한다 함이니, 분명하지 아니한 일을 짐작으로만 믿고 하다가는 낭패하기 쉽다는 말. '도감포수'는 조선시대에 설치한 훈련도감의 포수. ¶"…양문이 그 자석도 지가 사람이먼, 자기 한 가남이 있을 것인디, 이로크롬 초장부텀 나대는 것을 본다치라먼, 시세 따라 노는 놈이라, 도감포수 마누라 오줌 짐작하대끼,

시방 시국이 어뜨크롬 돌아가는가, 먼 짐작이 있어도 쪼깐 짐작이 있은께 저 지랄이제…"『자랏골의 비가』

도깨비 가시덤불 헤치듯 형편 따라 되는 대로 일을 밀고 나가는 경우를 이르는 말. ¶"…이제부터 세상을 도깨비 가시덤불 헤치듯 내달아야지 외곬으로 올곧게만 가려다가는 한 발자국도 제대로 못 내딛고 넘어지네. 밤낮 공자왈 맹자왈, 천리와 도덕을 외고 있는 꽁생원들도 풀벌레 밟아 죽이는 것쯤 예사 아닌가?"『녹두장군』①

도깨비는 방망이로 쫓고 병은 의원한테 물으랬다🔶 무슨 일이든지 그에 알맞은 방법을 써야 한다는 것을 이르는 말. 도깨비는 방망이로 떼고 귀신은 경으로 뗀다. ¶"…도깨비는 방망이로 쫓고 병은 의원한테 물으랬다고 풋송아지 관청에 들어 간 꼴로 눈만 말똥말똥 뜨고 앉았다 올 것이 아니라 일 개탕을 제대로 처줄 사람을 내세워사 쓸 것 아녀." <유채꽃 피는 동네>

도깨비도 나이 먹은 도깨비가 낫다 아무리 못난 사람도 나잇값은 한다는 말. ¶"나는 시방 젊은 사람들하고는 생각이 달라는게 젊은 사람들한티 존 소리 못 들을 중 뻔히 아요마는, 도깨비도 나이 묵은 도깨비가 낫은 것인게, 내 이얘기도 한번 들어보시오…"『녹두장군』⑥

도깨비에게 홀린 것 같다🔶 일의 앞뒤나 내용을 몰라 무슨 영문인지 정신을 못 차리는 경우를 이르는 말. ¶"…너무 엄청난 돈이라 그 돈을 물을 때 도깨비한테 홀린 것처럼 제정신이 아니었을 것이오…"『녹두장군』② ¶"아무리 생각해도 이 친구가 도깨비에 홀린 것 같아

어이가 없었다. <재수없는 동행자>

도깨비 장난 같다㈜ 무슨 일을 누가 하는 지 정체가 분명하지 아니하고 갈피를 잡을 수 없다는 말. ¶"그러고 보면, 그 알량한 선거래도 자주 있어사 쓰겠더만. 선거란 것이 첨부텀 무슨 도깨비 장난 도 아니기는 아니제마는, 그래도 그런 선거 때가 되면 양문이가 자랏골 사람 들도 제 아재비같이 보거던." 『자랏골의 비가』

도끼 맞은 쇠눈 같다 얼이 빠져 있는 모 습을 낮잡아 이르는 말. ¶영감의 퉁방 울 눈이 도끼 맞은 쇠눈으로 그냥 멀 쑥하게, 한참동안 시체에 꽂혀 있었다. 『자랏골의 비가』

도둑고양이 담 넘어오듯 소리 없이 숨어 들어오는 경우를 이르는 말. ¶그날 밤 밤중이 이슥하여 김서기는 머슴 세 사 람을 데리고 도둑고양이 담 넘어오듯 기동리에 들어와 찌그리 집으로 스며들 었다. 『암태도』

도둑놈더러 인사불성이라 한다㈜ 도둑놈 에게 인사성이 없다고 꾸짖는다는 뜻으 로, 애당초 옳은 판단을 기대를 할 수 없는 사람에게 그런 기대를 하는 경우 를 이르는 말. ¶"양문이가 언제는 이치 앞세우고 자랏골놈딜 닦달하던가? 도적 놈보고 인사불성이라고 한 다치라면, 얼 굴이나 쪼깐 붉어질 것이네마는, 양문이 한테 자랏골놈딜 이치가 그것이 쇠발괄 일 것인가, 개발괄일 것인가?" 『자랏골의 비가』

도둑놈 딱장받듯㈜ 지나치게 욱대기는 것을 이르는 말. '딱장받다'는 도둑을 모질게 닦달하여 죄를 자백하게 하다. ¶억울함을 견디다 못한 작인들의 입에

서 무슨 투그리는 소리라도 한 마디 비껴나오면, 꼭 지금 박복영이한테 하 는 본새로 도둑놈 딱장받듯 그 말을 제 입으로 거둬들이게 하고서야 무사했 다. 『암태도』 ¶호방은 천 냥을 걸고 보니 다시 화가 치미는지 도둑놈 딱장 받듯 얼러멨다. 『녹두장군』⑤

도둑놈 손발 맞듯 서로 의견이나 손발이 잘 맞아 돌아가는 경우를 이르는 말. ¶ 칠흑같이 껌껌한 밤이었으나, 남모르게 하는 일이라 도둑놈 손발 맞듯 손발이 맞아 도망꾼 봇짐 챙기듯 순식간에 짐 을 챙겼다. 『암태도』 ¶시체와 보따리를 아래로 내던지고 모두 제자리로 올라왔 다. 벌써 세 번째라 일행은 도둑놈 손발 맞듯 척척 손발이 맞았다. 『녹두장군』⑧

도둑 만난 소 같다 영문도 모르고 끌려온 경우를 이르는 말. ¶"이번에는 또 어쩌 다 여기 오시게 되셨소?" "까닭이라도 알았으면 발명이라도 하겠소마는, 무작 정 끌고 오는 바람에 도둑 만난 소같이 이끄는 대로 끌려왔소…" 『녹두장군』①

도둑에도 의리가 있고 딴꾼에도 꼭지가 있 다㈜ 못된 짓을 하는 자들에게도 저희 끼리 지켜야 하는 의리나 질서가 있음 을 이르는 말. '땅꾼'은 뱀을 잡아 파는 것을 업으로 하는 사람. '꼭지'는 상투 를 얕잡아 이른 말. ¶"세상에 아무리 산림법이 으짠다고 하지마는, 도둑에도 의리가 있고 땅꾼에도 꼭지가 있더라고, 그래도 사정을 둘 데는 쪽간쓱 사정을 둬 감시롱 백성덜을 닦달을 해도 해사 제, 어디서 누것 도둑질해 온 것도 아 니고, 찌그러져 가는 지붕 받치자고 이 녁 깍금에서 솔나무 몇주 비어낸 것을 가지고 이러기로 한다치라면, 그놈의 법

이 사람을 살리자는 법이여, 사람은 죽이고 나무만 살리자는 법이여?…" <땅꾼의 꼭지> ¶"이 사람아, 도둑에도 의리가 있고 땅군에도 꼭지가 있더라고, 생사람 골을 내도 유분수 제, 그래도 사리 가린다는 판사 너울을 쓰고서사 이렇게 뻔한 일을 놓고 설마 한들 지주편을 들 것이여." <유채꽃 피는 동네>

도둑을 뒤로 잡나 앞으로 잡지㊂　도둑은 분명한 증거를 가지고 잡아야지 추측만으로 남을 의심하거나 생사람을 잡아서는 안된다는 말. ¶"…그럼 작년에 우리 삥아리는 뉘 개가 물어갔으까?" "그것이사 누가 눈으로 봤소?" "말을 안 할랑게 그러제, 뻔해." "아무리 개라고 앞으로 잡고 도둑이제 뒤로 잡고 도둑이라요?" "나락 물어내…" 『은내골 기행』

도둑 맞으면 어미 품도 들춰본다㊂　물건을 잃어버리면 누구나 다 의심한다는 말. ¶"도둑을 맞으면 어미 품도 뒤진다 등마는 아무리 도시 사람이라고 사람을 보면 몰라?" 윤영감은 끝내 감싸고 돌았다. 『은내골 기행』

도둑의 때는 벗어도 비늘때는 못 벗는다㊂　도둑의 때는 벗어도 화냥의 때는 못 벗는다. 도둑 혐의는 벗을 수 있지만 부정(不貞)의 혐의는 벗기 어려움을 이르는 말. '비늘때'는 부정(不貞) 혐의. ¶"동네 사람들은 모두 자네가 경옥이하고 혼사를 치렀으면 하는 눈치들이네. 도둑 때는 벗어도 비늘때는 못 벗는 법인데 그렇게 소문이 나버린 처지에 어디로 볕바르게 시집을 가겠는가? 이럴 때 자네가 대범하게 싸안아버리면 당장 자네 작은집 식구들부터 한시름 놀 게 아닌가?" 조망태는 말을 마치고 곰방대를

빨고 있었다. 『녹두장군』⑪

도둑의 집에도 되는 있다㊂　못된 짓을 하는 사람도 웬만한 사리는 안다는 것을 이르는 말. ¶박복영은 결김에 말을 밤송이 까놓듯 까뒤집고 말았다. 아무리 패려궂은 영감이라고 도둑의 집에도 되가 있다는데 이런 의뭉을 떨 수 있는가 싶자, 이런 의뭉집을 까뒤집어 맞서지 않고는 다른 소리 해보았자 소용없겠다는 생각이 든 것이다. 『암태도』

도둑이 매를 든다㊂　잘못한 사람이 도리어 기세를 올리고 나무람을 이르는 말. ¶"허허, 나 별놈 하나 보겠네. 도둑이 매 든다등마는 찔리기는 되게 찔리는 모양이여…" 『자랏골의 비가』 ¶"중생제도란 빛 좋은 개살구고 한낱 덧없는 공염불이군요. 하기야 백성 뜯어 먹기로는 왜놈들과 한통속인데 도적이 도적한테 매들 염치가 있을라구. 대천가 뭔가 해서 왜놈들 하고 제대로 간통까지 하고 나섰으니 할 말 다 했지 뭐. 중생제도?…" <테러리스트>

도둑이 제 발 저리다㊂　지은 죄가 있으면 자연히 마음이 조마조마하여짐을 이르는 말. ¶더구나, 이상만이 아내 재우댁 앞에서는 도무지 부쩌지를 할 수가 없었다. 이게 도둑놈 제발 저리는 격이라고 아무리 마음을 다져먹어도 그러면 그럴수록 흘끔흘끔 눈치만 보아지고 터질 듯이 가슴이 벌렁거렸다. 『녹두장군』④

도랑 치고 가재 잡는다㊂　무슨 일을 하면서 덤으로 이익을 얻게 되는 경우를 이르는 말. ¶"자, 돈 놓고 돈 먹기. 산에 가야 범을 잡고, 또랑치고 가재잡고, 남자는 배짱, 여자는 절개, 이 빨간 놈이

든 곽을 잡아내기만 하면 앉은 자리에서 삼배…" 『자랏골의 비가』

도령 상(喪)에 구방상(九方相) 俗 인산(因山)이나 지위 높은 사람의 장례에 쓰는 방상시(方相氏)를 도령의 장례에 아홉이나 갖추었다는 뜻으로, 격에 맞지 않게 치레하는 경우를 비꼬아 이르는 말. ¶천덕꾸러기로 굴러다니며 얻어먹던 해룡이로서는 비싼 약이며 알뜰한 치료며, 또 먹는 것이나 잠자리 등이 이건 도무지 도령상에 구방상이어서, 해룡이는 자기 허리가 상한 것도 잊고 노상 미안하고 황송해서 못견뎠다. 『자랏골의 비가』

도롱이 입고 가랑비 긋기 무슨 일에 대한 대비가 그 정도를 훨씬 넘는 경우를 일컫는 말. '도롱이'는 짚이나 띠풀로 엮어 만든 비옷. ¶아침부터 길목마다 기찰이 삼엄했으나 상제 차림에 방갓이면 기찰에 숙맥인 역졸들 눈쯤 도롱이 입고 이슬비 긋기였다. 양반 상제가 종자를 데리고 출행하는 본새가 영락없었다. 『녹두장군』⑧

도망가는 사람은 쫓지 않는다 궁지에 몰려 도망가는 사람을 추적하게 되면 발악적으로 덤비게 되므로 피해를 받게 된다는 말. ¶"…아까 들어보니 울고 싶자 뺨치더라고 이렇게 발각이 되어버린 것을 되레 후련하게 생각하고 있는 것 같았소. 도망치는 자는 쫓지 말라 했고, 비는 장수 목 못 벤다고 했소. 똑같은 이치로 뉘우치는 놈은 용서를 해주어야 합니다…" 『녹두장군』⑦

도살장으로 끌려가는 소 어찌할 수가 없이 막다른 운명에 이른 경우를 이르는 말. ¶유월례는 흘러내리는 눈물을 닦을 생각도 않고 그대로 서서 눈물만 주룩 흘리고 있었다. 만득이 모습은 도살장으로 끌려가는 소가 저럴까 싶었다. 『녹두장군』③

도적놈들 속닥이는 속은 담 넘자는 소리 불량한 자들이 모여서 의논하는 내용은 빤히 짐작할 수 있다는 말. ¶"봉노에 틀어박혀서 속닥이다 갔은께로 모르겠네마는, 도적놈들 속닥이는 속은 담 넘자는 소리제 존 소리 오갔겠어?" 중아비는 무슨 짐작가는 것이 있는지 아리송한 소리를 했다. 『녹두장군』⑥

도치 선화당 俗 가는 곳마다 극진한 대접을 받음을 이르는 말. '선화당(宣化堂)'은 관찰사가 일 보는 정당(政堂). ¶양문이는 도처에 선화당이라 양문이가 들이닥치자 병원이 발칵 뒤집혔다. 『자랏골의 비가』

도척이 행차에 재 너머 산지기가 앞교군 선다 못된 자들이 하는 일에 엉뚱한 사람이 앞장서게 되는 경우를 이르는 말. '도척(盜跖)'은 중국 춘추시대의 큰 도적으로 악인(惡人)의 대명사. ¶"좋자는 일에 뭘 그리 따져?" "뭐 좋자는 일? 이것이 시방 말이 고와 부조제 날강도질인디, 그래 도척이 행차에 재 너머 산지기가 앞교군서라?" 『녹두장군』①

도토리 키 재기 俗 비슷비슷하여 견주어 볼 필요가 없음을 이르는 말. ¶"뻔한 시골 살림, 쥐나 터나 도토리 키 재기지, 쥐면 몇 푼이나 쥐고 털면 또 대수관대라우." <신 농가월령가>

독수리 까치 집 빼앗듯 완력을 휘둘러 무엇을 무리하게 빼앗는 경우를 이르는 말. ¶"그런께, 그 자석덜이 독수리 깐치 집 뺏대끼 조선 땅덩어리를 일본놈덜한테서 뺏기는 뺏었제마는, 본시 그로크롬 껄랭이덜인데다가…" 『자랏골의 비가』

독 안에 든 두꺼비 같다 어디로 움직이거나 피할 수 없는 상태를 이르는 말. ¶소작인들은 독 안에 든 두꺼비처럼 눈만 말뚱거리고 서서 도창리에 가까워지고 있는 순사들을 바라보고 있었다. 『암태도』 ¶"용모 파기가 왔다면 죄명이 씌었을 것입니다." 장교가 고개를 저었다. 술이 왔다. 모두 잔을 기울이며 독 안에 든 두꺼비들처럼 눈만 멀뚱거리고 있었다. 『녹두장군』⑧

독 안에 든 쥐〔속〕 궁지에서 벗어날 수 없는 처지를 이르는 말. ¶"…인자 독 안에 든 쥐께 지가 뛰고 나는 재주를 지녔더라도 안잽히고는 못배길 것이여." 『자랏골의 비가』 ¶(용배)…주인이 보고 쫓아오면 독 안에 든 쥐 꼴이어서 봉변도 그런 봉변이 없을 것 같은데, 그런 것은 조금도 마음에 안 걸리는지 천연스럽게 감만 땄다. 간이 크기가 맞춰온 산적이었다. 『녹두장군』① ¶이제 물개는 독 안에 든 쥐였다. <사모곡 A단조>

독장사 경륜 독장사셈. 실현성이 전혀 없는 허황된 계산으로 도리어 손해만 보는 경우를 이르는 말. ¶독장사 경륜의 허망한 꿈이 깨지고 말자, 돌아본 마실 뀌어본 방귀라 하는 수 없이 식모로 들어가서 우선 목구멍에 풀칠을 해야 했다. 『자랏골의 비가』

돈 놓고 돈 먹기다 돈을 떼일 염려 없이 안심하고 돈벌이를 할 수 있는 경우를 이르는 말. ¶"인천 바다가 사이다라도 고뿌 없이 못마시고, 한라산이 금 덩어리라도 배짱없이는 못 가져가요. 돈 놓고 돈 먹기 이것만 잡아내면 삼배." 『자랏골의 비가』

돈만 있으면 개도 멍첨지라〔속〕 돈만 있으면 개도 첨지 벼슬을 할 수 있다는 뜻으로, 아무리 천한 사람이라도 돈만 있으면 귀하게 대접받는 세태를 비꼬는 말. ¶"…서울서 내 돈 없어 봐라. 돈 떨어진 자리가 그대로 초상난 자리여. 돈만 있으면 강아지 새끼도 멍영감 멍사장이고, 도둑질을 하든 갈보질을 하든, 하여간, 돈만 벌어서 쪽 빼고 나서봐…" 『자랏골의 비가』

돈 앞에 부처님 있나 돈 앞에 장사 없다. ¶"…아닌말로 몇 백원 뚝 떼어 주고 자기 사람 만들기로 하면 요새 세상에 돈 앞에 부처님 있답니까?" 『암태도』

돈 앞에 장사 없다〔속〕 돈의 위력을 이르는 말. ¶이 근방 사람들을 모두 증인으로 데려다 세웠으나, 돈 앞에는 장사가 없었다. 현감은 부자편으로 기울고 만 것이다. 『녹두장군』②

돈에 눈이 가리면 삼강오륜도 석냥 닷푼으로 읽는다〔속〕 재물에 가린 눈에는 삼강오륜도 안 뵌다. ¶"돈에 눈이 가리면 삼강오륜도 석냥 닷푼으로 읽는다지 않던가? 그런 눈에 사돈이 제대로 뵈겠는가? 중놈 어물값 물었네." "아무리 눈에 헛거미가 끼었다기로 사람을 멋으로 본 것이여." 조만옥은 눈꼬리를 모로 세웠다. 『녹두장군』①

돈이 양반이라〔속〕 돈이 있으면 대접을 받는다는 말. ¶"…사람이 아무리 잘 나도 돈 없으면 사람 축에 못 드는 것이 요새 세상 인심이네. 돈이 양반이고 돈이 사람이여." 퇴짜 맞은 게 몹시 불쾌한 듯 김근택은 핀잔조로 말했다. 『녹두장군』③

돈이 없으면 적막강산이요 돈이 있으면 금수강산이라 솤 경제적으로 넉넉해야 삶을 즐길 수 있다는 말. ¶"돈이 있으면 금수강산이요 돈이 없으면 적막강산이라." 모들뜨기는 꽁무니에 따라오며 익살을 부렸다. 『녹두장군』⑧

돈피에 잣죽도 제 싫으면 만다 아무리 좋은 일이라도 제 마음에 들지 않으면 억지로 시키기 힘들다는 말. 평안 감사도 저 싫으면 그만이다. '돈피(獤皮)'는 노랗담비의 모피. ¶"자네같이 착한 사람이 한물에 싸여 나대는 것이 보기에 안돼서 하는 소린데, 싫다면 그만둬. 돈피에 잣죽도 제 싫으면 말더라고 콩밥은 자네가 먹었는데 내가 배 앓을 게 뭐야." 『암태도』

돈피에 잣죽으로 자랐느냐 솤 호사스런 생활을 하려는 사람을 나무라는 말. ¶…항상 돈피에 잣죽으로 곤자소니에 발기름이 끼어 살던 양문이었지만, 그런 양문이나, 얻어먹던 해룡이나 하늘 아래 벌레기는 마찬가지여서 병 앞에서는 따로 장사가 없다 보니, 같은 병원에 나란히 누워 같은 의사의 치료를 받으며 같이 앓고 있었다. 『자랏골의 비가』

돋우고 뛰어야 복사뼈라 솤 한껏 돋우고 뛴다고 해야 겨우 복사뼈만큼밖에 못 뛴다는 뜻으로, 아무리 용을 써보았자 자기 능력의 한계를 벗어날 수 없다는 말. ¶…첫새벽부터 그렇게 나대는 것이었으나, 이미 도둑은 멀리 뛴 도둑이었는지, 아무리 나대보아도 돋우고 뛰어야 복사뼈로 별 뾰족한 수가 없었다. 『자랏골의 비가』

돌다가 보아도 물레방아 던져보아야 마름쇠 솤 이렇다 할 진전 없이 같은 행위만 되풀이하게 되는 경우를 이르는 말. '마름쇠'란 예전에 도둑이나 적을 막기 위하여 땅에 흩어 두었던 마름모꼴의 쇠못. ¶…비벼볼래야 비벼볼 언덕이 없어, 아무리 궁리를 굴려보아야, 돌아보아도 물레방아고, 던져보아야 마름쇠였다. 『자랏골의 비가』

돌다리도 두들겨 보고 건너라 솤 아무리 확실해 보이는 일도 어긋나는 수가 있으니 무슨 일이든지 세심하게 살펴서 후환이 없도록 하라는 말. ¶"이 전쟁은 반드시 우리들이 이깁니다. 그러나 이기면 돌다리도 두드려 건너야 하고, 우리 농민군이나 백성들이 모두가 한마음 한뜻이 되어야 하고, 아무리 고통스럽고 분이 나더라도 참을 때는 참아야 합니다…" 『녹두장군』⑨

돌담 구멍에 족제비 눈 솤 날카롭게 무엇을 살피는 눈매를 이르는 말. ¶"…부자놈들은 어디서 가랑잎 소리만 나도 세상이 다시 뒤집히잖는가, 새끼 찬 퇴깽이 귀쫑그대끼 귀를 쫑그고, 뒷산에 구름 조각만 걸쳐도 돌담에 족제비 눈으로 눈알을 궁굴리고 자빠졌소." 오집강은 꼭꼭 박아 말을 했다. 『녹두장군』⑩ ¶"누구세요?" 대문이 빼꼼하게 열리면서 열댓살 난 계집 아이가 돌담에 족제비 눈으로 밖을 내다봤다. <뚱바우 영감>

돌담 배부른 것 솤 돌담이 배가 부르게 나왔다는 뜻으로, 위태롭게 되어 오래 가지 못하게 된 형편을 이르는 말. 또는 모양새가 항상 눈에 거슬리는 것을 이르는 말. ¶"저 석축을 다 헐어내고 새로 싸사 쓴단 말이여?" "배부른 돌담이란 소리 못 들었간디. 보면 몰라서 묻고 있어?" 『자랏골의 비가』

돌담에 족제비 나대듯　좁은 데서 날래게 나대는 꼴을 이르는 말. ¶이갑출이 일행은 청개구리 뒤에 실뱀 따라다니듯 이시뚜리가 일행 뒤를 따르고 있었다. 어제 저녁 용배 집에서 잘 때는 바로 곁에 있는 여각에 들었고 사비정으로 들어갈 때는 행여 놓칠세라 돌담에 족제비 나대듯 날렵하게 움직였다. 『녹두장군』⑪

돌도 삼 년을 보고 있으면 구멍이 뚫린다㊠ 무슨 일에나 정성을 들여 애써 하면 안 되는 것이 없음을 이르는 말. ¶(산) "… 그런 궁리만 수삼 년을 해왔더니 돌도 삼 년을 보고 있으면 구멍이 뚫리더라고 그런 속으로는 궁리가 환하게 뚫렸습니다…" 『보쌈』

돌아본 마실 뀌어 본 방귀㊠ 놀러다녀 보면 놀러다니는 가늠이 생기고, 방귀를 뀌는 따위 면목 없는 짓도 하다보면 가늠이 생기듯이, 무슨 일을 하다보면 그만한 짐작과 가늠이 있어 예사로 하게 된다는 말. ¶독장사 경륜의 허망한 꿈이 깨지고 말자, 돌아본 마실 뀌어본 방귀라 하는 수 없이 식모로 들어가서 우선 목구멍에 풀칠을 해야 했다. 『자랏골의 비가』

돌절구도 밑 빠질 날이 있다㊠ 돌절구와 같이 든든하게 생긴 물건도 오래 쓰면 밑이 빠질 때가 있다는 뜻으로, ① 아무리 튼튼한 것이라도 영구 불변한 것은 없다는 말, 또는 ② 명문거족이라고 영원히 몰락하지 않는 법은 없다는 말. ¶이 세상이나 저 세상이나 항상 아망위에 턱을 걸고 떵떵거리던 양문이였지만, 메뚜기도 오뉴월이 한철이고, 돌절구도 밑빠질 날이 있다더니, 양문이 죄

업 때문에 그 자식들까지 한꺼번에 그렇게 된다는 것은 너무도 처참한 일이었다. 『자랏골의 비가』

돌 진 가재㊠ 돌 진 가재요 산 진 거북이다. ¶"일본 쪽발이들 그늘에서 돌 진 가재로 안심하고 지냈겠지라우." 김승종이가 정색을 하고 말했다. 『녹두장군』⑩

돌 진 가재요 산 진 거북이다㊠ 의지하고 있는 세력이 든든함을 이르는 말. ¶… 그 험한 세상의 권세를 등에 업고, 돌진 가재, 산진 거북으로 불쌍한 촌놈들을 패고 죽이고 호령하던 양문이가 힘을 못쓰게 되었다는 것만으로도 자랏골 사람들은 덩실덩실 춤을 추고 싶을 지경이었다. 『자랏골의 비가』 ¶정익서 말대로 세상이 뒤집힌다 하더라도 자기가 농민군 쪽에 앉힌 그루는 낙락장송보다 더 든든할 테니 앞으로 샛바람이 불든 높바람이 불든 자기는 돌 진 가재 산 진 거북이였다. 『녹두장군』⑧

동곳을 빼다　항복할 때 상투를 풀고 고개를 숙인 데서 나온 말로, 굴복한다는 뜻. ¶"백번 옳은 말씀이오. 힘밖에는 없습니다. 아까 김덕명 접주께서 말씀하신 대로 각 고을에서부터 기세를 보인 다음에 그 기세로 서울로 몰려 올라가 동곳을 빼버려야 합니다." 송희옥이었다. 『녹두장군』③

동냥치가 발은 땅에 있어도 마음은 신선이라　비록 거지라 하더라도 꿈은 화려하다는 말. '동냥치'는 동냥아치의 준말로, 집집이 동냥을 다니는 사람. ¶"궐자가 연장만 존 게 아니고 꾀가 또 봉이 김선달이 뺨치는 작자였구만. 처음부터 그런 길속으로만 노는 작자라, 동냥치가 발은 땅에 있어도 마음은 신선이더라고, 이

작자가 연장을 놀려도 한다는 구실아치나 사대부집 여편네만 골라, 얼큰하고 걸걸하게 상음(上陰)으로만 놀았구만.”『녹두장군』②

동냥치 첩도 제멋에 산다[쏙] 아무리 천한 일도 제멋으로 한다는 말. ¶“글씨 말이여. 나는 어지께부텀 통 먼 속이 먼 속인지 모르겄다. 맹물에다 도끼 대가리를 삶아 묵음시로 동냥치 첩질을 해도 지멋에 산다는 소리가 있기는 있제마는, 해도 방불해 사제 밑구녁까지 폴아서 시내눔들 맥에살리는 사당패가 멋이 좋다고 거그서 안 나오겄다고 버티냐 말이여. 문둥이떼는 그래도 밑구녁은 안 폰다.”『녹두장군』⑦

동네마다 후레아들 하나씩 있다[쏙] 사람이 모여 사는 곳에는 으레 못된 사람이 섞이기 마련이라는 말. ‘후레아들’은 본데없이 막되게 자라서 버릇이 없는 사람을 욕으로 이르는 말. 후레자식. ¶“그런 작자를 이시뚜리 장군은 어째서 가만둡니까?” “보성 사람들이 자기들 사날로 세운 사람인데 거기까지야 이장군인들 어떻게 간섭을 합니까?” “동네마다 후레자식이 하나씩이라더니 그런 놈도 있구만.”『녹두장군』⑩ ¶“그 사람이 누구지요?” 명호가 윤영감한테 물었다. “여기 읍내 놈인데 동네마다 후레자식이 하나씩이더라고 저런 개망나니가 한 놈 있소.”『은내골 기행』

동네 북[쏙] 이 사람 저 사람이 달려들어 함부로 구박하는 경우를 이르는 말. ¶“허허, 나는 이리 가나 저리 가나 동서사방에 걸렸어도, 북이네, 북…”『자랏골의 비가』 ¶“참말로 나는 오나가나 동네 북이구마, 북.” 이장은 어이없다는 표정

이었다.『은내골 기행』

동네 적선은 도깨비 명당보다 낫다 자기가 사는 동네에다 좋은 일을 하면 나중에 그만한 덕을 본다는 말. ¶“…동네 적선은 도깨비 명당보다 나은 것이네. 일편단심하게. 어차피 귀먹은 욕인께 욕을 꿀로 알고 어긋하게 대들어.”『녹두장군』①

동네 초상이 종놈한테는 잔치판이다 똑같은 일이라도 처지에 따라 의미가 전혀 다른 경우를 이르는 말. ¶“죽일놈들, 대목 만난 놈이 여럿이구만. 동네 초상이 종놈들한테는 잔치판이라더니, 돈 가진 놈들 떡판에 엎으러졌네그랴.” “어차피 돈속이란 게 그런 것 아니던가라우?”『녹두장군』①

동무 따라 강남 간다[쏙] 친구가 강남으로 간다니까 자기는 볼일도 없으면서 친구를 따라 함께 간다는 뜻으로, 무슨 일을 남에게 끌려서 덩달아 하게 됨을 이르는 말. ¶“…동무 따라 강남 간다등마는, 살다본게 동무 따라 농민군 나오는 사람도 있더만.” 술청 안 사람들이 와 웃었다.『녹두장군』⑧

동산에 덩실 보름달이다 무엇이 훤하게 드러났음을 이르는 말. ¶“맞네, 맞어. 자네가 말을 해서 듣고 본게 대차나 이치가 동산에 덩실 보름달일세…”『녹두장군』⑩

동상전 여리꾼 같다 말이 없어도 눈치로 알아채고 일을 척척 하는 사람을 일컫는 말. ‘동상전’은 옛날 서울 종로의 종각 뒤에서 재래식 잡화를 팔던 가게. ‘여리꾼’은 상점 앞에서 손님을 끌어 물건을 사게 하고 주인한테서 삯을 받는 사람. ¶작자는 김문현이와 가마꾼이 하

는 수작을 동상전 여리꾼처럼 비슬비슬 웃으며 노려보고 있었다. 『녹두장군』⑨

동아 속 썩는 것은 밭 임자도 모른다㈜ 동아 속은 겉이 멀쩡한 채 썩기 때문에 밭 임자도 가려볼 수 없다는 뜻으로, 남의 마음속 걱정은 아무리 가깝게 지내는 사람도 알 수 없음을 이르는 말. ¶ "종식이 아들 잘 됐다고 칭찬이 자자하더니 이것 꼴이 꼴이 아니그만. 동아속 썩는 것은 밭임자도 모른다고, 이런 꼴을 종식이가 꿈이나 꾸겠나." 『암태도』 ¶ "동아속 썩는 속은 밭임자도 모른다더니, 이런 소문이 꽤 오래 전부터 났던 모양인데, 나는 까맣게 모르고 있었네 그랴…" 『녹두장군』① ¶ "맞다. 동아속 썩는 속은 밭임자도 모른다등마는, 그런게 그런 때려쥑일 새끼가 바로 접주님 발 밑에 있었다. 이런 새끼는 단매에 작살을 내부러사 쓴다. 일을 어디서부텀 손을 댔으면 좋겠냐?" 김확실이는 숨을 발라 쉬며 물었다. 『녹두장군』⑦

동에 번쩍 서에 번쩍㈜ 정처가 없고 종적을 걷잡을 수 없을 만큼 이곳저곳에 출몰함을 이르는 말. ¶ 그는 평소의 도력으로 서울과 보은, 서울과 평양을 하룻밤 사이에 왔다갔다 하며 봉기를 독려하고 있고, 해주나 함흥, 대구 등지를 동에 번쩍 서에 번쩍하고 있다는 것으로 멀지 않아 전주에도 나타날지 모른다는 것이었다. 『녹두장군』④ ¶ …지리산 근방 여러 고을 농민군은 서로 연합하여 동에 번쩍 서에 번쩍 관아를 들이치는 등 기세를 떨치며 진주로 쳐들어갈 기회를 노리고 있었다. 『녹두장군』⑪

동전짝을 쪼개 쓴다 푼돈을 아껴 쓰는 경우를 이르는 말. ¶형의 고등고시 합격에 생애적인 의미를 걸고 있는 아버지의 무서운 집념을 모른바 아니다. 동전짝을 쪼개 쓴다는 소문인 아버지가 꼬박 칠 년 동안 형의 뒷바라지에는 논밭이 아깝지 않았다. <대리복무>

동줄 끊어진 물렛살 같다 ① 몹시 맥빠진 경우를 이르는 말. ② 신명이 깨진 경우를 이르는 말. '동줄'은 물렛살을 연결시킨 줄. ¶명호는 동줄 끊어진 물렛살처럼 손발에 떡심이 풀렸다. 『은내골 기행』

동학군 나간 동네 벋정다리 꼴 등장 나간 동네 벋정다리 같다. '벋정다리'는 오그리지 못하여 늘 벋치기만 하는 다리. 또는 그런 다리를 가진 사람. ¶ "…암태도 천지가 들썩들썩하는 판에 집안에 죽치고 앉아 있었다가는 동학군 나간 동네 벋장다리 꼴로 병신이 되고 말겠는데, 이 빌어먹을 점심 안 싸들었다고 아무리 비대발괄을 해도 막무가내요그랴…" 『암태도』

동학군 횃불 올라가듯 다투어 동참 의사를 밝히는 경우를 이르는 말. ¶ "그러면 공덕비를 회수하자는 데 찬동하시는 분 손 드시오." 함성 소리가 터지며 군중들의 손이 동학군 횃불 올라가듯 했다. 손이 열 개 스무 개가 없어 환장하겠다는 서슬이었다. 『암태도』

동태가 명태다 그것이 그것이다. ¶ "이집 소 끗고 가사 쓰겄다 하고 소 끗고 간 이치나, 이 사람 것 돌라묵어사 쓰겄다 하고, 그 사람 도장 찾아다가 찍어놓고 돌라묵은 이치나, 동태가 명태제 뭣이여?" 『자랏골의 비가』

돌인지 괭이인지도 모른다 자기가 하는 일이나 상대하는 사람이 어떤 일인지 어떤 사람인지 모르고 일을 하거나 상종하는 경우를 이르는 말. '돝'은 돼지의 옛말. ¶"그런께, 시방, 호걸님들은 지금 쫓고 있는 것이 돝인지 괭인지도 모르고 쫓고 계셨단 말씀이오? 허허, 밤새도록 통곡을 하고도 어느 마누라 초상인지 모른다등마는 꼭 그짝이요 그려." 갑수는 되바라지게 핀잔을 주며 껄껄 웃었다. 『녹두장군』①

돝 팔아 두냥 반인지㈜ 양반을 놀림조로 이르는 말. ¶"던진 놈이 있으면 그놈을 집어내서 닦달을 하든지 말든지 할 일 이제 어째서 싸삽아서 호놈이오? 제길, 하는 행실을 본께, 양반인지 좆반인지, 돝 팔아 두냥반인지, 고리백정 채반인지, 궁글어가다 똥통에 빠진 쟁반인지, 삶은 개다리 한쪽 반인지, 아무리 생각해도 본색을 모르겠구만, 양반 유세는 되게 떠세." 『녹두장군』②

돝 팔아 한냥 개 팔아 닷돈 하니 양반인가㈜ 양반을 놀림조로 이르는 말. ¶…돝 팔아 한냥, 개 팔아 닷돈으로 그렇게나 한냥반의, 그런 명색뿐인 어줍잖은 참봉 나부랑이거나, 아전 지치라기들일 것이 뻔한데… 『자랏골의 비가』

돼지 꼬리 잡고 순대 달란다㈜ 거쳐야 할 단계를 거치지 않고 성급하게 무엇을 요구한다는 말. ¶"공선이 얼굴 한번 인물나게 나오겠다." 동네 사람들이 와크르르 웃었다. "언제 빼줄라요?" 공선이가 물었다. "금방 찍은 놈이, 돼지 꼴랑지 잡고 순대국을 졸라라." 절골영감 핀잔에 모두 웃었다. 『은내골 기행』

돼지 멱따는 소리㈜ 아주 듣기 싫게 꽥꽥 지르는 목소리를 이르는 말. '멱따다'는 칼 따위로 목을 찌르거나 자르다. ¶"아따, 그새 선생 되아부렀다. 요새 이 자

석은 술자리서나 어디서나 짬만 있으면 그 일을 소릿가락으로 풀어내느라고 정신이 없다. 첨에는 돼야지 멱따는 소리를 듣고 있제 못 듣겄등마는, 하도 여러 번 해쌓게 인자 사설도 매끄러워지고 소리가락도 제법이다." 김갑수 말에 모두 웃었다. 『녹두장군』⑦

되놈이 김 풍헌을 안다더냐㈜ 무식하여 상당한 지위에 있는 사람을 몰라보는 경우를 핀잔하는 말. '되놈'은 중국 사람의 낮춤말. ¶"하기사 되놈이 김풍헌을 알 껏인가, 이풍헌이 누군지 알 것인가?" 『자랏골의 비가』

되놈하고 겸상을 했나 까닭없이 의심하는 것을 핀잔하는 말. ¶"참말로 그 집에서 그런 소리를 허요?" "때국놈하고 겸상을 했소, 으쨌소? 심 드래서 말을 허면 으째서 자꼬 참말만 찾고 있소? 여그 이렇게 사람이 오잖았소?" 정석남이는 무슨 일인지 쟁우댁한테 핀잔을 주며 곁에 앉은 사내를 가리켰다. 『녹두장군』⑥ ¶(산) "허허. 이 사람이 사람을 못믿기는, 뙤놈하고 겸상을 했나. 어린아이 말도 가려 쓰기 나름이더라고, 이만한 살림을 일궈 사시는 분이라면 다 그만한 물정이 있을 터인즉 내가 말한 그 방도를 가려 쓰고 안 쓰고는 자네 주인이 할 일 아닌가?…" 『보쌈』

되는 일도 없고 안 되는 일도 없다 맺고 끊어 가닥을 지우지 못하는 경우를 이르는 말. ¶…그가 동네 이장을 도맡아서 한 사람이다. 그러나 원체가 물황태수로 무작정 호인이기만 해서, 뭣 하나 되는 일도 없고 안되는 일도 없는 사람이라, 무슨 일에든지 끊고 맺는 맛이라고는 없다 보니 동네 사람들도 답답했

지만, 면에서 하도 고개를 내두르는 바람에 하는 수 없이 득철이한테로 이장을 넘겼었다. 『자랏골의 비가』 ¶"나는 강진 사는 최차돌이오. 으째서 지 이름이 차돌이냐 하먼, 이 이름은 우리 한아씨가 지어준 이름인디, 우리 아버님이 사람이 너무 물렁해서 하는 일이 늘 되는 일도 없고 안되는 일도 없은께, 너는 느그 아부지하고는 달리 차돌같이 단단하라고 차돌이라요…" 『녹두장군』②

되는 집에는 가지나무에 수박이 열린다 🔒 잘되어 가는 집에는 뜻하지 않는 행운이나 횡재가 생긴다는 말. ¶"되는 집은 가지나무에도 수박이 열리고 나갔던 강아지도 동무를 달고 들어온다등마는 이 집이 그 짝이구만." 술이 거나해진 사람들은 모두 잘된 곡식 추듯 용배 칭찬에 침이 밭았다. 『녹두장군』⑧

되는 집에는 나갔던 강아지도 동무를 달고 들어온다 되는 집에는 가지나무에 수박이 열린다. ¶"되는 집은 가지나무에도 수박이 열리고 나갔던 강아지도 동무를 달고 들어온다등마는 이 집이 그 짝이구만." 술이 거나해진 사람들은 모두 잘된 곡식 추듯 용배 칭찬에 침이 밭았다. 『녹두장군』⑧

되다가 만 자식 🈁 덜된 사람이라는 말. ¶"그런 일을 헐 놈이 미리 토설부텀 해? 되다가 만 자식 같으니라고." 『자랏골의 비가』

되로 주고 말로 받는다 🔒 조금 주고 그 대가를 몇 갑절이나 많이 받는다는 말. ¶"아무럼. 그까짓 경비 몇 푼이야 대들보 썩는데 기왓장 한 장 꼴로 생색이 나는 돈인데, 절 모르는 중놈한테 시주도 하는 인심에 그런 걸 가지고 따지고 자

시고 할 사람이야 있겠어? 이런 정이야 되로 주고 말로 부풀지." 『암태도』

된장 신 것은 일 년 원수 여편네 못된 것은 백 년 원수 아내를 잘못 만나면 일평생 고생이라는 말. ¶(산) 된장 신 것은 일 년 원수, 여편네 못된 것은 백 년 원수라고, 된장 신 것쯤이야 일 년만 참으면 되지만 자식 낳고 사는 여편네를 쫓아낸다는 것도 쉽잖은 일이었다. 『보쌈』

된장에 풋고추 박히듯 🔒 한곳에 틀어박혀 있음을 낮잡아 이르는 말. ¶"…산지기는 풀새 된장에 풋고추 백히대끼 제 쥔 찾아갔어." 『자랏골의 비가』

될성부른 나무는 떡잎부터 알아본다 🔒 장래에 크게 될 사람은 어릴 때부터 그만한 늦이 보인다는 말. ¶"될성부른 나무는 떡잎부터 알아본다고, 놈이 어렸을 적부텀 보통 놈이 아니겄다 했등마는, 영낙없그마." 『자랏골의 비가』 ¶될 성부른 나무는 떡잎부터 알아본다고, 사내자식이 닭똥구멍이나 들여다보겠다면, 이건 싹수머리가 영 글러먹은 게 아니냐고 문지방이 쩡쩡 울리도록, 죄없는 어머니에게까지 호통치는 걸 담 너머로 들었을 때는, 큰 잘못을 저질렀다고 후회했다. <대리복무>

두 길마를 보다 대세에 따라 행동하는 양면적 태도를 이르는 말. ¶"그렇지. 지주 쪽에서 소작인들을 꼬드겨 자기 사람을 만들기로 하면 어지간히 곧은 사람이 아니고는 이쪽저쪽 다림보아 두 길마 보자고 지주 쪽에 속다리 걸치고 나오는 사람이 없으란 법도 없거든…" 『암태도』 ¶"…그 사람들은 어느 구름에 비 올지 몰라, 고욤나무건 감나무건 여기저기 그루를 앉혀놓고, 두 길마 세 길

마 보자는 수작일 것이오. 그런 자들일수록 자기 앞에 조금만 불똥이 튀길 낌새가 있으면 뒤통수를 칩니다." 『녹두장군』③

두꺼비 파리 잡아먹듯🖝 아무것이나 닥치는 대로 널름널름 먹어치우는 것을 이르는 말. ¶텁석부리는 두꺼비 파리 잡아먹듯 주는 술잔만 널름널름 받아 마시며 두 사람 이야기를 듣고 있었다. 『녹두장군』⑩ ¶김진수는 그가 너무 취할까 싶어 미리 술을 가져올 때 소주 한병에다 코카콜라를 두 병씩이나 타서 알콜을 죽여 놓았으나, 그래도 두꺼비 파리 잡아먹듯 주는 대로 꼴깍꼴깍 털어넣는 것이 불안했다. <칠일야화>

두더지 사촌 농부를 낮잡아 비유한 말. ¶재주라고는 두더지 사촌으로 땅 뒤지는 재주밖에 없고, 기왕에 내놓은 산지기, 새삼스럽게 울 막고 살 것도 없었다. 『자랏골의 비가』 ¶원체가 두더지 사촌으로 재주라고는 땅 뒤지는 재주밖에는 타고나지 못한 사람들이라 <가남약전>

두루마기 자락에서 비파소리가 난다 치마꼬리에서 비파소리가 난다. 분주하게 이리저리 다니는 경우를 이르는 말. ¶그 기막히고 신바람나는 이야기를 자랏골 사람들만 알고 말기에는 너무도 아까워…때문은 두루마기 자락에 비파소리를 일으키며, 일삼아서 왼데 동네로 소문 파발을 놓고 다녔다. 『자랏골의 비가』 ¶정거장에 내린 방촌 영감은 동네까지 오리 길을 발이 땅 붙는지 안 붙는지도 모르고 두루마기 자락에 비파소리를 내며 내달아왔다. <신 농가월령가>

두말하면 잔소리 두 번 다시 말할 필요가 없음을 강조하여 이르는 말. ¶"그러면 평균 질러불자, 이 말이요?" "잔소리되게 두말 해?" 질천이는 얼굴을 한쪽으로 홱 치우면서 쏘았다. 『자랏골의 비가』 ¶"…소작을 그만 부칠 심보 같으니 소작료도 우리가 겨간다 이게야. 두말 하면 잔소리고 소작료나 빨리 내요. 지금 시국이 어느 시국인 줄 아냐 이게야." 『암태도』 ¶"그야 두말 하면 잔소리지요. 네 병 낫든 말든 내 약값 달랬더라고 형장들이야 그 작자 있는 데만 너뜸했으면 그민이제, 애초에 그런 약조가 없는 바에 무슨 염치로 그것을 탓하겠소." 『녹두장군』②

두멍 쓰고 밤길 걷듯 전후 사정도 모르고 위험한 일을 하는 경우를 이르는 말. '두멍'은 물을 많이 담아 두고 쓰는 큰 가마나 독. ¶무슨 일판인지 두멍 쓰고 밤길 걷기로 나졸들한테 끌려온 세 사람은 나졸들의 심상찮은 서슬로 미루어 예사일이 아니라는 것은 대강 짐작을 하고 있었으나, 정작 군아에 들어와보니 서릿발 같은 살기에 새삼 간이 오그라붙었다. 『녹두장군』① ¶"자네가 나라에 충신 나서 그런 변방으로 수자리를 살러간다면 굳이 말리지 않겠네마는 두멍 쓰고 밤길 걷기도 유분수지 쫓겨가도 이렇게 험하게 쫓겨갈 수가 있단 말인가?" 월공이 차근히 말했다. 『녹두장군』②

두부모에 미꾸라지 박히듯 무작정 머리만 처박는 꼴을 이르는 말. 미꾸라지를 요리할 때 두부모와 함께 미꾸라지를 넣고 열을 가하면 미꾸라지가 두부모 속으로 파고 들어감. ¶감영군들은 마치 두부모에 미꾸라지 박히듯 별의별 곳에 별의별 요상스런 꼴로 박혀 있었다. 『녹두장군』⑨

두부살에 바늘뼈 집 가는 뼈대와 무른 살이란 뜻에서, 몸이 아주 연약한 사람을 이르는 말. 바늘뼈에 두부살. ¶생긴 것부터가 품속에 안아 기른 듯 두부살에 바늘뼈로 허여멀끔한 상판 하며 말가닥째는 것이 천생 남 앞에 야살이나 떨며 살아먹게 생긴 자였다. 『녹두장군』⑤

두부에 이빨도 안 들어갈 소리다 전혀 이치에 닿지 않는 소리라는 말. ¶"제미, 아무리 양문이라고 하제마는 그래도 참새도 죽을 적에는 쩍하고 죽는 것인디, 턱 떨어진 외가리맨키로 양문이 입만 쳐다보고 있다가, 곰 창날 받대기 그런 뚜부에 이빨도 안들어갈 소리나 듣고 와서, 괴 불알 앓는 소리도 아니고, 도깨비 여울물 건너는 소리도 아닌 소리로 연설이나 풀고 있단 말이여?" 『자랏골의 비가』

둑머슴 무토막 자르듯 선머슴 무토막 자르듯. ¶"형님은 가만히 여기서 구경이나 하고 계십시오. 저까짓 것들 대번에 둑머슴 무토막 자르듯 모가지를 베어 보이겠습니다." 『녹두장군』①

둘째 가라면 서럽다 자타가 공인하는 첫째다. ¶"…당장 나만 하더라도 짚신 삼는 디는 둘째 가라면 서러울 솜씬디, 곱게만 삼다가 상을 놓쳐부렀소." 김이곤이었다. 모두 웃었다. 『녹두장군』⑦

뒈지는 년이 밑 감추랴 집 위급할 때는 체면을 돌볼 겨를이 없음을 이르는 말. ¶"당장 굶어죽어 생긴 판에 체면이 뭣이여? 뒈지는 년이 밑 감출까?" 『녹두장군』①

뒈진 놈 인중 틀어지듯이 이미 결판이 났다는 사실을 일컫는 말. '인중'은 코와 입술 사이에 오목하게 들어간 곳. ¶"일은 폴쎄 뒈진 놈 인중 틀어지대끼 팩 틀어져부렀는디, 그런 자리에 가서 잘잘 쌔는 소리나 듣고 앉았을라고 그런 디를 가라우?" 오기창이는 얼굴을 홱 걷어가 버렸다. 『녹두장군』⑥ ¶"…일은 이미 뒈진 놈 인중 틀어지대끼 틀어진 일인께, 쓸데없이 나대지 말고 지주한테서 새로 사들일 궁리나 하라고 발기고 앉았더라는 거여." <유채꽃 피는 동네>

뒤꼭지에 사잣밥을 싸짊어졌다 죽음을 각오하다. '뒤꼭지'는 뒤통수의 사투리. ¶놈들은 이판사판 뒤꼭지에다 사잣밥을 싸매고 덤빌 테니 사람이 그렇게 독기가 올라노면 예삿놈들도 섣불리 닦달을 할 수가 없는 법인데, 항차 그런 싸움에는 이골이 난 화적임에 서랴. 『녹두장군』③ ¶"이 일은 우리 일인게 죽든지 살든지 우리가 할라요. 당신들은 나서지 마시오. 우리는 등에 사잣밥 짊어지고 나섰소." 우두머리인 듯한 젊은이가 단호하게 말했다. 『녹두장군』⑩

뒷간과 사돈집은 멀어야 한다 집 뒷간은 가까우면 냄새가 나고 사돈집이 가까우면 말썽이 생기기 쉬우므로 경계하라는 말. ¶"변소길하고 사돈네 집은 멀어야 한다지만 예동서는 너무 멀어는게 못 쓰겠습디다. 인자 아무데나 안 갈길 것이오." 정익서가 웃으며 말했다. 『녹두장군』⑥

드문드문 걸어도 황소걸음 집 일은 천천히 하지만 믿음직스럽고 알차게 하는 경우를 이르는 말. ¶"드문드문 걸어도 황소걸음인께 가서 이녁 일이나 해!" 『자랏골의 비가』

듣보기 장사 애 말라 죽는다속 요행수를 바라고 하는 장사의 어려움을 이르는 말. '듣보기 장사'는 한 군데에 터를 잡고 들어박힌 장사가 아니고 뜨내기로 돌아다니며 요행수를 바라고 하는 장수. ¶듣보기 장사 애말라 죽는다고 이런 투기를 한 사람들은 그 해 갯것이 어찌되나 부등가리 안옆 조이듯 가슴 조이며 갯것 기르는 것을 지켜 보던 것인데 하필 그런 흉년을 만나 그 꼴이 된 모양이었다. <몽기미 풍경>

들고 나면 초롱꾼 메고 나면 상두꾼속 손에 초롱을 들고 나서면 훌륭한 초롱꾼이고 상두를 메고 나서면 또한 든든한 상두꾼이란 뜻으로, 이미 영락한 몸이 무슨 일인들 못하겠느냐는 말. 메고 나면 상두꾼 들고 나면 초롱꾼. ¶빌어먹어도 정승집에서 빌어먹으랬다고 들고 나면 초롱꾼 메고 나면 상두꾼, 기왕 찢어져서 언청이로 내놓은 산지기일 바에는, 그런 세도 그늘에라도 가려야 솔가지 하나라도…있을 것이기 때문이었다. 『자랏골의 비가』

들고 치나 메고 치나 매한가지라는 말. ¶"하기사, 산 사람 산 입에 거무줄 칠라든가마는…" 말을 돌려 놓고 보아도, 그것을 이어나가면 들고 치나 메고 치나 한가지여서, 평식이는 또 속으로 어어했다. "썩을 놈의 시상." 『자랏골의 비가』 ¶"그러면 들고 치나 메고 치나 마찬가지 아니오. 기왕에 그러기로 하면 우리 일이라도 제대로 해야 하잖아요?" 『암태도』 ¶"대로 따지면 자주 메고 댕길 사람은 난께, 대라면 내가 대제 자네가 댈 것이여?" "들고 치나 메고 치나?" "좋

자는 일에 뭘 그리 따져?" 『녹두장군』①

들보감으로 이빨 새 쑤실 궁리만 한다 큰 재목을 작은 데다만 쓰려고 하는 것을 핀잔하는 말. ¶"…지둥이다, 지둥! 알아볼 만한 사람들은 다 알아볼 만한 눈이 있어서, 치사받고 잘려온 나무를 놔두고, 들보감으로 이빨 새다구 쑤실 궁리만 하고 있으니, 그놈의 궁리가 터지겠냐?…" 『자랏골의 비가』

등 시린 웃음 등 시린 절. 앙심을 품은 사람이 웃고 나올 때 섬뜩함이 느껴지는 웃음. 또는 자기가 상대편에게 베푼 바가 변변치 못한데도 상대편의 갚음이 너무 후하여 미안함을 느끼는 경우에 이르는 말. ¶어제까지의 객기로는 등 시린 웃음이 달가울 수가 없었겠지만,…여기서 안 나간다는 것은 정면으로 적의를 보이는 것이어서 거기까지는 배짱을 부릴 수가 없었던 모양이었다. 『자랏골의 비가』

등장 나간 동네 뻗정다리 같다 축에 들지 못한 사람을 일컫는 말. '등장(等狀)'은 여러 사람이 이름을 잇대어 써서 관청에 올려 하소연하는 일. 요사이의 연판장 혹은 서명운동. ¶"세상이 이로코 들썩들썩한디 우리는 기냥 이라고 있어도 쓸란가 몰라? 꼭 등장 나간 동네 뻗정다리매이로 못난 놈들 같기도 하고…" 『녹두장군』③

등잔 밑이 어둡다속 대상에서 가까이 있는 사람이 도리어 대상에 대하여 잘 알기 어렵다는 말. ¶"등잔 밑이 어둡다고 우리가 같은 동네서 산게 몰라서 그라제 보통 인물이 아니라요…" 『녹두장군』⑥

등짐장수가 짐을 받아도 걱정 못 받아도 걱정이다 등짐장수는 물건을 받으면 지고

갈 일이 걱정이고 못 받으면 장사를 못 해 걱정이므로, 어떻게 되든 문제가 있는 경우를 이르는 말. '등짐장수'는 물건을 등에 지고 다니며 파는 사람. ¶ "등짐장수가 짐을 받아도 걱정 못 받아도 걱정이라더니 지금 우리가 그 짝입니다그려. 자칫하면 빈대 잡으려다 초가삼간 태우는 꼴이 되잖겠습니까?" 손화중이가 입술을 빨았다. 『녹두장군』⑨

등 치고 간 낸다㊀ 겉으로는 위해 주는 체하면서 속살로는 자기 이익을 취하며 되레 해를 끼친다는 말. ¶ "…그래도 그런 선거 때가 되면 양문이가 자랏골 사람들도 제 아재비 같이 보거던." "임마, 등 치고 간 내는 수작이제 속조차 그런 줄 알어?" 『자랏골의 비가』 ¶ "… 김학진이가 관민상화니 뭐니 이쁜 소리 잘잘 째고 자빠졌소마는 그것은 간 내려고 등 어르는 수작이오. 그놈 한다는 수작 들어본게 참새 얼러 굴레 씌울 놈입디다…" 『녹두장군』⑪

딱따구리 부적도 귀신 쫓는 수가 있다㊀ 하찮은 방법으로도 큰 위험을 방어할 수 있다는 말. 부적은 글씨 모양의 획이 여간 복잡하지 않은데 딱따구리 부적은 딱따구리가 나무를 쪼아놓듯 부적 시늉만 내놓은 부적이란 뜻으로, 무얼 완벽하게 하지 않고 명색만 그럴듯하게 갖추는 것을 이르는 말. ¶ "…딱다구리 부작도 더러는 귀신쫓는 수가 있는 것인께, 우리 동네 사람덜 산소는 다 돌아보았는디, 우리 눈으로 보아서는 그럴만한 묏등이 없더라, 허니, 땅속을 들여다보는 재주가 있은다치라면, 느그덜이 찾든지 말든지 해라, 이러고 나자빠져도 나자빠져사 쓸 것 같어…" 『자랏골의 비

가』 ¶ 사실 육지에서는 이런 공덕비를 세워 주고 효험을 본 데가 많다는 것이어서, 여기 소작인들도 딱다구리 부적도 귀신 쫓는 법이 있느니라 싶어 일을 시작했던 것이다. 『암태도』 ¶ "그렇게 따지기로 하면 한정이 없고, 딱다구리 부적도 귀신 쫓는 수가 있는 것인께, 동티난 디 푸닥거리하는 셈치고 일을 해사제 그것을 어뜨코 촘촘히 따짐시로 할 것이여…" 『녹두장군』①

딸 덕에 부원군㊀ 출가한 딸 덕분에 부원군이라는 높은 벼슬을 하게 되듯이, 자기 능력이 아니고 다른 사람 덕으로 대접을 받거나 이익을 보는 경우를 이르는 말. '부원군'은 조선시대 때 왕비의 친아버지나 정 1품 공신에게 주던 작호. ¶ (산) "…딸 덕에 부원군이라고, 이 작자 팔자가 대번에 댑싸리 밑의 개 팔자로 늘어졌지 뭔가?" "어떻게 그렇게 돈을 벌었지요? 양공주가 된 것입니까?" 『보쌈』

딸 보려면 장모 보랬다 장모의 사람됨을 보면 그에 미루어서 딸의 사람됨도 알 수 있다는 말. ¶ "아따, 생기기도 헌헌장부로 훤하게 빠진 젊은이들이 먹는 것도 이쁘게는 먹네. 딸 있으면 셋 다 사우 삼고 잡네." "딸 볼라면 장모 보랬더라도 나도 아짐씨가 맘에 딱 드요마는 말씀하시는 것 본게 딸이 없는 모냥이오잉." 일행은 한참 동안 수작을 부리다가 걸쭉하게 덕담을 한마디씩 하고 돌아섰다. 『녹두장군』⑩

딸자식도 반자식이다 딸도 자식이므로 부모에게 일정한 요구를 할 권리가 있다는 사실을 일깨우는 말. ¶ (산) "딸자식도 반자식인데, 시골 현감 한자리도

말이 없다니 해도 너무하지 않습니까? 정사를 바로 하면서 그런다면 누가 뭐라 하겠소마는 어차피 난장판이니 벼슬을 사서 하나 속여서 하나 피장파장입니다." 『보쌈』

땅가뭄에 소나기 만난 꼴 아주 어려운 때 크게 도움받는 경우를 이르는 말. '땅가뭄'은 땅가물. 몹시 심한 가물. ¶농민군이 원평에 도착했다는 소식에 거의 죽을 상으로 안절부절 붙접지를 못하던 김문현이는 내가 언제 그랬냐는 듯이 땅가뭄에 소나기 만난 꼴로 웃음소리가 한껏 호들갑스러웠다. 『녹두장군』⑨

땅가뭄에 소나기 만난 푸성귀같다 땅가뭄에 소나기 만난 꼴. ¶…이 사람들이 언제 제 힘을 타서 제대로 거동을 해질까 싶었지만, 이런 사람들이 시렛기국에 밥 한 덩어리씩을 얻어먹고 돋아오른 햇볕에 몸을 녹이고 나면 언제 그랬냐는 듯 땅 가뭄에 소나기 만난 푸성귀처럼 팔팔하게 살아나던 것이다. 『녹두장군』② ¶봉홧불을 보자 거의가 땅가뭄에 소나기 만난 푸성귀처럼 팔팔 살아났다. 『녹두장군』⑧ ¶(산)"음, 당신은 정말 믿을 만한 사람이구려." 최부자는 대번 땅가뭄에 소나기 만난 푸성귀 꼴로 얼굴이 환해지고 말았다. 『보쌈』

땅 짚고 헤엄치기 [속] 일이 매우 쉽다는 말. ¶"하여간, 이 일은 나한테 맡겨! 이런 일쯤 땅 짚고 헤엄치기다." 용배는 장난스럽게 웃으며 단호하게 말했다. 『녹두장군』③

땅꾼한테도 꼭지가 있고 도둑한테도 의리가 있다 [속] 도둑에도 의리가 있고 땅꾼에도 꼭지가 있다. '땅꾼'은 뱀을 잡아 파는 사람. ¶"이놈들아, 내가 왜 웃는 중 아냐? 뱀 잡는 땅꾼한테도 상투꼭지가 있고 도둑놈한테도 의리가 있다등마는, 너 같은 쥐새끼들한테도 의리 비젓한 것이 있는 것 같아서 웃었다…" 『녹두장군』⑥

때려죽여도 시원찮을 놈 [비] 때려죽일 놈. ¶"이 때려 죽여도 시원찮을 놈아, 그게 아니면 뭣이란 말이냐?" 여인이 깃대를 깡 구르며 악을 썼다. <어머니의 깃발>

때려죽일 놈 [비] 때려죽이고 싶다고 저주하는 말. ¶"이 때려죽일 놈들!" 조경호는 분을 못이겨 이를 악물며 숨을 씨근거렸다. 『녹두장군』① ¶"야, 이 때려죽일 놈아!" 만득이 눈에 확 불이 켜졌다. 『녹두장군』②

때리는 서방보다 말리는 시어미가 더 밉다 [속] 때리는 시어미보다 말리는 시누이가 더 밉다. ¶"…그 혓바닥을 뽑아다가 수육으로 썰어서 쐬주안주로 잘근거려도 션찮을 놈의 종자덜이." "하여간 때리는 서방보담 말리는 씨엄씨가 더 밉더라고 이럴 때 보면 업자덜 보담 넝협 것덜이 쥑일 것덜이라고." <칠일야화>

때리는 시늉을 하면 우는 시늉을 한다 [속] 서로 손발이 잘 맞는다는 말. ¶"…때리는 시늉을 했으면 우는 시늉이라도 해사제, 우리 같은 놈이 양문이 서슬 앞에 독사 대가리같이 뻣뻣하게 섰다가, 그 놈덜이 치먼 맞제 딴 재주 있었어?" 『자랏골의 비가』

때리는 시어미보다 말리는 시누이가 더 밉다 [속] 겉으로는 자기를 위해 주는 체하면서 속으로는 해하거나 헐뜯는 경우를 이르는 말. ¶"개새끼들, 때리는 씨엄씨보다 맬리는 시누가 더 밉다등마는 이것들이 백성들 골내묵고 사는 디는 한 통속이라 놀아도 더렇게 노네." "잣것, 저놈의 노적가리에 누가 불이나 콱 질러부러라." 『녹두장군』④

땡잡다 圓 뜻밖에 좋은 수가 생기다. ¶ "색씨가 이쁘게 단장하느라고 늦잖아요. 이따 보세요. 얼마나 끝내주나. 아저씨 오늘 땡 잡았다구요" <귀향하는 여인들>

땡초 圓 땡추중. 주색이나 육식을 마음대로 하는 중답지 않은 중을 낮잡아 이르는 말. ¶"도인은 먹물옷 걸친 나 같은 땡초가 아니라 바로 자넬세그려." 두 사람은 한참 웃었다. 『녹두장군』⑦

떡국이 농간한다 俗 나이가 농간한다. ¶ 떡국이 농간한다더니, 원체가 험한 인간이라 늙어도 험하게 늙었구나 싶어, 종수는 양문이 눈을 되받아 빤히 건너다보았다. 『자랏골의 비가』

떡두꺼비 같다 갓난 사내 아기가 탐스럽고 실팍하게 생긴 모양을 이르는 말. ¶ 문길이 위로 딸 둘 중에서 맏이 것은, 가마 속에서부터 태기가 있었던지, 시집에 들자마자 떡두꺼비 같은 아들을 둘씩이나 쑥쑥 뽑아내고 탈 없이 잘 사는데, 『자랏골의 비가』 ¶"…내 눈치도 척하면 삼천린데, 이런 돈 몇푼이 문제가 아녀. 떡두꺼비 같은 아들만 하나 쑥 뽑아봐. 호방 살림이 뉘 것이었어? 논이 3백 마지기여…" 『녹두장군』⑧

떡 본 김에 제사 지낸다 俗 우연히 좋은 기회가 생겨 미뤄오던 일을 해치운다는 말. ¶"…고부 사람들은 나오락 하는데 우리 골에서는 소식이 없잖소. 그래서 떡 본 짐에 지사 지내자고 동무 좋겠다 운김에 싸여서 나와부렀소." 사내가 익살을 떨었다. 『녹두장군』⑧ ¶"허허 그

러면 마침 잘 됐네. 떡 본김에 지사 지내더라고 이렇게 와 앉은 김에 웃거름도 했겠다, 댕기풀이까지 해버려." <재수없는 금의환향>

떡 삶은 물에 중의 데치기 俗 무슨 일을 하자 그 일이 다른 일을 할 수 있는 좋은 조건이어서 다른 일을 쉽게 해치우는 경우를 이르는 말. '중의(中衣)'는 고의 즉 남자의 홑바지. ¶그러니까, 기왕 일을 하기로 하려면 떡 삶은 물에 중의도 데치고 고쟁이도 데치고, 차릴 실속은 고루 차리고 해주자는 속셈으로 우선 이 일로 종수 자기부터 제놈 무릎 앞에 꿇려, 논 문제를 해결하자고 귓속말이 오갔을 것임에 틀림없었다. 『자랏골의 비가』 ¶"떡 삶은 물에 중의도 데치고, 고쟁이도 데치고, 손도 씻고 발도 씻고, 우려먹을 대로 다 우려먹자는 배짱이구만." 모두 한마디씩 핀잔이었다. 『녹두장군』①

떡 사온 아재비 대하듯 자신에게 이로운 사람은 더 반갑게 대접하는 경우를 이르는 말. '아재비'는 아저씨·작은아버지의 속된말. ¶…질천이는 길을 가다가도 종수를 만나면 떡 사온 아재비 대하듯 살갑게 굴어 모두가 그 공론으로 형제 아우 짝짜꿍이 되어 떡 사줄 양반은 꿈도 꾸지 않고 있는데, 김칫국 추렴이 요란하구나 생각하고 있었다. 『자랏골의 비가』

떡으로 치면 떡으로 치고 독으로 치면 독으로 친다 俗 착한 일에는 착한 일로, 악한 일에는 악한 일로 대한다는 말. ¶ "…느그덜은 어쩌는가 모르겠다마는 나는 양문이 묏등 정도 튀어 가지고는 안 되겠다. 떡으로 치면 떡으로 치고 독으

로 치면 독으로 치는 것 아니냐?" 『자랏골의 비가』

떡을 치다가 고꾸라질 놈의 세상Ⅲ 험하게 망해야 할 세상이라고 세상을 저주하는 말. ¶ "허허. 이런 떡을 치다가 꼬꾸라질 놈의 세상, 우리 조선놈덜은 타고나도 먼 웬수진 운수만 타고났간디, 늑대가 물러나고 난께, 이참에는 그 자리에 호랭이가 들어앉는단 말인가?" 『자랏골의 비가』

떡을 칠 놈Ⅲ 못된 사람을 저주하는 말. ¶ "…임금인가 상감인기 그 떠을 칠 놈이, 이렇게 맛있는 것만 백성들이 골라다 바쳤으면 그걸 처묵고 그만치 나라를 잘 다스려사 쓸 것 아니오…" 『녹두장군』① ¶ "야, 이 떡을 칠 놈아, 권세가 그렇게도 빨랫줄 같던 놈이 으짜다가 시방 이 꼬라지가 되아갖고 더운 여름날 오한이 들어서 발발 떨고 자빠졌냐?…" 『녹두장군』⑩

떡장수 웃덥기 웃기떡, 떡장수가 접시에 떡을 담거나 괴고 그 위에 모양을 내기 위하여 얹는 떡. ¶ "…일본놈들이 대원군을 앉혔제마는 그것은 백성들 속일라고 내세운 떡장수 웃덮기가 아니고 뭣이오? 여태 구들장이나 지고 있던 이빨 빠진 호랑이가 일본놈들 앞에서 맥을 출 것 같소?" 변왈봉이는 손바닥으로 방바닥을 탕탕 치며 소리를 질렀다. 『녹두장군』⑪

떡 주무르듯 하다 저 하고 싶은 대로 마음대로 다루다. ¶ "…사람이 어떻게나 대가 차든지 감사들도 웬만한 감사는 떡 주무르대끼 주물렀지라우. 너무 대차게 놀다가 돈독이 올라서 쫓겨나기는 했소마는." 『녹두장군』⑧

떡 줄 사람은 꿈도 안 꾸는데 김칫국부터 마신다속 해 줄 상대자는 생각지도 않는데 지레짐작하여 미리 바라거나 일이 벌써 다 된 것처럼 행동하는 사람을 비웃어 이르는 말. ¶ …질천이는 길을 가다가도 종수를 만나면 떡 사온 아재비 대하듯 살갑게 굴어 모두가 그 공론으로 형제 아우 짝짜꿍으로 떡 사줄 양반은 꿈도 꾸지 않는데, 김칫국 추렴이 요란하구나 생각하고 있었다. 『자랏골의 비가』

떡판에 엎드러지듯속 떡 친 데 엎드러졌다. 어떻게 하면 떡을 먹을 수 있을까 고민하다가 일부러 떡판에 엎어지듯 한다는 뜻으로, 무엇에 골몰하여 그 일에서 떠날 줄을 모른다는 말. '떡판'은 메로 떡살을 칠 때 떡살을 받쳐 놓는 기구. ¶ "죽일놈들, 대목 만난 놈이 여럿이구만. 동네 초상이 종놈들한테는 잔치판이라더니, 돈 가진 놈들 떡판에 엎으러졌네그랴." "어차피 돈속이란 게 그런 것 아니던가라우?" 『녹두장군』①

떨감 먹은 것 같다 일그러진 상판을 이르는 말. ¶ 우리는 결국, 이런 무지한 놈들에 끌려 세상을 사는 것이 아닌가 싶어 기분이 떨감 먹은 꼴이었으나, 제발 내가 상상한 것처럼 껄렁한 결혼이 아니고 행복한 결혼이 될 것을 빌 뿐이었다. <청개구리> ¶ 복만이와 얘기를 하는 선구의 입맛은 떨감 먹은 것 같았다. <재수없는 금의환향>

떨감에다 고추장 찍어 먹은 맛이다 맛이 얄망궂다는 말. ¶ 불쾌감과 어이 없는 생각이 떨감에다 고추장 찍어 먹은 맛이어서 나는 얼른 감정을 수습하지 못하고 그렇게 한참 동안 멍청하고 있었

다. <청개구리>

떼 꿩에 매 놓기[속] 꿩이 떼를 지어 모인 곳에 매를 놓으면 어느 놈을 잡아야 할지 모르고 헤매다가 결국 하나도 못 잡는다는 말이니, 욕심을 많이 부리면 하나도 이루지 못함을 이르는 말. ¶"자네 말 한 번 떨어지게 했네. 그려, 그려. 그렇게 게 자루에서 게 쏟아져 나가듯 하나하나 편편갈림으로 빠져나가면 군함이 어떻게 맥을 추겠어. 떼꿩에 매 띄워 놓기지."『암태도』

떼어 놓은 당상[속] 떼어 놓은 당상이 변하거나 다른 데로 갈 리 없다는 데서, 어떤 일이 확실하여 조금도 틀림이 없음을 이르는 말. '당상'은 조선시대 정삼품 이상 벼슬의 총칭. ¶"법과람서? 그라면 대학을 졸업한다치라면 판검사나 군수 하나는 띠어논 당상이그마…"『자랏골의 비가』 ¶"하여간, 존 세상 되면 이방 자리는 떼어논 당상이고, 잘하면 귀빠진 고을 수령자리도 하나 넘볼 수 있을 것 같네."『녹두장군』⑧ ¶"자네는 그런 일 아니더라도 이 강에서 사람 건져냈다는 소리 들어 본께 극락 가는 것은 띠어논 당상이던걸. 하하하." <가남 약전>

떼어 둔 당상 좀 먹으랴[속] 떼어 놓은 당상. ¶…지주는 시세보다 배나 되는 값을 놓으며 배를 퉁기고 나왔다. 떼어논 당상 좀 먹으랴, 읍이 그쪽으로 늘어나면 금값이 될 판이니 그때까지 임대료나 받아먹자는 배짱인 것 같았다. <유채꽃 피는 동네>

똥갈보년[비] 창녀를 한껏 비하한 말. ¶"야, 이 똥갈보년아 같이 가자. 요새는 일본놈 먹는다며? 일본놈 맛이 으짜디야?

오늘 저녁에는…" <귀향하는 여인들>

똥값[비] 형편없는 가격을 속되게 이르는 말. ¶"…요새는 돈값이 하루가 다르게 똥값이 되고 있은게 부자놈들은 패물을 사들이기에 정신이 없소…"『녹두장군』⑥

똥개 무녀리만치도 못한 새끼[비] 못된 사람을 똥개 무녀리에 비겨 폄하한 욕설. 무녀리는 '문열이'에서 온 말로, 한태 세끼 가운데 맨 먼저 나온 새끼. 제일 작음. ¶"예끼, 이 똥개 무녀리만치도 못한 새끼, 배은망덕? 뼈빠지게 농사지어 주고 사경 몇푼 받는 것이, 그래 그게 은혜라고 배은망덕이란 말이냐?"『녹두장군』②

똥구멍이 찢어지게 가난하다[속] 몹시 가난함을 이르는 말. 옛날 가난한 사람들이 식량이 떨어져 풀뿌리와 나무껍질을 먹으면 똥이 쇠똥이나 말똥처럼 커서 똥구멍이 실제로 찢어졌던 데서 나온 말. ¶도소에 들러 이 밥표를 타면 아무 집에나 들어가 밥을 먹을 수 있었다. 모두들 걸퍽지게 밥을 먹었다. 나무껍질 풀뿌리에 배에서 바람소리가 나고 똥구멍이 찢어지던 사람들이었다.『녹두장군』⑧

똥뀐 놈 곁에서 냄새도 못 맡았다 전혀 무슨 낌새를 채지 못했다는 말. '똥뀌다'는 방귀 뀌다의 곁말. ¶"…즈그덜 묏등에 도장한 놈이먼, 즈그덜이 찾든지 지지든지 헐 일이제, 사돈네 송사에 중놈도 아니고, 똥뀐 놈 곁에서 냄새도 못 맡은 우리가 먼 죄가 있간디, 우리한테 어거지여, 어거지가?"『자랏골의 비가』 ¶"…애먼 유구장사도 아니고, 똥뀐 놈 옆에서 군내도 못 맡은 놈덜 생배를 딴다고 허던가?"『자랏골의 비가』

똥녁가래 세우듯 험상스런 방법으로 대

처하는 경우를 이르는 말. ¶이쪽 말은 들으려고도 않고, 마치 달라는 놈한테 맡기는 꼴로 똥너까래 내세우듯 호통을 쳐놓고 돌아섰다.『자랏골의 비가』

똥 누러 갈 적 다르고 올 적 마음 다르다（속） 자기 일이 급할 때와 그 일을 무사히 다 마쳤을 때의 마음이 다르다는 말. ¶"똥 누러 갈 때 맘 다르고 올 때 맘 달라라우. 그 사람 말은 못 믿소."＜신 농가월령가＞

똥 다투는 개 꼴 지저분한 일로 싸우는 것을 편하한 말. ¶산지기 염의 동네 사람들은, 이런 진 일에서 자기의 열의를 보이겠다는 듯, 똥 다투는 개꼴로 대가리를 부딪치며 뜨거운 것 집어내듯, 똥을 퍼였다.『자랏골의 비가』

똥도 방위(方位) 봐가며 누어야겠다 하찮은 일로 곤욕을 치렀을 때 조심해야겠다는 걸 비꼬아 하는 말. ¶"…저놈의 묏등에 왼눈 하나도 깜짝 안한 놈덜한테 이런 쌩벼락이라면, 저놈의 묏등 밑에 서는 똥도 방오(方位) 봐감시롱 눠사 쓰겄어."『자랏골의 비가』

똥 마려운 강아지 같다 다급하게 바장이는 꼴을 이르는 말. ¶내시는 어떻게 손을 써야 할지 몰라 똥 마려운 강아지처럼 민영준이 주변만 뱅뱅 돌고 있었다.『녹두장군』⑩

똥 마려운 계집 국거리 썰듯（속） 형편이 다급하여 일을 거칠게 해 넘기는 경우를 이르는 말. ¶"어야, 종수 그크롬 똥 매라운 년 국거리 썰대끼 실렁실렁 넘어가지 말고 찬찬히 쪼깐 일러줘! 아까 삼등이 얼매라고?"『자랏골의 비가』 ¶"천천히 썸어감시롱 묵제, 아무리 첨 본 것이라고 썹도 안하고 통째로 삼켰던가?

끌끌." "그런게 아무리 손이 바쁘더래도 괴기를 썬 사람들이 괴기점을 웬만하게 썰어사제, 똥 매라운 년 국거리 썰대끼 듬성듬성 썰어논께 저 야단들 아니라고."『녹두장군』② ¶"여봐, 거 똥 매라운 년 국거리 썩드키 실렁실렁 풀지말고 촘촘히 잘좀 풀어요."＜싸구려 행운＞

똥 마려운 놈 같다 똥 마려운 강아지 같다. ¶한참 가다가 다시 고개를 갸웃거리며 똥 마려운 놈처럼 상판을 으등거렸다. 뜨거운 것이라도 들고 견디듯이 상판이 일그러졌다.『녹두장군』⑨

똥 마려운 놈 바장이듯 똥 마려운 놈 같다. ¶그날부터 조명호는 날마다 하루 해를 원수같이 저물리며 후임이 오기만을 목이 빠지게 기다리고 있었다. 제발 내가 떠날 때까지만 조용해달라고 빌며, 나중에는 농민군한테 뒷구멍으로 비단도 보내고 쌀도 보내면서, 똥 마려운 강아지 바장이듯 앉았다 섰다 붙접지를 못했다.『녹두장군』⑧ ¶어디 한 말씀 올려보아라. 아까부터 입술이 바닷가 말미잘 본새로 움찔거리고, 똥 마려운 놈 바장이듯 바장이는 게 그냥 뒀다가는 병이 나도 크게 나겠다.『오월의 미소』

똥 먹은 곰의 상（속） 매우 불쾌하여 심히 얼굴을 찌푸린다는 말. ¶말을 타고 넘어왔다가 이 소식을 들은 양문이는 대번에 상판이 똥 집어먹은 곰상이 되고 말았다.『자랏골의 비가』 ¶늙은이들은 똥 집어먹은 곰 상판으로 말없이 군아를 빠져나왔다.『녹두장군』④

똥 묻은 쇠발 털듯이 철저하게 거절하는 모양을 이르는 말. ¶"…저그서 내놀락혔등마는 기냥 가져가라고 똥 묻은 쇠발 털대끼 터는 통에 어르신한티로 이라고 왔소. 짝하면 입맛이더라고 다문 얼매래도 내놔사 체면 닦음이래도 할 것 같그만이라우." 김달만이는 사뭇 고개를 굽실거리며 말했다. 『녹두장군』⑤ ¶"…입이 닳도록 사정을 해봤습니다마는 자기도 당장 부도가 나게 생겨서 남의 사정 봐 줄 여지가 없다고 사정없이 잡아떼지 않습니까? 더는 두말도 못하게 똥 묻은 쇠발 털듯 합니다." <신 농가월령가> ¶(산) "아닙니다. 나는 술이라면 밀밭에만 가도 취하는 사람입니다." 작자는 도래질에, 손사래에, 술 거절하는 기세가 똥 묻은 쇠발 털 듯 요란했다. 『보쌈』

똥물에 튀겨가지고 다시 육시를 할 놈[비] 험하게 다스려야 함을 이르는 말. ¶(산) "…나는 나주에 숨쉬는 야차라면 바로 그 사람이라고 세상 사람들이 벌벌 떠는 사령 최환락이다. 알았느냐, 이 똥물에 튀겨가지고 다시 육시를 할 놈아, 이 놈아!" 『보쌈』

똥바가지를 뒤집어씌우다 잘못이 없는 사람에게 험상스런 덤터기를 씌우다. ¶그러니까, 그때 당한 앙심으로 처음부터 도적 속셈을 품고 있다가, 그때 농자금 퇴쳤던 사람부터 차례로 이런 똥바가지를 뒤집어 씌워놓고, 질천이한테는 그것으로도 부족했던지, 한바가지 더 씌워소까지 끌고 달아나버린 것이다. 『자랏골의 비가』

똥 싸는 데 개 부르듯 험상스런 일에 만만하게 불러 댄다는 말. ¶"…여든에 능참봉을 한께 하루에 거동이 열두번이라더니, 제기랄, 요새는 여그서 불러대고 저그서 불러대고 똥 싼데 개 불러대끼 불러대는 통에 이장 못해묵겄어

…" <칠일야화>

똥싸다 들킨 놈 같다 못된 짓 하다 들통이 난 경우를 이르는 말. ¶"이것 가져가도 되지요?" "가져가." 형사는 똥싸다 들킨 놈처럼 고개를 돌려버렸다. 『자랏골의 비가』

똥 싸담은 얼굴 못된 짓을 하여 몹시 부끄러워하는 꼴을 이르는 말. ¶"곰영감이 오시는그마." 저만치 곰영감이 내려오고 있었다. 양문이는 마치 똥 싸담은 얼굴을 하고 한쪽에 서성거리고 있었다. 『자랏골의 비가』

똥 싼 놈은 달아나고 방귀 뀐 놈이 잡힌다 나쁜 일을 크게 저지른 사람은 들키지 아니하고 적게 저지른 사람은 들켜서 애매하게 남의 허물까지 뒤집어쓰게 되는 경우를 이르는 말. ¶"…이참 일만 하더라도 우리가 이로코롬 쪼깐 당하고 마는 것이 낫제, 그놈들 등쌀에 저 묏등을 파제체부렀드라먼, 똥싼 놈은 달아나고 내중에 당한 것은 방구 뀐 놈이 당할 것 아닌가?" 『자랏골의 비가』

똥 싼 주제에 매화타령 한다[속] 제 허물을 부끄러워할 줄 모르고 비위 좋게 헤벌쭉거리는 경우를 비웃는 말. ¶"…멍청지 맹자왈의 명당론 일석으로 주제에 매화타령들이 또 만발했다. 『자랏골의 비가』 ¶"어어. 똥싼 주제에 매화타령이라더니, 뭣이 어째?" 축들은 다시 달려들어 더 호되게 두들겨 팼다. 『암태도』 ¶"허허, 똥싼 주제에 매화타령하고 자빠졌네. 멋이 향안? 그래 아비가 제수하고 상피를 붙어도 그 우라질 향안에만 올랐으면 양반이라더냐?" 『녹두장군』① ¶"허허, 똥싼 주제에 매화타령하고 자빠졌네. 야, 이 미친 새꺄, 아직도 꿈을

꾸고 자빠졌냐? 명리? 어디 한번 더 씨부려봐라." 변왈봉이는 결김에 곁에 있는 농민군 대창을 빼앗아 들었다. 『녹두장군』⑩

똥오줌도 못 가리다 사리 분별을 못하다. ¶"이런 천하에 죽일 놈들! 도대체 이렇게 똥오줌도 못 가리는 놈들, 산에 못 오게 하는 방법은 없나?…" <지리산의 총각샘>

똥이 무서워서 피하나 더러워서 피하지 속 악하거나 같잖은 사람을 상대하지 아니하고 피하는 것은 그가 무서워서가 아니라 상대할 가치가 없어서 피하는 것이라는 말. ¶"그런께, 똥이 무서워서 치는 것이 아니고 더러워서 치더라고, 이 일이 시방 시끄러워도 보통 시끄러운 일이 아닌께 동네 초상났다 생각하고, 멋이냐, 조끔씩 내자 이것인디…" 『녹두장군』①

똥줄이 당기다 비 뒤가 켕기어 겁이 나다를 속되게 이르는 말. ¶그런데 유월례는 지금까지 애가 없어 이상만이가 그렇게 농락할 속으로는 안성맞춤이었다. 이런 유월례를 호방한테 주기로 했다니 이상만이도 어지간히 똥줄이 당긴 모양이었다. 『녹두장군』①

똥창맞다 비 '뜻을 같이하다'를 속되게 이르는 말. ¶"…그런디 그 두 놈이 은가들하고 똥창이 들어맞아 혀끝 맞물고 돌아가기 시작한 뒤로는 향회를 열어볼 엄두도 낼 수가 없었습니다…" 『녹두장군』⑤

똬리로 눈 가리기 어설프게 눈을 가리는 경우를 이르는 말. '똬리'는 또아리의 준말로, 짐을 머리에 일 때 가운데가 구멍이 나도록 동그랗게 말아서 짐을 괴는 수건이나 짚으로 만든 물건. ¶…못자리에 자리를 잡아 엎드릴 때도 여편네가 등을 동네 쪽으로 두르게까지 신경을 썼던 것인데, 버스가 빵빵거리고 니나노 가락까지 흐드러지자 똬리로 눈 가리는 꼴이 되고 말았다. <신 농가월령가>

뚜껑 닫은 소라 같다 입을 처깔하고 있는 모습을 이르는 말. ¶…그가 후배들하고 그런 이야기를 하다가 도청되어 경을 친 다음부터는 뚜껑 닫은 소라처럼 아예 입을 처깔해버렸고 그런 소리라면 곁에서 아무리 열을 올려도 길 아래 돌부처였다. 『오월의 미소』

뚝머슴 도리깨질하듯 험하게 후려갈기는 기세를 이르는 말. '뚝머슴'은 무뚝뚝하고 융통성이 없는 머슴. ¶시또는 거꾸 갈겼다. 장교는 죽는다고 악을 쓰며 뒹굴었다. 시또는 뚝머슴 도리깨질하듯 정신없이 후려갈겼다. 여남은 대를 갈기자 창자루가 부러졌다. 『녹두장군』⑩

뚝머슴 장작 패듯이 뚝머슴 도리깨질하듯. ¶"전에 살던 디서 들어봤겄제마는 뚝머슴 장작 패대끼 무작정 들어올릴라고만 하덜 말고, 손을 지대로 붙인 담에 손이 붙은 성부르면 그때부텀 지그시 심을 써야 혀…" 『녹두장군』④ ¶"책상물림들 이번에 한번 죽어봐라. 뚝머슴 장작 패듯 다 패죽여." 농민군들은 기세좋게 몰려갔다. 『녹두장군』⑪

뚝배기 깨지는 소리 속 화가 나서 드세게 내지르는 소리를 이르는 말. ¶원체가 곰처럼 주변머리가 없고, 무뚝뚝한 성격인데다, 새파란 것들이 수염까지 건드리며, 동무 어쩌고 방정을 떠는 것이 몹시 쏘였던지 말이 뚝배기 깨지는 소리였다. 『자랏골의 비가』 ¶"그것만 억울하간디라우? 당장 환자(還穀) 이얘기도 그렇고 안 억울한 일이 무엇이겠소?" 정삼득이 곁에서 뚝배기 깨지는 소리가 터졌다. 『녹두장군』⑥

뚝배기로 개 패는 소리 잔뜩 화가 나서 내지르는 호통소리를 낮잡아 이르는 말. ¶"한놈이라도 나가는 놈이 있기만 해 봐!" 영감은 뚝배기로 개 팬 소리로 산을 쩡쩡 울렸다. 『자랏골의 비가』 ¶"…당장 백동영감만 하더라도 그런 일에야 흥야호야 하겠어?" 사내는 거듭 뚝배기로 개 패는 소리를 했다. 『오월의 미소』

뚝배기로 개 패듯 잔뜩 화가 나서 험하게 닦달하는 꼴을 이르는 말. ¶뚝배기로 개패듯 했던 아까 할아버지의 고함소리가 귓가에 살아났다. <도깨비 잔치>

뚝배기로 개 어르다 잔뜩 화가 나서 험하게 어르다. ¶"…첨에는 뚝배기로 개 어르는 상판이더라마는, 내가 하도 쥐앙정을 읽어싼께 그런가 으짠가, 요새는 그런 소리를 해도 잠잠한 것이 누그러진 성부르다…" 『자랏골의 비가』 ¶"저런 답답한." 영감은 제물에 약이 올라 뚝배기로 개 어르는 표정이었다. 『자랏골의 비가』

뚝배기에 든 두꺼비 같다 독 안에 든 두꺼비 같다. ¶세 사람은 멍청한 표정이었다. 얼음장 같은 서장실의 분위기 때문인지, 너무 거짓말 같아 실감이 안 가는지 뚝배기에 든 두꺼비처럼 눈알만 멀뚱거리고 있었다. 『암태도』 ¶전봉준은, 구구절절 비장하기 이를데없는 김일두의 말을 들으며 뚝배기에 든 두꺼비처럼 눈알만 디룩거리고 있었다. 『녹두장군』③ ¶호적계장을 비롯한 네 영감들은 뚝배기에 든 두꺼비 꼴로 멍청하

게 민영감을 건너다보고 있었다. <개는 왜 짖는가> ¶(산)"정말 저게 당신들 눈에 안뵌단 말이요?" 작자는 뚝배기에 든 두꺼비처럼 눈을 말똥거리며 물었다. 『보쌈』

뚝비 맞은 강아지 같다㉑ 비를 흠뻑 맞았거나 물에 빠져 옷이 쫄딱 젖어 몸에 달라붙어 있는 모양을 이르는 말. '뚝비'는 그칠 가망이 없이 많이 내리는 비. ¶"갓 쓴 망신이라더니 도리우찌 쓰고 망신하니 더 못 보겠네. 하하." "뚝비 맞은 강아지 같그마." 놈은 걸음을 멈추고 동네 사람들을 할기시 돌아봤다. 『암태도』

뚝비 맞은 장닭 같다 비 맞은 수탉 같다. 호기 있고 쾌활하던 사람이 갑자기 풀이 죽어 시무룩해짐을 이르는 말. ¶놈들은…갓 쓴 망신이듯 칼 찬 망신이라 추렷하기가 뚝비 맞은 장닭이었다. 『자랏골의 비가』

뚝비 맞은 중놈 같다 뚝비 맞은 장닭 같다. ¶뚝비 맞은 중놈들처럼 말이 없이 걸어 내려오는 일행의 모습은 마치 써운이가 가슴에 껴안은 보퉁이만큼이나 커다란, 무슨 기막힌 원한이라도 싸안고 어디론가 붙잡혀가는 죄인 행렬 같기도 했다. 『자랏골의 비가』

뚫어진 입이라 말 하나는 잘 나온다 부끄러운 줄 모르고 나불대는 경우를 이르는 말. ¶"뚫어진 입이라 말 하나는 술술 잘 나온다." 『자랏골의 비가』

뚱딴지 같은 소리 너무도 엉뚱한 말. ¶질천이는 종수를 두고 하는 말이었으나, 뚱딴지 같은 소리를 하고 나왔다. 『자랏골의 비가』 ¶"무슨 뚱딴지 같은 소리를 하고 있는 게야?" 호방은 느닷없이 담

뱃대로 놋쇠 재떨이를 꽝 쳤다. 『녹두장군』⑤ ¶“그 집에 미술대학 나와서 그림 그리는 딸 있습니까?” “딸은 없고 아들만 삼형제요.” 무슨 뚱딴지 같은 소리냐는 표정이었다. 『은내골 기행』

뛰어야 벼룩㈜ 도망쳐 보아야 크게 벗어날 수 없다는 말. ¶“…팔도 사람들이 일어날 때 고부 사람들이 너희들을 가만두겠느냐? 너희들 집은 장흥 역말, 뿌리박고 있는 자리가 뻔하다. 거기 집이 있고 사랑하는 가족이 있다. 뛰어야 벼룩이다.” 월공은 껄껄 웃었다. 역졸들은 모두 뜨끔한 표정이었다. 『녹두장군』⑧

뜨거운 국에 맛 모른다㈜ 사리를 알지 못하고 날뛰거나 또는 무턱대고 행동하는 경우를 이르는 말. ¶“요새 전봉준이란 놈 장단에 농투산이들이 겁없이 우쭐거리는 모양인데, 행여 한물에 싸이잖게 조심들 혀. 이것들이 뜨건 국에 맛 모르고 설치는데 만약 순창 놈들도 설치면 나부터 가만있지 않겠다…” 『녹두장군』⑧

뜨내기질 떼를 지어 도둑질을 하는 도둑놈들이 패거리들 모르게 슬쩍 한탕 하는 도둑질. ¶“우리 동네서는 좀털이나 뜨내기질은 늙은 서방 첩년 서방질 닭 달하듯 서릿발치는데, 이 동네는 너그럽구만.” 용배가 닭고기에 입맛을 다시며 이죽거렸다. 『녹두장군』③

뜨물 먹고 주정한다㈜ 뻔히 알면서도 억지를 부리거나 능청을 떠는 경우를 이르는 말. ¶아무리 큰소리쳐도 뜨물 먹고 건주정인 줄 다 아는데, 말리는 놈은 그냥 허수아비여서… 『자랏골의 비가』

뜨물에도 아이가 든다㈜ 하찮은 일이 뜻밖에 성공할 수도 있다는 말. ¶“씨발놈아, 뜨물에도 애기 스더라고, 니놈 좆국 묻은 괴기 묵었다가 깐딱하면 팔자에 없는 애기 스겄다.” “아따, 그럼 한나 나쁘시오.” “씨발놈아, 내가 느그 마누래냐?” 모두 한바탕 웃었다. 『녹두장군』③ ¶“…뜨물에도 애기 선다는 말이 있기는 있제마는 그것은 우스개로 하는 말이고, 사람이고 짐승이고 오짐으로 새끼 밴다는 소리는 못 들어봤그만이라. 그란디, 으째서 저하고 행님하고 행제간이 아닌지 내가 원체 무식해서 그란지 통 모르겄그만이라…” 『녹두장군』③

ㅁ

마가 끼다 일에 요사스러운 방해가 생기다. ¶"…느그 아부지나 나나 너를 키울 적에 크게 부실한 디가 없었는디, 마가 끼었으면 먼 마가 으뜨코 끼었간디, 일이 생겨도 이런 일이 생기까?…"『녹두장군』③ ¶멀쩡한 소까지 험하게 날렸으면 그만이지 무슨 마가 끼어도 얼마나 알궂게 끼었길래 엎친 데 덮치기도 여러 번으로 이번에는 험한 병까지 기어들어 안암팎으로 사람 골병을 들여논단 말인가? <신 농가월령가>

마누라 작은 것과 집 작은 것은 산다 마누라와 집은 작으면 작은 대로 살 수 있다는 말. ¶"잠자리가 좁았지요?" "아이고, 이 한겨울에 한뎃잠 안 잔 것만도 어디요?" "마누라 작은 것하고 집 작은 것은 산다더마는 비비고 잔게 잘만 합디다."『녹두장군』⑫

마당 터진 데 솔뿌리 걱정한다 솔뿌리로 바가지나 나무그릇 터진 것을 깁는다는 데서 마당 터진 데 기우려고 솔뿌리 구할 걱정한다는 뜻으로, 당치도 아니한 방법으로 사건을 수습하려 하는 어리석음을 비웃는 말. ¶"…이의신청도 쪼깐 연기를 하자면 모를까, 마당 터진 데 솔뿌리가 당할 것이냐고 하더만이라우."『자랏골의 비가』

마루 넘은 수레 굴러가듯 사물의 진행 속도나 형세가 걷잡을 수 없이 빠름을 이르는 말. ¶조망태가 당한 꼴을 본 동네 사람들은 모두 기죽은 강아지 꼴로 고분고분했다. 일은 마루 넘은 수레 굴러가듯 쉬웠다. 서원은 다람쥐 담구멍 드나들 듯 이집 저집 바삐 드나들었다.『녹두장군』①

마른나무에 꽃이 피랴 이미 가망이 없는 일에 희망을 걸고 있는 경우를 안타까워 하는 말. ¶그 뒤 지주 측에서는 대법원에 상고를 했다는 것이었지만, 대법원이 아니라 하늘로 가지고 올라간다 하더라도 마른 나무에 꽃피게 하는 재주 없고서야 어림없는 일일 것이라고 소작인들은 안심을 했다. <유채꽃 피는 동네>

마른나무에서 물 내기라 가망 없는 일을 억지로 하려는 경우를 이르는 말. ¶

자기도 인두겁을 뒤집어쓴 사람이다 보면, 피폐로운 애옥살이 살림에서 마른 나무에 물 내듯 뼈를 깎아 이런 비를 세워 호사를 시켜 주는데야, 소작료 걸태질하는 손끝이 전 같으랴 싶던 것이다. 『암태도』 ¶"…남은 객비 전부 긁어모아야 겨우 백 냥이오. 사고무친한 타관에서 더 조여봤자 마른 나무에 물내기고, 또 아까 장막에서 동학도들 어르는 기세를 보더라도 여기 더 어정거리고 있을 형편도 못되요…"『녹두장군』② ¶거개가 날품팔이, 지게꾼, 노점 잡상인, 리어꺼꾼 등 그날 그날 목+넝 에워가기만도 탁탁한 형편에 마른나무에 물내듯 뼈를 깎아 재판을 했지만, 꿩도 매도 다 놓치고 맨몸뚱이로 쫓겨 나게 생긴 판에, 임대료라니 억장이 무너지지 않을 수 없었다. <유채꽃 피는 동네>

마른논에 물 들어가듯㊐ 마른논에 물 잦듯. 물이 말라 벼가 고스러져가는 논에 물이 들어갈 때의 시원스러움을 이르는 말로, ① 배가 고파 음식을 아주 맛있게 먹는 경우를 이르는 말. 또는 ② 마른논에 물을 대면 물이 곧 잦아들어 금세 없어짐을 이르는 말. ¶종수는 평소에 술을 좋아하는 편이 아니어서, 마지못하는 경우가 아니고는 마시지 않았으나 오늘은 막걸리가 마른논에 물 들어가듯 쿨쿨 들어갔다. 『자랏골의 비가』 ¶"아이고 아집찬한 거." 일행은 술잔을 받아 꿀꺽꿀꺽 들이켰다. 걸걸하던 참이라 막걸리 넘어가는 소리가 마른 논에 물 들어가는 소리였다. 『녹두장군』⑩ ¶"카아!" 명호는 숯불이 물벼락 맞는 소리를 냈다. "아따, 맛있게도 마시네. 마른논에 물 들어가듯 하요." 선경이 이모가 오달진 표정으로 한마디했다. 『은내골 기행』 ¶(산) '마른 논에 물 들어가듯 한다'는 말이 있다. 속담은 아니지만 속담처럼 쓰이고 있는 비유인데, 한창 자라는 아이들이 잔뜩 허기가 져 뛰어들어와 걸퍽지게 밥을 먹어대는 것을 오달지게 바라보는 어미의 흡족한 눈길을, 이 표현에서 엿볼 수 있다. 『녹두꽃이 떨어지면』

마른땅에 새우 뛰듯 위급한 경우를 당하여 정신없이 나대는 모양을 이르는 말. ¶와촌 사람들은 새터 고갯마루에 몰려서서 마른 땅에 새우 뛰듯 발을 굴렀으나, 이미 쏟은 물이었다. 털보영감은 죽은 딸네 집 건너다 보듯 멍청하게 서서 저 아래 산굽이만 내려다 보고 있었다. 『암태도』 ¶갈재에서 나졸이 당하고 오자 고부 군아는 발칵 뒤집히고 말았다. 군수 조병갑은 화가 머리끝까지 치밀어 마른 땅에 새우 뛰듯 했다. 『녹두장군』③ ¶(산) 그때 논에 갔던 양반놈은 논 꼴을 보고 대번에 마른땅에 새우 뛰듯 펄펄 뛰었다. 『보쌈』

마른땅에 숭어 뛰듯 마른땅에 새우 뛰듯. ¶"방해하는 놈은 누구든지 군아로 끗고 가!" 포교는 고래고래 악을 썼다. 그러나 묏등 임자들은 마른땅에 숭어 뛰듯 서발 너발 뛰었다. 『녹두장군』④ ¶(산) 아버지는 화가 머리끝까지 치솟아 마른 땅에 숭어 뛰듯 펄펄 뛰며 절구공이로 기둥나무 짓찧는 소리로 고래고래 고함을 질렀다. 『보쌈』

마른 삭정이 끊듯 마른 삭정이를 끊을 때는 똑똑 소리가 나므로 무슨 소리를 할 때 마디마디 힘주어 말하는 것을 그에 빗대어 이르는 말. ¶남응삼이는 마른 삭정이 끊듯 말을 뚝뚝 분질러 단정을 했다. 『녹두장군』⑪

마마 손님 배송하듯㊒ 행여나 가지 않을까 염려하여 그저 달래고 얼러서 잘 보내려고만 하는 경우를 이르는 말. '마마'는 천연두. '배송'은 해를 주는 대상을 덧들이지 않고 보냄. ¶"도둑들이 다 도망쳤나? 그러면 이놈들을 마마 손님 배송하듯 배송타령을 해야지…" 『암태도』

마음 없는 염불㊒ 하고 싶지 아니한 일을 마지못하여 하는 경우를 이르는 말. ¶전방호와 질천이는 마음에 없는 염불이었으나, 한번 벌린 춤이라 당골래 머슴 부작 심부름하듯 종수가 적어준 종이쪽지를 들고 가서 또 멍청하게 외팔이 앞에 내밀었다. 『자랏골의 비가』 ¶면민을 위하는 일이라면 물불을 가리지 않고 뛰어다니던 때라 깜냥으로는 그것이 소작인들을 위하는 일이거니 해서 그런 얼뜬 짓을 했었고, 그러다 보니 그렇게 마음에 없는 염불까지 했던 것이다. 『암태도』

마음에 없는 역적 자기 의도와는 상관없이 나쁜 짓을 저질렀을 경우를 이르는 말. ¶"비둘기야 미물인데, 제가 뭣을 알아서 발쇠서고 말고 할 것이여. 제놈은 처자식 찾아간다고 죽자 살자 날아간 것이지만, 이름이 전서구라 마음에 없는 역적이 되었겠지." 『암태도』

마음은 걸걸해도 왕골자리에 똥 싼다㊒ 마음씀은 남보기에 너그럽고 걸걸하나 왕골 자리에 똥 싸는 못된 짓을 한다는 뜻으로, 겉으로는 점잖은 체 큰소리를 치면서도 실제로는 못난 짓만 함을 이르는 말. '걸걸하다'는 외양이 훤칠하고 성질이 쾌활하다. '왕골자리'는 왕골기직 즉 왕골 껍질로 만든 기직. ¶"그 영감이 큰소리 치고 앉았다고 하글래 우리도 한양반 모시고 사는구나 했등마는, 그런께 그 양반이 맘은 걸걸해도 왕골자리에 똥싸 뭉개고 앉았던 것이그마." 『자랏골의 비가』 ¶"전가 애첩은 소문대로 인물이 헌칠하고 땟국이 쪽 빠졌더만요." 수교가 웃으며 이죽거렸다. "마음은 걸걸해도 왕골자리에 똥싼다더니 전봉준이는 그 동안 옹골진 재미는 고루 보고 있었구만." 『녹두장군』⑧ ¶"왕골 자리에 똥을 싸도 마음은 걸걸하다고 하등마는 그러고 본께 영감이 이로크롬 큰 속맘을 지니고 있었던 것을 겉으로만 보고 꼼꼼하네 인색하네 하고 숭을 봤으니 우리 같은 무지렁이들은 밥으로 패죽여도 싸." <가남 약전>

마음은 굴뚝 같다 마음속으로는 하고 싶은 생각이 간절하다는 말. ¶양문이 묏등이라면 자기들보다 동네 사람들이 더 이를 갈고 있었기 때문에, 혁명정신 어쩌고가 아니더라도 그것을 파제껴버리고 싶은 마음이야 굴뚝 같았지만, 시국이 하도 어수선해서, 금승말 갈기가 바로 질 것인가 외로 질 것인가, 시국 돌아가는 형편을 어정쩡 가늠하고 있던 판이라, 저들이 이렇게 나오는 것은 불감청이언정 고소원이었다. 『자랏골의 비가』 ¶가고 싶은 마음은 굴뚝 같았으나, 그런 데서 남편 얼굴 볼 일도 두렵고, 그런 나들이가 무슨 빌미가 되어 자기의 깊은 허물이 드러나지 않을까 두루 마음이 조였던 것이다. 『녹두장군』⑤

마음이 맞으면 천하도 반분한다 마음이 잘 맞으면 못할 일이 없다는 말. ¶"중간에 돈 문제가 끼어서 이쪽 입장이 조금 궁색하기는 하네마는 마음이 맞으면 천하도 반분하더라고 그것도 생각 나름이겠어서 어제 저녁에 내가 모자를 앉혀 놓고 담판을 했었네…" <신 농가월령가>

마 캐는 중놈 같다 전혀 말이 없이 하는 일에만 열중하는 경우를 일컫는 말. '마'는 마과에 딸린 여러해살이 덩굴풀. ¶묏등을 쓰는 양문이도 그 동네 장정들도, 마 캐는 중놈들처럼 말없이 묏등을 써놓고 넘어 가버렸다. 『자랏골의 비가』 ¶(영감은)…언제나 화가 나서 좀 토라진 것 같이 뚱한 표정을 하고 없는 듯이 들어 왔다가 없는 듯이 나가서 자기 논밭 귀퉁이에 붙어 마 캐는 중놈 꼴로 고물대고 있었다. <뚱바우 영감>

마파람 만난 아궁이에 삭정이불 쏠리듯 주변 기세에 덩달아 기세가 한층 오르는 경우를 이르는 말. '마파람'은 남쪽에서 불어오는 바람. ¶"…지금 세상 인심은 마파람 만난 아궁이에 삭정이불 쏠리듯 김개남 장군한테 쏠리고 있소." 남응삼이었다. 두 사람은 김개남 장군 자랑이 의논 좋은 어이며느리 쌍절구질이었다. 『녹두장군』⑪ ¶"죽여!" 김도삼 부대는 마파람에 삭정이불 쏠리듯 골짜기로 쫓아갔다. 앞선 사람들은 관군을 3, 4백보 거리로 바짝 따라 붙었다. 『녹두장군』⑫ ¶"남은 시간 일 분!" 장정들은 대회장으로 뛰어들기 시작했다. 집채만한 풀짐을 진 장정들이, 마파람 만난 아궁이에 삭정이 불 쏠리듯 대회장으로 쏠려들었다. <당제>

마파람에 개 불알 놀듯㊇ 마파람에 돼지 불알 놀듯. 아무런 구속도 받지 않고 쓸데없이 한들거리는 모습을 이르는 말.

¶…해거름에 돌아올 때 보면, 그 알량한 걸음걸이에 콧노래라도 꺼었음직하게, 제법 불룩한 바랑이 마파람에 불알 놀듯했다. 『자랏골의 비가』 ¶등에 진 괴나리봇짐이 마파람에 개불알 놀 듯 궁상맞게 요동을 쳤다. 뒤꼭지에 치렁한 댕기도 한몫 제멋대로 놀았다. 『녹두장군』①

마파람에 게 눈 감추듯㊇ 음식을 매우 빨리 먹어 버리는 모습을 이르는 말. ¶세 사람은 그득하던 밥 한 그릇씩을 마파람에 게눈 감추듯 했다. 『녹두장군』③

마포 바지에 방귀 새듯㊇ 베 고의에 방귀 나가듯. 무엇이 사방으로 쉽게 잘 빠져나감을 이르는 말. ¶갖바치 날 물리듯 가을 추수 끝으로만 물려온, 자잘한 살림 속의 쓰임새며, 성도 이름도 제대로 알 수 없는 가지가지 잡부금에, 터주에 놓고 조왕에 놓고 나면, 아무리 손톱여물을 썰어보았자, 마포바지에 방귀 꼴도 제대로 아닐 것이었다. 『자랏골의 비가』 ¶"거짓말 마시오. 내뺄라면 첨부텀 멀라고 나왔어? 당신같이 멀쩡한 사람이 마포바지에 방구 새나가대끼 솔솔 새나가불면 누가 싸우냐 말이여? 한번 나왔으면 죽어도 같이 죽고 살아도 같이 살아사제, 집에 일 바쁘다고 새나가고 포탄 터진다고 새나가면 같이 나온 사람들이 얼마나 맥이 풀리냐 말이이여?…" 『녹두장군』⑩

마흔 살 큰애기가 시집 갈랬더니 차일이 없다 한다 벼르고 벼르던 일을 오랜만에 이루려고 하는 판에 예상하지 않았던 일로 못하고 만다는 말. '차일(遮日)'은 햇볕을 가리기 위하여 치는 포장. ¶"마흔 살 큰애기가 첫 시집을 갈래니까 채일이 없더라더니 나는 채일이 아니라 신부가

없어." 정호영씨가 한마디 이죽거리자 모두 와 웃었다. <귀향하는 여인들>

마흔 살 첫버선에 쌍가마라 늦은 혼사에 경쟁자가 생겼다는 말이니, 오래 별러 만난 기회에 경쟁자가 생기는 경우를 이르는 말. ¶"뭣이여?" "땅이먼 묵어?" "제미랄 것, 마흔살 첫버선에 쌍가마 떴다냐?" 태문이가 삥자와 두빗자를 까놓는다. 『자랏골의 비가』

막걸리 괴는 소리 들릴 듯 말 듯 시르죽은 소리. ¶동네 사람들은 깜짝 놀라 한참 뒤늦게야 막걸리 괴는 소리로 옳소 하며 손바닥을 토닥거렸다. 『자랏골의 비가』

막걸리 괴는 소리를 듣고 와서 매화타령 한다 말도 안되는 소리를 듣고 와서 이기죽거리는 꼴을 낮잡아 이르는 말. ¶"자네 시방 그것이 말이라고 듣고 와서 하고 있는 것이여, 막걸리 괴는 소리를 듣고 와서 매화타령이여? 자네는 이 동네 구장이 아니고 누구 구장이간디, 자라골 밥 묵고 양문이 똥을 깔기고 있는가…" 『자랏골의 비가』

막내둥이 응석 받듯 아무리 철없는 말이나 행동을 하더라도 받자해 주는 경우를 이르는 말. ¶조영하에 대한 의리 때문에 고종은 조동윤이 말이라면 무슨 말이든지 막내둥이 응석 받듯 받자를 해주는데다 그는 말을 속엘 담아놓고는 못 배기는 자라 임금한테 무슨 말을 어떻게 지껄일지 몰라 민영준은 겁이 더럭 났던 것이다. 『녹두장군』⑩ ¶공무원들이 이렇게 친절하기는 옛날 선거철 말고는 없던 일이었다. 이쪽에서 사뭇 엉뚱한 소리를 하고 나와도 막내둥이 응석받듯 모두 받자를 해주었다. <당제>

막창 계집년 서방 바꾸듯 상대를 자주 바꾸는 경우를 낮잡아 이르는 말. '막창'은 창녀 가운데서도 몸을 더 헐하게 파는 여자. ¶"그놈들 먹는 속으로는 제 주머니에 찔러 주는 것도 아침에 먹는 밥 따로, 새참에 먹는 술 따로, 안면 바꾸기를 막창 계집년 서방 바꾸듯 하는 놈들이 그놈들인디, 임자 없는 쌀한 섬에 인정 끼고 사정 끼고 할 것 같어?" 『녹두장군』①

만만찮기는 사돈집 안방 자리가 아주 거북함을 이르는 말. ¶…일찍 남의 집에 들어서기가 그것이 사랑방일망정 잔뜩 굽혀드는 터수로서는 만만찮기가 사돈네 안방이었다. 『자랏골의 비가』

만만한 것이 홍어 좆이라고 힘없는 사람을 우습게 여기고 함부로 대할 때 욕으로 하는 말. ¶만만한 것이 홍어 뭣이라고 촌놈들 닦달하는 맛이 그럴 듯해서 이번에는 안방까지 뒤지고 다녔다. 『자랏골의 비가』

만만한 데 말뚝 박는다 힘이나 세력이 없다는 사실을 알고 업신여기고 함부로 대하거나 구박한다는 말. ¶"…만만한 데다 말뚝 박는다고, 샌님이 땅나구 배 때기를 찰 적에는 다 차보던 가남이 있어서 차는 것인디, 따진다고 그놈덜이 누구러질 것 같은가?" 『자랏골의 비가』

만물 누에 뽕잎 먹듯 입맛이 좋아 검세게 먹는 모습을 이르는 말. '맏물'은 그 해에 맨 처음 나온 것. ¶…일곱식구나 되는 억센 입으로, 맏물 누에 먹듯 하고 나면 한달도 버티기 어려울 것이었다. 『자랏골의 비가』 ¶웃음판이 한바탕 지나가고 모두 걸쭉하게 밥을 우겨댔다. 고된 일에 굴풋했던 사람들이라 맏물 누에 먹듯 했다. 밥무더기가 산 봉우리 만큼씩 하던 감투밥이 금세 바닥이 났다. 『녹두장군』⑩

만사는 불여 튼튼 ㊂ 무슨 일이든지 튼튼하게 하는 것에 비길만한 것이 없다는 말. ¶"그럼 거기까지 길을 긇려놓아요?" "거리도 거리지만 만사는 불여튼튼이라 그쪽으로 길을 에워놔야 안심이 될 것 같아." 『녹두장군』① ¶"요새 과거판이라는 것이 다 아는 속이라 그 댁에서도 그만한 잡돌이를 할 것이요마는, 만사는 불여튼튼인게 나도 다문 얼매라도 기들고 싶은디, 조좌수 의향은 어떠시오?" "아이고, 거그까지 마음을 쓰고 기시그만이라. 저쪽에서야 불감청이언정 고소원이겄지라." 『녹두장군』③

만딸 이바지 짐에 쑥떡 괴듯 정성스럽게 차곡차곡 담는 경우를 이르는 말. ¶…은혜 잊지 않겠다는 소리만 두번 세번, 만딸 이바지 짐에 쑥떡 괴듯 눌러 괴며 고개를 주억거렸다. 『자랏골의 비가』

말고누 들락꾼 서로 똑같은 행동이나 말로 단순하게 대응하고 있는 경우를 이르는 말. ¶이야기는 쉽게 가닥이 추려질 일이 아니었다. 같은 말이 말고누 들락꾼으로 몇번 되풀이 되었다. <가남 약전>

말도 사촌까지 상피를 본다 ㊂ 가까운 친척끼리의 남녀 관계를 짐승에 빗대어 경계하는 말. ¶"…나야 홍남부두 첫사랑 서방 만났으니까 망정이지만, 말도 사촌까지 생피를 본다는디, 성씨 졸가리도 본까지는 따져얄거고 취미따라 궁합도 보고, 하룻밤을 자더라도 만리장성 쌓더라고 졸가리 칠 것은 처얄 것 아녜요?" <귀향하는 여인들>

말 똥구멍이나 들여다보고 산다 말을 돌보며 사는 것을 낮잡아 이르는 말. ¶"제미, 까마구똥도 약이라먼 낙동강에다 찍 깔긴다등마는, 말 똥구멍이나 들여다보고 사는 것들이 되게 비싸게 노네." 『녹두장군』①

말똥이 밤알같이 보인다 먹지 못할 것도 먹을 것으로 보인다는 말. ¶…처음부터 이쪽에서 그렇게 농간을 부리기로 작정한 일이 아닐 바에는, 건물에 취해서 자기야 말똥을 밤알로 알고 주워 담든지 말든지, 북단 거둥에 망아지가 떨군 말똥 패넘까지가 당할 소리냐는 배짱이 섰기 때문이었다. 『자랏골의 비가』

말 말고 먹으라니까 뜨겁다고 한다 어떤 이익을 주면서 소문 내지 말라니까 엉뚱하게 발설하는 경우를 이르는 말. ¶"허허. 말 말고 먹으란께는 뜨겁다고 한다더니, 또 먼 소리를 하고 있어?…" 『자랏골의 비가』

말살에 쇠살 ㊂ 쇠살은 쇠활촉을 꽂은 화살, 말살은 말 화살이라는 뜻으로 보통으로 하는 말에 험악한 말로 윽박지른다는 뜻으로, 전혀 합당하지 않은 말로 억지 쓰는 경우를 이르는 말. ¶그 아버지에 그 아들이라 전에 문재철이도 이쪽 말 들을 귀에는 처음부터 마늘쪽을 박고 자기 말만 말살에 쇠살, 겻섬 털듯 하는 통에 마치 구정물이라도 뒤집어쓰고 나온 기분이었던 것이다. 『암태도』

말 삼은 소 신이라 ㊂ 말이 삼은 소 신이라는 말로, 무엇을 흉내내어 만들기는 했으나 그 용도로는 전혀 쓸 수가 없는 물건을 이르는 말. ¶"…순사한테 칼을 쥐어줬다는 소리가 이것이 정칠 것인가, 말 삼은 소 신일 것인가?…" 『자랏골의 비가』 ¶세상은 난세여서, 나라 꼴은 말이 삼은 소 신도 아니고 미친놈 세간살이도 아니었으나, 산에는 무성하게 잎이 피고 꽃이 피고, 들판에는 곡식이 자라고 낟알이 여물어, 산과 들이 두루 싱그럽고 풍성하기만 했다. 『녹두장군』④ ¶ "허허. 이것이 재판이여, 말 삼은 소 신이여. 강아지 새끼도 짓기는 아가리로 짓고 똥은 밑구멍으로 싸는 것인디, 그 작자 재판을 입으로 하던가 밑구멍으로 하던가?" <유채꽃 피는 동네>

말에 가시가 돋혀 있다　말에 악의가 있음을 이르는 말. ¶달중이는 복만이보다는 한두살 손위로 원래 입이 걸죽하기는 해도 별로 내퉁스런 편은 아닌데 말 돌아가는 것이 심통 사납게 가시가 돋혀 있었다. <재수없는 금의환향>

말은 이 죽이듯 한다　말을 똑똑 끊어 명백하게 잘 한다. 옛날 이가 많아 틈만 나면 이를 잡을 때 거의 쌀알만한 이를 잡아 엄지손톱으로 으깨면 똑 소리를 내며 터져 죽은 데서 나온 말. '말은 똑소리가 난다'는 말도 그 사실에서 나왔을 것임. 말은 이 죽이듯 똑소리가 난다. ¶여름 한낮 호박잎처럼 늘어졌던 작자가 그 소리가 나오자 대번에 눈을 밝혔다. 커엄 목을 한번 가다듬더니 차근차근 주어 섬기는 마디마디가 이 죽이듯 똑똑 소리가 났다. 『보쌈』 ¶"당신 말은 이 죽이듯 합니다마는 지난번 일처리는 그게 뭐였습니까?" 『보쌈』

말은 청산유수다[속]　말을 잘 한다는 말. 또는 말은 번드레하지만 진실성이 없는 경우를 이르는 말. ¶…알아듣지 못하는 소리라 청산유수로 들렸다. 『자랏골의 비가』 ¶"…그놈 구변이 또 오죽 청산

유순가? 소작인들이 김서기 그놈한테 한 번 걸렸다 하면, 메기 잔등에 뱀장어 넘어가듯 하는 그 작자 구변에 떵떵 넘어지고 마는 모양이야." 『암태도』 ¶"홍생원하고 배명창은 재담이 청중을 쥐락펴락하고 말주변이 청산유수입니다. 천하 대세를 재담으로 농민들 귀에다 쏙쏙 박아 줄 것입니다…" 『녹두장군』⑧

말이 방바닥에 떨어져 먼지 묻을세라　말이 땅에 떨어져 흙 묻을세라. ¶일만이 모자는 말이 방바닥에 떨어져 먼지 묻을세라 그렇고 말고 하며 두 번 세 번 고개를 끄덕였다. <신 농가월령가>

말이 땅에 떨어져 흙 묻을세라　묻자마자 곧바로 대답하는 경우를 이르는 말. ¶ "예, 예. 천 냥을 상으로 걸어서 득달같이 통문을 띄우겠습니다요." 작자는 호방의 말이 땅에 떨어져 흙 묻을세라 천 냥에다 힘을 주며 사뭇 고개를 주억거렸다. 호방 앞에 기기는 강아지처럼 기었으나 홍정 하나는 제대로 떨어졌다. 『녹두장군』⑤ ¶명호는 할머니 말이 땅에 떨어질세라 달랑 받았다. 『은내골 기행』 ¶(산) "예. 예" 주인 사내는 말이 땅에 떨어져 흙 묻을세라 고두백배 고개를 주억거렸다. 『보쌈』

말이 씨가 된다[속]　늘 말하던 것이 마침내 사실대로 되었을 때 이르는 말. ¶"말이 씨 된게 해도 그런 재수대가리 없는 소리는 하지 마라, 이 말이여." 『자랏골의 비가』

말이여 초장이여　말이 되지 않음을 빈정거려 하는 말. ¶"이 사람아, 아무리 그런다고 나 물에 빠졌은께, 느그덜도 같이 빳자고, 우물 귀신 생사람 잡아넣대끼, 아무나 집어 넣을라고 하는 것은

그것이 말이여, 초장이여?…"『자랏골의 비가』

말 잡은 집에서 소금이 해자라 ㈜ 자기 집에서 말을 잡으면 불가불 소금이라도 손해를 보게 된다는 뜻으로, 부득이한 처지에서 생색 없이 무엇을 제공하게 되는 경우를 이르는 말. 또는 큰일을 하는 경우 그걸 주장하는 사람이 웬만한 수발이나 수고는 해야 한다는 말. '해자'는 소비하여 없어지는 것. 또는 해를 끼침. ¶"선호, 말 잡는 집에 소금은 해자라고 안주상은 자네 집에서 차리게. 개다리상에 닭 발복댕이를 좇아 오든지 격식차려 다담상을 내오든지 형편따라 사정대로, 하하." <재수없는 금의환향> ¶ 칠성이는, 이런 일에 원래 솜씨가 있기도 했지만, 말 잡은 집에서 소금은 해자라고, 호랑이보다 무섭다는 여름 손님을, 떡 삶은 물에 중의 데치듯 동네 추렴에 얹혀 대접을 하게 되니, 개를 옭아 그을리는 일에서부터 복더위에 불을 지펴 삶는 일까지, 칠성이는 몸을 사리지 않고 땀을 뻘뻘 흘렸다. <신 농가월령가>

말 죽은 원통보다 체 장수 몰려드는 것이 더 속상한다 ㈜ 말 죽은 데 체 장수 모이듯. 말이 죽으면 체를 만드는 재료인 말총(말의 갈기나 꼬리털)을 사려고 체 장수가 많이 몰려든다는 데서, 남의 불행은 아랑곳없이 제 이익만 채우려고 사람들이 모여드는 것을 이르는 말. ¶"말 죽은 원통보다 체장수 몰려드는 것이 더 속상한다더니, 동네가 망조가 든께 체장수에, 갖바치에, 별의별 종자들이 다 꾀어들어 속을 쌕이는구만." <당제>

말 한번 진솔로 쏘옥 뺐다 어이없는 말을 할 때 반어적으로 편잔하는 소리. '진

솔'은 옷이나 버선 따위가 한 번도 빨지 않은 새것 그대로인 것. ¶"증거? 허허. 말 한번 진솔로 쏘옥 뺐다. 바로 자네가 그 배짱으로 널름널름 받아다가 처묵었그마…"『자랏골의 비가』

맑은 물에 고기 안 논다 ㈜ 사람이 너무 청렴하거나 깔끔하면 사람이 따르지 아니한다는 말. ¶"…김두령님도 전봉준 장군님을 너무 닮아간다고 말이 많소. 맑은 물에는 고기가 안 노요. 오늘 저녁만 하더라도 두령들을 모아놓고 그런 이야기를 할 때는 눈도 오겠다 한잔씩 마시면서 하면 얼마나 좋소?"『녹두장군』⑫

망건 쓰다 파장 ㈜ 준비를 하다가 그만 때를 놓쳐 소기의 목적을 이루지 못하게 됨을 이르는 말. ¶"…지금 암태도 소작인 가운데서 어느 놈이 목포에 나가는 데 반대할 놈이 있을 거라고, 당장 철창에 사람을 가둬 놓고 총회가 뭐냐 말이여? 제길 망건 쓰다 파장되겠네."『암태도』 ¶"워매. 얼른 가제, 또 뭣을 읽을라고 저러까? 말로 다 해놓고 뭣을 또 읽어?" "망건 쓰다 장 파허겄그만잉."『녹두장군』⑧

망둥이가 뛰니까 전라도 빗자루도 뛴다 ㈜ 남이 하니까 아무 상관도 없는 사람이 공연히 덩달아 날뛴다는 말. ¶"망둥이가 뛴께 전라도 빗자루도 뛴다등마는, 이 잣것덜이 건잠도 모르고 꾀춤이네, 시방, 이것이 사람 할 짓거리라고 했으까? 세상에 이것이 사람 할 짓거리여?"『자랏골의 비가』 ¶"망둥이가 뛰니까 절간 빗자루도 뛴다더니 이용태가 고부에서 북새질쳤다는 소문을 듣고 이자들도 덩달아 설치는 것 같소…"『녹두장군』⑧

망둥이가 뛰니까 절간의 빗자루도 뛴다 ㈜

망둥이가 뛰니까 전라도 빗자루도 뛴다. ¶"이 자석 말하는 것 쪼깐 들어보씨요. 망둥이가 뛴께 절간에 빗자루도 뛴다등마는, 이 망할 놈이 종수하고 같이 저 아래 바우를 손대겠다고 안 그러요…" 『자랏골의 비가』 ¶"허허, 망둥이가 뛴께 절간 빗자루도 뛴다더니, 지금 판이 어느 판이라고 나설 데나 안 나설 데나 분수없이 덤벙거리는가?" <살구꽃이 필 때까지>

망둥이도 뛰고 곤자리도 뛴다 별 볼일 없는 사람들이 여기저기서 요란스럽게 나서는 경우를 이르는 말. ¶"아니, 가만 있소. 시방 세상이 어세두세 한께, 끓는 국에 맛 모른다고, 망둥이도 뛰고 곤자리도 뛰고 하는디, 나라가 지대로 서서 법도가 잽힌다치라면, 그런 자식들을 그냥 둘 것이여?…" 『자랏골의 비가』

망둥이 제 동무 잡아먹는다 圅 동류나 친척 사이에 서로 헐뜯고 싸우는 경우를 이르는 말. ¶이것이 다 외팔이가 만들어놓고 걸려오기를 기다리고 있는 함정이라는 것을 잘 알고 있으면서도, 자기들 입장만 생각하고 망둥이 제 동무 잡아먹기로, 올가미 속에다 모가지를 디밀라고 매화타령을 늘어놓고 있는 것이다. 『자랏골의 비가』

망신살이 무지갯살 퍼지듯 한다 圅 무슨 일을 잘못하여 남들에게서 크게 창피한 꼴을 당한다는 말. ¶"그랬다, 그래. 늙막에 바람도 제대로 못 피우고 망신살만 무지개살이구나. 허허." <신 농가월령가>

망신하려면 제 아버지 이름도 안 떠오른다 圅 망신을 당하려면 너무도 엉뚱한 실수를 하게 된다는 말. ¶"허허. 망신을 하자면 제 아비 이름도 안 떠오른다고 하더니 어째서 아까 곧바로 쫓아오지 않고 어물어물하고 있었지? 한발만 빨랐어도 되는 건데. 에이 참." 『자랏골의 비가』 ¶(산) "떡꾸기!" 사내는 땀을 뻘뻘 흘리며 대답했다. 망신을 하자면 제 아비 이름도 안 떠오른다더니 이것은 그보다 더 처참한 꼴이었다. 『보쌈』

망치가 가벼우면 못이 솟는다 圅 윗사람이 위엄이 없으면 아랫사람이 순종하지 않고 반항하게 됨을 이르는 말. 또는 단속을 부실하게 하면 탈이 생긴다는 말. 마치가 가벼우면 못이 솟는다. ¶…촌놈의 새끼들한테는 매밖에는 약이 없다니까. 여태 망치가 가벼우니 못이 솟았던 것을. 칼칼칼…. 『자랏골의 비가』 ¶…망치가 가벼우니까 못이 솟았던 거예요. 작자를 야무지게 몰아쳐서 진실을 하나하나 밝혀내면 그 사건이 얼마나 치욕스런 사건인지 국민들도 새삼스럽게 분노할 것이고, 그 일에 무심했던 자신들을 다시 돌아보게 된다, 이거요. 『오월의 미소』

망해가는 집에는 분란만 남는다 일이 안 되는 경우에는 의견 대립만 심하다는 사실을 이르는 말. ¶죽 쑤던 솥에 눈이 쌓이던 다음해 정월. 이서와 관노들 사이에 그동안 쌓여온 불만이 폭발하고 말았다. 망해가는 집에는 분란만 남더라고 겹겹으로 쌓여온 묵은 불만까지 겹쳐 싸움은 엄청났다. 『녹두장군』⑧

맞춰놓은 사위도 초례청에 들어봐야 그 집 사위다 약속이 아무리 확실하더라도 실행되기 전까지는 믿을 수 없다는 말. '초례청'은 전통 혼례식 장소. ¶"허허, 그새 양문이 산지기 다 됐소그랴. 맞춰논 사우도 초례청에 들어봐사 그 집 사우

여라우. 그래 동네가 시방 망조가 드는
디, 내 이끝만 추리면 그만이란 소리요?"
『자랏골의 비가』

매가 꿩을 잡아 주고 싶어 잡아 주나囷 마
지못해 남의 부림을 당하는 처지를 이
르는 말. ¶"…일을 따지고 보면 동네
일은 동네일이고 자네 일은 자네 일인
께, 이 일하고 자네 일은 상관이 없는
것으로 치고, 쪼깐 나서 주게. 매가 꿩
을 잡아 줄 적에는 꿩을 잡아 주고 싶
어서 잡아다 줄 것인가?…" 『자랏골의
비가』

매 꿩 덮치듯♀악스럽게 덮치는 경우를
이르는 말. ¶낮에 고된 논매기를 했으
니 밥숟갈만 빼면 그대로 자야 피로가
풀릴 것인데, 논에서 금방 나온 그를 매
꿩 덮치듯 끌고 와서 그 달음으로 이렇
게 이야기를 시키고 있으니 피로할밖에
없었다. <칠일야화>

매 먹이에 개암 지르듯 적당한 양을 가늠
하느라고 고심하는 경우를 이르는 말.
'개암'은 매의 먹이 속에 넣는 솜뭉치.
맨고기로만 먹이면 매가 속살이 쪄서
사냥을 않으므로 매에게 먹일 고기를
물에 우리어 기름을 빼고 솜을 조금씩
뭉쳐 고기 속에 싸서 먹인다. '개암 지
르다'는 매의 먹이에 솜뭉치를 넣는다는
말. ¶그래서 임군한은 항상 노자에다
하룻저녁치 해웃값을 덤으로 얹었으나,
해웃값을 얹을 때도 많으면 많은 대로
불안하고 적으면 적은 대로 불안해서
사냥 보낼 때 매 먹이에 개암지르듯 몇
냥을 덜었다 얹었다, 손끝 짠 시어머니
밥쌀 내주듯 했다. 그러나 불안하기는
마찬가지였다. 『녹두장군』⑥

매 위에 장사 없다囷 매를 견디기 어려움

을 이르는 말. ¶…처음에는 이 자식이
제법 뻣댑니다. 그래서 막 조졌지요. 매
앞에 장사 있습니까? 칼칼칼. 촌놈의 새
끼들한테는 매밖에는 약이 없다니까…
『자랏골의 비가』 ¶…하도 모질게 패는
바람에 사흘 만에 마음을 누그리고 말
았다. 정말 매 앞에서는 장사가 없었
다. 그렇게 무지막지하게 문초를 하던
김치삼이는 그 순간부터 사람이 홱 달
라졌다. 저승 야차 같던 김치삼이가 대
번에 신선이 되어버린 것 같았다. 『녹두
장군』⑤

맥도 모르고 침통 흔든다囷 사리나 내막
도 모르고 무턱대고 덤벙거림을 이르는
말. '침통'은 침을 넣어 보관하는 작은
통. ¶"이 사람아, 시방 자네 맥도 모르
고 침통 흔들고 있네. 내중에 따지자니?
따질 건덕지도 없는 것을 내중에는 뭣
에 쓰자고 따져?…" 『자랏골의 비가』 ¶
"…보아하니 문지주 머슴 같은데, 소작
회도 모르고 소작료 받으러 왔다면 지
금 맥도 모르고 침통 흔들고 계시는그
만. 그런 소작료는 당신네 동네 가서나
받으셔. 여기는 무안군 암태도야. 번지
수를 잘못 짚으셨어." 『암태도』 ¶"맥도
모르고 침통 흔들지 말고 가만히들 있
으시오. 일판이 어떻게 돌아가는 줄도
모르는디, 덤벙거린다고 멋이 쉽게 될
성부르요?" 『녹두장군』①

맨입에 앞 교군 서라 한다囷 아무런 혜택
도 없이 어려운 일을 맡기는 경우를 이
르는 말. '교군'은 가마꾼. ¶"…그러고
이런 일에는 맨입으로 앞교군 서라는
소리가 아닌께, 이런 일을 보는 데는 경
비도 쓸 데는 쪼깐쓱 써감시롱 알아볼
대로 알아보게…" 『자랏골의 비가』

맹감나무 덤불 속에 천도깨비　시원찮은 도깨비를 이르는 말. ¶…그래도 그것이 있어 그들을 사람이게 하는 그 결기가 맹감나무 덤불 속에 천도깨비처럼 웅크리고 있다가 간혹 묏등을 건드리는 것이었는데, 그때마다 그것이 몰고 오는 바람은 생사람 살이 찢기고 뼈가 부러지는 폭풍이었다. 『자랏골의 비가』

맹물 같은 소리(속)　실속이나 내용이 없는 소리를 이르는 말. ¶판돌이의 투정이 얼핏 듣기에는 그런 것도 같았으나, 따져놓고 보니 맹물 같은 소리였다. 『자랏골의 비가』

맹물에 도끼 대가리를 삶아 먹더라도 제멋에 산다(속)　맹물에 조약돌을 삶아 먹더라도 제멋에 산다. ¶"상말로 맹물에다 도끼 대가리를 삶아 묵음시로 동냥치 첩질을 해도 제멋이더라고. 우리야 선돌을 세우든지 선돌을 눕히든지 어째서 신문 기자들까지 나서서 야단이오?" 명호가 대답할 틈도 주지 않고 내갈겼다. 『은내골 기행』

맹물에 조약돌 삶은 소리　그럴듯한 것 같지만 실은 싱거운 소리를 이르는 말. ¶"…동학 두령들이 도술을 부린다고 해도 나는 그런 맹물에 조약돌 삶는 소리 작작 하라고 코똥만 통통 뀌었제 으쨌더라요. 그런데 내가 도술에 걸려본게 도술이 뭣인 줄을 똑똑히 알겠습디다…" 『녹두장군』⑨

맹물에 조약돌을 삶아 먹더라도 제멋에 산다(속)　보기에는 아무 재미도 없어 보이지만 다 제가 좋아서 하는 일을 이르는 말. ¶"…사람이란 것이 맹물에 도치 대가리를 삶아 묵고 동냥치 첩질을 해도 제 잘난 맛에 살고, 똥뒷간에 앉아서

곧은낚시로 낚시질을 해도 그것이 다 제 멋이드라고…" 『녹두장군』②

맺은 놈이 풀지(속)　무엇이든 처음 하던 사람이 그 일의 끝을 내야 한다는 말. 또는 일을 저질렀던 사람이 해결을 해야 한다는 말. 결자해지(結者解之). ¶"맺은 놈이 푼다고 저 일은, 나 혼자 나서서 해번져도 해번져야 못난 조상 탓을 안 들을 것 같소." 『자랏골의 비가』 ¶"…본인은 이 문제의 공덕비를 세울 당시 공덕비 건립 기성위원장으로 그 일에 앞장섰던 사람이기 때문에, 맺은 사람이 푼다고 이것을 처리하는 문제에도 앞장을 설까 합니다…" 『암태도』 ¶"…맺은 사람이 풀라고 윤달이 자네가 소리나 한 대목 더 뽑아불소." 『오월의 미소』

머시기하다　① 무엇을 모집어 말하기 거북할 때 간접적으로 이르는 말. ② 무엇이 얼른 생각나지 않아 두런거리는 허텅지거리. ¶"…집 나온 지가 오래 된께, 저녁이면 품안이 쪼깐 허전하고 아랫도리가 뻑적지근한 것이 아닌게아니라 쪼깐 머시기하기는 머시기하제마는, 이것이 다른 일도 아니고, 신원에다 금포를 하자는 마당에 그까짓 것이 대수겄냐, 작것." 『녹두장군』②

머루 먹은 곰　아주 능청스럽게 시치미떼는 경우를 이르는 말. ¶"…그로크롬 많은 돈을 해처묵은 놈이 어디가 한반데 믿는 데가 없고서사, 머루 따묵은 곰맨키로, 그로크롬 천연덕스럽게 왼눈 한나도 깜짝을 안하고 있다가, 이참에는 또 소까지 끗고가?" 『자랏골의 비가』 ¶변왈봉이는 주먹을 휘두르며 두 사람을 번갈아 보았다. 그러나 이용술이와 오동

호는 머루 먹은 곰처럼 눈만 말똥거리고 있었다. 『녹두장군』⑪

머루 먹은 속㈜ 대강 짐작을 하고 있는 속마음이라는 말. ¶종수는 종수대로 머루 먹은 속이 있어, 시치미를 따고 나무를 베는 일이며, 다리를 헐어내는 일 등, 일가닥을 추려 이장답게 일을 채근하고 있었다. 『자랏골의 비가』

머루 먹은 수캐 같다 아무런 내색이 나타나지 않는 경우를 이르는 말. ¶텃골양반은 머루 먹은 수캐처럼 눈만 말똥거리고 있었다. 『자랏골의 비가』

머리 검은 짐승 거두는 것은 지옥 늦이다 사람을 거두면 덕을 보기보다는 해를 입는 경우가 많음을 이르는 말. '늦'은 앞으로 어떻게 될 것 같은 일의 근원 또는 먼저 보이는 빌미. ¶"…머리 검은 짐승 거두는 것은 지옥 늦이라는 옛말도 있대끼, 남의 속으로 빠진 것은 아무리 정성으로 걷어봤자, 다 지절로 큰지 알고 입으로 공 갚는단 말이요…" 『자랏골의 비가』

머리를 굴리다 머리를 써서 생각하다. ¶대둔산 패 가운데서는 용배가 성질이 급한 편이지만, 그도 일을 처리하는 것을 보면 치밀하게 머리를 굴렸다. 『녹두장군』⑦

머리를 삶으면 귀까지 익는다㈜ 큰일을 하면 거기에 딸린 자잘한 일도 자연히 이루어짐을 이르는 말. ¶"…이 사건은 사회적인 여론을 탄 사건이라 쉽게 해결될 것입니다. 이쪽 재판 관계는 마음 쓰지 마시고 거기 일에만 전념하십시오. 머리를 삶으면 귀까지 익는 것 아니겠습니까?" 『암태도』

먹구름 뒤에 벼락친다 무슨 변고가 있으려면 미리 그만한 징조가 있다는 사실을 이르는 말. ¶먹구름 뒤에 벼락치더라고 이런 데 잘못 얼씬거리다가 애먼 놈 곁에 벼락맞지 않나, 무싯날에는 담구멍에 족제비 눈으로 눈치만 살피고 있던 사람들이 장에 간다는 핑계로 너도 나도 나섰던 것이다. 『녹두장군』②

먹구름 밑에 대목 장꾼 싸대듯 많은 사람들이 아주 바삐 싸대는 모습을 이르는 말. ¶세번째 등급에 드는 사람들이 돈을 쓰고 출옥을 하자 두번째와 첫번째 등급에 드는 사람들 가족들은 먹구름 밑에 대목 장꾼 싸대듯 안절부절 제사날로 돈을 싸짊어지고 아침저녁으로 아전들 집 문턱이 닳을 지경이었다. 여기서는 부르는 것이 값이었다. 『녹두장군』⑤ ¶동네 사람들이 이렇게 먹구름장 밑에 대목 장꾼 싸대듯 제정신들이 아니었으나, 그중 딱한 집, 한몰영감 집만은 달랐다. <당제>

먹구름장 밑에 물거리 걸터듯 아주 다급하여 가져갈 물건을 대충대충 거두는 모습을 이르는 말. '물거리'는 싸리 등 잡목의 잔가지로 된 땔나무. ¶"더구나 그 작자 하는 수작이 괘씸하더라구. 한두 마지기도 아니고 그 많은 땅을 사자는 작자가 먹구름장 밑에 물거리 걸터듯 촌놈들 숨도 못 쉬게 후려치는 것도 괘씸하고 하여간 이놈들이 촌놈들을 시뻐봐도 이만저만 시뻐보는 것이 아녀." 『은내골 기행』

먹구름장 밑에 소금장수 졸밋거리듯 매우 초조하게 바장이는 모습을 이르는 말. ¶"자네는 아직도 감나무 임자가 쫓아올 것 같아 서성거리는가?" 황방호가 달주를 보며 이죽거렸다. "아니라우." "그럼 왜 먹구름장 밑에 소금장수 졸밋거리듯 하는가? 앉아서 먹게. 음식이란 물 한 모금을 마시더라도 창자를 달래가며 마셔야 하는 걸세." 달주는 웃으며 앉았다. 『녹두장군』① ¶장흥 역졸들은 제정신들이 아니었다. 큼직큼직한 보따리를 하나씩 짊어지고 먹구름장 밑에 소금장수 졸밋거리듯 눈알을 번뜩이고 다녔다. 『녹두장군』⑧

먹물ⓜ 글공부를 한 지식인을 홀하게 이르는 말. ¶"김중만 그 사람이 식료품가게 종업원이랬죠? 저런 일은 역시 그런 사람들이 제대로 한다니까요. 우리 먹물들은 입만 살았지 이게 뭡니까?…" 『오월의 미소』 ¶(산) 원래 교수라는 직업의 속칭 먹물들은, 연구실이란 공간에서, 나무꾼이 나무를 하듯 연구와 교수밖에 모르는, 옛날부터 있어 온 말로는 백면서생들이다. 『교수와 죄수 사이』

먹지 않는 종 투기 없는 아내ⓢ 종은 잘 먹어야 일을 잘하고 아내는 투기를 해야 아내다운데, 그렇지 않으면 제 본분을 잃는다는 점에서 쓸데없는 것을 이르는 말. ¶"너무 욱대기지 마시오. 세상에 아무짝에도 못쓸 것 두 가지가 멋인지 아시오? 먹지 않는 종하고 투기 않는 계집이라요. 묵어사 꿍꿍 일을 하제라우." 연옥이가 너울가지 있게 엉너리를 치며 웃었다. 『녹두장군』①

먼저 난 털보다 나중 난 뿔이 우뚝하다ⓢ 먼저 난 머리보다 나중 난 뿔이 무섭다. 후배가 선배보다 뛰어남을 이르는 말. ¶"이번에 보니까, 와촌 사람들 알아 모셔야겠어. 먼저 난 털보다 나중 난 뿔이 우뚝하다더니 이러다가는 소작회 간판 떼다 와촌으로 옮긴다는 말이 나오겠네." 『암태도』

먼지 날리는 소리 힘없이 웃는 웃음소리. ¶계약금을 치르고 나오면서 아내가 웃었다. 제법 생색을 내는 소리였다. 영하는 먼지 날리는 소리로 풀썩 웃었다. <개는 왜 짖는가> ¶"허!" 박사장은 먼지 날리는 소리로 피글 웃었다. <부르는 소리>

멍멍이ⓜ 범죄자들이 담배 온갑을 이르는 은어. ¶"뭐 좀 안 났니?" "멍멍이 다섯하고, 알 서른 개." "야, 됐다. 요새는 어찌나 단속이 심해졌던지, 강아지 하나에 런닝 팬티가 하나씩이야. 어제는 주철민이한테 심청이 두 개로 런닝 팬티 하날 받았다구." <사형장 부근>

멍첨지 맹자왈ⓢ 무식한 사람이 무슨 이야기를 그럴듯하게 꾸며대며 아는 체하는 경우를 이르는 말. ¶자랏골 사람들은…멍첨지 맹자왈로, 자기들 나름대로 시국풀이를 하고 나서 조금은 또 안심하는 기색이었다. 『자랏골의 비가』 ¶"저것들이 지금 손바닥만한 섬구석에서만 살아온 것이라, 호랑이 없는 골짜기에 토끼가 선생이더라고 멍첨지 맹자왈로 되잖은 소리만 잘잘 째고 있는데, 제까짓 것들 그 따위 말 같잖은 소리로 아무리 횃대 밑에서 호랑이 잡는 소리 해 봤자 순사들이 뺑뺑 총 쏘고 나오는데야 찾을 것이 쥐구멍밖에 뭐가 있어?…" 『암태도』

메기가 눈은 작아도 저 먹을 것은 알아본다ⓢ 아무리 시원찮은 사람도 제 살길은 다 알고 있음을 이르는 말. ¶"그런디, 해룡이 동냥하는 솜씨 말이여, 굼벵이도 궁그는 재주 있고, 메기가 눈은 작아도 제 묵을 것은 다 찾아묵는 질속이 있다

등마는, 장타령하는 것 본께 참말로 그
질로 묵고 살겄네…" 『자랏골의 비가』

메기 잔등에다 묏등을 썼나 메기 잔등이
아주 미끄러운 것에 빗대어 비위나 염
치가 좋은 것을 비꼬아 하는 말. ¶"저
자석은 어디 메기 잔등에다 묏등을 썼
으까 으쨌으까? 비우 한나는 타고났어."
젊은이들은 앞에 가는 조만옥이 안 들
릴 만하게 말소리를 낮춰 히히덕거렸다.
『녹두장군』⑥

메기 잔등에 뱀장어 넘어가듯 屬 슬그머니
얼버무려 넘어감을 이르는 말. ¶작자
는 메기 잔등에 뱀장어 넘어가듯 매끄
러운 소리로, 제 혼자 쩨고 발기고, 엎
었다 뒤집었다, 있는 소리 없는 소리를
모주할매 열바가지 내두르듯 했다. 『자
랏골의 비가』 ¶"…그놈 구변이 또 오죽
청산유순가? 소작인들이 김서기 그놈한
테 한 번 걸렸다 하면, 메기 잔등에 뱀
장어 넘어가듯 하는 그 작자 구변에 떵
떵 넘어지고 마는 모양이야." 『암태도』

메뚜기도 오뉴월이 한철이라 屬 때를 만나
한창 기세를 펴고 있으나 그런 기세도
끝날 때가 있다는 사실을 이르는 말. ¶
이 세상이나 저 세상이나 항상 아망위
에 턱을 걸고 떵떵거리던 양문이였지만,
메뚜기도 오뉴월이 한철이고, 돌절구도
밑빠질 날이 있다더니, 양문이 죄업 때
문에 그 자식들까지 한꺼번에 그렇게 된
다는 것은 너무도 처참한 일이었다. 『자
랏골의 비가』 ¶"…수령놈 등에 업고 갖
은 지랄 다 부리다가 이제 본께 양지가
음지 되고 메뚜기도 한철인지 똑똑히
알겄지야? 이놈들아, 느그덜은 염라대왕
이 느그덜 외조할애비고 강임도령이 외
사촌 남매간이래도 살아갈 길이 없다

…" 『녹두장군』⑤

먹부리 암탉이다 屬 바로 땅 아래를 보지
못하게 턱 밑에 털이 많이 난 암탉과 같
다는 뜻으로, 바로 눈앞의 것도 모르는
사람을 놀림조로 이르는 말. '먹부리'는
턱 밑에 털이 많이 난 닭. ¶"…젠장 먹
부리 암탉인가 자기 앞은 못봐…" 『자랏
골의 비가』

명문(明文) 집어먹고 휴지똥 눌 놈 屬 무
슨 말을 듣고 와서 엉터리로 전하는 경
우를 이르는 말. ¶"제미, 들었담시롱,
명문 집어묵고 와서 휴지똥만 깔기고
앉았네. 샌님 글귀 돌아가는 것은 몰라
도 말귀 돌아가는 짐작은 있는 것인디,
그런 말을 대강 눈치를 채도 채제 그런
짐작이 없어?" 『자랏골의 비가』

명태 한 마리 놓고 딴전 본다 屬 명태 한
마리를 내놓고는 사실에 있어서는 딴
장사를 한다는 뜻으로, 겉으로 내세우
고 있는 일과는 상관없는 일을 함을
이르는 말. ¶"세살 묵은 어린애가 보
아도 뻔한 일을 가지고 눈 어둡다고
엄살인디, 그것은 다 내 쓸개를 낼라고
명태 한 마리 놓고 딴전 보고 있는 것
이요. 이 동네서 꽃같은 소실까지 얻어
가는 사람이 하고 많은 생선에 복생선
이 맛이라고, 어째서 이쁘지도 않는 나
만 보자고 그럴 것이요?…" 『자랏골의
비가』

**모가지 짧은 강아지 등겨섬 넘어다보듯 한
다** 屬 목 짧은 강아지 겻섬 넘어다보듯
한다. 자기 분수에 맞지 않는 일을 하려
는 사람을 핀잔하는 말. ¶자랏골 사람
들은 그런 엉뚱한 횡재야, 처음부터 모
가지 짧은 강아지 등겨섬 넘어다보는
격이어서, 그런 엉뚱한 것에 생심은 당

초에 없었지만, 양문이 같은 놈이 그런 큰 떡을 추켜들었다는 소리에,…아뜩한 기분이었다. 『자랏골의 비가』

모가지가 날아가다　모가지가 떨어지다. 어떤 직위에서 떨려나다. ¶다른 사람 같았으면 영락없이 파직이 될 판이었으나, 세곡선 닻줄보다 든든한 진령군이 뒤에 버티고 있었기 때문에 모가지가 날아가지 않고 기껏 감봉처분을 받고 말았다. 『녹두장군』②

모가지가 열둘이라도 못 당한다　죽음이나 파직을 면할 길이 없다는 사실을 힘주어 이르는 말. ¶어제 저녁 일이 들통이 나는 날에는 소작이 아니라 모가지가 열 두개라도 못 당할 지경인데, 거기다가 농민군에까지 낯 내놓고 나가놓는 날에는 모가지가 백 개라도 못 당할 것 같았다. 『녹두장군』⑤　¶"하여간 군청 허가 없이 내 맘대로 수문에 손 댔다가는 모가지가 열둘이래도 못당합니다." <뚱바우 영감> ¶(산) "…그때는 고종이 즉위하고 난 직후, 그러니까 고종 3년이라 대원군의 세도가 시퍼래서 만약 양놈들하고 그런 짓을 했다가는 모가지가 열 개라도 못당하는 판이었지." 『보쌈』

모기 다리에서 피 뺀다⊛　교묘한 수단으로 빈약한 사람을 착취함을 이르는 말. ¶"…눈썹만 뽑아도 똥 나오게 생긴 비패런 촌놈들한테서 모구 다리에 피빼대끼 훑어만 갈라고 환장을 하니, 사람이 어뜨크롬 숨을 쉬고 살 것냔 말이여." 『자랏골의 비가』

모기 대가리에 골을 내랴⊛　불가능한 일을 하려는 경우를 비웃는 말. 또는 극히 가난한 사람들한테서 세금 따위를 억지로 짜내는 경우처럼 과거 살인적인 능

탈을 하는 경우를 이르는 말. 모기 다리에서 피 뺀다. ¶"상놈의 종자덜, 촌놈덜 뜯어갈 속으로는 통 뚫애겨서 모구 다리에 골 내네, 시방." 『자랏골의 비가』 ¶"…참말로 모구 대가리에 골을 내도 쪼깐쏙 숨을 쉬게 해사 쓸 것 아니요…" 『자랏골의 비가』

모기도 여럿이 모이면 천둥소리를 낸다⊛　모기도 많이 모이면 우뢰소리를 낸다. 힘없고 미약한 사람들도 여럿이 뭉치면 큰 힘을 낼 수 있다는 말. ¶"모구도 여럿이 모이면 천둥소리를 내는 것이여. 어디 으슥한데 숨었다가 쇳캐나감시롱 총쏘는 어깻죽지를 한나 물고늘어져도 늘어진다치라면 지가 어뜨크롬 총을 쏘아?…" 『자랏골의 비가』 ¶"…우리는 다행히 소작인들이 소작회를 만들었으니까 서로 힘을 합해서 싸웁시다. 모기도 천이 모이면 천둥 소리를 낸다고 하잖던가요…" 『암태도』 ¶"내가 장막을 돌아다니며 들어오니 도인들 스스로도 모기가 천이 모이면 천둥소리를 낸다는 말을 하고 있었습니다. 도인들은 이번에 그 사실을 스스로 실천을 했고 그 결과를 확인을 했습니다. 천이 모이면 천둥소리를 낼 뿐만 아니라 감사까지도 놀라 벌벌 떨더라는 사실을 알았다 이 말씀입니다…" 『녹두장군』③

모기 보고 총 쏘기⊛　모기 보고 칼 빼기. ¶비석은 너무도 허망하게 넘어졌다.…그렇게 오래도록 별러왔고 또 2백여 명의 군중들이 설친 것에 비하면 너무도 허망했다. 꼭 모기 보고 총이라도 쏜 것같이 하찮았다. 『암태도』

모기 보고 칼 빼기⊛　보잘것없는 작은 일에 엄청나게 큰 힘으로 대처함을 이

르는 말. ¶"허허, 한판 붙을라고 왔등마는 모구 보고 칼 뺐네." 누룩쟁이 사람들 속에서 누가 익살을 부리자 와 웃음이 터졌다. 『녹두장군』④ ¶"…사또 나리께서는 지금 저런 곡경에 처해 계시지마는, 감사도 좌우지하신다는 이야기올시다. 감영군을 몰고 올 수도 있지만, 그것은 모기 보고 칼 빼는 짓이기 때문에 그런 일은 하지 않습니다…" 『녹두장군』⑥

모닥불 하나로 겨울을 녹일 수 없다 장나무에 낫걸기. ¶"세상은 지금 겨울이 가고 봄이 오는 것과 같습니다. 이것이 대세입니다. 모닥불 하나로 겨울을 녹일 수 없듯이 이성렬이 같은 수령 한 사람이 대세를 막을 수는 없습니다." 『녹두장군』⑧

모래 씹어 뱉는 소리 거칠게 내뱉은 소리를 이르는 말. ¶"아니, 추비가 인자사 나와?" 어둠 속에서 모래 씹어 뱉는 소리가 튀어나왔다. 『자랏골의 비가』 ¶(산) "세상에 이런 때려 죽일 놈이 있더란 말이냐?" 정승은 모래 씹어 뱉는 소리로 고래고래 악을 썼다. 『보쌈』

모주 먹은 돼지 껄때청 혭 컬컬하게 쉰 목소리를 이르는 말. 또는 크게 내지르는 소리를 낮잡아 이르는 말. '껄대청'은 크게 꽥꽥 지르는 소리. ¶"그러면 둘이 다 똑같그마. 똑같은 이약을 갖고 무담씨 모주 묵은 돼아지 껄대청으로 꽉꽉 괌이네. 무단한 사람 간 놀래게." 『자랏골의 비가』 ¶"당신 당나귀 새끼를 생으로 회쳐묵고 왔소, 역병난 동네 북을 삶아 묵고 왔소. 어째서 모주 먹은 돼지 껄대청으로 꽥꽥 괌이요, 괌이?" 사장이가 늙은이한테 핀잔을 퍼부었다. 『녹두

장군』② ¶(산) 아우는 형이 채 대문간을 나가기도 전에, 어머니를 들쳐 업고 형을 쫓아 가며, 불단 머루쇠라도 삼킨 놈처럼 동네방네 악다구니가 모주 먹은 돼지 껄대청이었다. 『보쌈』

모주 할미 열바가지 두르듯 혭 주막집 주모할미가 술항아리에서 술을 뜰 때 술바가지로 술을 휘휘 내둘러 저어서 아주 솜씨 있게 떠내는 모습을 이르는 말로, 아주 익숙한 솜씨로 날렵하고 거침없이 일을 하는 경우를 이르는 말. '열바가지'는 그냥 바가지 ¶"…난이것 따먹겠다고 벌이는 수작이라면, 그래도 집구석에서라도 혼자 연습이나 좀 해서 우선 손놀림부터가 모주할매 열바가지 내두르듯 해야 할 것인데, 수를 쓴다는 손놀림이 조막손이 달걀 굴리는 것도 아니고, 도대체 굼벵이가 야바위판을 벌린다 해도 저러지는 않겠다 싶었다. 『자랏골의 비가』 ¶"우리가 네깐 놈 수작에 속아 넘어갈 줄 아냐? 네놈 말솜씨부터가 모주할미 열바가지 내두르듯 하는 것이 예사 농투산이가 아녀. 소작인이라고 비대발괄하먼 불쌍하다고 뇌줄 알고 새빨간 거짓부렁이를 씨부려? 우리가 네까진 놈한테 속을 것 같냐?" 『녹두장군』①

목구멍에서 불 단 모루쇠가 기어오르다 몹시 울화가 치밀어 오름을 이르는 말. '모루쇠'는 모루로 대장간에서 쇠를 불릴 때 받침으로 쓰는 쇳덩이. ¶"들어봐!" "아니, 지금 목구멍에서 불 단 모루쇠가 기어오르는 판에 양반놈들 그 느려터진 청승가락을 늘려 빼겠다는 거요? 형님은 무슨 장으로 간 맞춘 취미가 그렇게 시어터진 취미도 있소?" 『녹두장

군』①

목구멍에 풀칠하다ⓢ　겨우 목숨이나 부지할 정도로 굶지나 않고 산다는 말. ¶ 그래도 발에 익은 것이 산이라, 군자 말년에 배추씨 장사로, 약초도 캐고 뱀이나 지네 같은 것을 잡아, 욕된 목구멍에 근근히 풀칠을 하며 살아갔다. 『자랏골의 비가』 ¶ "나 같은 놈이야 목구멍에 풀칠하자고 따라댕기는 것인디, 무슨 죄가 있다고 나 같은 놈 모가지까지 날아갑니까요?" 말석이는 뒤통수를 긁적이며 멀겋게 웃었다. 『녹두장군』② ¶ "…계집년들을 저렇게 끌고 돌아다니면서 계집년들 몸을 팔아 목구멍에 풀칠을 하고 사는 놈들이니 오죽한 놈들이겠냐? 그놈들 손아귀에 한번 들어가노면 웬만해서는 못 빠져나올 것이다…" 『녹두장군』⑦

목구멍의 때를 벗긴다ⓢ　오랜만에 좋은 음식을 배부르게 먹음을 이르는 말. ¶ "…쥔네 초상이 머슴놈 한테는 잔치판이더라고, 우리야 증인 서고 나면 일끝은 어디로 돌아가건 우리 할 일은 다 한 것인께 이판에 목구녁에 때나 지대로 한번 벗겨 봅시다. 칼칼칼." 곽가는 너울가지가 봄바람에 능수버들이어서 촌놈들 비위 맞춰 구슬리는 엉너리 손이간이 녹게 살가웠다. <귀향하는 여인들>

목구멍이 원수ⓢ　구복이 원수. 살기 위하여 괴로움이나 아니꼬운 일을 당해도 할 수 없이 참게 되는 경우를 이르는 말. ¶ "목구먹이 웬수다, 웬수." 또 하나가 장탄식을 하며 일어섰다. 『녹두장군』③

목구멍이 포도청ⓢ　먹고살기 위하여, 해서는 안될 짓까지 하지 않을 수 없음을 이르는 말. ¶ "목구멍이 포도청이라 이렇게 벙거지를 얹고 나이를 먹고 있네…"『녹두장군』⑤ ¶ (산) 교수계약제도라는 악랄한 제도가 생긴 뒤 이 계약제도에 고삐가 매인 교수들은 모두가 목구멍이 포도청이라 울며 겨자먹기로 끄는 대로 끌려가고 있을 뿐입니다. 『녹두꽃이 떨어지면』

목비 온 뒤 부자 마님 못밥 인심 같다　밥 인심이 그지없이 후한 경우를 이르는 말. ¶ 공무원들도 예사 때의 그 까탈스럽고 데데하던 행티를 싹 버리고, 뇌물 먹은 고지기 환자받듯 장광 곁 회추리만한 앵두나무도 유실수라면 두말없이 고개를 끄덕여 치부를 해주었고, 그 값을 매기는 데도 활수하기가 목비 온 뒤 부자 마님 못밥 인심이었다. <당제>

목줄에 철판 두르다ⓘ　목숨이 절대로 끊어지거나 직장에서 떨려나지 않을 것처럼 보이는 경우를 낮잡아 이르는 말. ¶ 천하는 처음부터 제놈들 천하이듯, 목줄에다 철판 두르고, 천년 만년 살 것같이 설치고 발기던 그 일본놈들이 몰려간다는 것이다. 『자랏골의 비가』

몸뚱이가 모두 아가리라도 할 말이 없다ⓢ　온몸이 입이라도 말 못하겠다. 자기가 한 실수나 잘못이 너무 명백히 드러나 변명할 여지가 없는 경우를 이르는 말. ¶ "몸뚱이가 모두 아가리라도 할 말이 없그마. 지난번 소작회 총회 때 그만큼 단속을 했으니 그렇게 얼렸으면 겁먹었다는 시늉이라도 한다 해야 그것이 오장 가진 사람 종자랄 것 아니냐 말이야…"『암태도』

몸을 섞다ⓘ　성행위를 하다. ¶ "허허, 이리 가까이 오란 말이다. 이미 몸을 섞은 처지에 새삼스럽게 멋이 부끄럽다고 그러냐?" "마님이라도 오실까 싶사옵니다." 기어 들어가는 소리로 말했다. 『녹두장군』③

못난 놈 잡아들이라면 없는 놈 잡아간다㈜ 못난 사람을 잡아오라면 돈 없는 사람을 만만히 여기고 잡아간다는 말. ¶"…못난 놈 잡아들이라면 없는 놈 잡아들인다고, 촌사람들은 차근차근 못살게 생겼어라우." 『자랏골의 비가』

못된 강아지 부뚜막에 오른다 못된 자가 역시 분수없는 짓을 한다는 말. ¶"치긴 누가 쳐? 못된 강아지 부뚜막에 오른다고 못 올라갈 데를 올라가니까 끄집어낸 거야…" 『암태도』

못된 송아지 엉덩이에 뿔 난다㈜ 되지못한 것이 엇나가는 짓만 한다는 말. ¶"못된 쇠앙치 엉덩이에 뿔난다는 소리는 그것이 기왕에 있는 소린께, 엉덩이에 혹시 뿔이 났다면 또 모를까, 엉덩이에 느닷없는 발이 돋다니, 형장들이 미리 말씀을 하셨은께 말씀이오마는 우리가 시방 꼭 그런 미친 사람들 소리를 듣고 있는 것 같소." 『녹두장군』①

못 먹는 감 찔러나 본다㈜ 제 것으로 만들지 못할 바에야 남도 갖지 못하도록 못쓰게 만들자는 뒤틀린 마음을 이르는 말. ¶"위매, 입도 못 맞추고 환장하겄네. 보듬는 것은 말 안했제?" "보듬은 놈도 내 아들놈." "에라 못 먹는 감 찔러불자." 땅에다 패대기를 쳐버렸다. 『은내골 기행』

못밥 담듯 한다 밥을 꾹꾹 눌러서 담는 경우를 이르는 말. '못밥'은 모내기를 하다가 들에서 먹는 밥. ¶팥을 넣은 보리반지기 쌀밥은 보기만 해도 절로 침이 넘어갔다. 못밥 담듯 한다더니 밥들을

엄청나게 많이 퍼담았다. 『녹두장군』④

못 올라갈 나무는 쳐다보지도 마라㈜ 오르지 못할 나무는 쳐다보지도 마라. ¶"못 오를 나무는 쳐다보지도 말아야 하는 건데, 끌끌." 김한준의 아내는 치맛귀로 눈물을 찍어내며 달주의 뒷모습을 애처롭게 건너다봤다. 『녹두장군』①

못자리에 피사리하듯 잡것을 골라내는 경우를 이르는 말. '피사리'는 벼에 섞여 자란 피를 뽑아내는 일. ¶"…지난번에는 진산 방가들 때문에 한바탕 소동이 벌어졌는디, 지금도 그런 수상한 놈들이 여럿이 이 속에 스며들어 있소. 이놈들이 병아리 마당에 소리개 꼴로 빙빙 봐돔시롱 우리들이 하는 일이나, 우리들이 하는 말을 낱낱이 염탐을 해서 치부를 하고 있을 것이오. 바로 이 자리에서 그 작자들을 못자리에 피사리하대끼 뽑아냅시다. 모두 제 말씀에 따라 주시오." 『녹두장군』②

몽구리 개구멍받이 중이 버린 개구멍받이라는 말로, 신분이 아주 천한 사람을 이르는 말. '개구멍받이'는 대문의 개구멍으로 밀어 넣어 놓고 간 것을 거두어 기른 아이. ¶"행실이나 기품이 소문나잖았습니까?" "행실? 가마귀가 웃다가 아래턱이 떨어질 소리 작작 하게. 곤쇠아비 딸년인지 몽구리 개구멍받인지 근본도 모르는 년, 더구나 충청도서 예까지 굴러와서 전봉준이 품에 안긴 년이라면 사내가 지나갔어도 몇 뭇이 지나갔는지 모르는데, 행실이 어쩐다니? 하지 지난 장독에 골마지 같은 소리 작작하게…" 『녹두장군』⑧

몽둥이 맞은 꼴 어리벙벙해 있는 모습. (산) 아침에 누이동생 방에 들어온 오라

비는 몽둥이 맞은 꼴로 누이동생과 사내를 번갈아 봤다. 『보쌈』

몽둥이로 소 몰듯 무작정 몰아치는 경우를 이르는 말. ¶서원이 하도 몽둥이로 소 몰듯 거세게 다그치는 바람에 조망태는 어이 없다는 표정으로 한참 동안 멀거니 서원 얼굴만 건너다보고 있었다. 『녹두장군』① ¶"…중놈들 공사에 재 너머 산지기가 먼 상관이라고 아무 상관도 없는 사람들을 몽둥이로 소 몰대끼 몰아붙이냐 이것이여?" "허허, 이 사람아, 미친놈보고 인사불성이라고 따지게." 양찬오는 허허 웃었다. 동네 사람들도 맥살없이 웃고 있었다. 『녹두장군』④

몽둥이를 짊어지고 가서 매를 맞는다 잘못을 뻔히 알거나, 당할 줄을 알면서 미련하게 대들다가 얻어맞는 경우를 이르는 말. ¶"아이구, 미련한 놈 똥구멍에는 불송곳도 안 들어간다더니 미련둥이도 가지가지구먼. 몽둥이 짊어지고 가서 매를 맞아도 유분수지, 뻔히 걸릴 줄 알면서 올가미에다 모가지를 처넣는다?" 여태 말이 없던 용배가 핀잔을 주며 밖으로 나갔다. 『녹두장군』②

몽망골 쥐똥나무도 뱁새 앉는 데 한몫 한다 아무리 하찮은 물건도 쓰임새가 있다는 말. ¶"…인자 먼 말인지 쪼깐 알어묵겠냐? 몽망골 쥐똥나무도 뱁새 앉는 디는 지도 한몫이고, 굽는 나무는 안장감, 꺾인 나무는 질매감, 나무 생긴 것을 놓고 씀씀이를 지대로 보고 나서 말을 해도 해라…" 『자랏골의 비가』

무논의 오리떼 튀듯 잔뜩 놀라 한꺼번에 도망치는 모습을 이르는 말. '무논'은 물이 늘 괴어 있는 논. ¶"다 때려죽여." 수백명이 악을 쓰며 달려들고 있었다.

수곡리 사람들은 후닥닥 도망쳤다. 무논의 오리떼 튀듯 산속으로 튀었다. 『암태도』

무당 포함 주듯 험하게 닦달하는 모습을 이르는 말. '포함'은 무당이 신(神)의 말을 받아서 호령함. ¶영감은 얼굴이 벌겋게 달아올라 무당 포함 주듯 내질러댔다. 『암태도』

무른 땅에 말뚝 박기㊓ 세도 있는 사람이 힘없고 연약한 사람을 업신여기고 함부로 학대함을 이르는 말. ¶그들은 원래가 농간으로만 살아온 자들이라 도지를 빼앗긴 소작인들 눈초리에 번득이는 칼날이 아무리 초승달같이 날이 서도 왼눈 하나도 깜짝하지 않았다. 무른 자리에 말뚝 박더라고 그만큼 만만한 사람들만 골라 도지를 가로챘기 때문이다. 『녹두장군』⑤

무른 메주 밟듯㊓ 아무런 어려움 없이 쉽게 두루 돌아다니는 모양을 이르는 말. ¶"야, 이 자식아, 내가 시방 자랏골 칡덩굴 밑에서 썩고 있다마는 팔도를 무른 메주 밟대끼 밟고 댕기던 놈이여. 이 자식아, 이것이 누 겐논지 알고 함부로 손을 대." 『자랏골의 비가』 ¶"…이 사람아, 팔도를 무른 메주 밟듯 하고 다니던 자네 남편이 못 가게 한다고 손 개였고 집안에 틀어앉아 있을 사람이여? 홍길동이 빈 마패여. 하하." 『암태도』 ¶"그 계집을 한번 보면 나보고 할애비라고 할 걸세. 나도 팔도를 무른 메주 밟듯하고 다녔네만, 보기 드문 인물이네…" 『녹두장군』①

무식한 귀신이 저 죽을지 모른다 자기가 한 짓이 잘못인 줄 모르고 잘못을 저지른 경우를 이르는 말. ¶"…부애난 것으로 해서는 기어코 그 자식을 잡아내서 징역을 살릴라고 했제마는, 무식한 귀신이 저 죽을지 모르고 한 일, 죄 없는 사람들이 너무 욕을 볼 것 같아서 참았소." 『자랏골의 비가』

무식한 도깨비가 부적을 모른다송 사람이 무식해서 무서운 것을 무서운 줄 모르고, 그로 인하여 크게 낭패를 본다는 말. ¶"허허. 권리 행사가 뉘집 강아지 이름인 줄 아나? 우리는 당당히 소작료를 받아갈 권리가 있어. 무식한 도깨비 부적을 모른다고, 잘들 놀아봐." 『암태도』

무자식 상팔자송 자식이 없는 것이 도리어 걱정이 없어 편하다는 말. ¶암자에 있는 사람들은 모두 홀몸으로 피해온 사람들이라 그들은 그들대로 날마다 가족 걱정이 태산 같았다. 그런 일에 태평스런 사람은 강쇠뿐이었다. 아이들이 없으니 무자식 상팔자에다 든든하게 한 군데 믿는 데가 있기 때문이다. 『녹두장군』⑧

무자치 건드려 독사 만드는 격이다 선량한 사람을 건드려서 악하게 만드는 경우를 이르는 말. '무자치'는 독이 없는 뱀. ¶"…지금 이렇게 핏발이 서 있는 판이라 그런 사람들을 모두 역적 취급하듯 할 것인데, 그러다 보면 그런 사람들이 되레 뒤틀려서 내논 역적으로 문지주 쪽으로 붙어 버릴지도 모르잖습니까? 그렇게 되는 날에는 무자치 건드려 독사 만드는 격이지요…" 『암태도』

무주 구천동 소금장수도 능갈이 없으면 이문 속이 허한 법이라 무슨 장사든지 이문을 남기려면 능청을 떨어야 한다는 말. '능갈'은 얄밉도록 몹시 능청을 떪. ¶그는 성질이 우질부질 데설궂기가 천

생산적이었지만, 장사란 것이, 무주 구천동 소금장수도 능갈이 없으면 이문속이 허한 법이라, 김오봉이도 자기 집에 드는 손님한테는 살갑기가 무작스런 대로 너울가지가 있어 그게 미더워 그런지 다른 술집보다 술손이 더 꾀어 셈속이 꽤나 쏠쏠했다. 『녹두장군』①

무토막 자르듯 무 밑동 자르듯. ① '쉽게 베거나 자르는 경우'를 이르는 말. ② '스스럼없이 아주 쉽게 죽이는 경우'를 이르는 말. ¶"…포악한 수령들 곤장에 죄없는 백성들 살이 묻어날 때 당신들은 무엇을 하고 있었더냐고 모두 무토막 자르듯 치고 갈 것입니다…" 『녹두장군』⑨ ¶"…그 칼을 제대로 휘두르고 나서는 날에는 수령 방백은 말할 것도 없고, 조정의 대소 권속불이며 골골이 박혀 있는 양반놈들 모가지를 선머슴 무토막 자르듯 날려버릴 것이오…" 『녹두장군』②

문서 없는 상전송 까닭없이 남에게 위세를 부리는 사람을 이르는 말. ¶"제미랄 놈, 저나 내나 다 같이 하늘 밑에 벌레기는 마찬가진디, 저는 으째서 문서 없는 동네 상전이 되아가지고 우리덜을 제 머슴놈 자리 저고리만도 못하게 닦달이여, 닦달이?…" 『자랏골의 비가』

문선왕 끼고 송사한다송 서로 다툼이 있는 일에 권위 있는 사람의 이름을 내세워 그 위세로 자기한테 유리하게 결말을 짓는 경우를 이르는 말. '문선왕'은 공자의 시호. ¶"…그것보다도 바로 그 일본 포수가 권력 있는 놈 조카라, 일본 놈들이 검문을 해보았자, 이 쪽에서는 문선왕 낀 송사여서 모두가 무사히 통과됐다…" 『자랏골의 비가』 ¶"그러면

혹시 분재절이가 넛수삭을 부린 건 아닐까요. 문선왕 끼고 송사하더라고, 도지사 같은 만만찮은 인물을 내세워 우리한테 소작료를 양보받아 내자고 말입니다…』암태도』 ¶문선왕 끼고 송사하더라고 농민군을 팔면 이자들을 한풀 누르고 들어갈 것 같았다. 『녹두장군』⑦

문선왕 대 설 것 같다 공자님처럼 욕심이 없고 인자한 척하는 경우를 비꼬아 하는 말. 부처님 궐 나면 대 서겠다. ¶이 작자가 잘잘 째는 소리는 언젠가 문선왕 대설 것 같으면서도 이익 끝이라면 항상 큰 떡은 내 앞에 놔라여서, 무슨 까탈만 있으면, 자기는 뒷전으로 내놓고 어떻게든 그것을 선원들한테 덮씌워서 애잔한 선원들 짓에 손을 대려고 들었다. <가남 약전>

문어발 잘라 먹듯㊃ 문어 제 다리 뜯어 먹는 격. 자기의 밑천이나 재산을 차츰차츰 까 먹음을 이르는 말. ¶"…소작인들이 덤벼들기만 기다리고 있는 속셈이 환합니다. 그러지 않고서야 지금 소작인들은 소작료로 못 지어놨던 볏섬을 문어발 잘라 먹듯 먹어가고 있다는 것을 뻔히 알면서도 천연보살하고 지금까지 있을 까닭이 없지요…"』암태도』

문턱이 닳도록 드나들다 매우 자주 빈번하게 드나들다. ¶세번째 등급에 드는 사람들이 돈을 쓰고 출옥을 하자 두번째와 첫번째 등급에 드는 사람들 가족들은 먹구름 밑에 대목 장꾼 싸매듯 안절부절 제사날로 돈을 싸짊어지고 아침 저녁으로 아전들 집 문턱이 닳을 지경이었다. 여기서는 부르는 것이 값이었다.』녹두장군』⑤

묻는 말이 대답이다 샌님 물으시는 말씀이 바로 대답이다. ¶그때 오거무가 왔다. "먼 낌새 없소?" "묻는 말이 대답일세. 씨브랄." 김확실이는 지루해서 미치겠는지 툭 내쏘며 밖으로 나갔다. 『녹두장군』⑥ ¶"멋이여? 그러면 지붕 개량하는 것이 스레또 공장 재벌들 돈벌이 시켜주자는 수작이라, 시방 이 말인가?" "물으시는 말씀이 바로 대답인 것 같소."』은내골 기행』

묻을 자리 보아놓고 도끼 들고 안문이다 죄를 덮어씌우기로 작정해 놓고 그에 맞춰 억압적으로 심문을 하다. '안문(按問)'은 법에 따라 조사하여 신문함. ¶"내가 먹었습니다." 묻을 자리 보아놓고 도끼 들고 안문인데, 죄없는 놈 목베는 법이 있으면, 칠성판에 누워주겠으니, 어디 베어보라는 배짱이었다. 『자랏골의 비가』

묻지 말라 갑자생㊃ 틀림없이 그렇다는 말. 이차대전 말기 징용(徵用) 적령 나이가 갑자생이어서 일제(日帝)의 징용에 끌려갔다 하면 갑자생이었던 데서 나온 말. '징용'은 나라의 힘으로 사람을 불러다 쓰는 것을 이르는 말로 그때는 주로 탄광노동자로 끌어갔음. ¶"…세상이 그럭저럭 별 탈 없이 돌아갈 때는 모르지만 자칫 무슨 병통이 생겼다 하는 날에는 그 병통을 도거리로 덤터기 쓴 것은 언제나 '묻지 마라 갑자생'이었다." <신 농가월령가>

물거미 뒷다리 같다㊃ 길고 가늘다는 말. ¶만석이는 술 따르는 색시의 물거미 뒷다리 같이 가늘고 하얀 손가락을 보자, 소나무 등걸 같은 자기 손이 너무 투박하게 느껴졌다. 『암태도』

물 건너 불구경 하듯㊃ 강 건너 불구경

하듯. ¶동네 사람들은 처음에는 물 건너 불구경으로, 속으로는 고소하기까지 해서, 그냥 구경만 하고 있었는데, 이렇게 벼락이 동네로 떨어지고 나니, 도장을 당한 양문이보다 더 어이없는 표정으로 서로를 건너다보았다. 『자랏골의 비가』

물 건너 손자 죽은 사람 같다㈜ 우두커니 먼 데를 바라보고 서 있는 사람을 이르는 말. ¶종수는 아무도 없는 술청에 혼자 앉아, 물 건너 손자 죽은 늙은이처럼 멍청하게 밖을 내다보고 있었다. 『자랏골의 비가』 ¶찌그리 내외는 이삿짐을 다 챙겨간 빈 마루에 물 건너 손자 죽은 할애비 꼴로 우두커니먼 산만 건너다보고 있었다. 『암태도』 ¶"우리도 지금 돈을 무르러 왔는디, 주인이 없어 이러고 있소." 물 건너 손주 죽은 늙은이들처럼 먼산바라기를 하고 있던 사내들이 끼여들었다. 『녹두장군』① ¶(산) 물 건너 손주 죽은 늙은이처럼 먼 산만 건너다보고 있던 나는, 박군이 들어간 것을 알고 그때부터 또 빠듯 긴장했다. 『교수와 죄수 사이』

물 건너 술막 꾸짖기 나무라 보았자 아무런 효과가 없음을 이르는 말. '술막'은 주막(酒幕). ¶욕설을 퍼부어보았자 물 건너 술막 꾸짖기였으나, 욕설이 그칠 줄을 몰랐다. 『자랏골의 비가』

물 건너 시집간 딸 첫아들 낳다는 소식 아주 반가운 소식을 이르는 말. ¶"…이렇게 밤중이 야심한 견지로 봐서는 이것이 물건너 시집간 딸 첫아들 낳다는 소식이더래도 됐다 전해야 할 것임다마는 뭣이냐, 부락적인 견지에서는 그보담 더 기쁜 소식이기 때문에 이런 소식이라면 밤중이 아흔 아홉이 됐더라도

전하는 것이 옳다는 견지에서 마이크를 왕왕대는 것이니, 이점 양해적으로 생각해 주시리라 믿어 의심찮음다…" <재수없는 금의환향>

물 건너 아재비 맞듯 반갑게 맞이하는 경우를 이르는 말. ¶(산) 풍신이 그럴 듯하다 보니, 어느 고을 한다는 양반이 아닌가 하여 거의가 물 건너 아재비 맞듯 반겼다. 『보쌈』

물 건너 외삼촌 반기듯 몹시 반기는 경우를 이르는 말. ¶김쥐불이가 사랑방으로 내려가자 술상 앞에 몰려 앉았던 소작인들이 김쥐불이를 보자 물 건너 외삼촌 반기듯 호들갑을 떨며 잔부터 들이댔다. 『녹두장군』⑫

물 건너 외삼촌 부고 받은 상 몹시 애석해하는 모습을 이르는 말. ¶"허허. 저 작자가 어디서 먼 털을 뜯겼간디, 저런 소리를 하고 있는고? 어디, 먼 일이간디, 그로크롬 물 건너 외삼촌 부고 받은 상을 하고 있는가?" 『자랏골의 비가』

물 건너 외손주 죽은 상판 몹시 애달파하는 표정을 이르는 말. ¶"이놈아, 너는 왜 그렇게 물 건너 외손주 죽은 늙은이 상판을 하고 있니?" 김오봉이가 웃으며 거적눈한테 핀잔을 주었다. 『녹두장군』⑧ ¶"시방 두령들은 선전관에 어사에 조정 놈들을 시원시원하게 처치를 하고 있는데, 자네는 어째서 물 건너 외손주 죽은 상판인가?" 장흥 묵촌 두레 좌장 이주언이가 유사 이태주 등을 치며 웃었다. 『녹두장군』⑨

물 끓듯 하다 여러 사람이 몹시 술렁거리다. ¶다음날부터 경찰은 경계를 엄중히 하여 소작인들을 창고에서 나오지 못하게 했다. 죽까지도 들여보내지 않았다.

그 사이 여론은 물 끓듯 했다. 『암태도』

물도 씻어 먹을 사람㈜ 마음과 행동이 매우 깨끗한 사람을 이르는 말. ¶…영감은 이런 자기의 허물은 시렁에다 얹어 놓고 자기는 물도 씻어 먹고 사는 사람처럼 소작인들만 강도놈들로 몰아치고 있었다. 『암태도』 ¶"이놈들이 돈 울궈낼 기막힌 언턱거리를 하나 잡은 걸세. 강도 중에서도 제일 흉악무도한 날강도놈들이 그놈들인데, 제놈들은 냉수도 씻어 마시는 것같이 이렇게 날뛰고 있다니, 세상에 이런 기막힌 일이 어디 또 있겠는가?" 『녹두장군』①

물 떠난 고기요 하늘 잃은 새다㈜ 삶의 터전을 잃고 외롭게 된 경우를 이르는 말. ¶산을 잃은 사냥꾼이란 물 떠난 고기고 하늘 잃은 새여서, 발목 묶인 짐승처럼 집에 틀어 박혀 있는 그의 꼴은 그에 더 추렷하고 맥이 빠져 보일 수가 없었다. 『자랏골의 비가』

물레 말썽은 괴머리다 무엇이 탈이 났을 때 가장 빈번하게 탈이 나는 곳을 이르는 말. '괴머리'는 괴머리기둥에 가락고둥을 박아 가락을 끼워 돌리게 되어 있는 물레의 한 부분. ¶"우리도 나룻배에서 얼핏 들었소마는 그게 오기창이 짓이 틀림없소?" "물레 말썽은 괴머리지라. 그 작자 아니면 누가 그런 짓을 하겠소? 자꾸 그렇게 불질을 내면 연엽이 그 처자부터 무사할지 모르겠소…" 『녹두장군』⑧

물레방아 궁리만 굴리다 항상 똑같은 생각만 하는 경우를 이르는 말. ¶덕재영감은 저녁 내내 물레방아 궁리만 굴리고 있다가 창이 빼꼼하자 벌떡 일어나서 잠을 설친 빨간 눈에 고양이 세수를

하고 새벽같이 재를 넘어갔다. 『자랏골의 비가』

물 먹은 갈파래짐 같다 아주 버겁고 귀찮은 일을 이르는 말. ¶피아골서 올 때는 지팡이 끝에서 부싯돌이 번쩍이는 것같이 기세가 팔팔하던 사람이, 오늘은 지팡이에 얹은 몸뚱이가 물 먹은 갈파래짐만큼 무겁게 보였다. 『녹두장군』⑦ ¶…고슴도치 물외짐 걸머지듯 걸머진 색갈이는 색갈이대로 물먹은 갈파래짐 같이 어깨를 찌눌러, 그것을 견디다 견디다 못하면 하는 수 없이 밤봇짐을 싸짊어지고 야반도주를 하는 것이었다. <가남 약전>

물 먹은 보릿자루 같다㈜ 축 늘어져 있는 모양을 이르는 말. ¶"이 죽일 놈들." 질천이가 닥치는 대로 차고 박고 미쳐 날뛰었다. 물 먹은 보릿자루처럼 늘어져 자고 있던 놈들이 날벼락을 맞고 뛰어 일어났다. 『자랏골의 비가』 ¶"…패악한 사또보다 비장나리 거드럭거리는 것이 더 밉더라고 그 놈 밝기고 나서는 것이 되게 비윗장이 상한 다음이라, 치기는 모질게 쳤지만, 설마 그렇게 허망하게 맥을 놓을 줄은 미처 몰랐어. 꼭 물 먹은 보릿자루 꼴이야." <유채꽃 피는 동네>

물 먹은 숯불 같다 금방 기세가 꺾인 경우를 이르는 말. ¶묘가 이렇게 똥을 먹으면 마치 물 먹은 숯불처럼 거기 뭉쳐 있는 영기가 빠져나가버린다는 것이어서,…영영 못쓰게 되어버린다는 것이다. 『자랏골의 비가』

물 밖에 나온 새꼬막 같다 입을 꾹 다물고 말을 않는 경우를 이르는 말. '새꼬막'은 바다 속 모래 진흙에서 사는 조개류. ¶"먼 일인데?" "나도 늘 그것이 궁

금해서 할아부지나 할무니한테 물어봤는데, 그것만 물으면 두 분 다 물 밖에 나온 새꼬막매이로 입을 처깔해부러. 창피한 일로 내빼왔은게 그러잖겠어?…"
『녹두장군』⑩

물 밖에 나온 오리 꼴 걸음걸이가 몹시 부자연스러움을 일컫는 말. ¶현관에 나서자 몸이 굳어졌다. 내 얼굴도 굳어 있겠지. 내 행동은 한동안 물 밖에 나온 오리 꼴일 것이다. 지금 나는 세상의 경계 하나를 넘고 있다. 『오월의 미소』

물 밖에 난 고기 倉 운명이 이미 결정 났음을 이르는 말. ¶세상이 좌우로 갈려 어수선하더니, 빨치산들이 산을 처지해 버리자, 보금자리를 빼앗긴 그는 물 밖에 난 고기처럼 집에 틀어박히고 말았다. 『자랏골의 비가』 ¶"…조정이 우리한테 굽히고 나오면 관속들이 맥을 추겠소, 부호와 양반들이 맥을 추겠소? 그때는 모두가 이미 물 밖에 난 고기, 징치하고 말 것도 없습니다. 못된 사람들 징치를 하더라도 그런 일은 제일 나중에 할 일입니다." 『녹두장군』⑨

물방망이 阃 남자의 성기를 속되게 이르는 말. ¶"처녀 때부터 늙은 서방 물방망이나 주무르다가, 이제 삼년이나 처박아 났으면 됐지, 지가 무슨 춘향이라고 도사리긴 그렇게 도사려. 그렇게 도사린다고 죽어 땅에 묻히면 안썩는다던?" <유채꽃 피는 동네>

물 밭은 웅덩이에 짜가사리 신세 물 밖에 난 고기. ¶"…요로크롬, 우리는 지금 모도가 물 밭으는 웅뎅이에 짜가사리 신세께, 내빼자도 내뺄 구녁이 없고, 뛰자도 뛸 데가 없어. 헌께 무담씨 떨라다가 인심만 잃지 말고 가만히 있게." 『자

랏골의 비가』 ¶변월봉이가 마지막 전주접 사람들을 한쪽으로 뽑아내고 나자 장막에는 스무남은 명이 처졌다. 물 밭은 웅덩이에 자가사리 꼴로 덩둘하게 서서 놀란 눈으로 변월봉이를 건너다보고 있었다. 『녹두장군』②

물 밭은 웅덩이에 피라미 꼴 물 밖에 난 고기. ¶사원들은 정작 발등에 불이 떨어지자 물 밭은 웅덩이에 피라미 꼴이었으나, 나에게는 울고 싶자 뺨쳐준다는 속담 그대로였다. 『오월의 미소』

물불을 가리지 않는다 어떠한 위험이라도 헤아리지 않고 뛰어드는 저돌적인 행동을 이르는 말. ¶면민을 위하는 일이라면 물불을 가리지 않고 뛰어다니던 때라 깜냥으로는 그것이 소작인들을 위하는 일이거니 해서 그런 얼뜬 짓을 했었고, 그러다 보니 그렇게 마음에 없는 염불까지 했던 것이다. 『암태도』 ¶함평은 임술봉기 때 전라도에서 봉기한 38개 고을 가운데서 익산과 함께 가장 거세게 일어났던 곳이었다. 정한순이라는 탁월한 지도자를 중심으로 농민들이 그만큼 단단히 뭉쳐 물불 가리지 않고 싸웠던 것이다. 『녹두장군』⑧

물 뿌린 듯이 많은 사람이 갑자기 조용해지는 모양을 이르는 말. ¶두령의 수는 30여 명쯤 되었다. 한 사람이 단으로 올라갔다. 군중들은 금세 물을 뿌린 듯 조용해졌다. 『녹두장군』② ¶조금 어수선하던 자리가 대번에 물을 뿌린 듯 조용해졌다. 『녹두장군』⑥

물 쓰듯 한다 돈 따위를 흥청망청 낭비하다. ¶"…그 언니가 놈팽이를 몇 꼬셔가지고 갔었는데 그 언닌 그때 나보고 꼭 숫처녀 행세만 하라는 거야. 그랬

디니 놈팽이 한 놈이 화끈 달아가지고 돈을 물쓰듯 하찮겠어. 깔깔." 남분이는 제물에 한창 신이 나서 깔깔댔다. <몽기미 풍경>

물에 빠지면 지푸라기라도 잡는다㈜ 위급한 때를 당하면 별로 도움이 되지 않는 것까지도 닥치는 대로 잡고 늘어지게 됨을 이르는 말. ¶"…물에 빠진 놈은 지푸라기도 잡는다고 되레 김이사가 무지막지하게 끌어안았잖아요." 『오월의 미소』

물에 빠진 놈 건져 놓으니까 내 봇짐 내라 한다㈜ 남에게 큰 은혜를 입고 나서 고마워하기는커녕 도리어 엉뚱한 허물을 뒤집어씌우는 경우를 이르는 말. ¶물에 빠진 인심이란 어째서 그렇게 야박한지, 하기야 물에 빠진 놈 건져놓으면 보따리 내놓으란다는 속담까지 있기는 하지만 하여간 다 죽게 된 놈을 건져다가 천신만고 살려놓으면, 변변히 인사 한마디 없이 도망치기가 일쑤인데, <가남 약전> ¶"물에 빠진 놈 건져 놓으면 보따리 내노란다더니, 하하 거참!" "나도 간혹 그 속담을 생각하는데 그게 예사 속담이 아닙니다. 물에 빠졌던 놈 심리를 아주 잘 설명하고 있어요." <어느 여름날>

물에 빠진 놈 더위잡듯 다급할 때 무엇이나 닥치는 대로 붙잡는 경우를 이르는 말. '더위잡다'는 높은 데로 올라가려고 무엇을 붙잡는다는 말. ¶물에 빠진 놈 더위 잡듯 알탕갈탕 빚어봤던 애틋한 마지막 꿈마저 어느 구름에 싸여갔는지 모르게 바스라져 버리고 나니 마음 둘 데가 없었다. <신 농가월령가>

물에 빠진 생쥐 물에 흠뻑 젖어 몰골이 초췌한 모양을 이르는 말. ¶발쁜 저격수를 끌고 왔다. 물에 빠진 생쥐 꼴이었다. 달주는 죽은 저격수 곁에 뒹굴고 있는 총부터 챙겨 옆에 있는 대원에게 건넸다. 『녹두장군』⑥ ¶"오매 오매." 천원댁이 옷 짓는 집으로 뛰어들었다. 쫄딱 젖은 천원댁을 보고 여인들이 깔깔 웃었다. 꼭 물에 빠졌다 나온 생쥐 같았다. 『녹두장군』⑩

물에 빠질 신수면 접시 물에도 빠져 죽는다㈜ 사람이 죽으려면 대수롭지 않은 일로도 죽게 됨을 이르는 말. ¶"설마." "설마가 사람 죽이는 법이다. 물에 빠져 죽으려면 접시 물에 빠져 죽는다는 말이 무슨 말이냐? 나 혼자만이라면 또 모르겠다마는 너를 생각하면 털끝만큼도 그런 위험한 짓을 하고 싶은 생각이 없다." 어머니는 단호하게 말을 맺었다 <어머니의 깃발>

물엣 고기 금치기㈜ 물속에 있는 고기를 보고 다 잡아놓은 것처럼 값을 매긴다는 말이니, 전혀 예견할 수 없는 결과를 놓고 흥정하는 경우를 이르는 말. '금치기'는 물건의 시세를 따져서 값을 매기는 일. ¶"지금 우리가 4할이니 얼마니 하지마는 일이 끝나기 전에는 물엣 고기 금치기고 알 속 병아리 셈인데, 오동나무 보고 춤추더라고 이것들이 미리 치마끈 허리띠가 풀어져서 우줄거리기부터 하니 큰일이야…" 『암태도』

물외 걸머진 고슴도치 내빼듯 도망치는 행동이 몹시 둔함을 이르는 말. ¶외촌 사람들은 눈에 불을 켜고 쫓아갔다. 사람들이 새터에 다다랐을 때는 이미 늦어 있었다. 문지주 머슴들은 물외 걸머진 도슴도치 내빼듯 저 아래 남강 산굽이로 모습을 숨기고 있었다. 『암태도』

물 위의 기름 서로 어울리지 못하여 겉도는 경우를 이르는 말. ¶회의 초판부터 물 위에 기름처럼 떠버려 가뜩이나 자리가 불편했던 다음이라, 『자랏골의 비가』

물은 낮은 데로 흐르고 공은 쌓는 데로 간다㈜ 물은 낮은 데로 흐르고 정은 괴는 데로 쏠린다. ¶"물은 낮은 데로 흐르고 공은 쌓는 데로 가는 법이여. 죽은 사람 살리는 공보다 더 큰 공이 어딨겠어?" 홍덕댁 호들갑이 또 요란스러웠다. 『녹두장군』⑧

물은 낮은 데로 흐르고 정은 괴는 데로 쏠린다㈜ 모든 일은 순리대로 되기 마련이라는 말. ¶"…원래 물은 낮은 데로 흐르고 정은 괴는 데로 쏠리는 걸세. 그것을 막는 것은 순리를 어기는 일이야. 흐르는 물은 못 막아…" 『암태도』

물은 흘러도 도랑은 도랑대로 있다㈜ 물은 흘러도 여울은 여울대로 있다. 무엇이 변하여도 그것이 변하는 근본 이치는 변하지 않는다는 말. ¶"물은 흘러가도 항상 도랑은 도랑대로 있는 것이네…" 『자랏골의 비가』

물장수 십년에 궁둥이짓만 남았다㈜ 오랫동안 애를 썼지만 남은 것이 변변치 않다는 뜻으로 하는 말. ¶"물장수 10년에 엉덩이짓만 남더라고, 배운 도적질이라 남의 집 행랑채에서 강아지 대장 노릇하고 있구만. 저기도 모두 무자년 까치들일세." 작자는 아리송한 소리로 익살을 부리며 자기 일행을 턱으로 가리켰다. 『녹두장군』⑧

물 찬 제비 같다 몸매가 매우 매끈하여 보기 좋은 사람을 이르는 말. ¶시내를 빠져나가 차가 고속도로에 얹히자 물찬제비처럼 미끄러져 나갔다. <도깨비 잔치>

물황태수 꼼꼼하지 못하고 남의 비판에 대해서도 전혀 무감각한 사람을 이르는 말. ¶방호는 그때나 지금이나, 그저 무슨 일에든지 남이 좋자는 대로 좋은 물황태수라, 양문이 말을 이렇게 듣기 좋게 새기고 있었다. 『자랏골의 비가』

뭐 말라 비틀어진 것이냐 대상을 아주 경멸적으로 이르는 말. ¶"…송별금이 뭣 몰라 삐틀어진 송별금이여?" 『자랏골의 비가』 ¶"…나는 득철이 그 자석이 가지고 쓰던 도장도 그것이 나무쪼가리로 맨들어진 도장인가, 쇠토막으로 맨들어진 도장인가 모르고 사는 놈인디, 인감도장은 뭣 몰라 비틀어진 것이여?…" 『자랏골의 비가』

미꾸라지한테 좆 물린다㈗ 하찮은 사람한테 뜻밖의 타격을 입음을 상스럽게 이르는 말. ¶"그런께 미꾸라지한테 뭘 물린다고 하든마는, 믿는 도끼에 발등을 찍혀도 유분수제, 세상에 이런 일이 또 쉽게 있으까?" 『자랏골의 비가』

미련한 강아지 잡지도 못할 꿩만 내모는 격 어정뜨기가 설치다가 판을 버리는 경우를 이르는 말. ¶"…쓰잘데 없이 입을 잘못 놀렸다가 자기 성가실 것만 생각하고 꼴랑지를 싹 새려분다치라면, 미련한 강아지 잡지도 못할 꿩만 내모는 격이 되겠글래, 너구리 굴 맞춰논 것맨키로 슬쩍 속치부만 하고 와서 이로크롬 자네한테 말을 하는 것이여." 『자랏골의 비가』

미련한 놈 똥구멍에 불송곳도 안 들어간다㈜ 미련한 사람은 고집이 세다는 사실을 낮잡아 이르는 말. '불송곳'은 불에 달군 송곳. ¶"전에는 사람이 그렇게 막힌 것 같지 않더니 이번에 보니까 막혀도 크게 막혔습니다.” “미련한 놈 똥구멍에는 불송곳밖에 약이 없어요.”『암태도』 ¶“아이구, 미련한 놈 똥구멍에는 불송곳도 안 들어간다더니 미련둥이도 가지가지구먼. 몽둥이 짊어지고 가서 매를 맞아도 유분수지, 뻔히 걸릴 줄 알면서 올가미에다 모가지를 처넣는다?” 여태 말이 없던 용배가 핀잔을 주며 밖으로 나갔다.『녹두장군』② ¶성문으로 달려갔던 파발꾼들이 달려왔다. “지금도 이속들이 성채에 있습니다.” “미련한 놈 어디에는 불송곳도 안 들어간다더니 답답한 놈들이구만.” 전봉준이 뒤를 따르던 손화중이가 가볍게 탄식을 했다.『녹두장군』⑨

미련한 놈 심부름 보내듯 아주 자세하게 시시콜콜 이르는 경우를 일컫는 말. ¶정승은 여차여차하게 말을 하라고 미련한 놈 심부름 보내듯 하나하나 말을 일렀다.『보쌈』

미련한 데는 약이 없다 미련한 사람한테는 대책이 없다는 말. ¶(산) “…사람이고 짐승이고 미련한 데는 약이 없느니라.”『보쌈』

미운 계집이 달밤에 삿갓 쓰고 다닌다ⓒ 예쁘지 않은 며느리가 삿갓 쓰고 으스름 달밤에 나선다. 그러지 않아도 미운 사람이 더 미운 짓을 함을 이르는 말. ¶“…그 새끼 먼 일이든지 전부터 이런 일에는 나설 데나 안 나설 데나 헌 바지에 좆대가리 볼가지대끼 쏙쏙 볼가지등마는, 그러잖아도 이쁘잖은 것이 또 달밤에 삿갓 쓰고 나서네.”『녹두장군』① ¶“누가 이쁘다고 해서 이꼴이여? 이쁘잖은 며느리 달밤에 삿갓 쓰고 나온다

더니, 허허 잔 내비 딴스 하는 걸 보제. 눈꼴 시려 못봐 주겠네.” 달중이와 만득이가 한참 복만이 악매에 서릿발이 섰다. <재수없는 금의환향>

미운 놈 떡 하나 더 준다ⓒ 미운 사람일수록 잘해 주고 감정을 사지 않아야 한다는 말. ¶“이럴 때 본게 미운 놈 떡 하나 더 주더라고, 그때 애리나 씨리나 뚝 띠어 줘분 것이 잘 하기는 백번 잘했는디, 그런 새끼들은 항상 시세 따라서 노는 놈들이라 맘을 못 놓겠단 말이여…”『녹두장군』⑤

미운 놈 보려면 길 나는 밭 사라ⓒ 길 나는 밭이란 그 밭으로 지름길이 나는 밭을 말하는 것으로 그 지름길을 아무리 막아도 농작물을 밟고 질러다니는 사람이 있어 미운 사람을 그만큼 많이 보게 된다는 말. ¶“미운 놈 볼라면 질 나는 밭 사라고 하등마는, 좋다 만 꼴 볼라면 이로크롬 자꼬 해방이 되아사 쓰겄그마.”『자랏골의 비가』

미운 파리 고운 파리 못 가리다 내 편과 네 편을 분간하기 어려운 경우를 이르는 말. ¶“전쟁을 하면서 미운 파리 고운 파리 촘촘히 가리다가는 어떻게 전쟁을 합니까? 썩은 살을 도려내자면 생살도 도려내야 합니다.” 송희옥이도 마침내 동조를 하고 나왔다.『녹두장군』⑫

미운 파리 치려다 고운 파리 상한다ⓒ 좋지 못한 사람을 처치하려다 도리어 아끼는 사람이 해를 입게 되는 경우를 이르는 말. ¶“…미운 파리 잡을라고 고소를 해보았자, 결국 잡혀가는 놈덜은 그런 촌놈덜이고,…저쪽에서 맞고소를 하고 나온다치면 이 동네 사람덜도 같이 징역을 살 판이요그랴…”『자랏골의

비가』

미워하면서도 배운다   상대방의 행동을 싫어하거나 비판하면서도 자기도 모르게 그 행동을 본받게 된다는 말. ¶"…그런 사람들일수록 겉으로는 폐정개혁을 소리치고 있지만 실제로는 재물 빼앗는 데만 핏발이 서 있습니다. 미워하면서도 배우더라고 조병갑이 같은 관속배들 행티를 그대로 닮아가고 있습니다…"『녹두장군』⑪ ¶…미워하면서도 배우더라고 몽둥이에 이를 갈면서도 그런 의식은 의식대로 저 밑바닥에 시멘트처럼 굳어버렸사옵니다. 『오월의 미소』

미주알고주알 캔다ⓈⓂ 미주알고주알 밑두리 콧두리 캔다. 일의 속내를 자질구레한 것까지 속속들이 파헤치는 경우를 이르는 말. ¶신고만 하면 그대로 뛰쳐나가 쓰리꾼과 야바위꾼을 잡으려고 장판을 뒤질 줄 알았다가, 태연히 앉아 미주알고주알 캐물어 적고 있는 것만도 역정이 끓어올랐는데, 이번에는 나가 볼 생각도 않고 다섯시에 오라니, 모두 어이가 없었다. 『자랏골의 비가』 ¶평식이가 성급하게 물었다. 미주알고주알 파지 말고 그 대목부터 이야기하라는 재촉이었다. 『자랏골의 비가』

미친개가 호랑이 잡는다ⓈⓂ 앞뒤 가리지 않고 무모하게 일을 하는 사람이 어쩌다가 큰일을 하게 되었을 경우를 이르는 말. ¶"…원자폭탄인가 뭣으로 미친개 호랭이 잡대끼 일본놈덜을 잡기는 잡았제마는, 속은 건밭에 쒸시대맨키로 겅둥겅둥한 놈덜인 모냥이여." 『자랏골의 비가』

미친개 걸레 씹어발기듯   일을 너무 거칠고 험하게 처리하는 경우를 이르는 말.

¶그 집이라고 다를 것이 없어, 가죽장화 신은 그대로 미친개 걸레 씹어발기듯, 방이며 마루를 휘젓고 나와 마룻장을 꽝꽝 구르며 고함을 치다가 얼핏 고개를 돌리는 순간이었다. 『자랏골의 비가』 ¶"그때 그러코 미친개 걸레 씹어발기대끼 한바탕 북새질을 쳐놓고 간 뒤로 여태 아무 소리가 없고, 또 다른 동네서는 그런 일이 있었다는 동네도 있고, 없었다는 동네도 있다고 하글래 즈그덜도 하도 염치가 없는 일이라 그라다가 미는가부다 했등마는 다시 지랄이그만이라." 김도삼은 김이곤의 말만 듣고 있었다. 『녹두장군』④

미친개 날뛰듯   앞뒤 돌아보지 않고 아주 거칠게 행동하는 사람을 낮잡아 이르는 말. ¶"…죄인을 잡자니 당장은 그놈들도 미친개 날뛰듯 하겠지만, 제놈들 목숨도 언제 그 꼴이 될지 모른다 싶어 겁을 먹잖겠어?…"『녹두장군』①

미친년 갈밭 매듯이ⓈⓂ 미친년 달래 캐듯. 하는 짓이 거칠고 어지럽다는 말. ¶"…이것도 한나라 정친디, 아무리 으짠다고 이로크롬 미친년 갈밭 매대끼 총칼은 짓거리사 할 것이여?…"『자랏골의 비가』

미친년 널 뛰듯ⓈⓂ 어떤 일을 멋도 모르고 미친 듯이 무작정함을 이르는 말. ¶"…이왕에 북인께 부애풀이는 하소마는, 그 미친년 널 뛰대끼 하는 것 못 보았간디, 그래 싼가?…"『자랏골의 비가』 ¶조병갑은 미친년 널뛰듯 마룻장을 구르며 산멱 찔린 돼지 소리로 동헌 기왓골이 들썩이게 악을 썼다. 『녹두장군』③

미친년 둥덕새머리 같다   미친년의 흐트러진 머리 같다는 말이니, 일이 가닥을 잡을 수 없을 만큼 흐트러진 경우를 이르는 밀. ¶(산) "…아무리 보아도 대님짝 나비였고, 손으로 만져보아도 대님짝이 었다. 이제 보니 도투마리에는 끊어진 실이 미친년 등덕새머리처럼 엉켜 있었 다." 『보쌈』

미친년 모 심듯이 미친놈 장기 두듯. ¶ "…아무리 내 앞으로 도장이 찍혀져서 돈이 나갔다고 하제마는, 미친년 모심대 끼, 아무 도장이나 잽히는 대로 집어다 가 꾹꾹 찍어놓고 해처묵고 달아난 것 을, 우리는 먼 웬수졌다고 죽는 놈만 죽 으라는 소리여?" 『자랏골의 비가』

미친놈 칼 휘두르듯 위험한 짓을 아무렇 지도 않게 하는 경우를 이르는 말. ¶ (산) 지금 긴급조치라는 것을 발동하여 미친놈 칼 휘두르듯 하고 있는 것을 보 면 그 정도가 어떻다는 것을 잘 알 수가 있습니다. 『녹두꽃이 떨어지면』

미친놈 세간살이 험하게 어질러진 세간. ¶세상은 난세여서, 나라 꼴은 말이 삼 은 소 신도 아니고 미친놈 세간살이도 아니었으나, 산에는 무성하게 잎이 피고 꽃이 피고, 들판에는 곡식이 자라고 낟 알이 여물어, 산과 들이 두루 싱그럽고 풍성하기만 했다. 『녹두장군』④

미친놈 신골망태 같다 미친놈 세간살이. '신골망태'는 신골(신을 만드는 데 쓰는 골)을 담아 놓는 망태기. ¶만약 이것이 득철이의 소행이라면, 일은 그가 끌고 갔을지 모르는 질천이 소 한 마리로 끝 날 문제가 아니었다. 미친놈 신골망태 같이 어질러놓은 비료대를 촘촘히 따져 본다면 그것은 간단하게 소 한 마리 정 도가 아닐지 모를 일이었다. 『자랏골의 비가』

미친놈 장기 두듯 규칙을 무시하고 멋대

로 놀아나는 경우를 이르는 말. ¶"… 밀개떡도 안팎이 있고, 뻗어가던 개똥참 외도 다 열매를 앉힐 때는 자리를 보아 서 앉히는 것인디, 사람이 건너댕길 다 리를 놈시롱 미친놈 장기 뒤대끼 아무 데나 독을 처박았다가, 내중에 다리가 무너지는 날에는 누 다리가 부러질 것 이여?" 『자랏골의 비가』

미친놈 지랄청에 들어갔다 오다 매우 난 잡스러운 곳에 다녀왔음을 이르는 말. '지랄청'은 지랄병(간질) 앓는 곳을 익살 스레 이르는 곁말. ¶"…순사덜이 심을 쓰게 되었다니, 그것이 어림 반푼이나 근중에 나가는 소리라고 듣고 와서 하 고 있어? 자네 시방 어디 미친놈 지랄청 에 들어갔다가 오는갑네." 『자랏골의 비 가』

미친 사람보고 인사불성이라 한다 도둑놈 더러 인사불성이라 한다. ¶"…중놈들 공사에 재 너머 산지기가 먼 상관이라 고 아무 상관도 없는 사람들을 몽둥이 로 소 몰대끼 몰아붙이냐 이것이여?" "허허,. 이 사람아, 미친놈보고 인사불성 이라고 따지게." 양찬오는 허허 웃었다. 동네 사람들도 맥살없이 웃고 있었다. 『녹두장군』④

민물 갯물 없이 닥치는 대로 마구. ¶"… 덩덩하니까 제 할애비 메밀떡 굿인 줄 알고 민물 갯물 없이 한통으로 뒤얽혀 후덩거리고 있는데 머리를 가졌으면 생 각을 좀 해보라 이거야…" 『암태도』 ¶ "그런께 꼭 그렇게 체면이고 염치고 내 던져 놓고 남의 사내건 제 사내건 민물 갯물 없이 한통으로 후덩거리고 돌아가 야 그것이 관광 가는 맛이란 말이여?" <신 농가월령가>

민사 재판 한 번에 세 살림 어긋난다 민사 재판에는 비용이 많이 든다는 사실을 이르는 말. ¶“…이 재판이 누 재판이라고 고등법원에 간다고 별 조화 있을 것 같어. 다 뻔할 뻔짠디, 민사 재판 한번에 세 살림 어긋난다는 소리도 못들었는가?…” <유채꽃 피는 동네>

믿는 도끼에 발등 찍힌다㈜ 믿고 있던 사람으로부터 도리어 배반을 당하여 해를 입음을 이르는 말. ¶그러지 않아도 요사이 집안 꼴이 엇바람 먹은 연처럼 아무리 바둥거려도 외오틀어시기만 하다가 끝내는 하나 있는 아들까지 도대체 살았는지 죽었는지 생사마저 알 수 없어 미치고 환장할 판인데, 이번에는 믿는 도끼에 발등을 찍혀도 유분수지 명색 어사란 놈한테까지 이렇게 당했으니 창자가 탈 만도 했다. 『녹두장군』⑦ ¶“세상에 아무리 상놈의 살림은 양반의 양식이라고 하제마는 천도가 있고서야 어디 이럴 법이 있으랴? 믿는 도끼에 발등을 찍혀도 유분수제, 아무리 돈이 좋다고, 우리 같이 무식하고 액삭한 놈 것 처묵은 놈이 우리밥 묵고 지주 구실 한단 말이여?” <유채꽃 피는 동네>

밀개떡도 안팎이 있고 털메기도 오른짝 왼짝이 있다 밀개떡도 안팎이 있다. ‘털메기’는 모숨을 굵게 잡아 거칠게 삼은 짚신. ¶“…아무리 망했던 나라라고 하제마는, 밀개떡도 안팎이 있고 털맹이도 오른짝 왼짝이 있는 것인디, 아무리 속이 빈 놈들이라고 그래 왜정때 그 지랄을 치던 순사덜한테 칼자루가 그것이 말이여, 막걸리여?” 『자랏골의 비가』

밀개떡도 안팎이 있다 무엇이든지 일정한 제 모양새가 있다는 말. ¶“…밀개떡도 안팎이 있고, 뻗어가던 개똥참외도 다 열매를 앉힐 때는 자리를 보아서 앉히는 것인디, 사람이 건너댕길 다리를 놈 시룽 미친 놈 장기 뒤대끼 아무 데나 독을 처박았다가, 내중에 다리가 무너지는 날에는 누 다리가 부러질 것이여?” 『자랏골의 비가』

밀물에 짱뚱이 새끼 뛰어다니듯 시류에 얹혀 분수없이 놀아나는 경우를 이르는 말. ‘짱뚱이’는 짱뚱어의 사투리. 망둥엇과의 바닷물고기. ¶“기왕 내친 김이니 말인데, 밀물에 짱뚱이 새끼들 뛰어다니듯 그놈들 가락에 놀아나다가 아차 했을 때는 이미 철 그른 동남풍이야…” 『암태도』

밀밭만 지나가도 취한다㈜ 술을 전혀 마실 줄 모름을 이르는 말. ¶(산) “아닙니다. 나는 술이라면 밀밭에만 가도 취하는 사람입니다.” 작자는 도래질에, 손사래에, 술 거절하는 기세가 똥 묻은 쇠발털 듯 요란했다. 『보쌈』

밉다니까 얻어온 장 한번 더 뜬다 밉다 하니 업자 한다. 그러지 않아도 미운 사람이 미운 짓만 골라 하고 있음을 이르는 말. ¶이야기가 지난번하고도 달라졌다. 말 돌아가는 것이, 밉다니까 얻어온 장 한번 더 뜬다더니, 이번에는 종수하고 같이 서울을 가자는 수작인 것 같았다. 『자랏골의 비가』

밑구멍으로 숨 쉴 놈 밑구멍으로 숨을 쉴 만큼 못할 짓이 없을 만큼 별의별 흉측한 짓을 다할 사람이라는 말. ¶(산) “그놈 술수가 밑구멍으로 숨 쉴 놈이니 너무 날뛰지 말고 조심해야 한다.” 『보쌈』

밑도 끝도 없다 앞뒤의 연관 관계가 없는 말을 불쑥 꺼내어 갑작스럽거나 갈피를 잡을 수가 없다. ¶이런 비결에 덩달아 요사이는 밑도끝도없는 풍설이 나돌고 있었다. 『녹두장군』⑪ ¶느닷없이 비보가 날아들었다. 아들이 병원에 입원해 있다는 밑도 끝도 없는 소식이었다. <도깨비 잔치>

밑 빠진 강아지 같다 한군데 있지 못하고 계속 돌아다니는 사람을 낮잡아 이르는 말. ¶…이 놈이 간평 나왔다는 소식을 듣고 동네 사람들은 모두 손에 일이 잡히지 않아 마름집 대문만 건너다보며 건성건성 밑 빠진 강아지처럼 돌아다니고 있는데, 도대체 나흘이 지나고 닷새가 지나도 간평 소식은 없었다. <가남약전>

밑 빠진 독에 물 붓기 ㉑ 아무리 힘이나 밑천을 들여도 보람 없이 헛된 일이 되는 상태를 이르는 말. ¶"…그래도 이것이 갓이 있고 끝이 있어사제, 밑구녁 뚫애진 도가지에 물 붓기도 아니고 참말로 해도 너무하는구마, 너무해…"『자랏골의 비가』

밑져야 본전 ㉑ 일이 잘못되어도 손해 볼 것은 없다는 말. ¶밑져야 본전으로 어떻게 염정이라도 한번 들여놓고 볼일이어서, 자랏골 사람들은 양문이한테 댈 줄을 잡기에 정신이 없었다. 『자랏골의 비가』 ¶"쉽게 먹혀들까?" "밑져야 본전이지 뭐." "너는 양반이라면 무슨 원수를 그렇게 졌냐? 하여간, 저 작자 걸려도 재수없이 걸려들었다."『녹두장군』②

밑 터진 항아리에 물 붓기 ㉑ 밑 빠진 독에 물 붓기. 아무리 힘을 들여 애써도 보람이 나타나지 않을 때 이르는 말. ¶기피자 명단에 오른 형을 돈으로 애워 오기 사년, 밑터진 항아리에 물붓기도

한도가 있는 것이고, 돈 싸매고 놈들 쫓아다니기도 이제 신물이 났다는 것이다. <대리복무>

ㅂ

바늘 가는 데 실 간다⬟ 서로 밀접한 관계가 있는 것끼리는 떨어지지 아니하고 항상 따른다는 말. ¶"바늘 간 데 실인디, 당신이 나가사 나도 따라나가제, 평계없이 어떻게 그런 음석 끝에 뽀짝거린다요?" 『녹두장군』⑤ ¶"원래 주색이란 것이, 그 말부터가 술하고 색하고 한쌍으로 붙어 댕기는 것인게 술에 계집이 따르는 것은 바늘 간 데 실인디, 그 빤가 어디서는 먼놈의 계집년이 이불 속도 아니고 술판에서 꾀댕이를 확딱 벗고 나대다니 먼 놈의 술판이 그런 술판이 있어? 하하." <귀향하는 여인들>

바늘방석에 앉은 것 같다 어떤 자리에 그대로 있기가 몹시 거북하고 매우 불안하여 조마조마함을 이르는 말. ¶"…일이 이 지경에 이르고 보니 향청 사람들보다 우리는 더 부끄럽습니다마는, 사실은 우리도 수령들 밑에서 항상 바늘방석에 앉아 있는 꼴이었습니다." 이방은 최경선의 눈치를 살피며 한마디 했다. 『녹두장군』⑤

바늘에 실 바늘 가는 데 실 간다. 긴밀한 관계를 이르는 말. ¶"…그렇게 까다롬을 부려놓고 일 년이면 한두 바퀴씩 제 소작지를 돌면서 마름집에 죽치고 앉아 소작인들이 차려다 주는 진수성찬으로 부어라 마셔라 배가 터지는데, 그렇게 퍼마시고만 마는 것이 아니라 술과 계집은 바늘에 실이라, 소작인 여편네들 가운데서 반반한 여자를 골라 수청을 들게 하는 것이다…" 『녹두장군』③

바다는 메워도 사람의 욕심은 못 메운다⬟ 넓은 바다는 메워 뭍으로 만들어도 사람의 욕심은 메우지 못한다. 사람의 욕심이 한이 없음을 이르는 말. ¶(산) "바다는 메워도 사람의 욕심은 못메운다더니 옛말 그른 데 없습니다그려. 그럼 호랑이 잡는 법을 간단한 걸로 한 가지만 가르쳐 드릴까요?" "가르쳐주게." 『보쌈』

바람만바람만 일정한 거리를 두고 뒤를 따라가는 모양. ¶두 사람은 길로 내려서자 바람같이 내달았다. 한참 달려가자 벙거지들 꽁무니가 보였다. 바람만바람만 뒤를 밟았다. 『녹두장군』③ ¶박성삼이는 멀리서 바람만바람만 사당패 뒤를 따라갔다. 『녹두장군』⑦

바람받이 탱자 같다　바람이 센 곳에 열린 탱자를 이름이니, 아주 볼품이 없다는 말. '바람받이'는 바람을 몹시 받는 곳. ¶황토밭의 다박솔같이 용렬하고, 바람다지 탱자처럼 얼뜬 인생들이었지만, 『자랏골의 비가』 ¶민영숙은 오로지 민가 지스러기라는 떠세 하나로 분수없이 설쳐대는 뒤틈바리라 사리 분별은 깜깜하기가 절간 굴뚝이었다. 생긴 것부터가 바람받이 탱자처럼 어디 밥풀 한낱 붙을 데가 없는 좀스런 쥐상이었다. 『녹두장군』⑨

바람 불어 산 무너지랴　대항 세력이 너무도 가당치 않음을 이르는 말. ¶"내가 지금 쇠귀에 경읽는다 하면서도 시국형편을 저저히 설명하고 조용히 일을 끝내자고 아무리 일러도, 바람 불어 산 무너지랴는 배짱이야…" 『암태도』

바람 찬 범 같다　기세가 등등함을 이르는 말. ¶…아까 들어가던 기세로 다시 되돌아서서, 바람 찬 범처럼 이번에는 선찬이 집 골목으로 쏠려 들었다. 『자랏골의 비가』 ¶억주는 바람 찬 범처럼 내닫고 있었다. <가남 약전>

바람 탄 범 보듯　기세등등한 사람을 보고 있는 경우를 이르는 말. ¶(유생들은)…농민군 기세가 너무 거셌으므로 감히 내놓고 나서는 사람은 없었으나 모두 바람 탄 범 보듯 모로 선 도끼눈에 흰자위를 굴리고 있는 판이었다. 『녹두장군』⑨

바쁘게 찧는 방아에도 손 들 틈이 있다〔속〕 아무리 바삐 하는 일에도 웬만한 여유가 있음을 이르는 말. 여기에서 '손들다'는 말은 방아를 찧는 사이 가로 밀린 곡물을 손을 넣어 우겨 넣는 일. ¶(산)"이놈아, 사침에도 용수가 있고, 바삐 찧는 방아에도 손들 틈이 있는 법이다. 아무리 대의가 어쩐다고 그만한 틈도 용납을 못하겠다는 것이냐? 탕개도 되면 터지고, 쇠도 강하면 부러지는 법이여." 『보쌈』

바쁘다고 바늘허리에 실 매어 쓸까〔속〕 어떤 일이나 다 절차와 방식이 있는 것이니 그것을 어겨서는 안됨을 이르는 말. 아무리 바빠도 바늘허리 매어 못 쓴다. ¶"한달음에 역족들을 요절내고 싶은 심정은 우리 두령들도 똑같습니다. 그러나 바쁘다고 바늘 허리에 실 매어 쓸 수는 없습니다. 토끼 한 마리를 잡는 데도 모는 사람 잡는 사람이 따로 있습니다. 우리 두령들끼리 의논한 바가 있으니 모두 성질을 조금 누그리고 두령들 영에 따라주시기 바랍니다." 전봉준은 조용한 목소리로 달랬다. 『녹두장군』⑧ ¶"…조금만 참아주십시오. 우리는 여러분 편입니다. 바쁘다고 바늘 허리에 실을 매어 쓸 수는 없습니다. 이 전쟁에서 이겨야 우선 여러분들이 분을 제대로 풀 수 있습니다…" 『녹두장군』⑨

바지에 똥 싸담은 놈 같다　부끄러운 짓을 하여 기를 펴지 못하는 경우를 이르는 말. ¶"맘 돌린 김에 그냥 돌아서자! 그런 짓거리 했다가는 바지에 똥 싸담은 놈같이 평생 껄쩍지근할 것 같다. 가서 오형제 신세나 지자. 히히." 거꾸리가 돌아섰다. 『녹두장군』⑪ ¶방촌 영감은 바지에 똥 싸담은 표정으로 연방 고추 먹은 소리만 하고 있었다. <신 농가월령가> ¶(산)제 죽을 문서에다 날인을 하고 와서 또 한참 공격까지 받은 다음이라 바지에 똥 싸담은 표정으로 멍청하게 앉

아 있던 나는 무슨 일인가 하여 홍변호
사님 곁으로 갔다.『녹두꽃이 떨어지면』
받아 놓은 밥상㉐ 일이 확실하여 조금도
틀림이 없는 경우를 이르는 말. ¶…그
렇다고 빠져나갈 구멍을 찾아본데야 저
놈이 이러고 있는 다음에는 그물 속에
서 파닥이는 송사리 꼴일 것이었다. 그
대로 버티자. 그러면 받아놓은 밥상으로
차압이 들어올 것이다.『자랏골의 비가』
¶…싸움은 이미 받아논 밥상이기 때문
에 언제든지 치고 올라갈 수 있는 태세
를 갖추어 놓자는 것입니다…"『녹두장
군』⑪
발 그물에 뱀장어 꿰어다니듯 붙잡으려
고 조치를 해두었지만 그 조치가 허술
하여 마음대로 헤치고 다니는 경우를
이르는 말. ¶…옛날 그 무지한 왜놈
들의 불질 속에서도 발 그물에 뱀장어
꿰어다니듯 했던 내가 옴나위를 할 수
가 있어야지요."『암태도』 ¶오거무는
길 걷는 것도 신통했지만, 기찰에도 미
립이 날 대로 나서 아무리 엄한 기찰도
발그물에 뱀장어 꿰어다니듯 했다.『녹
두장군』⑧
발 그물에 뱀장어 빠져나가듯 발 그물에
뱀장어 꿰어다니듯. ¶…그 새끼 미끄
럽기가 보통으로 미끄런 새끼가 아니라
웬만하게 닦달을 해갖고는 이리 미끌
저리 미끌 발그물에 뱀장어 빠져나가대
끼 빠져나갈 것이오. 첨부텀 되아지 산
먹 지르대끼 기냥 산먹부터 꽉 눌러놓
고 보시오."『녹두장군』⑥
발뒤꿈치가 달걀 같다㉐ 남을 밉게 보면
아무것도 아닌 것을 공연한 허물로 삼
아 흉본다는 말. 며느리가 미우면 발뒤
축이 달걀 같다고 나무란다. ¶…춘영

이 말이라면 말끝마다 가시가 돋혔고,
안질로 들은 그 여편네 발굽치가 달걀
이라고 흉이었다.『자랏골의 비가』
발뒤꿈치 나오면 엉덩이 나왔다고 한다㉐
남의 흉을 볼 때 심하게 과장하는 경우
를 이르는 말. 허벅지만 봐도 뭣 봤다고
한다. ¶"…우리 동네 여편네들같이 입
싼 여편네들도 없어. 발뒤꿈치 나오면
엉뎅이 나왔다고 하는 년들이다. 그렇지
야? 내 말이 틀림없지야? 내 말이 틀림
없을 것이다."『녹두장군』③
발등에 불이 떨어지다 일이 몹시 절박하
게 닥치다. ¶소문으로만 떠돌던 이야기
들이 발등에 불덩어리로 떨어지고 있음
을 실감했다.『자랏골의 비가』 ¶"…일본
은 지금 내각하고 국회가 싸우느라고
조선에 정신 쓸 틈이 없습니다. 내각을
해산 해야 할 지경이라 정부는 발등에
불이 떨어져도 크게 떨어졌습니다. 제
발등에 떨어진 불을 놔두고 어떻게 남
의 나라 일에 정신을 쓰겠소?…"『녹두
장군』⑩
발등의 불을 끄다 눈앞에 닥친 어려움을
처리하거나 해결하다. ¶"…미련한 소
견이제마는 아무리 생각해 봐도 나는
저 작자들이 발등에 불만 끄자고 하는
소리 같소."『녹두장군』②
발목 잡힌 장닭 같다 빠져나가려고 몹시
나대는 꼴을 이르는 말. '장닭'은 수탉.
¶"죽을라고 환장했어?" 점박이가 우악
스럽게 홍덕댁 덜미를 잡았다. 홍덕댁은
발목 잡힌 장닭처럼 악다구니를 쓰며
요동을 쳤다.『녹두장군』⑨
발을 손 쓰듯 한다 발놀림이 자유자재라
는 말. ¶"…그놈들이 그 주천석을 때
려눕혔다면 말 다했지 뭐여? 그중 한놈

은 발을 손 쓰듯 하는디, 그놈 발이 한 번 휘딱했다 하먼 그 앞에 나가 떨어지지 않는 놈이 없다더라…"『녹두장군』①

밤봇짐을 싸다 밤에 이웃 몰래 살림살이를 싸 가지고 도망을 가다. 야반도주하다. ¶춘자는 이 동네에서 제일 먼저 밤봇짐을 쌌었는데 반년만에 돌아오면서 촌티를 싹벗고, 식구들 옷이며 신이며 트렁크를 두 개나 이고지고 왔었다. 『자랏골의 비가』 ¶"하하. 옛날 나를 따라 밤봇짐을 싸고 나설 때부터 행실이 부실하더라니." "아야아." 아내가 허벅지를 냅다 꼬집자 만석이는 죽는다고 엄살을 부렸다. 『암태도』

밤새도록 통곡을 해도 어느 마누라 초상인지 모른다 무슨 영문인지도 모르고 그 일에 참여하고 있는 어리석음을 이르는 말. ¶"그런께, 시방, 호걸님들은 지금 쫓고 있는 것이 돝인지 괭인지도 모르고 쫓고 계셨단 말씀이오? 허허, 밤새도록 통곡을 하고도 어느 마누라 초상인지 모른다등마는 꼭 그짝이요그려." 갑수는 되바라지게 핀잔을 주며 껄껄 웃었다. 『녹두장군』①

밤송이 까놓듯 조금도 숨김없이 죄다 드러내는 경우를 이르는 말. ¶용배는 어제 저녁 길례가 박성삼이한테 했다는 소리도 밤송이 까놓듯이 죄다 털어놨다. 정판쇠는 가타부타 말이 없이 용배 말만 듣고 있었다. 『녹두장군』⑦

밤이 깊으면 새벽이 가까운 줄 안다 어렵고 고통스러운 시대를 살아갈 경우 그 고통이 심하면 심한만큼 그게 고통이 끝날 징조임을 짐작할 수 있다는 말. ¶(산) 밤이 깊으면 새벽이 가까운 줄을 알 수가 있습니다. 폭풍이 휘몰아칠 때

는 맑은 날이 영원히 오지 않을 것 같지만, 금방 해 뜨는 날이 오고 맙니다. 이 정권은 금방 무너질 것이고 이 정권이 무너지면 새 정권이 들어설 것입니다. 『녹두꽃이 떨어지면』

밤 잔 원수 없고 날 샌 은혜 없다㊂ 은혜나 원한은 시일이 지나면 쉬이 잊게 됨을 이르는 말. ¶"철없는 소리 마라. 그런 일을 당할 때는 누구든지 생초목에 불이 붙을 일이었을 것이다마는, 밤 잔 은혜 없고 날 샌 원수 없다고, 세월이 이만치 흘러서 석서그러질 만치는 석서그러진 일인께, 잊을 만한 일은 다 잊고 살아사제, 몇십 년 저쪽 일을 가지고 항상 가슴에 칼만 세우고 있으면 세상을 어뜨크롬 살 것이냐?…"『자랏골의 비가』

밤 잔 원수 없다㊂ 밤 잔 원수 없고 날 샌 은혜 없다. ¶밤 잔 원수 없듯 어제까지의 섭섭한 생각은 금시에 사라지고 옛정이 되살아나 모두 고개를 떨구었다. 『자랏골의 비가』

밤 잔 은혜 없고 날 샌 원수 없다㊂ 밤 잔 원수 없고 날 샌 은혜 없다. ¶"그 큰애기가 공수단한테 다쳤다고 하제마는 저이 아들이 그런 것도 아니고, 밤 잔 은혜없고 날 샌 원수 없더라고 이십년 가까이 되았은게 세월도 흘러갈 만큼 흘러갔고, 더구나 저 아주머니 부처님 같은 마음씨를 보더라도 말이여, 이것이 시방 우리가 말로만 하고 말 일이 아닌 것 같구먼." 『오월의 미소』

밤중이 아흔아홉이 되더라도 아무리 시간이 늦거나 많이 걸리더라도 반드시 일을 하거나 끝내고야 말겠다는 뜻을 강조하여 이르는 말. ¶"…이렇게 밤중이 야심한 견지로 봐서는 이것이 물건

너 시집간 딸 첫아들 낳다는 소식이더
래도 됐다 전해야 할 것임다 마는 뭣이
냐, 부탁적인 견지에서는 그보담 더 기
쁜 소식이기 때문에 이런 소식이라먼
밤중이 아흔 아홉이 됐더라도 전하는
것이 옳다는 견지에서 마이크를 왕왕대
는 것이니, 이점 양해적으로 생각해 주
시리라 믿어 의심찮음다…" <재수없는
금의환향>

밤중이 열둘이라도 밤이 아홉일지라도.
¶"당장 고부로 쳐들어가제 자기는 어디
서 산단 밀이오?" 뚝배기 깨지는 소리
가 터졌다. "밤중이 열둘이라도 고부로
쳐들어갑시다." 거세게 악다구니가 쏟아
졌다. 『녹두장군』⑧

밥 ⑪ 남에게 눌려 꼼짝하지 못하는 만만
한 사람을 낮잡아 이르는 말. ¶"그제와
오늘의 패전 원인은, 백성을 밥으로 아
는 자와 백성을 위하는 자의 차이에 있
습니다." 김개남이가 주먹을 쥐며 큰소
리로 말문을 열었다. 두령들은 허탈한
표정으로 김개남을 건너다보았다. "저놈
들은 평소에도 백성들이 밥이고 이럴
때도 백성들이 밥이오…" 『녹두장군』⑩

밥 먹듯 하다 무슨 일을 예사로 자주 하
다. ¶"…관속들은 거짓말을 밥먹듯 하
는 자들이라 관속들 소리는 믿을 수가
없습니다…" 『녹두장군』⑩

밥 먹여 주나 사람에게는 밥이 가장 중
요하다는 뜻에서, 그것이 그렇게 중요
한 일이냐고 다지는 말. ¶"저런 것은
묏벌 도래솔인디, 도래솔을 비어오란
말이오?" "사람이 농사지어 밥 묵고 사
는 일이 중하제, 묏벌 도래솔이 밥 믹
애준답디까?" 호방은 큰소리로 핀잔이
었다. 『녹두장군』④

**밥싼 놈 곁에서 똥싼 놈이 우쭐거려도 똥싼
짐작이 있다** 제 분수를 지켜 일하는 사
람 곁에서 더러 곁붙이로 잘난 척 까불
어 대는 사람이 있기 마련인데 그런 사
람도 제 깜냥은 있다는 말. ¶"…밥싼
놈 곁에서 똥싼 놈이 우쭐거려도 똥싼
짐작이 있은다치라면, 엉뚱이짓이 달라
도 다를 것인디, 큰 떡부터 추켜들고 나
설 것이여?…" 『자랏골의 비가』

**밥싼 놈이 우줄거리니까 똥싼 놈도 우줄거
린다** 건잠도 모르고 깨춤 춘다. ¶"아
이고 잘났소, 잘났어. 밥싼 놈이 우줄거
린게 똥싼 놈도 우줄거린다등마는, 당신
이 꼭 그 짝이요잉. 생각을 혀보씨요,
생각을 혀봐. 이런 일에 아무 상관도 없
는 사람이 놈이 장에 간게 빈 지게 지고
장에 가라우?…" 『녹두장군』⑤

밥 위에 떡 ㈜ 좋은 일에 더욱 좋은 일이
겹침을 이르는 말. ¶벌써 술막도 여남
은 개 들어서고 있었다. 누구든지 여기
오는 사람한테는 밥을 주기 때문에 먹
거리 장수들은 줄어들 법했으나 밥 위
에 떡이라고 따로 엿이나 떡을 사먹는
사람도 그만큼 있는 모양이었다. 『녹두
장군』⑥ ¶"아까 저녁도 폐가 많은데 무
슨 술상까지?" 전봉준은 좀 뜻밖인 듯
했다. "밥 위에 떡이라고 주무실 자리니
차근하게 한잔 드십시오." 전봉준은 고
맙게 들겠다고 했다. 『녹두장군』⑧

밥으로 패죽여도 싸다 ⑪ 여태 먹고 살아
온 밥이 아깝다는 뜻으로 저주하는 말.
¶"왕골 자리에 똥을 싸도 마음은 걸걸
하다고 하등마는 그러고 본께 영감이
이로크롬 큰 속맘을 지니고 있었던 것
을 겉으로만 보고 꼼꼼하네 인색하네
하고 숭을 봤으니 우리 같은 무지렁이

들은 밥으로 패죽여도 싸.” <가남 약전>

밥으로 패죽일 놈[비] 밥으로 패죽여도 싸다. ¶저런 밥으로 패죽일 작자를 서방이라고 따라 사는 년은 신세가 얼마나 고달픈 것인가, 텃골댁은 남의 여편네 걱정까지 하고 있었다. 『자랏골의 비가』 ¶“밥으로 패죽일 놈들, 아직까지 변변한 우두머리 하나 잡아들이지 못한 놈들이 이번에는 그렇게 병신같이 당해?” 이용태는 마른 땅에 새우 뛰듯 발을 구르며 악을 썼다. 『녹두장군』⑧

밥줄이 끊어지다[비] ‘일자리를 잃게 되다’를 속되게 이르는 말. ¶…아버지는 달주 아버지를 못마땅하게 생각하는 것 같았다. 마지막 소작을 떼었다는 소리를 들었을 때 경옥이는 큰일났다는 낭패감이 들었다. 달주 집 밥줄이 끊어졌다는 생각 때문이기도 했지만, 아버지가 멋모르고 호랑이 새끼를 건드린다는 생각에서였다. 『녹두장군』③ ¶“신문기자 퇴물이라는 것 같던디 밥줄도 끊겼겄다, 군자 말년에 배추씨 장사라고 먼 꿍꿍잇속이 있든지 꿍꿍잇속이 있소. 너무 가까이 맙시다.” 이용만이는 끝내 의심을 풀지 않았다. 『은내골 기행』

방바닥에서 낙상한다[속] 안전한 곳에서 뜻밖에 실수함을 이르는 말. 평지에서 낙상한다. ¶“재수가 없을라면 방안에서도 낙상한다등마는, 재수가 없을란게 미친개한테 물렸구만.” 변월봉이가 옥에서 나오며 웃었다. 『녹두장군』⑩

방불해야 샌님하고 벗한다 서로 수준이 방불하게 맞아야 상대를 할 수 있다는 말. ‘방불하다’는 거의 비슷하다. ¶“그러고저러고 방불해사 샌님하고 벗한다고 이놈의 물읍이 앤간해사제…” 『자랏골의 비가』 “울타리고 돌담이고 방불해야 샌님하고 벗한다고 지난번 총회 때 오죽이나 단속을 했나? 그만큼 정설을 해도 귀가 안 열렸다면 이제는 몽둥이찜질밖에 약이 없겠어.” 『암태도』 ¶“…아날말로 낼이라도 감영군이 쳐들어와서 우리가 밀리는 날에는 천장만장 쌓인 저 쌀이 모두 뉘 쌀이 되아불겄소?” “그라제마는 방불허사 샌님하고 벗하더라고 사람들이 웬만큼 몰려들어사제라우.” 『녹두장군』⑥ ¶“방불해야 샌님하고 벗한다고, 키이타가 셋씩이나 되면 옆엣 사람은 어쩌란 말이야. 망할 자식들!” <지리산의 총각샘>

방천둑도 개미구멍으로 무너진다[속] 공든 탑도 개미구멍으로 무너진다. ¶“…한두 집이 무너지기로 하면, 방천둑도 개미구멍으로 무너지더라고 전부가 무너지고 말 것이오…” 『녹두장군』④

밭갈이는 사내종한테 묻고 길쌈은 계집종한테 물으랬다 사람마다 자기 하는 일에 따라 아는 것이나 솜씨가 다르므로 그 길속을 알아서 의논을 하라는 말. ¶조병갑이는 느닷없이 헛웃음을 치고 나왔다. “나는 농사하고는 연이 없는 사람이라, 밭갈이는 사내종한테 묻고, 길쌈은 계집종한테 물으랬더라고, 이런 일은 농사짓는 사람들 말을 들을 수밖에 없소. 그런데, 한쪽에서는 새 보 때문에 금년 가뭄에 이만큼 농사를 지었으니 감사하다고 칭송이 분분한데, 또 한쪽에서는 혜택을 본 것이 없다고 잡아떼니 나는 지금 어느 쪽 말을 믿어야 합니까?” 『녹두장군』④

밭둑에 돌부처 꼴 주변 일에 전혀 관심이 없는 사람을 이르는 말. ¶…항상 밭둑에 돌부처로 동네사람들과는 언제나 저만치 혼자이던 영감이었다. 『자랏골의 비가』 ¶"…이런 일이 어쩐 일이라고 사람이 살 일에나 죽을 일에나, 이녁 새끼 덜 일을 놓고도 밭둑에 돌부체맨키로 그러고 있소!" 『자랏골의 비가』

배가 맞다 옳지 못하거나 떳떳하지 못한 일을 하는 데 있어 서로의 뜻이 통하다. ¶"…오늘날 조정 대신들이 어리석게도 자신의 영화만을 도모하려고 일본 오랑캐와 배가 맞아 위로는 임금을 협박하고 아래로는 백성을 속여 소성의 군대를 동원, 선왕의 백성들을 죽이려 하니 이것이 도대체 누구를 위해서 하는 짓입니까? 『녹두장군』⑪ ¶"하여간, 정치한다는 놈들하고 배가 맞아 껄렁거리고 댕기는 놈들은 보기만 해도 비윗장이 상하는 사람인께 더 긴소리 하지 맙시다." <가남 약전> ¶"내중에 알고 보니 우리 쪽 변호사가 지주놈한테서 돈을 먹고 그놈하고 배가 맞아버렸던 겁니다." <유채꽃 피는 동네>

배꼽 밑에 금테 둘렀나団 술집 여자들이 젠 체할 때 성기를 들어 천박하게 비꼬는 말. ¶"말인즉 그럴싸하다마는 떠꺼머리에다 동저고리 주제에 사비정 기생 끼고 술 마시겠다는 게냐? 그런 가마귀가 웃다가 아래턱 떨어질 소리는 저기 저자거리 선술집에나 가서 해라." "제길, 기생이면 기생이지 사비정 기생은 배꼽 밑에 금테 둘렀단 말이오?" "객적은 소리 작작 해라!" 『녹두장군』②

배냇물도 안 마르다団 나이가 어리다는 사실을 낮잡아 하는 말. '배냇물'은 갓난아이 몸에 남아있는 태 안에 적 분비물. ¶"…그분이 바로 여기 강진에서

귀양살이하면서 지었다는 「애절양(哀絶陽)」이란 시를 알고 있습니다. 시아버지는 삼년상이 넘고 아이는 배냇물도 안 말랐는데 삼대가 군적에 올라 군포 대봉으로 소를 끌어가버리자 아이를 더 낳지 않으려고 남편이 양물을 잘랐다는 이야기를 쓴 시입니다…" 『녹두장군』⑩

배때기에 맞창이 나다団 배때기에 바람 구멍이 나다. ¶"만당간에, 안 나오고 집구석에 있다가 들키는 놈이 한 놈이라도 있어봐. 어느 놈이든 배때기에 맞창이 나고 말 것께 동임 당신, 알아서 하시오!" 『녹두장군』① ¶"이 자식이 배때기에 맞창이 나야 알겠냐?" 작자는 눈알을 부라리며 칼을 꼬나잡았다. 『녹두장군』④

배때기에 바람 구멍이 나다団 칼로 배를 쑤신다는 말. ¶"…방금 의논한 편편갈림으로 나가자는 소리도 해전에 저자들 귀에 들어가 비둘기가 날 것이고, 그러면 오늘 저녁에라도 당장 군함이 출동해서 지난번같이 수병들이 떼몰려올 것 아닙니까? 그러면 우리는 아무 실속도 없이 이렇게 소리만 지르다가 지난번 단고리 강아지 새끼들 꼴로 배때기에 바람 구멍이 난단 말입니다." 『암태도』 ¶"이런 것을 장난으로 갖고 댕기는 것이 아니오. 내 말 똑똑히 듣고 시킨 대로 하시오. 먼저 한가지 말해 두요. 섣부른 짓 했다가는 배때기에 바람구멍이 나요." 장호만이는 칼을 들어 정참봉 앞에 쑥 디밀며 속삭이듯 이죽거렸다. 정참봉은 얼굴이 백지장이 되며 입술을 파들파들 떨었다. 『녹두장군』⑥

배때기에 철판 깔았나団 칼을 들고 막보기로 나서는 데는 겁내지 않을 사람이

없다는 것을 빗대어 하는 말. ¶"…일테면 작년이나 재작년에 여그 태인이나 정읍에서 그런 못된 수령놈을 누가 가서 배때기를 쒸새부렀다고 생각해 봐. 그런 일이 있었다면 조병갑이가 지놈 배때기에 철판 깔았간디, 그런 못된 짓거리를 하고 자*빠*졌겄냐?…"『녹두장군』⑦ ¶"야, 네 배때기에는 철판 깔았냐? 네놈 집구석이 어딘지도 알고 있다. 아파트 문 열 때는 열 때마다 조심해." '악덕 형사'라는 표현에 꼬투리를 잡고 나온 것이다.『은내골 기행』 ¶"신문기자가 그렇게 만만한 줄 아나?" "만만 안 하면 신문기자 배때기에는 철판 깐 줄 아슈?" <개는 왜 짖는가>

배라먹을 자식⑪ 거지가 되어야 직성이 풀릴 정도로 아주 못마땅한 사람을 욕하는 말. '배라먹다'는 남에게 무엇을 거저 얻어먹다. ¶"…원 이런 배라먹을 자식들, 이렇게 험하게 퍼질러 놓으면 다른 사람은 어쩌란 거야, 엉!" <지리산의 총각샘> ¶"고 배라먹을 자식이 해도 너무하지 않나 말이요?" <끼리끼리 세상>

배보다 배꼽이 더 크다⑳ 기본이 되는 것보다 덧붙이가 더 많거나 큰 경우를 이르는 말. ¶"…어제 저녁 회의 때, 남의 일 거든다고 그러지 않아도 바쁜 손에 놉겪기까지 시켰다가는 배보다 배꼽이 더 클 것이니 꼭 점심을 싸들자고 했거든요…"『암태도』 ¶"여보시오, 당신 지금 어디다 대고 웃고 있소?" 서원이 악을 버럭 섰다. "어디다 대고 웃는 것이 아니라 배보다 배꼽이 크다등마는 대동미보다 그것을 실어가는 뱃삯이 더 많아서 어이가 없글래 나 혼자 웃었소."

『녹두장군』①
배부른 놈 누룽지 나눠주듯 쉽게 주는 경우를 이르는 말. ¶달주는 2만 냥이라는 소리만 듣고도 숨이 가빠올 지경인데, 용배는 배부른 놈 누룽지 나눠주듯 수월하게 말했다.『녹두장군』②

배수진을 친다 죽음을 무릅쓰고 끝장이 날 때까지 싸우려는 결의를 이르는 말. ¶7, 8할의 무지한 소작료를 물고는 도저히 농사를 지을 수 없다, 소작료를 4할로 내려라, 그러지 않으면 금년 농사부터 다 지어논 농사지만 벼를 베어들이지 않겠다, 이렇게 배수진을 치고 나선 것이다.『암태도』

배앓이에 풍월하듯 고통스러우면서도 겉으로는 아무렇지 않은 듯 웃으며 행동하는 경우를 이르는 말. ¶질천이도 금방 양문이 가족이 들이닥칠 판이라 그 급한 성질에 질탕관에 기름 튀듯 하는 울화를 누르고, 배앓이에 풍월하듯 묏벌을 손질하고 있었다.『자랏골의 비가』

배운 도둑질⑭ 무엇이 버릇이 되어 안 할래야 안 할 수 없음을 이르는 말. ¶"…한겨울 긴긴 밤에 할 일은 없겠다, 배워논 도둑질 아닌가? 작두로 손가락 잘라 맹세하고도 상처 싸맨 바로 그 손가락으로 투전짝 쥔다는 것이 그 짓이야…"『암태도』 ¶"물장수 10년에 엉덩이짓만 남더라고, 배운 도적질이라 남의 집 행랑채에서 강아지 대장 노릇하고 있구만. 저기도 모두 무자년 까치들일세." 작자는 아리송한 소리로 익살을 부리며 자기 일행을 턱으로 가리켰다.『녹두장군』⑧ ¶"사진은 잘 뽑아서 우편으로 부쳐드리겠습니다. 그 사이 혹시 또 토역 일 벌어지거든 그때는 꼭 알려주십시오. 내가 흙일은 못해도 배운 도둑질인게 사진이나 많이 찍어드리지요." 모두 웃었다. 『은내골 기행』

배짱이 땅거죽이다 배짱이 아주 좋다는 말. ¶"…더구나 제 목숨 살라고 들어온 놈이, 배짱이 땅거죽이 아닌 담에사 그런 짓을 할 것인가?" 『자랏골의 비가』

배추장사 치부책 대충대충 적어놓은 장부를 이르는 말. ¶"…이놈의 장부부터가 미친놈 신골망태도 아니고, 배추장사 치부책도 아녀는께…" 『자랏골의 비가』

백문선이 헛문서 ⓒ 백명선의 헛문서. 옛날 백명선이란 사람이 거짓 문서를 꾸미면서 남을 속이는 일이 심하였다는 데서, 남을 속이려는 거짓 서류 같은 것을 이르는 말. ¶"…계약서에 도장 들어가는 것만 보고 그것이 백문선이 헛문선지는 모르고 잔금까지 치르고 본께 주인은 따로 있소그랴…" 『자랏골의 비가』

백번 때려죽여도 시원찮을 놈 ⓟ 때려죽여도 시원찮을 놈. ¶"이런 백번 때려죽여도 션찮을 놈들. 조선 팔도 무기고가 거진 이 꼴 아니겠습니까? 그 수령이란 놈들은 몽땅 잡다가 모가지를 잘라도 꼭 이런 칼로 잘라야겠구만." 이싯뚜리가 칼을 하나 들고 이를 앙다물었다. 『녹두장군』⑤

백여우 간 내먹을 놈 ⓟ 속임수가 빼어나다는 사실을 천하게 빗대어 하는 말. ¶"글쎄 말이오. 이렇게 일판을 크게 꾸밀 적에는 단도리를 단단히 혔을 것인디, 그놈이 어떻게 그런 눈치를 채고 내빼부렀으까? 백여시 간 내묵을 놈이시, 거." 『녹두장군』⑤ ¶"…일본놈들은 백여우 간 내먹을 놈들이오. 나주로 가마에 실려갔다는 전봉준 장군은 가짜요

…" 『녹두장군』⑫

백정이 가마를 타면 동네 개가 짖는다 ⓒ 백정이 양반 행세를 하면 개가 짖는다. 겉모양을 잘 꾸미어도 본색은 감추기 어려움을 이르는 말. ¶백정이 가마를 타면 동네 개가 짖는다더니, 오랜만에 고운 옷을 입고 나서니 개구쟁이들 등쌀에 견딜 수가 없었다. 『자랏골의 비가』 ¶새로 맞춰서 처음으로 입고 나선 듯 새물내가 자르르한 진솔이었으나 두 사람의 차림은 여간 어색하지 않았다. 옷도 옷이지만 갓망건을 쓴 꼴은 어른 갓을 장난으로 쓰고 나선 어린애들 꼴늘이었다. 백정이 가마를 타면 동네 강아지가 짖는다더니 이들 모양새도 강아지가 알아보고 짖을 것 같았다. 그러나 작자들은 제법 양반 본새로 앞가슴을 잔뜩 내밀고 걸었다. 『녹두장군』④

백지장도 맞들면 낫다 ⓒ 아무리 쉬운 일이라도 서로 힘을 합쳐 하면 더 쉽게 할 수 있다는 말. ¶"…백지장도 맞들면 가볍더라고 그런 일이 있으면 그것이 다 우리 일인께 방불하면 나가 알 것 아녀? 그럴 때는 니 미룩 내 미룩, 빠져나갈 구멍만 보고 있다가 이럴 때는 호랭이 찾고 벼락 찾어?…" 『녹두장군』④

밸이 꼴리다 ⓟ 비위에 거슬려 아니꼽게 생각되다. ¶"저는 저 가마만 보면 언제든지 밸이 꼴려 못견디는 놈입니다…" 『녹두장군』①

뱀 물린 개구리 소리 고통스런 비명소리를 이르는 말. ¶관속이나 양반과 부자들은 그런 소문을 들을 때마다 불알 밑에서는 노상 뱀 물린 개구리 소리가 났다. 『녹두장군』⑪

뱀장어가 눈은 작아도 저 먹을 것은 다 본다

ⓤ 아무리 시원찮아 보이는 사람도 제 살아가는 길속은 다 알아 살아간다는 사실을 이르는 말. ¶"예, 말씀 알아듣기는 똑똑히 알아들었소. 알아듣기는 알아들었소마는 뱀장어가 눈은 작아도 제 먹을 것은 보더라고 우리가 아무리 무식해도 지 살 속으로는 살아가는 짐작이 있는 법인디, 이것이 먼 판인가 통 알 수가 없소." 세곤이는 또 한번 침을 택 뱉었다. "내졌소, 못 내졌소?" 『녹두장군』①

뱁새 왼다리 같다 가냘픈 것을 뱁새다리에 빗댄 말. ¶"아니거든 꺼져라. 그 뱁새 왼다리 같은 주먹으로 서푼 보릿대춤 추지 말고 곱게곱게 꺼져!" <가남 약전>

버릇 배우라니까 과붓집 문고리 빼어 들고 엿장수 부른다ⓢ 좋은 버릇을 길러 품행을 단정히 하라고 이르니까 오히려 못된 짓만 하고 돌아다님을 이르는 말. ¶"…버릇 배우랑께는 과부댁 문고리 빼들고 엿장사 부른다등마는, 망할 자식이 놈의 쌈에 말려들어갖고 그 지경이 되었다고 안 그러요…" 『자랏골의 비가』 ¶"허허. 사람 복장이 터져 못 살겄네… 아니, 이 자석이 버릇 배우랑께는 과붓댁 문고리 빼들고 엿장사 부른다고, 그래도 나이를 한 살이래도 더 묵으면 속창아리가 쪼깐 들지 알었등마는, 한다는 소리가 이놈이 시방 지 정신 가진 소리냔 말이요?" 『자랏골의 비가』

버린 자리가 명당이다 소중한 것인데도 그 가치를 알아보지 못했음을 이르는 말. ¶"허허, 버린 자리가 명당이라더니 그래도 묏자리가 웬만했던 모낭일세." 영감은 대견한 듯 뼈를 내려다보며 너털웃음을 웃었다. 『녹두장군』④

버마재비 수레바퀴에 달려드는 격ⓢ 버마재비가 수레를 버티는 셈. 제 힘으로는 겨룰 수 없는 엄청난 상대에 맞서려는 무모한 짓을 이르는 말. ¶…양문이가 누구라고 겨기 부려보았자, 버마재비 수레바퀴에 달려드는 것이지, 그게 될 법이나 하는 소리냐는 생각이기도 하고 『자랏골의 비가』 ¶일본군은 수도 엄청 나려니와 그 무서운 기관총 앞에 대창 들고 달려드는 것은 버마재 비가 수레바퀴에 달려드는 것도 아니더라는 것이다. <당제>

버마재비 용쓰기 전혀 상대할 수 없는 사람 앞에서 버티는 경우를 이르는 말. ¶"…저 사람들이 가면 몇 조금이나 갈라고 그렇게 험하게들 설치는가 모르겠어. 지각 있다는 사람들은 모두가 하느니 그 말인디, 지금까지 조선 팔도 여러 고을에서 이런 민란이 끊일 새가 없이 일어났제마는, 모도가 버마재비 용쓰기 제 멋이었는가?…" 『녹두장군』⑥

버선목 뒤집듯이 조금도 숨기지 않고 곧이곧대로 내보이는 경우를 이르는 말. '버선목'은 버선의 발목 부분. ¶정묘득이는 길게 뜸을 들이지 않고 버선목 뒤집듯이 말을 까놓았다. 『녹두장군』⑥ ¶임군한이가 잡담 빼고 버선목 뒤집듯 말을 까냈다. 『녹두장군』⑩

번개가 잦으면 벼락 늦이라ⓢ 무슨 일의 조짐이 잦으면 반드시 그 일이 일어난다는 말. ¶"번개는 벼락 늦이라고 그것이 거기서 말면 누가 뭐래? 작년 관광 가서 일 났다는 솔골 여편네들 이야기가 남의 동네 이야기 같잖아." <신 농가월령가>

번갯불에 콩 볶아 먹겠다ⓢ 행동이 매우 민첩함을 이르는 말. ¶"염불하는 입 따로 목탁 치는 손 따로야. 내가 입은 이 도령 남원 행차에 군령 내리듯 하지만, 손은 번개에 콩 구워내는 솜씬 줄 임자는 아직도 모르나?"『암태도』 ¶"아따, 이 양반은 번갯불에 콩 굴 솜씨네요. 그새 신총을 다섯이나 내부렀네." 조망태가 신칙을 하고 다녔다.『녹두장군』⑦ ¶"…작살을 낼 적에는 벼락같이 작살을 내서 벼락같이 시체를 언덕 아래로 내던져불고 벼락같이 도로 이리 올라와사 쓰요. 하여간 번갯불에 콩 귀먹듯 해사 쓰요."『녹두장군』⑧

번지수가 틀린 소리 어떤 일에 들어맞지 않거나 엉뚱한 데를 잘못 짚은 경우를 이르는 말. ¶영감은 정신없이 퍼부어댔다. 영감의 말은 얼핏 들으면 농사꾼들이 얼굴 뜨거 할 말이었다. 그러나 이 말은 처음부터 번지수가 틀린 소리였다. 『암태도』

번지수를 잘못 짚다 생각을 잘못 짚어 엉뚱한 방향으로 나가다. ¶"…보아하니 문지주 머슴 같은데, 소작회도 모르고 소작료 받으러 왔다면 지금 맥도 모르고 침통 흔들고 계시는그만. 그런 소작료는 당신네 동네 가서나 받으셔. 여기는 무안군 암태도야. 번지수를 잘못 짚으셨어." 『암태도』

벌레 씹은 상판 험하게 일그러진 상판. ¶"허허, 참말로." 양찬오는 벌레 씹은 상판이었다.『녹두장군』① ¶"예, 예, 어련하겠습니까요?" 은세방은 고개를 두 번 세번 주억거렸다. 그러나 상판은 벌레 씹은 상판이었다.『녹두장군』⑦

벌통 쑤신 것 같다 온통 난장판이 되어 매우 어수선함을 이르는 말. ¶"…이 기사들은 순천·여수 지방 기사가 거의 전체의 삼분의 일을 차지했는데, 이 지방을 중심으로 광양·보성·고흥·구례 등지는 작년에 벌집을 쑤셔논 것 같았습니다…"『암태도』 ¶"조선 조정은 요사이 벌집을 쑤셔논 꼴이라지요? 전보를 받아보니 모두 쓸개가 터진 것 같다고 했습디다." 이홍장은 호탕하게 웃었다. 『녹두장군』⑩

범 가는 데 바람 가고 바람 가는 데 범 간다〔속〕 범 가는 데 바람 간다. ¶그 스님과 일해가 암자를 나가자 최제우는 연방 고개를 끄덕였다. 제자들이 까닭을 물었다. "범 가는 데 바람 가고 바람 가는 데 범 가니, 저 아이가 필경 이 세상에 돌풍을 일으키리라." 최제우는 이렇게 아리송한 소리를 하며 회색이 만면했다. 『녹두장군』①

범 가는 데 바람 간다〔속〕 범이 내달으면 반드시 바람이 인다는 데서, 언제나 떨어지지 않고 같이 다님을 이르는 말. ¶"범 가는 데 바람 가더라고 우리같이 원체 살센 사람들하고 연을 맺게 됐으니 미리 액막이로 그런 탈이 난 걸세. 염려 말게."『녹두장군』① ¶"들어보슈. 이만한 장부들이, 더구나 이름난 유곽에서 술을 마시면서 술 따는 계집 하나 곁에 앉히지 못하니 이게 뭐요? 술에 색은 범 간 데 바람이라 말부터 주색인데, 그런 물정도 모른단 말이오? "허허." 중식이는 한참 웃었다. 『녹두장군』②

범 만난 놈 어미 부르듯 호랑이 만난 놈제 어미 부르듯. ¶감사는 대비랍시고 영병들을 성채 위에 배치하고 용머리고개에는 무남영 군대 400명을 배치했다. 더 어쩌재도 무슨 방도가 없었다. 기껏 시시각각으로 정탐병을 보내 농민군 움직임을 징탐하면서 범 만난 놈 어미 부르듯 아침저녁으로 조정에다 군대만 파송해달라고 전보국 송신기에서 불이 날 지경이었다. 『녹두장군』⑨

범 본 여편네 문고리 잡듯　범 본 여편네 창구멍 틀어막듯. ¶"이놈아, 얼른 벗어라. 돈 더 주마." 김문현이는 범 본 여편네 문고리 잡듯 한손은 가마꾼 덜미를 거머쥐고 한손으로는 주머니를 가리켰다. 저쪽에서는 사람들이 계속 몰려왔다. "벗겠습니다요. 여기 노십시오." 가마꾼은 김문현이가 내민 은자를 챙긴 다음 윗도리부터 훨훨 벗었다. 『녹두장군』⑨

범 본 여편네 창구멍 틀어막듯[속]　범 본 여편네가 질겁을 하여 범이 창구멍으로 들어오지 않을까 걱정하며 창구멍을 틀어막느라고 정신없이 나댄다는 뜻으로, 너무 급한 나머지 어리석게 대비하는 모양을 이르는 말. ¶"허허. 아무리 자네가 범 본 여편네 창구멍 틀어막대끼 틀어막고, 이불 속으로 들어갈라고 하제마는 그것이 다 쪽박 쓰고 벼락 피하기여…." 『자랏골의 비가』 ¶"지가 어사 났다는 소리를 듣고 얼매나 놀래부렀던지, 범 본 예편네 창구먹 틀어막대끼 문을 꽝꽝 때래 장가놓고 끙끙 앓고 자빠졌는디 앓는 소리가 들보가 들썩거린다여." 술꾼들은 마치 자기가 보고 오기라도 한 듯 호들갑을 떨었다. 『녹두장군』⑦

범이니 강아지니　시원찮은 사람이 힘 자랑하는 경우를 이르는 말. ¶"마님을 찾아왔다고 어디서 저런 쥐만한 것이 기어들어 범이니 강아지니 큰소리를 치고 있소." 『녹두장군』②

범털[비]　교도소에서 돈 많은 죄수를 이르는 은어. ¶(산)"아까 그 애는 왜 때렸지?" "나쁜 자식이에요. 그 방에는 개털들 뿐인데, 녀석이 날마다 애들을 들들 볶잖아요. 몇 번이나 그러지 말라고 했는데도 한 귀로 듣고 흘려 버리길래 손을 좀봤죠." 개털이란 집이 가난해서 영치금이 없는 죄수를 가리키는 교도소의 은어. 돈 많은 사람은 범털이었다. 『교수와 죄수 사이』

법당에 앉은 새댁 꼴　절간에 간 색시. ¶지허는 또 껄껄 웃었으나 내외는 여전히 법당에 앉은 새댁 꼴로 지허의 말을 듣고 있었다. 『녹두장군』③

법보다 주먹이 먼저다　법은 멀고 주먹은 가깝다. 사리를 따지기보다는 완력이 먼저라는 말. ¶"…우리가 믿을 수 있는 것은 백성들뿐입니다. 저자들은 백성들을 깔보고 있지만 모기도 천이 모이면 천둥소리를 낸다 했습니다. 법보다 주먹이 먼저니 겁을 먹지 않을 수 없을 것입니다." 『녹두장군』①

법 없이 산다　마음이 곧고 착하여 법의 규제가 없어도 나쁜 짓을 하지 아니하다. ¶(산) 법 없이도 살 사람이라는 말을 하는데, 김 선생은 그런 전형이다. 『교수와 죄수 사이』

법 위에는 천도가 있다　도리의 준엄함을 이르는 말. '천도(天道)'는 하늘이 낸 도리나 법. ¶"…법 위에는 천도가 있다. 저 뒤에 사람들 안 뵈냐. 저 주먹들 속에는 법보다 무서운 천도가 들었어. 문지주 같은 놈은 천도를 어긴 놈이야…" 『암태도』

벙거지 시울 만지는 소리[속]　벙거지의 시울은 아무리 만져도 걸리는 데나 맺히는 데가 없다는 데서, 애매하고 모호해서 알 수 없는 말을 이르는 말. ¶동네 사람들은 뭐라고 더 주접을 떨며 벙거지 시울 만지는 소리를 하는 것이었으나, 종수는 더 들으려고 하지 않았다. 『자랏골의 비가』 ¶주먹코는 연방 오기창이 눈치만 보며 벙거지 시울 만지는 소리를 하고 있었다. 『녹두장군』⑦

벙거지 쓴 김에 큰기침 한다 하찮은 권세를 빙자하여 유세를 부림을 이르는 말. ¶놈들 이렇게 설치는 꼴이 똥부린 증거만 잡자는 것이 아니라, 벙거지 쓴 김에 큰 기침이나 한번 원없이 해보자는 배짱으로 설쳐도 더럽게 설쳤다. 『사랏골의 비가』

벙어리 냉가슴 앓듯㈜ 답답한 사정이 있어도 남에게 말하지 못하고 혼자만 괴로워하며 걱정하는 경우를 이르는 말. ¶"이런 소리는 사람의 종자들하고는 입도 짝을 할 수 없는 소리라 우리 내외만 벙어리 냉가슴 앓대끼 꿍꿍 앓고 있다가 아무리 생각을 해도 달리는 길이 없어 지금 이로크롬 자네들한테 부탁하는 것인께 귀넹개 듣지 말고 깊이들 쪼깐 새겨들어주게…" <당제>

벙어리 소 몰고 가듯㈜ 아무 말 없이 따라가기만 하는 모양을 이르는 말. ¶써운이는 두 눈에 눈물을 뚝뚝 떨구면서 앞을 섰고, 순경은 그냥 덤덤한 표정으로, 벙어리 소 몰고 가듯 말없이 써운이 뒤를 따르고 있었다. 『자랏골의 비가』

벙어리 차첩을 맡았다㈜ 차첩(差帖)은 하급 아전직을 임명하는 사령장을 말하며, 여기서 '벙어리 차첩 맡았다'는 '벙어리직'에 임명장을 받았다는 우스갯소리. ① 마땅히 정당하게 담판할 일에 입을 열어 말하지 못하고 꿍꿍거리는 경우를 이르는 말. 또는 ② 겉으로 말은 하지

않지만 속내를 환히 알고 있는 경우를 이르는 말. '차첩'은 차접의 원말임. ¶(종수는)…그저 자기 깨끗한 것만 믿고 차첩 맡은 벙어리처럼 아무말도 하지 않고 그저 하라는 대로만 할 뿐이었다. 『자랏골의 비가』 ¶"…처자는 눈물을 찔끔거렸지만, 방가는 올깃한 속셈이 있던 터라 차첩 맡은 벙어리처럼 말이 없었어요…" 『녹두장군』②

벙어리한테 글강 닦달하듯 전혀 사정을 모르는 사람한테 사정을 말하라고 닦달하는 경우를 이르는 말. '글강'(=강)은 배우거나 익힌 글을 스승이나 시험관 앞에서 외어 바치는 일. ¶뚝심으로 무슨 일을 하란다면 누구한테 왈칵 뒤질 것 같지 않은 자신이 있었으나, 남 앞에 대표라니, 이건 벙어리한테 글강 닦달보다 더 애먼 일인데다, 사판이 어떻게 되어 있는 판인지 앞뒤 내막도 제대로 가릴 수 없는 일이다 보니, 도무지 어떻게 처신을 해야 하는 것인지 아뜩하기만 했다. <가남 약전>

베갯밑 공사 잠자리에서 아내가 남편에게 바라는 바를 속살거리며 청하는 일. ¶(산) "…옥향이를 꾸짖어 작자 방에는 집어넣기는 쉬운 일이지만, 방에 들어갔다 하더라도 질질 짜면서 들어가 그자 비위를 상해놓는 날에는 죽을 쑤는 판이라, 방실방실 웃으며 들어가 베갯밑 공사를 그럴싸하게 하도록 하자면, 욱대겨 가지고는 안되겠다 싶었던 거지." 『보쌈』

베갯밑 송사 베갯밑 공사. ¶"이런 일에는 남자들보다 속살은 여자들 힘이 더 크거든. 마누라란 것이 폐인이 되어 아랫목에 구들지고 누워 있어도 남자 움직이는 데는 온몫 한다는 것 아닌가? 베개

밑 송사가 그러기 무섭다는 거야." 『암태도』

베라먹을 놈 囲 배라먹을 놈. 못된 놈이라는 욕설. ¶ "에라이, 베라먹을 놈." 차관 호가 장갑째 덕판에다 패대기를 쳤다.

베올 날 듯이 무엇을 아주 정성드려 가지런히 하는 경우를 이르는 말. '날다'는 길쌈할 때 베를 짜는 앞 단계에서 올을 여러 겹으로 길게 늘어뜨리는 것을 일컫는 말. ¶ 영감은 시골 아낙네들이 베올 날 듯이 그것을 여러 겹으로 길게 날았다. <추적>

벼락 맞은 꼴 멍하게 바라보는 꼴. ¶ (산) "여기 계시잖아요?" "뭣이?" 안을 들여다본 과부는 벼락 맞은 꼴로 입을 떡 벌렸다. 『보쌈』

벼락 맞은 상판 벼락 맞은 꼴. ¶ "아니." 노인들은 기가 막혀 말이 안 나오는지 벼락 맞은 상판으로 서로 건너다볼 뿐이었다. 『녹두장군』④

벼락 맞은 소 뜯어먹듯 密 여럿이 달려들어 제각기 멋대로 욕심을 채우려 하는 모양을 낮잡아 이르는 말. ¶ "그런께, 시방 해방 덕을 보아도 그로크롬 말자리나 허던 놈들이, 벼락맞은 소 뜯어묵대 끼 덕을 보아도 온통지게 보고 있그마." 『자랏골의 비가』 ¶ "…들어본께 북선서는 쏘련 놈덜이 들어와 가지고, 그저 아무것이나 걸리는 대로 배락맞은 소 뜯어묵대끼 털어가고 뺏어가는 굿이라는디, 미국놈덜이라고 그런 욕심 없을 것인가?…" 『자랏골의 비가』

벼락에 놀란 토끼 같다 하도 놀라 정신이 나간 경우를 이르는 말. ¶ 민영숙은 가쁜 숨을 내쉬며 불같이 영을 내렸다. 통인은 벼락에 놀란 토끼처럼 후다닥 뛰어나갔다. 『녹두장군』⑨ ¶ "전봉준 장군님께서 순상 각하를 뵈러 오십니다." 김만수가 성문으로 가서 말했다. 기찰하던 영병들은 깜짝 놀라 저만치 오고 있는 전봉준 일행을 건너다봤다. 마치 벼락에 놀란 토끼들 같았다. 『녹두장군』⑪

벼락에 떨어진 잠충이 같다 密 천둥에 떠는 잠충이 같다. 정신을 차리지 못하고 어릿어릿하는 사람의 모양을 이르는 말. '잠충이'는 잠꾸러기의 사투리. ¶ "삼패 막창 논다니도 아니고 여염집에서 자랐단 규수가 첫날밤에 신랑을 사타구니 밑에 깔고 앉아버렸으니 꼴이 뭐가 됐겠소? 천지가 뒤집혀도 유분수지 이런 날벼락이 어디 있겠어요? 신랑은 벼락에 떨어진 잠충이처럼 신부 밑에 깔려서 기가 막혀 있는 참인데. 매 화타령까지 하느라고 천당이 어떻고 지옥이 어떻고 회악질소리까지 또 낭자합니다그려." 『녹두장군』② ¶ 도래실 영감은 벼락에 떨어진 잠충이처럼 멀거니 대용이를 건너다 보고 있었다. <신 농가월령가>

벼락에 소 뛰어들 듯 다급하게 뛰어드는 경우를 이르는 말. ¶ "워매, 워매. 저것이 뭣이라요?" 여편네가 마당에다 물동이를 와장창 내동댕이치며 벼락에 소 뛰어들 듯 방으로 뛰어들었다. 『자랏골의 비가』 ¶ 웬 여자 하나가 봉두난발의 험한 꼴에, 보퉁이 하나를 끼고 벼락에 소 뛰어들듯 동네로 뛰어들고 있었다. 『자랏골의 비가』

벼락 치는 하늘도 속일 놈이다 속임수에 이골난 사람을 이르는 말. ¶ "차가 그 작자는 벼락 치는 하늘도 속일 놈인데 거간쟁인지 지가 살라고 숭을 쓰는지 누가 알어?" 이용만이었다. 『은내골 기행』

벼락 친 뒤에 들쥐 같다 잔뜩 놀랐다가 정신을 차린 꼴을 이르는 말. ¶동네 사람들은 벼락 친 뒤의 들쥐들처럼 눈만 말똥거리고 있었다. 『은내골 기행』

벼룩도 낯짝이 있다㈜ 매우 작은 벼룩조차도 낯짝이 있는데 하물며 사람이 체면이 없어서야 되겠느냐는 말. ¶"벼룩도 낯짝이 있더라고, 자네 입장 뻔히 암시롱 여북하면 이로크롬 생눈이 멀겄는가?…"『자랏골의 비가』 ¶"그것이 시방 먼 소리라요? 벼룩도 낯짝이 있더라고 그 판이 먼 판인니, 남정네도 인 나긴 집 여팬네가 새끼들까지 대꼬 나가라우?…"『녹두장군』⑤

벼룩의 간을 내먹는다㈜ 어려운 처지에 있는 사람에게서 금품을 뜯어냄을 이르는 말. ¶"농사철인데 두레 안 나가고 고기 잡으까?" "그 작자는 농사는 밭 한 뙈기도 없고 고기잡이에 목줄을 대고 사는 것 같더라. 벼룩 간을 내먹는다더니 그 알량한 어살에도 세금이 나오고 거기다가 첩징까지 하는 통에 하도 이가 갈려 농민군에 나왔다더라."『녹두장군』⑩

변강쇠 뺨친다 정력이 넘치는 경우를 이르는 말. '변강쇠'는 지금은 내용이 전하지 않는 우리 고소설 <변강쇠전>의 주인공으로 절륜의 정력을 지닌 색광(色狂). ¶"…코 아래 진상이 제일이라지만 그것은 모르는 소리고 진상은 배꼽 아래 진상을 덮을 것이 없네. 더구나 어사또 나리는 내가 잠시 겪어 봤으니 말이지만 그 식성 하나는 아날말로 변강쇠 뺨치는 분일세." 호방은 껄껄 웃었다. 『녹두장군』⑧

변덕이 죽 끓듯 하다 말이나 행동이 이랬다저랬다 종잡을 수가 없다는 말. ¶"그런디, 그 방자 행단이들 말이여, 변덕이 죽 끓대끼하는 저 잣것 지랄에, 덕석 노릇하기도 그만했으면, 안 징그러운가 몰라?"『자랏골의 비가』 ¶"…더구나 그놈의 새끼는 변덕이 죽끓듯 하는 새끼라 숙주나물 맛 변하듯 언제 등을 돌리고 칼을 겨눌지 모른단 말이여."『녹두장군』⑤

별성마마 배송 내듯㈜ 마마손님 배송하듯. ¶"시방 정참봉 나리께서 극락에를 가실라고 동헌 뒷방에 앉아 기두르고 기시는디…그 양반이 극락에 갈 적에는 우리들이 꼭 별성마마 배송하대끼 배송 굿을 쳐들여사 쓰겄는디, 가만 있으시요잉."『녹두장군』⑥

병나팔 불다㈖ 술 따위를 병째로 입에 대고 마시다. ¶두 놈은 병나팔을 불어 꿀꺽꿀꺽 술을 몇 모금씩 더 들이켠 다음 옷소매로 입을 문지르며 급히 자리를 떴다. 『녹두장군』①

병든 까마귀 어물전 돌듯㈜ 탐나는 것의 주위에서 떠나지 못하고 맴도는 모양을 이르는 말. ¶"소병 난 까마귀 어물전 건너다보듯 처량한 자세로 영춘이하고 서 있는데, 느닷없이 꽥, 고함소리와 함께 저쪽에서 플레시불이 쭉 뻗혀 오잖아? 찔끔했어…" <전우>

병신이 육갑한다㈖ 제대로 생기지도 못한 병신이 육십갑자를 센다 함이니, 되지 못한 자가 엉뚱한 짓을 함을 낮잡아 이르는 말. ¶"육갑 떠네." "임마, 말을 할라면 똑똑히 해. 병신 육갑 떤다고 지대로 말을 하제 으째서 한토막은 짤라불고 말을 하냐?" 저쪽에 앉은 술손들까지 와 웃었다. 『녹두장군』⑥

병신 자식 두벌 사랑㉠　병신 자식이 더 귀엽다. 불구가 된 자식일수록 더더욱 부모의 사랑이 쏠리게 된다는 말. ¶… 걸레같이 찢겨발긴 핏덩어리에 그래도 숨이 붙어 있어, 비록 병신일망정 병신 자식 두벌 사랑으로 안스럽게 거둬본 것이, 결국 저렇게 헌베짜치 주어 맞춰 기워놓은 누더기 꼴의 험한 인생이 되고 말았다.『자랏골의 비가』

병신 치고 육갑 못 하는 놈 없다　병신이 육갑한다. ¶"이놈, 어데로 꽁무니를 빼냐?" 이세곤이가 악을 썼다. "육갑 못하는 병신 없다둥마는 육갑도 가지가지구먼." 서원은 혼잣소리로 비웃음 골목을 빠져나갔다.『녹두장군』①

병아리 눈물만큼　매우 적은 양을 이르는 말. ¶"…여자들이 술을 마시면, 마셔봤자 병아리 눈물이지 뒷술 마시고 말술 마시는 줄 아시요?" <신 농가월령가>

병아리 마당에 소리개 꼴　멀리서 아주 치밀하게 노리고 있는 모습을 이르는 말. ¶"…지난번에는 진산 방가들 때문에 한바탕 소동이 벌어졌는디, 지금도 그런 수상한 놈들이 여럿이 이 속에 스며들어 있소. 이놈들이 병아리 마당에 소리개 꼴로 빙빙 봐돔시롱 우리들이 하는 일이나, 우리들이 하는 말을 낱낱이 염탐을 해서 치부를 하고 있을 것이오. 바로 이 자리에서 그 작자들을 못자리에 피사리하대끼 뽑아냅시다. 모두 제 말씀에 따라 주시오."『녹두장군』②

병아리도 첫 울려면 날을 가린다㉠　어떤 일을 새로 벌일 때는 날을 잘 잡아야 함을 이르는 말. ¶"이 사람아, 병아리 새끼도 첫 울 때는 날을 가려 운다는 것인데, 인생의 대사를 무슨 데이트날 물리

듯 당겼다, 물렸다 내키는 대로 한단 말이야?" 나는 이 놈을 어지간히 닦달해서는 안되겠다싶어 버럭 역정을 냈다. <청개구리> ¶(산) "같이 살면 그만이지 무슨 때가 있고 뭐가 있고 합니까?" "병아리도 처음 울 때는 날을 가린다고 하지 않았습니까? 더구나 저는 이 세상 사람이 아니었으니 때가 찰 때를 기다려야 하고, 또 좋은 날을 가려야 합니다…"『보쌈』

병에는 장사 없다㉠　아무리 장사라도 병에 걸리면 맥을 못춤을 이르는 말. ¶ 왕후장상에 따로 씨가 없고, 정승 날 때 강아지도 나는 법이라, 항상 돈피에 잣죽으로 곤자소니에 발기름이 끼어 살던 양문이었지만, 그런 양문이나 얻어먹던 해룡이나 하늘 아래 벌레기는 마찬가지여서 병 앞에서는 따로 장사가 없다 보니, 같은 병원에 나란히 누워 같은 의사의 치료를 받으며 같이 앓고 있었다.『자랏골의 비가』

병 주고 약 준다㉠　병을 앓게 하고 그 뒤에 약을 준다 함이니, 해를 입힌 후에 어루만지거나 도와준다는 말. ¶"많이 아파? 그래도 발라야 해. 살살 문지를게." 개발코는 살살 문질렀다. 그의 손길은 따뜻하고 자상했다. 이런 경우도 병 주고 약 준다고 해야 할는지, 경황중에도 한가한 생각이 들었다.『은내골 기행』

병추기 같은 새끼㉤　못났음을 병에 찌든 사람에 비겨 낮잡아 하는 말. '병추기'는 병치레가 잦아 늘 골골거리는 사람. ¶"이런 병추기 같은 새끼들!"『녹두장군』①

보고도 못 먹는 떡㉠　보고도 못 먹는 것

은 그림의 떡. 아무 실속이 없음을 이르는 말. ¶"금매, 값싼 망둥이가 장마다 나는 것도 아닐 것이고, 이런 존 질이 있은다치라먼 지름길은 종종걸음이라고, 그런 말이 떨어지기가 바쁘게 꿩 뒤에 매 뜨듯 해사 쓸 것인디, 보고도 못 먹는 떡이그마." 『자랏골의 비가』

보기만 해도 배가 부르다 맛있는 음식이 너무 많아서 보기만 해도 먹은 것 같다는 말. ¶그래도 지금은 들판이 저만큼이라도 차 있어 보기만 해도 배가 부르고, 눈요기만으로도 마음이 든든하지만, 『자랏골의 비가』

보리개떡 안팎 있을까 보리개떡 같은 하찮은 것에는 정해진 모양새가 없다는 말. ¶"보리개떡 안팎 있을랍디여마는, 그래도 뿐을 본당게 말인디라우, 짚새기가 뿐이 나면 어디서 나겠소?…" 『녹두장군』⑦

보리개떡으로 찰떡 인심 난다 하찮은 일로 크게 생색이 나는 경우를 일컫는 말. ¶…그것 됐다가 손자물림해도 나무 생긴 목자가 니 짓상 될 꼬라지도 싹수가 첨부터 글렀은께, 이런 때 인심이나 써! 보리개떡으로 찰떡 인심 난께." 『자랏골의 비가』 ¶"…이런 일은 상말로 보리개떡으로 찰떡 인심날 일인디 그런 일을 부자 생색내라고 내맡 기자는 소리요?" 별감이었다. "그래도 지금 군민들 형편이 눈썹만 뽑아도 똥 나오게 생겼는디, 또 그런 돈을 내라면 우선 얼굴부터 찡그릴 것 아니오." 『녹두장군』④

보리누름에 선늙은이 얼어 죽는다㊀ 늦봄에 혹심한 추위가 닥치는 경우를 이르는 말. '보리누름'은 보리가 누렇게 익는 철. ¶"아이고 춥다. 아주마이예, 와

이리 춘교? 보리누름에 선 늙은이 얼어 죽는다카드마는 추위 한번 무섭네예. 막걸리 한잔 주이소. 텁텁한 갱상도 막걸리를 마셔야 속이 확 풀리지 않겠는교?" 이싯뚜리가 경상도 사투리를 제법 그럴싸하게 흉내내며 주막으로 들어섰다. 『녹두장군』⑧

보리 주면 오이 안 주랴㊀ 주는 것이 있으면 당연히 받는 것이 있다는 말. ¶"죄수 하나 만나는 데야 사장이를 고르고 말 것 있는가? 그 길로 먹고 사는 놈들인데, 돈 몇푼 쥐어주면, 보리 주는데 외 안 주었어?" 『녹두장군』② ¶"계집년들이 삼삼혀? 잣것, 먼 수가 없으까?" 막동이가 김갑수 눈치를 보며 키들거렸다. "임마, 패 박은 사당패들이 보리 주면 외 안 주겠냐?" 왕삼이가 퉁겼다. 『녹두장군』⑦

보리죽 끓는 소리 시르죽은 소리. ¶종수는 마치 자기가 죄라도 진 것 같아, 자꾸 말이 목구멍으로 기어들어갔다. 그러나, 일단 정확한 이야기를 해주어야 할 것 같아, 가지밭에 든 놈처럼, 죄없이 잔뜩 주눅이 들어 보리죽 끓는 소리로 대답을 하고 있었다. 『자랏골의 비가』 ¶"나는 그런 소리 할지 모르는 사람인데, 아무렇게나 고맙다더라고 그래버려." 달주는 더욱 골을 붉히며 보리풀떼기 끓는 소리로 이죽거렸다. 『녹두장군』⑥

보리풀떼기에 맹물 탄 소리 전혀 이치에 닿지 않는 싱거운 소리. '보리풀떼기'는 보릿가루로 풀처럼 쑨 죽. ¶"…요새 라디오에서 걸핏하면 나라사랑이 어떻고 아갈대 쌓는디 그때마둥 씨가 쪼깐 맥혀 드는 소리를 하는가 하고 귀를 쫑가 보면 모두가 보리풋대죽에 냉수 탄

것 같은 소리나 씨부렁대고 앉아서 맨날 이순신 장군이나 불러대고 있는디, 내 사견적인 견지로 봐서는 저 아래 화약골 의병덜이 정신적인 견지로는 외려 이순신 장군보다 더 훌륭하게 생각되더라 이겁다…" <재수없는 금의환향> ¶ (산) …옛날 같으면 바로 이 5월은 초근목피로 연명하던 보릿고개의 대마루판인데 지금은 보릿고개는커녕 그 보리마저 갈지 않고도 잘 먹고 살지 않느냐, 이따위 보리풀떼기에 맹물 탄 소리나 듣고 앉아서 그냥 멍청하게 웃기나 해야 할 것인가? 『교수와 죄수 사이』

복날 개 패듯 몹시 심하게 때리는 모양을 이르는 말. ¶ "…도둑이라 하는 놈들은 악담·핀잔 같은 것은 뒤꼭지를 지르면서 퍼부어도, 땅, 그것을 되레 꿀로 알고 다니는 놈들이라, 땅, 난장에 박살을 얹어, 땅, 복날 개 패듯 해야 하는 것입니다…" 『암태도』 ¶ (산) 양반 못된 것 장에 가서 호령하더라고 이놈은 죽어 명정거리는 고사하고, 입춘날 춘복하나도 제 손으로 그려 붙이지 못하는 주제인데, 이런 무식한 자일수록 유세란게 내나 돼잖은 곤댓짓과 호령뿐이라, 상놈이 지나가다가 인사만 조금 부실해도 그 자리에서 잡아다가 패기를 복날 개 패듯 했다. 『보쌈』

복 없는 귀신은 죽어 물에 밥도 못 얻어 먹는다 복이 없으면 당연한 대접도 못 받는다는 말. ¶ 그런데 형은 죽어도 어떻게 죽었는지, 복 없는 귀신은 죽어 물에 밥도 못 얻어 먹는다지만, 죽은 사람 죽은 복이야 그것은 또 그런다 치고, 『자랏골의 비가』

복은 쌍으로 안 오고 화는 홀로 안 온다 俗 세상살이에는 좋은 일보다 궂은일이 더 많음을 이르는 말. ¶ "허허, 화는 홀로 안 오고 복은 쌍으로 안 온다더니, 나한테는 복이 쌍에다 겹으로 덮치는 구만. 금년 토정비결이 그럴 듯했었지." 호방은 커엄 기침을 하며 내사로 들어섰다. 『녹두장군』⑧

복장이 터진다 몹시 화가 나다. 화가 치밀다. '복장(腹臟)'은 가슴 한복판. ¶ "허허. 사람 복장이 터져 못 살겠네…아니, 이 자석이 버릇 배우란께는 과붓댁 문고리 빼들고 엿장사 부른다고, 그래도 나이를 한 살이래도 더 묵으면 속창아리가 쪼깐 들지 알었등마는, 한다는 소리가 이놈이 시방 지 정신 가진 소리냔 말이요?" 『자랏골의 비가』 ¶ "…내가 참말로 먼 팔자를 타고나서 만나도 당신 같은 사람을 만나서 이 고상을 허? 복장이 터져서 죽겠구만잉." 『녹두장군』⑦

본전도 못 찾다 노력한 결과가 좋기는커녕 오히려 하지 아니한 것만 못하다. ¶ "이년아, 아무리 버텨봤자 본전 못 찾는다. 흔연스럽게 어사 수청을 든다고 고개만 끄덕이면 쥐도 새도 모르게 수청만 들고 여기 와서 편히 자라고 할 것이다. 기어코 고집을 피우면 너는 더 험하게 당한다. 이것이 먼 소린 줄 아냐?…" 『녹두장군』⑧

봄바람 맞은 화초밭이다 좋아하는 사람끼리 만나 즐거워하는 경우를 이르는 말. ¶ "오씨가 자네 아이들 보살피는 것이 친어머니보다 더 살뜰하네. 자네 아이들이 온 뒤로는 얼굴이 새처녀같이 화색이 환하고 웃음 걷힐 날이 없구만. 봄바람 맞은 화초밭이야." 강가가 음충맞게 웃자 동네 사람들 웃음소리가 한결 호들갑스러웠다. 『녹두장군』⑪

봄바람에 능수버들이다 서로 반갑게 맞아 즐겁게 어울리는 경우를 이르는 말. ¶ 금방 싸다듬이라도 할 것 같던 사람들이 대번에 봄바람에 능수버들이었다. 『은내골 기행』 ¶ "…쥔네 초상이 머슴놈 한테는 잔치판이더라고, 우리야 증인 서고 나면 일끝은 어디로 돌아가건 우리 할 일은 다 한 것인께 이판에 목구녁에 때나 지대로 한번 벗겨 봅시다. 칼칼칼." 곽가는 너울가지가 봄바람에 능수버들이어서 촌놈들 비위 맞춰 구슬리는 엉너리 손이 산이 녹게 살가웠다. <귀향하는 여인들>

봉回 어수룩하여 속여먹기 좋은 사람을 이르는 말. ¶정장쇠는 50냥이란 소리에 이런 봉이 어디서 날아왔나 싶은 모양이었으나 겉으로는 숭을 쓰는 것 같았다. 『녹두장군』②

봉사 씨름굿 보기宿 봉사 단청 구경. 사물의 참된 모습을 깨닫지 못함을 이르는 말. '씨름굿'은 씨름판에서 벌어진 씨름을 구경거리로 이르는 말. ¶ "촌놈들 문자 속이사 풀강아지 서울 구경이고, 봉사 씨름굿이제, 자네는 별 조화 있간디?" 『자랏골의 비가』

봉충다리 의지 걸음宿 좀 모자라는 사람도 여럿이 어울려서 하는 일에는 한몫 낄 수 있음을 이르는 말. 봉충다리 울력걸음. '봉충다리'는 한쪽이 짧은 다리. ¶우리가 그런 짓을 한 것은 권에 띄워 방립이 아니라, 총부리에 못이겨 목숨 살라니까 한 짓이었다고, 제대로 발 뻗을 자리가 생기는 것이어서, 봉충다리 의지 걸음으로 못이긴 듯 일을 할 참인데, 정작 해야 할 일은 하지 않고 초랭

이 거동에 망건 쓰듯 썼다, 벗었다 방정만 떨고 있으니, 경황중에 역정이 나서 한마디 푸념을 한 것이다. 『자랏골의 비가』 ¶ "두 달이 지났는데요, 지금까지 행보가 만만찮아요. 봉충다리 울력걸음으로 지금 여러 사람 운김에 싸여 이렇게 가기는 합니다마는 삼례까지 제대로 가질런지 모르겠소." "죽일놈들!" 『녹두장군』②

봉치에 포도군사宿 봉치는 결혼 전에 신랑 집에서 신부집으로 예장(禮狀)과 채단(采緞)을 보내는 일로 중간에 도둑을 만날까 싶어 포도 군사를 달려 보낸다는 것은 지나치다는 뜻에서, 무슨 일에 지나치게 경계하는 경우를 이르는 말. ¶ "…누구든지 가서 우리 동네가 시방 이런 일을 당했은께 쪼깐 해결을 해주어사 쓰겄다, 이랬으면 되았제, 봉치에 포도군사를 딸릴 것이요, 이것이 먼 쥐 잡는 일이라고 날랜 괭이 새끼를 추려 보낼 것이요?…" 『자랏골의 비가』

부등가리 안옆 죄듯宿 '부등가리'는 부엌에서 불을 담아내는 오지그릇이나 질그릇 깨진 조각을 말하며, '안옆 조인다'는 말은 그런 옹색스런 도구로 뜨거운 불을 담아낼 때는 그것을 붙잡고 있는 손이 뜨겁기도 하려니와 거기 담긴 불이 옆으로 떨어질까 싶어 마음이 조인다는 말이니, 무슨 일을 할 때 일하기가 아주 옹색스러워 안절부절못하는 모양을 이르는 말. ¶ "방가란 자가 그렇게 나쁜 놈인가?" "말씀 마슈. 작인들은 일년 농사 짓고 나면 이놈이 소작을 떼어가지 않는가, 항상 부등가리 안옆 조이듯 부쩌지를 못합니다유. 그놈 논 부치고 사는 작인들은 도무지 사는 것이 사는 것

이 아닙니다유." 『녹두장군』① ¶이렇게 손은 부등가리 안옆 죄듯 하고 발은 살얼음 밟듯 조심조심하고 있는 판에, 조관을 다섯 사람이나 목을 베어버렸으니 10년 적공이 하루아침에 무너진 꼴이었다. 『녹두장군』⑨ ¶"며칠 동안 바람이나 좀 쐬고 올까 합니다." "어디를 가든 조심해라. 시국이 하도 험해논게 부등가리 조이듯 마음은 항상 참새 가슴이다." 어머니는 밥그릇 보자기를 챙기며 말했다. 『은내골 기행』

부러진 팔자 운수가 다했음을 이르는 말. ¶기왕에 부러진 팔자로 비럭질을 해먹는 판에는, 이런 풍신 밑천이라도 제대로 활용을 하자는 생각에서, 요사이는 거기다가 장타령까지 얹어 솜씨를 가다듬었다. 『자랏골의 비가』

부러진 환갑이다 서른 살을 농으로 이르는 말. ¶"…이름헐라 오기창이라 논게, 동네 못된 것들이 '오기 창창 오기창, 오기창고 오기창'이라고 놀래묵소. 내가 이래봬도 나이가 부러진 환갑인디 그렇게 놀래묵어사 쓰겄소?" 오기창이는 익살이 구수했다. 『녹두장군』⑥

부루기 암내난 암소 타듯 '부루기'는 아직 길들이지 않는 송아지로, 능력이 미치지 못하면서도 욕심을 부려 버둥거리는 경우를 이르는 말. ¶"아이고 숨차. 그 녀석 발걸음이 이렇게 날랜가?" "이 녀석이 당기는 데가 있다보니, 이 가풀막진 잿길을 부루기 암내난 암소 타듯 하는그만." 『암태도』

부르는 게 값이다 물건을 파는 사람이 마음대로 값을 매긴다는 뜻으로, 값이 일정하지 아니하고 그때그때 달라짐을 이르는 말. ¶"흑질백장이라고 안 그러던

갑세, 그것이 해돋이에 산 퇴깽이를 물고 있는 놈을 하나 잡아 논다치라먼 그것은 그냥 부르는 것이 값이라여…" 『자랏골의 비가』 ¶세번째 등급에 드는 사람들이 돈을 쓰고 출옥을 하자 두번째와 첫번째 등급에 드는 사람들 가족들은 먹구름 밑에 대목 장꾼 싸매듯 안절부절 제사날로 돈을 싸짊어지고 아침저녁으로 아전들 집 문턱이 닳을 지경이었다. 여기서는 부르는 것이 값이었다. 『녹두장군』⑤

부사리 영각켜듯 황소 영각켜듯. 황소가 암소를 찾아 길게 뽑아 울 듯이. '부사리'는 머리로 잘 받는 버릇이 있는 황소. '영각'은 황소가 암소를 찾아 길게 뽑아 우는 소리. ¶그는 평소 수굿했던 만큼 입을 열어 소리를 지르자 부사리 영각켜듯 목소리가 우람하고 거쿨졌다. 『암태도』

부서진 까치집 꼴 엉성한 모습을 이르는 말. ¶이삿짐이란 아무리 부잣집 이삿짐이라도 꾸려노면 지저분하고 엉성하기가 부서진 까치집꼴인데, 더구나 궁기에 찌든 살림살이를 손 거친 머슴들이 얼기설기 꾸려 짊어진 것이라 더 험했다. 『암태도』

부엉이 셈 치기箇 부엉이는 수를 둘씩 짝으로만 헤아려 보기 때문에 짝을 맞추어 없어지면 모른다는 데서, 계산에 몹시 어두운 사람의 셈을 이르는 말. ¶사실 촌사람들 계량 짐작이라는 것이 거개가 부엉이 셈으로, 세안을 대겠느냐 보릿동을 대겠느냐는 정도의 어림짐작이라 먹다 떨어지면 그러는 줄 알 뿐, 이렇게 촘촘히 계산하고 살림하는 사람은 거의 없었다. 『암태도』

부엉이 집 같다 여러 가지 희한한 살림 살이를 잔뜩 갖춘 방을 이르는 말. ¶ 그 속에는 등기문서 같은 종이첩이며, 무슨 영수증 나부랑이, 누렇게 바랜 몇 장의 편지봉투, 그리고 장식이 꽤 호화 로운 은장도 등등 부엉이 집 같은 속에 서 지폐뭉치 하나를 끄집어냈다. 『자랏 골의 비가』

부자는 곳간에서 인심나고 가난뱅이는 아침 이슬에서 복 나온다 부자는 재물을 다 루는 데서 사람됨이 드러나고 가난뱅이 는 새벽부터 이슬 털고 부지런히 나대 야 살아긴다는 말. ¶ 부자는 곳간에서 인심나고 가난뱅이는 아침 이슬에서 복 나온다는 따위의 소리에 감격하던 때가 있었지만, 이 못된 세상을 곰곰 생각해 보니 그것은 개소리였다. 가난뱅이가 아 무리 밤잠 안 자고 새벽부터 이슬을 털 며 부지런을 떨어보았자, 부자놈들한테 빼앗기고 관가놈한테 빼앗기고, 그렇게 무지막지하게 빼앗기고서야 복은커녕 어떻게 목숨인들 부지할 수 있단 말인 가? 그런 매가리없는 소리는 그런 놈들 을 이 세상에서 다 쓸어 없앤 다음에나 할 소리였다. 『녹두장군』⑤

부자하고 재떨이는 모일수록 더럽다 부자 가 인색함을 이르는 말. ¶ "부자하고 재 떨이는 모일수록 더럽다더니 그 자식 돈 벌수록 더러워지는 것이 사람질 하기는 틀린 새끼여…" <재수없는 금의환향>

부자 한 집이 나려면 세 동네가 망한다⑥ 부자 하나가 생기려면 그만큼 많은 사 람들이 희생을 당한다는 말. 또는 무슨 큰일을 하나 이루려면 많은 희생이 있 게 됨을 이르는 말. ¶ "그거야 누가 아 니래나? 부자 하나가 나려면 옛말에는

세 동네가 망한다고 했는데, 그럴 째비 가 못되기도 하제마는 남의 것 넘보잖 고 제 손으로 번 것만도 장한 일이긴 하 지." 만득이가 술잔을 꼴깍하며 말했다. <재수없는 금의환향>

부전조개 이 맞듯⑥ 무엇이 빈틈없이 서 로 꼭 맞는 것을 이르는 말. '부전조개' 는 여자 아이들 노리개의 하나로, 모시 조개 따위의 껍데기 두 짝을 서로 맞추 어서 온갖 빛깔의 헝겊으로 알록달록하 게 바르고 끈을 달아 허리띠 같은 곳에 찬다. ¶ 이 자식들이 부전조개 이 맞추 듯 서로 말을 맞추어 가지고 요리조리 쌍절구질을 하고 있는 수작들이 눈에 보이는 것같이 환했으나, 그래도 때리는 시늉이라면 우는 시늉을 해주어야겠어 서 그 자세한 내막을 적어주었다. 『자랏 골의 비가』

부조 안 한 나그네 젯상 친다⑥ 도와주지 도 아니하는 사람이 오히려 방해를 놓 아서 일을 그르치게 만드는 경우를 이 르는 말. ¶ "묵어대라우? 왜 이러시요? 부조 않는 나그네가 무슨 배짱으로 교잣 상은 치요, 치길? 왜 치난 말이여?" 『자 랏골의 비가』

부쩌지를 못하다 안절부절못하다. '부쩌 지'는 부접(붙접의 변한말). 가까이 하거 나 의지하여 기대다. ¶ 윤영기가 소장을 읽고 있는 동안 조병식은 제 성깔을 주 체하지 못하여 장죽을 뻑뻑 빨며 앉았 다 섰다 부쩌지를 못했다. 『녹두장군』② ¶ "서, 성님!" 잔뜩 주눅이 든데다 억지 소리를 하자니 혀가 제대로 돌아가지 않았다. 당하는 달주보다 만득이가 더 부쩌지를 못하고 똥 마려운 놈처럼 오 만상을 찌푸리고 있었다. 『녹두장군』③

부지런한 부자는 하늘도 못 막는다⒮ 부지런하면 부자가 될 수밖에 없다는 사실을 이르는 말. ¶"…외입 나가 돈 벌었다면 어디가서 줸없는 물외밭 넉걸이하듯 걸태질하는 줄 알제마는다 뺙다귀 곰 곤 돈이라구. 부지런한 부자는 하늘도 못막는다고 그저 남 잘 때 안자고 먹을 때 안먹고 부지런히 나대고 아껴서 번 돈이먼 알아줘야 한다구." <재수없는 금의환향>

부처님 가운데 토막⒮ 마음이 지나치게 어질고 순한 사람을 우스개로 이르는 말. ¶그런데, 터놓고 이야기하자면서 오해라니, 그렇다면 자기 행실은 부처님 가운데토막으로 웃자리에 모셔놓고 하는 소리인데, 영감의 태도가 이렇다면 이야기를 길게 들을 것도 없겠다는 생각이 들었다. 『자랏골의 비가』 ¶민영준은 자기는 부처님 가운데 토막인 것처럼 진령군한테 더러운 년이라고 욕설을 퍼붓고 있었다. 그러나 돈에 환장하기로는 두 사람 다 더럽고 무자비하기가 어금지금했다. 『녹두장군』⑤

부처님 궐(闕) 나면 대(代) 서겠다⒮ 속은 음흉하고 탐욕스러우면서도 겉으로는 아주 자비로운 체하는 사람을 비꼬아서 하는 말. ¶"…질천이가 은제부터 회의석상 찾았던고? 부처님 궐 나면 대설 양반 한나 나왔네." 『자랏골의 비가』

부처님 다리 안듯 급하면 부처 다리 안는다. ¶"…그저 한번만 용서해주기를 마음속으로나마 부처님 다리 안듯 간절하게 빌고 있었다. 『자랏골의 비가』 ¶"…순사들 총소리만 나봐. 할아버지, 할아버지. 호랑이 만난 놈 제 어미 부르듯 문재철씨 다리 안기를 부처님 다리

안 듯 할 거라 이 말이야…" 『암태도』 ¶조병갑이는 조성국이 다리를 부처님 다리 안듯 더 바짝 끌어안았다. 『녹두장군』⑤

부처님더러 생선 토막을 훔쳐 먹었다 한다⒮ 너무나도 어처구니없는 허물을 우격다짐으로 뒤집어씌우는 경우를 이르는 말. ¶양문이 세도가 아무리 파고 세운 장나무라 하더라도, 부처님한테 생선 토막을 돌라 먹었다고 닦달하는 것만치나 애매한 일을 가지고, 이런 독기를 피우게 만들 수가 있을 것인가, 잠시 허탈할 기분이었다. 『자랏골의 비가』 ¶"…부처님보고 생선토막을 돌라묵었다고 해도 유분수제, 군자 같은 그분한테 상피라니 그게 어디 당할 소린가? 내 속 짚어 남 말하더라고, 작자들이 못되묵어도 원체 못되먹은 인간 망종들이라, 바로 짐승 같은 제놈들 속살을 그렇게 드러냈던 걸세…" 『녹두장군』①

부처님 만난 듯 크게 의지할 사람을 만난 경우를 이르는 말. ¶호방댁은 정익수를 보자 부처님 만난 듯 반색을 했다. 『녹두장군』⑥

부처님 손바닥에 손오공이다 꾀가 전혀 비교가 되지 않는 상대를 이르는 말. ¶"좀 양심적인 어느 기관원이, 너희들은 이렇게 부처님 손바닥 안의 손오공이다, 쓸데없는 객기 부리지 말고 가만히 엎더 있어라, 내가 보름 동안 생각한다는 건 기껏 이런 어린애 같은 망상 정도야." 『오월의 미소』

부처님 전에 마지를 넘보지 부처님 앞에 차려놓은 밥을 훔쳐먹으려 한다는 말이니 턱없는 욕심을 내는 경우를 이르는 말. '마지(摩旨)'는 부처에 올리는 밥,

마짓밥. ¶"어어, 이 사람이 암만혀도 수상혀. 아까는 내 짐을 보고도 중놈 어물짐 보대끼 하던 사람이 섭사주 이애기가 나온게 짐을 바꿔 지자고?" "아이고, 연곡사 부처님전에 마지를 넘보제 어느 존전에 시주할 것이라고 내가 그 귀한 것을 넘보겠소?"『녹두장군』⑥

부처 밑을 기울이면 삼거웃이 드러난다㈜ 외양은 훌륭하나 그 이면을 들추면 지저분하지 아니한 것이 없음을 이르는 말. '삼거웃'은 삼 껍질의 끝을 다듬을 때에 긁히어 떨어진 검불. ¶부처님 밑을 들추면 삼서웃이라노 나올지 모르지만, 잡부금이나 비료대 관계라면 아무리 털어봐야 먼지 하나 나올 데가 없을 것이니, 그저 자기 깨끗한 것만 믿고 차첩 맡은 벙어리처럼 아무말도 하지 않고 그저 하라는 대로만 할 뿐이었다.『자랏골의 비가』

북단 거둥에 망아지 싸대듯 임금이 북단에 거동할 때 지형이 협소하여 보군(步軍)은 급히 달려가고 어미를 따라간 망아지도 그만큼 싸댔다는 데서, 몹시 싸대는 경우를 이르는 말. '북단(北壇)'은 북방토룡단(北方土龍壇)으로 조선시대 오방 토신제(土神祭)를 지내던 제단의 하나. ¶(산)…단골은 그만 그 자리에서 까무룩 잠이 들고 말았다. 그동안 밤낮을 가리지 않고 북단 거둥에 망아지 싸대듯 실속없이 논둑 봇둑을 싸대던 다음이라 그만큼 피곤했던 것이다.『보쌈』

북단 거둥에 망아지 따라다니듯 무엇 하러 가는지도 모르고 따라가는 경우를 이르는 말. ¶유월례의 가마도 여태 그랬듯이 역졸 행렬 맨 꽁무니를 따르고 있었다. 행차가 엉뚱한 데로 가고 있었으나, 가마꾼들도 가마에 탄 유월례도 영문을 모르고 그대로 가고 있었다. 북단 거동에 멋모르고 따라가는 망아지 꼴이었다.『녹두장군』⑦

북단 거둥에 보군진 몰리듯㈜ 임금이 북단에 거둥할 때에 지형이 협소하여 보군(步軍)이 달려갔다는 뜻으로, 많은 사람들이 급히 몰려드는 경우를 이르는 말. ¶자기들이 오면 북단 거동에 보군진 모이듯 동네 사람들이 모두 나와 자기들을 맞이할 줄 알았다가, 되레 빈집 같은 냉기에 살기마저 풍기고 있으니, 어리둥절한 모양이었다.『자랏골의 비가』

북도 쳐야 소리가 난다㈜ 솥 속의 콩도 쪄야 익지. ¶"솥 안에 콩도 쪄야 익는 것이고, 북도 쳐야 소리가 나는 것인디…"『자랏골의 비가』

북망산이 홑벽이다㈜ 죽음이란 늘 가까운 곳에 도사리고 있으므로 모든 일에 조심하라는 말. '홑벽'은 맞벽을 치지 않고 한쪽만 흙을 바른 얇은 벽. '북망산(北邙山)'은 무덤이 많은 곳이나 사람이 죽어서 묻히는 곳을 이르는 말. 중국의 베이망 산에 무덤이 많았다는 데서 유래함. ¶"인생 일장 춘몽이라 북망산이 홑벽이구나." "어이 가리 어이 가리 얼가리 넘자 어화야."『녹두장군』④

불감청이언정 고소원이라 본디부터 바라던 바이나 감히 청하지는 못하는 터이라. ¶"예, 어르신네 처분대로 따르겠습니다." 만득이는 글자 그대로 불감청이언정 고소원이어서 사뭇 허리를 굽실거렸다.『녹두장군』③ ¶이번에 초토사하고 같이 온 청나라 사람이 서방걸이라고 자기 가까운 친척이어서 금방 만나고 오는 길이라며 며칠 뒤에 자기 집에서 저녁을 대접하기로 했는데 그 자리에 합석을 하면 어떻겠느냐고 했던 것이다. 김덕호는 문자 그대로 불감청이언정 고소원이었다. 『녹두장군』⑨

불감청이언정 깨소금이라 属 감히 청할 수 없으나 바라는 것이 이루어져 몹시 기뻐하는 경우를 이르는 말. 불감청이언정 고소원이라. ¶ "…이것은 불감청이언정 깨소금인디, 짚그물에 걸려들어온 봉이 그대로 끌러서 놔주고, 죽도록 고생을 해서 일곱되지기라사 그것이 논이 늘어나는 맛이란 말이여?" 『자랏골의 비가』

불강아지 평생 소원은 부뚜막 무상출입이라 시원찮은 사람은 바라는 것도 시원찮은 것이라는 말. '불강아지'는 몸이 바짝 여윈 강아지. ¶ "저 작자가 밑이 넓기는 좀 너른 작자입니다마는, 제 사날로 바친 것인게 너무 마음에 끼지 마십시오. 작자가 바라는 것이 있다면 기껏해야 순창 아전 자리밖에 더 있겠습니까? 불강아지란 놈 평생 소원이랬자 기껏 부뚜막 무상출입이지요." 오거무 말에 전봉준은 허허 웃었다. 『녹두장군』⑧

불구경 않는 군자 없다 属 불구경과 싸움 구경은 양반도 한다. 불구경은 볼 만하여 누구나 즐겨 구경한다는 말. ¶ 불구경 않는 군자 없다고 이것이 엄청난 일이면 엄청난 일인만큼 큰 구경거리였고, 더구나 자기가 나서서 어쩌지는 못할망정, 양문이가 그렇게 당한다는 데야 양문이 혼자 당하건 그 가족이 몰살이 되건 고양이 죽는 데 쥐 구경이었다. 『자랏골의 비가』 ¶ "불구경 않는 군자 없다 등마는 인심 한번 고약하구나. 묏등 임자들은 속에서 불이 나는디…" 김승종

이는 신명이 난 부역꾼들을 원망스런 눈으로 건너다보며 이죽거렸다. 『녹두장군』④ ¶ "그러고 보면 사람마다 네로 같은 구석을 조금씩은 다 가지고 있는 모양이야." "그러기 불구경 않는 군자 없다는 속담도 있지 않습니까?" <지리산의 총각샘>

불난 집에 부채질한다 属 남의 재앙을 점점 더 커지도록 만들거나 성난 사람을 더욱 성나게 함을 이르는 말. ¶ "이 자식아, 너는 시방 불난 집에 부채질하고 있냐, 안질에 고추가리를 뿌리고 있냐? 이 겐노로 대갈통을 부수기 전에 쩌리가!" 『자랏골의 비가』

불난 집 여편네 싸대듯 불난 집 며느리 싸대듯. 어쩔 줄을 모르고 정신없이 왔다갔다하는 모양을 이르는 말. ¶ 동네 사람들이 이렇게 불난 집 여편네 싸대듯 술덤벙 물덤벙 정신없이 싸대고 있을 때, 벼락이 자리를 잡느라고, 천둥소리가 울려오기 시작했다. 『자랏골의 비가』 ¶ 강쇠네는 내외밖에 없는 홀앗이 살림이라 집안 걱정 없겠다, 불난 집 며느리 싸매듯 발걸음이 부산했다. 『녹두장군』⑤ ¶ 민영준은 농민군이 일어난 뒤부터는 도무지 제정신이 아니었다. 더구나 요며칠 동안은 홍계훈이 전보 챙겨 주랴, 조신들 입 막으랴, 민비 성화에 만수받이하랴 불난 집 맏며느리 싸대듯 정신이 없었다. 『녹두장군』⑩

불낸 놈이 불이야 한다 属 잘못을 저지른 사람이 그것을 가리기 위하여 남보다 먼저 떠들어대는 경우를 이르는 말. 도둑이 도둑야 한다. ¶ "누가 자네보고 묵었대다고 했간디? 불 낸 놈이 불이여 한다등마는, 자네 어디가 쪼깐 찔린 데가

있는 모냥이네.”『자랏골의 비가』 ¶“박
목수가 사람을 죽여, 그 선한 사람이?”
조만옥이가 고개를 갸웃거렸다. “관가에
서 그 자귀를 가져왔는디, 자귀 등에 핏
자국까지 묻어 있더라요.” “허허, 그런
께 불낸 놈이 불이여 한다등마는 그 작
자가 그 짝이었구만.” 저쪽 고구마상투
였다.『녹두장군』①

불뚝성이 살인낸다 墨 불뚝하게 성을 내
는 사람은 순간적으로 이성을 잃고 걷
잡을 수 없는 큰 사고를 일으키게 됨을
이르는 말. ‘불뚝성’은 갑자기 무뚝뚝하
게 내는 성. ¶그는 이미 어제끼지의 민
득이가 아니었다. 그가 눈에 불을 켜고
호방을 후려갈길 만큼 그렇게 무서운
사람이 된 것도 나 때문이었다. 불뚝성
이 살인 내더라고 내가 그를 버린다면
그는 나부터 죽이든지 스스로 죽어버리
든지 할 것이다. 그는 이 세상에 나 하
나밖에는 없고 나밖에 모르는 사람이다.
『녹두장군』③ ¶불뚝성이 살인 낸다고,
무식한 놈이 앙심을 먹기로 하면 무슨
짓을 어떻게 할지 몰라 불안했으나 일
주일이 지나도록 아무 일도 없는 것 같
았다. <불패자>

불 맞은 개가죽 심하게 오그라든 것을 이
르는 말. ¶죽은 사람은 이미 땅속에서
백골이 되고, 살아 있는 종수 마음은 불
맞은 개가죽인데, 이런 허황한 소리로
무엇을 바른다고 이죽거리고 있는 것인
지 따분한 생각이었다.『자랏골의 비가』

불 맞은 족제비 상 험상스럽게 찡그린 상
판을 이르는 말. ¶“맞네. 죽은 양풍이
생겨 묵은 빠두가 불 맞은 족제비 상으
로 곰상스럽게 생겨 그러제, 쇠한나는
지대로 났던 것 같어.”『자랏골의 비가』

불알 두 쪽밖에는 없다 墨 가진 것이 아무
것도 없는 빈털터리임을 이르는 말. ¶
“…여기 굴러올 때 불알 두 쪽만 차고
온 작자가 지금은 산 호랑이 눈썹도 그
리울 게 없네.” “요사이도 그렇게 돈을
긁어들입니까?” “이번에는 진국사 절
땅을 가로채는 모양이네.”『은내골 기행』

불알만 하나 달랑 차다 불알 두 쪽밖에는
없다. 불알 두 쪽만 대그락대그락한다.
¶“그래도 서울이 좋기는 존 모냥입디
다. 붕알만 하나 달랑 차고 올라가도,
올라갔다 하먼 가는 놈마다 긁어 죽었
다는 소리는 없고, 그래도 명절 때 집에
올 때 보면 속살로야 으짤갑시 옷 한벌
씩이래도 땟국 빠진 것을 걸치고 오거
던이라우.”『자랏골의 비가』

불알 챈 중 내빼듯 墨 불알 차인 중놈 달
아나듯. 중이 여자를 희롱이라도 하다가
불알을 차여 얼굴을 싸쥐고 내빼는 것
에 빗대어 무작정 도망치는 경우를 이
르는 말. ¶“…자네는 또 낼 아침에 성
묘 끝나면 불알 챈 중 내빼듯 돛 달아
부칠 것 같고 한가한 시간은 오늘 저녁
이겠다 싶어서 계겟김에 한잔 하자고
왔어. 하하.” <재수없는 금의환향>

불여시 같은 놈 卑 몹시 교활한 사람을
이르는 말. ‘불여시’는 불여우의 사투리.
¶“뭐여? 오거무를 봤는디 놓쳐?” “예,
이놈을 때려잡을라고 바람만바람만 뒤를
따르고 있는디, 이 불여시 같은 놈이 어
느새 눈치를 채고 튀더라지 않소?”『녹
두장군』①

불에 덴 놈 같다 못 견뎌 하거나 잔뜩 겁
먹은 경우를 이르는 말. ¶호방의 눈에는
불이 이글이글 타고 있었다. 정꿀병이는
불에 덴 놈처럼 겁먹은 표정으로 눈알

을 디룩거렸다. 『녹두장군』⑤　¶"어어!" 응팔이는 불에라도 덴 놈처럼 담배 꽁초를 집어던지며 다가섰다. <가남 약전>

불에 덴 소 같다 무작정 나대는 경우를 이르는 말. ¶묏등에서 뛰어내리더니, 정신 나간 놈처럼 이번에는 모둠발로 집을 향해 뛰어들어갔다. 똥바가지를 집어들고 불에 덴 소처럼 뛰어나왔다. 묏등으로 다시 뛰어올라갔다. 『자랏골의 비가』

불을 보듯 뻔하다 불을 보듯 환하다. ¶이 일이 유생들 사이에서 일파만파로 험하게 번져나갈 것은 불을 보듯 뻔했다. 『녹두장군』⑨　¶청나라 군대가 출동을 했다면 천진조약에 따라 일본 군대가 올 것은 불을 보듯 뻔한 일이다. 청나라 군대보다 일본군대가 오는 것이 더 큰일이다. 『녹두장군』⑩

불을 보듯 환하다 앞으로 일어날 일이 의심할 여지 없이 아주 명백하다. ¶"그래도 내막을 제대로 알아야…" "불 본 듯이 환한 것을, 뭣을 알아야 합니까?…" 『암태도』

불칙한 놈🄫 불손한 놈. ¶"이런 불칙한 놈들. 처음부터 저렇게 군중을 모아 관을 강박하자는 속셈이 뻔하구만. 이놈들을 그냥 둘 수 없소." 『녹두장군』①

불한당 놈🄫 남 괴롭히는 것을 일삼는 파렴치한 사람들의 무리를 욕하는 말. ¶"장광부터 때려부숴!" 우장창 장광이 박살이 났다. "이 불한당놈들아, 이것이 무슨 행패냐?" 박복영의 아내가 앙칼지게 악을 썼으나 아랑곳없이 살림을 때려부쉈다. 『암태도』　¶"방금 이리 불한당놈들 세 놈이 지나갔는데 못 봤는가?" 도포 입은 사내가 더운 김을 사뭇 내뿜으며 갑수한테 물었다. 『녹두장군』①

불행중 다행(不幸中多幸) 불행하기는 하나 그래도 그만하기가 다행이다. 불행하다고는 하지만 그래도 그만한 정도의 재앙만 당한 것이 다행이라는 말. ¶"많이 안 다치셨당께 불행중 다행이요마는, 아무래도 존 징조는 아닌 것 같소." 『녹두장군』②　¶"…이제 본관이 도임하여 다시 정사를 보게 되었으니, 모두 안심하시기 바랍니다. 그 사이 여러 사람을 만나 저간의 사정을 들어본즉 민군들이 정사를 크게 어지럽히지는 않아 불행 중 다행으로 여기고 있소…" 『녹두장군』⑦

붙들 언치 걸 언치🄬 말을 탈 때 제 손으로 말안장을 붙들어 얹은 다음 그 안장 위에 걸터앉는다는 말이니, 남의 덕을 보기 위해서는 먼저 그를 적당히 추켜세움이 필요하다는 말. '언치'는 말이나 소의 길마 밑에 깔아 그 등을 덮어주는 방석이나 담요. ¶동네 사람들이 저마다 있는 궁리 없는 궁리 다 짜서 그럴싸한 사람을 하나씩 골라, 붙들언치 걸언치로 구슬려서 양문이 집에 보낼 것이니 마음이 달아오를 수밖에 없었다. 『자랏골의 비가』

비는 장수 목 못 벤다🄬 잘못을 뉘우치고 사과하면 용서할 수밖에 없음을 이르는 말. ¶득철이는 집집마다 찾아다니며 사정을 했다. 동네 사람들은 비는 장수 목 못 벤다고, 악을 쓰기는 쓰면서도, 하는 수 없이 울며 겨자 먹기로 한사람씩 돈을 받아들었다. 『자랏골의 비가』　¶두령들은 비는 장수 목 못 베더라고 어정쩡한 표정으로 박성삼이 부자 눈치만 살피고 있었다. 『녹두장군』②

비단 조상에 개똥 자손 훌륭한 조상에 못난 후손. ¶(산) 김개남의 손자는 지금도 옛날 김개남이 살았던 동곡리의 지금실 부락에 살고 있는데, 비단 조상에 개똥 자손이라고 스스로를 비하하고 있었다. 『교수와 죄수 사이』

비루먹은 개 같다 몹시 지저분하고 초라함을 이르는 말. '비루먹다'는 집짐승이 여위어 털이 빠지고 보기 흉하게 되는 피부병에 걸리다. ¶여기 온 군사들은 지난 7월 경복궁 쿠데타 뒤 무장해제를 당하고 여태 비루먹은 개처럼 비슬거리던 장위영병들이었다. 『녹두장군』⑪

비 맞은 갈파래 다발 내던지듯 귀찮은 물건을 억지로 맡기는 경우를 이르는 말. ¶(산)아우는 어머니를 비 맞은 갈파래 다발 내던지듯 형 곁에 내북쳤다. "여보시오. 당신이 사람이요?" 아우는 주먹으로 방바닥을 치며 악을 썼다. 『보쌈』

비 맞은 갈파래 짐 아주 귀찮고 부담스러운 물건을 이르는 말. ¶"그 사람들은 도망쳐부렀은께 그것으로 그만이네마는, 인자 동네 일이 큰일이구만. 비 맞은 갈포래 짐도 아니고 거리 부정난 송장도 아니고 그 적잖은 세미가 동네 사람들한테 풀릴 판인디, 이 일을 어쩌제?" 박문장이 맥살없이 웃었다. 『녹두장군』② ¶"…이거 가둬놓고 있기도 멋하고 내주기도 그렇고, 비 맞은 갈파래짐이라더니 꼭 그짝이오." 『녹두장군』⑤

비 맞은 상두꾼 같다 후줄그레하고 맥빠진 모습을 이르는 말. ¶그러나, 그렇게 뛰어나갔던 기세와는 달리 해거름이 되자 모두가 비 맞은 상두꾼들처럼 맥이 빠져 한패씩 지친 다리를 끌고 들어섰다. 『자랏골의 비가』

비 맞은 장닭 같다 득의양양하던 사람이 맥없이 풀이 죽은 모양을 이르는 말.

¶"저 개새끼도 애비놈이 동학도를 잡아다 조지는 놈이여." 군중 속에서 김중한이를 향해 소리를 질렀다. 그러나 더 어쩌고 나서지는 않았다. 핀잔을 퍼붓는 군중들 사이로 일행은 비 맞은 장닭 꼴로 빠져나갔다. 『녹두장군』② ¶조선 조정은 위로는 임금에서 아래로는 궁녀에 이르기까지 모두가 비맞은 겨울 장닭처럼 썰렁한 표정으로 넋이 나간 꼴이었다. 『녹두장군』⑩

비 맞은 중놈 몹시 후줄그레한 모습을 이르는 말. ¶텃골댁은 그대로 통곡을 하면서 뒤를 따르고 있었고, 텃골양반은 비 맞은 중놈처럼 고개를 떨구고 뒤를 따르고 있었다. 『자랏골의 비가』

비 맞은 흙담 무너지듯 장마에 흙담 무너지듯. ¶"그 작자가 그렇게 비 맞은 흙담 무너지듯 하려면 무너져도 진직 무너졌어야 이런 대비를 할게 아니오?" 임문한은 생각할수록 화가 나는지 평소 냉정하던 그답지 않게 얼굴을 찌푸렸다. 『녹두장군』④ ¶"…그때는 조선 팔도가 안 일어난 데 없이 다 일어나고, 세상이 농민군들 세상이 다 되아분 것 같더라마는 관에서 다시 심을 쓰고 나온게 하루아침에 비 맞은 흙담 무너지듯 무너지더라…" 『녹두장군』⑧

비싼 밥 먹고 비지개떡 같은 짓 한다 멀쩡한 사람이 시원찮은 짓을 하고 있는 경우를 이르는 말. ¶"산소를 돌아봐서 뭣하게? 중 도망은 절에나 가서 찾제마는 어떤 놈이 제 묏등에서 뼉다구를 파다가 도장을 했으면, 나 여그서 파갔소 하게 파냈을 것이라고, 비싼 밥 묵고 그런 비지개떡 같은 짓거리를 하고 다녀?" 『자랏골의 비가』

비 오는 날 나막신 찾듯㊠ 어려운 경우에 당하여 몹시 아쉬워서 찾는 모양을 이르는 말. ¶"친구 좋다는 것이 뭣이여?" "친구가 좋으면 존 일에 찾잖고, 비오는 날 나막신 찾대끼 진일에만 찾아?" "진일 마른일 가리는 것이 친구관대?"『녹두장군』① ¶"여보씨요, 예. 산매댁 나하고 말 쪼깨 합시다, 예. 산매 양반은 우리 집 양반하고 웬수가 졌으면 먼 웬수가 졌간디 존일에나 궂은일에나 건뜻하면 비온 날 나막신 찾대끼 우리 집 양반만 찾는다요? 참말로 먼 웬수가 졌는가 말이나 쪼깨 해보시오." 두전댁은 애먼 산매댁한테 쏘아붙었다.『녹두장군』⑤

비 온 날 지팡이 구멍 같다 빠끔하게 뚫린 구멍을 이르는 말. ¶"허허, 눈이 비온 날 지팽이 구멍이 되어버렸구나. 아무리 첫날밤이라고, 예끼!" 박성삼이 방으로 들어서며 용배가 익살을 부렸다.『녹두장군』⑦ ¶(산)"죽다니, 그것이 무슨 말씀이요?" 사내는 그 사이, 비 온 날 진흙밭에 지팡이 구멍같이 퀭하게 들어간 눈으로 힘없이 아내를 건너다보며 모기 소리만한 소리로 자초지종을 늘어놨다.『보쌈』

비 온 날 짚세기 자국이다 흔적이 날 법한데 거의 나지 않는 경우를 이르는 말. ¶"너 장개 안 갔다고 했지?" 퉁방울눈이 물었다. "장개는커녕 연년이 묵은 색갈이도 아주까릿대에 쥐똥참외다." "장성은 집강소에서 빚 탕감 안했관대?" "왜 안해? 빚준 사람들 불러다가 단단히 도장을 받았제마는, 전쟁에 이겨사 말이제 지는 날에는 도장이 말하겠어? 비온 날 짚세기 자국도 아닐 것인데."『녹두장군』⑪

비 온 뒤에 땅이 굳어진다㊠ 어떤 풍파가 있은 후에 일이 더 단단해진다는 말. ¶"…동네가 시끄러우니 잠시 친정에 보낸 것으로 치고 기왕지사는 피차 잊어버리십시오. 비 온 뒤에 땅이 굳어지더라고 장가를 두 번 든 셈이니 앞으로는 정분도 배로 더할 것이고, 아끼기도 두벌로 아껴줄 것입니다."『암태도』 ¶"…속언에 비온 뒤에 땅이 굳어진다고 했습니다. 이번 일을 거울삼아 모두가 마음놓고 생업에 종사할 수 있도록 힘을 쓰겠으니 저에게 힘이 되어 주시기 바랍니다…"『녹두장군』⑦

비지떡굿에 쌍장구㊠ 보리떡에 쌍장구. 하는 짓이 격에 어울리지 않음을 이르는 말. ¶"비짓떡굿에 쌍장구 친다고 하등마는, 비가 그것이 어떤 것이간디, 나 같은 놈 이름을 새겨서 비를 세운다고 그런 정신나간 소리딜을 하고 있냔 말이여?" <가남 약전>

비행기 태우다 남을 칭찬해서 한껏 추켜올리다. ¶"너무 철학적인데요." "그 때문에 그림에 무게가 실리는 것 같습니다." "아이고, 너무 비행기 태우지 마세요." 두 사람은 한참 웃었다.『은내골 기행』

빈대 잡으려다 초가삼간 불태운다㊠ 당장 눈앞의 귀찮은 일만 피하려고 엄청나게 손해 볼 짓 하는 경우를 이르는 말. 빈대 미워 집에 불 놓는다. ¶…모두가 똑같이 외세의 개입에 대한 위기의식을 느끼고 있었다. 크게는 빈대 잡으려다가 초가삼간 태울지 모른다는 국가적 차원이고, 작게는 당장 무기의 열세 때문에 승산에 확신이 서지 않은 데서 오는 것이었다.『녹두장군』⑩ ¶"공주 부민들까지 다 죽이란 말이오? 지난번에도 이야기했지만 저들이 아무리 알미워도 빈대 잡자고 초가삼간 태울 수는 없잖소?" 김덕명이었다. 『녹두장군』⑫

빈 마당에 갈퀴질이다 전혀 소득이 나지 않을 곳에서 소득을 얻으려고 노력하는 경우를 이르는 말. ¶그동안 농민군들은 이 근방 고을 관아를 이잡듯이 뒤지고 전주까지 가서 화약과 탄환을 훑어왔으나 빈 마당에 갈퀴질이었다. 『녹두장군』⑫

빈 밥상 물리듯 무슨 일을 아주 쉽고 부담없이 물리치는 경우를 이르는 말. ¶…오래도록 정붙여 살던 곳을, 더구나 늙은 말년에 훌쩍 떠나기가 빈 밥상 물리듯 그렇게 쉬울 것인가 싶지 않았기 때문이다. 『자랏골의 비가』

빈총도 안맞은 것만 못하다 ⑥ 형식적으로나마 기분 나쁜 짓은 해서는 안된다는 말. ¶"…춘자 그 가스나그가 참말로 그런데 빠졌는가 으쨌는가, 우리 눈으로 보들 못했은께 모르제마는, 빈총도 안맞은 것만 못한 것인디, 그런 소문이 으짠 소문이라고, 그런 소문이 한번 나돈 담에는 그 가스나그를 누가 사람으로 칠 것이여?" 『자랏골의 비가』

빈총 맞은 사람 같다 표정이 멍한 사람을 이르는 말. ¶그들은 따라가기는 했으나 빈총 맞은 사람들처럼 제정신이 아니었다. 『녹두장군』⑪

빌어먹다가 자빠질 작자 ⑪ 빌어먹다 죽으라고 저주하는 욕설. ¶"그렁께 어뜬 빌어묵다가 자빠질 작자가 그런 벼락맞을 짓거리를 해갖고, 이로크롬 동네 인심을 사납게 한가 모르겠어." 『자랏골의 비가』

빌어먹어도 정승집에서 빌어먹으랬다 더부살이나 하인 노릇을 하더라도 지체 높은 집에서 해야 그만큼 덕을 본다는 말. ¶빌어먹어도 정승집에서 빌어먹으랬다고 들고 나면 초롱꾼 메고 나면 상두꾼, 기왕 찢어져서 언청이로 내놓은 산지기일 바에는, 그런 세도 그늘에라도 가려야 솔가지 하나라도…있을 것이기 때문이었다. 『자랏골의 비가』 ¶"…빌어먹어도 정승집에서 빌어먹으랬다고, 문영감 같은 분 그늘에 가린 다음에는 하다못해 무슨 관청 상관이 있더라도 문지주 사람이라면 관에서도 사정을 두지 안 두고 배길 것 같아?" 긴서기는 참새도 얼려 잡을 것 같게 살가운 소리로 꼬드겼다. 『암태도』

빌어먹을 자식 ⑪ 빌어먹으라고 저주하는 욕설. ¶"저런 빌어먹을 자식덜!" 종수가 꽥 고함을 질렀다. 『자랏골의 비가』

빚 보인하는 자식은 낳지도 말라 ⑥ 빚보증 서는 것은 지극히 위험한 일이라는 데서 그런 일을 삼가라고 경계하여 이르는 말. '보인(保人)'은 보증인. ¶"…멀라고 놈의 빚보인을 다 섰냐, 그 이애기까장은 여그서 하잘 것이 없고, 양안(등기) 생긴 것이 그렇게 생겨서 두 마지기 값에 그 닷 마지기를 전부 잽혔는디, 내가 빚보인 서 준 사람이 그해 다른 일로 거덜이 나서 알거지가 되아부렀구만이라우. 놈의 빚보인 서는 아들은 낳지도 말라는 옛말이 그른데 없습디다…" 『녹두장군』⑥

빚진 죄인 ⑥ 빚진 사람은 빚준 사람에게 죄인처럼 기를 펴지 못하고 구속받게 됨을 이르는 말. ¶오래 정 붙여 살던 고향 산천을 떠나는 일이라면 사람이 살다가 이것보다 더 기막힌 일도 없을 것이지만, 빚진 죄인이다 보니 이웃 사

람에게 잘 있소, 잘 가소 인사 한마디
제대로 나누지 못하고, 팔자에 없는 도
적놈 신세로 고향을 등지고 눈물 콧물
을 앞세우며 밤길을 재촉하는 것이었다.
<가남 약전>

빛 좋은 개살구㈜ 겉만 그럴듯하고 실속
이 없는 경우를 이르는 말. ¶"중생제도
란 빛 좋은 개살구고 한낱 덧없는 공염
불이군요. 하기야 백성 뜯어 먹기로는
왜놈들과 한통속인데 도적이 도적한테
매들 염치가 있을라구. 대천가 뭔가 해
서 왜놈들 하고 제대로 간통까지 하고
나섰으니 할 말 다 했지 뭐. 중생제도?
…" <테러리스트>

빼도 박도 못한다 일이 몹시 난처하게
되어 그대로 할 수도 그만둘 수도 없다.
¶"참말로 이거 빼도 박도 못하고 환장
하겠구만잉." 이태주는 상관이 밤송이가
되었다. 『녹두장군』⑨

빼빼마른 보릿고개 식량이 완전히 바닥
나버린 보릿고개의 궁색을 이르는 말.
¶조문객은 북적거렸으나 1년 가다 제일
빼빼마른 보릿고개라 부조는 보잘것이
없었다. 『녹두장군』④

빽回 힘이 되는 배경이나 연줄. ¶"읍내
전무가 이종석이 빽입니다. 그러니까 그
집 일이라면 별 짓 다 하겠지요." 『자랏
골의 비가』

뺑덕어멈 만난 심봉사 신세 곤곤한 처지
에 어려움만 거듭 불러오는 경우를 이
르는 말. '뺑덕어멈'은 <심청전>에서
음녀로 등장하는 여자의 이름. ¶"…성
한 다리라고 그걸 갖고 쪼르르 달려가
서 이것 내가 갖고 왔소 하고 전봉준 어
른 앞에 내놔분 날에는 나는 뺑덕엄씨
만난 심봉사 신제제 멋이었어. 점잖은

어른 앞에서 사네 멱살을 잡을 수도 없
고 말이여." 정묘득이 익살에 모두 한참
웃었다. 『녹두장군』⑥

뺨 맞고 웃는 꼴 험한 일을 당하고도 겉
으로는 즐거운 표정을 해야 하는 경우
를 이르는 말. ¶박성삼이는 비짓이 웃
었으나 뺨맞고 웃는 꼴로 웃음이 일그
러졌다. 『녹두장군』⑦

뺨 맞는 데 구레나룻이 한 부조㈜ 쓸모없
어 보이던 구레나룻도 뺨을 맞을 경우
에는 아픔을 덜어 준다는 뜻으로, 아무
소용도 없는 듯한 물건이 뜻밖에 도움
을 주게 됨을 이르는 말. ¶"염려 말게.
잡아다 족치기로 하면 셋이 나선다고
못 잡아들일 것이며 열이 나선다고 무
서워할 놈들인가? 두고 쓰는 소리로 뺨
을 맞는 데는 구레나룻이 한 부존께 그
놈들이 주리를 트는 한이 있더라도 늙
은 내가 나서는 것이 나을걸세." 『녹두
장군』④ ¶만석보 일로 느닷없이 나무를
빼앗긴 산주들은 펄펄 뛰었다. 모두 군
아로 몰려가서 군수한테 한바탕 따지기
로 했다. 주로 늙은이들이 나섰다. 이럴
때 두고 쓰는 말마따나 뺨맞는 데는 구
레나룻이 한 부조더라고 늙은이들이 나
서야 함부로 못할 것 같았기 때문이다.
『녹두장군』④

뺨을 맞아도 은가락지 낀 손에 맞으랬다㈜
기왕 꾸지람을 듣거나 벌을 받을 바에
는 지위가 높고 덕망 있는 사람에게 당
하는 것이 나음을 이르는 말. ¶"남의
여편네와 상관하면 어차피 사통인께, 뺨
을 맞아도 은가락지 낀 손에 맞으랬다
고 기왕에 놀 바에는 윗길로 놀아야 결
곤에 볼기가 어긋나도 여한이 없겠지라
우." 『녹두장군』②

뺨 치고 등 어른다㈜ 등 치고 배 문지른 다. 남에게 해를 끼치면서 겉으로 위로 하고 달랜다는 말. ¶다음날 양문이가 넘어왔다. 다시 돼지를 잡아 잔치를 붙 인다는 것이었다. 뺨 치고 등 어르는 격 이었으나, 치면 맞을 뺨 그렇게라도 풀 어주었던 것이 고마운 판에, 술까지 낸 다는 것이니, 비록 그것이 뺨 뒤의 선심 이라 하더라도 그만큼은 사람 값에 쳐 주는 것 같아 고맙게 느끼는 사람들이 많았다. 『자랏골의 비가』

뻔할 뻔자다㉙ 앞이 아주 빤하게 내다보 이는 경우를 이르는 말. ¶"우리들은 보 은으로 가지 말자고들 하그만이라. 가봤 자 뻔할 뻔잔디 멀라고 품 배리고 가서 울력꾼 노릇이나 할 것이냐는 것이지라. 갈라면 보은으로 갈 것이 아니라 서울 로 바로 가라고 하요." 이싯뚜리는 웃으 며 말했다. 『녹두장군』④ ¶"생사람 쑤 셔죽인 작자들이 지금까장 한물로 노는 것 보먼 뻔할 뻔잔디 내가 뭔 청승났다 고 선창에까지 가서 바쁜 사람들 앞을 탁 가로막고 물어보고 말고 한단 말이 오." 『오월의 미소』 ¶"…이 재판이 누 재판이라고 고등법원에 간다고 별 조화 있을 것 같어. 다 뻔할 뻔잔디, 민사 재 판 한번에 세 살림 어긋난다는 소리도 못들었는가?…" <유채꽃 피는 동네>

뻘을 씹다㉙ 아주 거칠게 어긋한 소리를 하다. ¶"간조날이니까, 돈이야 많이 돌 지 않습니까?" 억주가 볼 부은 소리를 했다. "이 새끼 누구 앞에서 뻘을 씹 어?" 십장이 당장 한 대 올려붙일 기세 였다. <가남 약전>

뼈다귀 곰 곤 돈이다 모질게 고생하여 번 돈이라는 말. ¶"…외입 나가 돈 벌었

다면 어디가서 쥔없는 물외밭 넝걸이 하듯 걸태질하는 줄 알제마는 뼈다귀 곰 곤 돈이라구. 부지런한 부자는 하늘 도 못막는다고 그저 남 잘 때 안자고 먹 을 때 안먹고 부지런히 나대고 아껴서 번 돈이면 알아줘야 한다구." <재수없 는 금의환향>

뼛골을 빼다㉙ 아주 어렵게 고생을 하여 돈을 버는 경우를 이르는 말. 글자 그대 로는 원기가 탈진하여 힘이 모두 없어 지다. ¶"처음부터 그런 배짱이람, 그 동안에 이런 험한 노가대판에 끼어 들 어 뼛골 뺄 것은 뭐람." <유채꽃 피는 동 네>

ㅅ

사공이 많으면 배가 산으로 간다 ⓢ 여러 사람이 저마다 제 주장대로 배를 몰려고 하면 결국에는 배가 엉뚱한 데로 간다는 뜻으로, 여러 사람이 자기 주장만 내세우면 일이 제대로 되기 어려움을 이르는 말. ¶"…우선 접주들의 말에 어김없이 복종을 해주어야 합니다. 사공이 여럿이면 배가 산으로 갑니다. 모든 일을 접주들의 지시에 따라주시오. 그럼 접주들이 앞장을 섭시다." 『녹두장군』②

사금파리 씹는 소리 거칠게 내뱉는 소리. '사금파리'는 사기그릇의 깨어진 조각. ¶"뭣이라고?" "그 죽일 놈!" "그 개새끼!" 간부들은 들었던 잔을 놓고 주먹을 쥐며 사금파리 씹는 소리를 했다. 『암태도』 ¶"이 때려죽일 놈들!" 이주호는 사금파리 씹는 소리로 이를 갈며 연방 풀무질 소리를 내뿜었다. 『녹두장군』⑦ ¶"오냐, 조가 이놈. 내가 네놈 간을 내서 씹지 않으면 성을 갈리라." 민영준은 사금파리 씹는 소리로 이를 갈았다. 『녹두장군』⑩

사기전에서 옹기타령 관계가 없는 곳에 가서 엉뚱한 말을 하는 경우를 이르는 말. '사기전'은 사기그릇을 파는 가게. ¶"지금 자네가 나를 놀리고 있는 겐가? 왜 자꾸 사기전에서 옹기타령이야?" 호방은 이번에는 담뱃대 물부리로 정꿀병이를 향해 허공을 푹 찌르며 소리를 질렀다. 『녹두장군』⑤

사나운 강아지 콧등 아물 날 없다 ⓢ 성질이 사나운 사람은 늘 싸움만 하여 상처가 미처 나을 사이가 없음을 이르는 말. ¶"…사나운 강아지 콧등 아물 날 없더라고, 그러다가는 제 성미에 상하는 것이다…" 『자랏골의 비가』

사내 못난 것 집안에서 큰소리 친다 ⓢ 양반 못된 것이 장에 가서 호령한다. ¶"원래 사내 못난 것 집안에서 큰소리고 양반 못난 것 장에 가서 큰소리지." 장꾼들은 저마다 한마디씩 했다. 『녹두장군』⑨

사내자식 길 나설 때 갈모 하나 거짓말 하나는 가지고 나서야 한다 ⓢ 남자들이란 어디를 가나 쉽게 닥칠 수 있는 어려움에 대한 대비와 임기응변할 말주변도 있어야 한다는 말. '갈모'는 예전에 비가 올 때 갓 위에 덮어쓰던 기름종이로 만든 비 가리개. ¶(산) "어째서 하필 사위를 고르시면서 거짓말 잘하는 못된 놈을 고르십니까?" "모르는 소리다. 사내가 바깥 출입을 하려면 갈모 하나하고 은전 세닢에 거짓말 한마디는 챙기고 나서야 하느니라. 더구나, 요새같이 험한 세상에서 양반한테 안 뜯기고 아전한테 안 뺏기는 벌이는 도둑질과 사기 내놓고는 없다. 하나밖에 없는 외동딸인데, 그런 딸을 굶겨 죽이지 않으려면 거짓말부터 그럴 듯하게 하는 놈이어야 하지 않겠느냐?" 『보쌈』

사냥하는 포수에게는 경치가 보이지 않는다 어느 일에 열중하면 다른 일에는 관심이 없다는 말. ¶"노루 쫓는 포수 눈에는 산 경치가 안 뵌다더니, 잡색패로 안 다녀본 데가 없지만 정작 피할 데를 생각하자니까 그런 데가 쉽지 않습니다." 『암태도』 ¶그 뒤부터 전봉준은 산에 가면 전에는 묏자리 형국으로만 보이던 산이 모두가 전쟁터로 바뀌어 보이기 시작했다. 똑같은 지세가 보는 눈에 따라 이렇게 달리 보이는가 스스로 놀랄 지경이었다. 사냥하는 포수에게는 경치가 보이지 않는다는 말이 정말이었다. 『녹두장군』④ ¶"마, 말씀드리기 황송하오나, 아무리 경치가 아름다워도 짐승 쫓는 사냥꾼 눈에는 경치가 안 보이는 법입니다요…" 『녹두장군』⑤

사냥하는 포수에게는 경치가 보이지 않고 산삼 캐는 심메마니한테는 짐승이 보이지 않는다 사냥하는 포수에게는 경치가 보이지 않는다. '심메마니'는 심마니의 사투리. 산삼 캐는 것을 업으로 삼는 사람.

¶"…우리는 한사코 산으로만 붙어야 한다. 들로 나가면 죽고 산으로 붙어야 산다. 사냥꾼한테는 경치가 보이지 않는 법이고 산삼캐는 심메마니한테는 짐승이 보이지 않는 법이다. 이제 우리는 산에서 싸움을 할 테니 산을 전쟁터로 보아라. 전하고는 달리 보일 것이다. 그런 눈으로 산세 하나하나를 잘 봐두어야 한다." 두 사람은 고개를 끄덕였다. 『녹두장군』⑪

사돈네 송사에 중놈 아무런 상관이 없는 사람을 이르는 말. ¶"…그 일이 어뜨크롬 되어가든다, 이런 데 쓰는 경비고 뭣이고, 내 앞으로 돈이 안 나간 우리하고는 애초에 상관이 없는 일인께, 그로크롬 알아둬. 사돈네 송사에 중놈이 무슨 상관이여." 『자랏골의 비가』

사돈네 안방 같다 〔속〕 사돈네 안방처럼 어렵고 조심스러운 곳을 이르는 말. ¶…방안의 분위기가 자기의 매무새와는 사뭇 엉뚱하다 보니 처신이 사돈네 안방에 들어온 것 같이 만만찮았다. 『암태도』 ¶우선 이렇게 젊고 예쁜 색시들을 이토록 가까이 대해본 것도 난생처음이고, 이렇게 격식 갖춘 술자리에 앉아본 것 또한 처음이었다. 이런 자리에서는 도무지 어떻게 처신을 해야 하는지 만만찮기가 사돈네 안방이었다. 『녹두장군』② ¶곽가와 강양이 입씸을 부려 분위기가 좀 누그러지기는 했지만 아직도 섬사람들은 사돈네 안방에 들어온 것 같이 만만찮은 표정이었다. <귀향하는 여인들>

사돈네 잔치에 부좃돈 무슨 일에 웬만큼 체면이 설만한 액수의 돈을 이르는 말. ¶"이 일의 끝판이 어떻게 날는지 지금으로서는 알 수 없는 일이지만 경비가 나면 얼마나 나겠소. 제가 아무리 많이 난다고 하더라도 팔백 가호가 넘는 소작인 수대로 쪼개놓고 보면 그게 사돈네 잔치에 부조돈을 웃돌지 않을 것 같소…" 『암태도』

사돈의 팔촌 남이나 다름없는 먼 친척을 이르는 말. ¶ "…오기창이 친척이라면 사돈네 팔촌까지 다 잡아들이고, 가까운 친척 집에는 몽땅 불까지 질러버렸다잖아." 홍덕댁은 호들갑에 숨이 막혔다. 『녹두장군』⑧ ¶ "그렇군요. 동네만 소가 되는 것이 아니라 사돈네 팔촌까지 아는 사람은 다 잡혀가서 파지가 되겠지요. 곁에서 얼씬거린 저 같은 사람까지 줄줄이 엮여들겠군요." 스님은 멀쩡게 웃었다. 『은내골 기행』

사또 덕에 비장이 호강한다㈜ 제가 잘 나서가 아니라 남의 그늘에서 덕을 봄을 이르는 말. '비장(裨將)'은 조선시대에 감사·유수 등을 따라다니며 일을 돕던 무관 벼슬. ¶ "모두 살갑게 맞아주길래 산채 풍속이 그런가부다고만 생각했더니 그러고 본께 내가 사또덕에 비장 나리 호사였구나." 『녹두장군』①

사또 덕에 큰기침 남의 권세에 의지하여 위세부리는 것을 이르는 말. ¶ 사또 덕에 큰기침으로 대학생 바람에 자랏골 사람들이 이렇게 한창 우쭐해 있을 때, 청천벽력 같은 소문 하나가 나돌았다. 『자랏골의 비가』

사또 떠난 뒤에 나팔 분다㈜ 무슨 일을 제때 하지 않고 있다가 때가 지난 뒤에 하는 경우를 핀잔하는 말. ¶ "…나서도 얼른 나서서 손을 써도 써사제 어물어물하다가는 사또 떠난 뒤에 나팔이제 멋이겠어?" 『녹두장군』① ¶ (산) 사내는

그제야 기한이 차기 전에 혼인을 했다가는 이별 수가 생긴다던 말을 떠올리며 땅을 치고 통곡을 했으나 사또 떠난 뒤의 나팔이었다. 『보쌈』

사람 너울을 뒤집어쓰다 인두겁을 뒤집어 쓰다. ¶ "…이 세상 밑바닥에서도 저 밑바닥, 천하고 천한 것들이 헌 짚신 짝 맞추듯 짝을 지어 돌아댕기면서, 더구나 돈 몇푼에 제 계집을 남의 사내 품에 내맡기고 있으니, 그런 소리를 백번 할 만도 하네. 허나 우리도 사람 너울을 뒤집어쓰고 있으니 사람의 오장은 예사 사람들하고 다를 것이 없네…" 『녹두장군』⑦

사람 모이는 속은 호두엿 장수가 먼저 안다 무슨 일판 내막은 그에 관심이 깊은 사람이 잘 안다는 말. ¶ "가세!" 두 사람은 군아 쪽으로 갔다. 아문 앞에는 백여 명의 군중이 몰려 있었다. 소문이 벌써 좍 퍼진 모양이었다. 구경꾼이 모이는 속은 호두엿 장수가 먼저 알더라고 길 양쪽에는 두부 장수들이 벌써 너댓 명 몰려 있었다. 『녹두장군』① ¶ 한쪽에는 벌써 술막 차일이 두 개나 쳐져 있었다. 사람 모이는 속은 호도엿 장수가 먼저 알더라고, 벌써 여기저기 먹거리 장수들이 즐비하게 늘어앉기 시작했다. 『녹두장군』②

사람 모이는 속은 호두엿 장수가 먼저 알고 신명 속은 광대가 먼저 안다 사람 모이는 속은 호두엿 장수가 먼저 안다. '신명'은 흥겨운 신과 멋. ¶ "사람 모이는 속은 호도엿 장수가 먼저 알고 신명속은 광대놈들이 먼저 아는 법이라, 우리 광대놈들이 천리 밖에서 이 집에 경사 났다는 소문을 듣고 불원천리 달려왔더니마는, 과연 경사치고는 경사 중에 경

사로다. 세상을 신명에 떠서 사는 광대 놈들이 이런 신명나는 잔치판에서 한판 안 놀 수가 있나?"『녹두장군』⑧

사람은 열 번 된다㈜ 사람은 자라면서 자꾸 변해 감을 이르는 말. ¶…이갑출이는 전과는 달리 말목 사람들한테도 태도가 여간 공손하지 않다는 것이다. 사람이 열두 번 된다더니 사람이 되어가는 것이 아닌가 지켜보고 있다는 것이다.『녹두장군』⑤

사명당 사첫방㈜ 매우 추운 방을 이르는 말. 사명당이 임진왜란 때 일본에 갔을 석에 그를 숙이려고 쇠로 만든 방에 가두고 불로 달구었으나 오히려 얼어 있었다는 전설에서 유래함. '사첫방'은 손님이 묵고 있는 방. ¶"그뿐인 줄 아슈. 자기들은 새파란 것들이 정력이 어떻고 뭐가 어떻고, 한 마리에 30만원 50만원 하는 구렁이를 사다가 온 동네 냄새 풀풀 풍기면서 한 달이 멀다하게 고아 먹으면서, 제 부모방에는 지난 겨울같이 추운 겨울에 불도 제대로 안 때 사명당의 사첫방도 그런 냉돌은 아니었을 거요. 이런 자가 사람 너울을 쓰고 다니니 개가 짖지 않고 배기겠소?" 순경은 피글피글 웃고 있었다. <개는 왜 짖는가>

사모 쓴 도둑놈㈜ 갖가지 세금과 뇌물 따위로 남의 재물을 탐하는 벼슬아치나 양반을 비난조로 이르는 말. ¶"…우리 식구들이 이름이 글러 도척이지 의리하고 겸양 빼면 뭐가 남겠소? 사모 쓴 도적놈들에 대면 양반 중에서 상양반이지요."『녹두장군』① ¶"…우리가 이 꼴이 된 까닭은 딱 한 가지, 오로지 딱 한 가지, 천지신명께 맹세를 하고 딱한 가지, 크게는 나라의 정사가 글러먹은 탓이오.

작게는 사모 쓴 도둑놈들, 유독 우리 고을은 조병갑이라는 저자 탓이 아니고 누구의 탓입니까, 여러분!" "조병갑이 찢어죽이자!" "조병갑이 죽이자!" 군중들은 이를 갈며 악다구니를 썼다.『녹두장군』⑤

사시나무 떨듯 사시나무는 물결꼴의 톱니가 있는 잎이 잘 떠는 데서, 몹시 떠는 모양을 이르는 말. ¶"…그로코 많은 사람덜이 감영에다 대고 동학꾼덜 잡아갈래, 안 잡아갈래, 어서 말을 해라, 이라고 소락때기를 지른께 감사야 아전덜이야 포피덜이야 모도가 사시나무 떨대끼 벌벌 떰시로 다시는 안 잡아갈 것인께 한본만 용소해 달라고 손이 발이 되게 빌더라요…"『녹두장군』③ ¶이주호는 사시나무 떨듯 온몸을 달달 떨 뿐 대답을 못했다.『녹두장군』⑨

사시 하관에 오시 발복이다 사시에 묘를 써서 두 시간 뒤인 오시에 효험이 난다는 말이니, 명당 자리의 효험이 빨리 나는 경우를 과장해서 이르는 말. '사시(巳時)'는 십이시의 여섯째 시로 오전 아홉 시부터 열한 시까지, '오시(午時)'는 일곱째 시로 오전 열한 시부터 오후 한시까지이다. ¶"댕기다 본께 이런 수도 있구만. 아까 명당 어쩌고 하등마는 사시 하관에 오시 발복일세 그려." 조망태가 걸쭉하게 웃었다.『녹두장군』① ¶"사시 하관에 오시발복이라더니 이번 전쟁에 보람이 젤로 먼저 나는 사람들은 이 부부구만." 곁에 섰던 송희옥이가 유쾌하게 웃었다.『녹두장군』⑩

사위 사랑은 장모㈜ 사위를 사랑하고 위하는 마음은 장인보다 장모가 더 극진함을 이르는 말. ¶"…사우 사랑은 장모라둥마는 그 노친네 정성이 그만하면 그 정성이 도깨비 명당보담 낫겠네. 안심하소. 하얘간에 장모 정성 생각혀서라도 앞뒤 가려감시로 그이 딸 과부 안 맨들 것인게 안심혀." 조망태는 헤프게 웃었다. 『녹두장군』⑤

사위 연장 보니 외손자 보기는 영 글렀다㊱ 싹수를 보면 결과를 빤히 짐작할 수 있다는 말. 사위 코 보니 외손자 볼까 싶지 않다. ¶"해방되었다고 하글래, 인자 쪼깐 존 일이 있을란가 하고 꾀춤 췄등마는, 되아가는 싹수가, 사우 연장 본께 외손자 보기는 영 글렀네." 『자랏골의 비가』

사정에 못 이겨서 방갓도 쓴다 방갓은 죄인이란 뜻으로 상제가 쓰는 갓인데 사정에 따라서는 그런 엉뚱한 일을 하는 경우도 있다는 말. ¶"…사람이 살다가 보면 사정에 못이겨서 애먼 방갓도 쓰는 것인게 자네가 마음을 쪼깐만 누그리고 한번만 발걸음을 해주어사 쓰겠어…" 『자랏골의 비가』

사족을 못 쓰다 무엇에 혹하여 꼼짝을 못 한다. ¶"그러제마는 아무리 그런다고, 그로크롬 사족을 못 쓰까? 즈그덜 상전도 아닌디?" 『자랏골의 비가』 ¶"이런 소리를 해서 쓸란가 모르겠네마는, 저 사람은 이삔 여자만 보면 사죽을 못쓰는 사람이네. 아까 호방 마누래가 오금박는 소리 못 들었는가?" 『녹두장군』③

사촌이 논을 사면 배가 아프다㊱ 남보다 가까운 사람이 잘되는 것을 도리어 질투하고 시기하는 경우를 이르는 말. ¶사촌이 논을 사면 생배가 아픈 것이 세상 인심이기는 하지만 배가 아파도 겨룰만한 상대가 되어야 아프지 저렇게 어마어마하게 자가용을 사버린 데야 배

도 아플 수 없을 것이다. <재수없는 굼의 환향>

사침에도 용수가 있다㊱ 아무리 바빠도 틈을 내려면 낼 수 있음을 이르는 말. '사침'은 베틀에 달린 사침대로 잉아가 오르내릴 때마다 함께 움직인다. '용수(舂手)'는 수단 부림. ¶"맞네. 여그서 콩팔 칠팔 새삼륙 해보았자, 다 쓰잘 데 없는 소리고, 아무리 은행놈덜이 돈만 가지고 노는 놈덜이라고 하제마는, 그래도 사침에도 용수가 있고, 달괄도 구르다가 서는 모가 있는 것인디, 아무런들 우리같이 비패런 놈덜한테서, 이런 생살이사 뜯어갈 것인가?…" 『자랏골의 비가』 ¶"오늘 저녁에는 먼 제사가 이렇게도 많고, 효자는 또 왜 이렇게 많은가 모르겠네." 강쇠는 다 들으란 듯이 큰소리로 왜장을 쳤다. "아이고, 왜 그래싸시오. 사침에도 용수가 있더라고, 이것으로 이따 막걸리나 한잔 하시고…" 사내는 강쇠 옆구리를 꾹 찌르며 손바닥을 폈다. 언제 꺼냈는지 손바닥에 엽전 서너 닢이 놓여 있었다. 『녹두장군』⑩ ¶(산) "이놈아, 사침에도 용수가 있고, 바삐 찧는 방아에도 손들 틈이 있는 법이다. 아무리 대의가 어쩐다고 그만한 틈도 용납을 못하겠다는 것이냐? 탕개도 되면 터지고, 쇠도 강하면 부러지는 법이여." 『보쌈』

사태난 골짜기에 조약돌 꼴이다 엄청난 기세에 하염없이 휩쓸리는 경우를 이르는 말. ¶부동산 값이 곤두박질을 치는 판이라 그런 거래쯤 사태난 골짜기에 조약돌 꼴이었다. 『오월의 미소』

사흘 길 하루 가서 이틀 쉰다㊱ 사흘 길에 하루쯤 가서 열흘씩 눕는다. 성미가

게을러서 일을 도저히 이루지 못함을 이르는 말. ¶사흘 길 하루 가서 이틀 쉰다는 말이 요새는 이 완행열차에 비유될 말이어서 열차는 가다 말다 기분 내키는 대로여서 이쪽에서도 그냥 차분히 조을다 일어나고, 일어났다 조을고 내년보살 몸뚱이를 내맡겨 놓고 있었다. <신 농가월령가>

산 개가 죽은 정승보다 낫다㈜ 아무리 천하게 살더라도 죽는 것보다는 사는 게 낫다는 말. ¶"개똥밭에 뒹굶시롱 이슬을 받아묵고 살아도 이승이 좋더라고, 염라대왕이고 옥황상제고 다 쓸디없고, 좆으로 살데래도 이승이 낫겄던 모냥이제." "산 개가 죽은 정승보다 낫다는 말도 있잖어?" 『녹두장군』③

산골 너구리 사촌 깊은 산중에서 사는 사람을 우스개로 일컫는 말. ¶모두가 산골 너구리 사촌으로, 이웃 동네 사람과는 구정물 한방울 튀어간 연이 없고, 그런 데와는 변변한 혼사 하나 맺어본 연이 없는 사람들이었다. 『자랏골의 비가』 ¶"…하여간 기왕 역성든 김에 말인데 지나 내나 이 숭악한 산골에서 나서 산골 너구리 사촌으로 자란 놈이 긴다 난다 하는 놈들만 몰려사는 서울 바닥에 부비고 들어 그만한 돈을 잡았다면 무조건 알아줘야 혀…" <재수없는 금의환향>

산신 제물에 메뚜기 뛰어들듯㈜ 산신에게 제사를 지내는데 메뚜기가 뛰어들었다는 뜻으로, 자기에게는 당치도 아니한 일에 참여함을 비꼬는 말. ¶동네 사람들이 이렇게 술덤벙 물덤벙, 팔대군에 일옹주로 산신 제물에 메뚜기 뛰어들 듯 나대고 있으니, 『자랏골의 비가』 ¶"허허, 남 소 올리는 데, 산신 제물에 메뚜기 뛰어들 듯 별것들이 다 뛰어들어 설치고 댕기는구만." 왕삼이가 웃었다. 『녹두장군』② ¶(산)"…올깃한 꿍심으로 산신제물에 메뚜기 뛰어들 듯 남의 흉사에 끼어들어 객쩍은 수작으로 노자푼이나 알겨낼 배포인 것 같은데 어림없소. 그런 어리석은 생각일랑 아예 버리시고 곱게 주무시고나 가십시오." 청지기는 당신 속을 빤히 알고 있다는 듯 쏘아부쳤다. 『보쌈』

산에 가야 범을 잡지㈜ 무슨 일을 하려면 발 벗고 나서서 실제로 힘을 들여야 한다는 말. ¶"자, 돈 놓고 돈 먹기, 산에 가야 범을 잡고, 또랑치고 가재잡고, 남자는 배짱, 여자는 절개. 이 빨간 놈이든 곽을 잡아내기만 하먼 앉은 자리에서 삼배…" 『자랏골의 비가』

산 입에 거미줄 치랴㈜ 아무리 살림이 어려워도 노력하면 살아가기 마련임을 이르는 말. ¶"하기사, 산 사람 산 입에 거무줄 칠라든가마는…" 『자랏골의 비가』

산적 꿰듯 줄줄이 꿰는 모습을 일컫는 말. '산적'은 쇠고기 따위를 길쭉길쭉하게 썰어 갖은 양념을 하고 대꼬챙이에 꿰어서 구운 적. ¶"여차직하는 날에는 저 화살이 날온다. 그냥 공중으로 날으는 것이 아니라 네놈들 모가지로 날아와 네놈들 모가지를 산적 꼬챙이 꿰듯 꿰고 말 것이다. 정신 똑바로 차리고 시키는 대로 해라!" 임군한이가 여유만만하게 말했다. 『녹두장군』①

산전수전 다 겪었다㈜ 세상의 모든 풍파를 골고루 겪어서 무슨 일이나 견뎌낼 수 있다는 말. ¶"…나도 눈치가라, 쩩 하면 고것이 참새소린지 알고 척 하면 고것이 줄포 갯바닥 파도소린지 다 아요, 시를 그냥 밀목시 긴들기리디 찢게 난 옛날 행내기 이갑출이로 보지 마시오. 나도 홀어무니 뫼시고 산전수전 겪을 만치 겪었고라, 죽을 고비도 여러 본 냉긴 놈이오. 보실라?” 이갑출이는 팔목을 쑥 걷어올렸다. 큼직한 칼자국이 있었다. 『녹두장군』③

산중 농사 지어 고라니 좋은 일 했다〔속〕 기껏 고생하여 남에게 이익을 준 결과가 되었음을 이르는 말. ‘고라니’는 사슴과의 짐승. ¶조병갑이는 돈에만 환장을 한 것이 아니라 색은 더 밝혔다. 이방한테서 가로챈 여자는 새로 집을 사서 딴살림을 차려주기까지 했다. 그런 판에 유월례를 찾아 이리 끌어다 놨다가는 열에 아홉은 산전 일궈 고라니 존 일 시키는 꼴이 되고 말 것 같았다. 그래서 조병갑이가 갈려가고 좀 만만한 수령이 오기를 기다린다는 것이 오늘에 이르고 말았던 것이다. 『녹두장군』⑤

산지기 공사에 샌님 거동 천한 사람들의 일판에 엉뚱하게 지체 높은 사람이 나타나는 경우를 일컫는 말. ¶“오매, 저건 또 먼 행차여? 이참에는 산지기 공사에 샌님 거동이네.” “먼 일인디, 저 잣것들이 저렇게 낭창하게들 채리고 거룩하게 거동을 하시는고?” 배들 쪽 부자들이 도포에 갓을 쓰고 나오고 있었다. 10여 명이었다. 『녹두장군』⑤

산지기 공사에 재 너머 중놈이 부조한다 아무 상관도 없는 사람이 거들어주는 경우를 이르는 말. ¶“허허, 그렇게까지 생각하셨다니 감사하요.” 장문식은 너털웃음을 웃었다. 산지기 공사에 재 너머 중놈이 부조라니 어이가 없었다. “그러면 얼마나 부조를 하실라고 작정을 하

셨소?” 기왕 벌린 입이니 어디 가락대로 뽑아보라는 식으로 다그쳤다. 『녹두장군』⑤

산 진 거북이라〔속〕 돌 진 가재요 산 진 거북이다. ¶“하여간 그 처녀 배에다 애를 실어놨으니 가면 어딜 가겠어. 이쪽에서야 산 진 거북이야. 마음 느긋하게 가지고 기다려…” 『암태도』 ¶(이용직은)… 진령군의 위세로 지금까지 산 진 거북이 팔자로 아무 탈이 없다가 경상도로 온 지 1년 만에 그 질기던 목이 달아난 것이다. 『녹두장군』⑪

산 호랑이 눈썹도 그리울 게 없다〔속〕 모든 것이 다 갖추어져 있어 무엇 하나 아쉬운 것이 없음을 이르는 말. ¶“…여기 굴러올 때 불알 두 쪽만 차고 온 작자가 지금은 산 호랑이 눈썹도 그리울 게 없네.” “요사이도 그렇게 돈을 긁어들입니까?” “이번에는 진국사 절 땅을 가로채는 모양이네.” 『은내골 기행』

살 맞은 날짐승 같다 처참하게 기세가 꺾인 경우를 이르는 말. ¶홍계훈은 꼭 살 맞은 날짐승처럼 불안한 눈으로 영광 쪽과 바다를 정신없이 번갈아 보았다. 『녹두장군』⑨

살보시〔비〕 여자가 중에게 몸을 허락하는 일을 놀림조로 이르는 말. ¶“너는 어쩌디야? 새벽이 되면 연장이 팽팽히 서서 성님 성님 하잖디야? 중덜도 사람인디, 그놈들이라고 안 그러겠냐? 그래서 여자 신도덜이 대거리로 땡김시롱 살보시를 하는 것이여. 쇠고기를 도치나물이라고 함시롱 퍼묵대끼 놈의 예팬네를 묵을 때는 살보시락 함시롱 잡수셔.” 『녹두장군』③

살쌔기 쏘는 소리 아주 냉찬 소리를 이르

는 말. '살쐐기'는 쐐기에 쐰 것같이 따끔거리고 가려운 여름철의 피부병. ¶"피차에 조심하자는 소리를 가지고 뭘 그렇게 살쐐기 쏘는 소리를 하는고?" 『암태도』

살아 생이별은 생초목에 불붙는다图 살아 있으면서 이별함은 애간장이 타는 일이라는 뜻으로, 생이별의 정상은 참혹하고 안타깝다는 말. ¶살아 생이별은 생초목에 불이 붙는다는데, 처자식 얼굴 한번 똑똑히 보지 못하고, 정들었던 고향산천을 그렇게 떠나고 말았다. 『자랏골의 비가』 ¶"살아 생이별은 생초목에 불이 붙는다는 것인디, 죽자사자 하는 처녀총각을 더구나 혼담까지 무르익은 사람을 생나무 가지 찢듯 억지로 끌어 왔으니 탈이 붙을 법도 하잖겠이유. 여자 안 낀 살인 없더라고 이런 험한 일이 그런 일 아니고야 쉽게 있었이유?" 방세주 아내는 말끝을 그쪽으로 몰아붙이고 있었다. 『녹두장군』②

살얼음을 밟는 것 같다 위태위태하여 마음이 몹시 불안하다. ¶"…동네가 자꼬 스끄러운 일만 벌어져싼께, 시방 살얼음을 밟고 있는 것 같다." 『자랏골의 비가』 ¶지금 여기서 기세를 올리고 있는 것도 꼭 그때만 같아 살얼음을 밟은 듯 조마조마하기만 했다. 『암태도』 ¶"…아까 김개남 장군이나 손화중 장군께서 말씀하셨듯이 나라 안팎 사정은 마치 살얼음판을 밟는 것 같습니다. 나라는 지금 일본과 청나라 틈바구니에서 하루 앞을 내다볼 수 없는 형편입니다…" 『녹두장군』⑪

살(煞)이 내리다 사람이나 물건 따위를 해치는 모질고 독한 귀신의 기운이 내리다. ¶"손에 살이 내리면 그러는 모양이야. 두 대도 아니고 딱 한대 친 것이 그대로 뻗고 말았어…" <유채꽃 피는 동네>

살찐 부처 곁에 상전댁 같다 두루 우러러 보이는 경우를 이르는 말. ¶…느긋한 춘자 어머니가 살찐 부처 곁의 상전댁 같이 의젓하게 보였다. 『자랏골의 비가』

살찐 부처님 부처님이 한껏 여유 있고 넉넉하게 보이는 경우를 이르는 말. ¶"다른 고을 사람들이 우리가 소 잡아서 보름 쇴다는 소식 들으면 우리 고부 사람들을 모두 살찐 부처님으로 우러러볼 것이오." 송대화도 한마디 했다. 『녹두장군』⑥

살찐 석숭이 여유 있고 의젓하게 보이는 부자. '석숭(石崇)'은 중국 진나라 때의 이름난 부자. ¶…복만이는 금년 봄에 이 동네에서 가장 귀가 바른 기와집인 옛날 강참봉네 집을 사서 거적대기로 부엌문 하던 오두막에서 그 부모들을 이런 대궐같은 집으로 나앉혀 하루 아침에 그 부모들을 동네 사람들 앞에 살찐 석숭으로 뵈게 활원을 시켜 버렸다는 것이다. <재수없는 금의환향>

삵괭이 콧김 쏘인 닭 같다 맥이 잔뜩 빠진 꼴을 이르는 말. ¶…생각하면 울화가 들끓어, 냅다 영감한테 악이라도 한 번 써버리고 싶은 충동이 끓어오를 때도 있지만 그 앞에 나서기만 하면 삵괭이 콧김을 쏘인 닭처럼 도무지 맥을 출 수가 없었다. <영감은 불 속으로>

삶아놓은 개다리 같다 제대로 굽혀지지 않는 경우를 천박하게 이르는 말. ¶…논을 맬 때는 그 풍물소리에 얹혀 논 한 배미를 큰애기 젖가슴 주무르듯 쉽게 휘질렀는데, 그냥 맨정신으로 모를 심자니 모 심는 손은 삶아논 개다리같이 뻣뻣하고, 논 매는 손은 꽉꽉하기가 가위눌린 손이었다.『녹두장군』④

삶아놓은 푸성귀 꼴 잔뜩 기가 죽거나 맥이 풀린 경우를 이르는 말. ¶정길남이와 조딱부리는 천치재에서 도망칠 때 다리를 다친데다 문초를 받으면서 너무 많이 얻어맞았고, 또 옥에서 나와 도망칠 때 뼛속에 있는 힘까지 짜내서 도망친 바람에 원평에 당도하자마자 삶아논 푸성귀 꼴로 늘어져버렸다.『녹두장군』⑧

삶은 개 다리 뒤틀리듯㉑ 일이 아주 뒤틀린 모양을 이르는 말. ¶"아닌게아니라 이치를 제대로 발라 말을 하기로 하면 이것이 중놈 해웃값도 아니고 몽구리 횟값도 아녀논께 나도 시방 말을 하기는 해도 쎗바닥이 삶아논 개다리맨키로 제대로 안 돌아가는디, 까놓고 말을 하면 이것이 말이 부조제, 그것이 꼭 부졸 것이여?…"『녹두장군』①

삶은 개 다리 벋으러지듯㉑ 어떤 것이 뻣뻣한 모양을 이르는 말. ¶종수는 되도록 침착한 목소리로 말했다. 외팔이는 종수를 한참동안 빤히 건너다보았다. 하룻강아지 범 무서운 줄 모른다더니, 너 같은 촌놈이 뉘 앞에서 삶은 개다리 뻗지르듯 거만을 떨고 나오냐는 눈이었다. 『자랏골의 비가』 ¶"젊은 놈이고 늙은 놈이고 이치 발라 말을 하면, 삶은 개다리 벗지르듯 벗지르지 말고 말을 들어!" <개는 왜 짖는가>

삶은 개가 웃다가 아래턱 통기겠다 삶은 소가 웃다가 꾸러미 째지겠다. ¶"그런 놈들이 동물 애호가 어쩌고 개가 어쩌다니, 삶은 개가 웃다가 아래턱 통기겠다." <신 농가월령가>

삶은 소가 웃다가 꾸러미 째지겠다㉑ 하는 짓이 하도 어이없고 가소로움을 놀림조로 이르는 말. ¶양문이가 나라일에 큰 뜻을 가지고, 그 많은 돈을 내놓았다니, 삶은 소가 웃다가 꾸러미 찢어질 소리였다.『자랏골의 비가』 ¶(산)"뭐라구요? 산 사람 생눈도 띄워놓고 남의 것 빼앗기를 밥 먹듯 하는 사람들이 당신들인데, 죽을 사람하고 지금 외상거래를 하잔 말이요? 삶은 소가 웃다가 꾸러미 찢어지겠소."『보쌈』

삶은 토끼가 웃다가 아가리 찢어지겠다㉑ 삶은 소가 웃다가 꾸러미 째지겠다. ¶"병신 같은 것들, 그런 솜씨 갖고 퇴깽이를 잡아야? 삶아논 퇴깽이가 웃다가 아가리 찢어지겠다." 머슴들은 한마디씩 핀잔을 주며 제자리로 돌아갔다.『녹두장군』③

삼년 묵은 체증이 내린 것 같다㉑ 어떤 일로 인하여 더할 나위 없이 속이 후련하여진 경우를 이르는 말. ¶"그놈들 혼한 번 되게 났다. 여기가 어디라고 함부로 까불어." "하하. 그놈 코창 한 번 야무지게 뗐지." "삼년 묵은 체증이 확 내려가는 것 같네." 동네 사람들은 통쾌하게 웃어젖혔다.『암태도』 ¶(산)"죽을 때는 죽더라도 속에서 부글부글 끓고 있던 말을 쏟아버리고 나니 삼년 묵은 체증이 싹 내려간 것 같습니다. 어이, 시원하다. 하하."『보쌈』

삼년 묵은 호박에 도래송곳도 안 들어간다㉑ 여드레 삶은 호박에 도래송곳 안 들어갈 말이다. '도래송곳'은 자루가 길고 끝이 반달 모양으로 생긴 송곳. ¶"…관민상화라니 언제부터 그놈들이 백성들을 사람으로 봤관대 관민상화랍니까?

김개남 장군은 삼년 묵은 호박에 도래 송곳도 안 들어갈 그런 수작에는 반귀도 안 열고 군사 모으기에만 정신이 없소…" 『녹두장군』⑪

삼단 같은 머리 숱이 많고 긴 머리. ¶ 삼단 같은 댕기꼬리를 휘날리며 꽃송이가 빙빙 돌았다. 『자랏골의 비가』 ¶경옥이는 자기의 이쁜 얼굴도 달주로 해서 소중한 것이었고 삼단 같은 머리를 곱게 빗는 것도 달주 때문이었다. 『녹두장군』③

삼동 오소리 꼴 한곳에 꼼짝 않고 틀어박혀 있는 꼴을 이르는 말. ¶"웃동네 형님께서는 별고 없으신가?" 임군한이가 물었다. "후후, 지난번에 금산서 봉물을 한탕 치고 나더니 삼동 오소리 꼴로 꼬빼기도 안 내놓구만." 『녹두장군』① ¶ "그러면 세 놈 다 겁을 먹고 영영 겨울 오소리 꼴이 될 것 같단 말씀이오?" 김갑수가 물었다. 『녹두장군』⑩

삼삼하다⑪ '예쁘다'를 속되게 이르는 말. ¶"계집이 삼삼해야 합니다…" 『녹두장군』②

삼십육계에 주(走)자가 제일㊦ 삼십육계 줄행랑이 으뜸. 어려운 때는 도망하여 화를 피하고 몸을 보존하는 것이 제일이라는 말. ¶"…방금 자네가 말한 참언도 난리가 난다는 소리하고 내빼라는 소리 아닌가? 속담만 하더라도 삼십육계에 주(走)자가 제일이라거니 하는 것도 결국은 내빼고 피하라는 소릴세. 백성들은 모두가 이렇게 내뺄 궁리만 하고 있는데, 동학도들이 일어난들 몇 조금이나 가겠는가?" 『녹두장군』② ¶한시바삐 선경이를 데리고 여기를 떠나야 할 것 같았다. 삼십육계 가운데 '주(走)'

자가 제일이라는 고리삭은 육담이 팔팔 살아 등을 떼미는 것 같았다. 『은내골 기행』 ¶"그 험한 법에도 그런 사정이 있나? 삼십육계에 줏자가 젤이라더니, 역시 줏자가 젤은 젤이구만." <유채꽃 피는 동네>

삼천포로 빠지다 정상적이거나 일반적인 과정에서 전혀 엉뚱한 곳으로 벗어나다. ※ 이 말은 삼천포 사람들이 매우 싫어하므로 쓰지 않는 것이 좋음. ¶(산) 지식인은 벅찬 현실에 부딪치면 전문성이란 현란한 사변으로 자기 합리화의 둥지를 틀고 그 속에 안주하여 현실을 쉽게 외면해 버리거나, 더러는 엉뚱하게 삼천포로 빠져 현실에 영합하는 수도 있다. 『교수와 죄수 사이』

상감 망건 사러 가는 돈도 써야겠다㊦ 사정이 몹시 다급하여 무슨 돈이라도 써야 할 형편임을 이르는 말. ¶이 기막힌 심정으로는 근창 가는 배도 둘러먹겠고, 상감 망건 사러가는 돈이라도 돌려쓸 지경이었으나, 앞뒤가 콱콱 막혀 있었다. 『자랏골의 비가』

상놈의 뿌리에서 떨어진 종자 근본이 상놈이란 사실을 천박하게 이르는 말. ¶ "이 새끼야, 조심해라. 거그 한번 빠졌다 하는 날에는 염라대왕이 니놈 외할애비라도 살았달 것이 없다. 이 상놈의 뿌리에서 떨어진 종자야." <가남 약전>

상놈의 살림이 양반의 양식이라㊦ 양반들이 상민을 갈취하고 수탈하여 살아간다는 사실을 이르는 말. ¶"…아무리 상놈의 살림은 양반의 양석이라고 하제마는, 개새끼들이 해도 너무 하네." 『자랏골의 비가』 ¶"세상에 아무리 상놈의 살림은 양반의 양식이라고 하제마는 천도가 있고서야 어디 이럴 법이 있으랴? 믿는 도끼에 발등을 찍혀도 유분수제, 아무리 돈이 좋다고, 우리 같이 무식하고 액삭한 놈 것 처묵은 놈이 우리밥 묵고 지주 구실 한단 말이여?" <유채꽃 피는 동네>

상놈은 발 덕 양반은 글 덕솀 상놈은 손발로 노동을 하여 살고 양반은 학식 덕으로 살아감을 이르는 말. ¶…그 집에 가서 장작을 패주는 등 집안일까지 거들어주며, 양반은 글 덕 상놈은 발 덕 아니더냐고 그저 수굿하게 부지런히 드나들며 자기가 할 만한 일이면, 진 일 마른 일 가리지 않고 거들었다. 『자랏골의 비가』

상녀러 종자비 상대를 욕으로 하는 말. ¶"워매, 저런 상녀러 종자." 『자랏골의 비가』

상둣술에 낯 내기솀 남의 것으로 제 체면을 세우거나 생색내는 경우를 빈정대어 이르는 말. '상둣술'은 상주가 상여꾼에게 먹이려고 내는 술. ¶"우리는 동무나 따라왔는데, 당신들은 평지돌출이그만이라. 나기는 당신들이 난 사람들이오. 갱상도 아짐씨, 상두술에 낯 내더라고 저 이한테 뜨끈한 국 한 그릇 더 주시오." 태인 사내는 말인심이 흐벅졌다. 『녹두장군』⑧ ¶"우리 집에는 먹걸리도 없고라, 막걸리는, 저그 저 집 말이오, 낼 모레 저 집 토역한께 그때 오시오." 동네 가운데 개축하고 있는 집을 가리켰다. 지붕에 서끌을 얹고 있었다. "상두술로 낯 낸다더니 그 짝이오그랴." 『은내골 기행』

상여 나간 데 돌부처 같다 그저 덤덤한 표정을 이르는 말. ¶"…벌목이라고 한께 그것이 벌목이제 생애 나간 디 돌부처맨키로, 저만치 저 혼자 웁뜨로 서서 딴전 보고 있제, 어디 그것이 선산 지키간디?" 『자랏골의 비가』

상여 나간 뒤에 부고장 무슨 일이 끝난 뒤에 일을 알려오는 경우를 이르는 말. ¶"…다른 사람하고 같이 나온 것도 아니고 다른 사람들은 거진 다 낸 뒤에사 생애 나간 뒤에 부고장맨키로 그런 것이 나왔는디, 세미하고는 아무 상관도 없는 논에 그런 것이 나왔은께 그것이 괴기하고는 아무 상관도 없는 몽구리 횟값이제 멋이겄소?" 『녹두장군』①

상제보다 복재기가 더 서러워한다솀 어떠한 일이 생겼을 때 당사자보다도 제삼자가 더 염려함을 이르는 말. '상제(喪制)'는 부모나 조부모가 죽어서 상중에 있는 사람, '복재기'는 복인(服人)의 낮은말로 소상을 지나기 전까지의 복을 입는 사람. ¶상제보다 복재기가 더 서러하더라고 엉뚱한 사람이 이렇게 설치고 나오자 정작 화를 내야 할 주먹코는 오히려 조만옥의 서슬에 질린 표정이었다. 『녹두장군』① ¶"허허, 뭐라더라? 상주보다 곡쟁이가 더 서러워한다던가?" "뭐라구요, 곡쟁이요? 어째서 제가 곡쟁이지요? 그 일당은 국민을 학살한 일당들이고 저도 이 나라 국민이에요." 강지연은 정색을 하고 따졌다. 『오월의 미소』

상투 위에 올라앉다 상대를 만만히 보고 기어오르는 행동을 이르는 말. ¶"…두령들은 지금 그놈들 상투 꼭대기에 올라앉아서, 우리가 네놈들 속을 모를 줄 아냐? 두고 보자. 끝까지 버티겠다. 이런 생각에서 일부러 그놈들 귀에 들어가라고 지금 동네로 저렇게 많은 수를 보내 쌀을 팔아오게 하는 것이라구…"

『녹두장군』②

상판이 쭉정이 안은 밤송이 같다 얼굴이 몹시 여위고 까칠함을 이르는 말. '쭉정이 안은 밤송이'란 껍질만 있고 속이 차지 않은 밤알을 안고 있는 밤송이. ¶그래도, 그 형은 형답게 사람됨이 대범했으나, 그 아우는 방정맞기가 늦가을 밤밭에 다람쥐 한짝이어서, 형네 집에 손이 더 꾀는 날은 미간에 내천(川)자가 바늘을 꽂게 날이 서고, 온 상판이 쭉정이 안은 밤송이로 으등그러져 죄없는 집안 사람들만 들들 볶았다. 『보쌈』

상피 붙다⑪ 가까운 친척 사이의 남녀가 육체 관계를 가지다. '상피(相避)'는 가까운 친척 사이의 남녀가 성적 관계를 맺는 일. ¶"허허, 똥싼 주제에 매화타령하고 자빠졌네. 멋이 향안? 그래 아비가 제수하고 상피를 붙어도 그 우리질 향안에만 올랐으면 양반이라더냐?" 『녹두장군』①

새끼 둔 호랑이 제 집 찾아들어가듯 다급한 기세로 바삐 들어가는 경우를 이르는 말. ¶김경천은 예닐곱 명을 끌고 동네로 거침없이 들어갔다. 앞장선 호위군은 새끼 둔 호랑이 제 집 찾아들어가듯 박가가 숨어 있는 집 골목으로 쏠려들어갔다. 『녹두장군』⑩

새 발의 피㈜ 아주 하찮은 일이나 극히 적은 분량임을 이르는 말. ¶"…물론 이것도 그런 것이니까 자금을 방출한다고 해야 그것이 새 발에 피일 것입니다마는, 하여간 정부에서는 그것이 엷은 가락이든 어쩐든 신경을 쓰고 있는데, 한쪽에서는 또 이 꼴이군요…" 『자랏골의 비가』 ¶"수세 얼마씩 감해 준다고 해봤자 그놈 다른 죄에 비하면 새 발에

꿉니다. 그런 것으로 명분이 손상될 리가 없습니다…" 『녹두장군』⑤

새벽 고양이 담 넘어오듯이 아무도 모르게 슬쩍 오는 경우를 이르는 말. ¶"…어떤 놈이든지 맘만 있는다치라면, 새벽 괭이 담 넘어오대끼 슬쩍 넘어와서, 지리산 까마구 깃발 물어다놓고 달아나대끼 달아난다치라면, 귀신도 모를 놈의 일, 우리라고 그것을 양문이 할애비가 한 짓인지, 금강산 중놈이 와서 하고 간 짓인지 어뜨크롬 안다는 소리여?…" 『자랏골의 비가』

새벽호랑이 쥐나 개나㈜ 급하고 아쉬울 때면 좋고 나쁜 것을 가리지도 않는다는 말. ¶(산) "…새벽호랑이라 쥐나 개나 하는 판에 그 허기진 기세로 삼켜놓으면 기름 묻은 강아지가 어떻게 되겠습니까? 그 삼킨 기세에 그만 똥구멍으로 퐁당 빠져나오고 말잖겠습니까?…" 『보쌈』

새빨간 거짓말 뻔히 드러날 만큼 터무니없는 거짓말. ¶"이놈아, 네깐놈이 돌팔매로 날아댕기는 꿩을 잡아? 그 따위 새빨간 거짓뿌렁이를 뉘 앞에서 씨부리고 있냐?" 땅땅보가 한손에 든 창으로 땅을 깡 구르며 악을 썼다. 『녹두장군』① ¶갇힌 놈이 제 누님 아들이라고 했으나 그것은 새빨간 거짓말이고, 남의 부탁을 받고 와서 그렇게 엉너리를 쳤던 것이다. 『녹두장군』⑤

새알에 멜빵 하겠다㈜ 하는 짓이 좀스럽고 곰살궂은 경우를 이르는 말. ¶…도대체가 돈 나올 궁리가 서지 않았다. 새알에 멜빵할 서캐 조롱장사 궁리에서, 화적떼 봇짐이라도 털 궁리까지 이 궁리 저 궁리, 참빗으로 훑듯 궁리를 짜보

았으나, 『자랏골의 비가』

새장구 바람에 발림 춤맛 난다 남의 추임
새에 잔뜩 신명이 나는 경우를 이르는
말. '발림'은 판소리에서 소리를 하면서
곁들이는 가벼운 몸짓이나 팔짓 따위.
¶ "한량 노릇 마잤더니 새장구 바람에
발림 춤맛 나더라고, 이임인가 동임인
가 같짢은 감투벗고 나서는 읍내 사람
들하고 상종 그만하는가 했더니, 바람
이 부니 나뭇가지가 저절로 흔들리는구
만." "생원 입심은 여전하시구려." 『녹
두장군』①

새줄랑이 소견없이 방정맞고 경솔한 사
람. ¶ 강쇠네는 입이 재고 무슨 일에나
오지랖이 넓었지만, 무작정 덤벙거리고
만 다니는 새줄랑이는 아니었다. 『녹두
장군』⑥

색을 바치다 圓 색탐을 세게 하다. ¶ "떠
꺼머리 주제에 그렇게 색을 바쳐 골을
빼면 몇 살까지 살겠다는 거냐?" 『녹두
장군』②

색을 쓰다 圓 성적 교태를 부리다. ¶ "이
속에 내 서방 될 만한 사람 한나나 있는
가 보자." 미친년은 엉뚱한 소리를 하며
거기 모여 있는 남자들을 훑어보기 시
작했다. "아따, 이 양반 색께나 쓰게 생
겼네." 느닷없이 조만옥이를 가리키며
깔깔거렸다. 『녹두장군』①

**샌님 당나귀 배 찰 적에는 다 차보던 가락
이 있어서 찬다** 조금 위험한 일을 앞두
고 일이 될는지 좀 거칠게 드레질을 할
적에는 그만한 가늠이 있기 때문에 한
다는 말. ¶ "…만만한 데다 말뚝 박는
다고, 샌님이 땅나구 배때기를 찰 적에
는 다 차보던 가남이 있어서 차는 것인
디, 따진다고 그놈덜이 누구러질 것 같

은가?" 『자랏골의 비가』

샌님 물으시는 말씀이 바로 대답이다 묻
는 내용 그대로 새기면 대답이 되는 경
우를 이르는 말. ¶ "하룻강아지 범 무서
운 줄 모른다더니 잘 논다." "내가 부를
노래를 사돈이 부르고 있구나." "다시
묻는데 정말 소작료는 못 내겠다 이거
지?" 도찌우찌는 서동오를 향해 다시
다그쳤다. "허허. 샌님 물으시는 말씀이
바로 대답인데, 이럴 때는 어쩔 거나,
그냥 웃어나 주랴?" 『암태도』

생나무 가지 찢어지듯 헤어질 수 없는 사
람들이 억지로 헤어지는 경우를 이르는
말. ¶ "살아 생이별은 생초목에 불이 붙
는다는 것인디, 죽자사자 하는 처녀 총
각을 더구나 혼담까지 무르익은 사람을
생나무 가지 찢듯 억지로 끌어 왔으니
탈이 붙을 법도 하짢겠이유. 여자 안 낀
살인 없더라고 이런 험한 일이 그런 일
아니고야 쉽게 있었이유?" 방세주 아내
는 말끝을 그쪽으로 몰아붙이고 있었다.
『녹두장군』② ¶ "…피붙이들이 이로크롬
생나무가지 찢어지듯 찢어져 삼십 년을
소식 한 장 모르고 지낸 데서야 그것이
지대로 된 사상이여. 삼십 년을 내리 이
감시롱 총 저누고 있어도 이 꼴이라면
이제는 피차에 쪼깐…" <당제>

생으로 콱 씹어도 비린내도 안 나겠다 圓
여자가 아주 마음에 든다는 뜻을 천박
하게 표현한 말. ¶ "잣것이 시방 한참
물이 올라놔서, 잡어다가 생으로 콱 씹
어도 비린내도 안 나겄드마." 『자랏골의
비가』 ¶ "오매, 저년은 얼굴만 이쁜 것이
아니라 소리도 잘 한갑네." "허, 저렇게
혼자 세와놓고 본게 더 이쁘그만잉. 워
매 저것은 기냥 생으로 콱 씹어도 비린

내도 안 나겄네." 젊은이 하나가 이가는 소리로 이죽거리자 곁에 앉은 패거리들이 킬킬거렸다. 『녹두장군』⑦

생일날 잘 먹으려고 이레를 굶으랴 ㈜ 다음에 아무리 좋은 일이 있다하더라도 현재 일을 소홀히 할 수는 없다는 말. '이레'는 일곱 날. ¶"허허 답답한 소리도 한번 들어 보겄네. 생일 하루 잘 묵자고 이레 굶은 것도 아니고 지레 모가 타 들어 가고 있는디 물을 애끼자니 양석 애끼자고 굶어 죽자는 소리여 뭣이여? 타진 모에서 싹 나는 재주두 있던가?" <똥바우 영감>

생쥐 볼가심할 것도 없다 ㈜ 아무것도 먹을 것이 없고 살림이 몹시 가난함을 이르는 말. '볼가심하다'는 적은 음식으로 시장기를 면하다. ¶"…비패런 땅나구 귀 비어 내고 × 비어 내고 난께 새앙쥐 볼가심할 것도 없고, 괴죽 쑤어 줄 것도 없는 형편이라…" 『자랏골의 비가』

생초목에 불붙는다 ㈜ 시퍼렇게 살아 있는 나무와 풀에 불이 붙어 탄다는 뜻으로, 갑자기 뜻밖의 화를 당하거나 어떤 사람이 요절하였음을 애석하게 여겨 이르는 말. 살아 생이별은 생초목에 불붙는다. ¶"철없는 소리 마라. 그런 일을 당할 때는 누구든지 생초목에 불이 붙을 일이었을 것이다마는, 밤잔 은혜 없고 날샌 원수 없다고, 세월이 이만치 흘러서 석서그러질 만치는 석서 그러진 일인께, 잊을 만한 일은 다 잊고 살아사제, 몇십 년 저쪽 일을 가지고 항상 가슴에 칼만 세우고 있으면 세상을 어드크롬 살 것이냐?…" 『자랏골의 비가』

생파리 잡아떼듯 ㈜ 쌀쌀하게 잡아떼거나 매정하게 거절하는 모양을 이르는 말. '생파리'는 남이 조금도 가까이 할 수 없이 성미가 뾰롱뾰롱한 사람을 이르는 말. ¶"…그놈이 여기 동학도들이나 애먼 사람들한테 분풀이를 못하게 뒷단속을 단단히 해놓기는 하겠소마는, 혹시 몰라서 하는 소리니 여기 와서 찌그렁이를 붙거든 생파리 뛰듯 팔팔 잡아떼시오." 『녹두장군』① ¶"이 사람아, 그 무슨 정신없는 소린가? 그러다가 자네까지 잡혀노면 무슨 꼴이 되겠는가?" 정익서는 손사래까지 활활치며 생파리 떼듯 했다 『녹두장군』⑧

생호랑이 눈썹을 찾는다 구하기 어려운 것을 구하려한다는 말. ¶"그냥 안둘란께 나무를 어디서 비어내랸 말이여? 생호랭이 눈썹을 찾고 말제." 『자랏골의 비가』

생호랑이 코에 불침을 놓는다 위험스럽기 짝이 없는 일을 버르집는 경우를 이르는 말. '불침'은 성냥개비를 태워 만든 숯을 자는 사람의 살에 세워 불을 붙이는 장난. ¶"…생호랑이 코에 불침을 놓는 일에, 니가 무슨 상관이 있다고 거동에 망아지 새끼 따라 나서대끼 니가 따라나서기를 나선다는 말이여, 응?" 『자랏골의 비가』

서당 개 삼 년이면 풍월을 한다 ㈜ 어떤 분야에 대하여 지식과 경험이 전혀 없는 사람이라도 그 부문에 오래 있으면 얼마간의 지식과 경험을 갖게 된다는 것을 이르는 말. ¶손달문이는 한껏 위의를 가다듬어, 외수 잡은 놈 골패짝 세어놓듯 마디마디에 힘을 꼬아 내질렀다. 서당개 3년이면 풍월을 하더라고 호령소리 하나로 행세하는 수령놈 밑에서 뼈마디가 굳은 놈이라 말본새가 제법 가닥이 잡혀 있었다. 『녹두장군』④ ¶

"서당개도 삼년이면 풍월을 하더라고 아무리 시원찮은 코푸렁이도 관가물 삼년이면 다 가락수가 한가락씩은 있소. 전주로 쳐들어가기 전에 먼저 스며들어가서 숨었다가 농민군이 쳐들어올 적에 사대문을 열 수도 있고, 하여튼지간에 딱따구리 부적도 귀신 쫓는 법이 있은 게 우리한테도 한 구실 맡기시오." 모들뜨기가 한발 앞질렀다. 『녹두장군』⑧ ¶"어째서 저이한테는 방 인심이 저렇게 후하실까?" 여자가 웃으며 끼여들었다. "다 사람 봐서 그러는 것이여. 서당개 삼년이면 풍월을 하더라고, 나도 절에 와서 이년만 더 있으면 십년에 귀가 차, 십년!" 남은 음식과 술병을 치우던 보살 할머니는 너스레가 흐드러졌다. 『은내골 기행』

서당 아이 꼴 베어낸 자국 같다 뜯어낸 자국이 거칠게 남아 있는 모습을 이르는 말. '꼴'은 말이나 소에게 먹이는 풀. ¶자기 아버지 꼴은 더 말이 아니었다. 상투가 뎅겅 잘려나간 것 말고도, 수염은 꼭 서당 아이 꼴 베어낸 자국처럼 듬성듬성 뜯겨 있었고, 얼굴 또한 말이 아니었다. 상투를 잘리면서 모탕에다 짓찧어 그랬는지 훌쭉하던 볼이 한참 부어 올라 고자리 먹고 자란 호박 꼴로 뒤틀려 있었다. 『녹두장군』②

서당 오래비 장작 패듯이 위험한 일을 아주 서툴게 하는 경우를 일컫는 말. ¶"이런 바우도 나무맨키로 떨어져나가는 질이 있어. 그 질을 보아서 때려도 때려사제, 서당 오래비 장작 패대끼 아무 데나 치기만 한다고 되는 것이 아녀." 『자랏골의 비가』

서리 맞은 구렁이 쥐 행동이 굼뜨고 힘이 없는 사람을 이르는 말. ¶사랏골 사람들은 서리맞은 구렁이같이 늘어진 삭신을 운신해서, 재를 넘어오는 동안, 벙어리 떼처럼 말이 없었다. 『자랏골의 비가』

서리 맞은 참나무 밑에 상수리 이파리 무엇이 흔하게 널려있는 모양을 일컫는 말. ¶"뭐 5백 냥?" "돈 5백 냥에 뭘 그리 놀라시오?" "간에 바람 든 소리 작작 해라. 아무리 돈이 천해졌다지만 돈 5백 냥이 서리 맞은 참나무 밑에 상수리 이파린 줄 아냐?" "요새 돈 5백 냥이 돈이오?" 『녹두장군』②

서리 맞은 호박 상판 쥐 서리 맞은 호박잎 같다. 갑자기 생기를 잃고 축 처진 모양을 이르는 말. ¶며칠 전에 느닷없이 조성국이가 서리 맞은 호박 상판을 해가지고 편지를 한 장 들고 왔었다. "도대체 이게 뭐요?" 용배가 김진사 앞으로 쓴 편지였다. 그 편지를 읽고 난 이주호는 상판이 노래지고 말았다. 『녹두장군』④

서리아침 고슴도치 상판이다 아주 험하게 으등그린 상판을 이르는 말. '서리아침'은 서리가 내린 이른 아침. ¶(산)"그런 의뭉한 가락수에 내가 넘어갈 줄 아슈?" 아우는 서리아침 고슴도치 상판으로 형을 노려보며 악담을 퍼부어놓고, 꽝 장지문에다 성깔을 내북치며 뛰쳐나가버렸다. 『보쌈』

서발장대 거칠 것 없다 쥐 가난하여 아무런 세간이 없음을 이르는 말. 서발막대 휘둘러야 거칠 것 없다. ¶"…이미 타작마당에서 손 털고 나선 사람이 여럿인디, 아닌말로 차압딱지가 들어온다 하더라도, 서발장대 거칠 것이 없고 생배를 따도 군내나는 똥뱃이는 어디서 살

한점 볼가 낼 데가 없다고 엄살도 피워
보고, 배짱도 내밀 때는 야물딱지게 한
번 내밀어보게…” 『자랏골의 비가』 ¶
“돈도 없고 뒤도 없고 서발장대 휘둘러
도 거칠 것이 없는 살림, 아이고 아이고,
어디서 돈이 나고 어느 누가 나서주까,
아이고 아이고,” 『녹두장군』①

서방 기다리는 섣달 어미 애끓듯 간절하
게 기다리는 정상을 일컫는 말. ‘섣달’
은 음력으로 한 해의 맨 마지막 달. ¶
“술국 한 솥이 서방 기다리는 섣달 어
미 애끓듯 진종일 끓고만 있는디, 그 많
은 사람들이 술집하고는 웬수진 사람들
맨키로 빗감을 않은께 토심스러서 하는
소리요.” “허허, 토심스러라우? 그렇게
유감이 많았소?” “굿 구경하는 사람은
계면떡도 한 재미 아니오? 나도 등소 덕
에 한목 봐사제라우.” 『녹두장군』②

서방 죽고 처음이다(속) 시어머니 죽고 처
음이다. 기다렸던 일이 오랜만에 처음으
로 이루어졌다는 말. ¶판돌이는 숨을
몰아쉬었다. 팔땅, 이번에야 저 돈이 내
것이다. “응, 맛 한번 보자. 서방 죽고
몇년 만이냐?” 『자랏골의 비가』

서슬이 푸르다 권세나 기세 따위가 아주
대단하다. 서슬이 시퍼렇다. ¶“…사대
부집 규수한테 이런 맹랑하고 불칙한
일이 있다면 관의 도리로써 이런 혼사
가 이루어지는 것을 어찌 가만 보고 있
을 수 있느냐고 펄펄 뛴다는구만. 상풍
죄로 다스려야 한다고 서슬이 시퍼렇다
는 걸세.” 『녹두장군』① ¶어머니의 시퍼
런 서슬에 또식이는 입이 한 자나 비져
나오며 정성스페 꺾어오던 진달래를 시
궁창에다 힘없이 내던졌다. 『녹두장군』④

서울 가 본 놈하고 안 가 본 놈하고 싸우면
가 본 놈이 못 이긴다(속) 무슨 일을 실지
로 행하여 보지 못한 사람이 오히려 이
론은 그럴 듯하고 말이 많다는 말. ¶
“택아지 떠는 소리가? 애끼.” “어어. 저
사람이 시방 서울 가 본 사람을 이길라
고 그러네.” 『자랏골의 비가』 ¶“허허.
이 양반이 나는 서울 갔다 온 사람인데,
서울 안 가 본 사람이 서울 가 본 사람을
이길라고 하네. 나는 황토재에서 싸우다
가 그 속에서 천운으로 살아온 사람이
오. 당신들한테 뭣을 얻어먹을라고 내가
거짓말을 하겠소?” 숨이 거나해진 사내
는 큰소리로 욱대겼다. 『녹두장군』⑨

서울 가서 박서방 찾는다(속) 주소도 이름
도 모르고 무턱대고 막연하게 사람을
찾는 경우를 이르는 말. 서울 가서 김서
방 찾는다. ¶“자네는 무슨 단서가 좀
잡히는가?” 손화중이가 용배한테 관심
을 보였다. “서울서 박서방 찾고 다니는
격입니다. 전주 남문 밖 베네뜨 신부며,
다른 신부들도 몇 사람 만나보았습니다
마는, 도무지 안개 속에서 구름잡깁니
다…” 『녹두장군』⑤ ¶명호는 영감들을
작별하고 터벅터벅 발걸음을 옮겼다. 그
러나 광주에 가보았자 서울 가서 박서
방 찾기도 아닐 것 같았다. 발걸음을 돌
릴 수도 없고 갈 수도 없고 주인 잃은
망아지 꼴이 되고 말았다. 『은내골 기행』

서울 소식은 시골 가서 들어라(속) 자기 주
위의 일은 먼 데 사람이 더 잘 아는 경
우가 많음을 이르는 말. ¶“멋이라우?
군아 지붕에 돌우박이 쏟아지고 군아
지둥이 땀을 흘려라우?” “오다가 주막
에서 들었소. 우박은 우박 한 덩어리가
주먹만 해서 동원 기왓장은 하나도 성
한 것이 없다고들 합디다.” “허허, 서울

소식은 시골 가서 듣는다등마는 우리가 지금 그 꼴이오그랴."『녹두장군』① ¶ 서울 소식은 시골에서 듣더라고, 난세 때 위급을 가장 확실하게 알 수 있는 곳은 한강 나루터였다. 세상이 비뚝거린다 하면 한강 나루터에는 조정 대신들 피난보따리부터 몰랐들었다. 『녹두장군』⑩ ¶…서울 소식은 시골서 듣는다더니, 명호도 거기까지는 몰랐는데 자기 사건 때 수십 명이 정신없이 전화공세를 퍼붓던 것만 보더라도 그런 조직이 있다는 건 명백한 것 같았다. 『은내골 기행』

서천에 경문 가지러 가는 사람은 가고 이웃집 처녀한테 장가드는 사람은 장가든다 속 서로 같은 목적으로 동행하다가 갑자기 변하여 각자 자기 좋은 대로 행동하는 경우를 이르는 말. '서천(西天)'은 인도의 옛 이름. ¶"으째서 노래도 못 불러? 서천으로 경문 가지러 가는 놈은 가고, 동네 큰애기한테 장가 드는 놈은 드는 것이여…"『자랏골의 비가』 ¶"내 체면 봐서 헛추임새를 넣어주는 것 같은데, 그런다고 내가 재간이 있어서 소리를 할 수도 없는 형편이고, 서천으로 경문 가지러 가는 사람은 경문을 가지러 가고 이웃집 처녀한테 장가드는 사람은 장가를 들더라고 나도 그냥 내 볼장 봐사 쓰겠소." 군중들은 와 웃었다. 『녹두장군』⑥

서캐조롱 장사 궁리다 속 소견이 옹졸하고 좁다는 말. '서캐조롱'은 여자아이들이 액막이로 차고 다니는 조롱의 하나. 콩알만한 호리병 모양의 나무조각 세 개를 같이 엮고 끝에 돈을 다는데, 위아래 두 개는 붉게 가운뎃 것은 노랗게 물들인다. ¶"…자네 말을 인자 쪼깐 알아 묵

겄네. 그러고 본께, 내 궁리가 한쪽 장단에 외짝춤만 추고 있는 서캐 조롱장사 궁리였그마. 허허허."『자랏골의 비가』

석가가 면장을 하면 성을 바꾼다 석면장을 소리나는 대로 읽으면 '성면장'이 되는 데서 하는 말. ¶그런데, 고읍양반이 소리나는 대로는 <곰양반>이어서, 석(石)가가 면장을 하면 성을 바꾼다더니 본색이 산골 촌놈이라, 아무리 고읍 같은 반촌으로 장가를 가도 본색 속임은 못한다고들 웃었는데, 『자랏골의 비가』

석새에서 넉새 빠진 소리 한다 석새에서 한 새 빠진 소리 한다. 실없는 소리를 하는 경우를 비꼬는 말. 여기에서 '새'는 베 올의 굵기의 단위, 곧 승새를 말하며 보통 무명베가 일곱새나 여덟새이고 명주베는 열두새임. ¶"…자네가 어디서 먼 소리를 듣기는 들었는갑네마는, 들어도 석새에서 넉새 빠진 소리를 들었는 모냥이네. 하하하."『자랏골의 비가』

석새에서 두새 빠진 소리 한다 석새에서 한 새 빠진 소리 한다. ¶"…그것들이 생사람도 쐐죽이는 무지한 것들인디, 촌놈 귓창 걱정까지 해감시롱 총을 쏠 것 같어? 말을 해도 꼭 석새에서 두새 빠진 소리만 하고 있네 끌끌끌."『자랏골의 비가』

석수장이는 눈깜짝이부터 배운다 속 돌을 쪼는 석수장이는 돌가루가 눈에 들어갈까 봐 눈을 깜짝거리는 것부터 배운다는 데서, 무엇이든지 배울 때는 순서가 있다는 말. ¶"…석수쟁이 눈 깜작도 같은 석수쟁이라사, 그것이 돌 조각 깜작인지 지대로 깜작인지 알 것이고, 세전 토끼 질도 같은 토끼라사 짐작이 있을 것인께, 동네 사람덜이 나서서 그놈

을 찾아내사 동네가 조용하겄다, 시방 양문이 말은 이런 소린다…" 『자랏골의 비가』 ¶석수장이는 눈짐작부터 배우고 화적은 내빼다닐 길부터 익히는 것이라며 용배는 킬킬거렸다. 『녹두장군』①

석자 베를 짜도 베틀 벌이기는 일반㊂ 일이 많으나 적으나 그 준비하는 데 드는 수고는 마찬가지인 경우를 이르는 말. ¶"…석자 베를 짜도 베틀 늘이기는 일반인께 이왕 손을 묻혀서 다리를 놀라먼 구루마가 쑥쑥 빠져 댕기게 놔얄 것이여." 『자랏골의 비가』 ¶석자 베를 짜도 베틀 차리기는 일반이듯, 농사가 많은 집이나 적은 집이나 바쁘고 수선스럽기는 일반이었다. 『자랏골의 비가』

선무당 깨춤 서툰 무당이 방정맞은 짓까지 하는 경우를 이르는 말. ¶초장부터 티격이 붙었던 공사인데다, 질천이가 저렇게 덩덩하고 나대는 것도, 속에는 딴 오쟁이를 차고 선무당 꾀춤이 뻔한데, 이쪽 속은 따로 두고 있으면서, 그 장단에 고개를 끄덕이고 나선다는 것이 떨떠름했기 때문이다. 『자랏골의 비가』

선무당이 사람 잡는다㊂ 능력이 없어서 제구실을 못하는 사람이 함부로 하다가 큰일을 저지르는 경우를 이르는 말. ¶(산) "그러기 선무당이 사람 잡는다는 겁니다. 그러니까 내가 가지고 있는 비방이 뭐냐 하면 매가 호랑이한테 달겨들도록 하는 것이 바로 그것이지요." 『보쌈』

선봉대장 투구 쓰듯㊂ 전투에 나서는 장수가 단호하게 전의를 다지고 나서는 모습을 이르는 말. ¶…그렇게 험한 소리로 막말을 하고 나왔던 질천이가, 되레 그 일을 하자며 선봉장 투구 쓰듯, 톱을 들고 이른 아침부터 설치고 나오

니 어리둥절하지 않을 수 없었다. 『자랏골의 비가』

선불 맞은 멧돼지 모양 엄청난 기세로 날뛰는 모양을 이르는 말. '선불 맞다'는 총이나 화살에 설맞다. ¶여남은 개의 바위가 마치 멧돼지 떼처럼 굴러내려갔다. 큰 바위에 부딪쳐 길길이 솟아오르기도 하고, 바위에다 그대로 대가리를 곤두박아 산산조각이 나기도 했다. 선불 맞은 멧돼지처럼 튀겨내려가는 게 그냥 장관이었다. 『자랏골의 비가』 ¶두 놈 다 선불 맞은 멧돼지처럼 무작정 달려들고만 있었기 때문에 침착한 서태석에게는 처음부터 적수가 아니었다. 『암태도』 ¶"놈들은 선불 맞은 멧돼지처럼 그 집에 뛰어들어 대문에서부터 머슴이고 주인이고 닥치는 대로 두들겨 팼답디다…" 『녹두장군』①

선산에 까마귀 울다 선산의 조상이 돌봤다는 말. ¶"그렇게 한창 손바람이 나 있는 판에 이 댁 한씨가 겁없이 나댔으니 박살나지 않고 배겼겠소? 선산에 가마귀 운 줄 아시오." 『녹두장군』② ¶"허허, 참. 오늘 재수가 없을란게 별놈을 다 만나네." "재수가 없는 것이 아니라 느그 선산에 똥가마구라도 울었은게 나 같은 사람 만나서 들을 말 들은 중 알아라…" 『녹두장군』⑥

선생 알아보기는 제자만한 눈이 없다 선생은 그에게서 배운 제자가 가장 잘 안다는 말. ¶"허허, 선생 알아보기는 제자만한 눈이 없다등마, 요새 우리 총각 대방이 소리가 청이 터지더니 내 소리를 제대로 알아보는구만." 이승수는 기분이 좋은 듯 막걸리를 단숨에 벌컥벌컥 들이켰다. 『녹두장군』④

선왕재하고 지벌 입는다㋦ 남에게 좋은 일을 해주고 도리어 화를 입게 됨을 이르는 말. '선왕재(善往齋)'는 죽기 전에 절에 가, 죽은 뒤 천도하기 위하여 절에 들이는 불공. '지벌'은 신불(神佛)의 노여움을 사서 당하는 벌. ¶"…우리는 애초부텀 그 뫼등 도장하고는 상관이 없는 사람들인께, 느그덜이 아무리 닦달을 해도 중놈 어물값 닦달이다, 이러고 버틸라먼 첨부텀 야물딱지게 버텨사제, 무담씨 덤벙거리고 나섰다가, 느그덜이 덤벙거리는 것 본께, 먼 냄새를 맡아도 맡았구나, 이러고 나온다치라면, 이참에는 무단한 선왕재 지내고 지벌 입어…"『자랏골의 비가』 ¶"내 복에 무슨 난리라고, 기왕에 들어갔은께 지리산에서 국으로 산전이나 일구고 칡뿌리나 캐묵고 사는 것인디, 허허, 무단한 선왕제 지내고 지벌 입는다등마는 내가 꼭 그짝이구만…"『녹두장군』①

섣달 그믐날 시루 얻으러 간다 전혀 가당찮은 일을 하려는 걸 이르는 말. ¶…추석 단 대목에 누구보고 돈 꾸어달라고 손 벌린다는 것도, 섣달 그믐날 시루 빌리자는 얼빠진 수작일 것이다.『자랏골의 비가』

섣달에 들어온 머슴이 주인마누라 속곳 걱정한다㋦ 간여해서는 안될 일에 간여하여 걱정하는 경우를 이르는 말. 더부살이 주인 마누라 속곳 걱정한다. ¶"아무리 나무가 빽빽하다고 다 임자는 있는디, 아무 나무나 비어온단 말이여?" "이 사람들 걱정도 팔자네. 섣달 머슴 주인네 마누라 속곳 걱정한다등마는 그짝났구만." 모두 와크르 웃었다.『녹두장군』④ ¶(산)"밥상에 반찬이 형편 없습니

다 그려." "허허, 섣달에 들어온 머슴놈이 주인 마누라 속곳 걱정한다더니, 거짓말 하러 왔으면 거짓말이나 할 일이지, 남의 밥상 걱정까지 하다니 걱정도 팔자구나."『보쌈』

섣달 큰애기 개밥 퍼 주듯㋦ 시집 못 간 것에 심술이 나서 개한테 밥이나 많이 퍼주는 섣달 큰애기의 심사에 비유하여, 무엇을 후하게 주는 경우를 이르는 말. 섣달 그믐날 개밥 퍼 주듯. ¶한두푼에 막 판다 지경 대경에 막 판다 조조군사 말 타듯이 섣달 큰애기 개밥주듯 실없는 가시내 엉덩이 풀듯 허랑하게 막 판다『녹두장군』② ¶"…전봉준이는 수세며 군아에 있던 쌀을 있는 대로 삶아서 오는 사람마다 섣달 큰애기 개밥 퍼주듯 밥을 퍼주고 있습니다. 그렇지만 그게 얼마나 가겠습니까?…"『녹두장군』⑥ ¶"그런 것이 모두 잉어 낚을라고 밑밥 뿌리는 수작인지 누가 알겠소? 할 일 없으면 있는 돈에 바캉스나 갈 일이제 이 한더위에 뒷 빠진 강아지 모래밭 싸내대끼 비지땀 쏟음시로 헐떡거리고 댕기는 것이 암만해도 수상하오." "맞소. 당제니 뭐니 잘잘 째는 것이나 비싼 사진을 섣달 큰애기 개밥 퍼주듯 뿌리는 것이나 작자가 시방 뜸을 들여도 크게 들이는 것 같소." 두식이였다.『은내골 기행』

설거지는 마누라 차지 집안의 모든 구지레한 뒤치다꺼리는 마누라가 한다는 말. ¶"…설거지는 마누라 차지라고 그러지 않아도 가난하고 못난 집 여자들은 그 고통이 마지막으로는 그들한테 다 떠맡겨져서 고통이 남자들 배는 더 하네. 더구나 칠거지악이니 삼종지도 따위 굴레를 씌워 여자들을 더 서럽게 만든 것은

그 뿌리가 주자학이네. 그 점에 서 공자는 수운한테 절을 열 자리는 해야 할 걸세." 두 사람은 한참 웃었다. 『녹두장군』⑦ ¶"…6·25전쟁 같은 큰 일도 그렇지만 집안 살림도 그래요. '식량 없는 밥은 딸한테 시키고 나무 없는 밥은 며느리한테 시킨다'는 속담 같은 것만 봐도 그렇잖아요. 식량 없고 나무없는 고통을 어째서 여자들이 감당해야 합니까?" 선경이는 정색을 했다. "어떻게 그런 속담을 다 알고 계십니까? 그와 비슷한 속담으로 '설거지는 마누라 차지' 라는 속담도 있지요." 명호가 웃으며 받았다. 『은내골 기행』 ¶(산) "…거판스럽게 주연을 베풀어 환심을 사려고 상하가 두루 알랑거리는데, 설거지는 여편네 차지더라고 그 환심을 사는 데 앞장을 서야 할 사람들은 또 평양 기생들이 아니고 누구겠나?…" 『보쌈』

설마가 사람 죽인다㊀ 설마 그리 되지 않겠지 하고 마음을 놓는 데서 크게 탈이 난다는 말. ¶"지금이 때가 어느 때라고 설마." "설마가 사람 죽여. 고방에 나락 섬깨나 재어놨겠다, 헛배가 빵빵 해놨으니 못된 소가지에 골로 빼기 꼭 알맞아…" 『암태도』 ¶"차령고개에서 복면이 벗겨졌던 게 큰 불찰이었다. 복면이 벗겨졌을 때 그놈들이 내 얼굴을 보았지만 한두 놈이 얼핏 보았길래 설마했더니, 설마가 사람 죽인다는 소리가 이래 두고 난 말이구나. 하여간, 귀신 같은 놈들이다." 『녹두장군』②

설사난 강아지 같다 바쁘게 싸대는 경우를 이르는 말. ¶"시방 홍계훈이가 설사난 강아지매이로 발싸심을 하는데, 진짜로 배탈이 나서 발싸심을 하는 놈들은

홍계훈이가 아니라 조정놈들이라 이 소리드만이라…" 『녹두장군』⑩

설삶은 말 대가리 얼굴빛이 몹시 붉거나 또는 격에 맞지 않게 멋대가리 없는 모양을 이르는 말. '설삶다'는 덜 익게 삶다. ¶질천이는 설삶은 말대가리 상판을 하고 다가들며 댓바람에 판돌이 손에서 정을 나꾸었다. 『자랏골의 비가』

섬 틈에 오쟁이 끼다㊁ 볏섬을 쌓고 그 사이에 또 오쟁이까지 끼워 둘 셈이냐는 뜻으로, 재산 있는 사람이 더 무섭게 재물을 아끼고 탐하는 경우를 이르는 말. '오쟁이'는 짚으로 엮어 만든 작은 섬. ¶"…설 같은 때 떡국심을 뽑으면, 그것이 또 설 찬값에 너끈하던 거여서 덤으로 보는 재미가 섬 틈에 오쟁이로 옹골졌다. 『자랏골의 비가』

성냥개비로 달걀을 치는 격 몹시 좀스런 짓 하는 경우를 이르는 말. ¶"겐노로는 안되까라우?" "어림없는 소리. 생각을 해보아 성냥개비로 달걀을 치는 격이제. 저로크롬 큰 바우가 겐노가지고 당하겠어?" 『자랏골의 비가』

성복 뒤에 약방문 사후 약방문. 죽은 뒤에 약방문, 곧 처방전이란 말로 일이 끝난 뒤에 그 일에 대한 대처방법을 말하는 것은 부질없는 일임을 이르는 말. '성복(成服)'은 초상이 나서 상복을 입는 일. '약방문(藥方文)'은 약을 짓기 위하여 약 이름과 약의 분량을 적은 종이. ¶"…차압딱지가 코앞에 닥쳐가지고사 나대는 놈의 일, 이것이 시방 돼지 놈 인 중 틀어지 대끼 이미 틀어진 일을 가지고, 시방 우리가 성복 뒤에 약공론을 하고 있는가 으짠가도 모르는 것인디, 그런 험한 일을 갖다가 물 묵은 갈포랫짐

내맡기대끼 나한테 통채로 떠 맽긴다치라면 나보고 으짜란 소리요?…"『자랏골의 비가』

성안에 들어온 촌닭 같다　관청에 잡아다 놓은 닭. ¶성안에 들어온 촌닭같이 늘 썰렁한 얼굴로 겁을 먹고 지내다가, 어느 정도 도시 물정을 익히고 나면 설건방기가 생기기 마련이고, 전에 겁먹었던 만큼 한술 더 뜨려다 보면 저런 태도가 되거니 했다. <청개구리>

성은 피가라도 옥관자 맛에 다닌다⊛　변변치 않은 사람이 겉모양을 뽐내며 거들먹거리는 경우를 비꼬는 말. '옥관자'는 옥으로 만든 관자. 망건 당줄을 꿰는 고리로 종일품 이상의 벼슬아치가 하였음. ¶"…직접 모욕을 당한 양반들 원한은 어쩌겠습니까? 재산 빼앗기고 딸 빼앗긴 부호들하고는 또 다릅니다. 성은 피가라도 옥관자 맛으로 큰기침하더라고, 당장 끼니 안칠 쌀 한톨이 없어 배에서 꼬르륵 돌담 무너지는 소리가 나도 빈 굴뚝에 연기 피워올리면서 상투 빗어올리고 수염 만지며 큰기침하던 사람들입니다…"『녹두장군』⑪ ¶(산) …성은 피가라도 옥관자 맛으로 큰기침 하더라고 비록 영락은 했을망정 양반 유세 하나는 탱탱해서 항상 오그냉냉 오기를 끓이며 살아가고 있었다.『보쌈』

성인도 시속을 따르고 나라 임금도 굽은 길은 휘어간다⊛　성인도 시속을 따른다. '시속(時俗)'은 그 시대의 풍속. ¶"성인도 시속을 따르고 나라 임금도 굽은 길을 휘어 가는 것이여. 되잖은 고집 피우지 말고 낼이라도 당장 쫓아 올라가봐…" <뚱바우 영감>

성인도 시속을 따른다⊛　성인도 시속에 따라 사는데 범인들은 두말할 것이 없다는 말. ¶"…성인도 시속을 따르고, 호랭이도 놈의 골에 들어가먼 그 골 질을 걸어가는 것인디, 이쪽 물정을 모른 다치라면, 조선 천지에 미국말 알아묵는 놈이 그래도 한둘은 있을 것인께…"『자랏골의 비가』 ¶양가집 여자가 개가 한다는 것도 말이 안되는 일인데 더구나 상중에 개가를 하다니 말이 되느냐고 호령을 하는 노인이 있었으나 상대가 전봉준인데다 성인도 시속을 따르는 법이라며 곁에서 다그치자 그 노인도 금방 잦아졌다는 것이다.『녹두장군』⑪

성인도 하루에 죽을 말을 세 번 한다⊛　아무리 훌륭한 사람도 실수는 하는 법이라는 말. ¶"성인도 하루에 죽을 말을 시번은 한다고 않던가? 술은 첫물에 취하고 사람은 훗물에 취하더라고, 사람이란 것이 싸우고 벗 사구고…"『자랏골의 비가』

섶을 지고 불에 들어간다　아주 위험한 짓을 하는 경우를 이르는 말. '섶'은 섶나무, 즉 잎나무·풋나무 등의 총칭. ¶"…그런께, 이놈이 이 양반덜을 서울로 모시고 가는 것은 제가 호랭이 잡았다는 증인을 데리고 가는 셈이다그랴. 하하." "섶을 지고 불로 들어가는 줄은 모르고. 하하."『자랏골의 비가』 ¶"…못난 것들, 섶을 지고 불로 들어가도 유분수지, 대가리에 멋이 들었길래 궁리를 비벼내도 죽을 궁리만 비벼낸단 말이냐?" 방필만은 대통으로 놋쇠 재떨이를 땅땅 치며 고함을 질렀다.『녹두장군』② ¶"아이고, 저놈의 주댕이, 누가 독바늘로 칵 안 꼬매분가?" "그래도 당신 생각혀서 나불거리는 주댕이는 내 주댕이빽이는 없어. 당신이 섶을 지고 불에 들어간들 나 말고 누가 값 안드는 말 한마디 지대로 혀줄 사람 있을 성부르요?” “시끄러!” 그때 꽹과리 소리가 요란스럽게 울렸다.『녹두장군』⑤

세곡선 닻줄 같다 아주 튼튼한 줄을 일컫는 말로, 무엇이 아주 든든함을 이르는 말. ‘세곡선(稅穀船)’은 나라에 조세로 바치는 곡식을 실어 나르는 배. ¶조병갑이는 서울로 잡아올리라는 명이 떨어졌다니 제가 아무리 뒷줄이 세곡선 닻줄이라 한들 적어도 귀양은 면치 못할 것이므로 이미 이빨이 빠져도 어금니까지 빠진 호랑이였다.『녹두장군』⑧

세곡선 볏섬 싣듯 가득 싣는 것을 일컫는 말. ¶(산)이 때려죽일 놈이, 제 논에는 물을 세곡선 볏섬 싣듯 논둑이 넘치게 치렁치렁 실어놓고도, 말라붙어가는 단골 논은 관돌 배앓이로 본 척도 않았다.『보쌈』

세 닢 주고 집 사고 천 냥 주고 이웃 산다 〔속〕 살아가는 데는 이웃이 중요함을 이르는 말. ¶“…세잎 주고 집 사고 천냥 주고 이웃 산다고, 인자부텀 이웃사촌으로 지내자는 뜻이니 박주 일배나마,… 이선생의 성의로 아시고 많이 드시기 바랍니다.”『자랏골의 비가』

세상 만사가 물레바퀴 돌 듯 한다 만사가 변하고 변한다는 말. ¶“…세상살이가 돌아가는 물레방애라고 하등마는, 참말로 이것이 장난도 아니고, 뭔 일이 이런 일이 있어?”『자랏골의 비가』 ¶“죽고 사는 일만은 인력으로 못하는 걸 어떡하나. 세상 만사가 물레바퀴 돌 듯 한다더니, 한쪽에서는 중매가 어떻고 하는데 또 한쪽에서는 사람이 죽어가고…”『암태도』

세상에는 법도가 있고 하늘에는 천도가 있다 어디든지 도리가 있다는 말. ¶“이 사람아 도적을 옆구리에 끼고 살고 밤에는 비개에다 비고 잔가? 세상에는 법도가 있고 하늘에는 천도가 있는 것인디. 즈그들이라고 사람 무서운지 모르고 벼락 무서운지 모를 것이여.” <유채꽃 피는 동네>

세상이 돈짝만하다 세상에 무서운 것이 없어 보이는 사람의 경우를 조롱하는 말. ¶“…아야, 시방 니가 자라 콧등만 한 동네 이장 하나 추켜든께, 그것도 감툰지 알고 세상이 그냥 동전짝만하게 뵈냐?”『자랏골의 비가』

세월이 약 〔속〕 크게 마음을 상하여 애통해하던 일도 세월이 가고 오랜 시간이 지나면 자연히 잊게 된다는 말. ¶“세월도 약이라면 약이지.” 나는 미선이를 힐끔거리며 허투루 한마디 끼였다.『오월의 미소』 ¶“세월이 약이라더니, 그래도 지금은 그런 감정이 많이 잦아졌네만. 집을 나와 이삼년 간은 거진 미친 놈이었어…” <유채꽃 피는 동네>

세전(歲前) 토끼 태어나서 첫 번째 설을 쇠기 전의 어린 토끼는 다른 데로 다니기가 무서워서 늘 같은 길만 다닌다는 데서, 융통성이 없는 사람을 이르는 말. ¶“…석수쟁이 눈 깜작도 같은 석수쟁이라사, 그것이 돌 조각 깜작인지 지대로 깜작인지 알 것이고, 세전 토끼 질도 같은 토끼라사 짐작이 있을 것인께, 동네 사람덜이 나서서 그놈을 찾아내사 동네가 조용하겄다, 시방 양문이 말은 이런 소린디…”『자랏골의 비가』

세전 토끼 바위 건너다보듯 무엇을 건성

으로 보고 있는 모습을 이르는 말. ¶이 묏등이 동네를 향하고 있다는 것은 늘 보아 알고 있는 일이었지만, 새전 토끼 바위 건너다보듯 늘 건성으로만 보아왔지 별로 유심히 본 적이 없었는데, 동네가 너무나 가까이 눈 아래 보였다. 『자랏골의 비가』

셋방살이가 주인집 마누라 속곳 걱정한다 츕 더부살이가 주인 마누라 속곳 걱정한다. 섣달에 들어온 머슴이 주인 마누라 속곳 걱정한다. ¶"…아무리 동네 사람들이 곤경에 빠졌다고 하제마는, 아재비 장가 보내기는커녕, 내 연장도 대롱에 넣고 댕기는 놈이 쥔네 마누라 속옷 걱정도 아니고, 중놈 외입값도 아닌 일에 알은 체를 해가지고 뭣에 쓰자고 알은 체를 해?" 『자랏골의 비가』

소가지가 밴댕이 창자 같다 국량이 너무 좁은 경우를 경멸적으로 이르는 말. '밴댕이'는 청어과의 바닷물고기로 작고 뱃바닥이 희다. ¶(산) 형은 기가 차서 말문이 막히고 말았다. 원체 소가지가 밴댕이 창자 같은 작자라 내 속 짚어 남말 하더라고 형도 자기하고 같은 줄 아는 모양이었다. 『보쌈』

소 갈 데 말 갈 데 따로 있다 사람에 따라 하는 일이나 솜씨가 다르다는 말. ¶"괴수라고 다 텔레비에 나올 것이여. 소 갈 데 따로 있고 말 갈 데 따로 있더라고 다 적 저금 취미가 다르겠제." <칠일야화>

소갈머리없는 놈 ⓑ 생각이 옅은 사람을 낮잡아 하는 말. ¶"소갈머리없는 놈들이군. 소작위원회를 열어 결정하게." 『암태도』

소경 팔양경(八陽經) 외듯 츕 무슨 뜻인지

도 모르고 혼자서 흥얼흥얼 외우는 모양을 비웃는 말. '팔양경(八陽經)'은 혼인·해산·장사(葬事) 등의 일에 관한 미신적인 짓을 타파하는 불경의 하나임. ¶"…일본놈덜한테 당한 것만도 이에 신물이 나는디, 무식한 봉사 파랭갱 외대끼 되지도 않는 풍월을 읊고 있어?" 『자랏골의 비가』

소금 섬을 물로 끌라 해도 끈다 츕 아무리 부당한 일이라도 시키는 대로 하는 경우를 이르는 말. ¶(산) "…소인은 지금까지 관의 영이라면 섶을 지고 불로 들어가라 해도 들어갔고, 소금 섬을 지고 물로 들어가라 해도 한마디 따지는 법이 없이 영대로 거행했사옵니다…" 『보쌈』

소금에 쉬슨다 츕 소금이 썩게 된다는 말이니 철석같이 믿었던 일이 글러버린 경우를 이르는 말. 또는 그만큼 일이 오래간다는 말. '쉬슨다'는 파리가 쉬(알)를 내놓는다는 말. ¶"…산지기는 풀새 된장에 풋고추 박히대끼 제 쥔 찾아갔어." "그러먼 모도 싸짊어진 소금에는 쉬만 슬게?" 『자랏골의 비가』

소나기 마당에 멍석 치우듯 매우 급한 일이 일어났을 때 다급하게 대처하는 모습을 이르는 말. ¶모두 언덕으로 재빠르게 올라붙었다. 소나기 마당에 멍석 치우듯 날래게 해치우고 올라왔다. 『녹두장군』⑧

소나기 만난 소금마당 흔적도 없이 사라지는 경우를 이르는 말. ¶"…왕건의 무서운 기세 앞에 견훤이 군대는 소나기 만난 소금마당이 되고 말았다는 걸세." 『녹두장군』①

소나기 만난 소 뛰듯 드세게 나대는 꼴을 이르는 말. ¶"출발!" 우두둑 뛰었다. 풍

물소리가 요란스럽게 쏟아졌다. 장정들은 소나기 만난 소 뛰듯 쿵쿵 땅을 울리며 산으로 올라붙었다. <당제>

소다 가루 친 밀개떡 같다 잔뜩 부풀어 있는 것을 이르는 말. '소다'는 가성소다·탄산소다 따위로 빵 등의 조리 보조재료. ¶“…소다가루 친 밀개떡 맨키로 쌀이 불어나는지 아까 으짜까?”『자랏골의 비가』

소 닭 보듯[속] 무심하게 보는 모양을 이르는 말. ¶『자랏골 놈들이라면, 눈 아래로 십리나 내려다보던 작자가 잔뜩 밑술이 당기니까, 헌 갓 쓰고 똥 누기로, 체면 불고하고 나대고 있지만, 오뉴월 감주맛 변한지 오래라는 느긋한 생각으로 소 닭 보듯 양문이를 건너다보았다.『자랏골의 비가』 ¶비장은 박종록이란 사람이었다. 그는 방장산에 화적패가 산채를 두고 있다는 것을 잘 알고 있었으나 화적 닦달은 자기들 소관이 아닌 까닭에 여태 소 닭 보듯 모른 척 지내오고 있었다.『녹두장군』⑩

소라가 똥 누러 가니 거드래기가 기어들었다[속] 잠시 빈틈을 타서 남의 자리를 차지하는 짓을 이르는 말. '거드래기'는 고동 따위 남의 집에 들어 사는 게를 뜻하는 제주도 사투리. ¶“허허, 소라가 똥 누러 간게 거드래기가 끼여든다등마는 집안이 결딴이 난게, 참말로. 어야, 윤달이, 자네 잘난 중 동네사람들이 다 안게, 게 등짝에 소금 치는 소리 그만하고 남의 잔치판에 왔으면 술이나 묵소. 내가 자네 타박하다가 맵갑시 저 양반한테 미안스럽게 되아 부렀네.” 김태선이 고성댁을 가리키며 그쪽으로 갔다.『오월의 미소』

소를 가리켜 말이라 한다 눈앞에 뻔히 보이는 사실을 놓고 사뭇 엉뚱한 소리를 하는 경우를 이르는 말. ¶“…그놈이 그리 어찌 않고서사 천하가 아는 일을 소를 가리켜 말이라고 할 수가 있냔 말이여.” <유채꽃 피는 동네>

소리하는 데는 추임새가 한 부조다 판소리하는 데는 추임새 소리가 큰 역할을 한다는 말. '추임새'는 판소리에서 고수가 북 장단을 하는 중에 이따금씩 '얼씨구', 혹은 '좋지'와 같이 흥을 돋구는 말. ¶“이것이 수세만 돌래받자고 일어난 일이간다라우? 이런 일에 그렇게 옴니암니 이곳을 따지기로 하면 일을 어떻게 하겠소? 소리하는 디는 추임새가 한 부조더라고 우리 안사람들이 그러고 나서면 묵는 것도 묵는 것이제마는 얼매나 심이 지겠소. 어서 나섭시다.” 부안댁이 너름새 있게 말했다.『녹두장군』⑤

소 잔등에 찬바람 거의 느낌이 없음을 이르는 말. ¶…차생원은 비위가 좋고 유들유들하기가 타고난 뚜쟁이여서 이 집 식구들 서릿발치는 눈초리쯤 소 잔등에 찬바람으로 눈썹 하나 까딱하지 않았다.『녹두장군』②

소절난 까마귀 빈 통시 들여다보듯[속] 주린 까마귀 빈 통시 엿본다. 굶주림에 못 이겨 먹을 것이 없나 간절한 눈으로 여기저기 살피는 경우를 이르는 말. '소절나다'는 '소증나다'의 사투리. '통시'는 뒷간의 사투리. ¶그렇게 멍청하게 서 있다가, 그래도 차가 들어오면 행여나 해서 소절난 까마귀 빈 통수 들여다보듯 차 안을 기웃거렸다.『자랏골의 비가』

소절난 까마귀 어물전 돌듯[속] 병든 까마귀 어물전 돌듯. ¶(산) 단골 논은 이내 논바닥이 거북등으로 쩍쩍 엉그름이 벌어지고 있었다. 단골은 빈 삽만들고 소절난 가마귀 어물전 돌 듯 논둑 봇둑을 싸대고 다녔으나, 양반놈이, 물꼬를 장비 만난 조조놈 성벽 단속하듯 처깔을 해놨으니 어떻게 손을 써볼 재간이 없었다. 『보쌈』

소증 나면 병아리만 쫓아도 낫다 ㈜ 생각이 간절하면 비슷한 것만 보아도 마음이 좀 풀린다는 것을 이르는 말. '소증'은 푸성귀만 너무 먹어서 고기가 먹고 싶은 증세. ¶(산) "…소증(素症)에는 병아리만 쫓아도 낫더라고, 하도 안타깝고 애끊는 마음에 마지막 정성으로 이런 짓을 하고 있습니다." 『보쌈』

소진·장의 ㈜ 소장의 혀. 매우 구변이 좋은 사람을 이르는 말. 소진과 장의는 중국 전국시대의 모사(謀士). ¶"아무리 소진·장의가 와서 장설을 풀어보았자 말로는 나리 분기를 가라앉히기는커녕 되레 감정만 더 덧들일 것 같습니다…" 『녹두장군』④

소 초상에 말 행세 소 죽은 곳에 말의 태도를 이르는 말이니, 아무 상관도 없는 일에는 아무 상관도 없는 만큼 범상하게 처신한다는 말. ¶"자네는 관가 사람들을 항상 그렇게 얕보는 것이 탈이야. 그런 일 하라고 나라에서 직첩 내리고 벙거지 씌워 포교고 포졸인데, 그런 자들이 예사 사람도 아니고 바로 제 떨거지들에 그 꼴이 된 마당에 그냥 소 초상에 말 행세로 얼쩡거리고만 있을 것 같은가?" 『녹두장군』①

소태 먹은 상판 소태 씹은 상판. ¶"명색 사돈지간에 이럴 수가 있어?" 조만옥은 거듭 혼잣소리로 이죽거리며 소태 먹은

상으로 상판이 점점 험하게 일그러졌다. 『녹두장군』① ¶"안될 것 같습니다. 여기저기서 큰소리가 나고 있습니다." 정익서가 침통한 표정으로 말했다. 송대화도 소태 먹은 상판이었다. 『녹두장군』⑦ ¶"조금 있으면 도에서 새마을사업 시찰을 나올 텐데 이런 걸 세워놓으면 어떻게 하느냐고 소태 마신 상판이었거든요." 『은내골 기행』 ¶"어 이 사람아, 그런 소리를 아무케나 하면 어떡 혀?" 복만이는 소태 먹은 상이 되어 선호 말을 채뜨렸다. <재수없는 금의환향>

소태 씹은 상판 회충약으로 썼던 소태껍질은 씹으면 매우 쓰므로 그걸 씹었을 때의 얼굴 표정을 가리키는 말이니, 잔뜩 일그러진 상판을 이르는 말. ¶김연국은 아까 자기하고 부딪친 소리를 다시 하고 나오자 소태 씹은 상판이었다. 『녹두장군』③ ¶고종이 조용히 영을 내렸다. "분부대로 거행하겠사옵니다." 민영준은 소태 씹은 상판으로 마지못해 대답했다. 『녹두장군』⑩

소 한 마리가 반 살림이다 옛날 소가 한 집의 살림에서 차지했던 재산상의 비중을 이르는 말. ¶(산) 소 한 마리가 반 살림이라던 소리도 옛말이 되고 말았다. 『녹두꽃이 떨어지면』

소한테 물렸다 ㈜ 위해를 당한 것 같으나 전혀 다치지 않은 경우를 우스개로 이르는 말. ¶동네 사람들은 득철이가 내민 돈을 밤송이라도 받아든 꼴로 엉거주춤 받아들고 서서, 한참 동안 소한테 물린 놈들처럼 득철이를 건너다보고 있었다. 『자랏골의 비가』 ¶오순녀는 많이 들라며 도망치듯 방을 나갔다. 방안은 다시 폭소가 쏟아졌다. 전봉준은 소한테

물린 표정을 헤프게 웃고 있었다. 『녹두
장군』⑪　¶작자는 영하한테 울려가라고
들떼놓고 얼러맸다. 영하는 소한테 물린
놈처럼 헤프게 웃고만 있었다. <개는 왜
짖는가>　¶(산) …나는 그만 소한테 물
린 놈처럼 멀쩡하게 웃었다. 『녹두꽃이 떨
어지면』　¶(산) …그때 내 웃음은 소한테
물린 것처럼 웃음도 울음도 아닌 처참
한 표정이었을 것이다. 『교수와 죄수 사이』
¶(산) "아니, 저런 배라먹을 녀석이…"
과부는 어쩔 줄을 몰랐다. 훈장은 소한
테 물린 꼴로 헤벌쭉 웃고 있었다. 『보쌈』

속 빈 강정 숙　겉만 그럴듯하고 실속이
없음을 이르는 말. '강정'은 찹쌀가루로
만든 과자의 한 가지. ¶이주호는 속 빈
강정일망정 감역 감투를 쓰고 떵떵거리
며 향교에서도 큰소리를 치고 있는 데다
재산이 만만찮기 때문이다. 『녹두장군』③

속 빈 강정의 잉어등 같다 숙　속 빈 강정.
붕어빵처럼 잉어 모양으로 만든 강정의
등(燈)을 이르는 말이니, 속이 휑 비었다
는 말. ¶…속 빈 강정의 잉어등같이
허허한 기분으로 기약없는 딸을 기다리
는 마음으로, 느긋한 춘자 어머니가 살
찐 부처 곁의 상전댁같이 의젓하게 보
였다. 『자랏골의 비가』

속살로 궐을 잡다　없는 것을 마음속으로
만 없는 것으로 처둔다는 말. '속살'은
속내, 겉으로 드러나지 않은 속마음. 속
내평. ¶소작위원들은 굳이 채근하지 않
았다. 속내를 훤히 알 만한 일이니 이들
은 이제 소작회원이 아니거니 하고 속
살로 궐을 잡을 뿐이었다. 『암태도』

속으로 호박씨 깐다 숙　어리석은 듯하지
만 의뭉한 데가 있어 제 실속은 다 차림
을 이르는 말. ¶"당신도 겉으로는 점잖

은 척해도 속으로는 호박씨깨나 까게
생겼구만." 김한준이를 실눈으로 흘기며
요염하게 웃었다. 『녹두장군』①

속이 빈 놈 비　사리 분별이 없는 놈. ¶
"…아무리 속이 빈 놈들이라고 그래 왜
정때 그 지랄을 치던 순사덜한테 칼자
루가 그것이 말이여, 막걸리여?" 『자랏
골의 비가』

손가락에 불을 지르고 하늘에 올라도 숙　아
무리 노력해도 이루어낼 수 없는 경우를
이르는 말. ¶"그래도 중 도망은 절간
마룻장이나 뜯어보겠지만, 제깐 놈들이
하늘을 우러러 손가락에 불을 컨들 어디
서 꼬투리를 잡겠소?" 『녹두장군』①

손가락에 장을 지지겠다　손가락에 불을
지르고 하늘에 올라도. ¶"…오늘 저것
장에 가지고 가봤자 60만 원을 넘겨 받
으면 내 손가락에다 장을 지지겠소"<신
농가월령가>

손가락 하나 까딱도 안 한다　전혀 일을
하지 않는다는 말. ¶두령들은 손가락
하나 까딱하지 않고 전봉준의 말을 듣
고 있었다. 『녹두장군』③

손골목에 모인 강아지　하찮은 사람들을
이르는 말. '손골목'은 골목길의 사투리.
¶"…서회장이 없는 암태도 소작회란 문
재철이한테는 손골목에 모인 강아지들
보다 만만하게 보일 것입니다." 『암태도』

손끝 짠 시어머니 밥쌀 내주듯　너무 강퍅
하여 조금도 더덜이가 없음을 이르는
말. ¶그래서 임군한은 항상 노자에다
하룻저녁치 해웃값을 덤으로 얹었으나,
해웃값을 얹을 때도 많으면 많은 대로
불안하고 적으면 적은 대로 불안해서
사냥 보낼 때 매 먹이에 개암 지르듯 몇
냥을 덜었다 얹었다, 손끝 짠 시어머니

밥쌀 내주듯 했다. 그러나 불안하기는 마찬가지였다. 『녹두장군』⑥

손바닥 뒤집듯 태도를 갑자기 또는 노골적으로 바꾸기를 아주 쉽게. ¶하룻밤 사이에 인심이 손바닥 뒤집히듯 뒤집히고 말았다. 『녹두장군』⑨

손바닥 들여다 보듯 바로 곁에 있는 것을 보듯. ¶여기서 공주까지는 백여리 길인데, 용배는 이 근방 지리를 손바닥 들여다보듯 환히 꿰고 있었다. 『녹두장군』①

손바닥만하다 면적이 아주 좁은 것을 이르는 말. ¶"…아무리 으짠다고 삼십가호 남짓한, 손바닥만한 동네 비료대 한나를 가지고 그꼴이라먼 육년 동안이나 핵교를 댕겼달 것이 없고,…"『자랏골의 비가』 ¶"저것들이 지금 손바닥만한 섬구석에서만 살아온 것들이라…"『암태도』

손바닥에 쥐어 줘도 모른다 손에 쥐어 줘도 모른다. 아무리 쉽게 가르쳐 주어도 모른다는 말. ¶"아, 모른께 묻제잉. 누구는 그런 것을 뱃속에서부터 배와 갖고 나왔간디?" "모른 것은 손바닥에다 쥐어줘도 몰라."『자랏골의 비가』

손바닥으로 뭣 가리듯 손바닥으로 불알 가리기다. 무슨 일을 완벽하게 하지 못하고 바로 발각될 수 있도록 어설프게 한다는 말. ¶이런 어마어마한 음모가 벌어지고 있는 줄도 모르고, 방안에서는 손바닥으로 뭣 가리듯, 허망한 가마니뙈기 한장의 그늘에 숨어 노름이 한창 열이 오르고 있었다. 『자랏골의 비가』

손바닥으로 하늘 가리다 倣 도무지 숨길 수 없는 일을 어리석게 숨기려 하는 경우를 이르는 말. ¶텃골댁은 여태 손바닥으로 하늘 가리듯 하던 너울을 벗고 호소하는 가락으로 명산댁을 건너다보

았다. 『자랏골의 비가』

손발이 맞으면 포도청 들보도 빼온다 서로 의견이 제대로 맞으면 못할 일이 없다는 말. ¶"이런 일이라고 허가 없이 비어사 쓸랍디어마는, 손발이 맞으면 포도청 들보도 빼온다고, 동네 일인께 안 듯 모른 듯 살짝 해불먼 으짤라디야 했등마는…"『자랏골의 비가』

손아귀에 넣고 쥐락펴락한다 마음대로 권세를 부리는 경우를 이르는 말. '쥐락펴락하다'는 자기 손아귀에 넣고 마음대로 휘두르거나 부리다. ¶"지금 형편으로 자네 집하고 혼사가 터지기는 어렵지 않을까 싶어. 까놓고 이야긴데, 지금 도창·와촌·새터 이쪽의 소작인들을 손아귀에 넣고 쥐락펴락하고 있는 사람이 누군가?…"『암태도』 ¶"그냥 유곽 주인인 줄만 알았더니 그게 아니구먼." "보통 여자가 아니다. 감사까지는 몰라도 영장이나 어지간한 고을 수령쯤은 한손에 넣고 쥐락펴락한다."『녹두장군』①

손 안 대고 코 풀기 倣 일을 힘 안 들이고 아주 쉽게 해치움을 이르는 말. ¶이주호가 맞은 곳은 이주호 소작인들이 사는 동네 근처라 했다. "허허, 손 안 대고 코 풀게 생겼구만." 그 소식을 듣자 호방은 속으로 무릎을 쳤다. 이주호가 그 꼴이 되었다면 자기가 맡은 일은 저절로 끝이 날 수도 있고, 양대인이 나선다 하더라도 이제 얼마든지 할 말이 있을 것 같았다. 『녹두장군』⑧ ¶"오랑캐로 오랑캐를 친다더니 손 안 대고 코 풀게 생겼구만." 이두황이는 무릎을 쳤다. 『녹두장군』⑪

손에 땀을 쥐다 아슬아슬하여 마음이 조마조마하도록 몹시 애달다. ¶전봉준은

손에 땀을 쥐고 정길남이를 기다렸다. 『녹두장군』⑪

손이 발이 되도록 빈다㈜ 허물이나 잘못을 용서해 달라고 간절히 빎을 이르는 말. ¶호방은 어제 저녁 유월례를 데리고 와서 저녁 내내 달달 볶았다. 만득이 이 녀석부터 죽여 버리고 말겠다고 이를 부드득부드득 갈았다. 유월례는 손이 발이 되도록 빌었으나 소용이 없었다. 『녹두장군』⑦

손이 안으로 굽는다㈜ 손이 들이굽지 내굽나. 제게 가까운 사람에게 더 마음이 가게 될 수밖에 없는 깃이 인정이라는 말. ¶…나는 이 동네 두레 좌장하고 동학 집강을 겸하고 있는 사람이라 시방 내 손이 너무 안으로 굽는지는 모르겠소마는, 그런 일은 백성을 전부가 나설 일인디 그러들 못하게 동학도인덜이 앞장을 서서 관에 맞서고 있는 것이오." 『녹두장군』④

손자 밥 떠먹고 천장 쳐다본다㈜ 너무도 창피한 짓을 해 놓고 모른 척 시치미 떼는 경우를 이르는 말. ¶그러나, 아무리 생각을 해보아도 일이 너무도 뻔하다 보니, 저것도 다 손자 밥 떠먹고 천장 쳐다보는, 늙은 여우의 떡국 농간일밖에 무엇이겠나 하는 생각이 들었다. 『자랏골의 비가』 ¶…손자 밥 떠먹고 천장 쳐다본다더니, 이건 되레 한술 더 떠서 큰소립니다. 말로는 안되겠어서 사정없이 패버렸습니다." "교장을 패?" "패고 그냥 팬 것이 아니라 반 죽여버렸습니다." <칠일야화>

손자 턱에 수염 나겠다㈜ 너무 오랫동안 기다리기가 싫증이 나고 지루한 경우를 이르는 말. 손자 환갑 닥치겠다. ¶"난

포를 튀게?" "그러면 난포 안 튀고 먼 재주로 저것을 떨단 말이여? 젠장 그것을 정으로 떨다가는 손주 턱에 수염이 나도 여러 번 나." 『자랏골의 비가』 ¶"젠장, 이러다가는 손주 턱에 수염 나게 생겼구만." 『녹두장군』⑧ ¶…짝하면 입맛이더라고 비석이 꼭 거창해야 한다는 법도 없는 담이는 찬물 떠놓고 절을 해도 제 정성인께 명색만이라도 갖추는 것인디, 우리 선대들부터 괜연스리 거창하게만 생각하다가 결국 이렇게 손주 턱에 수염 나버렸으니 이제라도 못난 조상 탓 듣지 않으려면 이번 세안에는 조리장사 체계돈을 내서라도 일을 저질러 놓고 보자구" <재수없는 금의환향>

손 큰 어미 못밥 퍼주듯 목비 온 뒤 부자 마님 못밥 인심 같다. ¶"…주린 백성들한테는 이만한 잔치가 없소. 잔치판은 사람이 많이 모여야 잔치를 벌인 사람도 신명이 나고, 모이는 사람도 신명이 납니다. 반찬은 없더라도 배라도 부르게 먹여야지요." 전봉준은 손 큰 어미 못밥 퍼주듯 말이 푸짐했다. 『녹두장군』⑤

손톱여물을 썰다㈜ 음식이나 무엇을 나누어 줄 때 양이 너무 적어 조금씩 조금씩 나눠주는 모양을 이르는 말. '손톱여물'은 앞니로 잘근잘근 씹거나 물어뜯어낸 손톱 조각. 또는 손톱으로 잘게 쪼갠 조각. ¶"말도 마씨요. 지난 장에는 올벼쌀 서되 가지고 가서 석유 한병 사고, 풀일한다고 갈치 꼴랑지 몇마리 사고 으짜고 십환짜리까지 쪼개감시롱, 손톱여물을 썰어도 모지라서, 애기덜 과자 한 입 뽀치도 못 사가지고 왔등마는, 집이 온께 물읍 물 것 안 냉겨왔다고 또 벼락난리가 아니요그랴." 『자랏골의 비가』 ¶

그들은 돈 한 냥이면 손톱 여물을 썰듯 쪼개 쓰는데, 백냥 천냥을 뉘 집 강아지 이름 부르듯 하니 도무지 얼떨떨하기만 했다. 『녹두장군』②

솔개 닭 채듯　무작정 덮치는 경우를 이르는 말. ¶옷보퉁이도 들지 않았고 입던 옷 그대로였다. 솔개 닭 채듯 채오는 것 같았다. 『녹두장군』⑧ ¶저쪽 골목에서 젊은이 두 사람이 튀어나왔다. 달려가서 멸치장수를 붙잡았다. 두 젊은이는 멸치장수를 소리개 병아리 채듯 낚아 그들이 나왔던 골목으로 끌고 갔다. "이놈들 잘 걸렸다." 『녹두장군』⑨

솔개 마당에 병아리 꼴　아주 위급한 위험에 노출되어 있는 경우를 이르는 말. ¶포탄은 계속 터졌다. 객사 마당에 장꾼처럼 북적거리던 사람들이 모두 소리개 마당에 병아리 꼴이었다. 삽시간에 마당에는 아무도 없었다. 『녹두장군』⑩ ¶장진호 대원들은 동네로 들어가고 다른 병사들은 모두 수풀 속에 숨었다. 소리개 마당에 병아리처럼 병사들은 하나도 보이지 않았다. 『녹두장군』⑫ ¶"쉿!" 할머니가 경고를 하자 소녀는 깜짝 놀라제 자세를 가다듬었다. 솔개 뜬 마당에서 어미의 경고를 받은 병아리새끼 꼴이었다. <살구꽃이 필 때까지>

송곳 같은 세월　견디기 어려운 세월. ¶할머니는 넋나간 표정으로 하염없이 눈물만 흘리고 있었다. 머리가 새도록 뜯기고만 살아온 송곳 같은 세월이 눈앞에 아득히 펼쳐지는 모양이었다. 『녹두장군』⑤

송사청에 든 송아지 꼴　날카롭게 대립하고 있는 자리에 그런 형편을 전혀 모르고 있는 사람을 일컫는 말. ¶사무적인

내막을 묻는 바람에 전방호와 질천이는 송사청에 든 송아지처럼 눈만 말똥거리고 앉아서 핀잔만 뒤집어쓰고 하릴없이 재를 넘어오고 말았다. 『자랏골의 비가』

송아지 관청 구경　무엇을 보았지만은 아무것도 모르는 경우를 이르는 말. ¶"…나는 곁에서 구경을 함시로도 먼 속이 먼 속인지 송아지 관청 구경이등마는 듣고 본게 이치가 동산에 덩실 보름달이구만." 장대가리 추임새가 흐드러졌다. 『녹두장군』⑨

송어 강변에 곰　목을 잡고 여유있게 여투고 있는 경우를 이르는 말. ¶"저것들도 송어 강변에 곰이 아닌가 모르겠구만." 황방호가 봇짐 속에서 미싯가루를 꺼내면서 혼잣소리로 이죽거렸다. "무슨 곰?" 염소수염이 물었다. "송어란 놈은 알을 까려고 강을 거슬러 올라가는데, 곰이란 놈들은 송어를 잡아먹으려고 강변에 지키고 있거든. 목천 군아 포교들이나 진산 방필만이 떨거지들도 그 곰 한짝 아닌가?" 『녹두장군』②

송장에 매질한다　닦달할 여지가 없는 사람을 닦달하는 경우를 이르는 말. ¶박복영이가 이미 강경한 입장을 내세워 이야기를 살세게 외골로 몰아붙여 아퀴지어 버린 마당에, 여기서 더 뭐라 달고 나선다는 것은 송장에 매질하는 것이었고, 『암태도』

송장 치고 살인낸다⑧　섣불리 나대다가 억울하게 덤터기 쓰는 경우를 이르는 말. ¶형사는 거기까지야 모르고 있었을 것이어서, 종수의 말에 송장 치고 살인 내는 것이 아닌가 하는 뻥한 눈이었다. 『자랏골의 비가』 ¶"허허, 송장 치고 살인 낸다등마는 내가 꼭 그짝이구

만." 이세곤이는 비틀어진 입으로 한번 웃어놓고 곰방대를 빼면서 또 퇴 침을 뱉었다. 『녹두장군』① ¶"그렇게 공자 맹자 날라면 멀라고 일어나자고 했소?" 몽둥이를 치켜올렸던 사내가 삿대질을 하며 황방호한테 악을 썼다. "이런 늙다리 죽여봤자, 송장 치고 살인만 낸단 말이여." 황방호도 맞받아 고함을 질렀다. 『녹두장군』⑧

송장 친 놈한테 살인 닦달 송장 치고 살인낸다. ¶"송장 친 놈한테 살인 닦달도 유분수제, 그런 엉뚱한 세미를 물라고 했으니 견딜 재간이 있었어?" 김한준이었다. 해봉은 장죽만 빨 뿐 말이 없었다. 『녹두장군』②

송충이가 갈잎을 먹으면 죽는다﹝속﹞ 솔잎만 먹고 사는 송충이가 갈잎을 먹으면 죽게 된다는 뜻으로, 자기 분수나 처지에 맞지 않는 일을 하다가는 낭패 당하게 됨을 이르는 말. ¶여기 와서 들은 말 가운데, <칡덩굴 밑에서 사는 놈이 별 수 있느냐>, <송충이가 갈잎을 먹으면 죽는다>, 이런 말을 많이 들었습니다마는 그것은 잘못된 생각입니다. 『자랏골의 비가』

솥 떼어놓고 삼 년﹝속﹞ 솥까지 떼어놓고 이사 갈 준비를 한 지 삼년이나 되었다는 뜻으로, 이미 작정한 일을 오래도록 실행하지 못하고 있는 경우를 이르는 말. ¶"글쎄 말이여, 솥 띠놓고 몇 달인디, 가실이 되면 그놈의 쇠붕알이 떨어지기는 떨어질 것인가?" 『자랏골의 비가』

솥뚜껑 같다 투박하고 큰 것을 이르는 말. ¶(털보는) 무쪽 하나를 집어 와삭와삭 씹으면서 솥뚜껑 같은 손으로 술방울이 허옇게 묻은 수염을 싹 훔쳐 바

지에다 문질렀다. <유채꽃 피는 동네>

솥뚜껑으로 자라 덮치듯 무엇을 우악스럽게 덮치는 경우를 이르는 말. ¶"삼수갑산을 갈망정." 구경하고 있던 사내 하나가 솥뚜껑으로 자라 덮치듯 바로 그 놈을 덮쳤다. 『자랏골의 비가』 ¶좀도둑도 없어 사립문도 제대로 없는 집이 태반인 이 섬에다, 철옹성같은 담장도 못미더워 철조망에 유리조각까지 박아놓고 사는 험악한 풍속의 도시에서나 있는 유괴라는 말을 가지고 솥뚜껑으로 자라 덮치듯 덮어씌워 놓으니 이렇게 생사람이 결단이 나고 말았다. <칠일야화>

솥 속의 콩도 쪄야 익지﹝속﹞ 아무리 좋은 조건이 마련되었다 할지라도 실제로 노력하지 않으면 이루어지지 않음을 이르는 말. ¶"솥 안에 콩도 쪄야 익는 것이고, 북도 쳐야 소리가 나는 것인디…" 『자랏골의 비가』

쇠귀에 경 읽기﹝속﹞ 소의 귀에 대고 경을 읽어 봐야 단 한 마디도 알아듣지 못한다는 뜻으로, 아무리 가르치고 일러 주어도 알아듣지 못하거나 효과가 없는 경우를 이르는 말. ¶"내가 지금 쇠귀에 경 읽는다 하면서도 시국 형편을 저저히 설명하고 조용히 일을 끝내자고 아무리 일러도, 바람 불어 산 무너지랴는 배짱이야…" 『암태도』

쇠꼬리 보다 닭 대가리가 낫다﹝속﹞ 크고 훌륭한 일에서 말석을 차지하여 대접을 못 받는 것보다 변변하지 않은 일에서 우두머리를 하는 것이 낫다는 말. ¶"이 동포는 내 외조캅니다. 내 밑에 있으라 해도 쇠꼬리는 싫다고 따로 가게를 차리고 닭대가리가 되어 있지요." 모두 웃었다. 『오월의 미소』

쇠다리에 진드기 붙듯　옹색스런 곳에 궁색스레 붙어 있음을 이르는 말. ¶…이 산은 항상 어머니처럼, 세속의 구지레한 온갖 허물을 가리지 않고 그런 사람들을 골짜기 골짜기마다 너그럽게 싸안아 깊이깊이 감추어주었다. 더구나 요사이 같은 난세에는 그런 사람들이 한층 더 많이 꾀어 골짜기마다 쇠다리에 진드기 붙듯 손바닥만한 평지만 있어도 초막을 얽거나 움막을 쳐 지리산 안통이 초만원을 이루고 있다. 『녹두장군』④ ¶“…이몽룡이 어사 출도하여 변학도 다스리듯, 이번에는 백성들이 어사 출도를 하여 골골마다 쇠다리에 진드기 끼듯 박혀 있는 수령놈들을 몽땅 작살을 내고, 한바탕 놀아보는디…” 『녹두장군』⑧

쇠똥에 미끄러져 개똥에 입맞춘 꼴㈜　쇠똥에 미끄러져 개똥에 코 박은 셈이다. 대수롭지 않은 실수가 원인이 되어 연거푸 실수만 하는 경우를 이르는 말. ¶이주호는 숨을 씨근거리며 나귀에서 내려 비탈길을 휘청거리며 내려오다가 그만 발이 삐끗하는 바람에 그대로 굴러 떨어지고 말았다. 하도 울화가 치밀어 눈에 뭐가 제대로 안 보였던 것이다. 이마가 한 치 가까이나 찢어지고 말았다. 쇠똥에 미끄러져 개똥에 입맞춘 꼴이었다. 『녹두장군』④

쇠를 먹다　뇌물을 먹는다는 말. ¶“어서 길을 내지 못할까?” 서사 위세는 서릿발 같았다. 쇠 먹은 뒤라 한층 요란스럽게 날을 세우는 것 같았다. 포교와 평복한 사람들은 바람같이 운현궁 쪽으로 내달았다. 『녹두장군』⑪

쇠 먹은 똥은 삭지 않는다㈜　뇌물을 먹이면 반드시 효과가 있음을 이르는 말. ‘쇠’는 돈을 속되게 이르는 말. ¶종수는 혹시 무슨 수가 있는 것이나 아닌가 하는 은근한 기대로 그를 따라가면서 역시 쇠 먹은 똥이라 삭지 않는다는 생각이 들어, 기생년한테 가서 수절 의논하고 왔다고 핀잔이던 동네 사람들 얼굴이 얼핏 스치었다. 『자랏골의 비가』

쇠발괄인가 개발괄인가　무어라고 호소를 하지만 무슨 말인지 모르는 경우나 들어주지 않는 경우를 이르는 말. ‘발괄’은 예전에 관아에 억울한 사정을 하소연하던 일에서, 자기 편을 들어 달라고 남에게 부탁하거나 하소연하는 말. ¶“양문이가 언제는 이치 앞세우고 자랏골놈덜 닦달하던가? 도적놈보고 인사불성이라고 한다치라면, 얼굴이나 쪼깐 붉어질 것이네마는, 양문이한테 자랏골놈덜 이치가 그것이 쇠발괄일 것인가, 개발괄일 것인가?” 『자랏골의 비가』

쇠불알이 떨어질 때를 기다린다㈜　얼핏 될 것 같지만 전혀 가망 없는 일에 기대를 걸고 기다리는 경우를 이르는 말. 쇠불알 떨어지면 구워 먹기. ¶“글쎄 말이여, 솥 띠놓고 몇 달인디, 가실이 되면 그놈의 쇠붕알이 떨어지기는 떨어질 것인가?” “여름에 안 떨어진 쇠붕알이 가실이라고 떨어져?…” 『자랏골의 비가』

쇠뿔도 각각 염불도 몫몫㈜　무슨 일이나 각각 특성이 있으므로 일하는 방식도 서로 다름을 이르는 말. ¶“쇠뿔도 각각, 염불도 몫몫이라고, 자네 일하고 이 일은 뚝 잘라 띠어서 착 갈라놓고, 이것은 어디까지나 이장 자격으로 동네일 하는 것이다, 이로크롬 맘을 따로 고쳐묵고 동네 사람 사정을 한번만 들어주게…” 『자랏골의 비가』 ¶“쇠뿔도 각각 염불도 몫몫이다. 우리는 우리 볼장 봤은게 어서 가자." "쪼깐만 있다가 나온 것 보고 갑시다." 이천석이가 말했다. 『녹두장군』⑥ ¶ "고맙소. 그런데 이렇게 외톨이로 나돌아 본게 쇠뿔도 각각 염불도 몫몫이더라고 이런 일에도 다 적저금 몫이 있습니다. 갈재 일만 하더라도 그렇고 당장 오늘 저녁만 하더라도 우리가 봐버릴 놈이 있소." 오기창이는 가볍게 웃으며 말했다. 일그러진 웃음이었다. 『녹두장군』⑨

쇠뿔은 단김에 빼랬다⑥ 어떤 일을 하려고 생각하였으면 망설이지 말고 곧 행동으로 옮겨야 함을 이르는 말. ¶ "… 쇠뿔은 단김에 빼랬다고 손을 써도 얼른 써사 쓸 것 같네. 오늘 저녁에라도 당장 회의를 붙여!" 『자랏골의 비가』 ¶ "하여간 노력하는 데까지는 해봅시다. 가만 있자 쇠뿔은 단김에 빼랬더라고, 우리들이 이렇게 모였으니 서동수나 서만수는 오늘 한 번 같이 만나보면 어떻겠습니까?" 『암태도』 ¶ "…내가 돈을 가지고 가서 일을 성사시켜 놓을 테니 산채에 갔다 내려오게. 쇠뿔은 단김에 빼랬더라고 이런 일일수록 서둘러야 해." 『녹두장군』① ¶ 쇠뿔은 단김에 빼랬더라고 당장 돌아가는 대로 결성을 하자고 했다. 『녹두장군』③

쇠뿔 잡다가 소 죽인다⑥ 결점이나 흠을 고치려다 그 정도가 지나쳐서 일 전체를 그르치게 되는 경우를 이르는 말. 교각살우(矯角殺牛). ¶ "…그러나 세상 일은 그렇게 간단하지가 않습니다. 구부러진 쇠뿔을 바로잡으려다 소를 죽이는 경우도 있고, 쥐가 밉다고 조그마한 쥐한 마리 잡으려다가 큰 장독을 깨버리

는 일도 있습니다. 지금 우리는 이것으로 일을 끝내는 것이 아니고 앞으로 감영군을 상대로 진짜로 큰 싸움을 하려하고 있습니다…" 『녹두장군』⑥

쇠좆몽둥이 수소의 생식기를 갈무리하여 만든 몽둥이. 고문하는 도구로 썼음. ¶ …자랏골 사람들을, 푸줏간에 소 몰아 놓듯 분견소 뒷마당에다 몰아넣어 꿇어앉혀 놓고, 한놈씩 끌어내다 쇠좆몽둥이로 조겨댔다. 『자랏골의 비가』 ¶ 용골영감은 그 무지한 쇠좆몽둥이에도 그냥 돌부처였다. 『자랏골의 비가』

수구렁이 알 들여다보듯이 아주 오달지게 보고 있는 경우를 이르는 말. '수구렁이'는 구렁이의 수컷. ¶ "…농투산이는 너나내나 다 마찬가지제마는, 나는 유독 몸도 이런 디다가 재주라고는 땅뒤지는 재주밖에 없는 놈이라 지나새나 그 논 닷 마지기 한 자락만 수쿠렝이 알 들여다보대끼 들여다보고 살았소…" 『녹두장군』⑥

수레가 대마루판을 넘어선 꼴이다 무슨 일이 어려운 고비를 모두 넘어 제대로 기세를 타는 경우를 이르는 말. '대마루판'은 일이 결판나거나 결정되는 중요한 판. ¶ "이제 일해 선생의 결단으로 세상은 수레가 대마루판을 넘어선 꼴이 되고 말았습니다." "그런 것 같습니다…" 『녹두장군』①

수레바퀴 앞에서 껍죽거리는 버마재비 꼴 버마재비 수레바퀴에 달려드는 격. ¶ 일본군 무기 앞에 창이나 화승총 들고 설치는 농민군 꼴은 수레바퀴 앞에서 껍죽거리는 버마재비 꼴도 아니라고 낄낄거렸다. 『녹두장군』⑪

수양딸로 며느리 삼기⑥ 데려다 기르는 수

양딸을 제 아들과 결혼 시켜 며느리로 삼는다는 뜻으로, 일을 처리하기가 아주 쉬움을 이르는 말. ¶"인물 한나는 모도 욕심낼 만하게 생겼데." "시방 욕심이 아니라 젊은 놈들치고 그 처자를 한번 봤다 하면 오줌을 질질 안 재리는 놈이 없소. 김달식이가 조카 되신다면 죽은 사람 원도 풀어주는 것인데 곁에서 쪼깨심을 써주시오. 허기사, 이런 디 나와서 술이나 폴고 있는 계집인게로 맘만 묵으면 수양딸로 며느리 삼기겠지라우." 『녹두장군』⑥ ¶"…기생은 옛말이고 지금은 그냥 삼삼한 색시덜이 옛날 기생 태로 아양 떰시롱 시중 드는디, 생각만 있으면 그것덜 여관으로 데리고 가기는 수양딸로 며느리 삼긴게 그것도 원하신다면 다 대령하겠습니다. 칼칼칼." <귀향하는 여인들>

수염에 불 끄듯㊂ 조금도 지체하지 못하고 황급히 서두르는 모양을 이르는 말. ¶"일이락 것이 그렇게 쉬엄에 불끄대기 되는 것이 아녀." 『자랏골의 비가』 ¶"…이런 일은 수염에 불끄듯 해야 할 일이니, 모두 오늘 안으로 일을 끝내도록 합시다…" 『암태도』 ¶밥바구니가 뜨고부터 두레꾼들의 손놀림은 한결 빨라져, 말 빠른 놈 입안에 혓바닥 놀듯했다. 남은 두 판을 수염에 불끄듯 쩌버리고 말았다. 『녹두장군』④

수염이 대 자라도 먹어야 양반이다㊂ 배가 불러야만 체면도 차릴 수 있다는 뜻으로, 먹는 것이 중요함을 이르는 말. ¶"나 작은집에 좀 다녀올란다. 수염이 대 자라도 묵어야 양반인디, 묵는 것만 양반이 아니라 싸는 것도 양반이다." 『녹두장군』①

수제비 잘하는 사람이 국수 못할까㊂ 수제비를 잘하는 사람은 국수 또한 솜씨 있게 잘 만든다는 뜻으로, 무슨 일에 능숙한 사람은 그와 비슷한 다른 일도 잘한다는 말. ¶"수제비 잘하는 솜씨가 국수를 못하겠소? 축지법을 쓴다면 둔갑술쯤 예사겠지요?" 『녹두장군』② ¶"…내가 저 큰애기하고 요새 같이 일을 해봤은게 말이제마는, 수제비 잘 하는 솜씨가 국수는 못 하겠소? 나는 글안해도 여자라면 그 앞에서 축을 못쓰는디 오나가나 나는 인자 살았달 것이 없소." 조망태였다. 폭소가 터졌다. 『녹두장군』⑥

수진상전에 지팡이 짚기 쉽겠다㊂ 그 부모나 윗사람이 머지않아 곧 죽게 될 것 같음을 이르는 말. '수진상전(壽進床廛)'은 초상을 치르는 데 필요한 물건을 파는 가게. ¶양문이 골골하는 꼴을 보니, 이종석이 수진상전에 작대기 짚고 나설 날도 얼마 남지 않았구나 하는 생각과 함께, 뭿등 단속에 이렇게 초조한 까닭을 알 만했다. 『자랏골의 비가』

수청을 들다 기생이 높은 벼슬아치에게 잠시 몸을 바쳐 시중드는 일. ¶이용태 수청을 드는 따위 수모를 겪으면서까지 살고 싶지는 않았다. 『녹두장군』⑧

숙주나물 맛 변하듯 사람이 쉽게 변하는 경우를 이르는 말. '숙주나물'은 녹두나물. 사육신 때 신숙주가 쉬 변절했던 사실을 숙주나물이 쉬 변한 것에 빗대어 생긴 속담이라는 말이 있음. ¶"그 무지한 것들 인심을 누가 장담해? 촌놈들 상관이라먼 숙주나물 맛 변하듯 조석으로 변하는 놈들이 그놈들인다." 『녹두장군』① ¶(산)"…급할 때는 부처님 다리 안 듯 비대발괄을 했던 작자들이 하루아침에 이 꼴로 숙주 나물맛 변하듯 하니 옥향의 심정은 어떠했을까?" 『보쌈』

순임금 독장사 📖 장사는 사람들에게 웬만큼 속임수를 쓸 수밖에 없다는 말. 옛날 순(舜) 임금이 물정을 보려고 독장수가 되어 깨진 독을 지고 '깨진 독 사시오' 하고 외치니 아무도 사는 사람이 없더니 '성한 독 사시오' 하고 외치니 백성들이 사고 의심치 않았다는 이야기에서 나온 속담이라 함. ¶"…배짱도 내밀 때는 야물딱지게 한번 내밀어보게. 사람 사는 것이 말짱 순임금 독장신께 수단껏 해보아." 『자랏골의 비가』

술 덤벙 물 덤벙 형편을 모르고 함부로 덤벙거리는 모양을 이르는 말. ¶동네 사람들이 이렇게 불난 집 여편네 싸대듯 술덤벙 물덤벙 정신없이 싸대고 있을 때, 벼락이 자리를 잡느라고, 천둥소리가 울려오기 시작했다. 『자랏골의 비가』 ¶"헌디, 저놈이 또 멋할라고 저렇게 술덤벙 물덤벙 휘지르고 댕겨? 나졸들이 지금 변복을 하고 청개구리 뒤에 실뱀 따라댕기대끼 뒤를 따라댕기고 있을지 모르는디." 황방호가 말을 채뜨리며 눈을 찔끔했다. 『녹두장군』②

술은 괼 때 걸러야 한다 📖 일을 할 때는 제때를 놓치지 말라는 말. ¶"…쇠뿔은 단짐에 빼고 술은 괼 때 거르랬다고, 이참에 그것을 각단을 지어불면 으짜겠는가 해서 내가 시방 이로크롬 왔네…" 『자랏골의 비가』

술은 초물에 취하고 사람은 훗물에 취한다 📖 술은 처음 마실 때부터 취하기 시작하나 사람은 한참 사귀고 나야 친해질 수 있다는 말. ¶"성인도 하루에 죽을 말을 시번은 한다고 않던가? 술은 첫물에 취하고 사람은 훗물에 취하더라고, 사람이란 것이 싸우고 벗 사구고…" 『자랏골의 비가』

술잔 놓고 제지내나 술자리에서 술을 마시지 않고 있는 경우를 비꼬는 말. ¶"그 집은 뭣하고 있어, 술잔 놓고 제지내나?" 용배가 달주 쪽을 보며 채근했다. "자!" 달주가 술을 털어넣고 영산홍이한테 잔을 넘겼다. 『녹두장군』②

술 취한 놈 달걀 팔듯 📖 조심스럽게 해야 할 일을 거칠게 하는 경우를 이르는 말. ¶"…그린께 그놈의 산치가 미친년 서방맞추는 것도 아니고, 술취한 놈 달걀 파는 것도 아닌다치라면, 거그는 다 놀놀한 딴 속이 있는 모양인디…" 『자랏골의 비가』 ¶…그 험한 놈이 또 나와서 술취한 놈 달걀 파는 것도 아니고 풋엿장수 엿가락 늘이는 것도 아니게, 이 논은 얼마, 저 논은 얼마, 개 입에 벼룩 씹듯 내발기고 다닐 판이니, 손발에 떡심이 풀리지 않을 수 없었다. <가남 약전>

술 취한 놈 품일 맞추듯 똑같은 약속을 여러 사람한테 하여 낭패 보는 경우를 이르는 말. '품일'은 품삯을 받고 하는 일. ¶…고무신 한두 켤레나 또는 막걸리 한두 잔이면 술취한 놈 품일 맞추듯 표가 오락가락하는 것이었으나… 『자랏골의 비가』

슬인 춤에 지게 지고 엉덩춤 춘다 📖 남이 무슨 일을 한다고 무턱대고 좇아하는 어리석은 경우를 이르는 말. '슬인(瑟人)'은 가야금을 타는 사람. ¶농자금 같은 것하고는 애초에 상관이 없는 판돌이인 데다 손이 놀고 있는 판에 모처럼 생긴 품일이기도 하고, 또 그것이 돌일이다

보니, 슬인 춤에 지게 지고 엉덩이 춤추듯 신명이 나는 모양이었다. 『자랏골의 비가』 ¶ "…상놈이 양반댁 마나님하고 상음을 했으면 상놈으로서야 남산골 샌님 역적 소문보다 더 신명나는 일인데, 당신들은 무슨 억하심정으로 슬인춤에 지겟작대기 짚고 나서요? 유식한 가락으로 풀면, 토끼가 죽으면 여우가 슬퍼하고 지초가 불에 타면 난초가 슬퍼하는 것은, 유유상종 환난상구의 떳떳한 의리인데, 모처럼 여편네를 얻은 동무한테 잘살라고 축수는 못할망정 동무 목을 베자고 칼을 들고 뒤를 쫓다니, 그게 어디 장부의 도리요?" 『녹두장군』②

시골 송아지 관청에 들어가는 꼴 몹시 어리둥절한 꼴. ¶비록 군자란이란 주인 여자가 김덕호나 박성호와 깊이 맥을 통하고 있는 동학도라 하더라도 자기 같은 사람이 이런 데 들어가는 것은 시골 송아지가 관청에 들어가는만큼이나 엉뚱한 짓으로 여겨졌다. 『녹두장군』②

시들방귀 ⑪ 되잖은 소리를 낮잡아 이르는 말. ¶기껏 별러 한다는 소리가, 시들방귀도 아니고, 고자 힘줄도 아니었다. 『자랏골의 비가』

시들방귀 같은 소리 ⑪ 전혀 씨가 먹히지 않는 소리. ¶그래도 탁 부러지는 소식은 없고, 시들방귀 같은 소리만 자꾸 재를 넘어오더니, 하루는 어처구니없는 소식이 들려왔다. 『자랏골의 비가』

시들엄씨네 막걸리 괴는 소리 시들방귀 같은 소리. ¶또 엉망이었다. 너무 길다 보니 뒤죽박죽인 소리가 시들엄씨네 막걸리 괴는 소리로 어물어물 꼬리가 짤려버리고 말았다. 『자랏골의 비가』

시러베아들놈 ⑪ 실없는 사람을 낮잡아 이르는 말. ¶ "…다리 놓아서 존 일 볼 놈덜은 따로 있는디, 어뜬 시러배 아들놈이 건대기 주고 국물 얻어 처묵을라고, 산주들한테까지 가서 아쉰 소리 해다가 나무를 내는고?" 『자랏골의 비가』 ¶ "…황소도 잡아맬 만한 쇠줄로 저렇게 단단히 매어놨는데, 어떤 시러베아들놈이 놓아 기른다고 합디까?…" <개는 왜 짖는가>

시러베장단에 호박국 끓여 먹는다 ㉐ 실없는 사람들과 엉뚱한 일을 벌임을 이르는 말. '시러베장단'은 실없는 말이나 행동을 낮잡아 이르는 말. ¶ "…거그는 다 놀놀한 딴 속이 있는 모냥인디, 모도 시럽에 장단에 호박국 끓이고덜 있그마." 『자랏골의 비가』

시시덕이는 재를 넘어도 새침데기는 골로 빠진다 ㉐ 겉으로 떠벌리는 사람보다 얌전한 척하는 사람이 오히려 엉뚱한 마음을 품는 경우가 많다는 것을 이르는 말. '시시덕이'는 시시덕거리기를 잘하는 사람. '새침데기'는 새침한 태도가 있는 사람. ¶ "그래도 사람 일이락 것이 다 그런 것이 아녀. 시시데기는 재를 넘어도 새침데기 골로 빠진다는 말이, 사람을 겉보고는 모른다는 소리가 아닌갑네." 『자랏골의 비가』 ¶색탐 하나만 아니면 오거무만큼 기막힌 심부름꾼이 없었다. 그러나 시시덕이는 재를 넘어도 새침데기는 골로 빠지더라고 예사때는 이렇게 입안에 혀같이 잘 놀다가도 언제 골로 빠질지 몰라 임군한이는 심부름을 보내면서도 항상 마음이 놓이지 않았다. 『녹두장군』⑥ ¶ "…자네도 상피로 잡혀온 년들 다룰 만치 다뤄 봤잖은가? 시시덕이는 재를 넘어도 시침데기는 골로 빠진다는 말이 빈말이던가? 당장 문초받고 있는 일에는 혀를 깨물고 요조숙녀인 척 팔팔 잡아떼면서도 둘이만 알자면 매 하나 피하자고 활활 벗는 년이 한두 년이던가?" 호방은 또 혼자 크게 웃었다. 『녹두장군』⑧

시앗 둔 여편네 남편 거동 살피듯 남의 거취를 유심히 살피는 경우를 이르는 말. '시앗'은 남편의 첩. ¶(산)…아우놈이 욕심이 사나워 손이 형님 집에 더 드나내 집에 더 드나, 울타리 넘어다보기를 시앗 둔 의편네 남편 거동 살피듯 안절부절이었다. 『보쌈』

시어미 미워서 개 옆구리 찬다㈜ 엉뚱한 데 가서 노여움이나 분을 푸는 경우를 이르는 말. 시어머니에게 역정 나서 개 배때기 찬다. ¶"이놈아, 멀 꾸물거리고 댕기냐? 어서 나오라고 외지 못하냐?" 시어머니한테 당하고 강아지 옆구리 차듯 양찬오는 애먼 강쇠한테 악을 썼다. 『녹두장군』①

시위 떠난 화살이다 이미 일이 저질러져 돌이킬 수 없음을 이르는 말. '시위'는 화살을 먹이는 활의 줄. ¶전봉준이 계획대로 싸우면 틀림없이 이길 것 같았다. 그 판에 이렇게 나대다가 모두 붙잡히기라도 하면 어떻게 될까? 그러나 지금 일행을 말릴 길은 없었다. 이미 시위 떠난 화살이었다. 『녹두장군』⑧

시위 먹은 화살 꼴 금방 일이 벌어지게 되어 있는 경우를 이르는 말. ¶지금 원평을 중심으로 금구·정읍·태인에는 고부에서 피해온 사람들 천여 명이 여기저기 박혀서 전봉준이가 백산에 봉화 올리기만 칠년대한 비 바라듯 기다리고 있었고, 무장을 중심으로 흥덕·고창·

영광 사람들도 시위 먹은 화살 꼴이었다. 『녹두장군』⑧

시지도 않아서 군둥내부터 난다㈜ 별 볼 일 없는 사람이 점잔을 빼며 노숙한 체하는 경우를 이르는 말. '군둥내'는 군내, 제 맛 이외에 나는 텁텁한 냄새. ¶위인이 원체가 일가붙이 선산 그늘에나 얹혀 빌어먹게 속이 옅고 용렬하다 보니, 시지도 않아서 군둥내부터 나느라고, 딴 속이 있어 제 앞에 굽실거리는 사람들만 보고 꼴에 거드름이 붙어간 것이다. 『자랏골의 비가』

시집살이 삼 년이면 시어머니 하품소리만 듣고도 하루 일기를 본다 어떤 분야에 경험이 많으면 조그마한 징조만 보아도 앞을 내다본다는 말. ¶"이 사람아, 시집살이 삼년이면 씨엄씨 하품소리만 듣고도 하루 일기를 보더라고, 저자들 행티를 하루 이틀 보고 살았는가?…"『녹두장군』① ¶"…제비가 왔는가 안 왔는가 밥 싸짊어지고 조선 팔도를 돌아다녀 보지 않아도 그 한 마리만 보면 알 수가 있습니다. 세상 이치란 것이 다 같습니다. 눈치 빠른 며느리는 아침에 시어머니 하품 소리만 듣고도 그날 하루 일기는 보는 법이 아닙니까?"『녹두장군』⑥

시집온 새댁 반살미 대접받는 격 따뜻하게 대접받는 경우를 이르는 말. '반살미'는 신랑이나 신부를 혼인한 뒤에 일가집에서 처음으로 초대하여 접대하는 일. ¶…며칠 전 용배는 시집온 새댁 반살미 대접받는 격으로 큰댁에 가서 대접을 받다가 큰아버지가 엉뚱한 소리를 하는 바람에 깜짝 놀랐다. 『녹두장군』⑧

식량 없는 밥은 딸한테 하라 하고 반찬없는 밥은 며느리 보고 하라 한다 반찬 없는 밥상을 들고 나서기가 몹시 부끄러움을 이르는 말. ¶"아침들 잘 자셨소? 찰밥도 찰밥이제마는 쇠괴깃국을 끓여놓는게 오늘 아침에는 우리부터 낯이 서요. 식량 없는 밥은 딸보고 허락 하고, 반찬 없는 밥은 며느리보고 허란다등마는, 해본게 그 심정 알겠습디다." 장특실이가 너스레를 떨며 다가왔다. 『녹두장군』⑥

식량 없는 밥은 딸한테 시키고 나무 없는 밥은 며느리한테 시킨다 〔속〕 땔나무 없는 고통이 식량 없는 고통보다 더 큼을 이르는 말. ¶"…6·25전쟁 같은 큰 일도 그렇지만 집안 살림도 그래요. '식량 없는 밥은 딸한테 시키고 나무 없는 밥은 며느리한테 시킨다'는 속담 같은 것만 봐도 그렇잖아요. 식량 없고 나무없는 고통을 어째서 여자들이 감당해야 합니까?" 선경이는 정색을 했다. "어떻게 그런 속담을 다 알고 계십니까? 그와 비슷한 속담으로 '설거지는 마누라 차지' 라는 속담도 있지요." 명호가 웃으며 받았다. 『은내골 기행』

식은 밥으로 인심 산다 작은 호의로 크게 생색나는 경우를 이르는 말. ¶"허허, 그 몽달귀신 넋으로 생긴, 감도 안 여는 것, 식은 밥으로 인심 사네." 『자랏골의 비가』

식은 죽 가 둘러 먹기 〔속〕 일이 무척 쉬운 경우를 이르는 말. ¶그런 사람이 나서서 제대로 웃꼭지를 틀어버리기만 한다면, 이런 일쯤 식은 죽 갓 둘러먹기가 아니겠는가 하는 생각과 함께, 자랏골에 한 줄기 서광이 비치는 것 같았으나… 『자랏골의 비가』

식은 죽 먹기 〔속〕 하기에 매우 쉬운 일을 이르는 말. ¶"…제놈덜은 항상 돌 진 가게, 산 진 거북이라 나 같은 놈 하나 으짜기는 식은죽 먹길 것이요. 어디 한번 해보라고 하씨요. 나는 기어코 저 바우는 떨고 말 텐께 할 대로 해보라고 해요." 『자랏골의 비가』 ¶"…그놈들이 쳐들어오거든 군수 영에 따라 그놈들을 대번에 짓밟아버리도록 하여라. 그까짓 강아지 새끼들 물리치기는 식은 죽 먹길 게다." 이용태는 한참 큰소리를 치더니 나중에는 엉뚱한 소리를 했다. 『녹두장군』⑧ ¶동네 사람 하나 손에 넣는 것쯤 식은 죽 먹기일 것이다. 『은내골 기행』

신살 잡힌 무당 같다 한창 신명이 난 상태를 이르는 말. ¶서태석은 마치 신살 잡힌 무당처럼 입에서 저절로 말이 쏟아져 나오고 있는 것 같았다. 『암태도』

신선놀음에 도낏자루 썩는 줄 모른다 〔속〕 어떤 나무꾼이 신선들이 바둑 두는 것을 정신없이 보다가 제정신이 들어보니 세월이 흘러 도낏자루가 썩었다는 데서, 아주 재미있는 일에 정신이 팔려서 시간 가는 줄 모르는 경우를 이르는 말. ¶…신관 사또들도 이 가래를 한번 보았다 하면 눈이 뒤집혀 한 달이고 두 달이고 신선놀음에 도낏자루 썩는 줄 모르다가 패가망신하고 돌아가는 자가 수두룩했다는 것이다. 『녹두장군』③ ¶(산) 옛날에 어떤 나무꾼이 신선들 바둑 두는 것을 구경하고 있다 보니 도낏자루가 썩어 있더라는데, 지금 자기도 이러고 서 있는 사이에 몇 년이 지나고 있는 것이 아닌가 싶어 작자는 실없이 주위를 둘러봤으나 그런 것 같지는 않았다. 『보쌈』

신세를 조지다 〔비〕 '신세를 망치다'를 속되게 이르는 말. ¶…거그다가 또 이런 일로 걸려놓는 날에는 나는 신세 조지고 말 것 아녀?"『자랏골의 비가』 ¶"그 처녀는 어떻게 하겠소?" 황방호가 방학 주한테 물었다. 머라 낮은 소리로 대답했다. "당장 본댁으로 보낸답니다." "개새끼, 신세 조져놓고 보내먼 멋해?" 군중 속에서 악을 썼다. 『녹두장군』②

신주 모시듯 무엇을 몹시 소중히 다루는 모양을 이르는 말. ¶"그런디, 양문이는 저것을 신주단지 모시대끼 하고 있는디 그래도 쓸란가 몰라?"『자랏골의 비가』 ¶"처주학쟁이들이 신주단지 모시듯 하는 십자가란 것이 이것이구만요. 이게 그 십자가에서 못박혀 죽었다는 야소란 사람인 모양이구나…"『녹두장군』⑤ ¶"…대원위대감께서는 난초를 잘 치시기로도 유명하지만, 그걸 더 유명하게 만든 것은 난초를 아무한테나 주지 않는다는 점입니다. 김시풍씨는 그 난초를 안방에다 걸어놓고 신주 모시듯 모시고 있답니다." 『녹두장군』⑨

신짝 거꾸로 신다 冊 여자가 남편을 버리고 돌아서는 경우를 속되게 이르는 말. ¶"이 사람도 꺾자 쳐놀 텐게 오면 왔다고 도소로 알리시오." "쳐놀라면 쳐노씨 요마는 폴새 신짝 거꾸로 신은 것 같소." 『녹두장군』⑫

실바람에 외기둥 무너지듯 쉽게 무너지는 경우를 이르는 말. '실바람'은 가늘게 부는 바람. ¶(산) 몇 번 수작을 부리지 않아 여인은 실바람에 외기둥 무너지듯 무너지고 말았다. 『보쌈』

실없는 가시내 엉덩이 풀듯 무슨 일을 채신머리없이 쉽게 승낙하는 경우를 이르는 말. ¶한두푼에 막 판다 지경 대경에 막 판다 조조군사 말타듯이 섣달 큰애기 개밥주듯 실없는 가시내 엉덩이 풀

듯 허랑지게 막 판다. 『녹두장군』②

심청이 冊 교도소에서 수감자들이 물에 빠진 꽁초를 꺼내 말린 것을 이르는 은어. ¶"뭐 좀 안 찼니?" "멍멍이 다섯하고, 알 서른 개." "야, 됐다. 요새는 어찌나 단속이 심해졌던지, 강아지 하나에 런닝 팬티가 하나씩이야. 어제는 주철민이한테 심청이 두 개로 런닝 팬티 하날 받았다구." <사형장 부근>

십년 감수했다 대단히 놀라고 났을 때 하는 말. ¶"후유우." 두 사람은 대문 밖에 나오자 똑같이 한숨을 내쉬었다. 얼굴들이 백지장이었다. 둘이 다 소매로 이마의 땀을 닦았다. 10년 감수는 한 것 같았다. 등에 난 식은땀에 한기가 짓쳐 왔다. 『녹두장군』⑦ ¶"아이구, 십년 감수했네." 박사장이 후유 숨을 내쉬었다. 나도 가슴이 텅 내려앉았다. 차관호가 장갑 속에서 문어대가리를 뽑았다. 『오월의 미소』

십년공부 도로 아미타불 俗 오랫동안 공들여 해온 일이 허사로 돌아가 보람없이 된 경우를 이르는 말. ¶(산) 벼슬을 한자리 얻으려고 논밭전지 다 팔아다 대감집에 꼴아박았는데, 그만 대감이 덜컥 병이 나고 말았다. 만당간에 대감이 이 길로 죽어버리기라도 하는 날에는 십년 공부가 도로아미타불이 될 판이었다. 『보쌈』

십 년 묵은 체증이 내려가겠다 삼 년 묵은 체증이 내린 것 같다. ¶…그가 온 며칠 뒤에 자랏골 사람들로는 상상도 못할 엄청난 일이 한 장면 벌어져 십년 묵은 체증이 대번에 삭아질 지경이었다. 『자랏골의 비가』

십 년 세도 없고 열흘 붉은 꽃 없다 俗 부

귀영화가 오래 계속되지 못함을 이르는 말. 권불십년(權不十年) 화무십일홍(花無十日紅). ¶“…나는 명색이 역사를 공부한 사람으로 몇가지 신봉하는 역사적 경구가 있습니다. 그중 하나가 절대권력은 절대 부패한다는 말입니다. 동양에서는 ‘화무십일홍이요 권불십년’이라고 운치있게 표현하기도 합니다. 『은내골 기행』

십 년을 보고 있으면 생돌멩이에도 구멍이 뚫어진다 한가지 일에 온 정신 쏟아 몰두하면 안되는 일이 없다는 말. ¶“십년을 보고 있으면 생돌멩이에도 구멍이 뚫어지는 것이다. 이 묏등 속에 들어 있는 백골의 원한도 원한이제마는, 그때 동네 사람들의 원한이 이렇게 살아 있다는 말이다…”『자랏골의 비가』

싸가지 없는 새끼 뷔 늦이 없음을 들어 하는 욕설. ‘싸가지’는 싹수머리·소갈머리. ¶“이 싸가지 없는 새끼들. 아가리 놔두고 사람을 쳐?” 용배는 양손을 허리에다 얹고 서서, 작자들을 내려다보며 이죽거렸다.『녹두장군』⑦

싸가지 없는 후레자식 뷔 싸가지 없는 새끼. ¶전에는 해봉 영감이 좌장 격이었으나 나이를 먹으면서부터는 동네 일에 별로 간섭을 하지 않았고, 싸가지없는 후레자식이라면 전에는 이상만이가 후레자식이었으나 그도 나이를 먹으면서부터는 말썽을 부리지 않았다.『녹두장군』⑥

싸가지가 있다 잘될 것 같은 늦이 보인다. ¶“…우리 동네서 싸가지 있는 놈은 김학수 뿐이라고 늘 말씀하셨거든요. 크크.” <청개구리>

싸움은 말리고 흥정은 붙이랬다 솝 무릇 어떠한 일에나 나쁜 일은 말리고 좋은 일은 권해야 함을 이르는 말. ¶“…결과가 뻔한 일을 가지고 이렇게 아웅다웅하고 있으니 곁에서 보기에 민망스러워 피차에 서로 잘 타협을 해서 시끄럽지 않게 하자고 나선 것뿐입니다.…싸움은 말리고 흥정은 붙이라고 했습니다. 하하.”『암태도』 ¶“싸움은 맬기고 흥정은 붙이랬다고 우리들이 한번 나서보면 으째? 장개 못 가고 시집 못간 그런 귀신들 달래는 수는 그 수 내놓고는 없다잖어?…”『오월의 미소』

싹수가 노랗다 싹이 노랗다. 잘될 가능성이나 희망이 애초부터 보이지 아니하다. ¶“…초저녁 구름이 따뜻해사 새벽 구름도 따뜻한 것인디, 이미 싹수가 노랑 싹수여…”『자랏골의 비가』

싹수머리 없는 놈 뷔 싸가지 없는 새끼. ‘싹수머리’는 싹수의 속된말. ¶명호는 자기가 총각이 되면 혜선이와 결혼을 시켜달라고 빈 것이다…생각해보니 어린 놈이 그런 것을 빌어도 괜찮을까 겁이 났다. 싹수머리 없는 놈이라고 되레 벌이라도 내리지 않을까 싶었다.『은내골 기행』

싹퉁머리 쪼그라진 놈 뷔 싸가지 없는 새끼. ‘싹퉁머리’는 싹둥머리의 센말로 ‘싹수’를 낮추어 이르는 말. ¶“복만이, 이 싹퉁머리 쪼그라진 놈 들거라. 그래 한 병에 이 만원이나 하는 양주는 촌놈 쐬주 마시대끼 퍼 마시는 놈이 새말회관하고 의병비 세우는디 기부금 허란게는 양주 반 병 값을 돈이라고 내 놨더냐? 이 죽일놈아 이놈아…” <재수없는 금의 환향>

쌈지 것이 주머니 것이요 주머니 것이 쌈지 것 쌈짓돈이 주머니 돈 주머니 돈이 쌈

짓돈. 쌈지에 든 돈이나 주머니에 든 돈
이나 다 한가지라는 뜻으로, 그 돈이 그
돈이어서 주인을 엄밀하게 구별할 필요
가 없음을 이르는 말. 쌈짓돈이 주머닛
돈. ¶남의 논이 제것이 된다고 해보았
자, 그렇지 않아도 거의 공짜나 다름없
이 벌어먹고 있던 것이라, 쌈지 것이 주
머니 것이고 팥이 풀어져야 솥 안에 있
을 것이어서 별반 실감이 가는 일이 아
니었다. 『자랏골의 비가』

쌍녀러 새끼 비 상스러운 놈이라는 욕설.
'쌍녀러'는 상녀러의 센밀로, 대상이 못
마땅할 때 욕으로 하는 말. ¶"야, 이
쌍녀러 새꺄, 동임이란 새끼가 만중 앞
에서 포교가 훼욕을 당해도 구경만 하
고 있어? 야, 이 새꺄, 포교를 뭘로 아
냐, 뭘로?" 손달문이는 이를 앙다물고
육모방망이로 김삼주 배를 사정없이 질
러버렸다. 『녹두장군』④

쌍년 비 본데없이 자란 여자라는 뜻의 욕
설. ¶"에이, 더러운 쌍년. 그런 이야기
하나 여줄가리가 없구만. 돈 받고 점이
나 쳐먹던 년이라. 끌끌." 민영준은 돌
아앉으며 욕설을 퍼부었다. 『녹두장군』⑤

쌍놈의 새끼 비 쌍녀러 새끼. ¶"이 놈의
새끼덜, 뭣이 으짜고 으째?…" 『자랏골의
비가』 ¶"쌍놈의 새끼덜, 누가 했는지
잽히기만 해봐라…" 『자랏골의 비가』 ¶
쌍놈의 새끼들, 이것들은 사회의 독충이
다. <백의민족·1968년>

쌍통 비 '상통'의 센말. '상통'은 얼굴을
속되게 이르는 말. ¶당신들 쌍통이 지
금도 그 문제로 싸우고 있구먼. 『오월의
미소』 ¶"아는 사람이니?" "그 쌍통들을
비교해보면 모르겠어?" "닮지 않았는
걸." <사모곡 A단조>

썩어도 기둥이라 낡거나 힘이 없어도 그
이름에 방불한 역할을 하는 경우를 이
르는 말. ¶"썩어도 기둥이라고 그나마
죽어분께 새끼덜이 안 불쌍한가?" 『자랏
골의 비가』

썩어자빠질 새끼 비 못되기를 저주하는
욕설. ¶"예끼, 썩어자빠질 새끼! 꼴 한
번 조오타." 군중들은 중구난방으로 욕
설을 퍼부었다. 『녹두장군』④

썩은 짚단 무너지듯 쉽게 무너지는 상태
를 이르는 말. ¶"야, 이 못난 새꺄, 이
렇게 썩은 짚단 무너지듯 할 놈이 뭘
믿고 그렇게 드센 척했냐? 너는 기왕에
얼간이제마는 너 같은 얼간이한테 갇힌
나는 뭐이냐?" 변활봉이는 손등으로 부
사 턱을 툭 쳤다. 『녹두장군』⑩ ¶농민군
들은 지난번에 선산부가 썩은 짚단 무
너지듯 하자 내 세상인 듯 설치고만 있
었다. 『녹두장군』⑪

썩을 놈 비 못마땅한 사람을 욕하는 말.
¶"…저 썩을 놈의 묏등이 명당인가 지
랄인가 된다는 소리는, 조선 팔도에 소
문이 좍 나서 모른 놈이 없는께…" 『자
랏골의 비가』

썩을 놈의 새끼 비 못마땅한 사람을 욕하
는 말. ¶"썩을 놈의 새끼, 일본 놈들이
쫓겨난 담에는, 그런 새끼덜부텀 잡아다
가 닭달을 해도 야 물딱지게 해사, 다시
는 그런 놈덜이 안 나올 것이여." 『자랏
골의 비가』

썼다 벗었다 한다 돈이나 물건이 무슨 일
을 하기에 충분하다는 사실을 이르는 말.
¶"…요새같이 옷베 흔한 세상에 만원짜
리 다섯장이면 바지·저고리에 조끼·
두루마기까지 썼다 벗었다야…" <개는
왜 짖는가>

쏜살같다 쏘아놓은 화살과 같이 매우 빠르다. ¶불들은 포도 동네에서 비치는 불하고는 달랐다. 퍼랬다. 불들은 움직였다. 도깨비불이었다. 불들은 이쪽으로 쏜살같이 달려오고 있었다. 『암태도』 ¶"워매 워매, 아이고, 아이고." 연엽이를 덮치려던 놈이 죽는다고 악을 썼다. 연엽이는 뒷문을 열고 쏜살같이 대밭으로 달렸다. 『녹두장군』⑦ ¶배는 돛폭이 터질 듯한 바람을 안고 쏜살같이 내달았다. 『녹두장군』⑫

쏟아진 물(속) 이미 저질러져서 다시 돌이켜질 수 없는 일을 이르는 말. ¶자식에 대한 부모 정이란 흉보다 정이 부푸는 것이라 새삼 앵한 마음에 가슴이 쓰렸으나, 어차피 쏟은 물이다 싶자 한편으로는 마음이 홀가분하기도 했다. 『암태도』

쐐기를 박다 뒤탈이 없도록 미리 단단히 다지다. ¶"그러면 기왕에 이 얘기가 그로코 나왔은게 영좌야 도감이야 총각대방이야 이런 사람들이 가서 말이여, 그 양반이 오늘 여그 안 나온 것부텀 단단히 따지고 나서 그런 소리를 해도 해사 쓸 것 같소." 박문장이 누그러지기는 하면서도 쐐기를 박았다. 『녹두장군』④

쑥구렁이 꿩알 끌어안듯 오랄지게 차지하는 모습을 이르는 말. ¶야바위꾼은 쑥구렁이 꿩알 끌어안듯 돈을 챙겨 주머니에 넣고 나서, 언제 그런 일이 있었느냐는 듯이, 다시 약갑을 놀리면서, 남자는 배짱 여자는 절개를 외치고 있었다. 『자랏골의 비가』

쑥대밭을 만들다 폐허로 만들다. ¶…동네를 이토록 쑥대밭을 만든, 그 장본인인 그 대학생은 한번 동네를 나간 뒤로는 전혀 소식이 없었다. 『자랏골의 비가』

쑥대밭이 되다 폐허가 되다. ¶"여보게 농부, 이제 자네 지주집은 금방 쑥대밭이 되고 말 걸세. 초상난 데 제물이라면 모를까 이걸 지고 가봤자 받아 먹을 사람이 없지 않겠는가?" 김덕호의 말에 모두 따라 웃었다. 『녹두장군』① ¶"…홍계훈이가 성안에다 포라도 쏘는 날에는 전주는 진짜로 쑥대밭이 될 판이오…" 『녹두장군』⑨

쓰다 달다 말이 없다(속) 아무런 반응이나 의사 표시가 없음을 이르는 말. ¶"누님은?" "부모들이 가라면 가제, 팔자가 저 꼴이 되어가지고, 친정에 얹혀 있는 년이 쓰다 달다 입을 놀리겠냐?" 『자랏골의 비가』

쓴맛 단맛 다 보았다 세상의 즐거움과 괴로움 등 모든 풍파를 다 겪었다는 말. ¶"…사당패에 끼여든 것이 어느새 20년의 세월이 흘렀구만. 그 사이 계집도 여럿 거느려봤네마는 내가 제대로 정을 주어본 여자는 40이 넘은 나이에 저 여자가 처음일세, 내가 끔찍이 위한만큼 그 여자도 그만큼 나한테 정을 주고 있네. 초례청 차려 만중 앞에서 백년 해로를 기약한 바는 없네마는, 세상 밑바닥을 기며 쓴맛 단맛 다 보고 살아온 인생이라, 그런 정분도 잡초에서 피어난 꽃처럼 예사 사람들과는 다르네." 『녹두장군』⑦

쓸개 빠진 놈(비) 하는 짓이 줏대가 없고 온당하지 못한 사람을 욕으로 하는 말. ¶"이 쓸깨 빠진 놈덜, 느그덜 콧잔등에 다 뫼등을 쓰겠다는디, 말 한마디 못하고 술만 넙죽넙죽 퍼마셔?" 『자랏골의 비가』 ¶"쓸개 빠진 놈 같으니라구." "죄송합니다." "안된다. 그런 모판에다 씨

를 뿌려노면 거기서 무슨 개망나니 종자를 얻겠다는 게냐?…" <도깨비 잔치>

쓸개 빠진 새끼 뗑 쓸개 빠진 놈. ¶"야, 이 쓸개 빠진 새끼야, 같이 머슴 살던 친구가 양반 마누라를 가로챘으면 그만큼 신명나는 일도 없는디, 잘했다고 치사는 못할망정 주인놈을 따라 친구 목을 베러 댕긴단 말이냐?" 『녹두장군』②

쓸개에 뜨물이 들다 곁기나 맥이 없다는 것을 낮잡아 하는 말. ¶"…나하고 입장을 바꾸어놓고 생각을 해보씨요. 쓸개에 뜨물이나 들었으면 모를끼, 온전하게 오장 가진 놈 치고야 부애가 안 나것소?…" 『자랏골의 비가』 ¶"…내 쓸개에 뜨물이나 들었으면 모를까 온전한 쓸개를 지니고는 시방 이러고 가만히 있는 것도 다행인 줄 알고 사람 더 건들지 말라고나 전하씨요." 『자랏골의 비가』

씨 도둑질은 못한다 쵝 자식은 부모와 용모나 성질이 비슷하여 속일 수 없다는 말. ¶"이놈아, 내가 니까짓 놈 알랑수에 넘어갈 것 같냐? 니놈 말솜씨부터가 모주할미 열바가지 내두르듯 하는 것이 대가집 알랑쇠로 야살깨나 까는 놈이구나. 이놈아, 씨도둑은 못하는 법이다. 그 아비가 어떤 놈인디 그런 놈 뿌리에서 부처님이 떨어진단 말이냐?" 텁석부리가 잔뜩 편잔을 주었다. 『녹두장군』④ ¶…성호 할아버지가 두고 쓰는 말마따나 씨 도둑질은 못하는 것이어서, 시류를 타고 권세에 붙어 살아가는 데 생득적인 소질을 타고 났는지, 그런 것은 알 수 없는 일이지만, 하여간 그렇게 시류를 타고 처세를 해나가는 데는 천재적인 능력이 있는 모양이었다. <도깨비잔치>

씨를 말리다 아무것도 남기지 않고 모조

리 없애다. ¶"그놈들이 떵떵 얼러매는 것이 암태도 사람들 씨를 말리겠다는 서슬이더라." "뭣이, 씨를 말려?" 『암태도』 ¶"장흥 역졸놈들하고, 고부 아전, 장교, 나졸 들도 잘 들어라. 시방 전라도 쉬흔세 고을, 골골마다 농민군들이 다 일어나고 있다. 만약 더 설치면, 너희놈들도 씨를 말릴 것이다…" 『녹두장군』⑧

씨 받아서 가꿀 소리다 어떤 말이 아주 소중한 말이어서 두고두고 기억해 둘 가치가 있다는 사실을 과장해서 이른 말. ¶"그런께, 되아지 키워서 부사되는 깃은 맘 한나 묵기에 달린 것인디, 촌놈덜이 게을러 빠져서 그런 맘을 안 묵은께 사는 것이 이 꼴이다, 시방 이 소린네 그랴. 허허. 씨 받아서 가꿀 소리네…" <칠일야화>

씨발놈 뗑 미운 사람한테 하는 욕설. ¶"그 씨발놈, 좆대가리부터 칵 뽑아놓고 봅시다." 군중들은 중구난방 악다구니를 썼다. 『녹두장군』⑦

씨아귀에 불알 물린 꼴 크게 고통을 당하면서도 어떤 고통인지 말도 못하고 안절부절못하는 꼴. '씨아귀'는 씨아에서 장가락과 단가락이 맞물려 돌도록 가락의 끝 부분에 마치 꽈배기처럼 다듬어 만든 부분. ¶"들어봐!" "아이고, 그 청승가락을 듣고 앉았으니, 차라리 씨아귀에다 불알을 물려놓고 까마귀 염불소리를 듣고 앉았겠소." 김덕호는 아랑곳없이 시조를 읊기 시작했다. 임군한은 정말 씨아귀에다 불알이라도 물린 놈처럼 잔뜩 우거지상이 되어 술만 홀짝거렸다. 『녹두장군』① ¶"이 일을 어쩌사 쓰코?" 만득이는 상관이 씨아귀에 불알이라도 물린 꼴로 으등그러졌다. 『녹두장군』②

씨알머리도 안 먹히는 소리　두부에 이빨도 안 들어갈 소리. ¶ "그런 씨알머리도 안 먹히는 소리 그만 하시고 어서 가실 생각이나 하시오. 지금 여기는 그런 돈 아니라도 관가에서 빼앗은 쌀이야 돈이야 흥청망청이오…" 『녹두장군』⑦

씨알머리없는 소리　엉터리 없는 소리. ¶ …요사이는 또 대통령 선거판에 한창 신명이 나서 우쭐거리다가 어느날 느닷없이 사면, 사면 씨알머리없는 소리를 씨부려대는 바람에 선거판에 걸었던 기대도 탈탈탈탈 털어버리고 텔레토비 재롱판으로나 한번 놀아보자고… 『오월의 미소』

씨알머리에 쉬 슨 소리　씨알머리없는 소리. ¶ "글쎄, 고양이가 쥐를 앙군다면 몰라도 경찰이 촌놈들 사정 봐서 일해준다니 처음부터 씨알머리에 쉬 슨 소리 같아." 『암태도』

씨팔놈⑪　씨발놈. ¶ "야, 이 씨팔놈아 얻다 물을 뿌리냐?" 『녹두장군』②

ㅇ

아가리를 놀리다 비 '말을 함부로 하다'를 속되게 이르는 말. ¶ "…야, 이 새끼야, 여기가 여다냐? 지금 니가 앉아 있는 데가 어딘지나 알고, 아가리를 놀리고 있는 거냐?" 『자랏골의 비가』 ¶ "이놈이 어디다 대고 함부로 아가리를 놀리냐?" 작자들은 경황중에도 눈알을 부라렸다. 『녹두장군』①

아구빨 비 거센 말발. ¶ "…이런 데서 선생질을 제대로 하자면 교사로서의 실력은 물론, 되잖은 소리들을 뒤집어 뭉개버릴 수 있는 속말로 아구빨이며, 더러는 주먹과 배짱 등, 시쳇말로 전천후 인간이 되지 않고는 교육은커녕 제대로 배겨나갈 수도 없을 것 같았다. <칠일야화>

아굴창을 돌리다 비 아구창을 돌리다. '턱을 심하게 때리다'를 속되게 이르는 말. ¶ "자네가 누군디, 누구보고 따라오라 하는가?" "자네라니, 내가 느그 종이냐? 아굴창을 홱 돌려불기 전에 얼른 따라오기나 해." 정참봉은 껑충하게 서서 김확실이를 멀뚱멀뚱 보고 있었다. 『녹두장군』⑤

아는 것이 병 속 모르면 편할 것을 공연히 알아서 괴롭게 됨을 비꼬는 말. ¶ "그렇습니다. 그런데 나는 그런 사람들 친일 행적을 너무 깊이 알고 있습니다. 아는 게 병이지요. 삼십년이면 살인도 시효가 두 번이나 지난 세월이고 그런 사람들 가운데는 죄책감에 시달리는 사람도 있고 그냥 덤덤하게 사는 사람도 있지요…" 『은내골 기행』

아는 놈이 도둑놈 속 아는 사람이 아는 것을 빌미로 손해를 끼치거나 물건을 팔면서 더 비싸게 값을 받을 때 이르는 말. ¶ "아는 놈이 도둑질하더라고 일만이한테 있소. 그런디, 일만이는 지난 봄에 각씨를 얻었다가 그 꼴이 된 뒤로는 시방 동네를 뜰 작정이라 웬만해서는 돈을 안 내놀 것 같구만이라우." <신 농가월령가>

아니 땐 굴뚝에 연기 날까 속 원인이 없으면 결과가 있을 수 없음을 이르는 말. ¶ "도대체, 누가 그런 짓을 했을까요?" 손병희가 곤혹스런 표정으로 물었다.

"그야 뻔한 일 아닙니까? 어제부터 이상한 소문이 돌더니, 역시 아니 땐 굴뚝에 연기 날리 없지요." 김연국이었다. 남접 사람들의 소행이란 소리였다. 『녹두장군』④

아닌 밤중에 인절미 줸 아닌 밤중에 찰시루떡. 뜻밖의 횡재를 이르는 말. ¶"지가 여기 올 적에 호랭이 꿈을 꾸고 왔등마는, 꿈땜은 단단히 하는 것 같소. 아닌밤중에 인절미라고, 소리 장원에 뽑혀 가짜 명창이 되잖는가, 과거 보는데 과거판을 이끌잖는가, 보성 촌놈 장호삼이가 오랜만에 출세 한번 크게 했소…"『녹두장군』②

아닌 밤중에 홍두깨 줸 별안간 엉뚱한 말이나 행동을 함을 이르는 말. ¶장작개비까지 들고 아닌 밤중에 그야말로 홍두깨여서, 놈들은 무슨 영문인지 그냥 눈만 말똥거릴 뿐이었다. 『자랏골의 비가』¶"아닌 밤중에 홍두깨도 유분수제 대낮에 옛날 이야기라니, 당골래 십년에 목두기 귀신 못 봤다등마는 환갑을 냉개 살도록 대낮에 이야기 졸림은 첨이네." 보살 할머니는 너스레가 흐드러졌다. 『은내골 기행』

아닌 밤중에 홍두깨 내밀듯 아닌 밤중에 홍두깨. ¶"소작료 받으러 왔소. 닷섬 엿말이오." 인사도 절도 없이 홍두깨 내밀 듯 용건만 들이댔다. 『암태도』

아는 죄인 묶듯 아는 도둑놈 묶듯. 아는 놈 붙들어 매듯. 엄격하게 해야 할 일을 사정을 두고 허술하게 함을 이르는 말. ¶그러니까 명년 선거를 앞두고 이런 사건을 처리하더라도 아는 죄인 묶듯 인심 안 잃게 하라는 모양인데, 이놈은 자기 형을 등에 엎고 엎져진 놈 꼭뒤 차고

있는 것이다. 『자랏골의 비가』

아망위에 턱을 걸었나 줸 하잘것없는 사람이 배경을 업고 교만을 떠는 경우를 이르는 말. '아망위'는 외투나 비옷 따위의 깃에 달려 뒤집어쓸 수 있게 된 모자. ¶이 세상이나 저 세상이나 항상 아망위에 턱을 걸고 떵떵거리던 양문이였지만, 메뚜기도 오뉴월이 한철이고, 돌절구도 밑빠질 날이 있다더니, 양문이 죄업 때문에 그 자식들까지 한꺼번에 그렇게 된다는 것은 너무도 처참한 일이었다. 『자랏골의 비가』

아비 죽인 원수는 잊어도 여편네 뺏긴 원수는 못 잊는다 아내를 빼앗긴 원한보다 더 큰 원한은 없다는 말. ¶"…감옥에 푹 썩혀 기를 꺾어놓지 않고서는 발을 뻗고 못 잔다. 그 아비가 얻어맞은 원한도 원한이지만, 그 젊은 놈 눈초리 못 봤냐? 자고로 아비 죽인 원수는 잊어도 여편네 뺏긴 원수는 못 잊는다고 했다."『녹두장군』② ¶"자고로 아비 죽인 원수는 잊어도 여편네 빼앗아간 원수는 못 잊는다고 했소. 아무리 종놈이라고 한들 데리고 살던 여편네를 빼앗기고서야 눈이 안 뒤집힐 놈이 어디 있겠소?"『녹두장군』③

아사리판 줸 무질서하고 엉망인 판을 이르는 말. ¶"…아이고, 이 아사리판에 어세두세하고 있다가는 어느 귀신이 물어갈지 모르겠다 싶어서 정신없이 장판을 빠져나오고 말았제 으쨌더란가."『자랏골의 비가』 ¶노가다 판이란 게 언제 어디서나 그러듯 천하에 막된 오사리 잡놈들이 주로 몰려드는 곳이지만 그때는 더구나 시국이 험하다 보니 그런 노가다 판도 그만치 더 험한 놈들이 몰려

들어 아사리 판을 이루고 있었다. <가남약전>

아산이 깨어지나 평택이 무너지나 속 평택이 무너지나 아산이 깨어지나. ¶종수는 외팔이를 노려보며 쏘아붙였다. 기왕 배짱으로 맞닥뜨리기로 한 것, 아산이 무너지나 평택이 깨지나 밑질 것이 없었다. 『자랏골의 비가』 ¶"허허 해도 빚이 천냥이라고 우리는 모두가 여기서 밀리는 날에는 죽도 밥도 아닌게 이 담에 싸울 적에는 아산이 깨지든지 평택이 무너지든지 무작정 처들어가서 결과을 내야쓰오. 나는 지주놈이 하도 악독한 놈이라 소작이 날아가는 것은 둘째고 동네 가면 당장 맞아죽을 것 같소." 『녹두장군』⑫

아싸리 일 '화끈하고 깨끗하게'를 뜻하는 일본말. ¶"잘 왔소. 반갑습니다. 나는 일본 사람들하고 상대하는 사이에 여러 가지 배운 것이 많습니다. 그 가운데서도 일을 앗싸리 하는 일본 사람들 기질이 제일 맘에 듭니다. 하하." 김덕호가 일본말로 유창하게 말하며 껄껄 웃었다. 『녹두장군』⑧

아이에 어른이다 아이에 어른만큼 차이가 난다. ¶"앞으로 어떻게 해야 할지 대책을 의논하십시다." 김덕삼이가 다급하게 말했다. 그래도 조병갑이에 비하면 김덕삼이는 아이에 어른이었다. 『녹두장군』⑤

아재비 못난 것 조카 장짐 진다 속 사람이 변변치 못하여 아랫사람이 해야 할 일을 하고 있는 경우를 이르는 말. '아재비'는 아저씨·작은아버지의 속된말. ¶아재비 못난 것 조카 장물짐 진다고 친척붙이 그늘에서 이런 일이나 맡아 하게 생겨 먹은 이공도는, 낯짝이 빤지르하게 생긴 것부터가 촌놈들 구슬리는 데는 이력이 나 있게 보였다. 『자랏골의 비가』 ¶아재비 못난 것 조카 장물짐 진다고 아재비가 못나도 그냥 내놓은 산지기라, 외팔이 앞에서 춘영이는 평소에도 달리면서도 쇤네, 뛰면서도 소인이었으나, 이런 험한 일을 당하고 보니, 죽쏟은 며느리도 아니게 주눅이 들어 안절부절이었다. 『자랏골의 비가』 ¶"꿀이고 깨묵이고, 아재비 못난 것 조카 장물짐 진다등마는 조카 하나 잘못 됐다가 오늘 조망태는 영락없이 촛농내 되는 성부르네." 『녹두장군』①

아재비 장가 보내기는커녕 제 좆도 대롱에 넣고 다닌다 속 더 바삐 해야 할 제 일도 못하고 있는 주제에 남의 일까지 돌볼 수 없다는 말. ¶"…아무리 동네 사람들이 곤경에 빠졌다고 하제마는, 아재비 장가 보내기는커녕, 내 연장도 대롱에 넣고 댕기는 놈이 쇤네 마누라 속옷 걱정도 아니고, 중놈 외입값도 아닌 일에 알은 체를 해가지고 뒷에 쓰자고 알은 체를 해?" 『자랏골의 비가』

아주가리대에 쥐똥참외 열리듯 속 아주까리대에 개똥참외 달라붙듯. ¶"색갈이 준 기만중이 사정도 사정이제마는 갚을 사람은 그 색갈이말고도 색갈이가 아주 가릿대에 쥐똥참외 열리듯 줄레줄레해서 당장 들고날 판이다, 논마지기나 있다고 하제마는 사정이 이런게 색갈이를 받더라도 반만 받아라, 이것이지라." 동네 집강이 말했다. 『녹두장군』⑩ ¶"너 장개 안 갔다고 했지?" 퉁방울눈이 물었다. "장개는커녕 연년이 묵은 색갈이도 아주까릿대에 쥐똥참외다." "장성은 집강소에서 빚 탕감 안했관대?"『녹두장군』⑪

아주까리대에 개똥참외 달라붙듯[속] 연약한 사람한테 힘겨운 일이 잔뜩 매달린 모양을 이르는 말. ¶산매댁은 한숨이 땅이 꺼졌다. 그 집은 사내아이들이 올망졸망 아주까리대에 개똥참외 열리듯 다섯이나 되어『녹두장군』③

악양루도 식후경이라[속] 금강산도 식후경이라. 아무리 재미있는 일이라도 배가 부르고 난 뒤에 볼 일이라는 말. '악양루(岳陽樓)'는 중국 호남성 악양현에 있는 성루(城樓)로 특히 동정호의 뛰어난 조망으로 유명한 명승지임. ¶(산) "악양루라니 여기가 어딥니까? 악양루도 식후경이라는 그 중국 호남성 악주에 있는 악 양루인가요?" "그렇소. 바로 이게 그 악양루요."『보쌈』

안개 속에서 구름 날아간 자리다[속] 종적이 묘연함을 이르는 말. ¶…그 큰 소를 끌고 갔으면 어디 한 군데쯤 흔적이라도 있을 법한데, 도대체 어디로 사라졌는지 안개 속에서 구름 날아간 자리였다.『자랏골의 비가』

안개 속에서 구름잡기 무엇이 무엇인지 분간할 수 없는 경우를 이르는 말. ¶ "자네는 무슨 단서가 좀 잡히는가?" 손화중이가 용배한테 관심을 보였다. "서울서 박서방 찾고 다니는 격입니다. 전주 남문 밖 베네뜨 신부며, 다른 신부들도 몇 사람 만나보았습니다마는, 도무지 안개 속에서 구름잡깁니다…"『녹두장군』⑤ ¶시간을 벌기 위해서 오토바이를 한 대 선금만 주고 빼앗듯이 얻어냈다. 안개 속에서 구름잡는 이런 미친 지랄에 그런 장비는 고사하고, 여덟 달 동안이

나 출장비도 제대로 나올 턱이 없었다. <갈머리 방울새>

안개 속으로 소 나가듯 무엇에 싸이거나 가려서 어느 사이에 없어져버린 경우를 이르는 말. ¶ "아따, 너무 이러지 마십시오." 사내는 유들유들 웃으며 골목으로 사라져버렸다. 어느새 또철이도 안개 속으로 소 나가듯 사라지고 없었다. <개는 왜 짖는가> ¶(산) "이녀석아, 내 말 좀 들어라." 과부는 꼬마의 손목을 잡았다. 그 사이 훈장은 마치 똥 싸담은 꼴로 거북살스럽게 뭉기적거리고 나와 안개 속에 소 나가 듯 집을 빠져나갔다.『보쌈』

안뒷간에 뒤 보려고 안아씨더러 거적문 열어달란다[속] 안뒷간에 똥 누고 안아가씨더러 밑 씻겨 달라겠다. 너무 염치가 없는 짓을 하는 경우를 이르는 말. '안뒷간'은 안채에 딸린 뒷간. ¶뫳등 쓰는 것을 부당하게 여기는 쪽에서 따지면, 안뒷간에 뒤 보려고 안아가씨더러 거적문 열어달라는 소리였으나, 모셔드리기로 작정하는 쪽에서 보면, 기왕 맞아드릴 때는 손잡아 맞는 것이 인사가 아니겠느냐고 할 수 있었다.『자랏골의 비가』

안면을 바꾸다 잘 알고 지내던 사람이 모른 체하다. ¶여태까지 혀끝 맞물고 히히덕거리던 사람들이 위기가 닥치자 대번에 안면을 바꾸었다.『녹두장군』⑨

안 본 용은 그려도 본 뱀은 못 그린다[속] 눈앞에 벌어진 일을 하나하나 면밀하게 설명하기가 어려움을 이르는 말. ¶ "맞네. 안본 용은 그려도 본 뱀은 본시 못 그리는 것인디, 더구나 그런 문자 속이사 알 것인가? 찬찬히 생각해감시롱 더 들은 소리가 있으먼 해봐!"『자랏골의 비가』

안성맞춤[속] ① 요구하거나 생각한대로 꼭 맞게 만든 물건을 이르는 말. ② 계제에 들어맞게 잘된 일을 이르는 말. 경기도 안성은 유기의 명산지이니 주문에 의하여 그릇을 조금도 어긋남이 없이 잘 만들었다는 데서 유래한 말. ¶참말로 그런지 어쩐지는 모르지만, 맞은 데는 개보다 약이 된다니 개가 없던 판에 안성맞춤이었다. 『자랏골의 비가』 ¶"이럴 줄 알았더라면 손 놀 때 바지락이라도 캐다가 말렸더라면 마른반찬으로 안성맞춤일 것이고 군입성거리로도 제격일 것인데 갑작스런 일이라 아쉬운 것뿐이그만." 『암태도』 ¶백산은 장막을 치기에는 안성맞춤이었다. 꼭대기가 3, 4백 평의 넓이로 평평했다. 『녹두장군』⑥ ¶날이 가물어 여기도 냇물이 바짝 받아 있었다. 고둥이나 징거미 잡기에는 안성맞춤이었다. 『은내골 기행』

안악군수 아낙군수. 늘 집 안에만 있는 사람을 놀림조로 이르는 말. ¶"…나설 만한 데는 나서사제, 모도 같이 살자고 나서는 일에 사대육신 썽썽한 작자가 안악군수로 구들장 지고 자빠져서 천장 갈비나 시고 있으란 말이여? 가더래도 오랜만에 대처 구경하러 가는 셈치고 놈 앞에는 도뜨게 안 설 것인게 걱정 말어." 조망태는 성깔을 죽이고 아내를 달랬다. 『녹두장군』⑤

안질에 고춧가루[속] 성한 눈도 견디기 힘든 고춧가루를 앓는 눈에 뿌린다는 뜻으로, 지금 당하고 있는 고통을 덧들여 더 견디기 어렵게 하는 경우를 이르는 말. ¶"이 자식아, 너는 시방 불난 집에 부채질하고 있냐, 안질에 고추가리를 뿌리고 있냐? 이 겐노르 대갈통을 부수기

전에 쩌리 가!" 『자랏골의 비가』

안팎곱사등이 안팎으로 하는 일이 잘 안 되어 답답한 경우를 이르는 말. ¶동학들의 비위를 잘못 건드렸다가는 타는 불에 기름 붓는 격이 될 것 같고, 동학도들 비위에 맞는 소리를 했다가는 조정의 질책이 무서워 안팎곱사가 되다 보니 그런 토막말을 할 수밖에 없었다. 『녹두장군』③ ¶구장은 두 사람 사이에서 안팎곱사가 되어 어쩔 줄을 모르고 쩔쩔매다가 순사가 다시 고함을 질러서야 뫼라고 떠들떠듀 몇마디 했다. 동네 사람들은 손발이 얼어붙어 눈물만 말똥거리고 있었다. <가남 약전>

앉으면 죽산 서면 백산 동학농민전쟁 때 백산에 사람이 많이 모였던 사실을 일컫는 말. 농민군들이 대창을 들고 모였기 때문에 앉으면 대창이 머리 위로 올라가 죽산이고 서면 대창이 보이지 않고 흰옷만 보여 백산으로 보였던 데서 유래한 말. ¶조그마한 백산은 농민군으로 하얗게 더뎅이가 져버렸다. '앉으면 죽산(竹山) 서면 백산(白山)'이라는 소리는 이때 생긴 말이었다. 농민군들이 앉으면 대창이 위로 솟아 죽산이었고, 서면 사람들 옷 색깔로 백산이었다. 『녹두장군』⑧ ¶(산)…농민군들은 거의가 손에 대창을 들었기 때문에 그 사람들이 앉으면 대창만 위로 솟아 竹山이 되고 서면 대창이 가려 흰옷만 보이니 白山이었다. 그래서 그때 여기에 얼마나 사람들이 많이 모였는가를 말하는 소리로 '앉으면 백산 서면 죽산'이라는 말이 생겨날 지경이었다. 『교수와 죄수 사이』

앉은뱅이 용 쓴다[속] 무슨 일을 해낼 능력이 없는 사람이 그 일을 하려고 버둥거

리는 꼴을 이르는 말. ¶"나 같은 것이 덤벙대 봤자 앉은뱅이 용쓰기제 뭣이겄소마는, 일이 풀리는 것이 아니라 되레 더 꼬여가는 것만 같아 부쩌를 못하겄소."『녹두장군』① ¶"여기만 해도 장흥까지 접어진 천린데 천리 밖에서 걱정해봤자 앉은뱅이 용쓰기제 뭣이겄는가? 딱하기는 딱하네마는 되는 대로 되아가락 하제 으짤 것이여." 이주언이는 태평하게 웃었다.『녹두장군』⑨

앉은뱅이 투구 쓰듯 일을 해볼 능력이 없는 사람이 장담만 버럭버럭 하는 경우를 이르는 말. ¶"…영을 내려도 이렇게 앞뒤가 반듯하고 사개가 딱딱 맞게 영을 내리는데, 태인 두령들은 앉은뱅이 투구 쓰듯 나간다고 소문만 내제 아직 아무 소리가 없소. 태인 두령들 지다르고 있다가는 뱃속에 든 손주놈하고 한꾼에 나오게 생겼글래 나와부렀소." 모두 웃었다.『녹두장군』⑧

앉은자리에 풀도 안 나겠다㈜ 사람이 몹시 쌀쌀맞고 냉정하여 전혀 여유나 인정이 없는 경우를 이르는 말. ¶"오늘 우리 동네 부자영감이 한나 여그 왔다가 나를 보고 이리 오라고 손짓을 하둥마는, 막걸리나 한잔 하라고 은자를 두 닢이나 주잖겄냐? 그 영감 앉았던 자리에는 풀도 안 난다는 영감인디, 그 영감 인심 쓰는 것 본게 이런 난리도 한번 일으키고 볼 일이더라." 두 사람은 한참 웃었다.『녹두장군』⑥

알㈜ 범죄자들이 라이타돌을 이르는 은어. ¶"뭐 좀 안 챘니?" "멍멍이 다섯하고, 알 서른 개." "야, 됐다. 요새는 어찌나 단속이 심해졌던지, 강아지 하나에 런닝 팬티가 하나씩이야. 어제는 주철민이한테 심청이 두 개로 런닝 팬티 하날 받았다구." <사형장 부근>

알기는 구시월 귀뚜라미㈜ 알기는 칠월 귀뚜라미. 가을이 온 것을 제일 먼저 알리는 것은 귀뚜라미라는 뜻으로, 온갖 일을 다 아는 체하는 사람을 비꼬는 말. ¶(산) "…향기로는 성천초와 덕양초가 제일이요, 수수하기는 영월초, 광 넓기는 직산초요, 독하기는 임실초를 덮을 담배가 없지 않습니까?" "허허. 그놈 알기는 구시월 귀뚜라미구나." "귀가 도자전 마룻구멍이라 들은 풍월입니다…"『보쌈』

알랑방귀를 뀌다㈜ '알랑거리며 아첨을 떨다'를 속되게 이르는 말. ¶"제 생각은 조금 다릅니다." 남계천이가 나섰다. 남계천에게로 눈길들이 쏠렸다. 그러나 그를 보는 남접 사람들의 눈길은 곱지 않았다. 또 법소 사람들 앞에서 무슨 알랑방귀를 뀌려고 나서느냐는 눈초리들이었다.『녹두장군』③ ¶원래 이속들한테 알랑방귀 뀌는 데는 호가 난 자였다.『녹두장군』④

알랑수를 쓰다 얼렁뚱땅 남을 속이다. ¶"…조성국이도 조병갑하고 같은 조가라 그 끈으로 지금 군아 내사에 드나들기를 제 안방 드나들 듯하면서 벼라별 알랑수를 다 쓰고 있다지 않는가…"『녹두장군』④

알 묻어놓은 자라 같다 어느 곳에서 멀리 떠나지 않고 지키고 있는 경우를 일컫는 말. 자라는 모래밭 속에 알을 낳아 자연부화를 시키는데 그 사이 근처를 떠나지 않고 지키는 데서 나온 말. ¶대단한 재주는 못 되더라도 이왕 손에 익힌 일이니 맘 먹고 일자리를 찾기로 하

면 아무런들 자랏골 칡덩굴 밑에서 산
전 일궈 먹고 사는 것에 대랴 싶은데,
그 산전 몇 마지기를 못잊어 그러는지,
알 묻어놓은 자라처럼 여기를 뜨지 못
하고 있었다. 『자랏골의 비가』 ¶…영감
은 우수물지고 나서부터 가을 뒤 얼갈
이 할 때까지의 농사철에는 두말할 것
도 없고 농사철이 아닌 겨울철에도 알
묻어 논 자라처럼 논밭 귀퉁이에서 떠나
지를 못하고 서성거렸다. <뚱바우 영감>

암고양이 얼굴에 침바르듯 고운 말로 발
라 맞추며 알랑거리는 모양을 이르는
말. ¶이런 입으로라면, 아무리 암코양
이 얼굴에 침바르듯 고운 소리로 째고
발기고 변설을 풀어보아야, 화냥년 수절
타령이지 무엇이겠는가? 『자랏골의 비가』

암탉이 울면 집안이 망한다(속) 날이 샜다
고 울어야 할 수탉이 제구실을 못하고
대신 암탉이 울면 집안이 망한다는 뜻
으로, 아내가 남편을 제쳐놓고 집안 일
을 주장하면 집안이 잘 되지 않는다는
말. ¶암탉이 울면 집안이 망한다는디,
예팬네가 그러코 설친게 나라 꼴이 요
모냥 요 꼴이제멋이었어. 촌사람 집구석
에서도 예팬네가 지랄하면 되는 일이
없는 법인디, 한 나라 정사에 예팬네가
나서서 설치면 그놈의 정사가 정살 것
이여?" 『녹두장군』③

앞벽 치고 뒷벽 친다 똑같은 사실을 놓고
경우에 따라 반대되는 소리를 하는 것
을 이르는 말. ¶"중재? 흥, 말이 좋군.
지금 서태석이하고 자네가 한속으로 통
을 짜 가지고 앞벽 치고 뒷벽 친다는 것
을 내가 모르고 있는 줄 알아?" 『암태도』
¶"나라의 정치를 한다는 국회의원 놈은
상환료는 상환료대로 다 받아서 처묵고

또 땅은 땅대로 뺏어 가고, 간판 걸어
놓고 남의 일 봐준다는 변호사 놈은 앞
벽 치고 뒷벽 쳐서 제 욕심만 챙기고,
그런께, 그 난 놈들 손발에 흙 안 묻히
고도 찬물 퉁기고 잘 사는 이치가 바로
이것이그마…." <유채꽃 피는 동네>

앞산에 안개 끼듯 무엇이 자욱한 경우를
이르는 말. ¶"지난 일인게 말이오마는
저것이 땅속에 파묻힌 뒤로는 이 동네
가 패운살이 앞산에 안개끼듯 자욱했소
…" 『은내골 기행』

**애기를 보아줄라면 애기 엄마 올 때까지 봐
주랬다** 무슨 일이든지 보살펴 주려면
끝까지 보살펴 주라는 말. ¶"이 사람
아, 애기를 봐줄라면 애기 어매 올 때까
지 봐주랬다고 기왕 벌린 춤, 죽으나사
나 끝장을 봐사제, 내뺀다는 소리는 또
먼 소리여?" 김이곤이가 핀잔을 주었다.
『녹두장군』① ¶"지루하시지요?" 선경이
가 처음으로 한마디 했다. 그나마 건성
이었다. "안심하고 그리십시오. 애를 봐
주려면 애 어미 올 때까지 봐주라고 하
지 않았습니까?" 선경이는 명호 익살에
웃을 법도 했으나 그런 소리는 귀에 엉
기지도 않는 것 같았다. 『은내골 기행』

애기 판수 팔양경 외듯(속) 소경 팔양경 외
듯. 아동판수 육갑 외듯. 알아듣지 못할
소리를 혼자 떠들어대고 있음을 이르는
말. '팔양경(八陽經)'은 혼인·해산·장
사(葬事) 등의 일에 관한 미신적인 짓을
타파하는 불경의 하나. ¶서울서 먼 난
리가 터졌다고 하던 소리가 있었은께,
저것을 다 읽은 담에는 그런 소리가 또
있을 것이다 하고 듣고 있는디, 제미 애
기 판수 파랭갱 외는 소리도 아닌 소리
가 질기는 또 오사게 질어…" 『자랏골의

비가』

애매한 두꺼비 떡돌에 치였다俗 아무런 죄도 없는 두꺼비가 떡돌 밑에 들어가 있다가 치여 죽었다는 뜻으로, 애매하게 화를 당하거나 벌을 받게 되어 억울함을 이르는 말. '떡돌'은 떡을 칠 때 안반 대신 쓰는 넓적한 돌. ¶"그런께, 아무리 애매해도 깩소리 한번도 못해보고, 애먼 뚜께비가 그대로 떡돌에 치이고 말자?"『자랏골의 비가』

애먼 놈 옆에 있다가 벼락 맞는다 애매한 두꺼비 떡돌에 치였다. ¶"…이런 것 추깨들고 더 덤벙거렸다가는, 애먼놈 옆에 벼락 맞는다고, 이러다가는 없는 논 폴게 생겼습다…"『자랏골의 비가』 ¶"…지 앞으로 나온 세미는 한가지도 빼지 않고 전부 다 물었사온디, 그 내뺀 놈의 새끼덜 인징을 닷 섬이나 물라고 나왔습니다요. 애먼놈 절에 있다가 배락을 맞아도 유분수제 시상에 이로코 억울한 일이 있습니까요?"『녹두장군』③ ¶"그것은 따로 의논을 해봐야 할 것 같소." "의논을 하나마나 그것은 만석보 수세보담 더 억울하오. 애먼 놈 옆에 있다가 배락맞는다고 그것 인징을 문 사람들은 터도 없는 생살을 뜯긴 사람들인게, 조병갑이가 냉기고 간 것이 있으면 질 몬자 그것부텀 나눠줘사제라잉."『녹두장군』⑥

애먼 유기장수 남의 허물을 뒤집어쓰고 곤욕을 치르는 경우를 이르는 말. '애먼'은 일의 결과가 다른 데로 돌아가 억울하게 느껴지는. ¶"이사 간 데를 아나마나 우리가 안닸으면 그만이제, 애먼 유구장수도 아니고 이런 적잖은 돈을 우리한테 안다미 씌워 언걸이사 입힐라

디야…" <뚱바우 영감>

야코죽다卑 '기죽다'를 속되게 이르는 말. ¶"꼼작만 하면 쏜다잉, 이람시롱 대든게는 쌔끼들 손을 들고 야코가 팩 죽습디다…" <백의민족·1968년>

약방에 감초俗 한약에 감초를 넣는 경우가 많아 한약방에 감초가 반드시 있다는 데서, 어떤 일에나 빠짐없이 끼어드는 사람이나 또는 꼭 있어야 할 물건을 이르는 말. ¶(산)"그 이유가 무엇일까요?" "정신적 사대주의입니다." 거의 이구동성으로 나오는 소리다. 이런 유의 비판을 할 때 약방의 감초처럼 두고 쓰는 말이다.『녹두꽃이 떨어지면』

약에 쓰려도 없다 무엇을 구하려고 아무리 애써 찾아도 구할 수 없다는 말. ¶"엄발을 안 나자도 형편이 형편인디 어쩔 것인가? 우리 집에 쌀 명색이라고는 약에 쓰자도 없네. 없는 쌀을 어디서 가져다 부조를 할 것이여? 시방 제대로 이름자 달고 있는 세목도 내장산 몽구리한테 족징을 물릴 형편이구만."『녹두장군』①

얀정머리 없다卑 '인정머리 없다'를 속되게 이르는 말. ¶방촌 영감이 얀정머리 없이 내쏘았다. <신 농가월령가>

얌전한 강아지 부뚜막에 먼저 올라간다俗 겉으로는 얌전한 체하는 사람이 뒤로 나쁜 짓을 한다는 말. 점잖은 개가 부뚜막에 오른다. ¶"만재 그 녀석 같아." "만재?" "허허. 얌전한 강아지 부뚜막에 오른다더니 저놈이 설마 이럴 줄을 누가 알았어."『암태도』 ¶(산)"아이고, 저게 뭐야. 얌전한 강아지 부뚜막에 먼저 오른다더니, 저게 뭐야, 저 나이에 적잖이 이백 명도 넘는구만." 선비는 어이가

없었다. 『보쌈』

얌전한 며느리가 부뚜막에 행감치고 앉는다　얌전하다고 알려진 사람이 엉뚱한 짓을 했을 때 비꼬아서 하는 말. '행감을 치다'는 다리를 꺾어 두 발바닥이 드러나지 않게 모두 양쪽 허벅지 밑으로 가게 하여 앉는 앉음새. ¶"허허, 얌전하당께는 며느리가 부뚜막에 행감까지 치고 앉네."…"한번 더 해보라고? 그래. 얌전한 며느리가 부뚜막에 행감치고 앉는다고 했어. 으째? 얌전 부려도 밑구녁으로 보일 것은 다 뵈는구미." 『지랏골의 비가』

양반 못된 것 장에 가서 호령한다㈜　사람 못된 이가 만만한 데 가서 채신머리 없이 위세를 부리며 잘난 체하는 경우를 이르는 말. ¶"이놈이 말만 진사제 어디 현감 한 자리 못 해보고 환갑을 맞은 놈인디, 양반 못된 것 장에 가서 호령하더라고, 이놈이 꼭 관가놈들 백성들한테 호령하고 토색질하는 본새로 상놈들 닦달이 말이 아니그만이라우…" 『녹두장군』① ¶"원래 사내 못난 것 집안에서 큰소리고 양반 못난 것 장에 가서 큰소리지." 장꾼들은 저마다 한마디씩 했다. 『녹두장군』⑨ ¶(산) 양반 못된 것 장에 가서 호령하더라고 이놈은 죽어 명정거리는 고사하고, 입춘날 춘복 하나도 제 손으로 그려 붙이지 못하는 주제인데, 이런 무식한 자일수록 유세란 게 내나 되잖은 곤댓짓과 호령뿐이라, 상놈이 지나가다가 인사만 조금 부실해도 그 자리에서 잡아다가 패기를 복날 개 패듯 했다. 『보쌈』

양반인지 좃반인지　양반을 놀림조로 이르는 말. 양반인가 두 냥 반인가. ¶"던진 놈이 있으면 그놈을 집어내서 닦달을 하든지 말든지 할 일이제 어째서 싸잡아서 호놈이오? 제길, 하는 행실을 본께, 양반인지 좃반인지, 돈 팔아 두냥반인지, 고리백정 채반인지, 궁글어가다 똥통에 빠진 쟁반인지, 삶은 개다리 한쪽 반인지, 아무리 생각해도 본색을 모르겠구만, 양반 유세는 되게 떠세." 『녹두장군』②

양상군자(梁上君子)　도둑을 완곡하게 이르는 말. 중국 후한 때 진식이라는 사람이 들보 위에 숨어 있는 도둑을 가리켜 '양상의 군자'라고 한 데서 유래한 말. ¶"적선 좀 하게." "적선? 말을 곱게 빚으면 도둑놈보고도 양상군자라더니 이쁜 이름이 또 하나 더 붙었네 그려." 『녹두장군』①

양아치ⓜ　'거지'를 속되게 이르는 말. ¶"…개버릇 남 못 준다고 그런 사람 앞에서 양아치 말버릇이 나오면 우리는 갈데없이 조마리(고물 작업장 주인), 시나이(넝마주이)가 되고 만단 말이야." <어머니의 깃발>

양약은 입에 쓰고 좋은 말은 귀에 거슬린다㈜　양약은 입에는 쓰지만 먹으면 병에는 이롭고 좋은 말은 듣기는 싫으나 들으면 유익하다는 말이니, 이로운 것은 그만한 부담이 있기 마련이라는 말. 양약고구(良藥苦口). 충언역이(忠言逆耳). ¶"이 자식이 시방 멋이라고 아가리를 놀려싼다냐?" 김달식이가 발끈했다. "원래 양약은 입에 쓰고 존 말은 귀에 거슬리는 법이다." 설만두가 잔을 들려다 말고 퉁겼다. 『녹두장군』⑥

어금니 아끼듯 하다　몹시 아끼고 귀중히 여김을 이르는 말. ¶…만득이 어머니는 다른 솜씨도 좋았지만 유독 길쌈 솜씨가 소문나게 좋아 이 이주호 집에서는 그를 어근니 아끼듯 했다. 『녹두장군』③

어느 구름에서 비가 올지[속] 언제 어떤 일이 어떻게 될지 일의 결과는 미리 짐작하기 어렵다는 말. 어느 구름에 눈이 들며 어느 구름에 비가 들었나. ¶이런 난세에는 어느 구름에 비가 올지 모르는 법이니 그런 사람 거들어주어 손해볼 것이 없을 거라며 그가 비범한 인물임을 여러 번 말했었다. 『녹두장군』③ ¶ "많이 찬다고 효험이 있는 것이 아녀. 하나를 차더라도 한울님 모시는 마음을 차돌같이 단단히 먹고 정성스럽게 차야 효험이 있는 법이여." 사내가 눈알을 부라리며 말했다. "어느 구름에 비올지 모르겠길래 나도 차기는 찼는데 그것만 믿을 일도 아녀." 『녹두장군』⑫

어느 귀신이 잡아갈는지 모른다[속] 언제 무슨 일로 어떻게 잘못될지 도무지 마음을 놓을 수 없는 경우를 이르는 말. ¶"…아이고, 이 아사리판에 어세두세하고 있다가는 어느 귀신이 물어갈지 모르겠다 싶어서 정신없이 장판을 빠져나오고 말었제 으쨌더란가." 『자랏골의 비가』 ¶"…총 가진 놈덜 앞에 맨주먹 하나 쥐고 나섰다가, 어느 귀신한테 잡혀갈 것이여?" 『자랏골의 비가』

어느 놈 배때기는 칼 안 들어가나[비] 배때기에 철판 깔았나. ¶"제까짓 놈이 잘났으면 얼마나 잘났냐 이게야. 어느 놈 배때기에는 쑤시면 칼 안 들어가나?" 『암태도』

어느 장단에 춤추랴[속] 한 가지 일에 참견하는 사람이 많아 어느 말을 따라야 할지 얼른 판단할 수 없는 경우를 이르는 말. ¶불난 집 며느리 싸대듯 정신없이 싸대고 다니던 강쇠는 어느 장단에 춤을 출지 몰라 잠시 덩굴한 표정이었다. 『녹두장군』① ¶민영준은 병조판서이므로 민영준이 명령은 바로 조정의 명령인데 감사는 감사대로 화약을 맺으라고 닦달을 하고 있으니 홍계훈은 어느 장단에 춤을 추어야 할지 몰랐다. 『녹두장군』⑩

어디 개가 짖느냐 한다[속] 어느 집 개가 짖느냐 한다. 남이 하는 말을 무시하여 들은 체도 아니함을 이르는 말. ¶여기저기 맞아죽은 관노들 시체가 즐비했다. 감사 이하 관리들이 고래고래 호령을 하며 말렸으나 독이 오를 대로 오른 이속들은 어느 개가 짖느냐였다. 그들은 관노들 집을 들쑤시고 다니다가 나중에는 불까지 질렀다. 『녹두장군』⑧ ¶그 뒤 김학진이까지 나서서 집강소 설치를 허락하라고 영을 내렸지만 민종렬은 코똥만 퉁겼다. 참다 못한 김학진이는 조정에다 민종렬과 이원우 파직을 상신하기까지 했으나, 어느 개가 짖느냐는 본새로 꿈쩍도 안 했다. 『녹두장군』⑪

어디서 굴러온 개뼈다귀냐[비] 객지에서 와서 젠 척하는 사람을 낮잡아 이르는 말. ¶"저것이 어디서 굴러온 개뼈다귀냐? 죽여!" ¶"…네가 어디서 굴러온 개뼈다귄지 모르겠다만, 천도를 어기고 있는 문지주 같은 놈 앞잡이로 설치다가는 어느 주먹에 맞아 죽을지 모른다. 그때 가서 후회하지 말어." 『암태도』

어디서 굴어온 풀강아지냐 어디서 굴러온 개뼈다귀냐. ¶"뭐라고?" 어디서 굴러온 풀강아지가 큰소리냐는 식으로 금방 한 대 갈길듯이 다그쳤다. 『자랏골의 비가』

어레미로 잉어 잡는다 불가능한 방법으로 무슨 일을 하려는 것을 비웃는 말. '어레미'는 바닥의 구멍이 굵은 체. ¶"잘 생각했다. 그럼 아버지한테 이야기할란다." 어머니는 내색은 안했으나 어레미로 잉어라도 잡은 것 같이 오달진 모양이었다. 『은내골 기행』

어리친 개 새끼 하나 없다 웹 아무도 얼씬하지 않는 경우를 낮잡아 이르는 말. '어리치다'는 독한 기운에 취하여 정신이 흐릿해진다는 말. ¶(양문이는)…근처에 어리친 강아지 새끼 한 마리 얼씬거리지 않자, 어리둥절한 표정이었다. 『자랏골의 비가』 ¶…옥분이 집을 건너다보기도 했으나, 그렇게 보아 그런지 꼭 나간 집구석처럼 고즈넉하기만 할 뿐 어리친 강아지새끼 한 마리도 얼씬하지 않았다. <가남 약전>

어린아이 말도 가려 쓰기 나름이다 웹 어린아이 말도 귀담아들어라. 어린아이의 말이라고 하여 모두 쓸모없는 말은 아니라는 말. ¶(산)"허허. 이 사람이 사람을 못믿기는, 뙤놈하고 겸상을 했나. 어린아이 말도 가려 쓰기 나름이더라고, 이만한 살림을 일궈 사시는 분이라면 다 그만한 물정이 있을 터인즉 내가 말한 그 방도를 가려 쓰고 안 쓰고는 자네 주인이 할 일 아닌가?…" 『보쌈』

어린아이 자지 만지듯 어려워해야 할 처지에 무람없이 구는 경우를 이르는 말. ¶…내일 모레면 손주 볼 나이에 이르러서까지, 어린아이 그것 만지듯 그것을 건드리고 나서면 결이 나지 않을 수 없었다. 『자랏골의 비가』

어린애 물가에 내 보낸 것 같다 매우 조심스러워서 마음이 안 놓인다는 말. ¶

"염려나마나 그런 데 나가시면 꼭 어린애 물가에 내보낸 것 같아 애가 닳아요. 당신 돌아올 때까지 나는 제대로 잠을 자지 못할 거예요." 『암태도』

어림 반 푼이나 근중에 나가는 소리 어림 반 푼 어치도 없는 소리. '근중(斤重)'은 근쯤 되는 무게. ¶"…그것이 시방 어림 반 푼 어치나 근중에 나가는 소리라고 듣고 와서 하고 있어?" 『자랏골의 비가』

어림 반 푼 어치 없는 소리 몹시 부당하거나 터무니없는 소리를 이르는 말. ¶…일본이 어디 주인 없는 물외밭이라고, 불알 두쪽만 차고 나간 주제에, 그런데 가서 제 입 깜냥만 한대도 장하달 것인데, 공부까지가 어림 반푼어치나 당할 소리냐고 모두 콧등으로 흘러버렸었다. 『자랏골의 비가』 ¶"체면? 개한테 메스껍이지 순사놈들 낯반대기에도 체면 들어앉을 구석 있는 줄 아나? 어림 반푼어치도 없는 소리!…" 『암태도』 ¶선주는 어림 반푼없는 소리 작작하라는 투로 악을 썼다. <가남 약전>

어림 반 푼 어치도 없다 몹시 부당하거나 터무니없는 말을 함을 이르는 말. ¶(산)"네놈이 내 빚을 떼어먹으려고 알랑수를 썼겠다. 허지만, 이놈아, 어림 반 푼 어치도 없다. 내가 네까짓 놈한테 넘어갈 것 같으냐! 어서 돈 내놔라." 최선달은 틀어쥔 강생원의 멱살을 사정없이 흔들며 버럭버럭 악을 썼다. 『보쌈』

어물전 망신은 꼴뚜기가 시킨다 웹 못난 사람이 동료를 망신시키는 경우를 이르는 말. 과일전 망신은 모과가 시킨다. '꼴뚜기'는 연체동물 화살오징엇과의 하나로 젓을 담가 먹음. ¶"허허. 어물전 망신은 꼴뚜기가 시킨다더니 어디서 저렇게 꼴도 제대로 못 갖춘 것이 박가 속에서 빠져나와 가지고 집안 꼴을 이 지경으로 걸레를 만들지? 예끼, 이 육시를 해도 션찮을 놈!" 『암태도』

어미 손 잃은 장판 어린아이 싸대듯 겁에 질려 찾아다니는 경우를 이르는 말. '장판'은 장이 서는 장거리나 장마당. ¶그제가 입동이라 벼 타작은 웬만큼 끝냈으나, 아직도 죽은 중도 꿈적인다는 가을걷이 꽃등이라 도리깨질 한 마당이라도 더 하고 오다 늦은 사람들이었다. 그런 사람들은 어미 손 잃은 장판 어린아이 싸대듯 자기 부대를 찾아 군중 속을 정신없이 휘지르고 다녔다. 『녹두장군』⑪

어사는 가어사가 더 무섭다 囹 어떤 세력을 빙자하여 되지 못하게 유세를 부리는 사람이 남에게 더 혹독한 짓을 한다는 말. '가어사(假御使)'는 예전에 가짜로 어사 행세를 하던 사람. ¶무섭기는 가어사가 더 무섭다고, 헌병들이 촌놈들한테 부리던 그런 서슬로 말까지 탕탕 놓으며, 『자랏골의 비가』 ¶"어사는 가어사가 더 무섭다더니 옛말 그른 데 없구만." "가어사고 진어사고 멀쩡한 사람이 못 당할 꼴을 당하는데 한 동네 사람들이 손 개얹고 있어사 쓰겠어?" 『녹두장군』⑩

어사 덕분에 큰기침한다 囹 사또 덕에 큰기침. ¶자랏골 사람들은, 이 사나이가 몇 달 뒤에 몰고 와, 이 자랏골을 한바탕 휘몰아칠 폭풍은 꿈에도 생각하지 못하고, 가시 돋은 사령으로 어사 덕분에 큰기침할 것에만 지레 신명이 나서, 김칫국에 모지랑 노랑 수염을 쓰다듬으며 웃음소리들이 한결 호들갑스러웠다. 『자랏골의 비가』

어이며느리 쌍절구질하듯 囹 어이딸이 쌍절구질 하듯. 무슨 일을 할 때 의견도 잘 맞고 하는 일도 손발이 척척 잘 맞아 들어감을 이르는 말. '어이며느리'는 고부(姑婦), 즉 시어머니와 며느리를 아울러 이름. '쌍절구질'은 한 절구에서 둘이 함께 번갈아 하는 절구질. ¶아침을 먹고 나자 동진강 둑에는 이사짐을 진 농민군들이 개미떼처럼 늘어섰다. 모두가 손에 익은 일인데다 몸을 사리지 않고 일을 하니 어이며느리 쌍절구질하듯 손발들이 맞았다. 『녹두장군』⑥ ¶달중이와 만득이는 둘이 다 걸쌈스럽기가 이런 일에는 밥 싸짊어지고 나대던 작자들이라 복만이쯤 구슬리는 갈마들이가 의논 좋은 어이 며느리 쌍절구질 하듯 콩대가 맞았다. <재수없는 금의환향>

어제가 바로 네놈들 제삿날이다 너희들이 오늘 죽게 된다고 겁을 주며 으르는 말. ¶"…누구든지 나한테 한번 덤벼봐라. 나한테 덤벼서 대번에 나를 작살을 내면 모르거니와 그러지 못했다가는 어제가 바로 네놈들 제삿날이다. 자 덤벼라!" 용배가 가슴을 벌리고 키다리 앞으로 다가갔다. 『녹두장군』①

어중이떠중이 囘 여러 방면에서 모여든, 탐탁하지 못한 사람들을 통틀어 낮잡아 이르는 말. ¶"…그러나 저는 몇 사람이 따라나서든 바로 그런 살기에 동조하고 나서는 사람이래야 진짜라고 생각합니다. 어중이떠중이 수만 많으면 무슨 소용이 있습니까? 어정쩡하게 나선 사람들은 조금만 세가 불리하면 쥐구멍부터 찾습니다…" 『녹두장군』⑤

어헐진 도깨비 개천물 마시듯 囹 되게 다쳐서 혼이 난 도깨비가 정신없이 맛도 모르고 개천물을 들이켜듯 한다는 뜻으로, 물이나 술 같은 것을 마구 들이켜는 모양을 낮잡아 이르는 말. '어혈(瘀血)'은 타박상을 입어 몸에 피가 잘 통하지 않고 한곳에 몰려 있는 증상. ¶"…어혈진 도깨비 개천물 마시듯 한다등마는 아침 저녁으로 일삼아서 똥물을 한 사발씩 장복을 했등마는 그것이 제대로 약발이 풀렸던 것 같소…"『녹두장군』①

억장이 무너지다 극심한 슬픔이나 절망 따위로 몹시 가슴이 아프고 괴롭다. '억장'은 억장지성(億丈之城)의 준말로, 매우 높게 쌓은 성. ¶"하도 억장이 무너지는 소리에 그놈 입 틀어막는 것만 다급해서 하자는 대로 홍야홍야 했더니만, 자네 말을 듣고 본께 내가 생각이 짧아도 너무 짧았네. 허, 이거!" 감역은 어쩔 줄을 몰랐다.『녹두장군』① ¶"이것이 먼 재변이 이런 재변이 있으까?" 어머니는 억장이 무너진다는 표정이었다.『녹두장군』③ ¶동네 사람들은 하도 억장이 무너져 별의별 험담이 다 쏟아져 나왔다. <유채꽃 피는 동네>

억지가 사촌보다 낫다 마구잡이로 억지를 쓰는 것이 도움을 받을 수 있는 사촌을 만난 것보다 낫다는 뜻으로, 좀 무리하게 억지를 써서 하는 것이 남에게 의존하는 것보다 낫다는 말. ¶"맞네. 억지가 낫을 때는 사촌보담 낫고, 거짓말도 잘하면 올벼논 닷마지기보담 나은 것이어. 이런 데 하는 거짓말이사 놈을 둘러묵자는 것이 아닌께 그럴듯하게 해."『자랏골의 비가』

억지 춘향이 어떤 일을 억지로 하게 되는 경우를 이르는 말. ¶이렇게 체면에 묶여 억지 춘향이로 끌려다녔을 뿐 대부분 구경꾼의 엉거주춤한 태도였고, 정작 몽둥이를 들고 설친 것은 가까운 친척 몇 사람뿐이었다.『암태도』

언 수탉 같다 몰골이 초췌하여 말없이 한 구석에 쪼그리고 앉은 모양을 이르는 말. ¶동네 사람들은 언 수탉 같이 썰렁한 얼굴을 하고 조그맣게들 웅크리고 서서 눈을 말똥거리고 있었다.『자랏골의 비가』 ¶지난 팔월에 선운사 미륵 배꼽에서 나왔다는 비결에 씌어있다고 소문이 난 소리였다. 도소 두령들은 이 패서를 앞에 놓고 모두 언 수탉같이 썰렁한 표정을 하고 앉아있었다.『녹두장군』④

언제 쓰자는 하눌타리냐 중요한 약제인 하눌타리를 약에 안 쓸 바엔 어디다 쓰자고 보관하고 있느냐는 뜻으로, 쓸 때 쓰지 않고 쌓아두기만 하는 경우를 핀잔으로 이르는 말. '하눌타리'는 시골 밭둑에 흔하게 자라는 박과에 달린 덩굴식물로 씨와 뿌리는 한약재로 씀. ¶언제 쓰자던 하눌타리며, 잉어 낚는 데 곤지가 아까우랴, 애꿎은 닭장만 뒤져 닭꾸러미를 챙겨들고…재를 넘어 약방 영감 집을 드나들었다.『자랏골의 비가』 ¶"언제 쓰자는 하눌타리간디, 이럴 때 손 개었고 앉아 있으려면 동학했다가 어따 쓰자는 것이라요?" 이싯뚜리는 계속 어긋한 표정으로 동학 접주들에게 핀잔이었다.『녹두장군』⑦ ¶동학을 믿는 젊은이들은 체면 때문에 뒤로 처지고 처음부터 동학도가 아닌 젊은이들이 앞장을 섰다. 동학이란 게 어디다 쓰자는 하눌타리냐고 눈에 핏발을 세웠다. 그들은 새삼스럽게 풍물을 잡히고 깃발을 휘날리며 고을을 쓸고 다녔다.『녹두장군』⑪

언제는 외갓집 콩죽으로 살았나⑧ 지금까지도 남의 은덕으로 살아온 것이 아니므로 새삼스럽게 남의 호의를 바라지 않는다는 사실을 단호하게 다짐하는 말. 외갓집 콩죽에 잔뼈가 굵었겠나. ¶"태문이, 여러 소리 말고 내소. 은제는 외가집 콩죽으로 살았던가?" 외불이가 오금을 깡 박으며 성냥을 칙 그어 담배에 불을 붙였다. 『자랏골의 비가』 ¶"첨부터 우리가 속이 없었어. 언제는 외갓집 콩죽으로 살았더라고 당창쟁이 콧구멍에 마늘씨를 넘보제 복만이한테 기부 소릴 했으니." <재수없는 금의환향>

언청이 굴회 마시듯⑧ 빠져 떨어질까 싶어 단숨에 후루룩 마시는 모양을 이르는 말. '언청이'는 윗입술이 세로로 찢어진 사람. ¶(해룡이는)…본시 떠는 손이라 술사발이 입에 가기까지 사발이 사뭇 요동을 치는 바람에, 벌써 술이 반은 쏟아지고 있었는데, 그것을 덜 쏟으려고, 언청이 굴회 마시듯 들이켜자 코로 절반, 입으로 절반, 또 쿡쿡 사래까지 들었다. 『자랏골의 비가』

언청이 아가리에 토란 베어지듯⑧ 남이 이야기하는 데에 불쑥불쑥 참견하는 걸 편잔 줄 때에 이르는 말. ¶(산) "이놈아, 어째서 비져지기는 자꾸 언청이 아가리에 토란 비져지듯 비져지느냐?" 『보쌈』

언청이 통소 대듯⑧ 무슨 일을 제 격식대로 못하는 경우를 이르는 말. ¶모두가 언청이 통수 대듯 제 깜냥으로들 줄을 하나씩 대고 나서, 또 제 좋을 대로들 생각을 하고 저러거니만 싶어 덕재영감은 속으로 혼자 웃으며,…시치미를 떼고 앉아 있었다. 『자랏골의 비가』 ¶"지대로 알지도 못하는 소리를 가지고, 언챙이 통수 대대끼 아무데나 대고, 공출이니 지랄이니, 재수대가리 없는 소리를 하고 있은께 그러제 으째?…" 『자랏골의 비가』

얼굴에다 명태껍데기를 두르다 염치없는 사람을 핀잔조로 이르는 말. ¶"…자네 입장 백번 알제마는 우리같은 놈 궁리로사 아무리 궁리를 한다고 해보았자, 돌다가 보아도 물레방아고, 던져보아야 마름쇠로, 자네 내놓고는 사정을 하자도 해볼 데가 없어서, 얼굴에다 명태껍데기를 한꺼풀씩 두르고 이러고 왔네.…" 『자랏골의 비가』

얼굴에 똥칠한다 불명예스럽거나, 크게 욕될 짓 하는 경우를 이르는 말. ¶'…그 꼴이 되는 날에는 소작이 멋이고 돈이 멋이여? 친정 식구들 얼굴에 똥칠하고 단매에 맞아죽어. 마음 한번 삐뜩했다가는 다 죽는당께.' 『녹두장군』③

얼굴에 쇠가죽을 뒤집어쓰다 얼굴에 명태껍데기를 두르다. ¶"아이고 말도 말게. 태인 우리 진외가로 피했는데, 워매 나중에는 어떻게 알았던가 우리 동네 사람들이 둘이나 찾아와부렀네그랴. 체면이 말이 아니네마는 어쩔 것인가? 밥술이나 먹고 사는 집이길래 얼굴에다 쇠가죽 뒤집어쓰고 끙끙 참고 지냈구만." 사내가 걸쭉하게 너스레를 떨자 모두들 허옇게 웃었다. 『녹두장군』⑧ ¶죄가 많은 사람은 대부분 도망쳐버렸으나, 설마 하고 있다가 맞아죽는 사람도 있고, 벼락 혼사로 딸을 주고 화를 모면한 사람도 있었으며, 장가같이 염치 좋은 사람들은 얼굴에 쇠가죽을 뒤집어쓰고 파리발로 무작정 빌어 화를 면하기도 했다.

『녹두장군』⑩

얼굴에 풍년이 들다 갑자기 표정이 흐뭇하고 느긋해지는 경우를 이르는 말. ¶…소작인들은 벼를 베기로 했다는 소식을 듣자 땅가뭄에 소나기 만난 푸성귀처럼 펄펄 살아나는 것 같았다. 얼굴에 금방 풍년이 들며 어디 갇혔다 풀려난 사람들처럼 논으로 나가는 발걸음이 둥둥 떠 있는 것 같았다. 『암태도』

얼굴에 화덕을 뒤집어쓴 것 같다 몹시 부끄러운 일을 당하여 얼굴이 화끈화끈하다는 말. ‘화덕’은 아궁이처럼 만들어 솥을 걸고 쓰게 만든 물건. ¶연엽이는 또 얼마나 거북살스러울 것인가를 생각하면 얼굴에 화덕을 뒤집어쓴 것 같았다. 『암태도』 ¶그 점 아무리 그러고 나도 쟁우댁 눈이 자기한테 와닿는 것 같은 느낌이 들면 화덕이라도 뒤집어쓴 것같이 얼굴이 달아오르고 다시 가슴이 쿵쿵방아를 찧었다. 『녹두장군』④

얼금뱅이도 정이 들면 얽은 구석구석까지 정이 든다 사람 사이에 정이 들면 흠집도 곱게 보인다는 말. ‘얼금뱅이’는 얼굴이 몹시 얽은 사람. ¶“어차피 언젠가는 본색이 드러나고 말 것인데?” “하하, 임군한이 그 배짱은 갑자기 개 물려보냈는가? 여자 팔자란 그러기 뒤웅박 팔자란 걸세. 처음에는 좀 놀랄지도 모르지만 팔자에 무른 것이 여잘세. 또 얼금뱅이도 정이 들면 얽은 구석구석까지 정이 든다지 않던가?” 김오봉은 제 혼자 차 치고 포 치고 아퀴를 짓다시피 했다. 『녹두장군』①

얼어 죽은 귀신 홑이불이 당한 거냐㊍ 추워서 얼어 죽은 귀신에다가 홑이불이나 하나 씌웠다고 무슨 소용이 있겠느냐는 뜻으로, 어떤 대책이 너무 미흡하여 아무 효과가 없음을 이르는 말. ¶얼어죽는데 홑이불이 당할까마는, 그래도 죽을 날을 안 물릴 수가 없어, 종수는 이의신청 수속을 했다. 『자랏골의 비가』

얼음에 박 밀듯㊍ 얼음판 위에다 박을 밀면 거치는 것이 없이 슬슬 미끄러져 나간다는 데서, 무슨 일이 아주 쉽게 되는 상태를 이르는 말. ¶“허허, 이 양반덜이 으째서 그르크롬 말귀덜이 어둡소. 호랭이도 으르렁거릴 적에는 짐승 노는 것 보아서 으르렁거리는 것인디, 아무리 국회의원이라고 하제마는 무작정 호령만 한다고 먼 일이 그냥 얼음에 박 밀대끼 되는 줄 아시오?…” 『자랏골의 비가』 ¶“그 작자는 아주 알거지를 만들어버립시다.” “더 궁리해 보자마는, 그 집은 여러 가지로 일하기가 좋을 것 같다. 우선 그 방학주란 놈이 못된 놈이라 그놈한테 앙얼을 한번 크게 입혀 방펼만이가 깜짝 놀라게 해노면 일은 얼음에 박밀듯 될 것 같다.” 용배가 유독 통쾌하게 웃었다. 『녹두장군』③

얼음에 조약돌 미끄러지듯 얼음에 박 밀듯. ¶배는 돛폭에 바람을 가득 안고 그림 같은 한려수도를 얼음에 조약돌 미끄러지듯 내달았다. 『녹두장군』⑩

얼음에 자빠진 쇠 눈깔㊍ 얼음판에 넘어진 황소 눈깔 같다. 머리를 찧어 눈동자가 흐리멍덩한 모양을 낮잡아 이르는 말. ¶저만치 달구지를 끌어다놓은 영감이 허허 안도의 웃음을 웃으며 되돌아왔다. 셋은 아직까지 그 자리에 서서 얼음판에 자빠진 쇠눈으로 영감을 건너다보고 있었다. 『자랏골의 비가』 ¶“…그 늙은이는 그 분탕질을 친 놈들이 누구냐고 곁에서 아무리 물어도 얼음판에 나자빠진 황소처럼 눈만 껌벅일 뿐 말이 없다는구먼…"『녹두장군』① ¶뒤에 섰던 패거리들까지 뒤로 종종걸음을 치다가 달마배만 엉덩방아를 찧었다. 만만찮은 힘이었다. 작자들은 눈이 둥그래졌다. 얼음판에 나자빠진 황소처럼 스님을 건너다보고 있었다. 『은내골 기행』

업어 온 중㉰ 이러지도 저러지도 못하는 진퇴양난의 경우를 이르는 말. ¶"옳소!" 같이 따라온 패거리들이 손뼉을 치며 소리를 질렀다. 그러나, 자랏골 사람들은 업어다 놓은 중놈들처럼 놀란 눈만 멀뚱거리고 있었다. 『자랏골의 비가』

없는 논 팔게 생기다 그러지 않아도 궁색한 판에 애먼 돈을 물어야 할 경우를 이르는 말. ¶"…이런 것 추깨들고 더 덤벙거렸다가는, 애먼놈 옆에 벼락 맞는다고, 이러다가는 없는 논 팔게 생겼습디다…"『자랏골의 비가』

없으면 제 아비 제사도 못 지낸다㉰ 재물이 없으면 최소한의 예의나 체면도 차릴 수 없음을 이르는 말. ¶"젠장 없으먼 지 애비 제사도 못 지내는 것인디, 나무가 없으면 말어붙제, 뉘 산에 나무가 많니 적니 할 것은 뭐여?…"『자랏골의 비가』

엇바람 먹은 연 같다 자꾸 빗나가기만 하는 경우를 이르는 말. ¶그러지 않아도 요사이 집안 꼴이 엇바람 먹은 연처럼 아무리 바둥거려도 외오틀어지기만 하다가 끝내는 하나 있는 아들까지 도대체 살았는지 죽었는지 생사마저 알 수 없어 미치고 환장할 판인데, 이번에는 믿는 도끼에 발등을 찍혀도 유분수지 명색 어사란 놈한테까지 이렇게 당했으

니 창자가 탈 만도 했다.『녹두장군』⑦

엇부루기 뜸베질 하듯 거세게 저항하거나 날뛰는 경우를 이르는 말. '엇부루기'는 아직 큰 소가 되지 못한 수송아지. '뜸베질'은 소가 뿔로 물건을 닥치는 대로 들이받는 짓. ¶그 말의 속뜻은 무엇인지 알 수 없었으나, 엇부루기 뜸베질하듯 성질대로 날뛰다가는 되감길 것이 틀림없으니, 백번 옳은 말이었다. 『암태도』 ¶"네놈들은 관속한테 작변을 한 놈들이다. 이러고도 살기를 바랄까?" 포교는 헛증난 엇부루기 뜸베질하듯 미쳐 날뛰었다. 『녹두장군』④

엉덩방아를 찧다 넘어져 털썩 주저앉는다는 말. ¶"마님, 얼릉 내빼시오." 텁석부리 발아래 엎드렸던 박승치가 꽥 소리를 지르며 느닷없이 텁석부리 다리를 덥석 끌어안아 버렸다. 텁석부리는 그 자리에 털썩 엉덩방아를 찧고 말았다. "이런 때려죽일 놈!" 텁석부리가 악을 썼으나, 박승치는 그대로 다리를 끌어안고 늘어졌다.『녹두장군』④

엉덩이 차인 강아지 꼴 험하게 당하여 기죽어 있는 꼴. ¶"차차 생각하기로 하세." "이 사람아, 어째서 계집 이야기라면 펄펄 뛰던 호랑이가 금방 엉덩이 차인 강아지 꼴로 오갈이 드는가? 대가리에 얹고 다니는 상투가 부끄럽지도 않아?" 김오봉의 핀잔에 임군한은 맥없이 웃고 있었다.『녹두장군』① ¶패거리들은 작자를 부축하고 힐끔힐끔 돌아보며 엉덩이 차인 강아지처럼 재를 넘어가 버렸다. 『녹두장군』⑩ ¶"미안합니다." 달마배는 대번에 기가 죽어 여자한테 고개를 꾸벅했다. 작자들은 마루로 가서 부랴부랴 옷을 주워 입었다. 스님을 흘끔거리

며 엉덩이 차인 강아지처럼 뒤를 당겨 절을 나갔다. 『은내골 기행』

엎어지면 코 닿을 데ⓒ 매우 가까운 거리를 이르는 말. ¶ "멀라고 낼까지 지달러라우, 달도 있고 엎어지면 코달 덴데." "코달 덴게 낼 가제, 시방 가서 잠은 어디서 잘 것이여?" 『녹두장군』⑧

엎어진 놈 꼭뒤 차기ⓒ 불우한 처지를 당한 사람을 한층 더 괴롭힌다는 말. '꼭뒤'는 뒤통수의 한가운데. ¶ 그러니까 명년 선거를 앞두고 이런 사건을 처리하더라도 아는 죄인 묶듯 인심 안 잃게 하라는 모양인데, 이놈은 자기 형을 등에 업고 엎어진 놈 꼭뒤 차고 있는 것이다. 『자랏골의 비가』

엎지른 물 다시 바로잡거나 되돌릴 수 없는 형편을 이르는 말. 쏘아 놓은 살이요 엎지른 물이다. ¶ "…사람 사는 이치란 게 소리를 지르고 대들 때가 있으면 또 웃는 얼굴로 얼러야 할 때도 있는 법입니다. 어제 일은 기왕지사 엎질러진 물이니 이번에는 웃는 낯으로 굽실거려도 보는 것입니다." 『녹두장군』④

엎친 데 덮치다(덮치기) 어려운 일, 또는 불행한 일이 겹치어 일어나다. ¶ …큰 구멍 작은 구멍에다 부어넣고 나면 타작마당에서 색갈이를 내야 할 판인데, 엎치고 덮친 위에 옆구리까지 차이느라고, 득철이가 떼어먹고 도망친 비료대가 또 시퍼렇게 살아 아가리를 벌리고 있었다. 『자랏골의 비가』 ¶ "맞소. 그런디 난리가 나도 난리만 나고 마는 것이 아니고 큰 가뭄까지 겹친다는 소리도 있습디다." "엎친 데 덮치더라고 홑난리도 무서운디, 거기다 가뭄까지 덮쳐 난리가 쌍으로 나노먼 죽어도 몇벌로 죽으란

소리라요?" 『녹두장군』① ¶ 미선이는 학교를 다닌다마는 영선이가 큰일이다. 아무래도 정신이 이상한 것 같다. 내가 가도 말 한마디 하지 않고 먼산바라기만 하고 있다. 엎친 데 덮친다고 걔 어머니까지 몸이 안 좋아 집안 꼴이 말이 아니다. 『오월의 미소』

여드레 병풍ⓒ 제사를 지내기 위하여 이렛날에 칠 병풍을 제사를 마친 여드렛날에 가서 친다는 뜻으로, 시일이 지나서 헛일이 되어버린 경우를 이르는 말. ¶ "가만히 있잖으먼 손을 써도 지금 써사제, 그놈들 서슬에 당할 것 다 당하고 난 담에 뒷북치자는 소린가? 이레 제사에 여드레 병풍이 무슨 소용이여?" 『녹두장군』①

여드레 삶은 호박에 도래송곳 안 들어갈 말이다ⓒ 하는 말이 사리나 이치에 전혀 닿지 않음을 이르는 말. '도래송곳'은 자루가 길고 끝이 반달 모양으로 생긴 송곳으로 큰 구멍을 뚫는 데 사용함. ¶ "하하, 이놈아. 그 따위 희떠운 소리는 관가 안마당에서나 씨부려라. 여기가 어디라고 여드레 삶은 호박에 도래송곳도 안 들어갈 소리를 뇌까리고 자빠졌냐? 모가지에 화살이 박히기 전에 어서 말에서 내리기나 해라!" 임군한이가 껄껄 웃으며 호령을 했다. 『녹두장군』① ¶ "야, 정신 채려, 정신. 니가 시방 호방놈한테 가서 사정을 하면 멀라고 사정을 할래? 우리 각시는 내가 대꼬 살란게 우리 각시한테 그런 맘 잡수지 마시오, 이랄래? 그런 야드레 삶은 호박에 도래송곳도 안 들어갈 소리 할 생각은 첨부터 하지 말고, 억울하면 니가 타고난 종 팔자나 한탄해라…" 『녹두장군』③ ¶ "그

여드레 삶은 호박에 도래송곳 안 들어
갈 소리 작작해! 저 개가 임자만 보면
왜 짖는 줄 아나?" 좁쌀영감이 갈마들
었다. <개는 왜 짖는가>

여드레 삶은 호박에 이 안 들 소리　여드레
삶은 호박에 도래송곳 안 들어갈 말이
다. ¶"…말을 해도 꼭 야드레 삶은 호
박에 이빨도 안 들어갈 소리만 골라서
하고 자빠졌네." 『자랏골의 비가』

여든에 능참봉을 하니 거둥이 하루에 열두
번이라舎　늘그막에 겨우 능을 지키는
참봉 벼슬을 하나 얻어 하니 임금의 거
둥이 자주 있어 편할 날이 없다는 뜻으
로, 오랫동안 애써 기다리고 바라던 소
원을 성취했으나 어렵고 까다로운 일이
많이 생겨 도무지 실속이 없다는 말. ¶
"…여든에 능참봉을 한께 하루에 거둥
이 열두번이라더니, 제기랄, 요새는 여
그서 불러대고 저그서 불러대고 똥 싼
데 개 불러대끼 불러대는 통에 이장
못해묵겄어…" <칠일야화>

여든에 죽어도 구들 동티에 죽었다 한다舎
죽을 나이가 되어서 죽어도 구들을 맡
은 귀신의 노염을 사서 죽었다고 한다
는 뜻으로, 당연한 일에도 무언가 핑계
를 대는 것을 이르는 말. ¶"…한발 밑
이 저승이라, 사람이랏 것이 운수가 불
길한다치라면, 항우 장사도 하찮은 댕
댕 이넌출에 넘어져 죽는 것이고, 여든
에도 구들 동티에 죽는 것 아니요?…팔
자 도망은 독 안에서도 못한 것인데, 기
왕에 운수가 불길하고 팔자가 그래서
이리 된 일을 가지고 거그다가 맘을 쓰
고 있어 보았자, 죽었던 사람이 살아나
는 것도 아닌다치라면 이런 땔수록 맘
을 차근히 묵어야 할 것이요…." 『자랏

골의 비가』

여름날 징개맹개 들판 같다　멀리까지 훤
하게 내다보이다. '징개맹개 들판'은 김
제 만경 들판을 이르는 말. ¶조성국의
머리 속에서는 기왕 내친김에 이 대목
에서 조병갑이를 제대로 거들어주면 자
기 앞날은 여름날 징개맹개 들판같이
훤하게 열릴 것이라는 계산이었다. 『녹
두장군』⑥

여름 두엄 벼늘 홍어속이다　울화를 꾹꾹
누르고 있는 심정을 이르는 말. 여름에
홍어를 먹을 때 전라도 지역에서는 두
엄 벼늘에 묻어 푹 삭혔다가 먹는 데서
나온 말. ¶요사이 이주호는 심사가 말
이 아니었다. 정읍 김진사 집에 아직도
미련을 버리지 못하고 조성국이를 상전
받들듯하며 그 집 눈치를 보게 했으나,
일은 이미 앵돌아져버린 것 같고, 이갑
출이가 지금도 잊어버릴 만하면 술이
취해가지고 와서 으르렁거리고, 도무지
속이 여름 두엄벼늘 홍어속이었다. 『녹
두장군』④

여름 소나기에 하수통 터지듯　엉뚱한 일
로 꼬였던 일이 시원스레 해결되는 경
우를 이르는 말. ¶"…복만이하고도 술
한잔 나누면서 한번 웃고나면 막혔던
감정이 여름 소나기에 하수통 터지듯
할테니 이따 두고 봐." <재수없는 금의
환향>

여름 손님은 호랑이보다도 무섭다舎　여름
에는 손님에게 대접할 음식이 마땅한
것이 없다는 데서 나온 말. 여름 사돈은
범보다도 무섭다. ¶칠성이는, 이런 일
에 원래 솜씨가 있기도 했지만, 말 잡은
집에서 소금은 해자라고, 호랑이보다 무
섭다는 여름 손님을, 떡 삶은 물에 중의

데치듯 동네 추렴에 얹혀 대접을 하게 되니, 개를 옭아 그을리는 일에서부터 복더위에 불을 지펴 삶는 일까지, 칠성이는 몸을 사리지 않고 땀을 뻘뻘 흘렸다. <신 농가월령가>

여름 지난 초가지붕 겉고삿이다 수명이 다하여 힘을 쓰지 못하는 경우를 이르는 말. '겉고삿'은 초가지붕에 이엉을 이을 때 이엉이 날아가지 못하게 겉에다 얽어매는 새끼. ¶"…전에야 그놈 뒷배가 세곡선 닻줄이었지만 그런 닻줄이 지금은 여름 지난 초가지붕 겉고삿인게 아무것도 걱정할 것이 없어." 김경천은 껄껄 웃었다. 『녹두장군』⑩

여물통⑩ '입'을 속되게 이르는 말. ¶"이놈우 새끼들, 여물통을 뒤꼭지로 획 돌래놀라다가 반만 돌리다가 말았은께 고맙다고 해라잉. 또 한본만 더 껍쭉그래 봐라. 그때는 대갈통을 전부 수박 잉끄리대기 사정없이 잉끼래불랑께." 『녹두장군』④ ¶"새꺄, 여물통 닥치고 시킨 대로 해." "제길, 기둥에 옻칠한다더니 애기통 청소는 무슨 청승이야." 호도장은 투덜거리며 돌아섰다. <어머니의 깃발>

여물통 놀리다⑩ 말하는 것을 낮잡아 이르는 말. ¶"이 새끼 여물통 놀리는 솜씨 한번 사근사근하다. 네래 지금 초롱초롱한 정신 가지고서 씨부린 겐가? 엉?" 이놈이 포옴을 잡고 나섰다. <가남약전>

여산 풍경에 헌 쪽박이라⑭ 아름다운 풍경 속에 헌 쪽박과 같이 도무지 어울리지 않음을 이르는 말. '여산(驪山)'은 중국 강서성에 있는 산으로, 여러 명승이 있어 이름남. ¶…다른 아들들은 제 아비를 닮아 모두가 풍신들이 훤칠했으나,

이 작자만 하나 여산 풍경에 헌 쪽박처럼 용렬한 꼴이었는데, 자식이 꼴에 꼴 값하느라고, 해도 험한 짓을 했다. 『자랏골의 비가』

여우 쪽박 쓰고 삼밭에 든듯⑭ 여우 뒤웅박 쓰고 삼밭에 든듯. 잘 보지를 못하고 방향을 잡을 수 없어 갈팡질팡하며 헤매고 다니는 경우를 이르는 말. ¶…지랄도 제 흥이라야 엉덩이가 제대로 돌아가고, 여우가 쪽박을 쓰고 삼밭에 들어도 제발 밑을 보는 것이니, 촌놈들도 알아먹을 만한 것은 알아먹고, 몰지 않아도 앞장을 설 일은 설 것인데, 『자랏골의 비가』

여우 간 내먹을 놈⑩ 술수가 교활하기 짝이 없는 자를 이르는 말. ¶(산)"여보, 쿵. 그놈이 영약스럽기가 여우 간 내먹을 놈입니다…" 『보쌈』

여우도 굴을 팔 적에는 들굶 날굶을 판다⑭ 여우도 굴을 팔 적에는 들구멍 날구멍을 판다. 무슨 일에서나 안전을 위하여 여러 가지 방도를 세워 두어야 한다는 말. 예비적 대책이 있어야 안전함을 이르는 말. '들굶'은 들어갈 구멍. '날굶'은 나가는 구멍. ¶"그때 내가 일본놈들하고 친한 것은 사실이었습니다마는, 산에 사는 미물인 여우 같은 짐승도 다 굴을 팔 적에는 들굶 날굶을 파는 것이 아니겠습니까?…" 『자랏골의 비가』

여자 맛이란 것이 일도(一盜) 이비(二婢)라 여자 상관하는 재미가 첫째는 도적질로 하는 관계, 곧 유부녀이고 둘째는 여종이라는 말. ¶"여자 맛이란 것이 일도(一盜) 이비(二婢)라 하는디 말이며, 이럴 때 보더라도 그것이 아녀." 작자 하나가 곰방대를 빨며 낄낄거렸다. 여자

맛이란 첫째는 도적질, 즉 유부녀를 상관하는 것이며, 둘째는 여종이라는 소리였다. 『녹두장군』⑦

여자 안 낀 살인 없다㈜ 여편네 아니 걸린 살인 없다. 좋은 일이든지 좋지 않은 일이든지 큰일에는 반드시 여자가 끼게 된다는 것을 이르는 말. ¶"살아 생이별은 생초목에 불이 붙는다는 것인디, 죽자사자 하는 처녀 총각을 더구나 혼담까지 무르익은 사람을 생나무 가지 찢듯 억지로 끌어 왔으니 탈이 붙을 법도 하잖겠이유. 여자 안 낀 살인 없더라고 이런 험한 일이 그런 일 아니고야 쉽게 있었이유?" 방세주 아내는 말끝을 그쪽으로 몰아붙이고 있었다. 『녹두장군』②

여편네 팔자는 뒤웅박 팔자㈜ 여자 팔자는 해녀한테 뒤웅박처럼 남편한테 매어 있다는 말. '뒤웅박'은 해녀들이 끌고 다니며 무질하여 딴 전복이나 문어 따위 해산물을 담는 도구. ¶"…그저 여편네 팔자는 뒤웅박 팔잔께 고를 때, 맘 툭 놓고 댈 만한 데만 있은다치라면 열 번이고 스무번이고 쳐다보고 내려다보고 고를 대로 고르시요." 『자랏골의 비가』 ¶"어차피 언젠가는 본색이 드러나고 말 것인데?" "하하, 임군한이 그 배짱은 갑자기 개 물려보냈는가? 여자 팔자란 그러기 뒤웅박 팔자란 걸세. 처음에는 좀 놀랄지도 모르지만 팔자에 무른 것이 여잘세. 또 얼금뱅이도 정이 들면 얽은 구석구석까지 정이 든다지 않던가?" 김오봉은 제 혼자 차 치고 포 치고 아퀴를 짓다시피 했다. 『녹두장군』①

역병 난 동네 도깨비 팔자다 천박한 사람들이 횡재 만난 경우를 이르는 말. '역병(疫病)'은 치료하기가 불가능하거나 힘든 악성 전염병. ¶남자들은 엽전 꾸러미를 차고 드나들었고, 여인네들은 곡물이나 닭을 묶어 이고 찾아들었다. 그러지 않아도 기세가 등등하던 아전과 포교들은 역병난 동네 도깨비 팔자였다. 『녹두장군』① ¶(산)"…네가 지금은 역병난 동네 도깨비 팔자로 호의호식 낯빤대기에 개기름을 흘리고 떵떵거린다마는 똥물이 끓는 가마 속에 들어갈 때는 못난 백성들이 모두 네놈 할애비로 보일 것이다." 최환락의 목소리를 관아뿐만 아니라 읍내까지 쩡쩡 울렸다. 『보쌈』

역병난 동네 북을 삶아먹었나 시끄럽게 구는 것을 핀잔하는 말. '역병난 동네 북소리'는 옛날 호열자(콜레라)나 장질부사(장티푸스) 따위 악성 돌림병이 돌 때 시끄러운 소리를 내면 역병이 침입하지 못하거나 물러간다고 하여 베 짜는 북을 마루에 문질러 아주 거세고 듣기 싫은 소리를 냈던 데서 나온 말임. ¶"당신 당나귀 새끼를 생으로 회쳐묵고 왔소, 역병난 동네 북을 삶아 묵고 왔소? 어째서 모주 먹은 돼지 껄대청으로 꽥꽥 괌이요, 괌이?" 사장이가 늙은이한테 핀잔을 퍼부었다. 『녹두장군』②

연기 쐰 고양이㈜ 연기 마신 고양이. 몹시 못마땅하여 얼굴을 잔뜩 찌푸리고 있는 모양을 이르는 말. ¶철옹성같이 높은 담장으로 둘러싸인 곳에 겨우 여기만 한 군데 빠끔하게 숨통이 뚫려 있는데, 이 쬐만한 구멍에서까지 그 안에 앉은 놈이 연기 쐰 고양이상으로 팩팩거리고 있으니, 답답하기가 생사람 결딴이 날 지경이었다. 『암태도』 ¶"멋이 으짜고 으째?" 호방은 연기 쐰 괭이상으로 상판을 으등그리며 잡아먹을 듯이

정길남이를 노려봤다. 『녹두장군』④ ¶
"뭣 땜새 자네를 부른지 알고 있제?" 선
주는 연기 쐰 꽹이 상이 되어 시퍼런 도
끼 눈에 금방 풀이 죽어 고개를 떨구었
다. <가남 약전>

연주창 앓는 놈의 갓끈을 핥겠다㊛ 하는
짓이 몹시 인색하고 더러움을 이르는
말. '연주창(連珠瘡)'은 연주 나력이 곪
아 터져서 생긴 부스럼. ¶"연주창 앓는
놈 갓끈을 핥아 처묵든지, 당창쟁이 콧
구녁에서 마늘씨를 빼묵고 말제…송별
금이 뭔 개빽다구 몰라진 송별금이여
…"『자랏골의 비가』

열녀 가문에서 충신 난다 옳게 사는 집안
에서 역시 옳은 사람이 난다는 말. ¶
"…전쟁 때 정조를 지켜 자결을 한 여
자들은 열녀비를 세우고, 조정에서는 그
열녀각에 사액을 내리는가 하면, 열녀
가문에서 충신 난다고 음직까지 내렸네.
음직, 알지? 과거 안보고 벼슬을 주는
것일세. 얼마나 미친놈들인가?"『녹두장
군』⑦

열녀각 밑에서 서방질한다 일반적 기대와
는 전혀 상반되게 어이없는 짓을 할 경
우에 이르는 말. ¶아무리 양문이가 국
회의원 애비라고 하지마는, 그래도 명색
이 서장 자리에 틀거지를 틀고 앉은 놈
이, 열녀각 밑에서 서방질도 유분수지,
특별히 봐준다니, 아가리가 어떻게 생겼
으면, 그런 말도 아랫입술이 웃입술에
붙는가, 종수는 빤히 서장 입을 건너다
보고 있었다. 『자랏골의 비가』

열녀각 밑에 충신 난다 열녀 가문에서 충
신 난다. ¶"…그때는 돈이 있다고 누구
나 함부로 저런 열녀각을 세우는 것이
아냐. 나라에서 승인이 나야 세울 수가

있는데, 그것은 단순히 본인이나 집안의
명예로만 끝나는 것이 아니고 열녀각
밑에 충신 난다고 해서 그 후손들에게
는 과거를 보지 않고 등용하는 음직이
내려지기까지 했던 판이라구." <귀향하
는 여인들>

열녀전 끼고 서방질하기㊛ 겉으로는 행실
이 깨끗한 체하면서 실제로는 추잡한
행동을 하는 경우를 비꼬는 말. ¶"상말
에 열녀전 끼고 서방질한다등마는 그
작자들은 서방질해서 열녀전 마련하는
꼴이었구만." "너도 상소리가 입에 붙었
구나." 해봉은 아들을 향해 가볍게 눈을
흘겼다. 『녹두장군』② ¶"그럼, 요새 세
상에도 약을 써야 된단 말인가?" "겉으
로는 유신이 어쩌고 멋이 으짜고 찬물
통기는 소리 잘잘 째도 속살로는 모두
가 열녀전 끼고 서방질이랴. 속닥거리는
소리만 조금 낮아졌제 뒷손으로 오가는
실속은 더 커졌다더만."『은내골 기행』 ¶
"…제나 내나 맨× 찼던 놈이 오년만에
오층, 육층 건물 올린 걸 뻔히 눈뜨고
보고 있는데, 신성한 육영사업? 흥, 열
녀전 끼고 서방질도 유분수지, 누굴 그
냥 핫바지로 아나?" <영감은 불 속으로>
¶"잣것덜, 업자덜 업고 그로크롬 농민
덜 농간질 해처묵을라먼 녕협창고 옆댕
이에 써논 글씨나 죄깐 지워번지고 농
간을 해도 하라고 혀. 녕협은 녕민의 것
이라고 글씨나 적게 써 놨음사. 열녀전
끼고 서방질도 유분수여." <칠일야화>

**열두 살 적부터 화냥질을 했어도 배꼽에 좆
박는 놈은 처음이다**㊛ 지금까지 여러
가지 일을 겪어 왔으나 이런 몰상식한
짓은 처음이라는 사실을 아주 상스럽게
이르는 말. ¶"허허. 열두살 때부텀 화

냥질을 했어도 배꼽에다 연장 박는 놈 못봤다고 하더니, 산지기를 오래 했제마는, 지놈이 지키는 묏등에다 도장했다는 놈은 살다가 시방 그놈 하나 보네.”『자랏골의 비가』

열 번 찍어 아니 넘어가는 나무 없다㊇ 아무리 뜻이 굳은 사람이라도 여러 번 권하거나 꾀고 달래면 결국은 마음이 변한다는 말. ¶김개남은 끈질기게 임진한이를 찾아다녔다. 열번 찍어 안 넘어가는 나무 없다는 끈기를 발휘했다.『녹두장군』⑪ ¶(산) “…감사와 상하 관속들이 달래고 어르고 별 짓을 다 해도 안들어. 열 번 찍어 안 넘어가는 나무 없다는데, 열 번 스무 번을 찍어도 안넘어가니, 춘향전 가락으로 풀면 ‘십벌지목(十伐之木) 믿지 마오 뭣은 아니 줄 터이요’라…”『보쌈』

열어놓은 절간 대문 같다 ① 어이가 없이 입을 크게 벌린 모습을 이르는 말. ② 들락거리는 데 아무 간섭이 없는 경우를 이르는 말. ¶“머, 멋이? 조, 좆이 되라고? 여태 헤벌쭉했던 시아버지는 대통 맞은 뻥아리맨키로 입이 열어논 절간 대문이 되아부렀구만이라우. 그러자, 셋째 매누리 하는 말이, 염라대왕이 되든 옥황상제가 되든 한번 죽으면 그만이제마는, 좆은 죽었다살았다 하거던이라우. 그랑께 아부님도 돌아가시면 좆이 되아갖고 죽었다 다시 살아났다 하십시오.” 모두 배를 쥐고 웃었다.『녹두장군』③ ¶“…이 작자가 아가리를 열어논 대문 꼴을 하고 고개를 쳇머리 흔드는 할망구매이로 흔들고 앉았등마는 두말 않고 일어서더라우.”『녹두장군』④

열에 아홉 거의 모두. ¶“지난번 선운사에서 비결을 꺼낸 뒤로 그 고을에서는 동학도들이 부쩍 늘어 지금 무장 사람들은 열에 아홉은 동학도가 되었다 하옵니다…”『녹두장군』③ ¶“열에 아홉은 그래요. 제대로 고맙다는 인사를 받아 본 것은 서너 사람 될까?…” <어느 여름날>

열 집 사위 열 집 며느리 안되어 본 사람 없다㊇ 혼담이란 여기저기서 많이 나오기 마련이라는 말. ¶“…열집 사우 안되본 사람 없고, 열집 며느리 안되본 여편네 없다고, 그저 여편네 팔자는 뒤웅박 팔잔께 고를 때, 맘 툭 놓고 댈 만한 데만 있은다치라면 열번이고 스무번이고 처다 보고 내려다보고 고를 대로 고르시요.”『자랏골의 비가』

염라대왕이 제 할애비라도 염라대왕이 외조부라도 별 수 없다. ¶“지금 네놈들이 하룻강아지 범 무서운 줄 모르고 나대고 있다마는 내일 모레 순사들이 총칼 휘두르고 나올 때는 염라대왕이 네놈들 할애비라도 무사하들 못할 것이다.”『암태도』

염라대왕이 외조부라도 별 수 없다 어떤 방법으로도 죽음을 면할 도리가 없는 경우를 이르는 말. ¶“쌍놈의 새끼덜, 누가 했는지 잽히기만 해봐라. 염라대왕이 지 외조부래도 목숨이 붙어나든 못할 것인께.”『자랏골의 비가』 ¶“…박성삼이 부자를 내놓지 않았다가는 염라대왕이 네놈 외조부래도 목숨 부지를 못할 것이다. 명심해 둬라.” “오냐, 많이 씨부려라. 난장 밑에 뼈가 부러질 때는 내가 네놈 할애비로 보일 것이다.”『녹두장군』② ¶“이 새끼야, 조심해라. 거그 한번 빠졌다 하는 날에는 염라대왕이

니놈 외할애비라도 살았달 것이 없다. 이 상놈의 뿌리에서 떨어진 종자야." <가남 약전>

염병할 놈 圖 염병에 걸리라고 저주하는 욕설. ¶"…오매 오매, 내가 왜 이런다냐. 아녀 아녀, 그 염병할 놈. 그 염병할 놈이 누 몸에다 손을 대? 그 염병할 놈, 급살이나 맞아 뒈져버려라…"『녹두장군』③

염불에는 맘이 없고 잿밥에만 맘이 있다 圖 맡은 일에는 정성을 들이지 아니하고 제 잇속 채울 것에만 눈을 밝히는 경우를 이르는 말. ¶총을 챙기지 못한 대원들은 발을 굴렀다. "살림에는 눈이 보배여." "이놈의 새끼, 너는 잿밥에만 맘이 있었구나." "임마 나도 둘이나 찔렀어." "부자가 저렇게 부러우면 강도질 열 번도 했겠네." "오늘부터는 이 총이 내 각시다. 잘 때도 이렇게 꽉 품고 잘 것이다." 총을 잔뜩 껴안으며 익살을 부리기도 했다. 『녹두장군』⑫

염불하는 입 따로 목탁 치는 손 따로다 같은 목적이라도 역할이 다를 경우나 각자 역할이 다르면서도 잘 어울리는 경우를 이르는 말. ¶"아이고, 저 청승 주머니를 또 풀면 바쁜 손에 남의 일 망쳐요." "염불하는 입 따로 목탁 치는 손 따로야…"『암태도』

염치가 꽹과리 밑바닥 같다 염치가 좋다는 것을 빤질빤질한 꽹과리 밑바닥에 빗댄 말. ¶장진호는 김달식이 저 작자는 염치가 꽹과리 밑바닥 같은 자라는 데 생각이 미치자 지레 가슴에서 방망이질 소리가 나는 것 같았다. 『녹두장군』⑥

염치가 놋그릇 밑바닥 같다 염치가 꽹과리 밑바닥 같다. ¶"하도 염치가 놋그릇 밑바닥 같은 놈이라 이럴 때 혹시 넉살 좋게 우죽우죽 우리 집에 기어들어올지 모른게, 혹시래도 나 없을 적에 기어오거든 흔연스럽게 혀"『녹두장군』⑤

엿단쇠 소리에 동네 아이들 모이듯 사람들이 갑자기 몰려드는 경우를 이르는 말. '엿단쇠'는 엿장수가 엿을 사라고 외치는 소리. ¶"…농민군은 군대랄 것도 없는 사람들이 뿔뿔이 흩어져서 농사일을 하고 있는데, 아무리 전봉준 장군이라 한들 농사일에 잠겨 있던 농민들이 엿단쇠 소리에 동네 아이들 모이듯 쉽게 모여들겠습니까? 사정을 몰라도 너무 모르고 있지요." 김덕호 말에 이사투리이도 웃었다. 『녹두장군』⑪

엿장수 엿 주무르듯 한다 무슨 일을 제 마음대로 이랬다저랬다 하는 경우를 이르는 말. ¶…예삿것이, 어디에 저런 징그러운 독기가 들어 있어, 제 키만한 구렁이를 엿가락 주무르듯 하는지 한참 기가 막혀 있는 것이다. 『자랏골의 비가』

영감의 상투가 커야 맛이냐 圖 영감의 상투 굵어서는 무엇 하나 당줄만 동이면 그만이지. 무엇이 군이 클 필요가 없는 경우를 이르는 말. ¶"영감님 상투 커서 뭣 한다냐? 동곳만 찌르면 그만이제." 판돌이는 윗자 위에 칠자를 때려놓으며 약 좀 오르라는 가락으로 콧노래를 부르며 돈을 긁어갔다. 『자랏골의 비가』

영감 죽은 시어머니 극성이다 극성이 매우 심한 경우를 이르는 말. ¶"이 씨발 놈아, 지금은 두령님도 안 기셔. 잘못 들어갔다가는 텁석부리 성님 목침에 니놈 대가리가 온전하들 못하거이다. 요새 텁석부리 성님 집안 닦달하는 극성은 영감 죽은 시엄씨 극성이다."『녹두장군』③

영광 이앙당제를 쳐다보듯이 ‘이앙당재’ 란 재가 너무 가파로워 이를 앙다물고 넘어간다 해서 붙여진 이름으로, 매우 어려운 일을 바라보고 있는 모습을 이르는 말. ¶“인심이고 지랄이고, 내 짐도 새걸이에 물음에 고슴도치 물외짐으로, 한어깨에 두 지게 시지게를 지고, 시방 눈앞에 영광 이앙당제를 쳐다보고 있는디, 도적놈보고 인사불성이라고 나무라제, 인심이 어쩐다니, 인심이 밥 먹여주간다?”『자랏골의 비가』 ¶“…시방 빈 뒤지 앞에서 한 어깨에 일곱 식구 목구멍을 짊어지고, 내년 보릿고개를 영광 이앙당제 쳐다보대끼 아득하게 쳐다보고 있는 놈한테 엄살이라고? 남의 초상에 부조하기 전에 우리 집구석에서부터 줄초상이 나게 생겼어.”『녹두장군』①

예장 받은 벙어리 같다 匈 벙어리 예장 받은 듯. 말 못하는 벙어리가 예장을 받고 몹시 기쁘기는 하나 말로 표현할 수 없기 때문에 그저 싱글벙글할 뿐이라는 데서, 좋아서 사뭇 벙글거리는 모습을 이르는 말. ¶“전에는 오소리굴을 봤다하면 보는족족 잡으셨던 모양인디, 요새는 오소리굴을 보면 예장 받은 벙어리맨키로 입 딱 봉하고 앉아서 어디서 옥사가 나는가 그 소문만 기다리네. 그이는 오소리 잡는 솜씨도 귀신이재마는, 요새 와서는 그런 장사속으로도 이렇게 미립이 나서 그 재미가 여간 쏠쏠하지 않네…”『녹두장군』① ¶정꿀병이는 호방 집 대문을 빠져나오며 예장 받은 벙어리처럼 아가리가 함지박으로 벌어졌다.『녹두장군』⑤

옛말 그른 데 없다 匈 예로부터 전하여 오는 말은 거의가 옳은 말이므로 거기 따르면 잘못이 없다는 말. ¶“옛말 그른 것 보았간디? 본시 큰 나무 덕은 못봐도 큰사람 덕은 보는 법이여.”『자랏골의 비가』 ¶“개꼬리 황모 못 된다더니 옛말 그른 데 없습디다.”『암태도』 ¶“어사는 가어사가 더 무섭다더니 옛말 그른 데 없구만.” “가어사고 진어사고 멀쩡한 사람이 못 당할 꼴을 당하는데 한 동네 사람들이 손 개었고 있어사 쓰겠어?”『녹두장군』⑩

오귀 삼살 방위를 찾아들다 죽을 데로 왔다는 말. ‘오귀방(五鬼方)’은 이사할 때 방위를 보는 구궁수(九宮數)의 하나로, 불길한 방위로 친다. ‘삼살방(三煞方)’은 세살(歲煞 ; 독한 음기의 살로 이 살이 있는 방위를 범하면 자손과 가축이 해를 입는다고 함)·겁살(劫煞 ; 이 살이 있는 방위를 범하면 살해가 있다 함)·재살(災煞 ; 이 살이 있는 방위를 범하면 질병과 재난을 만나게 된다고 함)이 낀 불길한 방위. ¶싸움판은 이미 막판에 이르러 있는 것 같은데, 끼어들어도 더럽게 끼어든 것 같았다. 살 데를 찾아온다는 것이 오귀 삼살 방위를 찾아들고 말았다. <가남 약전>

오금아 날 살려라 다리 오금아 빨리 놀려서 나를 살려달라는 뜻으로, 몹시 급하게 도망칠 때 온 힘을 다하여 빨리 뛰어감을 이르는 말. ‘오금’은 무릎의 구부러지는 오목한 안쪽 부분. ¶김문현이는 사다리를 타고 손발을 발발 떨며 한발 한발 내려섰다. 발발 떨던 발이 이내 땅에 닿자 오금아 날 살려라 정신없이 내달았다.『녹두장군』⑨ ¶주인이 고함을 지르며 뛰어 나왔다. 사립문께서 망을

보고 있던 나는 혼겁을 해서 오금아 날 살려라고 뛰었다. <영감은 불 속으로>

오금에서 방울소리가 난다 바삐 가는 모습을 이르는 말. ¶"오늘 나는 짐복이 오지게는 터져부렀어. 우리 작은집에, 누님네 집에, 사돈네 집까지 쌀짐을 져나르느라고 오금에서 방울소리가 나는구만." 『녹두장군』⑩

오금에서 불이 나게 몹시 바삐 돌아다님을 이르는 말. ¶"그 도둑놈이 한밤중에 동네에서 소를 끌고 내빼는디 이놈이 안 잽힐란게 내빼도 얼마나 정신없이 내뺐겠소? 제놈은 죽고살고 내뺀다고 저녁 내내 오금에서 불이 나고 발부리에서 부싯돌이 번쩍이게 내뺐는디 아침에 날이 새서 본게 저 선돌만 뱅뱅 돌고 자빠졌더라요. 개미 쳇바퀴 돌대끼 선돌만 돌다가 날이 새부렀으니 그놈 신세가 무엇이 되었겠소?" 동네 사람들이 와 웃었다. 『은내골 기행』

오금에서 비파소리가 나게 오금에서 불이 나게. ¶그는 오금에서 비파소리가 나게 매복한 데를 싸대고 다녔지만 가는 데마다 핀잔이었다. 그러나 오거무는 원체 성깔이 좋아 그저 귀먹은 중처럼 혼자 구시렁거리기나 할 뿐 제대로 대거리 한마디 하지 않았다. 『녹두장군』⑥

오금을 박는다 평소에 장담하던 사람이 그와 반대되는 일을 하였을 때 그 장담을 빌미잡아 책한다는 말. ¶외불이가 오금을 깡 박으며 성냥을 칙 그어 담배에 불을 붙였다. 『자랏골의 비가』 ¶강쇠네는 오금을 꼭꼭 박으며 쥐잡듯이 남편을 닦달했다. 『녹두장군』⑤

오냐 자식 후레자식 귀엽게 기른 자식은 후레자식이 되고 만다는 사실을 이르는 말. ¶"…아까 여기 왔던 놈이 내 사촌 누님 아들이오. 그이는 남편이 일찍 죽고 자식이라고는 그놈 하나밖에 없어서 금이야 옥이야 길러왔는디, 오냐 자식 호로자식이더라고 이놈이 커날수록 싹수하고는 담을 쌓디다그려…" 『녹두장군』②

오뉴월 감주 맛 변하듯 ⑥ 금방 변하여 못 쓰게 됨을 이르는 말. ¶자랏골 놈들이라면, 눈 아래로 십리나 내려다보던 작자가 잔뜩 밑줄이 당기니까, 헌 갓 쓰고 똥 누기로, 체면 불고하고 나대고 있지만, 오뉴월 감주맛 변한지 오래라는 느긋한 생각으로 소 닭 보듯 양문이를 건너다보았다. 『자랏골의 비가』

오뉴월 닭이 여북해야 지붕 허비랴 ⑥ 너무 아쉬운 나머지 엉뚱한 곳에서 행여나 하고 궁색스레 무엇을 구하려함을 이르는 말. '허비다'는 발톱 따위로 긁어판다는 말. ¶"…하여간 잔소리 말고 내라. 오죽하면 오뉴월 닭구새끼가 지붕을 허빌 것이냐?" 『자랏골의 비가』 ¶"오죽하면 오뉴월 닭이 지붕을 후비겠소? 돈에 침뱉는 사람 못 봤습니다. 돈이 얼마면 운을 떼볼 수 있겠소?" 『녹두장군』⑧ ¶"허허. 참말로 말을 하다보게 개나발 같은 소리까지 하고 앉았기는 앉았었네. 그러제마는 오죽하면 오뉴월 닭의 새끼가 지붕을 허비겠는가?…" <당제>

오뉴월 보리방아 찧듯 여러 번 단단히 다지는 경우를 이르는 말. ¶"…이 각오를 오뉴월 보리방아 찧듯 다지기 위해서 아까 그 기사 끄트머리를 다시 한번 읽고 내려가겠습니다. '작인들아, 그대들은 권리를 주장하여라. 지주야, 그대들의 위태한 지경을 보살피어라.'" 『암태도』

오뉴월 쇠불알㊍ 무엇이 축 늘어져 있는 모양을 이르는 말. 또는 무엇을 기다리지만 오지 않는 경우를 이르는 말. ¶ "그 양반 지금도 석수 연장을 신주단지 모시대끼 모셔놓고, 저 아래 저수지 일이 시작되기만 기다리고 있는디, 그놈의 일이 오뉴월 쇠붕알도 아녀는께, 이러다가는 그 양반, 없는 손자 턱에 수염 나게 생겼어. 하하."『자랏골의 비가』

오뉴월 우박 쏟아지듯 무엇이 정신을 차릴 수 없을 만큼 갑작스럽게 닥쳐오는 경우를 이르는 말. ¶(산) "…평소에는 천인 중에서도 가장 밑바닥 천인으로 사람 축에 넣어주지도 않던 기생의 행실을 두고, 마치 임금님 딸년이 서양놈한테 서방질이라도 한 것같이 쳐 죽일 년, 발겨 죽일 년, 찢어 죽일 년, 때려 죽일 년, 주리를 틀 년, 별의별 험한 욕설이 오뉴월 우박 쏟아지듯 하는구만. 이런 기막힌 일이 또 어디 있겠나?…" 『보쌈』

오뉴월에 똥 도둑도 못해 먹겠다㊍ 위인이 크게 모자라 아무것도 기대할 수가 없음을 낮잡아 이르는 말. ¶ "허허, 이러다가는 손바닥만한 동네서 오뉴월 똥 도둑질도 못해 묵겄네."『자랏골의 비가』

오는 날이 장날㊍ 마침 오는 날이 홍성거리는 장날이었다는 뜻으로, 우연하게 한 일이 딱 들어맞았거나 좋은 기회에 들이닥쳤을 경우를 이르는 말. 가는 날이 장날. ¶그들은 부고를 받고 온 것이 아니고 격려차 온 것인데 오는 날이 장날이 됐다고 했다. 『녹두장군』⑥

오는 방망이 가는 홍두깨㊍ 되로 주고 말로 받는다. 남에게 조그마한 해를 주고 그 몇 배나 되는 앙갚음을 받게 되는 경우를 이르는 말. ¶ "오는 방망이, 가는 홍두깨라는 말이 있지? 남의 눈에 피를 내면 제 눈에서는 고름이 나는 것이다. 양문이 같은 놈은 한번 그래봐야 세상 사람들이 사람 무서운 줄도 알 것 아니냐? 사람이 죽고 살기는 시왕전에 매인 것이고, 그래도 이왕에 손에 묻혀서 일을 할라먼 제대로 한 것같이 하고 죽어도 죽어야 한다."『자랏골의 비가』

오는 정 가는 정㊍ 오는 정이 있어야 가는 정이 있다. ¶ "…즈그덜도 내중에 표 찍어주라는 소리를 할라먼, 선거가 코앞에 당했을 적에사, 고산강아지 감꼬챙이 물고 나서대끼 알량한 고무신짝이나 돌릴 것이 아니라, 내중에 볼 나무는 그루적부터 다지더라고, 다 이럴 때 일을 해도 해주어사 그럴 때 오는 정 가는 정일 것 아니요?…"『자랏골의 비가』 ¶ "그런데 와촌은 동네가 가까워도 지주 동네하고 가까워서 도지 섬 말질할 때, 오는 정 가는 정이더라고 쇠가죽 부채질에 사정이 좀 있었던 것 아닌가 했더니, 그놈의 쇠가죽 부채는 이웃사촌도 몰라봤던 모양이지?"『암태도』 ¶ "유월 레라고 했지라?" "맞소, 유월례요. 일만 잘 해보시오. 오는 정 가는 정이더라고 그 돈으로 말지 않을 것이오."『녹두장군』③ ¶ "그런디, 저 양반덜이 이로크롬 동네다 큰 일을 해주시는디, 우리는 그냥 주는 떡이나 받아 묵고 가만히 손 개놓고 있어도 쓸란가 몰라? 오는 정 가는 정이라고 우리도 저 양반덜한테 표나는 일을 한나 해주어사 쓸 것 아녀?" <가남 약전>

오는 정이 있어야 가는 정이 있다㊍ 저쪽

에서 보내는 정분이 두텁고 얇음에 따라 이쪽의 태도가 결정된다는 말. ¶"그런께, 이것이 인정도 품앗이라고 이로크롬 오는 정이 있으면 가는 정도 있어사 쓸 것인디."『자랏골의 비가』

오동나무만 보아도 춤춘다㈜ 오동 씨만 보아도 춤춘다. 오동나무만 보아도 그것으로 만든 가야금이나 거문고의 가락을 생각하고 춤을 춘다는 뜻으로, 무슨 기대를 가지고 너무 일찍부터 서두름을 이르는 말. ¶덕재 영감은 약방영감의 그 말만 듣고도 일이 이미 된 것 같이 신명이 나서, 오동나무 보고 춤추는 격으로 미리 막걸리부터 한잔 걸치고…재를 넘어왔다. 『자랏골의 비가』 ¶"지금 우리가 4할이니 얼마나 하지마는 일이 끝나기 전에는 물엣 고기 금치기고 알속 병아리 셈인데, 오동나무 보고 춤추더라고 이것들이 미리 치마끈 허리띠가 풀어져서 우줄거리기부터 하니 큰일이야…"『암태도』

오라는 데는 없어도 갈 데는 많다㈜ 거지가 바쁘다는 뜻으로 하는 우스갯소리. ¶거지들이 신세 자탄으로 노상 두고 쓰는 말마따나, 오란 데는 없어도 항상 바쁜 인생이라, 네 활개 휘저으며 허위허위 나댈 때는 모르지만,『자랏골의 비가』

오래 살면 시어미 죽을 날 있다㈜ 오래 참고 견디면 속 시원한 일을 맞을 때도 있다는 말. ¶"세상을 오래 살다 보면 씨엄씨 죽는 날도 있다등마는 이승만이가 물러나는 날도 있어?"『자랏골의 비가』

오르지 못할 나무는 쳐다보지도 마라㈜ 못 오를 나무는 쳐다보지도 마라. 불가능한 일은 처음부터 단념하라는 말. ¶달주는 가슴이 에어지는 것 같았다. 절

로 한숨이 새어나왔다. 오르지 못할 나무는 쳐다보지도 말라고 중얼거리던 작은어머니 말이 귓가에 엉겨 있었다.『녹두군』① ¶"거기까지 가려면 이 나라를 바닥에서부터 홀랑 뒤엎어야 합니다. 그렇게 되면 당장 유생들이 벌떼같이 일어날 것이고, 조정에서는 청나라건 일본이건 닥치는 대로 외국군대를 불러들일 것인데 우리 힘이 거기까지 미칠 것 같소? 오르지 못할 나무는 쳐다보지 말아야 합니다. 우리 힘으로 감당할 수 있는 만큼만 우리 힘에 맞게 일을 작정해야 합니다." 이사투리이가 고개를 절레절레 저으며 말했다. 『녹두장군』⑨

오리(五厘) 보고 십리(十里) 간다㈜ 장사하는 사람은 한 푼도 안 되는 적은 돈이라도 벌 수만 있다면 고생을 무릅쓴다는 뜻으로, 장사꾼의 돈에 대한 집착을 이르는 말. 이 속담은, 옛날 돈의 단위가 원(圓)·전(錢)·리(厘)였던 것에서 돈 단위인 리(厘)와 거리 단위인 리(里)를 대비시켜 어희적(語戱的) 묘미를 살린 것임. ¶"글쎄올시다요. 요새는 돈이 너무도 흔해빠진 세상이라, 오리 보고 십리 간다는 도부꾼들도 천 냥 같은 것은 우습게 보는 형편입니다요…"『녹두장군』⑤ ¶"보부상? 그 장돌뱅이 도붓장수들 말이오?" "예, 이놈들은 이문 속이라면 5리 보고 10리 가는 놈들이라 앞으로 장사 편의만 봐주겠다면 물불 가리지 않을 것이옵니다…"『녹두장군』⑨

오리발 내밀다㉿ '엉뚱하게 딴전을 부리다'를 속되게 이르는 말. ¶"동네 사람들이 개보고 물어라 했다는데 정말 오리발 내밀 거야?" 형사가 고함을 질렀다. 『은내골 기행』

오리 홰 탄 것 같다〔속〕 닭이 올라가서 잠
자는 홰에 오리가 올라갈 경우 몸의 균
형을 잡지 못해 아주 불안할 것이므로,
불안한 상태에 있는 경우를 이르는 말.
¶“…득철이 그 자석은 하는 일이 일일
마다, 꼭 오리 홰 탄 것맨키로 먼 일을
해도 마음이 안놓여서, 선차에 물음을
물어도 이것을 내가 옳게 물고 있는가,
꺼꿀로 물고 있는가 알 수가 있어사
제…”『자랏골의 비가』 ¶“…이놈의 자
식이 아무리 일러도 지 타고난 성질이
그르크롬 불 같어는께 그런 데 나가 있
어도 꼭 오리 홰 탄 것맨키로 맘이 안
노인단 말이요…”『자랏골의 비가』

오복간신이 남의 소 팔아 먹는다〔속〕 오복
간신이 농우 소 팔아먹는다. 지위와 품
위가 마땅히 옳은 일만을 해야 할 사람
이 터무니없는 엉뚱한 짓을 함을 이르
는 말. ‘오복간신(五服諫臣)’은 임금에게
옳은 말을 간하여야 할 직책에 있던 신
하. ¶“오복간신이 남의 소 팔아 먹는다
더니, 명색이 한 나라 국회의원이란 작
자가 그 꼴이야? 그래서 그 놈을 패죽였
나?” “아냐. 전부터 그 작자 마름으로
그 놈을 업고 나대는 읍내 대서소방 석
가놈이었어.” <유채꽃 피는 동네>

오사리 잡것〔비〕 여름철 이른 사리에는 갖
가지 잡고기들이 많이 잡힌 데서 온 말
로, 갖가지 상스러운 것들을 이르는 말.
‘오사리’는 이른 여름철의 사리 때 잡은
해산물 혹은 새우를 말하며 그때는 별
의별 잡고기들이 많이 잡힌다. ¶“맞아.
서당골매이로 기도원이라도 들어서봐. 벼
라별 오사리 잡것들이 자동차 바쿠에
뿌옇게 먼지 일으키며 들락거림시로 손
바닥 치고 북 치고 발광을 할 판인데 그

때는 동네가 꼴이 꼴이겠어?” 박주일이
었다.『은내골 기행』

오살할 잡놈〔비〕 오살은 역적죄인을 죽이
던 잔인한 다섯 가지 방법으로, 그렇게
험하게 죽기를 바란다는 욕설. ¶노가다
판이란 게 언제 어디서나 그러듯 천하
에 막된 오사리 잡놈들이 주로 몰려드
는 곳이지만 그때는 더구나 시국이 험
하다 보니 그런 노가다 판도 그만치 더
험한 놈들이 몰려들어 아사리 판을 이
루고 있었다. <가납 약전>

오살한 연놈〔비〕 오살할 잡놈. ¶“예끼, 이
오살한 연놈들, 그래 붙을 놈이 없어서
왜놈하고 붙어? 붙은 채로 타져 죽어
라.” 들창코는 붙은 채로 이를 화로에
털어넣었다.『녹두장군』③

오소리 검불 뜯어들이듯 오소리가 겨울을
나려고 굴속에다 검불을 뜯어들이는데
그게 거칠 수밖에 없을 것이므로, 나무
를 솜씨 없이 아무렇게나 하는 모양을
이르는 말. ¶“하여간, 더 알아볼 대로
알아보소. 가실 추수라고 오소리 검불
뜯어들이대끼, 뜯어들이기는 들렸는다…”
『자랏골의 비가』 ¶“…아무리 남의 땅이
더라도 농사 맹색을 짓는다고 하는 놈
들이면, 땅에다 살을 붙일 만큼은 붙여
가면서 진을 빼먹어도 빼먹어야지, 두엄
한 주먹 제대로 뼈 넣지 않고 좋자만 뿌
려 두었다가 메추리가 드러누워서 따먹
게 된 것을 오소리 검불 뜯어들이듯 하
는 것을, 그것이 농사짓는 것이라고 그
런 날강도 같은 놈들을 상대하고 와서
지금 뭣이 어쩐다?…”『암태도』 ¶“내
형편을 몰라서 하는 소린가? 산자락에
붙은 석비레 하늘받이 닷 마지기에서
오소리 검불 뜯어들이대끼 뜯어 들여갖

고 그것으로 물어낸 잡세만도 열두 가지여…"『녹두장군』①

오십보 백보(五十步百步)　전쟁터에서 오십보 물러선 사람이 백보 물러선 사람을 비웃지만 결국 도망친 점에서 마찬가지라는 뜻으로, 조금 낫고 못한 정도의 차이는 있으나 본질적으로는 큰 차이가 없음을 이르는 말.　¶"…모든 수령들이 조병갑이하고 오십보 백보라 자기 고을 군사들을 정읍으로 빼내면 자기 고을에서도 백성들이 일어나지 않을까 겁을 먹고 있습니다.…"『녹두장군』⑦

오야붕⑪　우두머리를 속되게 이르는 말.　¶놈은 시퍼렇게 독이 오른 눈으로 억주를 쏘아봤다. 노가다판의 오야붕다운 독기였다. <가남 약전>

오장에다 화덕을 뒤집어놓은 것 같다　엄청나게 화가 났음을 이르는 말.　¶…마당 한쪽에 거적대기를 뒤집어쓰고 녹슬어가고 있는 기계방아를 보고 있자면 오장에 다 화덕을 뒤집어놓은 것 같았다.『자랏골의 비가』

오줌 누고 좆 볼 새도 없다⑪　몹시 바쁘다는 것을 속되게 이르는 말.　¶"하이고, 우리 집에는 등짐할 사람이 없어논게 나는 살다가 등짐 한번 원없이 했네. 산다랑이는 나락이 워낙 늦어 그 등짐 하느라고 하여간에 오줌 누고 뭣 볼 새도 없었구만…"『녹두장군』⑪

오지랖이 넓다　쓸데없이 지나치게 아무 일에나 참견하는 경우를 이르는 말. '오지랖'은 웃옷이나 윗도리에 입는 겉옷의 앞자락.　¶아까 왜 그러냐고 강쇠네를 채근하려다가 본래 오지랖이 넓은 여자거니 하고 바쁜 김에 돌아서 버렸던 것이 불찰이었다.『녹두장군』①　¶강쇠네

는 입이 재고 무슨 일에나 오지랖이 넓었지만, 무작정 덤벙거리고만 다니는 새줄랑이는 아니었다.『녹두장군』⑥　¶지금 스님이 처해 있는 일에 섣불리 알은체를 할 수도 없고 그렇다고 나 몰라라 도망친다는 것도 야박한 일이었다. 그러나 무슨 뾰족한 수가 있는 것도 아니면서 오지랖 넓게 알은체할 수는 없었다.『은내골 기행』

오형제 신세를 지다⑪　'다섯 손가락'으로 자위행위 하는 것을 이르는 말.　¶"맘돌린 김에 그냥 돌아서자! 그런 짓거리 했다가는 바지에 똥 싸담은 놈같이 평생 껄쩍지근할 것 같다. 가서 오형제 신세나 지자. 히히." 거꾸리가 돌아섰다.『녹두장군』⑪

옥관자 맛에 큰 기침한다㊙　금관자 서슬에 큰 기침한다. 망건에 옥관자를 달았다는 위세로 큰 기침하면서 호령만 치려한다는 뜻으로, 나쁜 짓을 하고도 벼슬 높고 돈이 있는 유세로 도리어 제 쪽에서 큰소리를 치며 야단친다는 말. '옥관자(玉貫子)'는 옥으로 만든 망건 관자로 종일품 이상의 벼슬아치가 하였음.　¶그러나 춘영이는 망나니짓을 하여도 옥관자 맛에 큰기침이라고, 양문이 위세를 믿고 설치는 가락이 늘어…콧대가 높아가고 있었다.『자랏골의 비가』

온양 온천에 헌 다리 모이듯㊙　온양이 유명한 온천지라 다리가 헌 병자들이 많이 모인다는 뜻으로, 많은 사람이 어지러이 모이는 모양을 이르는 말.　¶똥이라도 푹 썩은 것일수록 좋대서, 자랏골 여편네들은 되도록 똥통이 큰 집으로 사발을 하나씩 들고, 온양온천 헌다리 모이듯 모여들었다.『자랏골의 비가』　¶

별의별 험상스런 꼴의 오줌통이 다 모였다. 귀퉁이가 깨진 질동이, 시커먼 나무통, 위아래로 테를 두른 옹배기, 온양 온천에 모여든 헌다리 꼴이었다.『자랏골의 비가』

올라가지 못할 나무는 쳐다보지도 마라㊀ 오르지 못할 나무는 쳐다보지도 마라. ¶"그러면 우리가 서울까지 쳐들어가서 이 시상을 우리 시상을 맨드는 재주백이 없었다 이 말인디, 그것이 말이 쉽제 될 일이오. 올라가지 못할 나무는 쳐다보지도 말랬더라고 그런 소리는 하지도 말고, 인저 사그전으로 갑시다." 한쪽에서 맥빠진 소리를 했다.『녹두장군』⑥

올빼미 날 새버렸다 날 샌 올빼미. 날이 밝은 뒤인 한낮(밤에만 보는) 올빼미의 신세라는 뜻으로, 어찌 할 수 없게 된 처지를 이르는 말. ¶"이놈의 나라야 폴새 올빼미 날 새부렀지라우. 지난 추석에 무장 선운사에서 비결 나온 것만 하더래도 그것이 예삿일이었소?" 영광 사내였다.『녹두장군』③

옷은 나이로 입는다㊀ 나이를 먹을수록 옷을 체구보다 넉넉하게 입게 됨을 이르는 말. ¶"품이 괜찮었어? 조금 넓은 것도 같고." 연엽이가 바느질하던 저고리에서 이빨로 실을 자르며 경옥이한테 들어 보였다. "조금 커도 옷은 나이로 입는다지 않던가요?" 경옥이가 건성으로 대꾸했다.『녹두장군』⑩

옷이 날개라㊀ 옷을 잘 입으면 그만큼 돋보이고 날개나 단 것처럼 사람 앞에 나다니기가 그만큼 활발하다는 말. 입성이 날개라. ¶백마 위에 오른 전봉준은 전혀 다른 사람이 되어버린 것 같았다. 옷이 날개라더니 말은 옷따위와는 비교

가 되지 않았다.『녹두장군』⑧

옹기전에서 사기접시 흥정한다 엉뚱한 곳에서 엉뚱한 것을 의논하는 경우를 이르는 말. '옹기전'은 질그릇과 오지그릇을 파는 가게. ¶"그런 소리는 이따 따로 해! 옹그전에서 사그접시 흥정을 하고 나선다치라면 어뜨크롬 회의를 할 것이여?…"『자랏골의 비가』

옹기전에 들어오는 황소 보듯 조마조마한 눈으로 보고 있는 경우를 이르는 말. ¶…모두가 쿵쿵거리는 가슴을 붙안고 옹기전에 들어오는 황소 보듯 조마조마한 마음으로 순사들을 건너다보고 있었다.『암태도』

옹기장사 맏며느리 가장 고되고 어려운 처지에 있는 사람을 이르는 말. ¶"허허, 내가 그 시퍼런 양문이를 앞에 세와놓고, 그로크롬 대쪽 빠개다끼 따질만치 똑똑하다먼 이로크롬 옹구장사 맞며누리로 자랏골 구장이나 하고 있겄는가?"『자랏골의 비가』 ¶"…부인네들도 팔자가 좋을라먼 이런 시상에 태어나서 옹구장사 맏며누리 되았겄소? 이렇게 된 판에는 인자 진짜로 민 규정을 내도 규정을 내는 길밖에는 없은게 그 동안 부인네들보고 조깨 고생을 하라고 우리는 밖에 있다가 큰일에 힘을 합칩시다…"『녹두장군』④

왁댓값㈒ 자기 아내를 딴 남자에게 빼앗기고 그 사람으로부터 받는 돈. ¶"거처를 가르쳐 주면 쫓아가서 왁댓값 챙길라고 그러시오?"『녹두장군』②

왈짜가 망하여도 왼다리질 하나는 남는다㊀ 오래 습관이 된 것은 좀처럼 떼어버릴 수 없다는 말. '왈짜'는 성질이 거칠고 팔팔한 사람. 왈패. ¶"옥!" 질천

이가 발랑 뒤로 나가 떨어졌다. 왈자가 망해도 왼다리질 하나는 남는다고 하더니, 옛날 노가다판으로 굴러먹던 가락이 있어, 고갯짓이 제법 가락수가 있었다. 『자랏골의 비가』

왕지네 마당에 씨암탉 걸음ⓒ 왕지네가 가득한 마당에 씨암탉이 걷는 걸음걸이라는 뜻으로, 잔뜩 살이 쪄서 어기적어기적 걸어가는 모양을 이르는 말. ¶어지간한 염치라면, 이렇게 흉사 난 집에는 정작 볼 일이 있어도 들어가기가 꾸릿꾸릿 할 것이지만, 원체가 큰애기 성복술에도 권주가 얹혀가며 얻어 마실 명산댁이다 보니, 왕지네 마당에 씨암탉 걸음으로 써억 들어서며 너스레를 떨었다. 『자랏골의 비가』

왕후장상이 씨가 있나ⓒ 왕후나 제후, 장수나 재상의 씨종자가 따로 있는 것이냐 라는 뜻으로, 높은 자리에 오르는 것은 가문이나 혈통 따위에 따른 것이 아니라 자신의 능력에 따른 것임을 이르는 말. ¶왕후장상에 따로 씨가 없고, 정승 날 때 강아지도 나는 법이라, 항상 돈피에 잣죽으로 곤자소니에 발기름이 끼어 살던 양문이었지만, 그런 양문이나, 얻어먹던 해롱이나 하늘 아래 벌레기는 마찬가지여서 병 앞에서는 따로 장사가 없다 보니, 같은 병원에 나란히 누워 같은 의사의 치료를 받으며 같이 앓고 있었다. 『자랏골의 비가』 ¶"…왕후장상에 씨가 없듯 종놈이나 상놈이나 원래 양반하고 씨가 달랐던 것도 아닙니다. 다 똑같은 사람의 종잡니다. 이렇게 한 종자를 갖다가 양반, 상놈으로 갈라논 것은 누굽니까? 사람들입니다…" 『녹두장군』① ¶잘 먹고 잘 입어 못난

놈 없고 왕후장상에 씨가 없다던 옛말 틀린 데 없었다. <재수없는 금의환향>

외기러기 짝 사랑ⓒ 기러기는 암수가 한번 짝을 지으면 죽을 때까지 헤어지지 않고 한쪽이 죽으면 새로 짝을 짓지 않고 죽은 짝만 생각한다는 데서, 무엇 한 가지에 대한 간절한 집착을 이르는 말. 구혼식에서 기러기를 가지고 가는 것은 그 때문임. ¶"…자에도 모자랄 것이 있고 치에도 넉넉할 것이 있는 법인디, 무단한 놈의 논을 가지고 느그덜이 외기러기 짝사랑으로 뉴독을 들이고 나올 적에는 느그덜도 생각이 있을 것 아니냐?…" 『자랏골의 비가』

외밭에서 신을 고쳐 신지 말고 오얏나무 아래에서 갓을 고쳐 쓰지 말라(瓜田不納履李下不整冠) 남한테 오해받을 일은 미리 헤아려 하지 말라는 말. ¶"패서사건은 더 두고 보기로 하고 각 고을 두령들은 자기 접 도인들을 다시 한번 돌아보고 행동에 각별히 유념을 하도록 주의를 시켜야겠소. 과전에 불납리하고 괜한 의심을 사지 않도록 낮에도 어디를 함부로 돌아다니지 않도록 이르고, 더구나 밤에는 소판 이외에는 나가지 말도록 해야겠소." 『녹두장군』④

외삼촌 묏등에 벌초하듯ⓒ 외삼촌 산소에 벌초하듯. 조카가 외삼촌 무덤에 가서 의리상 할 수 없이 대충대충 성의없이 풀을 벤다는 데서, 일에 정성을 들이지 아니하고 마지못하여 건성으로 함을 이르는 말. ¶"정치한다는 놈덜 업고 노는 작자덜이라면 일하는 솜씨도 뻔한 것 아니요? 그저 눈만 속아지고 외삼촌 묏등에 벌초하듯 설렁설렁 걸쳐 놀 것인디, 그런 솜씨로 맨들어논 다리가 온전

한 다리가 되겠어?" <가남 약전>

외수 잡은 놈 골패짝 세어놓듯　노름하다가 외수한 자를 잡았을 경우 골패짝 세는 것이 아주 엄격할 것이므로 무슨 일을 그만큼 확실하게 하는 경우를 이르는 말. '외수(外數)'는 속임수. ¶손달문이는 한껏 위의를 가다듬어, 외수 잡은 놈 골패짝 세어놓듯 마디마디에 힘을 꼬아 내질렀다. 서당개 3년이면 풍월을 하더라고 호령소리 하나로 행세하는 수령놈 밑에서 뼈마디가 굳은 놈이라 말본새가 제법 가닥이 잡혀 있었다. 『녹두장군』④

외할미 보리개떡도 커야 사 먹는다죕　외할미 떡도 커야(싸야) 사 먹는다. 비록 외할머니가 떡을 팔아도 다른 사람이 파는 떡보다 크거나 싸야 사 먹게 된다는 뜻으로, 아무리 가까운 친척간이라도 자기 잇속과 관련지어 생각함을 이르는 말. ¶"…외할미 보래개떡도 커사 사묵는 법인디, 그래 자네 기계방에 녹는다고 동네 사람들이 죄다 그런 손해를 보라? 허허, 경오가 삼칠 장이네." 『자랏골의 비가』

왼눈도 깜짝 아니 한다　조금도 놀라지 아니한다는 말. '왼눈'은 왼쪽 눈. ¶"…그로크롬 많은 돈을 해처묵은 놈이 어디가 한반데 믿는 데가 없고서사, 머루따묵은 곰맨키로, 그로크롬 천연덕스럽게 왼눈 하나도 깜짝을 안하고 있다가, 이참에는 또 소까지 끗고가?" 『자랏골의 비가』 ¶"아무리 저러고 있어봤자 조정에서는 왼눈 하나 깜짝하지 않을 것이니 도술을 부려버리라고 제대로 가르쳐주었는데 그것이 농이라고요?" "쓸데없는 소리 말고 자네들 일이나 보게." 『녹두장군』④ ¶그들은 원래가 농간으로만

살아온 자들이라 도지를 빼앗긴 소작인들 눈초리에 번득이는 칼날이 아무리 초승달같이 날이 서도 왼눈 하나도 깜짝하지 않았다. 무른 자리에 말뚝 박더라고 그만큼 만만한 사람들만 골라 도지를 가로챘기 때문이다. 『녹두장군』⑤

요강뚜껑으로 물 떠먹은 것 같다죕　별로 탈은 없으리라고 생각하면서도 내심 꺼림직함을 이르는 말. ¶그러나, 종수는 일을 하기는 하면서도 안암팎으로 여러 가지 꼬여드는 생각에 요강뚜껑으로 물 떠먹는 것같이 꺼림칙한 기분이었다. 『자랏골의 비가』

요녀러쀀　'요년의'가 변한 말. ¶"요녀러 새끼." 곰영감이 질천이 멱살을 바짝 옥죄었다. 『자랏골의 비가』 ¶"오냐, 요녀러 종자. 이따 보자. 하나 남은 그것까지 칵 훑어서 내가 씹은가 안 씹은가 봐라." 『자랏골의 비가』

요지경 속이라　속 내용이 복잡하고 기괴하여 이해할 수 없다는 뜻으로 이르는 말. '요지경'은 알쏭달쏭하고 복잡하여 무슨 일인지 이해할 수 없는 속내. ¶"여기 잠깐 계시게. 금방 모시고 오겠네." 김치걸이는 두 사람을 마당에 세워놓고 동헌 뒤로 돌아갔다. "참말로 요지경 속이구만." 먼지 날리는 소리로 피글 웃던 시또가 깜짝 놀라 웃음을 거두었다. 『녹두장군』⑩

욕 많이 먹으면 오래 산다　욕을 먹고 살아야 오래 산다. 남에게 욕을 먹었을 때 위로하거나 스스로 참고 웃어넘길 때 하는 말. ¶당신들이 바라는 대로 나쁜 놈들을 다 잡아들이면 당신들은 손 놓고 앉아서 우리만 쳐다보고 있을 게 아니요. 그래서 당연히 잡아들일 사람도

일부러 안 잡아들이는 경우가 수두룩해
요. 욕 많이 먹으면 오래 산다는 당신들
속담이 바로 그거요. 어디 컴퓨터에서
한번 봅시다. 이 나라에도 그런 사람이
쫙 깔렸구먼.『오월의 미소』

용 못 된 이무기 ㋬ 용이 되다가 못 되고
만 이무기가 잔뜩 심술이 나서 온갖 못
된 짓을 다 한다는 뜻으로, 의리나 인정
은 찾아볼 수 없고 심술만 남아 있어 남
에게 손해만 입히는 사람을 이르는 말.
¶용 못 된 이무기 심술만 남는다고, 아
무리 발명을 해보았자 이미 내놓은 역
적, 어디 배때기에 칼 댈 놈 있으면 나
서 봐라는 발악이었다.『자랏골의 비가』

용빼는 재주 어떤 일을 특별히 잘해 나
가는 재간. 용빼는 수. ¶"내 이놈들을
결단코 가만두지 않겠소." 조병갑이가
이를 앙다물었다. "가만두지 않겠다면
무슨 용빼는 재주라도 있단 말이오?" 김
문현은 무슨 시답잖은 잠꼬대냐는 투로
조병갑을 쏘아보았다.『녹두장군』⑥ ¶최
서홍은 안지춘 형사 동향을 묻더니 선
배님이 움직이지만 않으면 그도 용빼는
재주 있겠느냐며 내 손을 잡았고 나도
그의 손을 지그시 쥐었다.『오월의 미소』

용운산 아침 안개 피어나듯 한창 기세가
오르는 경우를 이르는 말. ¶"…이렇게
인병·신병이 합세를 해서 용운산 아침
안개 피어나듯 내달았으니 견훤이가 결
딴이 나지 않고 배기겠어?" 황방호는
유쾌하게 웃었다.『녹두장군』①

용을 쓰다 있는 힘을 다 몰아쓰다. ¶여
편네들도 호밋자루를 틀어 쥐며 끝심이
를 따라 용을 쓰고 있었다. 끝심이가 여
기서 꺾이는 날에는 그대로 구렁이한테
휘감겨버릴 것 같다.『자랏골의 비가』

용이 물 밖에 나면 개미가 침노한다 ㋬ 하
늘의 구름을 몰아오고 비를 마음대로
내린다는 용도 물 밖으로 나오게 되면
보잘것없는 개미의 침노를 다 받는다는
뜻으로, 사람이 불행한 경우나 환경에
빠지면 하찮은 사람에게서까지 모욕을
당하고 괄시를 받게 된다는 말. ¶"용이
물 밖에 나면 개미가 침노한다든마는
그 하찮은 관노 자리도 그만둔게 시골
벙거지들도 괄시를 하는구만. 저그 도선
목에 기찰하는 고부 장교는 전에 감영
에 파발 오면 한 방에서 뒹굴던 작잔데
오랜만에 만난 놈이 안면을 싹 바꾸는
구만." 모들뜨기는 이쪽 벙거지들을 힐
끔거리며 낮은 소리로 이죽거렸다.『녹
두장군』⑧

용장 밑에 약졸 없다 앞장선 사람이 용감
하면 뒤따르는 사람도 덩달아 용감해진
다는 말. ¶"…전에 그 사람이 화적을
칠 적에는 화적들이 김시풍이 이름만
듣고도 발발 떨었다요. 감영 병졸들이
아무리 어리빙신들이라 하더라도 용장
밑에 약졸 없더라고 감영에서 그 사람
을 데려다가 앞에 세우는 날에는 안심
못할 것이오."『녹두장군』⑧ ¶병사들은
조금도 당황하지 않고 포탄 속을 정신
없이 돌진했다. 용장 밑에 약졸 없다는
말 그대로였다. 김개남 부대 병사들은
노소 할 것 없이 고부 별동대나 이싯뚜
리 부대 병사들보다 기세가 더 등등했
다.『녹두장군』⑩

우거지상 ㋱ 잔뜩 찌푸린 얼굴의 모양을
속되게 이르는 말. ¶텃골댁은 설삶은
말대가리 같이 잔뜩 우거지상이 되어『자
랏골의 비가』 ¶…그것이 복은 안 줘도
동티를 내기로 하면 생사람이 결딴날지

도 모를 일이어서 소태 먹은 속으로 우거지상이 되어 속절없이 그 앞을 지나다닐 뿐이었다. 『암태도』 ¶방필만이는 꽤 악을 썼다. 방학주는 잔뜩 우거지상이 되어 눈을 떨겼다. 『녹두장군』② ¶ "자기 나라 군사를 데려다 토벌해 주겠다면 우리가 할 소리를 원통리가 하고 있잖느냐? 그런 고마운 말씀을 하시는데 너는 왜 그렇게 우거지 상관이냐?" 민비는 눈을 오끔하게 뜨고 민영준을 쏘아보았다. 『녹두장군』⑩

우멍을 떨다 '의뭉을 떨다'의 사투리. ¶ "뭣이여, 이 개새끼야, 니가 쟁우댁인가 그년한테 말을 하면 저 영감탱이가 날마다 정석남이한테 댕김시로 전했다. 이래도 우멍을 떨래, 이 새꺄?" 김확실이는 몽둥이로 사정없이 장진호 배를 질러버렸다. 『녹두장군』⑦

우물고누 꼬닥수 전혀 옴나위할 여지가 없는 경우를 이르는 말. '우물고누'는 우물 모양으로 세 면을 막고 한쪽만 터놓은 판에 한 편이 말을 두 개씩 놓고 먼저 가두면 이기게 되는 고누의 한가지임. ¶ "본인 의사도 안 물어보고 그래도 괜찮을까?" "우물고누는 꼬닥수더라고 우물고누 외통수 그렇게 외통으로 봐버리자. 사내하고 계집을 한방에 쳐넣어 놓으면 즈그들이 붙고 말제 다른 조화 있겠냐?" 역시 용배다운 생각이었다. 『녹두장군』⑦

우물고누 외통수 우물고누 꼬닥수. ¶ "이제 막고 품는 재주밖에 없습니다. 홍계훈이는 틀림없이 포탄이나 총탄도 동이 났을 것입니다. 우물고누 외통수로 김장군 말씀처럼 철통같이 포위를 하고 며칠만 버팁시다." 최경선이었다. 『녹두장군』⑩

우물고누는 첫수 㑀 우물고누에서 첫수를 어떻게 쓰는가에 따라 승부가 결정된다는 데서, 상대방을 꼼짝 못하게 할 수 있는 가장 좋은 기회를 이르는 말. ¶우물고누도 선수라고 선수를 치고 나서는 것이 좋을 것 같았다. 『자랏골의 비가』

우물귀신 잡아넣듯 하다 㑀 우물에 빠져 죽은 사람의 귀신은 다른 사람을 대신 잡아넣고서야 그 우물에서 빠져나올 수 있다는 미신에서, 무슨 어려움이나 걱정 속에서 자기가 벗어나기 위하여 남을 끌어 넣어 곤란한 지경에 빠뜨림을 이르는 말. ¶ "이 사람아, 아무리 그런다고 나 물에 빠졌은께, 느그덜도 같이 빳자고, 우물 귀신 생사람 잡아넣대끼, 아무나 집어 넣을라고 하는 것은 그것이 말이여, 초장이여?…" 『자랏골의 비가』 ¶ "그려, 시방 씨은어 한 마리 갖고 우물귀신 생사람 잡아들이대끼 걸리는 대로 후리자는 배짱인 것 같어." 『녹두장군』① ¶ "지금 어디다 대고 하는 소리여? 우물귀신 생사람 끌어들이듯 누굴 끌어들이자는 거여, 공갈을 치기는 누가 누구한테 공갈을 쳐서 집을 누르고 자시고 한단 말이여?" 복덕방 영감도 만만찮았다. <개는 왜 짖는가> ¶(산) "죽으려거던 너나 혼자 죽을 일이지, 우물귀신 생사람 끌어넣듯 육방 관속을 몽땅 끌고 들어가겠다는 거냐?" 『보쌈』

우물 안 개구리 㑀 세상 형편을 알지 못하는 사람을 이르는 말. ¶여기서 나서 그냥 우물 안 개구리처럼, 자랏골 칡덩굴 밑에서만 살아온 놈들은, 그럴 때의 떫덜한 기분이 일른 안 가시면, 기껏 지게목발 두들기며 신고산타령이나 좀 구슬퍼질 따름이지만. 『자랏골의 비가』

우박 맞은 잿더미 같다㉑ 우박을 맞아 구멍이 숭숭한 잿더미 같다는 뜻으로, 얼굴이 심하게 얽은 사람을 놀림조로 이르는 말. ¶"어서 오겨!" 곰보할미가 반갑게 맞았다. 얼금뱅이 미운 데 없더라고 곰보할미는 우박 맞은 잿더미같이 곰보 자국이 듬성듬성한 얼굴을 활짝 펴고 웃으며 반갑게 맞았다. 『녹두장군』②

우박을 퍼붓다 심하게 꾸중하다. ¶(산) 악담 핀잔을 우박 퍼붓듯 쏟으며 형을 밀어냈다. 『보쌈』

우선 먹기엔 곶감이 달다㉑ 그다지 실속 있는 음식은 못 되나 곶감이 우선은 먹기 좋고 달다는 뜻으로, 나중에는 어떻게 되든 당장 요긴한 것이나 쓰임새 있는 것을 취하는 경우를 이르는 말. ¶"아이고, 저 소갈머리없는 놈의 예팬네, 이런 일이 어떤 일이라고 이 야단인가 모르겠네. 일이 잘못 되아놓는 날에는 모가지가 날아가도 여럿 날아가. 우선 묵기는 곶감이 달제마는, 두고 봐." 송덕보는 이불을 제끼고 꽥 악을 썼다. 『녹두장군』⑤

우케 멍석의 참새떼 같다 우르르 몰려왔다 우르르 몰려가는 모양을 이르는 말. '우케'는 찧기 위하여 말리는 벼. ¶놈들은 종수의 고함 소리에, 우케멍석의 참새떼처럼 와 웃으며 도망쳤다. 『자랏골의 비가』 ¶"이놈들 어디를 떼몰려 오느냐?" 부사리 주인이 깡 고함을 지르자 놈들은 우케 멍석의 참새떼처럼 와 크르 도망쳤다. 『암태도』 ¶농민군들은 우케 멍석에 참새떼들처럼 정신없이 도망쳤다. 『녹두장군』⑨ ¶"김개남 부대는 일본군 대포나 회선포 몇방이면 우케

멍석에 참새떼 꼴이 됩니다. 포수부대와 재인부대가 이미 싹수를 보고 흩어져버렸습니다…" 『녹두장군』⑫

우황 든 소 앓듯㉑ 벙어리 냉가슴 앓듯. 남에게 차마 말을 못하고 마음속으로 혼자 애태우는 답답한 모양을 이르는 말. 또는 아주 심하게 앓는 경우를 이르는 말. ¶이불을 뒤집어쓰고 우황 든 소 앓듯, 끙끙 앓고 있던 사내들은 똥사발을 앞에 놓고, 낙태한 괭이 상이 되어 똥사발을 내려다보았다. 『자랏골의 비가』 ¶만득이는 우황 든 소 앓듯 신음소리를 내며 백산을 향해 내달았던 것이다. 『녹두장군』⑨

운우지정(雲雨之情)이 질퍽하다 정사하는 맛이 걸쭉하다는 말. ¶"당신 나이가 서른이고 그 여자는 마흔셋인게 양쪽이 다 놈의 살들이 삼삼할 나이들이 그만이라. 운우지정이 질퍽했겠소." 김치삼이는 연신 빙글거렸고, 정익수는 숨을 씨근거렸다. 『녹두장군』③

울고 싶자 뺨 때린다㉑ 무슨 일을 하고 싶으나 마땅한 구실이 없어 못하다가 때마침 좋은 핑계가 생김을 이르는 말. ¶"…아까 들어보니 울고 싶자 뺨치더라고 이렇게 발각이 되어버린 것을 되레 후련하게 생각하고 있는 것 같았소. 도망치는 자는 쫓지 말라 했고, 비는 장수 목 못 벤다고 했소. 똑같은 이치로 뉘우치는 놈은 용서를 해주어야 합니다…" 『녹두장군』⑦ ¶사원들은 정작 발등에 불이 떨어지자 물 밭은 웅덩이에 피라미 꼴이었으나, 나에게는 울고 싶자 뺨쳐준다는 속담 그대로였다. 『오월의 미소』 ¶그는 벌써 그림에 자포자적인 상태에 있던 판인데, 울고 싶자 교장이 뺨을 쳤던

지도 몰랐다. 그림과 함께 인생을 자폭하는 심정으로 군대라는 감옥 속에 자기를 가둬 버린 셈이었다. <갈머리 방울새>

울며 겨자 먹기 속 맵다고 울면서도 또 하는 수 없이 겨자를 먹는다는 뜻으로, 하기 싫은 일을 마지못해 억지로 함을 이르는 말. ¶득철이는 집집마다 찾아다니며 사정을 했다. 동네 사람들은 비는 장수 목 못 벤다고, 악을 쓰기는 쓰면서도, 하는 수 없이 울며 겨자 먹기로 한 사람씩 돈을 받아들었다. 『자랏골의 비가』 ¶작인들은 울며 겨자먹기로 벼를 베어다가 마당질을 해서 작석을 해보면 7할은 양반이고, 8할이 휘청할 때가 대부분이었다. 『암태도』 ¶"그 여자 생각은 전혀 그렇지가 않네." "그럴 리가 없습니다. 만약 여기서 그런 눈치를 보였다가는 사당패의 보복이 얼마나 무섭다는 것을 알기 때문에 자기가 사랑하는 사내가 다칠까 싶어 울며 겨자먹기로 저렇게 끌려가고 있겠지요." 용배는 당신들 속을 다 안다는 듯이 단정적으로 말했다. 『녹두장군』⑦

웃기다 비 상대가 사리에 맞지 않는 일이나 말을 할 때 빈정거려 하는 말. ¶"…예수님이 십자가에 못박혀 죽었다가 사흘만에 다시 살아나지 않았습니까?" 운동모가 알아듣도록 <부활>이란 말을 쓰지 않았다. "제자들한테 가서 첫 마디가 뭔 줄 아십니까?" "뭡니까?" "놀랐지이? 으응? 놀랐을 거다." 와 웃었다. "그러니깐 제자 한 놈이 '웃기네!' 또 한놈은 '놀란 것 사랑하네'" 나는 배가 아플 지경이었다. <백의민족·1968년>

웃는 낯에 침 못 뱉는다 속 웃는 낯에 침 뱉으랴. 좋게 대하는 사람에게 나쁘게 대할 수 없다는 말. ¶"말을 해서 듣고 본게 그로코 되기는 되았소마는, 웃는 낯에 침 못 뱉더라고 나잇살이나 묵은 이가 그래싸는디 야박스럽게 잘라불 수도 없고 나도 새중간에서 거북한 점이 한두 가지가 아니오." 김이곤이는 고추 먹은 소리를 했다. 『녹두장군』④ ¶뒤가 고루 구린 작자라 입을 씻기려는 속내가 환히 들여다보였으나 웃는 낯에 침을 뱉을 수가 없어 두 사람은 고맙다고 꾸벅 고개를 숙이고 도성찰을 따라 밖으로 나왔다. 『녹두장군』⑩

웃다가 머퉁이 맞은 꼴 호의를 보이다가 도리어 책망 듣는 꼴. '머퉁이'는 핀잔의 사투리. ¶동네 사람들은 처지가 몹시 딱한 모양이었다. 전봉준을 깜짝 놀라게 하려고 자기들 딴에는 일을 재미있게 꾸민다고 꾸민 것인데 웃다가 머퉁이 맞은 꼴이었다. 『녹두장군』⑪ ¶개들이 우크르르 몰려가며 짖었다. 동네 사람들 얼굴이 굳어졌다. 나이 든 축들은 웃다가 머퉁이 맞은 것처럼 무춤했고 젊은이들 눈에는 빠듯 긴장감이 피어올랐다. 『은내골 기행』

웃물이 돌다 궁리하던 게 비로소 실마리가 잡히는 경우를 이르는 말. ¶"그 사람들을 돈으로 살려냈단 말이오?" "돈을 건네러 갔다가 안 되겠은게 탈옥을 시켰지라우." 김이곤이는 그제야 웃물이 도는 듯했다. 『녹두장군』⑨ ¶"그러니깐…" 순자는 그제야 웃물이 도는 표정으로 눈을 거슴츠레 하게 떴다. <몽기미 풍경> ¶호적계장은 조금 웃물이 도는 것 같은 표정이기는 했으나, 그래도 효도란 말에 미련이 남는 듯 고개를 갸웃거렸다. <개는 왜 짖는가>

웃음 속에 칼이 있다圈 겉으로는 호의를 보이지만 실제로는 악의를 품고 있는 경우를 이르는 말. ¶"허허. 나는 경찰서 앞에 비둘기집이 울긋불긋하길래 호랑이도 얼굴 다듬을 때가 있더라고 저것들도 간혹 가다가는 저렇게 사람 같은 구석도 있구나 했더니, 그러고 보니 웃음 속에 칼이었그만." 『암태도』

원님과 급창이 흥정을 하여도 에누리가 있다圈 원님과 그 심부름꾼인 급창 사이에 물건을 사며 흥정을 해도 에누리가 있다는 뜻으로, 흥정을 하는 데는 신분이나 상하 상관없이 에누리가 있게 마련이라는 말. '급창(及唱)'은 조선시대에 군아에서 원의 명령을 간접으로 받아 큰 소리로 전달하는 일을 맡아보던 사내종. ¶"원하고 급창이 거래를 해도 흥정에는 에누리가 있고 덤이 있는 것인디, 내가 추다가 본께 보릿대춤이더라고, 한쪽 장단에만 놀아나고 있었단 말이네…" 『자랏골의 비가』

원두한이 쓴 외 보듯圈 원두한이가 익을 때가 되었는데 익지 않은 외를 노려보듯, 남을 미워하거나 무시함을 이르는 말. '원두한이'는 참외·수박·오이 따위를 기르는 사람을 이르는 말. ¶"또 호랑이 사냥에 꿩 타령이오?" 그러지 않아도 원두한이 쓴 외 보듯 지루퉁하고 있던 오기창이는 유배걸이 이름까지 내발기며 변모없이 토파하고 나오자 대번에 비위짱이 상한 것 같았다. 『녹두장군』⑨

원숭이도 나무에서 떨어진다圈 나무를 잘 타는 원숭이도 나무에서 떨어지는 경우가 있다는 뜻으로, 무슨 일에 아무리 익숙하고 잘하는 사람도 간혹 실수할 때가 있음을 이르는 말. ¶(산)"헌데, 아무리 내가 그럴싸한 계교를 쓴다 하더라도 원숭이도 나무에서 떨어질 날이 있더라고 운수가 불길하면 실패를 할 수도 있는데, 만약에 이 일이 실패하는 날에는 나는 당신 대신 모가지가 날아가야 할 판입니다." 『보쌈』

원을 만나거나 시주를 받거나圈 어려운 처지에 빠진 사람이 원을 만나 해결을 받거나 시주를 받아서 도움을 받아야 길이 열린다는 뜻으로, 무슨 기적적인 도움이 있어야만 일이 해결될 수 있는 경우를 이르는 말. ¶"참말로, 그런께 동네 형편이 원을 만나든지 시주를 받든지 해야 할 판에 시방 질을 찾기는 제대로 찾은 것 같네. 큰 북에서 큰 소리 난다고, 이런 일에는 그런 사람이 나서서 일을 보아야 될 것 같아." 『자랏골의 비가』 ¶"지금 그 처녀 형편이 원을 만나든지 시주를 받든지 해야 할 판이라 웬만하면 갈 것이요마는…" <신 농가월령가>

원치 않은 치사에 청치 않은 공사다 원하지도 바라지도 않은 일이라는 말. ¶처음부터 지주로서는 원치 않은 치사에 청치 않은 공사였으니, 이런 비를 세워 주면 소작료를 어떠겠노라 명토박아 다짐을 두지 않은 다음에는 소작인들이야 냉가슴으로 속이 곯든 창자가 오그라붙든 그것은 어디까지나 댁네 사정일 뿐이었다. 『암태도』

월천꾼에 난쟁이 빠지듯圈 냇물을 건네주던 월천꾼 속에는 난쟁이가 끼어들 수 없듯이, 무엇을 하는데 일정한 축에 못 들고 빠지게 되는 경우를 이르는 말. '월천꾼'은 냇물이 깊은 데서 사람을 업어 건네주는 일을 하던 사람. 난쟁이 교자꾼 참여하듯. ¶…정작 이편이냐 저편이냐로 갈라지는 길목에 이르자, 월천꾼에 난쟁이 빠지듯, 하나둘 뒷구멍으로 새나가고 말았다. 『자랏골의 비가』 ¶…그들이 올 만한 시간이 되자, 오줌 마려운 놈들처럼 서성거리더니 한사람씩 월천꾼에 난쟁이 빠지듯 빠져나가, 더러는 지게를 지고 산으로 가기도 하고, 더러는 낫을 들고 들로 새기도 했다. 『자랏골의 비가』

월천하다 사또 만난 꼴 난처한 자리에서 어려운 사람을 만난 경우를 이르는 말. '월천(越川)하다'는 내를 건너다. ¶…한참 그렇게 서슬을 번득이고 쏘다니다가, 이건 꼭 월천하다 사또 만난 꼴로 난데없는 대학생과 딱 부딪치고 말았다. 『자랏골의 비가』

웬 떡이냐 뜻밖의 행운이나 횡재를 만났을 때 이르는 말. ¶왕삼이는 엽전 댓 닢하고 편지 싼 보자기를 내밀었다. 멸치장수는 처음에는 좀 덤둘했다가 돈을 보더니 웬 떡이냐는 표정이었다. 『녹두장군』⑨ ¶하! 이게 뭐야? 고구마였다. 환하게 숯불이 발그라진 속에 고구마가 덜렁 솟아 올랐다. 아닌 밤중에 웬 떡이냐? <영감은 불 속으로>

위 아랫물이 지다 나이나 신분이 달라 그 차이가 뚜렷하게 드러나다. ¶"…박형도 그렇습니다마는 나는 전부터 면장이다 뭐다 해서 작인들이 늘 쳐다보기만 했고, 또 나는 내려다보기만 했던 터라 어느새 그런 거탈이 몸에 배어 있기 때문에 작인들과는 위 아랫물이 너무 져서 그들의 가려운 곳을 발밭게 가려내지 못하고 있습니다…"『암태도』

윗돌 빼서 아랫돌 괴고 아랫돌 빼서 윗돌 괴기㈜ 임시변통으로 이리저리 돌려 맞추는 모양을 이르는 말. ¶"…내가 시방 인계맡은 것이 물읍만 열입곱 가지나 되는디, 걷힌 대로 이것저것 뭉뚱그려다가 웃독 빼다 아랫독 괴고 아랫독 빼다 웃독 괴대끼 해놔서, 이놈의 것이 시방 사방팔방으로 뒤얽혀 갖고 가닥을 추릴 수가 없는디…"『자랏골의 비가』

유달산이 무너지든 되봉산이 깨지든㈜ 평택이 무너지나 아산이 깨어지나. 서로 싸울 때 끝까지 겨루어 보자고 버르는 말. ¶이판사판, 일이 이 지경에 이른 다음이면 유달산이 무너지든 되봉산이 깨지든 가는 데까지 가서 닥뜨려볼밖에 없었기 때문이다. 『암태도』

유산 나온 아낙네 꽃길 아끼듯 걸음을 아껴서 걷는 경우를 이르는 말. '유산(遊山)'은 산으로 놀러 다님. '꽃길'은 꽃이 피어 있는 길. ¶"병졸들도 싸울 때는 싸우더라도 먹고 놀 때는 노는 것 같이 놀아야 싸울 맛도 나겠지요." 두 사람은 껄껄 웃었다. 마치 유산 나온 아낙네들 꽃길 아끼듯 길을 아끼고 싶은 모양이었다. 『녹두장군』⑨

유언에도 하루 치가 있고 열흘 치가 있다 무엇이든지 한번 쓰고 말 것이 있고 오래 쓸 것이 있다는 말. ¶"유언에도 하루치가 있고 열흘치가 있더라고, 형편 보아서 바꿀 때는 바꾸고 변통을 부릴 때는 부려가면서 일을 해야지 아무리 한 번 정한 것이라고 그것이 남강 선창에 쇠말뚝이 관대 백년 천년 거기 묶여 있자는 말인가?"『암태도』

육두문자㈝ 육담 따위의 저속한 말. ¶"젊은이가 유식하기도 하셔라." "인심 좋은 동네 오니 육두문자도 유식 반열에 끼는구만. 두루 기분이오. 한잔 받으시오." 용배가 술을 주욱 들이켜고 백도한테 잔을 넘겼다. 『녹두장군』②

육두문자로 과거 타령 육두문자로 과거 (科擧) 이야기를 하려 한다는 말이니, 무식한 사람이 분수없이 안 체하는 경우를 이르는 말. ¶"하여간, 우리 같은 옅은 생각으로야 이런 일에 술수 이야기한다는 게 육두문자로 과거 타령이고 더 두고 볼 일이야." 『암태도』

육시를 해도 시원찮을 놈 비 아무리 허하게 죽여도 시원찮겠다고 저주하는 욕설. ¶"허허. 어물전 망신은 꼴뚜기가 시킨다더니 어디서 저렇게 꼴도 제대로 못 갖춘 것이 박가 속에서 빠져나와 가지고 집안 꼴을 이 지경으로 걸레를 만들지? 예끼, 이 육시를 해도 션찮을 놈!" 『암태도』

육주비전 거간쟁이 빰쳐 먹는다 붙임성이나 두름성이 뛰어난 경우를 이르는 말. '육주비전'은 조선시대에 서울의 종로에 있던 여섯 전(廛). 육의전. '거간쟁이'는 거간꾼, 흥정 붙이는 일을 업으로 하는 사람. ¶이런 땅 일이니 집 속이라면 눈치가 육주비전 거간쟁이 빰쳐먹을 악발 영감이었지만, 바로 그 땅에 그런 어마어마한 집이 들어서서 자기 집이 게딱지 꼴이 되리라는 것은 상상도 못했던 모양이었다. <불패자>

은혜를 원수로 갚는다 속 은혜로 보답해야 할 처지에 도리어 해를 끼치는 경우를 이르는 말. ¶"행여나, 도망칠 생각은 마씨요 잉! 깐딱하면 애먼 사람까지 한나 죽은께." 텃골양반은 곡괭이 쳐든 자세를 조금 누그리며 다짐을 두었다. "그

것은 염려 마씨요. 은혜를 원수로 갚겠소?" 『자랏골의 비가』

음지가 양지 되고 양지가 음지 된다 속 살아가느라면 운이나 처지가 달라지게 된다는 사실을 이르는 말. ¶"우리, 양문이 집에 가서 그놈 코 빠진 꼴 구경이나 쪼깐 해주세. 하하, 이런 것을 보고 세상이 음지가 양지 되고, 양지가 음지 된다는 말이 있는 것이여." 『자랏골의 비가』 ¶"…세상일이란 것이 음지가 양지 되고 양지가 음지 되는 것이 물레바퀴 돌 듯 하는 것이 다 보면, 이럴 때 좀 애운한 기분이 있더라도 한손 접을 때는 접어 앙구는 맛이 있어야, 우리가 내중에 곤궁에 처했을 때 오는 정 가는 정을 바랄 수 있는 것 아니겠소?" 『암태도』 ¶"너무 서러워 마시오. 저놈 새끼들, 다시 음지가 양지 될 때가 있을 것이오. 전봉준 장군이 이 꼴을 보고 가만히 기실 중 아시오?" 강쇠가 제법 다부지게 이를 앙다물며 큰소리를 쳤다. 『녹두장군』⑦

의논이 맞으면 부처도 앙군다 속 서로 의논이 맞으면 불당의 부처까지도 함께 데려갈 수 있다는 뜻으로, 여러 사람이 서로 뜻을 합치면 무슨 일이라도 해낼 수 있다는 말. '앙구다'는 사람을 다른 사람과 함께 붙여서 보낸다는 뜻. ¶"모두들 설마하고 서로 제 잔털 하나 안뽑을라고 꽁무니를 사리다가 이꼴이 되었는디, 기와 한 장 애끼려다 대들보 썩는 것인께, 끼니를 줄이는 한이 있더라도 모두 나서 의논이 맞으면 부처도 안군다고 다 의논이 맞아사 일이 되는 것이여!" <유채꽃 피는 동네>

의붓아비 산소에 벌초하듯 속 외삼촌 산소에 벌초하듯. ¶"들어보시오. 어디다 내

리길래 가만히 눈을 떠본게 송장을 묻기는 묻는데, 이놈들이 의붓아비 산소에 벌초하듯 흙구뎅이를 판둥만둥해 갖고 송장을 늘히 늘어논 담에 흙만 몇삽 떠서 눈가림을 하잖겠소…" 『녹두장군』⑨

의붓아비 장짐 지듯　싫은 일을 억지로 하는 경우를 이르는 말. ¶나오라니까 나가기는 하면서도 그 보에 논이 달린 동네 사람들은 모두가 의붓아비 장짐 진 상관으로 얼굴들이 으등그러져 있었다. 『녹두장군』④　¶(산) 이런 최환락이가 갑자기 사람이 달라졌다. 관의 영을 거행하는 데도 의붓아비 장짐 지듯 지루퉁했고, 육방 관속이 지나가도 제대로 인사마저 하지 않았다. 『보쌈』

의주 파천에도 곱똥은 누고 간다 ㊈　임금이 난을 피하여 의주로 피난을 가는 다급한 정황에도 이질에 걸리면 곱똥은 누고 가지 않을 수 없다는 뜻으로, 아무리 급한 일이더라도 해야 할 일은 하게 됨을 이르는 말. '파천(播遷)'은 임금이 난을 피한다는 말이며 의주가 나오는 것으로 보아 임진왜란 때의 다급한 사정이 떠오름. ¶"소리는 이따 쉴참 때 해도 해요." "제기랄, 의주 파천에도 곱똥은 누고 가는 것인데, 지금 소리가 막 기어나오는데 그것을 도로 넣어?" 『암태도』

이가 갈리다　몹시 화가 나거나 분을 참지 못하여 독한 마음이 생기다. ¶이상만이가 자기 부모들과 자기 내외를 이런 가난 속에 빠뜨린 그 원한의 장본이라도 된 것같이 이가 갈렸다. 『녹두장군』③

이레 제사에 여드레 병풍 ㊈　여드레 병풍. 열흘날 잔치에 열하룻날 병풍 친다. 상사 뒤에 약방문. 혼인 뒤에 병풍친다. 행차 뒤에 나팔. 굿 뒤에 쌍장구. ¶"제미랄 놈덜, 이레 제사에 야드레 병풍도 분수가 있고, 굿 뒤에 날장구도 방불해 사제, 사람이 밥 묵고 살라고 농사 짓는 일에 애기덜 장난으로 아까 으짜까?" 『자랏골의 비가』　¶"그 사람 움직이든 말든 우리하고 무슨 상관입니까?" 송희옥이가 툭 쏘았다. "이레 제사에 여드레 병풍인가?" 손여옥이도 픽 웃었다. 『녹두장군』⑫

이를 갈다　몹시 화가 나거나 분을 참지 못하여 독한 마음을 먹고 벼르다. ¶"으응, 그놈이 틀림없구나." 도포 입은 자가 자기 일행을 돌아보며 이를 갈았다. 『녹두장군』①

이름값을 하다　명성이 높은 만큼 그에 걸맞은 행동을 하다. ¶"…내 이름은 확실이다. 성은 놈도 다 붙이고 댕기글래 나도 하나 줏어다 붙였다마는, 이름은 우리 어무니가 지어준 것인게 이름값을 할라고 나는 확실한 소리가 아니면 안 한다." 『녹두장군』⑦

이마에 내 천(川)자를 그린다 ㊈　이맛살을 찌푸려 거기에 골이 졌다는 뜻으로, 마음이 언짢거나 수심에 싸여 잔뜩 얼굴을 찌푸린 모양을 이르는 말. ¶그래도, 그 형은 형답게 사람됨이 대범했으나, 그 아우는 방정맞기가 늦가을 밤밭에 다람쥐 한짝이어서, 형네 집에 손이 더 꾀는 날은 미간에 내천(川)자가 바늘을 꽂게 날이 서고, 온 상관이 쭉정이 안은 밤송이로 으등그러져 죄없는 집안 사람들만 들들 볶았다. 『보쌈』

이미 내놓은 역적　이미 글러먹은 사람으로 치부해버리는 경우를 이르는 말. ¶용 못된 이무기 심술만 남는다고, 아무리 발명을 해보았자 이미 내놓은 역적,

어디 배때기에 칼 댈 놈 있으면 나서 봐라는 발악이었다. 『자랏골의 비가』 ¶"그 사람이야 이미 내논 역적으로 너울 쓰고 나온 것이 언제부터라고, 그런 사람한테 체면 타령이 개한테 메스껍이지 당할 소리라고 그런 소리를 하고 있어?" 『암태도』

이미 벌린 춤[속] 어떤 일이 현실적으로 벌어지고 있어 그 책임을 회피할 수 없게 된 사태를 이르는 말. ¶종수는 한쪽으로 얼굴을 돌린 채, 어디 벌린 춤이니 매화타령을 히든 가설이타령을 하든 해보라고 놔두었다. 『자랏골의 비가』 ¶"이 일은 자네가 이라고 나섰는게 기왕에 벌린 춤 자네가 아퀴를 짓게. 서른 마자기쯤으로 다시 말을 한번 잘 해보게." 『녹두장군』④

이밥에 잣죽 항상 잘 먹고 산다는 말. '이밥'은 입쌀(멥쌀)로 지은 밥. ¶"…이로크롬 해방이 되어도 그놈 상에는 항상 이밥에 잣죽이란 소리여?" 『자랏골의 비가』

이 빠진 강아지 언 똥에 덤빈다[속] 자격이나 능력도 없는 사람이 주제넘게 나서는 경우를 이르는 말. ¶"이 빠진 강아지 언똥에 덤빈다더니, 그러니까 건잠도 모르고 깨춤이었그만…" 『암태도』

이빨 빠진 호랑이다 기세나 권세를 잃어버린 경우를 이르는 말. ¶조병갑이는 서울로 잡아올리라는 명이 떨어졌다니 제가 아무리 뒷줄이 세곡선 닻줄이라 한들 적어도 귀양은 면치 못할 것이므로 이미 이빨이 빠져도 어금니까지 빠진 호랑이였다. 『녹두장군』⑧ ¶"…일본놈들이 대원군을 앉혔제마는 그것은 백성들 속일라고 내세운 떡장수 웃덮기가

아니고 뭣이오? 여태 구들장이나 지고 있던 이빨 빠진 호랑이가 일본놈들 앞에서 맥을 출 것 같소?" 변왈봉이는 손바닥으로 방바닥을 탕탕 치며 소리를 질렀다. 『녹두장군』⑪

이빨이 안 들어간다 어떤 말을 하여도 도무지 반응이 없거나 받아들이지 않음을 이르는 말. 이가 안 들어가다. ¶"여러 가지로 구슬러봤는디 더는 이빨이 안 들어가겄습디다…" 『녹두장군』④ ¶"이빨이 안 들어가요. 내막을 알아보겠다고 기다리라고 하길래 언제까지 기다릴 것이냐고 했등마는, 건방진 소리 말라고 악을 쓰고 들어가 부요. 이 늙은이가 건방지다는 소리는 이 나이토록 살다가 오늘 처음 들어봤소." 장노인은 어이가 없다는 듯이 웃었다. 『녹두장군』⑦

이 새 저 새 해도 먹새가 제일[속] 새 중에는 먹새가 제일이다. 사람은 먹고 사는 문제가 가장 중요하다는 말. '먹새'는 먹성 또는 먹음새. ¶이새 저새 해도 먹새가 제일이라, 항상 가난한 자랏골 사람들의 주린 창자로는, 건너다보니 절터요 찌그르 하니 입맛이라, 발길이 음식 끝으로 뻗을 수밖에 없었는데, 『자랏골의 비가』

이 설움 저 설움 해도 배고픈 설움이 제일[속] 굶주리는 고통이 가장 견디기 힘들다는 말. ¶"철없는 소리 마라. 산 석숭이는 누구든지 부러운 것이다. 여편네 팔자는 뒤웅박 팔자라 여자 높이 놀고 낮이 놀기는 시집에 매인 것인디, 우선 입걱정만 잊어분다는 것도 어디냐? 이 서름 저 서름 해도 배고픈 서름보담 더한 서름은 없는 것이다…" 『자랏골의 비가』 ¶"장 보고 나서는 미역 한 가닥 사

갖고 느그 두째누님 조께 들여다볼란다. 몸도 션찮은 것이 나고 하필 빼빼 마른 봄에 애기를 낳는구나. 설움 설움 해도 부른배 고픈 설움보다 더한 설움이 없는데 그 살림에 먹기를 제대로 먹겄냐 으짜겄냐? 이럴 때 닭이래도 한 마리 있었으면 사둔네한테도 낯이 서겄는데…" 『녹두장군』⑧

이에서 신물이 난다㈜ 어떤 일에 많이 시달렸거나 고통을 당한 탓으로 지치거나 싫증이 나서 지긋지긋함을 이르는 말. ¶"…일본놈덜한테 당한 것만도 이에 신물이 나는디, 무식한 봉사 파랭갱 외대끼 되지도 않는 풍월을 읊고 있어?" 『자랏골의 비가』

이웃 사촌 서로 이웃에 살면서 정이 들어 사촌 형제나 다를 바 없이 된 가까운 이웃을 이르는 말. ¶"…세 잎 주고 집 사고 천냥 주고 이웃 산다고, 인자부텀 이웃사촌으로 지내자는 뜻이니 박주 일배나마…이선생의 성의로 아시고 많이 드시기 바랍니다." 『자랏골의 비가』

이웃집 강아지 이름 부르듯 하다 뉘 집 강아지 이름 부르듯 하다. ¶방필만이 아들 방학주 일행이 옆방에 든 줄은 꿈에도 생각 못하고 그들은 들떼놓고 방필만이 방필만이, 70객 늙은이 이름을 이웃집 강아지 이름 부르듯 했다. 『녹두장군』②

이 잡듯이 샅샅이 뒤지어 찾는 모양을 이르는 말. ¶…머슴놈들이 그렇게 이 잡듯이 뒤졌으나, 똥 퍼낸 흔적은 물론 방불하다 싶은 똥바가지 하나 찾아내지 못했다. 『자랏골의 비가』 ¶서대문에서는 기찰이 여전했다. 들어오는 사람들의 집 하나하나를 이 잡듯이 뒤질 뿐 아니라 몸 수색까지 했다. 『녹두장군』④ ¶그놈이 이 땅덩어리 어딘가에 틀림없이 박혀 있을 것이니 처음부터 이잡듯이 전국의 심가를 말짱 뒤져 버릴 생각이었다. <갈머리 방울새> ¶(산) 그들은 포위망을 서서히 서해안 쪽으로 좁혀가면서 섬 구석구석까지도 이 잡듯이 뒤졌다. 『교수와 죄수 사이』

이태백이는 가는 데 마다 술이고 장비는 가는 데마다 싸움이다 사람의 성격이나 신분에 따라 하는 일이 다르다는 말. ¶"너도 따라가자!" 텁석부리는 시또한테도 칼을 한 자루 주었다. "나도 도포입고라?" "그래." "잠깐 다녀올 일이 있은게 느그덜은 잠 오면 자거라." 텁석부리는 시또를 달고 밖으로 나갔다. "이태백이는 가는 디마당 술이고 장비는 가는 디마당 쌈이라등마는 우리는 가는 디마당 일이구나." 텁석부리가 대문을 나서며 이죽거렸다. 『녹두장군』④

이판사판 막다른 데 이르러 어찌할 수 없게 된 지경을 이르는 말. ¶이판사판, 일이 이 지경에 이른 다음이면 유달산이 무너지든 되봉산이 깨지든 가는 데까지 가서 닥뜨려볼밖에 없었기 때문이다. 『암태도』 ¶덕재영감은 안간힘을 썼다. 이판사판, 다리 몽둥이를 분지르든 배를 따든 하라고 저승 문턱 넘는 각오로 성큼 앞으로 나섰다. 『자랏골의 비가』 ¶"여러 사람 목숨이 왔다갔다 하는 일이다. 정신 똑바로 차리고 해야 한다. 그런다고 마음을 너무 동여매도 안된다. 아랫배에다 힘을 주고 이판사판이다 하고 느긋하게 능청을 부리는 거여, 알겠냐?" 임군한은 달주에게 거듭 다짐을 주었다. 『녹두장군』①

익은 감도 떨어지고 생감도 떨어진다㊀ 늙어서 죽는 사람도 있고 젊어서 일찍 죽는 사람도 있다는 말. ¶나한테는 그런 일이 없을 것이라고들 저마다 생각하고 자기 앞만 가리지마는, 익은 감도 떨어지고 생감도 떨어지는 것이 세상 이치다. <신 농가월령가>

익은 밥 먹고 선소리한다㊀ 사리에 맞지 않은 말을 하는 경우를 이르는 말. ¶ "…소작료 내라는 소리는 마름이 아니라 마름 할애비가 와서 찰시루떡 쪄놓고 석삼년을 아갈대도 같잖으니 바쁜 사람 붙잡고 익은 밥 먹고 선소리 작작하고 꼴 치워. 일 바쁘니까." 『암태도』 ¶ "서로 좋자고 하는 소린디 자네 말하는 것이 솔찮이 어폐가 있네. 기왕 말이 나왔은게 말인디 내가 시방 익은 밥 묵고 선소리가 아녀…" 『오월의 미소』

인두겁을 뒤집어쓰다 겉으로만 사람의 형상을 하였다는 뜻으로, 행실이나 바탕이 사람답지 못함을 이르는 말. 사람의 탈을 쓰다. '인두겁'은 사람의 형상이나 탈. ¶자기도 인두겁을 뒤집어쓴 사람이다 보면, 피폐로운 애옥살이 살림에서 마른 나무에 물 내듯 뼈를 깎아 이런 비를 세워 호사를 시켜 주는데야, 소작료 걸태질하는 손끝이 전 같으랴 싶던 것이다. 『암태도』 ¶ "이놈, 내가 누군 줄 아느냐? 너같이 못된 놈 징치하려고 목숨은 이미 시왕전에 내 맡긴 놈이다. 이놈아, 사람 명색이라고 인두겁을 뒤집어썼으면 그래도 사람 구실을 방불하게 해야지, 같잖은 양반 떠세로 생사람을 잡아다가 수령놀이를 해? 네놈은 놀이지마는 매맞은 사람은 방금 네놈이 맞은 대로 그렇게 아팠다. 아프기만 한 것

이 아니고 골병이 들었어." 『녹두장군』①

인명은 재천이다(人命在天) 죽고 사는 것은 하늘에 달려 있어 사람의 힘으로는 어찌 할 수 없는 일이라는 말. ¶ (산) "허나, 인명은 재천이니 싸우는 데까지 싸우다 무사답게 죽자." 견훤의 비장한 말에 부하들은 심기일전, 다음날 왕건의 군사들을 맞아 용감하게 싸웠다. 『교수와 죄수 사이』 ¶(산) "인명은 재천이니 죽을지 살지는 당해봐야 알겠지요." 『보쌈』

인물 가난이 제일 서럽다 인물 못 생긴 것이 제일 서럽다는 말. ¶ "세상에 저런 얼굴 타고나도 부러울 것이 있으까? 가난 가난 해도 인물 가난이 젤 서럽더라고 내가 장홍댁 인물 절반만 타고 났으면 말년 신세가 이 꼴이었어? 인물이 도둑질할 것이라면 나는 장홍댁 첨 봤을 적에 폴세 도둑년 되았을 것이구만." 홍덕댁은 너스레가 흐드러졌다. 『녹두장군』⑧

인심은 천심㊀ 만백성들이 생각하는 것이 옳고 바름을 이르는 말. ¶ "인심이 천심이란 것이 따지고 보면 천하 만백성 마음이 천도란 소리 아닌가?…" 『암태도』 ¶ "인심은 천심이라고 벌써부터 그런 조짐이 여러가지로 보이고 있습니다. 요사이 세간에 떠도는 참언만 봐도 그렇습니다…" 『녹두장군』②

인심이 밥 먹여주나 사람들한테 잘해 보았자 쓸데없다는 말. ¶ "인심이고 지랄이고, 내 짐도 색걸이에 물음에 고슴도치 물외짐으로, 한어깨에 두 지게 시지게를 지고, 시방 눈앞에 영광 이앙당제를 쳐다보고 있는디, 도적놈보고 인사불성이라고 나무라제, 인심이 어쩐다니, 인심이 밥 먹여주간디?" 『자랏골의 비가』

인심이 오뉴월 땅가뭄에 모래밭이다　인심이 심하게 메마른 경우를 이르는 말. '땅가뭄'은 아주 심한 가뭄. ¶"이놈의 세상이 어쩌자고 갈수록 인심이 오뉴월 땅가뭄에 모래밭인지, 이제 내남적 없이 내것 없으면 목구멍을 천정에 매다는 수밖에 없겠구먼." 방촌 영감은 담배 연기를 한 발이나 길게 내뿜으며 변죽만 울리고 있었다. <신 농가월령가>

인왕산 그늘이 강동 팔십 리 간다㊌　수양산 그늘이 강동 팔십 리 간다. 어떤 한 사람이 크게 되면 그 덕을 보는 사람이 많다는 말. ¶"암은, 인왕산 그늘 관동 팔십 리 간다고, 이 동네서 그런 인물이 하나 난 담에사, 일본놈덜도 즈그덜이 여그다 사정을 두제 안두고는 못배길 것이여." 『자랏골의 비가』

인절미 모태 주무르듯　무슨 일을 능란하게 후리는 솜씨를 이르는 말. '모태'는 떡판에 놓고 한 번에 칠 만한 떡 덩어리. ¶"저 사람이 손보다 입이 부지런한 것이 조개 흠이라면 흠이요마는 사람 후리는 횟수 한나는 입 잰 값하는 사람이오. 여닐곱이나 되는 은씨 집 머슴놈들 주무르기를 인절미 모태 주무르대끼 꼼짝 주무르는 사람이오." 퉁방울눈이 웃으며 모들뜨기를 추켜세웠다. 『녹두장군』⑧

인정도 품앗이㊌　남에게 인정을 쓰는 일도 다 서로 주고받고 하는 품앗이나 다를 바 없다는 뜻으로, 내가 남을 생각해 주어야 남도 나를 생각하게 되는 법이란 말. ¶"그런께, 이것이 인정도 품앗이라고 이로크롬 오는 정이 있으면 가는 정도 있어사 쓸 것인디." 『자랏골의 비가』 ¶"이 사람아, 인정도 품앗이더라

고 오는 정 가는 정이래야지 일껏 생각을 해주어도 생각해준지도 모르고 있었으니, 나는 여태까지 절 모르고 시주했네그라…" 『암태도』

인천 앞바다가 사이다라도 컵 없이 못 마신다　무슨 일을 할 때 가장 요긴한 것이 빠져서는 안된다는 말. ¶"인천 바다가 사이다라도 고뿌 없이 못마시고, 한라산이 금 덩어리라도 배짱없이는 못 가져가요. 돈 놓고 돈 먹기 이것만 잡아내면 삼배." 『자랏골의 비가』

일각이 삼추 같다(一刻如三秋)㊌　짧은 동안도 삼 년같이 생각된다는 뜻으로, 시간이 빨리 지나가기를 바라는 데서 초조하게 기다리는 마음의 괴로움을 이르는 말. ¶"…지금 우리는 서로가 백척간두에 서 있소. 피차에 일각이 여삼추요. 앞으로도 나는 부질없는 발걸음은 삼갈 것이니, 막히고 깜깜하거든 오로지 저 불빛들을 보며 저 불빛 곁의 사람들이 무어라 하는가 눈을 감고 귀를 기울여 자세히 들어보시오…" 『녹두장군』⑦

일구이언(一口二言)**은 이부지자**(二父之子)㊌　한 입으로 두 말 하는 놈은 두 아비 아들이다. 거짓말하는 사람을 욕하는 말. ¶(산)"양반이 너의 같은 상놈들하고 같은 줄 아느냐? 장부일언은 중천금이요, 일구이언은 이부지자라 했거늘 양반이 상놈한테 식언을 하여 이부지자가 될 것 같으냐? 염려 말고 말을 해라." 양반은 사뭇 벋대는 가락으로 호기 있게 말을 했다. 『보쌈』

일승일패(一勝一敗)**는 병가상사**(兵家常事)㊌　한 번 이기고 한 번 지는 것은 군사상 보통 있을 수 있는 일이라는 뜻으로, 일에 실패한 사람을 위로하는 말. ¶"모

두들 죽는다는 말씀들을 하셨습니다만 일승일패는 병가상사입니다. 우리가 무기는 약합니다마는 전쟁은 무기로만 하는 것이 아닙니다." 유한필이가 호기 있게 나왔다. 『녹두장군』⑫

일은 저질러 놓고 봐야 한다 무슨 일이나 과감히 시작해야 한다는 말. ¶"좌우당간, 일을 저질러놓고 봐! 이 동네 사는 사람이먼 저 다리 안 건너댕기고는 못 살 것인께…" 『자랏골의 비가』

일하는 데는 병든 주인이 아흔아홉 몫이다 무슨 일이든지 일을 주관하는 주인의 역할이나 태도가 얼마나 중요한지를 이르는 말. ¶"…장군님은 군사들을 호령으로 끌고 오신 것이 아니라 몸으로 끌고 오신 것입니다. 지금까지 장군님께서는 밥 한끼 농민군들보다 더 낫게 잡수신 적이 없고, 농민군들보다 잠 한번 따뜻하게 주무신 일이 없으십니다. 일하는 데는 병든 주인이 아흔아홉 몫이더라고 농민군을 한 덩어리로 묶어서 여기까지 끌고 오신 힘은 무엇보다 이것입니다…" 『녹두장군』⑪ ¶"어제 공장에 가봤습니다." "가봤구나. 주문이 밀려 정신을 못 차린다던데 어쩌더냐? 일은 병든 주인이 아흔아홉 몫이라고 이녁 식구 그림자가 남의 열 손보다 나은 법이다…" 『은내골 기행』 ¶"일하는 데는 주인이 아흔아홉 몫이라는 시골사람들 말이 허투루한 소리가 아니라구." <부르는 소리>

임도 보고 뽕도 딴다㈜ 한꺼번에 여러 가지 좋은 일을 하게 되는 경우를 이르는 말. ¶곰영감과는 친 부자간이나 진배없는 장인 사위가 되는 것이니, 옛날의 원한을 씻는 것은 물론, 그런 든든한 장인한테다 묏등의 안전을 비끌어매게 되는 것이다. 그러니까 외팔이는 이것이 임도 보고 뽕도 따는 신선놀음이었다. 『자랏골의 비가』

임자 없는 물외밭 말리는 사람이 없어 마음대로 할 수 있는 경우를 이르는 말. ¶"언턱거리가 없어 별의별 억지 죄 명색을 다 부벼대던 놈들한테, 얼마나 기막힌 구실인가? 저놈들 임자 없는 물외밭에 들었네." "허, 참." 『녹두장군』① ¶"아무리 일본이지만 우리 같은 무지렁이힌데야 거기라고 어디 임자 없는 물외밭이겠나?" <가남 약전>

입도 벙긋 못하다 말 한마디 못하다. ¶"…누가 보든지 말든지 여기 와서 나를 부르다가 없으면 가라고 모른대끼 물레방에 가버릴까? 그러면 소작 이야기는 영 입도 벙긋 못 해볼 것인데, 이 일을 어쩌야 쓸꼬?…" 『녹두장군』③

입맛 나자 돈 떨어진다㈜ 일이 제대로 되어가는 판에 공교롭게도 중요한 대목에서 잘못되는 경우를 이르는 말. 입맛 나자 노수 떨어진다. ¶정말 미치겠네. 입맛 나자 돈 떨어진다더니 이렇게 기똥찬 방법이 나타난 판에 이게 뭐야? 『오월의 미소』

입 안에 혓바닥 놀듯㈜ 이쪽 뜻을 잘 알아서 일을 날래고 어김없이 해주는 모양을 이르는 말. ¶"…일본놈덜 모시던 가락이 있겄다, 입안에 쌧바닥 놀대끼 할 것 아녀?" 『자랏골의 비가』 ¶대사를 앞두고 입에 혀같이 부르는 유월례가 없으면 집안 일손에 자국이 너무 크게 나겠으니 대사 때까지만 자기 집에 두자고 했다. 그러나 호방은 한마디로 안 되겠다고 거절했다. 『녹두장군』①

입에 맞는 떡㊟ 마음에 꼭 드는 일이나 물건을 이르는 말. ¶“…사람이 쪼깐 방 불하다는 자리는 주렁주렁 딸린 것이 많고, 그런 것이 앤간하다 싶으면 다른 것이 너무 보잘것이 없고, 입에 맞는 떡이 어디 쉽게 있을랍디여마는, 나는 데마다 넘고 처진단 말이요.” 『자랏골의 비가』

입에 풀칠을 하다 목구멍에 풀칠하다. ¶…조상의 선산 모시자고 한 일이, 뜻밖에 처자식 위한 일이 되어, 그 모자는 그 서마지기로 근근히 입에 풀칠을 할 수 있게 되었다. 『자랏골의 비가』 ¶장일만이는 이 집 까대기에 들어 일곱 식구가 겨우 이슬을 가리며 겨우겨우 입에 풀칠을 하고 있었다. 『녹두장군』⑧

입은 비뚤어져도 주라는 바로 불어라㊟ 상황이 어떻든지 말은 언제나 바르게 하여야 함을 이르는 말. 입은 비뚤어져도 말은 바로 하랬다. ‘주라(朱螺)’는 붉은 색을 칠한 소라로 만든 악기로 군대서 호령할 때 썼다. ¶“…걱정을 해줘서 고맙기는 하네마는, 입은 삐뚤어졌어도 출래는 바로 불더라고, 그것 하나 갖고도 둘 가진 자네보담 일은 똑떨어지게 더 잘한게, 다시는 그런 걱정 말소…” 『자랏골의 비가』 ¶“내가 말을 너무 주변머리없이 내갈긴 것 같소마는 입은 삐뚤어졌어도 출래는 바로 불랬더라고 할만은 해사지라…” 『오월의 미소』

입이 바지게가 되다 입이 찢어지게 웃는 경우를 이르는 말. ¶“떨어졌다.” 만득이는 소리를 질렀다. 손가락 한 매듭만한 돌조각 하나를 주워들었다. 만득이는 입이 바지게가 되며 돌조각을 유월례한테 보였다. 내외는 마치 무슨 보물이라도 얻은 듯 돌조각을 들여다봤다. 『녹두

장군』③ ¶불감이청이언정 고소원이라 각시를 얻게 되는 일만이나, 며느리를 얻게 되는 그 어머너나, 대번에 입이 바지개로 찢어져 올라가 귀밑에까지 이르렀다. <신 농가월령가>

입이 백 개라도 할 말이 없다㊟ 입이 열 개라도 말 못한다. 잘못이 명백히 드러나 변명의 여지가 없음을 이르는 말. ¶“새끼를 저 꼴로 키워논 나로서야 입이 백개라도 할 말이 없네마는 이것을 소작회에다 내노면 집안 우세가 보통 우세겠는가?…” 『암태도』 ¶죄상을 다 읽고 난 사내가 크게 소리를 질렀다. “입이 백 개라도 할 말이 없을 것이오. 당장 쳐죽입시다.” 한쪽에서 고함을 질렀다. 『은내골 기행』 ¶“…설사, 끼니를 몇 끼니 거르는 한이 있더라도 자식덜 키우고 사는 놈덜이 여적지 저기다 비석 하나 못 세웠으니 내남적 없이 입이 백 개라도 할 말 없게 됐어. 짝하면 입맛이더라고 비석이 꼭 거창해야 한다는 법도 없는 담이는 찬물 떠놓고 절을 해도 정성인께 명색만이라도 갖추는 것인다…” <재수없는 금의환향>

입이 열개라도 할 말이 없다㊟ 입이 광주리만 해도 말 못한다. ¶“내가 시방 입이 열 개라도 할 말이 없네.” <신 농가월령가>

입이 함지박만 하다㊟ 매우 기뻐하거나 흡족해하는 경우를 이르는 말. 입이 함박만 하다. ¶조회문을 받은 이홍장은 대번에 입이 함지박만하게 벙그러졌다. 『녹두장군』⑩

잉어 낚는 데 곤지 아낄까 큰 이익을 얻는 데는 작은 손실에 개의치 말라는 말. ‘곤지’는 새우. ¶언제 쓰자던 하눌타리

며, 잉어 낚는 데 곤지가 아까우랴, 애꿎은 닭장만 뒤져 닭꾸러미를 챙겨들고…재를 넘어 약방영감 집을 드나들었다.『자랏골의 비가』

잉어 낚는 데 곤지 턱이다 큰 이익을 보는 데 투자하는 것이 매우 적음을 이르는 말. ¶"이 불을 빌미로 물세는 말할 것도 없고 다른 잡세까지도 몽땅 긁어낼 것이다. 양쪽에 쌓이는 노적가리가 기껏 5, 60섬밖에 안 된다고 했지 않느냐? 배들에서 받아낼 물세가 천 섬이 가까울 것이니 천 섬에 5, 60섬이면 잉어 낚는 데 곤지 턱이다."『녹두장군』④

ㅈ

자귀를 짚다 짐승을 잡으려고 짐승의 발자국을 따라가다. ¶"갑수 네가 가서 일판이 어떻게 되는가 보고 오너라. 자귀 짚듯 숨어서 갔다와야 한다." 『녹두장군』⑩

자기 집 문턱 드나들듯 한다 자기 집 안방 드나들듯 한다. 출입하기 어려운 곳을 자유롭게 출입한다는 말. ¶닷새 만에 하루씩 자기 집 문턱 드나들듯 했던 장판인데, 이 꼴을 하고 들어서자니, 어디로 가야 하는가, 꼭 핑계 잃은 사돈네 집에 들어가기였다. 『자랏골의 비가』

자는 범 코침 주기[속] 그대로 가만히 두었으면 아무 탈이 없을 것을 공연히 큰일을 버르집는 경우를 이르는 말. ¶"…자는 범 코침을 주어도 유분수지, 두고 봐, 이번에는 칼이 아니고 총으로 쏴, 총! 뺑, 뺑, 총으로 갈긴단 말이야." 『암태도』

자다가 벼락을 맞는다[속] 급작스레 뜻지 아니한 변을 당함을 이르는 말. ¶자랏골 사람들에게는 자다가 날벼락도 이런 날벼락이 없었다. 『자랏골의 비가』 ¶"정참봉 그 양반은 자다가 날벼락을 맞았어. 짐승도 집에 들어오면 거둔다는 것인디, 집에 찾아 들어오는 사람을 으짤 것이여?" 『녹두장군』⑤

자다가 봉창 두들긴다[속] 자다가 깨어나서 잠결에 봉창을 두드린다는 뜻으로, 갑자기 얼토당토 않은 짓을 하거나 동이 닿지 않는 소리를 하는 경우에 이르는 말. '봉창(封窓)'은 벽을 뚫어 구멍을 내고 안쪽으로 종이를 바른 창. ¶"저 사람이 자다가 먼 봉창을 뜯고 있는가 모르겄네. 시방." 외불이가 저런 병신이 있는가 하는 소리로 핀잔이었다. 『자랏골의 비가』

자다가 얻은 병은 이각을 못한다[속] 뜻하지 않게 갑자기 얻은 병이나 재액은 쉽게 면할 수가 없다는 말. '이각(離却)'은 학질 따위의 병을 떨어지게 함. ¶"…자다가 드는 병은 이각을 못한다더니, 구들동티 같으면 물맥이라도 하겄네마는 우리 같은 놈한테는 달리 재주가 없네." 『자랏골의 비가』

자라는 나무는 꺾지 않는다 어린이의 장래

를 해치는 행동은 하지 말아야 한다는 말. 방장부절(方長不折). ¶"알고 기시면 멀라고 저한테 물으시오? 말 못하는 나무도 자라나는 나무는 가지를 꺾지 말랬는디, 자식 키우는 사람이 그런 소리를 어뜨코 입에 담겄소?"『녹두장군』①

자라 등에 풀쐐기 속 거북 등에 풀쐐기 쏘기다. 힘이 전혀 상대가 되지 않는 경우를 이르는 말. '풀쐐기'는 불나방의 애벌레. ¶…뭣등에 해를 입히려고 건드리면 제가 천하 없는 장사라도, 그가 사람인 다음에는 자라등에 풀쐐기로 뭣등에는 해가 없고, 그렇게 사람만 다친다는 것이다.『자랏골의 비가』

자라 보고 놀란 가슴 솥뚜껑 보고 놀란다 속 어떤 사물에 놀란 사람은 그와 비슷한 사물만 보아도 겁을 냄을 이르는 말. ¶"자라 보고 놀란 가슴 솥뚜껑 보고 놀라더란 격으로 우리가 너무 설치고 있는 것 같아."『암태도』 ¶이주호는 처음 놀랐던 표정이 웬만큼 풀리고 있었다. 자라 보고 놀란 가슴 솥뚜껑 보고 놀라더라고 요사이 하도 어이없는 재변이 겹치는 바람에, 무슨 까탈로 이렇게 몰려오는가, 혹시 집구석이라도 작살을 내려 몰려오는 것이 아닌가, 막연히 겁을 먹었다가 기껏 물세 이야기자 안심이 되는 모양이었다.『녹두장군』④

자라목 오므라들 듯 민망하거나 멋쩍어서 목을 움츠러드는 모양. ¶잡아 먹을 것 같은 임군한의 서슬에 졸개들은 자라목처럼 목이 움츠러들었다.『녹두장군』①

자라새끼한테 연장 물렸다 비 미꾸라지한테 좆 물린다. ¶"영감님 상투 커서 뭣한다냐? 동곳만 찌르면 그만이제." 판돌이는 윗자 위에 칠자를 때려 놓으며 약

좀 오르라는 가락으로 콧노래를 부르며 돈을 긁어갔다. "제미 자라새끼한테 연장 물렸네." 태문이가 담배를 태물며 뇐다.『자랏골의 비가』

자라 알 묻듯 감쪽같이 묻어 놓음을 이르는 말. ¶고구마 임자를 생각하면 웃음을 참을 수가 없었다. 이놈을 집에서 여기까지 소중하게 가지고 와서 자라 알 묻듯 몰래 묻어놨을 게 아닌가? <영감은 불 속으로>

자라 콧등만하다 아주 좁다는 말. 메뚜기 이마만하다. ¶"…아야, 시방 니가 자라 콧등만한 동네 이장 하나 추켜든께, 그것도 감툰지 알고 세상이 그냥 동전짝만하게 뵈냐?"『자랏골의 비가』

자반뒤집기 누워서 괴로워하며 엎치락뒤치락하는 짓. ¶만재는 그 궁리를 하느라 뜬눈으로 몸뚱이를 자반뒤집기를 하다가 닭을 울리고 말았다.『암태도』 ¶박성삼이는 그날 저녁 내내 몸뚱이를 자반뒤집기를 하며 뜬눈으로 밤을 샜다.『녹두장군』③ ¶(산) 저녁 내내 몸뚱이를 자반 뒤집기를 하면서 궁리에 궁리를 굴렸으나, 아무리 궁리를 굴려도 굴려봐야 물레방아요, 던져봐야 마름쇠로, 이렇다할 궁리가 터지지 않았다.『보쌈』

자식 둔 사람 막말 말랬다 속 자식을 둔 사람은 자기 자식도 장차 어떻게 될지 모르기 때문에 막말은 삼가라는 말. ¶"허허. 어제 저녁에는 진구리 키다리 꼴이 헌 망건짝으로 초라해 뵈더니, 이러기 자식 둔 놈 막말 말랬구만."『암태도』

자식을 보기에 아비만한 눈이 없고 제자를 보기에 스승만한 눈이 없다 속 제 자식은 그 아버지 되는 사람이 가장 잘 알고, 스승은 그 제자를 가장 잘 알고 있

다는 말. ¶"허허. 자식 보기는 아비만한 눈이 없고, 제자 보기는 선생만한 눈이 없다더니, 내 속 알기는 형수씨만한 사람이 없어. 꽃 같은 마누라를 혼자 보내놓고 어떻게 집안에 앉아 있겠소?"『암태도』

자식은 쪽박에 밤 주워 담듯 한다㉏　빈한한 가정에서 자식이 많아 좁은 방에 들어앉은 것이 마치 쪽박에 밤을 담아 둔 것과 같다는 말. ¶목구멍도 목구멍이지만 속살도 제대로 못 가리는 주제에, 새끼들은 쪽박에 밤알 주워담듯 해놓고, 먹다 떨어지면 먼산 쳐다보고 있을 것이니, 이런 집 몫까지 나누어지기로 한다면, 이것은 생벼락에 덤까지 붙을 판이었다.『자랏골의 비가』

자식 죽는 건 봐도 곡식 타는 건 못 본다㉏　곡물에 대한 농부의 사랑이 얼마나 지극한지를 이르는 말. ¶"이 일은 처음부터 우리들 생각이 너무 짧았습니다. 농사짓는 사람들 곡식에 대한 애착이라는 것이 자식 죽는 것은 봐도 곡식 타는 것은 못 본다는 것 아닙니까? 그래서 지금 논 바닥에다 고개를 처박고 고스라져 가는 것을 못 봐 발싸심입니다…"『암태도』 ¶"…'자식 죽는 것은 봐도 곡식 타는 것은 못 본다'는 소리가 먼 소리냐? 그것은 가뭄에 논밭의 곡식이 타들어가는 것을 보고 가슴이 찢어지는 농부들의 심정을 말한 것인데, 자식죽는 것은 봐도 곡식 타는 것은 못 본다면 곡식을 자식보다 더 귀하고 사랑스럽게 여긴다는 소리가 아니고 뭐냐? 가뭄에 곡식 타는 곳을 보고 그렇게 애가 타는 심정을 그 땅의 주인인 지주놈은 짐작이나 하겠냐?"『녹두장군』⑤ ¶못자리가 벌겋게 타들어가고 있었다. 보리도 익는 것이 아니라 허옇게 말라가고 있었다. 자식 죽는 것은 봐도 곡식 타는 것은 못본다는 것이 농민들의 심정인데, 이것은 정말 삭막한 풍경이었다. <고향 풍경> ¶(산) "오매, 그러제마는 논바닥에서 나락이 타 들어가고 있는디, 그걸 어찌께 보고 앉아 있을 것이요." 여인은 질겁을 했다. '자식 죽는 것은 봐도 곡식 타는 것은 못 본다'는 속담 그대로다.『녹두꽃이 떨어지면』 ¶(산) 농투산이 농사 짓는 심정이란, 자식 죽는 것은 봐도 곡식 타는 것은 못본다는 것이라, 단골은 타들어가는 벼포기에 속이 확확 달아, 사뭇 더운 김을 내뿜으며 단 솥에 메뚜기 튀듯 발싸심을 하고 쏘다녔다.『보쌈』

자에도 모자랄 적이 있고 치에도 넉넉할 적이 있다㉏　경우에 따라서 양의 과부족은 다소간에 있을 수 있다는 말. ¶"…자에도 모자랄 것이 있고 치에도 넉넉할 것이 있는 법인디, 무단한 놈의 논을 가지고 느그덜이 외기러기 짝사랑으로 눈독을 들이고 나올 적에는 느그덜도 생각이 있을 것 아니냐?…"『자랏골의 비가』

작년 추석에 먹었던 송편이 기어나온다㉏　다른 사람의 아니꼬운 행동에 속이 뒤집힐 것처럼 비위가 상함을 이르는 말. ¶"거짓말인지 참말인지도 모르고 5백냥을 선뜻 내놀까?" "밑겨야 본전이다. 양반놈 곯려준 것만도 어디야? 나는 양반이라고 거드럭거리는 놈만 보면 작년 추석에 먹은 송편이 기어올라와 못견딘다."『녹두장군』② ¶"기도원이고 과수원이고 나는 그 작자 꼴 뵈기 싫은게 못 내놓겠소. 나는 그 작자 상판때기만 봐도 작년 추석에 먹은 송편이 기어올라 오는 사람이오." 폰개라는 젊은이였다. 『은내골 기행』 ¶"그런 밥맛 없는 새끼 하고 같이 술을 마셔? 그 새끼 보기만 해도 작년 추석에 먹은 송편이 거꾸로 기어 나올라고 허는디." <재수없는 금의 환향>

작대기로 하늘 괴는 짓이다 일이 너무 엄청나서 대비 자체가 가당치 않음을 이르는 말. ¶"어야 일만이, 이것이 시방 쪽박 쓰고 벼락 피하자는 짓인지 작대기로 하늘 괴는 짓인지 모르겠네마는, 어쨌던지 우리가 지금 한 쪽박 밑에 들었네. 그러면 어쩔 것인가?…" 『녹두장군』①

작대기 부러진 옹기짐 일판이 작살이 난 경우를 이르는 말. ¶그러니까 양문이 묏등은 이 바위가 없어진다면 작대기 부러진 옹기짐이고 꿩 떨어진 매라는 것이다. 『자랏골의 비가』

작두바탕에다 모가지를 늪혀놓고 산다 목숨을 내놓고 사는 경우를 이르는 말. ¶화적들은 그들이 두고 쓰는 말마따나 작두바탕에다 모가지를 늪혀놓고 살지마는, 세상에서 떵떵거리던 이런 놈들을 닦달하는 맛에 화적질을 했다. 『녹두장군』⑥

작살내다 '작살나다'의 사동사. ¶왕삼이는 더 신바람이 나서 방학주를 아주 작살을 내는 시늉을 했다. 『녹두장군』② "우리가 왜 이렇게 늦게 온 줄 아냐? 실은 고부 소문은 그때 금방 들었다마는 그 방학주란 놈 작살을 내고 오느라고 늦었다." 용배 말에 모두 유쾌하게 웃었다. 『녹두장군』⑦

작살나다 아주 결딴이 나다. ¶묏등 도래

솥은 삽시간에 작살이 나고 말았다. 대개 이런 묏벌들은 모두 밥술깨나 먹는 부자나 양반들 산소였다. 『녹두장군』④

작은 고추가 더 맵다㉦ 비록 작기는 하지만 독이 잘 오른 작은 고추가 몹시 맵듯이, 몸집이 작은 사람이 큰 사람보다 야무진 경우를 이르는 말. ¶(산) 작은 고추가 맵더라고 이런 놈일수록 죽을 고비를 당하면 무서운 힘이 나오는 거지. 『보쌈』

작은 나무는 큰 나무 덕을 못 봐도 사람은 큰사람 덕을 본다㉦ 작은 나무는 큰 나무의 그늘에 가려 잘 자라지 못하지만 사람은 큰 사람의 도움을 받는다는 사실을 이르는 말. ¶"옛말 그른 것 보았간디? 본시 큰 나무 덕은 못봐도 큰 사람 덕은 보는 법이여." 『자랏골의 비가』

잔나비 경문 읽는 소리 무슨 소리인지 알아들을 수 없는 소리를 낮잡아 하는 말. '잔나비'는 원숭이. ¶"…무식한 놈덜 귀에는 잔내비 경문 읽는 소리도 아니고, 도깨비 여울물 건너는 소리도 아닌디, 그런 소리로 백날 야지랑을 까봐야 먼 소용이여?…" 『자랏골의 비가』

잔뼈가 굵다 어려서부터 어떤 환경 속에서 자라나다. ¶만석이는 떠돌이 생활로 잔뼈가 굵은 사람이라, 겪어봤다는 것은 그때 경험인 것 같아 만석이 아내는 고개를 끄덕였다. 『암태도』

잘된 곡식 보듯 무엇을 오달지게 바라보는 경우를 이르는 말. ¶"접주님 둘째요." "음, 참 야물게 생겼다. 큰놈도 듬직하글래 접주님은 맞상주 치레 했다고 부러워했등마는 요놈은 더 야물게 생겼구나." 김확실이는 잘된 곡식 보듯 오달진 표정으로 용현이 머리를 쓰다듬었다.

『녹두장군』⑦

잘된 곡식 추듯 잘된 곡식 칭찬하듯. '추다'는 다른 사람의 기분을 맞추느라 훌륭하거나 뛰어나다고 말하다. ¶ "그놈 참말로 인물 한번 선하게 생겼네. 이 모진 세상을 혼자 뒹굴던 놈이 저렇게 의젓하다니 개천에서 용이 나도 크게 났구만." "하느니 그 말인데, 얼굴 한 구석 구긴 데가 없단 말이여." "되는 집은 가지나무에도 수박이 열리고 나갔던 강아지도 동무를 달고 들어온다등마는 이 집이 그 짝이구만." 술이 거나해진 사람들은 모두 잘된 곡식 추듯 용배 칭찬에 침이 밭았다. 『녹두장군』⑧ ¶ "인사 드려라." 명호는 혜선이 아버지한테 꾸벅 절을 했다. "그놈 참, 야무지게 생겼다." 혜선이 아버지는 잘된 곡식 추듯 오달진 표정으로 칭찬을 했다. 『은내골 기행』

잘 먹고 잘 입어 못난 놈 없다⑥ 잘 먹어 풍신이 좋고 잘 입어 의관이 번듯하면 남의 괄시도 받지 않는다는 말. ¶ 잘 먹고 잘 입어 못난 놈 없고 왕후장상에 씨가 없다던 옛말 틀린 데 없었다. <재수 없는 금의환향>

잠자는 호랑이 코에 불침 놓다⑥ 자는 범 코침 주기. ¶ "지금 사또 나리께서 얼마나 화를 내고 계시는지 안 본 사람은 모릅니다. 좌수 어른 말씀마따나 꼭 잠자는 호랑이 코에 불침 논 짓 한가지요. 이대로 가만 있다가는 사람이 상해도 여럿 상하지 않을까 겁이 납니다…" 『녹두장군』④

잠채꾼 신혈 만난 꼴 횡재 만난 꼴. '잠채꾼(潛採-)'은 광물을 허가없이 채굴하는 사람. '신혈(新穴)'은 광물을 캐다 새로 발견한 광맥. ¶ 지주가 작인에게 미리 곡수를 매겨 도지를 주듯 아전들에게 방화범 처리라는 도지를 준 꼴이었다. 아전들한테는 잠채꾼 신혈 만난 꼴이었다. 아전들은 동네 도깨비 팔자로 팔자가 한껏 늘어질 판이었다. 『녹두장군』⑤ ¶ "벌써 재작년 일이 되었소마는, 나졸들 살변 났을 때도 당신들 이속들은 잠채꾼 신혈 만나듯 재미를 보았소…" 『녹두장군』⑤

잡아온 부엉이 같다 눈만 멀뚱거리고 있는 모습을 이르는 말. ¶ 김서기와 이렇게 대면하고 앉는다는 것부터가 사돈네 안방에 들어온 것 같이 만만찮아 잡아온 부엉이처럼 눈만 껌벅이고 있는 판인데 이런 알쏭달쏭한 소리를 하니 어리둥절하지 않을 수 없었다. 『암태도』 ¶ 마담이 어서 오라고 반색을 하면서 방석을 권한다, 병풍을 고쳐 친다, 야발을 떨었다. 섬 사람들은 잡아온 부엉이처럼 방석 위에 꼿꼿하게 앉았다. <귀향하는 여인들>

잡것⑪ 점잖지 못하고 잡스러운 사람을 속되게 이르는 말. ¶ "잡것. 기왕에 뺀 칼이니 한바탕 제대로 맞닥뜨려 보게 문재철이가 버티려면 끝까지 한번 버텨 줬으면 쓰겠어." 『암태도』

잡을 새끼⑪ 혼쭐을 낼 놈이라고 욕하는 말. ¶ "야, 이 잡을 새끼들, 아가리 닥쳐…" 『암태도』

잣것⑪ 잡것. ¶ "잣것이, 저것은 이름까지 어째서 춘양이여, 춘양이가?…" 『자랏골의 비가』 ¶ "잣것, 이판사판이다." 정장쇠는 이내 이를 사려물었다. 『녹두장군』② ¶ "잣것, 일은 한번 제대로 벌어지는가 부다." 『녹두장군』②

장나무에 낫 걸이⑥ 굵고 큰 통나무를 낫

으로 자르려 한다는 뜻으로, 대적할 수 없는 대상에게 쓸데없이 대항하는 헛수고를 이르는 말. ¶"…그런 사람한테 대들어봤자, 당신이나 내나 관청 근처에 구정물 한방울 뛰어간 연이 없는 사람이고 보면, 그런 관청 상관으로야, 양문씨 같은 사람한테 대든다는 것이 장나무에 낫 걸기제 뭣이겠소?…"『자랏골의 비가』 ¶서태석은 이번 사태에 잘못 대처했다가는 소작쟁의가 여기서 끝이 날지도 모른다는 생각이 들었다. 군대까지 이렇게 나서고 보면 더 버텨 봤사 장나무에 낫 걸기 아니냐고 지레 주저앉고 말지도 모르기 때문이었다. 『암태도』

장땡[비] 가장 좋은 수나 최고를 속되게 이르는 말. 장땡은 투전에서 열끗 짜리 패 두 장을 쥔 경우. ¶"륙색을 먼저 놓은 것이 임자지, 입으로 맞추기만 하면 장땡인 줄 아슈?" <지리산의 총각샘>

장마 도깨비 여울 건너가는 소리[속] 장마져서 물소리가 몹시 시끄러운 여울물을 건너며 도깨비들이 떠들어 대는 것에 빗대어, 무슨 말인지 알아들을 수 없는 소리를 소란스럽게 지껄여대거나 이치에 닿지 아니한 말을 하는 경우에 비꼬는 말. '여울'은 내나 강의 바닥이 얕고 너비가 좁아서 물살이 세고 빠르게 흐르는 곳. ¶"제미, 아무리 양문이라고 하제마는 그래도 참새도 죽을 적에는 짹하고 죽는 것인디, 턱 떨어진 외가리맨키로 양문이 입만 쳐다보고 있다가, 곰 창날 받대끼 그런 뚜부에 이빨도 안 들어갈 소리나 듣고 와서, 괴 불알 앓는 소리도 아니고, 도깨비 여울물 건너는 소리도 아닌 소리로 연설이나 풀고 있단 말이여?"『자랏골의 비가』 ¶"진드거

니 조깨 참고 들을 것은 들어!" "들어봤자, 귀신 씨나락 까묵는 소린지 도깨비 여울물 건너는 소린지도 모르는 소리 들어서 어디다 써?"『녹두장군』⑧

장마에 개똥참외 열리듯 보잘것없는 것이 많이 달려 있는 경우를 이르는 말. ¶"…똥같은 인생이라 똥같은 일만 장마에 개똥참외 열리듯 줄레줄레 뒤를 이었다. 『자랏골의 비가』

장마에 물외 덩굴 뻗듯하다 기세가 거세게 뻗치는 경우를 이르는 말. ¶"…양문이는 이 묏등을 쓰면서부터 소리가 나게 운이 틔어, 장마에 물외 덩굴 뻗듯한 운이 지금까지 뻗치고 보니, 그것이 명당 소응의 발복이랄밖에 달리 할 말이 없었다. 『자랏골의 비가』

장마에 물외 크듯 장마 때는 물외(오이)가 하루가 다르게 자라는 데서 무엇이 기세좋게 자라는 것을 이르는 말. ¶돼지는 자라기도 잘 자라 무럭무럭 장마에 물외 크듯 했다. <신 농가월령가>

장마에 빗물 쓰듯 한다 아끼지 않고 헤프게 쓰는 경우를 이르는 말. ¶"…고방에 나락섬 재어논 것만 생각하고 마음이 헤퍼져서 양식을 장마에 빗물 쓰듯 하는 것 같고, 결국 이런 못된 일까지 생겨난 것입니다."『암태도』 ¶"…그렇지만 그게 얼마나 가겠습니까? 하루에 만여 명이 먹는다는 소리도 들었습니다. 그렇게 장마에 빗물 쓰듯 하면 그 쌀이 어디서 나옵니까?…"『녹두장군』⑥

장마에 흙담 무너지듯 힘없이 무너지는 모습을 이르는 말. '흙담'은 흙으로 쌓은 담. 토담. ¶"처음에는 소작료만 4할로 내려도 다행이다 했지요. 그런데 이놈들이 한 번 겁을 먹고 나니까 장마에

흙담 무너지듯 합디다. 하하.” 『암태도』
¶“…얼른 무슨 결단을 내려야지 자칫
하면 어느 순간에 장마에 흙담 무너지
듯 무너질지 모르겠습니다.” 『녹두장군』
⑦ ¶(산) 한번 전열이 흩어지기 시작하
자 농민군은 장마에 흙담 무너지듯 했
다. 『녹두꽃이 떨어지면』

장마에 흙담 무너지는 소리　소리가 거의
나지 않는 경우를 이르는 말. ¶“반동의
묏등 박살을 내자!” 뒤죽박죽인 대로 아
까보다 소리는 조금 맞았으나, 놈들의
시퍼런 서슬에 비기면 장마에 흙담 무
너지는 소리였다. 『자랏골의 비가』

장부 일언은 중천금圈　사내 대장부가 한
한마디 말은 천금같이 무겁다는 뜻으로,
남자들은 약속은 꼭 지켜야 한다는 것
을 한문투로 이르는 말. 장부의 한 말이
천금같이 무겁다. ¶(산) “양반이 너의
같은 상놈들하고 같은 줄 아느냐? 장부
일언은 중천금이요, 일구이언은 이 부지
자라 했거늘 양반이 상놈한테 식언을
하여 이부지자가 될 것 같으냐? 염려 말
고 말을 해라.” 양반은 사뭇 벋대는 가
락으로 호기 있게 말을 했다. 『보쌈』

**장비는 간 데마다 싸움이고 이태백이는 간
데마다 술이다**　이태백이는 가는 데 마
다 술이고 장비는 가는 데마다 싸움이
다. ¶“예. 술 있어요. 떡도 쪼금 있고
요.” 꼬마가 곧이곧대로 말했다. “허허.
장비는 간 데 마다 싸움이고 이태백이
는 간 데마다 술이라더니 만석이 뒤에
는 술이 줄줄 따라 다니는그만.” 춘보가
너스레를 떨었다. 『암태도』

장비 만난 조조 성벽 단속하듯　무엇을 단
단히 단속하는 모습을 이르는 말. ¶(산)
단골 논은 이내 논바닥이 거북등으로

쩍쩍 엉그름이 벌어지고 있었다. 단골은
빈 삽만 들고 소절난 가마귀 어물전 돌
듯 논둑 봇둑을 싸대고 다녔으나, 양반
놈이, 물꼬를 장비 만난 조조 성벽 단속
하듯 처깔을 해놨으니 어떻게 손을 써
볼 재간이 없었다. 『보쌈』

장비야 내 배 다칠라圈　중국 삼국시대 촉
나라의 용맹한 장수로 이름 높던 장비
더러 ‘장비야 날치지 마라 내 배 다칠
라’ 한다는 뜻으로, 아니꼽게 잘난 체하
며 거드름을 피우는 사람을 비꼬아 이
르는 말. ¶“일본놈덜 쫓겨들어가는 바
람에 양문이 업족제비도 일본으로 비행
기 탄 줄 알았등마는, 이번에는 진짜로
조카놈이 서장이 되았으면, 양문이는 이
세상이 되어도, 장비야 내 배 다칠라 하
고 읍내 니거리 길이 좁게 생겼그마. 허
허.” 『자랏골의 비가』 ¶“여태까지 정참
봉이나 조병갑이 배때기 한나 쒸실 놈
이 없는게 그놈들이, 장비야 내 배 다칠
라 배때기를 두 길 시 길 내밀고 그런
짓거리를 했제 으쨌겄냐?…” 『녹두장군』
⑦ ¶“개꼬리 황모 되겄나? 지금도 장
비야 내 배 다칠라, 읍내 거리가 좁을
지경이네.” 『은내골 기행』

장수 나면 용마 난다圈　뛰어난 인물이 나
면 그가 타고 다닐 용마가 나오기 마련
이라는 뜻으로, 훌륭한 사람이 나면 저
절로 그 사람에게 필요한 것이 마련되
거나 적절한 상대가 생긴다는 말. ¶“바
로 그 점에 참언의 요체가 있는 듯하옵
니다. 장수 나면 용마 난다는 속언이 있
사온데, 이 세상을 구할 진인을 이미 하
늘에서 내려 그 진인이 지금 이 세상 어
딘가에 있기 때문에 그 진인을 태울 용
마를 땅이 냈다는 소리가 되기 때문이

옵니다…" 『녹두장군』③   ¶(산) 난세에 폭우가 쏟아져 산에서 바위가 무너지는 사건이라도 생기면, 대뜸 거기서 말이 나와 울고 갔다는 소문이 퍼지기 십상이다. 장수 나면 용마 난다는 속담에 맞추려는 것인데, 거기에는 그 말을 탈 장수가 이미 어딘가에 태어나 있다는 사실이 전제되어 있다. 진인설 같은 참언이 배경이 되어 있는 것이다. 『교수와 죄수 사이』

장수 나면 용마 나고 문장 나면 명필 난다 ㉑ 장수 나면 용마 난다. ¶"내장산 바위에서 말이 나왔다는 소리는, 장수 나면 용마 나고, 문장 나면 명필 난다는 속담에다 맞춰 만들어진 소리 같은데, 백성들이 그런 허황한 소리를 곧이곧대로 믿고 있습니다. 믿고 있다기보다 그렇게 믿으려고 합니다. 이런 심사는 난리가 나기를 그만큼 바라고 있다는 얘기겠지요. 바로 이게 난리의 조짐이라 보여집니다." 『녹두장군』②

장 쑤는 데 구더기다 큰일을 할 때는 조금 못마땅한 일도 있기 마련이라는 말. ¶"…다른 일에서는 저자들에게 오판할 빌미를 주지 않도록 조심을 해야 하지만, 이런 일은 그 자체가 너무 중요한 일이기 때문에 그자들의 오판 따위는 장 쑤는 데 구더기입니다." "옳은 말씀이오." 전봉준의 말에 모두 고개를 끄덕였고 손화중은 더 크게 끄덕였다. 『녹두장군』⑥

장이 끓는지 죽이 끓는지 무슨 일이 어떻게 되는지 모르거나 관심이 없는 경우를 이르는 말. ¶"…도인들끼리는 늘상 만나서 이야기를 한께 속을 알제마는, 우리들은 장이 끓는지 죽이 끓는지 알

수가 있어야제라우." 『녹두장군』④

장작개비로 소 몰 듯 무작스럽게 몰아치는 경우를 이르는 말. ¶(산) …농사 일이라면 고기잡이에 산골 중보다 더 깜깜한 작자가 느닷없이 농사 일에 뛰어들어 보를 막아라 마라 장작개비로 소 몰 듯 해놨으니 일판은 초판부터 이미 알쪼였다. 『교수와 죄수 사이』

장작불에 물거리 얹히는 꼴 거센 기세에 기세를 더하는 경우를 이르는 말. '물거리'는 싸리 등 잡목의 잔가지로 된 땔나무. ¶"히 참, 복은 쌍으로 아 오고 화는 홀로 안 온다등마는, 이쁘잖은 임금 사자가 겹으로 달려들어 장작불에 물거리 얹히는 꼴이구만." 김경천이가 저쪽 마루에서 이죽거렸다. 『녹두장군』⑨

장짐 맡은 조카 같다 어려운 일을 맡아주어 고마운 경우를 이르는 말. '장짐'은 장에서 샀거나 팔 물건을 꾸린 짐. ¶이용태는 거듭 껄껄 웃었다. 골칫거리인 이주호를 제 사날로 맡고 나선 데다 큼직한 돈줄을 둘이나 잡아주자, 이용태는 호방이 대번에 장짐 맡은 조카같이 이쁜 모양이었다. 『녹두장군』⑧

잦힌 밥에 재 뿌리기 ㉑ 다 된 일에 심술을 부려 일을 그르치게 하는 경우를 이르는 말. 잦힌 밥에 흙 퍼붓기. ¶그리고 모든 원망은 종수 자기한테로 쏟아질 것이다. 먹고 도망친 놈은 그렇다 치고, 잦힌 밥에 재뿌리기로 올가미 쥐고 있는 놈은 또 이렇게 따로 있는데, 죄는 도깨비가 짓고 벼락은 고목이 맞는다고 눈앞에 있는 자기만이 죽일놈이 될 것이다. 『자랏골의 비가』

재물에 가린 눈에는 삼강오륜도 안 뵌다 재물에 눈이 어두워지면 도리를 저버리

기 십상이라는 말. ¶"자기도 눈이 있으면 신문을 볼 것이고 귀가 열렸으면 소문을 들을 것인데, 시국 돌아가는 형편을 모를 것이여?" "재물에 가린 눈에는 삼강오륜도 안 뵈는 것인데, 시국 형편이 제대로 보일 것 같어?" 『암태도』

재미난 골에 범 난다㈜ 위험을 무릅쓰고 한 번 재미를 본 데 맛을 들여서 멋도 모르고 골을 따라 깊이 들어가다가 범을 만나 경을 치게 되었다는 데서, 재미 있다고 계속하면 나중에는 큰 화를 당할 수도 있다는 말. ¶그것이 노름이건 투전이건 그런 엄청난 돈이 안겨진 것은 세금 고지서 나온 것으로 봐서 틀림이 없는 일 같은데 재미난 골에 범 난다고 벌써 무슨 마가 범하지나 않았나 싶었다. <뚱바우 영감>

재산 앞에 장사 없다㈜ 돈 앞에 장사 없다. ¶동네서 입이 제일 지저분한 조만옥이가 꼬리를 사리고 안절부절 못하는 꼬라지를 보고 난 이주호는 재산 앞에 장사 있더냐고 한껏 느긋한 심정이었다. 『녹두장군』③

재수가 옴 붙었다㈜ 재수가 아주 없음을 이르는 말. ¶"금년에는 재수가 옴이 붙었는가 으쨌는가, 재수가 없을라면 뒤로 자빠져도 코가 깨진다더니, 이번에는 또 멀쩡한 여편네가 탈이 붙은 것 같소." <신 농가월령가>

재수 없는 과부는 봉놋방에 들어도 고자 옆에 눕는다㈜ 복 없는 가시나가 봉놋방에 누워도 고자 곁에 눕는다. 재수가 없으면 좋은 조건에서도 일이 제대로 안 된다는 말. '봉놋방'은 여러 나그네가 한데 모여 자는 주막집의 가장 큰 방. ¶"제미, 재수없는 과부는 봉놋방에 들어도 고자 옆에 눕는다등마는, 재수가 없을란게 별일이 다 벌어지네. 너는 그냥 여그 있어라. 바깥에 나가면 춘께." 『녹두장군』⑧

재수 없는 놈은 자빠져도 코가 깨진다㈜ 운수가 나쁜 사람은 무슨 일을 하더라도 다 잘 안 된다는 말. ¶"금년에는 재수가 옴이 붙었는가 으쨌는가, 재수가 없을라면 뒤로 자빠져도 코가 깨진다더니, 이번에는 또 멀쩡한 여편네가 탈이 붙은 것 같소." <신 농가월령가>

재수 좋은 과부는 앉아도 요강 꼭지에 앉는다㈜ 복 있는 과부는 앉아도 요강 꼭지에 앉는다. 재수가 있으면 예사로 하는 일에서도 뜻밖의 재미를 본다는 말. ¶"…나는 여자 다루는 솜씨가 소문난 놈이다. 먼데서부터 척 보고 남승인지 여승인지 알아낸 것 봐라. 재수 좋은 과부는 앉아도 요강 꼭지에 주저앉더라고 너는 서방 복 하나는 타고난 년이다." 작자는 거침없이 내뱉으며 깔깔거렸다. 『녹두장군』⑫

재숫대가리 없는 소리⑪ 재수없는 소리란 말을 거칠게 한 말. ¶"말이 씨 된께 해도 그런 재수대가리 없는 소리는 하지 마라, 이 말이여." 『자랏골의 비가』

재주는 곰이 넘고 돈은 되놈이 먹는다㈜ 일하는 사람은 따로, 이익을 보는 사람이 따로인 경우를 이르는 말. '되놈'은 중국 사람의 낮춤말. ¶"여기서만 지가 지고 왔고, 실은 저 사람들이 지고 왔그만이라우. 재주는 곰이 넘고 돈을 때국놈이 묵드라고, 지고 오니라고 고생은 저 사람들이 하고 생색은 지가 내그만이라우." 정묘득이는 경황중에도 익살을 부렸다. 『녹두장군』⑥

잿밥에만 맘이 있다🔒 염불에는 맘이 없고 잿밥에만 맘이 있다. '잿밥'은 불공을 드릴 때 부처님께 올리는 밥. ¶"…그 사람들은 처음부터 잿밥에만 염이 있는 사람들인데 잿밥이 없는 다음에야 그자들이 무슨 충성으로 동학도들을 또 옭아가겠소…"『녹두장군』②

저녁 굶은 시어미상🔒 아주 못마땅하여 얼굴을 잔뜩 찌푸리고 있는 표정을 낮잡아 이르는 말. ¶선원들은 선원들대로 볼이 부어 돌아왔고, 선주는 선주대로 저녁 굶은 시어미 상판이 되고 말았다. <가남 약전>

저승사자가 눈앞에 아른거리다 죽음을 목전에 두다. '저승사자'는 저승에서 염라대왕의 명을 받고 죽은 사람의 넋을 데리러 온다는 사자. ¶지금까지는 아무리 그악스러웠다 하더라도 팔십을 바라보며 남의 나이를 먹어가는 마당에서는 저승사자가 눈앞에 아른거리기도 할 것이니, 이런 일 뒤에는 사람이 좀 달라질지 모르겠다 싶기도 했다.『암태도』

저승 야차 같다 생김새가 험하다는 말. '야차(夜叉)'는 모습이 추악하고 잔인한 귀신. ¶…하도 모질게 패는 바람에 사흘 만에 마음을 누그리고 말았었다. 정말 매 앞에서는 장사가 없었다. 그렇게 무지막지하게 문초를 하던 김치삼이는 그 순간부터 사람이 홱 달라졌다. 저승 야차 같던 김치삼이가 대번에 신선이 되어버린 것 같았다.『녹두장군』⑤

적선지가(積善之家)에 필유경(必有慶) 적선을 많이 한 집에는 반드시 자자손손에 이르기까지 경복(慶福)이 있다는 말. ¶(산)"허허. 나는 저승 사자가 잘못 알고 다른 사람 대신 나를 잡아가는 줄만 알았더니 저승에 가기는커녕 이런 꽃 같은 처녀를 아내로 맞다니, 적선지가에 필유경이란 옛말 그른 데 없구려." 홀아비는 연방 능청을 떨었다.『보쌈』

전라도 참판이 충청도 혼반(婚班)만 못하다 같은 양반이라 하더라고 전라도 양반은 타지에 가서 제대로 양반 대접받기가 어려움을 이르는 말로, 그 스스로가 참판이라 하더라도 양반하고 혼사를 맺은 충청도의 상민만큼도 대접을 받지 못한다는 말. ¶"너무 상놈 양반 따지지 말게. 전라도 참판이 충청도 혼반(婚班)만 못하다는 소리는 자네가 자꾸 쓰는 소리 아닌가? 전라도에서 반명을 내세우고 큰소리쳐봤자 호랑이 없는 골짜기에 토끼 유세밖에 더 되는가? 지금 세상은 그런 헌 망건이나 쓰고 큰기침할 때가 아닐세." 이사투리는 여유있게 말했다.『녹두장군』⑧

전주가 깨지든지 삼례가 무너지든지🔒 아산이 깨어지나 평택이 무너지나. ¶"잣것, 일은 한번 제대로 벌어지는가 부다." "하여간, 이번에는 한바탕 야물딱지게 밀어붙여얄 것이오. 전주가 깨지든지 삼례가 무너지든지 사생결단을 내야 하오."『녹두장군』②

전주 풍남문 닫듯이 성문 닫듯이. ¶"…이런 일이 어쩐 일이라고 함부로 입을 놀리겠습니까요. 당장 오늘부터 입은 그냥 바라친 뒤에 전주 풍남문 닫듯이 그런 소리라면 입을 사정없이 처깔을 해불란게 안심하십시오." 모들뜨기 호들갑에 모두 웃었다.『녹두장군』⑧

절간 굴뚝 같다 속이 시커멓다는 말. ¶사내들이란 계집 앞에서는 나이를 타지 않는 법이라, 오십이 넘은 중늙은이도 순심이를 보는 눈길이 절간 굴뚝같이 음침했으며, 젊은 놈들은 젊은 놈들대로 순심이를 힐끔거리는 눈길에 축축한 물기가 해토머리 진창길처럼 질퍽거렸다. 『녹두장군』⑥ ¶민영숙은 오로지 민가 지스러기라는 떠세 하나로 분수없이 설쳐대는 뒤틈바리라 사리분 별은 깜깜하기가 절간 굴뚝이었다. 『녹두장군』⑨

절간에 가서도 젓국 얻어먹는다 속 눈치가 빠르고 세상 물정이 환하면 못할 일이 없음을 이르는 말. ¶"…저 셋이 우리 산채에서는 제일 비상한 놈들인데, 재치나 눈치도 절간에 가서 젓갈 얻어먹을 놈들이고, 무술도 다 한가닥씩 만만찮은 솜씨들을 지녔다…" 『녹두장군』①

절간에 간 색시 속 절에 간 색시. 원래 얌전해야 하는 색시가 법식도 모르고 낯이 선 절에 가면 중이 시키는 대로 할 수밖에 없다는 데서, 남이 시키는 대로 따라 하지 아니할 수 없는 처지에 있는 사람을 이르는 말. ¶경찰서에 이르자 그대로 유치장에 집어넣었다. 종수는 절간에 따라온 새댁처럼 그저 하라는 대로 고분고분했다. 『자랏골의 비가』 ¶"그리 앉으시오." 서장이 웃는 얼굴로 자리를 권했다. 세 사람은 절간에 들어온 새댁처럼 시키는 대로 했다. 『암태도』 ¶…이용태는 박원명이한테는 의논은커녕 그 말을 하면서도 박원명이 쪽으로 눈길 한번 돌리지 않았다. 박원명은 절간에 따라온 새댁 꼴로 다소곳이 서 있었다. 『녹두장군』⑧

절구통에 치마를 둘렀다 행동이나 모습에 여자다운 데라고는 도무지 없고 꼭 선머슴 같은 모습의 여자를 이르는 말. ¶"잔 받으시오. 절구통에 치마를 둘렀더

라도 술은 여자가 따라야 제맛인께 내가 한잔 딸지라우." 곰보할미가 주접을 떨며 주전자를 들었다. 『녹두장군』①

절굿공이로 기둥나무 짓찧는 소리 너무 화가 나서 고래고래 내지르는 고함소리를 이르는 말. '절굿공이'는 절구에 곡식을 넣고 찧거나 빻을 때 쓰는 공이. ¶(산) 아버지는 화가 머리끝까지 치솟아 마른땅에 숭어 뛰듯 펄펄 뛰며 절구공이로 기둥나무 짓찧는 소리로 고래고래 고함을 질렀다. 『보쌈』

절 모르고 시주하기 속 시주를 하려면 어느 절인가 하는 것을 알아보고 해야 하겠는데 그것도 모르고 덮어놓고 시주한다는 뜻으로, 영문도 모르고 돈이나 물건을 내는 경우를 이르는 말. ¶"이 사람아, 인정도 품앗이더라고 오는 정 가는 정이래야지 일껏 생각을 해주어도 생각해 준지도 모르고 있었으니, 나는 여태까지 절 모르고 시주했네그랴…" 『암태도』 ¶"어야 찬오, 시주를 해도 어느 절에 하는 중이나 알고 하게, 시방 일 나가는 속이나 지대로 알고 나가세…" 『녹두장군』④

젊은이 망령은 몽둥이로 고친다 속 젊은 사람이 엉뚱한 짓을 할 때는 야무지게 닦달해야 한다는 말. ¶"…하여간 어느 놈이고 저기서 지금 그 짓만 벌이고 있다면 네 새끼 내 새끼 가릴 것 없이 그대로 요절을 내야 해." "아무렴. 젊은 것들 망령에는 몽둥이밖에 약이 없어." 춘보 말에 키다리가 맞장구를 쳤다. 『암태도』

점심 요기 하자고 소 잡는 꼴 조그마한 일에 너무 크게 준비하는 경우를 이르는 말. ¶"털어봤자 뻔한 이바지짐인디,

씨발놈들, 저런 것 하나 털고 뒷말 시끄
럽잖겠냐? 더구나, 이바지짐을 여섯 짐
이나 털어노면 먹거리 홍수가 날 판인
디, 점심 요기하자고 소 잡는 꼴이 되겄
고…"『녹두장군』③

정곡을 찌르다 핵심을 지적하다. ¶평소
전봉준은 별로 말이 없었지만, 이따금
한마디씩 말을 하면 정곡을 찔렀고 보
통 사람들은 상상도 못하는 부분을 생
각하고 있었다.『녹두장군』③

정성이 도깨비 명당보다 낫다 정성들여
일을 하는 결과는 신불이 돌보는 것보
다 낫다는 말. ¶"…사우 사랑은 장모
라등마는 그 노친네 정성이 그만하면
그 정성이 도깨비 명당보담 낫겄네. 안
심하소. 하애간에 장모 정성 생각혀서라
도 앞뒤 가려감시로 그이 딸 과부 안 맨
들 것인게 안심혀." 조망태는 헤프게 웃
었다.『녹두장군』⑤

정성이 있으면 한식에도 세배 간다 정
성을 표시하는 데는 때나 격식을 따지
지 않아도 된다는 말. ¶"이 사람아, 정
성이 있으면 한식에도 세배하는 것이여,
어쩔 것이여. 그냥 존말로 할 때 낼 것
이여, 들보에 매달려서 호강을 한번 하
고 낼 것이여?" <재수없는 금의환향>

정승 날 때 강아지도 난다 훌륭한 사람
이 태어날 때 못난 사람도 태어나듯 사
주 따위 무슨 운명같은 것을 따로 타고
난 것이 아니라는 사실을 가리키는 말.
¶왕후장상에 따로 씨가 없고, 정승 날
때 강아지도 나는 법이라, 항상 돈피에
잣죽으로 곤자소니에 발기름이 끼어 살
던 양문이었지만, 그런 양문이나, 얻어
먹던 해룡이나 하늘 아래 벌레기는 마
찬가지여서 병 앞에서는 따로 장사가

없다 보니, 같은 병원에 나란히 누워 같
은 의사의 치료를 받으며 같이 앓고 있
었다.『자랏골의 비가』

**정승 말 죽은 데는 문상을 가도 정승 죽은
데는 문상을 안 간다** 권력을 가진 사
람 앞에서는 아첨을 하다가도 그 사람
이 죽어 버리면 돌아다보지 않는 세상
인심을 이르는 말. ¶"서울서는 말이다.
어떤 상녀러 것이 죽었는가, 장의차 뒤
에 따른 자가용이나 택시만도 백대는
넘겄더라." "높은 놈이 죽었던 모양이구
나." "높은 놈이 아니고 지 애미나 애비
였겄제. 정승 말 죽은 데는 문상객이 미
어져도, 정승 죽은 데는 문상객이 없다
고 안그러던." 『자랏골의 비가』

정신없는 늙은이 죽은 딸네 집에 간다
딴생각을 하고 다니다가 엉뚱한 곳에
가는 경우를 놀림조로 이르는 말. ¶"정
신 없는 늙은이 죽은 딸네 집 간다등마
는 정신이 없어도 유분수제 먼 정신 없
는 세미 통지가 나한테까지 찾아들었는
고 하고 시방 까닭을 쪼깨 알아볼라고
하던 참인디 잘 왔소. 몽구리 횟값도 아
니고 내장사 부처님한테 군포도 아니고
우리 집에 찾아온 세미통지가 그것이
먼 통지라요?" 『녹두장군』①

제가 노래 부르고 싶어 동서 옆구리 찌른다
제가 춤추고 싶어서 동서를 권한다.
무슨 일을 하고 싶어서 그 핑계를 얻으
려고 남에게 먼저 하도록 부추기는 경
우를 이르는 말. ¶"네가 노래부르고 싶
어 동서 옆구리 찌르는구나. 임마 지난
번에 전주 입성할 때 원평에서 강간한
놈 효수한 것 안 봤어?" 거꾸리가 튀겼
다. "우리 둘이만 알제 누가 알겠냐? 성
인도 시속을 따르는 법이다. 다른 놈 지

내간 뒤에 대궁상 차진데, 이 북새통에 부처님 난다고 시호 내리겄어?" 퉁방울 눈은 야무지게 나왔다. 『녹두장군』⑪

제가 노래하고 싶어 동서를 권한다 제가 춤추고 싶어서 동서를 권한다. ¶"조금만 주세요." 반잔쯤 따랐다. 쭉 들이켰다. "뭐라더라. 자기 노래하고 싶어 동서 권한다더니, 실은 자기가 한잔 생각이 있었던 게로군." <어머니의 깃발>

제가 잘나 부원군인 줄 안다 어떤 일이 이루어진 데는 남의 도움이 있었는데도 그게 오로지 자기 능력으로 된 줄 알고 우쭐대는 것을 비꼬는 말. '부원군(府院君)'은 조선 왕조 후기에 왕비의 친아버지한테 주던 정일품 벼슬. ¶…촌 사람들은 제가 잘나 부원군인 줄 알고 주는 대로 부어라 마셔라 흥청망청 장단치는 대로 놀아났던 것이다. <귀향하는 여인들>

제길⑪ '제기랄'의 준말. 언짢고 못마땅할 때 욕으로 하는 말. ¶"제길, 초례청 들러리는 인물 자랑으로나 서제마는 이놈의 들러리는 쌀 한 섬 걷다가 욕은 몇 섬이나 뒤집어쓸런지 모르겄구만. 몇 집 돌아봐서 싹수가 글렀으면 내뺄 참이네." 『녹두장군』①

제 마구간 드나들 듯하다 거침없이 드나드는 경우를 이르는 말. ¶아무리, 어쩐다고 같잖은 것들이, 남의 집 안방까지 제 마구간 드나들 듯하는 것을 보고야 오장이 뒤집혀서, 그냥 보고만 있을 수가 없었다. 『자랏골의 비가』

제 명에 못 죽어서 환장한 놈⑪ 사형을 당하거나 횡사할 것이라고 저주하는 욕설. ¶"허허. 어떤 찢어죽일 놈이 이런 짓거리를 했을까? 시방 제 명에 못 죽어

서 환장한 놈이 또 하나 있네." 『자랏골의 비가』

제미⑪ 못마땅할 때 욕으로 하는 말. ¶"제미, 까마구똥도 약이라면 낙동강에다 찍 깔긴다등마는, 말 똥구멍이나 들여다보고 사는 것들이 되게 비싸게 노네." 『녹두장군』①

제미 떡을 치다가 꼬꾸라질 자식⑪ 상피를 들어 하는 욕설. ¶"…제미 떡을 치다가 꼬끄라질 자석덜, 즈그덜까지만 아는 소리로 옥작옥작하다가 말라먼, 즈그덜 안방에서 안방에서 염뱅을 하던지 말던지 할 일이제, 장판에까지 나와서 지랄을 해갖고 촌놈덜 장도 못보게 난리를 치냔 말이여?" 『자랏골의 비가』 ¶"그 제미 떡을 치다가 꼬끄라질 자석들이, 시방 나락은 낫 들고 나가게 생겼는디, 그것을 인자사 내주면 그것을 갖다가 쌂아 묵으란 소리여, 볶아 묵으란 소리여? 잣것들이 시방 미쳐도 한두벌로 안 미쳤그마." 『자랏골의 비가』

제미랄 놈⑪ 상피를 들어 하는 욕설. ¶"허허. 이런 제미랄 놈의 세상이 이것이 미친놈의 세상이여, 총한놈의 세상이여?" 『자랏골의 비가』

제밀할 놈의 새끼⑪ 제미랄 놈. ¶"제밀헐 놈의 새끼들!" 건너편 사내였다. <백의민족·1968년>

제 밭에서 가지 따듯 남의 것을 제것처럼 거침없이 챙기는 경우를 이르는 말. ¶…그래도 땀흘려 농사 지은 소작인들 사람 대접이라 할 것인데, 작인들 입은 짝을 못하게 처깔을 시켜 놓고 제 밭에서 가지 따듯 논바닥을 마음대로 휘지르고 다니면서 이렇게 간 평이라는 것을 했다. 『암태도』

제 배가 부르니 평안 감사가 조카같이 보인다㈜ 먹는 것이 걱정 없게 되니 더 이상 아무것도 부러울 것이 없음을 이르는 말. ¶재 꼭대기에 올라서서 자랏골 안통을 내려다보니 자랏골 안통이 전부가 내 것같이 느껴져 이만하면 평안 감사가 어떤 것인지는 모르지만, 그런 놈도 눈 아래 조카 같고, 도대체 이 기분을 혼자만 안고 있어야 한다는 것이 기가 막혔다. 『자랏골의 비가』

제 버릇 개 못 준다㈜ 제 버릇 개 줄까. 한번 젖어 버린 나쁜 버릇은 쉽게 고치기가 어렵다는 말. ¶"그때 김접주님께서 그 작자들을 용서하면서 단단히 이르셨다는 말씀을 들었습니다. 그런데 제 버릇 개 못 준 것 같습니다. 방학주 그 작자부터 작살을 내버릴까 합니다마는." 『녹두장군』⑤ ¶"개백정 같은 놈." 김성만이는 아직도 분을 삭이지 못하고 코를 씩씩 불었다. "그 때려죽일 작자가 아직도 제 버릇 개 못 줬구먼." 절골영감이 탄식을 했다. 『은내골 기행』 ¶왜정 때 군청 노무계장으로 그가 얼마나 험하게 주구노릇을 했는가는 이 지방 사람이면 모르는 사람이 없을 지경이었다. 그러나 제 버릇 개 못 준다고 6·25때 그렇게 죽을 고비를 넘기고 나서도 언제나 교묘하게 권력에다 끈을 대고 설쳤다. <살구꽃이 필 때까지>

제비는 작아도 강남을 간다㈜ 몸집은 비록 작아도 제 할 일은 다 한다는 말. ¶"…그런데 저 짐승이 배를 타고 이런 먼 데까지 와서 제대로 집을 찾아갈까?" "배가 뭐야. 일본까지도 영락없이 찾아간다는데." "일본까지? 예끼." "이 사람아, 제비는 그만 못해도 강남을 간다잖던가?" "제비는 제비지마는." 『암태도』

제비한테 노적가리다 아무리 많이 있어도 자기한테는 전혀 소용이 닿지 않는 물건을 이르는 말. '노적가리'는 한데 쌓아둔 곡식 더미. ¶"재물은 산 사람 소관이제 죽은 귀신한테 재물이 무슨 소용이냐? 재물이 아무리 산더미래도 죽은 원혼한테는 제비한테 노적가리다…" 『녹두장군』④

제 안방 드나들듯 거침없이 드나드는 경우를 이르는 말. ¶"…조성국이도 조병갑하고 깊은 조가라 그 끈으로 지금 군아 내사에 드나들기를 제 안방 드나들듯하면서 벼라별 알랑수를 다 쓰고 있다지 않는가…" 『녹두장군』④

제 집 드나들듯 제 안방 드나들듯. ¶이상만이가 행방불명된 것이 벌써 20여 일이 넘었기 때문에 별의별 소문이 다 나고 있었는데, 요사이는 이갑출이까지 이주호 집을 제 집 드나들듯 드나들면서 이주호와 고개를 맞대고 의논을 한다는 것이다. 『녹두장군』⑦

제청에 똥 싼 놈 꼴 너무 어이없는 짓을 한 경우를 이르는 말. '제청(祭廳)'은 제사를 지내기 위하여 마련한 대청. ¶(산) "이런 후레자식 어서 나가지 못할까?" 두 형까지 아버지의 노기에 덩달아 펄펄 뛰었다. 셋째는 제청에 똥 싼 놈 꼴이 되어 아버지와 두 형에게 엉덩이를 채여 집을 쫓겨나고 말았다. 『보쌈』

제청에 황소 뛰어들 듯 엉뚱한 사람이 엉뚱한 곳에 나타나서 설치는 경우를 이르는 말. ¶느닷없는 놈들이 제청에 황소 뛰어들 듯 뛰어들어, 멀쩡한 사람들을 몰아붙여다놓고, 별의 별 방정을 다 떨더니, 나중에는 이렇게 생사람까지 잡아놓고 가버린 것이다. 『자랏골의 비가』

젠장칠 〈비〉 '제기 난장을 칠'이라는 뜻으로, 마음에 들지 않을 때 저주로 하는 말. ¶"젠장칠 것, 나무 한토막 비고 징역을 살면 몇년이나 살 것이여…"『자랏골의 비가』

조리 장사 체곗돈을 내서라도 〈속〉 수단과 방법을 가리지 않고 돈을 마련하여 어떤 일을 하겠다는 뜻을 다지는 말. 조리 장수 매끼돈을 내서라도. '체곗돈'은 돈놀이 돈. ¶"…조리장사 체곗돈을 내다가 중놈 외입값을 물어주라먼 줘도, 그런 돈은 못 물겄어. 못 물제. 못 물고말고. 가당 택도 없는 소리!"『자랏골의 비가』 ¶"혼삿날 나거든 우리 골에도 소리하시오. 조리장사 체곗돈을 내서라도 부조 갈 것인게 꼭 소리하시오."『녹두장군』⑫ ¶"…이렇게 억울하게 생골을 내고서야 어디가서 우리가 사람이라고 낯짝을 내밀 것이여, 조리장사 체계돈이라도 내고 중놈 망건 사러 가는 돈을 돌려서라도 변호사를 사세." <유채꽃 피는 동네>

조막손이 달걀 도둑질한다 〈속〉 ① 그럴 재주가 전혀 없어 보이던 사람이 자기 능력 이상의 일을 이루었음을 이르는 말. ② 조막손이는 달걀 같은 것을 쥘 수가 없는데 어찌 달걀을 도둑질할 수 있느냐는 말. ¶"…그놈은 이런 묏등 일 같은 것에는 첨부터 관심이 없는 놈인데다가, 또 사람이 유약해서 쥐 죽는 것도 못 보는 성격이라, 조막손이 달걀 도적질이라면 몰라도 그런 일을 저지를 만한 위인붙이가 첨부터 못된 사람이네…"『자랏골의 비가』

조막손이 달걀 만지듯 〈속〉 쥘 수가 없는 조막손이가 그저 달걀을 어루만지고만 있듯이, 무엇을 주무르기만 하고 꽉 잡지 못함을 이르는 말. ¶"…수를 쓴다는 손놀림이 조막손이 달걀 굴리는 것도 아니고, 도대체 굼벵이가 야바위판을 벌린다 해도 저러지는 않겠다 싶었다. 『자랏골의 비가』

조밥에도 큰 덩이 작은 덩이가 있다 〈속〉 아무리 하찮은 것에도 크고 작은 구분이 있듯이 모든 사물이나 일에는 그만한 구분이 있다는 말. ¶"유자나무째 넘기라는 사람한테 하는 소리도 마찬가지여. 조밥에도 큰 덩어리가 있고 작은 덩어리가 있더라고 똑같은 묘목을 같은 해에 심었어도 잘 가꾼 사람이 있고 못 가꾼 사람이 있는디 그런 것도 한통으로 후등그리자는 소리더만." "더구나 남 사정 보다가 갈보 되더라고 말이여. 작자들이 그 땅을 사서 거기다가 기도원 같은 것을 짓든지 공장을 짓든지 하면 동네가 멋이 되겄어?" 머리에 황토가 튀어박힌 이용만이가 나섰다. 『은내골 기행』

조상 뼈다귀 팔아먹다 가문을 내세워 이익을 보는 경우를 이르는 말. ¶"…나는 지금까지 조상 뼈다귀 팔아먹는 놈같이 미운 놈이 없었는디, 오늘 자네들한테는 나도 양반 유세 한번 해야겄네…"『녹두장군』①

조상 치레 못하면 비위 치레 하랬다 조상 덕을 못 볼 처지면 비위라도 좋아야 한다는 말. ¶"조상 치레 못하면 비우 치레 하랬더라고, 그래도 저만한 비우라도 타고났은게 소문난 가 시내 뒤꽁무니래도 따라댕개 보제잉."『녹두장군』⑥

조자룡이 헌 칼 쓰듯 조자룡이 헌 창 쓰듯. <삼국지연의>에 나오는 조자룡이 헌 창을 아낌없이 마구 쓰다가 내버리듯 한다는 뜻으로, 재물을 마구 써버리는 경우를 이르는 말. ¶머릿기사는 사형선고를 받은 일곱 명 가운데서 다섯 명을 무기로 감형했다는 내용이었다. 속이 환히 들여다보이는 수작이었다. 조자룡이 헌칼 쓰듯 사형에 무기에 입에 씹히는 대로 내갈겨놓고 감형이니 뭐니 하여 우리가 무작정 베는 게 아니라는 어설픈 수작을 하고 있었다. 『은내골 기행』

조조군사 말타듯이 으레 그렇게 하는 경우를 이르는 말. ¶한두푼에 막 판다 지경 대경에 막 판다 조조군사 말타듯이 섣달 큰애기 개밥주듯 실없는 가시내 엉덩이 풀듯 허랑지게 막 판다 『녹두장군』②

조 한 섬으로 시곗금 올린다 좁쌀 한 섬으로 전체 장판의 곡물값을 올렸다는 말이니, 하찮은 일을 하는 사람이나 조그만한 세력을 가진 사람이 전체 판세를 바꿔놓았음을 이르는 말. '시곗금'은 곡물값. ¶"이놈아, 조 한 섬 가지고 시곗금 올린다더니, 소작료 석 섬으로 일가친척에 8백 명 소작인들을 배반하고 너 혼자만 빠져나가 문지주 똥강아지가 되겠다는 것이냐?" 『암태도』

족제비 담구멍 드나들듯이 항상 그렇게 하는 경우를 이르는 말. ¶"…내 집 안방이 뉘 집 마구간이간디, 들어가도 한 번만 들어가고 말제 족제비 담구멍 드나들끼 하냔 말이여?" 『자랏골의 비가』

족제비 담 넘어가듯 어려운 일을 쉽게 해버리는 경우를 이르는 말. ¶손 붙일 데가 옹색스러워 똥통을 든 모습들이 쥐 달걀 끌어안은 꼴로 궁색스러웠으나, 일이 원체 신나다 보니, 그 무거운 것을 들고도 논둑 밭둑을 넘는 동작들이 족제비 담 넘어가 듯 날랬다. 『자랏골의 비가』

좀털이 노상강도들이 가난한 사람을 터는 경우를 이르는 말. ¶"우리 동네서는 좀털이나 뜨내기질은 늙은 서방 첩년 서방질 닦달하듯 서릿발치는데, 이 동네는 너그럽구만." 용배가 닭고기에 입맛을 다시며 이죽거렸다. 『녹두장군』③

종년딸 윗방에 들이듯 늙은 남자가 파과기(월경을 첫 시작하는 시기)의 여자아이를 데리고 자면 기력을 회복한다 하여 그런 아이를 잠자리에 들여보내던 것을 이르는 말. ¶…옛날 종들은 딸을 낳아 파과기에 이르면 으레 주인더러 복기를 하라고 그 방에 들여보냈다. 이것은 거의 일반적인 풍속이었던 모양으로, 당연할 일을 한다는 뜻으로 '종년딸 윗방에 들이듯'이라는 속담이 생겨날 정도였다. 『녹두장군』②

종년은 소 타기㈜ 자기 집 종은 상관하기가 그만큼 쉽다는 말로, 무릇 지위나 권세로 무슨 일을 쉽게 하는 경우를 이르는 말. ¶"그러니까 호방온 처음부터 첩을 삼으려고 그 여종을 사온 것이구먼요." "풍색 사납게 패박아 첩이랄 게 있나? 종년은 소 타긴께 집에 놔두고 생각 있을 때마다 마누라 눈치 봐감시로 불러들여 올라타자는 것이제…" 『녹두장군』②

종놈 부리듯 하다 전혀 어렵성 없이 부려먹다. ¶"…원병을 청해놓고 찬찬히 생각을 해본 게 청나라 군대가 들어와서 농민군을 물리치고 나면 청나라 놈들이 콧대가 높아져갖고 조정 대신들을 종놈 부리듯 할 것 같거든이라." 사내는 풍성한 구레나룻을 쓰다듬으며 구수하게 이야기를 엮어나갔다. 『녹두장군』⑩

종로에서 뺨 맞고 한강에 가서 눈 흘긴다 ㉤ 욕을 당한 자리에서는 아무 말도 못하고 뒤에 가서 불평함을 이르는 말. ¶"허허, 저 새끼덜이 뭣이간디 안 듣는 데서 욕도 쪽간 못하냔 말이오?" 종로에서 맞은 뺨은 이왕에 맞은 뺨이지만, 한강에 나와서 눈도 제대로 한번 못 흘겨냐는 투로, 잔뜩 볼이 부어 모래 씹어 뱉는 소리를 했다. <가남 약전>

종의 자식 귀애하니까 생원 나룻에 꼬꼬마를 단다 ㉤ 버릇없는 사람은 조금만 따뜻하게 대해 주면 방자해져서 함부로 굴게 됨을 이르는 말. '꼬꼬마'는 군졸들의 벙거지 뒤에 꽂던 붉은 털. ¶"허허, 지금 털은 지주한테 뜯기고 애먼 놈한테 폭백이네. 그래도 이웃에 사는 정분으로 일을 좋게 하자해서 나왔더니 종놈 자식을 이뻐하면 생원 나룻에 꼬꼬마를 단다는 말이 헛말이 아니구마." <유채꽃 피는 동네>

종이 종을 부리면 식칼로 형문을 친다 ㉤ 남한테 눌려 살던 사람이 귀하게 되면 전날 생각은 하지 않고 아랫사람한테 더 모질게 대함을 이르는 말. '형문(刑問)'은 죄인의 정강이를 때리며 캐어 묻는 일. ¶"종이 종을 부리면 식칼로 형문을 친다고 쇠가죽 무두질해서 버는 것이 아니라 공원들 깝대기 벗겨서 부자된 놈이라고 서울 갔다 온 사람이면 욕소리가 서릿발 치더구만." <재수없는 금의환향>

종치다 ㉤ '일이 모두 끝나 버리다'를 속되게 이르는 말. ¶여보시오. 그렇게 야만 찾고 품위 찾고 있으면 경찰들은 숙직실에서 고스톱이나 치고 있을 것 같

소? 전에도 여러 사람들이 나섰다가 땡땡 종쳐버렸던 게 바로 그거라구요. 이제 빵빵 갈기는 일만 남았어요. 『오월의 미소』

좆 ㉤ 선행(先行)하는 대상을 욕으로 이르는 말. ¶"도인이고 좆이고 우리 나리님 옷이 저것이 뭣이냐?" 『녹두장군』②

좆같다 ㉤ 몹시 못마땅할 때 욕으로 하는 말. ¶"…들어본게 호방 그 씨발놈이 느그 마누래한테 홀딱 반해갖고 너를 시방 이 지랄인 모냥인디, 니기미, 너같이 심덕 좋고 허우대도 그만한 새끼가 으짜다가 팔자를 타고나도 좆같이 해필 종 팔자를 타고나서 이 지랄이냐?" 『녹두장군』③

좆 같은 놈(년) ㉤ 못된 사람을 상스럽게 이르는 욕설. ¶"…우리들이 건듯하면 좆 같은 놈, 좆 같은 년 하고, 험한 디는 그것을 갖다 대는디, 실상은 이 시상에서 고루고루 좋기는 그것을 내놓고는 없는 것 같습디다." 『녹두장군』③

좆대가리 ㉤ '남자의 성기'를 속되게 이르는 말. ¶"…전쟁때라도 제놈들이 칼을 들고 여자들을 지키다가 힘이 부치면 제가 먼저 칼에 맞아 뒈지든지, 못 뒈졌으면 당한 여자들을 탓하기 전에 못 지켜 준 것을 부끄럽게 생각하고 제 좆대가리라도 잘라버려야 옳지 않겠는가?…" 『녹두장군』⑦

좆맛 ㉤ 사내 맛. ¶"이놈 저놈 붙다가 물 건너온 놈 좆맛은 으짠가 보자 하고 맛을 봤을지 누가 알어?" 을식이 말에 모두 와 웃었다. 『녹두장군』③

좆몽댕이 ㉤ '남자의 성기'를 상스럽게 이르는 말. ¶"…얼마 전에는 당집에 들어가서 지집 껴안고 좆몽댕이를 놀리

는 놈이 있등마는 이번에는 당나무까장 폴아묵자고?…" <당제>

좆빠지게 ⑩ 아주 몹시. 죽을 힘을 다하여. ¶"…그때 느그들은 칼 받으라고 악을 쓸시로 표창을 땡긴다. 그러면 줄에 안 걸리고 앞서서 달리던 놈들도 이리 되돌아오고 조뱅갑이만 혼차 다리를 건너서 좆이 빠지게 내뺄 거이다…" 『녹두장군』⑥

좆 빠진 강아지 모래밭 싸대듯 ㈜ 어찌할 바를 모르고 쩔쩔매며 돌아다니는 모양을 두고 하는 말 ¶"양반이 상놈한테 계집을 빼앗겼으면 그것은 묻지 않아도 연장 탓 아니오? 그랬으면 방구석에 국으로 틀어박혀 연장 한탄이나 할 일이제, 좆빠진 강아지 모래밭 싸대기, 남의 상소판까지 휘지르고 댕긴단 말이오? 양반은 행세를 그렇게 해도 좋소?" 왕삼이가 빙글거리며 쏘아댔다. 『녹두장군』② ¶"개새끼들 좆빠진 강아지맨키로 잘도 휘지르고 댕긴다마는 낸가 안낸가 두고 보자." 젊은이들은 핀잔을 주며 서원들을 지켜보고 있었다. 『녹두장군』④ ¶"나는 가요. 잘 지키시오." "잘 지키나 마나, 좆 빠진 강아지 모래밭 싸대끼 싸대고 댕기지만 말고, 이담에 올 적에는 그 떡을 칠 놈 모가지를 끊고 오든지 잡았다는 소식을 갖고 오든지 해!" 김환실이는 죄없는 오거무한테 화풀이를 했다. 『녹두장군』⑥

좆뿌리 ⑩ '남자의 성기'를 속되게 이르는 말. ¶"으음, 개새끼. 나도 저하고 한 좆뿌리에서 떨어진 종잔디 울 어매가 첩이라고 니가 나를 참새 무녀리만치도 안 봤겄다. 오냐, 두고 보자. 니놈 살림 반쪽은 절딴내고 말 거이다. 너도 눈꾸

먹에서 피 한번 쏟아봐라." 이갑출이는 이를 갈며 혼자 넋두리를 했다. 『녹두장군』③

좋아하네 ⑩ 상대방의 말이나 행동이 못마땅할 때에 빈정거려 하는 말. ¶"뭣이 으째야, 이 징한 년아!" "피이." 여편네들의 고함소리는 그것이 그 구렁이만한 금덩어리더라도 얼른 내던지라는 발악이었고, 끝심이의 <피이> 소리는 좀 되바라지게 새긴다면 <징한 년 좋아하네>였다. 『자랏골의 비가』 ¶―국민화합과 지역감정 해소를 위해서 전두환·노태우 전 대통령 사면은 반드시 성탄절에는 이루어져야 하며…. "꺼버려! 화합 좋아하네. 정말 사람 미치게 만드는구먼." 저쪽에서 사원 한사람이 소리를 질렀다. 『오월의 미소』

좋은 게 좋다 무슨 일이나 원만하게 처리하는 것이 좋다는 말. ¶…세상 사는 것이 서로 좋은 게 좋을 것인데, 이렇게 술까지 내면서 살갑게 나오는 사람한테 침뱉고 돌아설 법이 있겠느냐 싶기도 했다. 『자랏골의 비가』 ¶"그려. 존 것이 존 것인께 그로코 해뿔드라고. 오래 안 겪어봤제마는 그 사람들 내외가 다 심성도 방불할 것 같등만." 역시 나이 든 영감이었다. 『녹두장군』④

죄는 도깨비가 짓고 벼락은 고목이 맞는다 ㈜ 나쁜 짓을 한 사람은 따로 있는데 억울하게 다른 사람이 벌을 받게 되는 경우를 이르는 말. 죄는 막둥이가 짓고 벼락은 샌님이 맞는다. ¶그리고 모든 원망은 종수 자기한테로 쏟아질 것이다. 먹고 도망친 놈은 그렇다 치고, 잦힌 밥에 재뿌리기로 올가미 쥐고 있는 놈은 또 이렇게 따로 있는데, 죄는 도깨비가

짓고 벼락은 고목이 맞는다고 눈앞에 있는 자기만이 죽일놈이 될 것이다. 『자랏골의 비가』 ¶ "하하. 죄는 천도개비가 짓고 벼락은 고목이 맞는가?" "원래 징역 사는 놈하고 죄진 놈은 따로따로인 것이 요새 세상 꼴 아닌가?" 『암태도』 ¶ "헌데, 살변의 불똥이 묘하게 나한테 튀겼네. 상말에 죄는 도깨비가 짓고 벼락은 고목이 맞는다더니, 지금 내가 벼락을 맞아도 너무 어이없는 벼락을 맞고 있네. 이것이 자네 집안하고 상관이 있는 일이어서 지금 자네를 보자고 했네." 『녹두장군』①

죄인 만난 나장 같다 좋은 일이 아닌데도 할 일이 생겨 좋아하는 경우를 이르는 말. '나장(羅將)'은 의금부에서 죄인을 문초할 때에 매질을 맡아보던 하급관원. 금부나장. ¶ 선구가 서둘고 나서자 달중이와 만득이는 죄인 만난 나장처럼 빙긋 웃으며 복만 쪽으로 돌아앉았다. <재수 없는 금의환향>

죄진 놈은 주(走)자가 수다 삼십육계에 주(走)자가 제일. ¶ "어떻게나마나 방도는 뻔하잖습니까? 코피 쏟아지는 데는 틀어막는 것이 수고, 죄진 놈은 주(走)자가 수지요. 주자를 놓으려면 배에다 술이든 밥이든 그들먹하게 실어야 합니다…" 『녹두장군』①

죄 짓고는 못 산다 죄를 짓고는 마음이 불안하여 견딜 수가 없다는 말. ¶ 달주 일행이 배에 올라타자 나룻배가 움직이기 시작했다. 나룻배가 저쪽 도선목에 닿자 달주 가슴은 더욱 거세게 방망이질을 했다. 죄짓고는 못 산다는 말이 이런 것인가 싶었다. 『녹두장군』①

주둥이를 놀리다 비 '함부로 말하다'를 속

되게 이르는 말. ¶ "야, 임마. 이런 것 다 미신이여. 너만 입 딱 봉하고 있어. 쓸데없는 중둥이 놀렸단 알지?" <가남약전>

주둥이만 살았다 비 '입만 살았다'를 낮잡아 이르는 말. ¶ "그래도 쥐둥이 한나는 살아서, 아이고, 저놈의 쥐둥이가 솜씨라면 폴새 일 끝났겠네." 『자랏골의 비가』

주린 강아지 대궁상 곁에 어슬렁거리듯 배가 고파 음식 곁에 서성거리는 추레한 모습을 이르는 말. '대궁상'은 먹다 남은 밥상. ¶ 소작을 세 자리만 공중에 띄워노면 동네놈들이 모두 주린 강아지 대궁상 곁에 어슬렁거리듯 제물에 고개를 숙이고 기어들 것은 불을 보듯 뻔했다. 『녹두장군』③

주린 강아지 죽사발 핥듯 일을 다급하게 해치우는 경우를 이르는 말. ¶ 그때마다 젊은 놈들은 그 축축한 눈길로 순심이의 얼굴과 젖가슴을 주린 강아지 죽사발핥듯 정신없이 더듬었다. 그러나 순심이는 눈을 내리깔고 그런 눈길쯤 도롱이 입고 가랑비 지나듯 해버렸다. 젊은 놈들은 순심이의 이런 태도에 더 건몸이 달아 가슴속에서 생솔가지가 바직바직 타는 것 같았다. 『녹두장군』⑥

주린 매 꿩 사냥하듯 무슨 일을 날래게 해치우는 경우를 이르는 말. ¶ "…중상 밑에 날랜 장수 있는 법이오니 상금이라도 두둑이 걸어노면 주린 매 꿩 사냥하듯 날파람이 날 것 같사옵니다. 각 고을에 영을 내리면 금방 모아들일 수 있사옵니다." 예방비장은 정신없이 주워섬겼다. 『녹두장군』⑨

주머니 속에서 물건 쥐어 내듯 손쉽게 일을 처리하는 경우를 이르는 말. ¶ …

그것이 비록 선산 지키는 벌목이라 하더라도, 자기가 말을 한다면 총중에서 두 주쯤은 주머니 속 물건 꺼내기겠어서 큰소리를 치고 나선 것이다. 『자랏골의 비가』

주머닛돈이 쌈짓돈 쌈짓돈이 주머닛돈. ¶"기왕이면 자네 돈을 쓰세." "저야 이자 놀 돈이 어됐겠소? 실은 갓바치나 중아비나 한 구멍에서 나온 돈에서 구전 몇 푼씩 얻어묵은께 주머니돈이 쌈지돈이오." 『녹두장군』①

주먹 맞은 놈 같다 어리눙절해 있는 모습을 이르는 말. ¶동네 사람들은 모둠발로 뛰어 주막집으로 몰려들었다. 그렇게 뛰어와서 사내를 발견하자 모두 그 앞에 무춤무춤 주먹맞은 놈들처럼 멈춰서고 말았다. <가남 약전>

주먹 맞은 망건㊙ 주먹 맞은 감투. 잘난 체하다가 핀잔을 맞고 무안하여 아무 말 없이 있는 사람을 이르는 말. ¶해방에 걸었던 자랏골 사람들의 들뜬 기대는 이렇게 주먹 맞은 망건 꼴로 무색해져버리고, 세상은 좌우로 갈려 갈피를 잡을 수 없을만큼 뒤숭숭해졌다. 『자랏골의 비가』 ¶"…명색 감역이라고 큰기침하던 내 몰골도 주먹 맞은 망건 꼴이 되겠지만, 따지고 보면 그것은 둘째고, 그때부터 내 재산은 저자들 재산이 되는 것이나 마찬가질세. 상풍이란 소리를 이미 제놈들 입으로 했으니, 그것을 빌미로 거기다 또 별의별 희한한 죄목을 다 부벼대서 농간을 부리지 않겠는가?…" 『녹두장군』① ¶조기철을 맞아 만선의 부푼 기대를 안고 사릿발에 맞추어 출항의 돛을 올리고 있던 중선배는 쥐새끼 한 마리 때문에 주먹 맞은 망건 꼴

이 되어버린 것이다. <가남 약전>

주먹이 여럿이면 눈이 반 본다 사뭇 비난이 쏟아지면 어리둥절하여 사태를 제대로 파악하지 못한다는 말. ¶"젠장 주먹이 여럿이면 눈이 반 본다고, 그 영감이 말했다대끼, 조선팔도까지도 갈 것도 없이, 그 장판 사람만 지대로 똘똘 뭉쳐갖고 대들어봐. 그 앞에서 총이 말간다?" 『자랏골의 비가』 ¶"…10만 대군이면 무서울 것이 없습니다. 아무리 관군이나 일본놈들 신식 무기가 어쩐다고 하지마는 주믹이 여럿이면 눈이 반 부고, 모기도 천이 모이면 천둥소리를 내요." 변왈봉이는 주먹을 휘두르며 두 사람을 번갈아 보았다. 『녹두장군』⑪

주먹은 가깝고 법은 멀다㊙ 분한 일을 당했을 때는 이치를 따져서 법으로 처리하기보다 나중에야 어찌 되든 당장은 주먹으로 해치운다는 말. 법은 멀고 주먹은 가깝다. ¶"…옛날 서부를 개척하며 악당들이 나타나면 연장을 버리고 총을 들고 나섰던 바로 그 개척시대의 연장이지, 미국처럼 법이 엄정한 나라도 주먹이 법보다 가까우니까 주먹을 총으로 강화시켜 자신들을 지키고 있는 거지. 『오월의 미소』

주물러 놓은 메주 꼴 험하게 일그러진 모습을 이르는 말. ¶"형님 말뽄새는 어째서 항상 합수통이오?" "씨발놈, 아가리 찢어지고 잡냐?" 생긴 것이나 말본새나 맞춰온 화적이다 싶었다. 허우대가 장승처럼 멋대가리 없이 껑충하고 상판은 주물러논 메주 꼴이었다. 『녹두장군』③

주인 나간 집 나그네 꼴이다 의지할 데가 없는 처지를 이르는 말. ¶"…논두렁에는 서리 맞은 대우콩이, 말라가는 띠풀

사이에 주인 나간 집 나그네 꼴로 덩둘했다. <신 농가월령가>

주인네 초상이 머슴한테는 잔치판이다 똑같은 일이라도 사람에 따라 즐거운 일일 수도 슬픈 일일 수도 있는 경우를 이르는 말. ¶"…쥔네 초상이 머슴놈 한테는 잔치판이더라고, 우리야 증인 서고 나면 일끝은 어디로 돌아가건 우리 할 일은 다 한 것인께 이판에 목구녁에 때나 지대로 한번 벗겨 봅시다. 칼칼칼." 곽가는 너울가지가 봄바람에 능수버들이어서 촌놈들 비위 맞춰 구슬리는 엉너리 손이 간이 녹게 살가웠다. <귀향하는 여인들>

주인들 싸움은 종놈한테는 구경거리 주인네 초상이 머슴한테는 잔치판이다. ¶"어서 일들 하시오!" 포교가 거듭 악을 쓰자 한 사람씩 움직이기 시작했다. "평택이 깨지든지 과천이 무너지든지, 우리가 알 것이 멋이여? 시키는 것인께 비어넹겨." 여기저기서 톱질, 도끼질이 시작되었다. 주인들 싸움은 종놈한테는 구경거리더라고, 네놈덜이야 군아로 끌려가든 감영으로 끌려가든 우리들이 알 바 아니라는 심사들이었다. 『녹두장군』④

주인 없는 물외밭 임자 없는 물외밭. ¶…저라고 별달리 뛰고 나는 재주 지녔을 까닭이 없고 보면, 일본이 어디 주인 없는 물외밭이라고, 불알 두쪽만 차고 나간 주제에, 그런데 가서 제 입 깜냥만 한대도 장하달 것인데, 공부까지가 어림 반푼어치나 당할 소리냐고 모두 콧등으로 흘려버렸었다. 『자랏골의 비가』

주인 없는 물외밭 넉걷이 하듯 바라던 것을 마음대로 차지한 경우를 이르는 말. '넉걷이'는 수박·오이·참외 등의 끝물을 따내고 덩굴을 걷어치우는 일. ¶"…외입 나가 돈 벌었다면 어디가서 쥔 없는 물외밭 넉걷이 하듯 걸태질하는 줄 알제마는다 뼉다귀 곰 곤 돈이라구. 부지런한 부자는 하늘도 못 막는다고 그저 남 잘 때 안자고 먹을 때 안먹고 부지런히 나대고 아껴서 번 돈이먼 알아줘야 한다구." <재수없는 금의환향>

주인 잃은 망아지 꼴 올 데 갈 데를 모르는 경우를 이르는 말. ¶명호는 영감들을 작별하고 터벅터벅 발걸음을 옮겼다. 그러나 광주에 가보았자 서울 가서 박서방 찾기도 아닐 것 같았다. 발걸음을 돌릴 수도 없고 갈 수도 없고 주인 잃은 망아지꼴이 되고 말았다. 『은내골 기행』

주인 잃은 보릿자루 같다 누가 돌보거나 챙기지 않는 물건을 이르는 말. ¶"허 참, 이것 중간에서…" 잔뜩 주눅이 든 중아비는 조만옥을 힐끔거리며, 주인 잃은 보릿자루처럼 목로 위에 내던져졌던 돈보자기를 다시 집어들었다. 『녹두장군』①

주자(走字)를 놓다 도망치다. ¶"…조정의 말대로 설사 전비를 크게 따지지 않는다 하더라도 민가들이 다시 힘을 쓰고 나선 다음에야, 그때 제놈들 집을 짓부수며 표나게 날뛰었던 놈들을 가만둘리가 있겠어요? 뒤도 안 돌아보고 주자를 놨지요." 『녹두장군』①

죽고 살기는 시왕전에 매였다㊇ 죽고 사는 것은 사람이 뜻대로 하지 못함을 이르는 말. '시왕전(十王殿)'은 저승에서 죽은 사람을 재판하는 열 명의 대왕 곧 시왕을 모신 집. ¶"오는 방망이, 가는 홍두깨라는 말이 있지? 남의 눈에 피를 내면 제 눈에서는 고름이 나는 것이다. 양문이 같은 놈은 한번 그래봐야 세상 사람들이 사람 무서운 줄도 알 것 아니냐? 사람이 죽고 살기는 시왕전에 매인 것이고, 그래도 이왕에 손에 묻혀서 일을 할라먼 제대로 한 것같이 하고 죽어도 죽어야 한다.』『자랏골의 비가』

죽는 놈만 죽으라는 소리다 손해 보는 사람만 손해 보는 경우를 이르는 말. ¶“…아무리 내 앞으로 도장이 찍혀져서 돈이 나갔다고 하제마는, 미친년 모심대끼, 아무 도장이나 잽히는 대로 집어다가 꾹꾹 찍어놓고 해치묵고 달아난 것을, 우리는 먼 웬수졌다고 죽는 놈만 죽으라는 소리여?”『자랏골의 비가』 ¶“진장, 그러면 죽는 사람만 자꼬 죽으란 소리여?” 저쪽 자리에서 볼 부은 소리가 튀어나왔다. 김천석이었다.『녹두장군』①

죽도 밥도 아니다 圓 ‘이것도 저것도 아니다’는 뜻으로, ‘신통치 않은 것’을 속되게 이르는 말. ¶자기 동네가 불타면 농민군들은 싸움은 제쳐두고 모두 자기 집 불을 끄러 달려갈 것 같았고, 그렇게 되면 판이 죽도 밥도 아닐 것 같았다.『녹두장군』⑥ ¶“우리가 여기서 가볍게 움직이다가는 죽도 밥도 안됩니다. 집에 불은 더 지를 것 같지 않습니다. 식구들은 잡아가도 죽이든 못합니다. 며칠만 참읍시다.” 달주는 침착하게 말했다.『녹두장군』⑧ ¶사실 소작인들을 더 몰아붙이기도 어려웠지만, 비라도 많이 오는 날에는 일이 죽도 밥도 아닐 것이었다.『암태도』

죽 돌라먹은 개 못된 짓을 하여 비난의 대상이 되는 사람을 낮잡아 이르는 말. ¶“저 새끼가 듣소 으짜요?” 한놈이 볼 부은 소리로 튀겼다. 죄 없이 맞고 채이고 죽 돌라묵은 개도 아니게 당하던 것

을 생각하면 잡아먹어도 분이 풀리지 않을 지경인데 이렇게 오기 바침으로 욕설도 한마디 못해야 하는 핀잔이었다. <가남 약전>

죽 먹은 개 욱대기듯 못된 짓한 사람 닦달하듯. ‘욱대기다’는 마구 을러서 억누르다. ¶…똥통을 찾아 마구간이고 부엌이고 가리지 않고 뒤지고 다니면서 뭐라 나서는 놈이 있으면, 상하 구별 없이 죽 먹은 개 욱대기듯 닦달을 했다.『자랏골의 비가』 ¶강쇠네는 유월례를 죽 먹은 개 욱대기듯 시퍼렇게 잡죘다.『녹두장군』① ¶…그러지 않아도 생활에 찌들어, 비 맞은 장닭 꼴로 가뜩이나 우장을 쓰고 후줄근해 있는 선생들을 죽 먹은 개 욱대기듯 조저 논 것이다. <영감은 불 속으로>

죽사발을 만들다 圓 심하게 때리거나 욕보이는 것을 속되게 이르는 말. ¶“아이고, 자네는 인자 살았달 것이 없네. 시방 이 집에서 이쁘게 보일라고 얼굴에 연지라도 찍고 잡은 사람을 갖다가 그렇게 죽사발을 맨든단 말이여? 애먼 놈 젙에 배락 맞는다고 나까장 다칠 성부른게 인저부터 나는 자네하고 같이 안 댕길라네.” 김판돌이가 웃으며 익살을 부렸다.『녹두장군』⑥ ¶교감은 자기의 논리로 꼼짝없이 얽어 맸다는 자신감에 넘쳐 다그쳤다. 이쪽에서 어물어물하면 죽사발을 만들 판이었다. <우등생의 족보>

죽 쑤은 꼴 일판을 망쳐버린 경우를 속되게 이르는 말. ¶(산) “아이고매.” 방바닥으로 나가 떨어지다가 그만 훈장의 요강을 깨뜨리고 만 것이다. 모두 죽 쑤은 꼴이 되고 말았다.『보쌈』

죽 쏟은 며느리 같다 일판을 망쳐 놓고 몹시 당황한 모습을 이르는 말. ¶아재비 못난 것 조카 장물짐 진다고 아재비가 못나도 그냥 내놓은 산지기라, 외팔이 앞에서 춘영이는 평소에도 달리면서도 쇤네, 뛰면서도 소인이었으나, 이런 험한 일을 당하고 보니, 죽 쏟은 며느리도 아니게 주눅이 들어 안절부절이었다.『자랏골의 비가』 ¶양찬오는 죽 쏟은 며느리처럼 눈만 껌벅거리고 있었다.『녹두장군』①

죽 쑤어 개 좋은 일 하였다㉖ 애써 한 일이 허사로 돌아가고 엉뚱한 사람이 덕을 보게 된 경우를 이르는 말. ¶"유생들을 누른 다음에는 우리를 누릅니다. 죽 쑤어 개 주어도 유분수지 어떻게 대원군한테 정권을 맡깁니까? 그는 죽만 먹고 마는 것이 아니라 먹고 힘을 타면 우리를 뭅니다."『녹두장군』⑨

죽어도 입은 안 썩겠다 입심이 좋은 경우를 핀잔조로 이르는 말. ¶"패박아 기생이면 다 노류장화지 사비정 기생은 어느 사대부집 요조숙녀란 말이오?" "허허, 너는 죽어도 입은 안 썩겠다."『녹두장군』②

죽어서 구렁이나 될 놈㉑ 죽은 뒤까지를 저주하는 말. ¶"그러든지 어쩌든지 해야지 그냥둬서는 안되겠어요. 마늘이 열 접이면 얼맙니까? 그 죽어서 구렁이나 될 놈들." <낙화>

죽으려고 환장을 하다 너무 어이없는 일을 했을 경우를 이르는 말. ¶"…저 놈의 늙은이가 시방 죽을라고 환장을 했다냐 으쨌다냐, 저로크롬 험하게 팬다치라면 매를 쪼깐 피했다가 만세를 불러도 부르제…"『자랏골의 비가』

죽은 공명이 산 중달이를 쫓는다 능력에 엄청난 차이가 있음을 이르는 말. '공명(孔明)'은 중국 삼국시대 촉한의 정치가 제갈량의 자(字). 뛰어난 군사 전략가로 유비를 도와 촉한을 세움. '중달'은 중국 삼국시대 위나라의 명장 사마의의 자. 그는 촉한의 제갈공명의 도전에 잘 대처하는 공을 세웠음. ¶"멀쩡한 사람이 한 달 새에 팔십객 늙은이가 되아부러? 허허. 죽은 공맹이가 산 중달이를 쫓는다등마는 꼭 그 짝이구만." 술꾼들이 호들갑스럽게 웃었다.『녹두장군』⑦

죽은 딸네 집 건너다보듯 끝난 일이 너무 아쉬워 미련을 버리지 못한 꼴을 이르는 말. ¶왜촌 사람들은 새터 고갯마루에 몰려서서 마른 땅에 새우 뛰듯 발을 굴렀으나, 이미 쏟은 물이었다. 털보영감은 죽은 딸네 집 건너다 보듯 멍청하게 서서 저 아래 산굽이만 내려다 보고 있었다.『암태도』

죽은 사람 원도 푼다㉖ 죽은 사람의 원도 풀어 주는데 하물며 산 사람의 청이야 어찌 들어주지 않을 수 있겠느냐는 말. ¶"죽은 사람 원도 들어줄라고 굿을 하고 야단인디 산 사람 원을 안 들어줘사 쓰겠어. 들어들 보라고 해!"『녹두장군』④

죽음은 급살이 제일이라㉖ 죽음을 당할 바에는 질질 끄는 것보다 빨리 죽는 것이 낫다는 말. ¶"산수갑산을 갈망정." 태문이가 따른다. 판돌이도 따른다. 질천이 상관이 일그러진다. 똥 집어먹은 곰상으로 다시 표를 뒤집어보더니 던져 버린다. "잣것 죽음은 급살이 젤이다." 태문이였다.『자랏골의 비가』 ¶"이 새끼가, 정말, 너 죽지 못해서 환장했냐?"

"죽음에는 급살이 제일 아니요?" 『자랏 골의 비가』

죽이 끓는지 밥이 끓는지 모른다 속 일이 어떻게 되어 가는지 도무지 모른다는 말. ¶ "…여그서 미국이 어디라고, 즈그덜이 조선 땅덩어리에서 죽이 끓었는지를 알았을 것인가, 장이 끓었는지를 알았을 것인가?…" 『자랏골의 비가』

죽이다 시간 따위를 의미 없이 보내다. ¶ "가만 있자. 그러고 보니 금년이 임진 년, 임오군란이 일어난 지두 벌써 10년 이나 됐군." "그렇습니다. 아무것도 해 논 일 없이 10년 동안 세월만 죽였구 려." 『녹두장군』①

죽이 맞다 서로 뜻이 맞다. ¶ 민영준도 어윤중을 눈에 가시로 보고 있었으므로 제대로 죽이 맞았다. 넉 달간의 집요한 공작 끝에 드디어 성공을 했다. 『녹두장 군』⑤

죽일 놈 비 죽어 마땅한 놈이라는 욕설. ¶ "이 죽일 놈아, 꼴값을 해도 유분수지 집안 망신을 이렇게 시켜…" 『암태도』

죽일 놈 잡죄듯 인정 사정 두지 않고 닦 달하는 경우를 이르는 말. '잡죄다'는 엄하게 잡도리하다. ¶ "…지금 이렇게 들고 일어났다고 조선 팔도 사람들한테 왜장을 치면서 죽일 놈 잡죄듯 하니 지주가 겁을 안 먹고 견디겠습니까? 『암태 도』 ¶ "오매 오매, 당신은 먼 사람인디 밀물 썰물, 물때 짐작을 못해도 그렇게 도 못한다요. 새 사또 방문이 나붙은 뒤 에 여그 나오는 사람은 어떻게 되는 중 도 모르요, 시방?" 두전댁은 죽일 놈 잡 죄듯 다그치며 남편을 노려봤다. 눈에서 서릿발이 쳤다. 『녹두장군』⑦

줄초상 비 '연이어 나는 초상'을 뜻하는 것으로, '불행이 겹쳐 일어나는 경우'를 속되게 이르는 말. ¶ "그 정신없는 놈이 덩덩하게 물 건너 굿인지 알고 놀아나 도 험하게 놀아났던 모양이구만. 아들이 잽혀간게 엄씨도 자리 지고 반송장이 되어버렸다는데, 이러다가는 모자가 줄 초상이 나게 생겼어…" 『녹두장군』⑧

줄행랑을 놓다 낌새를 채고 정신없이 달 아나다. ¶ 아닌밤중에 날벼락이어서, 어 찌 된 영문인지 미처 정신을 제대로 차 리지 못한 채 줄행랑부터 놓았다. 『자랏 골의 비가』

중놈 공사에 재 너머 산지기라 그 일에 전혀 상관이 없는 사람을 이르는 말. ¶ "…중놈들 공사에 재 너머 산지기가 먼 상관이라고 아무 상관도 없는 사람들을 몽둥이로 소 몰대끼 몰아붙이냐 이것이 여?" "허허, 이 사람아, 미친놈보고 인 사불성이라고 따지게." 양찬오는 허허 웃었다. 동네 사람들도 맥살없이 웃고 있었다. 『녹두장군』④

중놈 망건 사러 가는 돈을 돌려서라도 사 정이 다급하여 급전을 돌려써야 할 경 우를 이르는 말. ¶ "…이렇게 억울하게 생골을 내고서야 어디가서 우리가 사람 이라고 낯짝을 내밀 것이여, 조리장사 체계돈이라도 내고 중놈 망건 사러 가 는 돈을 돌려서라도 변호사를 사세." <유채꽃 피는 동네>

중놈 어물값 문다 속 중이 회값 문다. ¶ "…우리는 애초부텀 그 묏등 도장하고 는 상관이 없는 사람들인게, 느그덜이 아무리 닦달을 해도 중놈 어물값 닦달 이다, 이러고 버틸라먼 첨부텀 야물딱지 게 버텨사제, 무담씨 덤벙거리고 나섰다 가, 느그덜이 덤벙거리는 것 본께, 먼 냄새를 맡아도 맡았구나, 이러고 나온다 치라면, 이참에는 무단한 선왕재 지내고 지벌 입어…"『자랏골의 비가』 ¶"돈에 눈이 가리면 삼강오륜도 석냥 닷푼으로 읽는다지 않던가? 그런 눈에 사돈이 제대로 뵈겠는가? 중놈 어물값 물었네." "아무리 눈에 헛거미가 끼었다기로 사람을 멋으로 본 것이여." 조만옥은 눈꼬리를 모로 세웠다.『녹두장군』①

중놈 어물짐 보듯이 자기와는 상관없는 일이어서 관심이 없음을 이르는 말. ¶ "어어, 이 사람이 암만혀도 수상혀. 아까는 내 짐을 보고도 중놈 어물짐 보대끼 하던 사람이 섬사주 이야기가 나온 게 짐을 바꿔 지자고?" "아이고, 연곡사 부처님전에 마지를 넘보제 어느 존전에 시주할 것이라고 내가 그 귀한 것을 넘보겠소?"『녹두장군』⑥

중놈 어물 흥정 전혀 상관없는 일에 간여하는 경우를 이르는 말. ¶간평에 관한 일이라면 중놈 어물 흥정만치나 억주한 테는 무관한 일이어서, 처음부터 거기에는 별 관심이 없었으나, 수근거리는 눈치들이 사뭇 수상하다 보니 슬그머니 호기심이 일어나지 않을 수 없었다. <가납약전>

중놈 외입값 문다 쬖 중놈 어물값 문다. ¶"…조리장사 체곗돈을 내다가 중놈 외입값을 물어주라면 줘도, 그런 돈은 못 물겠어. 못 물제. 못 물고말고. 가당 택도 없는 소리!"『자랏골의 비가』 ¶"그런께, 시방 중놈 해웃값도 아니고, 몽구리 횟값도 아니고, 나졸 초상에 재 너머 중놈 부존가 민부전인가 그것이 시방 흉년에 다섯 식구 열흘 양식이라?" 중구난방으로 핀잔이 쏟아졌다.『녹두장군』①

중놈 회값 문다 쬖 중놈 돝고기값 치른다. 엉뚱하게 덤터기를 쓴 경우를 이르는 말. ¶"…으째서 중놈 회값도 아니고, 외입값도 아닌 이런 애먼 돈을 영도 모르고 상도 모르는 산지기가 물어사 쓰냔 말이여?"『자랏골의 비가』 ¶"허허. 그러면 우리는 할 일 없이 볼일 보려다가 남의 추렴에 중놈 회값 무는 격이그만…"『암태도』

중놈은 잠꼬대도 염불가락이다 버릇은 어디서나 나타나기 마련이라는 말. ¶(산) 중놈은 잠꼬대도 염불가락이더라고 이 작자는 얼마나 억척이었던지, 까무라쳤다가 제정신이 드는 순간, 비몽사몽간에 형의 모습을 보았는데, 그가 있는 곳은 옛날 같이 공부하던 절간이었다.『보쌈』

중 도망은 절에나 가서 찾지 쬖 행방이 묘연하여 찾기 어려운 경우를 이르는 말. ¶"산소를 돌아봐서 뭣하게? 중 도망은 절에나 가서 찰제마는 어뜬 놈이 제 묏등에서 빼다구를 파다가 도장을 했으먼, 나 여그서 파갔소 하게 파냈을 것이라고, 비싼 밥 묵고 그런 비지개떡 같은 짓거리를 하고 다녀?"『자랏골의 비가』 ¶ "그래도 중 도망은 절간 마룻장이나 뜯어보겠지만, 제간 놈들이 하늘을 우러러 손가락에 불을 컨들 어디서 꼬투리를 잡겠소?"『녹두장군』① ¶"중 도망은 절간 마룻장이나 뜯어 본다지만 친정도 모르고 중매쟁이도 모르니 이 여자를 어디 가서 찾을 것이여?" <신 농가월령가>

중도 속도 아니다 쬖 이것도 저것도 아니라는 말. ¶"벼슬자리 치고는 신선놀음도 이런 신선놀음이 없습니다그려. 중도 아니고 속도 아니고, 이만한 자리가 어디 있겠소?" 거나해진 임군한이가 한마디 했다. 『녹두장군』⑩

중매는 잘 하면 버선이 한 켤레고 못 하면 뺨이 세 대라 㖾 중매는 잘 하면 술이 석 잔이고 못하면 뺨이 석 대라. 중매는 함부로 할 일이 못 되며 신중이 잘해야 함을 이르는 말. ¶중매는 잘 하면 버선이 한 켤레고 못 하면 뺨이 세 대라는 말이 있지만 사판이 하도 험하다 보니 뺨으로 따진다면 세 대로 끝날 일이 아니었다. 처음부터 좋자고 한 일이기는 했지만 에옥살이 시골 살림에 적잖은 소 두 마리 값이 들어간 결혼이 이 꼴이 되어 버렸으니 이게 어디 예사일이겠는가? <신 농가월령가>

중상 아래 날랜 사람 있다 㖾 ① 크게 상을 걸면 있는 힘을 다하여 일을 함을 이르는 말. ② 크게 상을 걸면 뛰어난 재간을 가진 사람이 나타난다는 말. ¶"…살범에 강도라면 벌써 포졸들한테 상을 걸었을 것이다. 중상 밑에 날랜 장수 있더라고, 포졸들도 눈에 불을 켤 게 아니냐?" 『녹두장군』② ¶"…중상 밑에 날랜 장수 있는 법이오니 상금이라도 두둑이 걸어노면 주린 매 꿩 사냥하듯 날파람이 날 것 같사옵니다. 각 고을에 영을 내리면 금방 모아들일 수 있사옵니다." 예방비장은 정신없이 주워섬겼다. 『녹두장군』⑨

중이 고기 맛을 알면 절에 빈대가 안 남는다 㖾 무슨 일에 여태 전혀 모르고 있던 재미를 보면 거기 혹하여 정신을 못 차리고 덤비는 경우를 이르는 말. ¶"…주지스님 계시겠지요?" "그 양반 요새 나들이가 분주한 것 같은데 있는지 모르겠소." 윤영감이 시큰둥하게 받았다. "그 사람 요새 하는 짓 보면 사람 변하는 것도 가지가지더만. 중이 괴기 맛을 보면 절간에 빈대가 안 남는다더니 돈에 눈이 뒤집혀도 크게 뒤집힌 것 같어." 절골영감이 명호 들으란 듯이 핀잔이었다. 『은내골 기행』 ¶"…유서 깊은 조선 조계종의 그 면면한 전통은 머잖아 계집 사타구니 밑에서 거덜이 납니다. 중이 고기 맛을 보면 어쩐다는 속담도 있지만 계집 맛이 어디 고기맛에 비교가 됩니까?…" <테러리스트>

중이 제 머리 못 깎는다 㖾 아무리 쉬운 일이라도 남의 손을 빌려야만 할 수 있는 일이 있음을 이르는 말. ¶"중이 제 머리 못 깎는 법이고 자네는 바쁜 사람이라 그럴 짬도 없을것 같아서 우리끼리 날을 받아버렸네. 자네가 동네 오는 날 바로 혼사를 치러버리자고 오는 날을 혼인날로 정해버렸어…" 『녹두장군』⑪

중 절 보기 싫으면 떠나야지 㖾 어떤 곳에서 거기 사람들이나 그곳이 싫으면 싫은 사람이 떠나야 한다는 말. ¶"이런 것뿐이라면 말도 않겠소. 중이 절 보기 싫으면 떠나더라고 이 골목에서 이사를 가버리려고 집을 내놔도, 이 영감들이 집을 꽉 누르고 있기 때문에 반 년이 넘도록 집도 안팔려요. 이것은 법에 안 걸리는 일입니까?" <개는 왜 짖는가>

쥐구멍에 들어온 벌 같다 자리가 불편하여 앉지도 서지도 못하고 있는 경우를 이르는 말. ¶중아비는 전봉준의 말에 허리를 주억거리면서도 얼른 돌아서지 못하고 술잔을 든 채 쥐구멍에 들어온 벌처럼 엉거주춤 무릎을 꿇고 있었다. 『녹두장군』⑥ ¶모두들 격에 어울리게 와서 격에 어울리게 즐기는데, 나는 지금 쥐구멍에 들어온 벌처럼, 뚱한 곳에

와서 제 자리가 없이 엉거주춤하고 있는 것이다. <사모곡 A단조>

쥐구멍에도 볕 들 날 있다㊍ 몹시 고생하는 사람도 좋은 운수가 터질 날이 있다는 말. ¶"빌어묵을 것, 쥐구녁에도 볕들날 있더라고, 자랏골에서 판검사나 군수가 나기만 해보아라. 우리도 잣것, 한쪽지 피고 산다." 『자랏골의 비가』

쥐구멍을 찾는다 형세가 몹시 급하거나 몹시 부끄러워 몸을 숨기려고 애쓰는 경우를 이르는 말. ¶"…해방이 되자 마자 어디로 쥐구녁을 찾아 숨어부렀던 순사놈덜이 어끄저께 즈그덜까지 아가지고, 먼 위원회라고 하디야 멀라고 하디야, 그런 것을 즈그덜도 청년단 꾸미대끼 꾸며가지고 우선 청년단부텀 쌔려잡을 궁리를 하고 있다는 것이여…" 『자랏골의 비가』 ¶군중들이 악을 썼다. 돌멩이가 날아갔다. 돌멩이가 연거푸 날아 돌멩이 하나가 부사 가슴에 맞았다. 부사는 앗뜨거라 부리나케 안으로 도망쳤다. 아전들이나 나졸들도 쥐구멍을 찾아 모두 도망을 쳐버렸다. 『녹두장군』⑦ ¶—따 따 따 따. 호주기가 기관총을 갈기며 일행 바로 머리 위로 아슬아슬하게 스치고 지나갔다. 장꾼들은 장짐을 내팽개치고 쥐구멍을 찾았다. 『은내골 기행』 ¶(산) 멍석만한 통영갓에 도포를 입고 장죽을 물고 나왔다가 일본군의 총소리 한 방이면 쥐구멍을 찾는 사람들이 부지기수였던 모양이다. 『교수와 죄수 사이』

쥐꼬리만하다 매우 적은 것을 이르는 말. ¶쥐꼬리만한 월급 가지고는 어림도 없어, 처음에는 집에서 이삼만 원씩 끌어오다가 나중에는 요령이 생겨, 심씨 종친회 직원으로 행세를 하며 여비를 뜯

어내기도 하고, 더러는 공갈을 쳐서 돈을 울궈내기도 했다. <갈머리 방울새>

쥐 달걀 끌어안은 꼴이다 어색하게 끌어안은 모습을 이르는 말. ¶손 붙일 데가 옹색스러워 똥통을 든 모습들이 쥐 달걀 끌어안은 꼴로 궁색스러웠으나, 일이 원체 신나다 보니, 그 무거운 것을 들고도 논둑 밭둑을 넘는 동작들이 족제비 담 넘어가듯 날랬다. 『자랏골의 비가』

쥐 달걀 궁글리다 일을 요령없이 하고 있는 경우를 이르는 말. ¶"어야, 폰돌이! 시방 자네 쥐 달걀을 궁글리고 있는가, 굼뱅이 천장을 하고 있는가?…" 『자랏골의 비가』

쥐도 도망갈 구멍을 보고 쫓는다 나무라거나 다그칠 때는 빠져나갈 구멍을 보아가면서 하라는 말. ¶"…나는 호랑이다, 내 앞에서 얼씬거리지 말고 저리 도망가거라 이것이지요. 쥐도 도망갈 구멍을 보고 쫓는다는 이치가 다 이런 것 아닙니까?…" 『암태도』

쥐도 새도 모르게 그 누구도 모르게 감쪽같이. ¶"쥐도 새도 모르게 없애불제 그런 놈을 도소로 끗고 와서 멋하겄소?" 『녹두장군』⑥

쥐도 아니고 개도 아니다 이것도 저것도 아니다. ¶자랏골 사람들은…헌병들이 들어닥치자 이것은 도무지 쥐도 아니고 개도 아니었다. 『자랏골의 비가』

쥐 뜯어먹는 것 같다㊍ 들쭉날쭉하여 보기 흉한 경우를 이르는 말. ¶눌눌하게 익어가고 있는 들판의 여기저기가 쥐 뜯어먹다 둔 것처럼 올벼 논의 벼가 걷혀 있었다. 『자랏골의 비가』

쥐만하다 아주 작다. ¶"아이고, 그 꾸랭이 같은 인생, 그 존 살림 다 짖어묵고

을판에는 꾸랭이를 잡등마는 저 쥐만한 가시네조차 저 꼴이그마.” 『자랏골의 비가』

쥐만한 새끼 団 작고 시원찮은 사람을 낮잡아 이르는 말. ¶“이 쥐만한 새끼, 멋이 어째?” 『녹두장군』①

쥐 본 고양이 죕 당장 덮칠 기세로 어르고 있는 경우를 이르는 말. ¶여남은 명 눈이 대번에 쥐 본 고양이 눈이 되었다. 『녹두장군』⑧

쥐불알만하다 아주 조그맣고 보잘것없다 ¶꺼멓게 손때가 절은 나무 궤짝에는 쥐불알만한 쇠통이 하나 달려 달랑거리고 있었다. 『자랏골의 비가』

쥐 소금 먹듯 죕 아주 조금씩 먹는 경우를 이르는 말. ¶“…갑자년에 일어난 일이 금년에 끝장이 난다는 소리다. 그라면 갑자년에 일어날 일이 먼 일이간데 금년에 끝장이 난단 말이냐, 이러고 다그치면 그 다음 소리는 모두 귓속말로 쥐소금 먹는 소리로 속닥이는구만이라…” 『녹두장군』⑧

쥐알봉수 잔꾀가 많고 약은 사람을 놀림조로 이르는 말. ¶“…그런 분이 꼼꼼하기는 또 꽁생원도 그런 꽁생원이 없어. 꼼꼼하다 못해 좀상스럴 지경인데, 어쩔 때 보면 저런 쥐알봉수가 어떻게 산적 두목인가 싶을 지경이야.” 『녹두장군』①

쥐엄나무에 도깨비 꼬이듯 아무것도 아닌 일에 사람들이 잔뜩 몰려든 경우를 이르는 말. ¶“왜놈들이라면 거렁뱅이도지 할애비로 보이니 안 그러나?” “지 나라에서는 쥐도 아이고 개도 아인 저런 반거치기들이 쥐엄나무에 도깨비 꼬이듯 꼬여 저리 설치고 댕기니 큰일이

라…” 『녹두장군』④

쥐 잡는 데는 천리마도 고양이만 못하다 죕 무엇이나 제구실이 따로 있고, 쓰이는 데가 각각 다름을 이르는 말. ‘천리마(千里馬)’는 하루에 천 리를 달릴 수 있을 정도로 좋은 말. ¶“…쥐 잡는 데는 천리마가 괭이만 못하고, 구녁 뚫는 디는 청룡도가 끌만 못한 것께, 이런 자잘한 나라 안 일은 조선놈덜 말을 지대로 들어가지고 해사 쓸 것인디, 순사놈덜한테 덜렁 칼자루라니, 이것이 그냥 총찮은 짓거리고 말 섯이여?” 『자랏골의 비가』

쥐 잡듯이 꼼짝 못하게 하여 놓고 다잡는 모양을 이르는 말. ¶강쇠네는 오금을 꼭꼭 박으며 쥐잡듯이 남편을 닦달했다. 『녹두장군』⑤

쥐 잡으려다가 쌀독 깬다 죕 별로 긴요하지도 않은 일을 하다가 크게 손실을 입게 되었음을 이르는 말. ¶“…양반이나 부자도 너무 심하게 닦달하지 말고 일본 군대가 나갈 때까지는 조심을 해야 할 것 같습니다. 쥐 잡으려다가 장독 깬다는 말은 이런 데 꼭 들어맞는 말입니다. 양반이나 부자들 같은 쥐를 잡다가 자칫하면 나라가 결딴이 날 판입니다.” 손화중은 전주화약 정신을 강조한 셈이었다. 『녹두장군』⑪

쥐 잡자고 장독 깬다 죕 쥐 잡으려다가 쌀독 깬다. ¶“…네 놈이나 출회를 시킨다면, 더구나 그놈들이 만만찮은 젊은 놈들이다 보니 이러다가는 쥐잡자고 장독 깨는 일이 안될까 하는 생각이 얼핏 스치기도 했다. 『암태도』

쥐 죽은 데 고양이 눈물 죕 고양이 죽은 데 쥐 눈물만큼. 아주 없거나 있어도 매

우 적은 양을 이르는 말. ¶경찰서에서부터 미안이니 쌀눈이니, 등 어르는 수작이 그럴싸해서, 쥐 죽은 데 고양이 눈물이 눈 가장자리 적시랴 하면서도, 이게 어쩌면 나이값인지도 모른다고 생각했었는데, 그 것이 다 때려잡지 말고 살살 달래서 옭아매자는 수작이런가 싶자, 종수는 마음속에 품은 독서슬에 새로 날이 섰다. 『자랏골의 비가』

쥐 죽은 듯 매우 조용한 상태를 이르는 말. ¶…자랏골 사람들은, 일이 한번 터져도 크게 터질 것 같은 불안에 싸여, 쥐 죽은 듯 조용한 속에 하루 동안 눈알을 말똥거리고 있었다. 『자랏골의 비가』 ¶서태석은 토방으로 나섰다. 웅성거리던 소작인들은 쥐 죽은 듯 조용해졌다. 『암태도』 ¶송늘남이가 들어간 뒤로 떠들썩하던 장막 안은 쥐죽은 듯 조용해졌다. 『녹두장군』⑦

쥐포수 하찮은 것을 얻으려고 애쓰는 사람을 이르는 말. ¶"…너 같은 쥐포수나, 니 주인 같은 책상물림은 열 놈이 덤벼봤자, 천둥이 왼쪽 어깨 하나도 당하지 못할 텐디, 무슨 외곬뼈가 모로 퉁겼다고 분수없이 설치고 댕긴단 말이냐?…"『녹두장군』②

지랄도 제 흥이라야 엉덩이가 제대로 돌아간다 무슨 일이든지 자발적으로 해야 신명이 난다는 말. ¶…지랄도 제 흥이라야 엉덩이가 제대로 돌아가고, 여우가 쪽박을 쓰고 삼밭에 들어도 제발 밑을 보는 것이니, 촌놈들도 알아먹을 만한 것은 알아먹고, 몰지 않아도 앞장을 설 일은 설 것인데… 『자랏골의 비가』

지렁이도 밟으면 꿈틀한다〔속〕 아무리 순하고 미천한 사람이라도 너무 업신여기면 반항한다는 말. ¶"…지렁이도 건드리면 꿈틀거린다는 것이 무슨 말인가? 지렁이도 건드리면 꿈틀거리는데 하물며 사람이 건드리는데 가만 있어야 되느냐는 소릴세…"『녹두장군』③

지름길은 종종걸음〔속〕 지름길은 종종길. 지름길은 가깝기는 하나 결국 종종걸음으로 바삐 서둘러 가는 경우가 많은 길임을 이르는 말. ¶"금매, 값싼 망둥이가 장마다 나는 것도 아닐 것이고, 이런 존 질이 있은다치라면 지름길은 종종걸음이라고, 그런 말이 떨어지기가 바쁘게 꿩 뒤에 매 뜨듯 해사 쓸 것인디, 보고도 못 먹는 떡이그마."『자랏골의 비가』

지리산가리산하다 이야기나 일이 두서가 없어 갈피를 잡을 수 없는 경우를 이르는 말. ¶장진호는 고개를 지리산 가리산 갸웃거리며 화호나무 쪽으로 갔다. 『녹두장군』⑥ ¶명호는 경찰 출입을 한 적이 있어 그런 사정을 잘 알고 있었다. 시골 사람들은 이런 경우 엉뚱한 주변 이야기만 지리산가리산하다가 죄를 뒤집어쓰는 경우가 허다했다. 『은내골 기행』 ¶(산) 아우를 오라해서 진맥을 시켰더니 아우도 고개가 지리산 가리산이었다. 『보쌈』

지리산 까마귀 게 발 물어다놓고 달아나듯 아무 연고나 상관도 없는 곳에 데려다 놓고 가버린 경우를 이르는 말. 태백산 갈가마귀 게 발 물어 던지듯. ¶"…어뜬 놈이든지 맘만 있은다치라면, 새벽 괭이 담 넘어오대끼 슬쩍 넘어와서, 지리산 까마구 깃발 물어다놓고 달아나대끼 달아난다치라면, 귀신도 모를 놈의 일, 우리라고 그것을 양문이 할애비가 한 짓인지, 금강산 중놈이 와서 하고 간 짓인지 어뜨크롬 안다는 소리여?…”
『자랏골의 비가』

지리산 멧돼지가 들으면 웃다가 아가리 찢어지겠다 어이없는 소리를 할 때 핀잔으로 이르는 말. ¶“…풋바심한 것부텀 전부 계워내서 되도 두 섬이 될까말까 하는디, 세미가 두 섬 엿 말이라니 지리산 멧돼지가 들으면 웃다가 아가리 찢어지겠네.”『녹두장군』①

지리산으로 갔다 가리산으로 갔다 하다 지리산가리산하다. ¶“더부살이 주인 마누라 속곳 걱정한다등마는, 보자한께 당신 걱정도 팔자요그랴. 주인놈한테 가서 그렇게 일러만 주면 그만이제, 동무 목을 베는 일에 무슨 충성으로 고개가 지리산으로 갔다 가리산으로 갔다 염려가 그렇게 번거롭소.” 왕삼이가 핀잔을 주었다. 『녹두장군』②

지리산 중인지 가리산 도척인지 모른다 전혀 신분을 모르는 사람을 이르는 말. ¶“그런께 시방 이것을 파낸 사람이 지리산 중인지 가리산 도척인지 그것도 모른단 말이여?” “뭣을 물어봐도 마 캐는 중놈처럼 통 말이 없은께 알 수가 없는디, 그 자석이 시방 놀놀한 꿍심이 있는 것은 틀림없어.” <어머니의 깃발>

지리산 호랑이는 무엇 먹고 사는지 험하게 죽기를 저주하는 말. ¶“지리산 호랭이는 멋을 묵고 사는디 저런 놈들을 가만 보고만 있으까?” 조망태가 화를 삭히지 못하고 손에 들었던 괭이를 홱 집어던지며 곁에 있는 들돌 위에 앉았다. 『녹두장군』④

지성이면 감천 ㊌ 무슨 일에든 정성을 다하면 아주 어려운 일도 순조롭게 풀리어 좋은 결과를 맺을 수 있다는 말. ¶

“하늘이 우리를 도운 것이다. 지성이면 감천이라더니 우리 암태도 사람들이 뭉쳐서 싸우니 하늘도 알고 감동한 거야.” 『암태도』

지옥에서 부처님을 만난 꼴 아주 어려운 처지에서 도움 받을 사람을 만나는 경우를 이르는 말. ¶“…지난번에 난군들한테 날벼락을 맞고 전전긍긍 목숨을 부지하며 어사또 오시기만 학수고대하옵다가 어사또 나리께서 오시자 지옥에서 부처님을 만난 심사들이온데, 어사 나리께서 너무 낚딜을 하시니…” 『녹두장군』⑧ ¶“워매, 살았네.” 오기창이가 소리를 질렀다. 오기창이는 지옥에서 부처님이라도 만난 꼴이었다. 『녹두장군』⑩

지초(芝草)가 불에 타면 난초가 슬퍼한다 ㊌ 토끼 죽으니 여우 슬퍼한다. ‘지초’는 여러해살이풀인 지치. ¶“…상놈이 양반댁 마나님하고 상음을 했으면 상놈으로서야 남산골 샌님 역적 소문보다 더 신명나는 일인데, 당신들은 무슨 억하심정으로 슬인춤에 지겟작대기 짚고 나서요? 유식한 가락으로 풀면, 토끼가 죽으면 여우가 슬퍼하고 지초가 불에 타면 난초가 슬퍼하는 것은, 유유상종 환난상구의 떳떳한 의리인데, 모처럼 여편네를 얻은 동무한테 잘살라고 축수는 못할망정 동무 목을 베자고 칼을 들고 뒤를 쫓다니, 그게 어디 장부의 도리요?” 『녹두장군』②

지키는 사람 열이 도둑 하나를 못 당한다 ㊌ 아무리 단단히 감시하여도 갖은 교묘한 수단을 다하는 도둑을 막아내기가 어렵다는 말. ¶“…원래 지키는 일이란 것이 열 놈이 지켜도 한 놈 못 당한다는 것 아닙니까? 이쪽에서도 당하고만 있을 것이 아니라 무슨 수를 써야 할 것 같아요." 『암태도』

진날 개 사귄 꼴া 진날 개 사귄 이 같다. 비 온 날은 개가 흙 묻은 발로 대들어 옷을 버려놓기 십상인 데서, 귀찮고 거북한 일을 당한 경우를 이르는 말. ¶ "허허, 이것은 또 뉘 집 새끼여? 일 발라주자고 나섰더니 이것 말짱 진날 개 사귄 꼴이네." "뭣? 진날 개 사귄 꼴? 어디 그 말 한번 더 해봐? 니 놈 눈에는 이 동네 사람들이 말짱 강아지 새끼로 뵌단 말이냐?…" <유채꽃 피는 동네>

진상 가는 꿀 병 동이듯া 무엇을 소중하게 동여매는 경우를 이르는 말. '진상(進上)'은 진귀한 물품이나 지방의 토산물 따위를 임금이나 고관 따위에 바침. ¶ 보따리는 가지각색이었다. 다듬잇돌 크기로 모양을 내어 진상 가는 꿀단지 동이듯 밤얽이로 단단히 죄어 간동하게 짊어진 사람, 칠칠찮은 여편네 갈파래짐 같이 엉성하게 뭉뚱그려 짊어진 사람, 숫제 고리짝을 홑이불로 싸서 바둑 무늬로 가지런히 얽어 황아장수 방물짐지듯 짊어지고 나선 작자 등 가지각색이었다. 『녹두장군』⑧

진일 마른일 가리지 않다 좋은 일 궂은 일 가리지 않고 하는 경우를 이르는 말. ¶ …그저 수굿하게 부지런히 드나들며 자기가 할 만한 일이면, 진일 마른일 가리지 않고 거들었다. 『자랏골의 비가』

질탕관에 기름 튀듯 곤경에 처하거나 화가 나서 속이 바직바직 타는 경우를 이르는 말. '질탕관'은 질흙으로 만든 탕관(국을 끓이거나 약을 달이는 작은 그릇)으로 자루가 없음. ¶ 질천이도 금방 양문이 가족이 들이닥칠 판이라 그 급한

성질에 질탕관에 기름 튀듯 하는 울화를 누르고, 배앓이에 풍월하듯 묏벌을 손질하고 있었다. 『자랏골의 비가』

질탕관에 두부장 끓듯 질탕관에 기름 튀듯. ¶ 송덕보는 또 이불을 제끼고 힘없는 소리로 말했다. 속에서는 질탕관에 두부장이 끓는 모양이었으나, 안간힘을 써서 꾹꾹 누르고 말을 하는 것 같았다. 『녹두장군』⑤ ¶ 원세개는 질탕관에 두부장 끓듯 울화를 끓이며 계속 전보를 치라고 고함을 질렀다. 다음날까지 무려 13번이나 전보를 쳐도 답이 없었다. 『녹두장군』⑩

짐바리하고 사돈네는 고를수록 좋다 결혼 상대는 고를수록 좋다는 말. '짐바리'는 말이나 소로 실어 나르는 짐. ¶ "…짐바리하고 사돈네는 고를수록 좋다고 안 그럽디여. 여자 높이 놀고 낮이 놀기는 그저 시집 하나에 달렸은께 잘 고르시오." 『자랏골의 비가』 ¶ "…딸년 일생을 맡길 사위를 고름서 낯빤대기나 한번 쳐다보고 갈포래 다발 내맡기듯이 내맡기자는 소린가? 짐바리하고 사돈하고는 고를수록 존 것이여." <끼리끼리 세상>

짐승도 집에 들어오면 거둔다 누구든지 도움을 청하면 도와야 한다는 말. ¶ "정참봉 그 양반은 자다가 날벼락을 맞았어. 짐승도 집에 들어오면 거둔다는 것인디, 집에 찾아 들어오는 사람을 으짤 것이여?" 『녹두장군』⑤

집도 절도 없다া 집이나 재산도 없이 여기저기 떠돌아다닌다는 말. ¶ "이 근래 연엽이 아가씨 여기 안 들렀습니까?" 달주가 속삭이듯 물었다. "들르기는 들렀네마는 집도 절도 없으니…" 장한주는 말끝을 흐렸다. 『녹두장군』⑪

집안이 망하려면 제석 항아리에 말좆이 들어간다圈 집안의 운수가 나쁘면 뜻밖의 괴상한 일이 다 생긴다는 말. '제석(帝釋) 항아리'는 제석단지·신줏단지. ¶ "집구석이 망할라면 제석항아리에 말좆대가리가 들어온다등마는, 나라가 망할란께 임금 예펜네 사타구니에 쪽바리 좆대가리가 다 들어가는 모냥이구만잉. 이놈의 나라 망조 기별은 지대로 받아놨구만." 모지랑수염의 우악스런 소리에 모두 와 웃었다. 『녹두장군』③ ¶ "집구석이 망하려면 제석 항아리에 말좆이 들어온다등마는 아무리 동네가 물에 잠긴다기로서니 뭣이 으째? 조상 대대로 제 지내오던 당나무를 팔라고? 임자는 집구석이 거덜나면 조상 위패도 팔아먹을 참인가?" <당제>

집안이 안되려면 구정물통에 호박 꼭지가 춤을 춘다圈 집안이 망하려면 제석 항아리에 말좆이 들어간다. ¶ "괜히 드센 체 말고 조심해여! 이놈들이 제놈들 상전 한가들 떠세로 설치는 판이라 두루 만만찮대여." "알았다, 알았어. 집구석이 망하려면 구정물통에서 호박씨가 논다더니 세상이 못돼논께 별 것들이 다 설치는구나." 『녹두장군』①

징한 년圓 징그러운 년. ¶ "워매, 끝심이 저년이 뭣을 저라고 온다냐?" "워매, 저것이 꾸랭이 아닌가?" "아이고, 저 징한 녀언!" 밭 매던 여편네들이 새파랗게 소스라쳤다. 『자랏골의 비가』

짚단 무너지듯 쉽게 무너지는 모양을 이르는 말. ¶ 집에는 사망통지서와 함께 유골이 오고, 그동안의 보수와 얼마간의 보상금이 왔으며, 군에서 군수 이름으로 조의금도 왔다. 유골함을 안고 들어오자 무슨 일인가 하고 나갔던 시어머니는 아들이 죽었다는 말과 그것이 아들 유골이라는 바람에 선 자리에서 짚단 무너지듯 까무라치고 말았다. <당제>

짜리圓 키가 작은 사람을 낮잡아 이르는 말. ¶ "야, 짜리!" "형! 거기 있었그만." 강도가 사기꾼하고 이야기를 하다 말고 짜리란 놈을 보더니 반색을 했다. <사형장 부근>

짝숭이圓 '남자의 성기'를 속되게 이르는 말. ¶ "그래서 아까 인걸이가 대문을 닫혔을 때도 짝숭이가 왕했던 거니?" 김씨가 웃었다. "아니죠. 그땐 짝숭이가 아니고 야마가 왕한 거죠." 김씨는 한참 웃었다. <어머니의 깃발>

짝하면 입맛 건성으로 한마디하거나 시늉만 해도 위안이 되거나 인사치레가 되는 경우를 이르는 말. ¶ "그래도, 그 양반 선산이 여그 있는 담에사, 짝하면 입맛이더라고, 하다못해 묏벌에 똥 싸는 개를 한번 쫓아줘도, 그것이 다 정으로 하는 것이제 뭣이간디." 『자랏골의 비가』 ¶ "짝하면 입맛이더라고, 이렇게 망발풀이까지 하며 굽죄고 나서는 마당에 이야기를 꼭 그렇게 돈으로만 풀어야 맛이겠소?" 『녹두장군』② ¶ "…짝하면 입맛이더라고 비석이 꼭 거창해야 한다는 법도 없는 담에는 찬물 떠놓고 절을 해도 제 정성인께 명색만이라도 갖추는 것인디, 우리 선대들부터 괜연스리 거창하게만 생각하다가 결국 이렇게 손주 턱에 수염 나버렸으니 이제라도 못난 조상 탓 듣지 않으려면 이번 세안에는 조리장사 체계돈을 내서라도 일을 저질러 놓고 보자구." <재수없는 금의환향>

짠물을 먹다 곤경을 이겨내며 산다. ¶

"…그래도 지가 그 동안 줄포 같은 갯바닥에서 짠물을 묵어도 몇 년을 묵었다고, 그런 새끼 하나 지대로 닦달을 못하겠소…" 『녹두장군』③

쪼다 뗑 모자라고 변변치 못한 사람을 속되게 이르는 말. ¶"응, 지금 어떤 맹꽁이 같은 영감한테 닭값 외상을 갚으러 가다 그걸로 술 마시는 거야. 하하, 한 마리 값은 남기자니 내가 쪼다가 되는구나…" <영감은 불 속으로>

쪼인트 까다 뗑 군홧발로 정강이를 찬다는 말. ¶"어떤 방식으로 기합을 받았습니까?" "쪼인트를 깠습니다." "쪼인트를 깐다는 말은 군홧발로 정강이를 찬다는 말인 줄 아는데 조인트를 몇 번 깠습니까?" "너 댓 번 깠습니다." 『오월의 미소』

쪽박 쓰고 벼락 피해 ㈜ 봉변을 당했을 때 당황하여 저도 모르게 어리석은 방법으로 변을 벗어나려 하는 경우를 이르는 말. ¶"허허. 아무리 자네가 범 본 여편네 창구멍 틀어막대끼 틀어막고, 이불 속으로 들어갈라고 하제마는 그것이 다 쪽박 쓰고 벼락 피하기여.…" 『자랏골의 비가』 ¶"어야 일만이, 이것이 시방 쪽박 쓰고 벼락 피하자는 짓인지 작대기로 하늘 괴는 짓인지는 모르겠네마는, 어쨌던지 우리가 지금 한 쪽박 밑에 들었네. 그러면 어쩔 것인가?…" 『녹두장군』①

쪽박을 차다 뗑 거지가 되다. ¶…그 논서 마지기가 그대로 넘어가고 말 판이었다. 그러면 숫제 알거지가 되어 여덟 식구가 하릴없이 쪽박을 찰 수밖에 없었다. 『녹두장군』④

쪽발이 뗑 '일본 사람'을 욕으로 하는 말. ¶"…나는 썩은 나라를 바로잡고 너희 왜놈 쪽발이 새끼들을 전부 몰아내려고 일어난 의군이고 그 가운데서도 대장이다 이 말이다…" 『녹두장군』⑫

쪽박하고 가시나는 내돌리면 탈이 난다 처녀는 내돌리지 말라고 경계한 말. '가시나'는 계집아이의 사투리. ¶"암, 늘 일러사제. 쪽박하고 가스나그하고는 내돌리면 탈이 나는 법인께 잘 일러!…" 『자랏골의 비가』

찢어죽일 것 뗑 험하게 죽여야 한다고 저주하는 말. ¶"이 찢어쥑일 것이, 처묵기는 처묵을 만치 처묵는디, 걸신이 들려도 몇벌로 들렸으먼 이 지랄이까?…" 『녹두장군』①

찢어죽일 년 뗑 찢어죽일 것. ¶"이 찢어쥑일 년아, 그 더런 손으로 만졌던 것을 또 놓기는 어디다 놓냐?" 『녹두장군』①

찢어죽일 놈 뗑 찢어죽일 것. ¶"이 찢어죽일 놈들!" 망연자실, 넋이 나가 있던 이공도는 한참만에야 악을 쓰며 이를 갈았다. 『자랏골의 비가』 ¶"…지난번에도 내막을 알아본다 어쩐다 어물어물하다가 경찰서장인가 그 찢어죽일 놈한테 속지 않았소…" 『암태도』 ¶"이 찢어 죽일 놈!" 포교가 턱석부리 앞으로 썩 나섰다. 『녹두장군』③

찢어죽일 새끼 뗑 찢어죽일 것. ¶"이 찢어쥑일 새꺄, 알아보다니? 꼭 그렇게 더럽게 놀래? 내 눈에는 니 뱃속이 훤히 들여다보인다…" 『녹두장군』⑥

찢어지게 가난하다 똥구멍이 찢어지게 가난하다. 몹시 가난함을 이르는 말. ¶장춘동이는 집이 찢어지게 가난하여 이주호 집에서 여러 해 머슴을 살다가 스물여덟 늙은 총각으로 재작년에야 장가를 들어 형님이 나누어 준 소작 서 마지

기로 제금을 났다. 『녹두장군』③ ¶복만
이는 그만 나이 때의 찢어지게 가난했
던 자신을 생각하며 그 서글펐던 추석
을 이제는 이렇게 화려하게 쇠러 가는
자신이 무척 대견스럴 것이었다. <재수
없는 금의환향> ¶(산) "…전봉준이 아버
지 소상 때, 다른 사람은 모두 부조를
가는디, 이 과부는 어찌나 찢어지게 가
난했던지 가지고 갈 것이 없었소그랴
…"『녹두꽃이 떨어지면』

찢어진 입이라고 입이 있다고. ¶"허허.
제절로 찢어진 입이라고 말 한 번 곱게
나온다."『암태도』

ㅊ

차려준 밥도 못 먹는다 자기 앞으로 몫지어진 것도 차지하지 못하는 경우를 이르는 말. ¶"주인이 만중 앞에 효수당하는 팔자보다는 낫잖겠어?" "에이, 차려준 밥도 못 먹고." 퉁방울눈은 못내 아쉬운 듯 다시 뒤를 돌아봤다. 『녹두장군』⑪

차첩 받은 외삼촌 대하듯 벼슬길에 오른 외삼촌 대하듯 한다는 말이니, 아주 반갑고 극진하게 대하는 경우를 이르는 말. '차첩(差帖)'은 구실아치를 임명하던 사령장. ¶다투어 동학에 입도하는가 하면 동학도들을 만나면 차첩 받은 외삼촌 대하듯 했다. 동학도들은 어깨가 으쓱으쓱 올라갔다. 『녹두장군』①

차 치고 포 친다 墩 무슨 일에 당당하게 덤비어 잘 해결함을 이르는 말. ¶외불이는 혼자 신명이 나서, 차 치고 포 치고, 제것이라도 떼어주는 것 같이 이런 엉뚱한 소리를 하고 나왔다. 『자랏골의 비가』 ¶"…이 소작쟁의에서 박형이나 내가 할 일은 뒤에 서서 그들을 일깨워 주고 부추겨 줄 입장이지, 앞에 나서서 차치고 포치고 해서는 안될 것 같습니다…" 『암태도』 ¶이갑출이는 능글맞게 생글거리며 혼자 차 치고 포 치고 독장을 쳤다. 『녹두장군』③ ¶"그랬을 수도 있겠지." 장경구는 끝내 단정을 하지 않았다. 원래 치밀한 성격이었다. 선경이 병세는 자기가 꿈에다 해몽까지 너무 차 치고 포 치고 한 것 같았으나 장경구의 이야기를 듣고 나자 크게 가닥이 잡히는 것 같았다. 『은내골 기행』

차포에 오졸이 더한 놈이다 세력의 차이가 너무 큼을 이르는 말. ¶"하여간 차가 그 작자 농간 속은 우리 촌놈들보다는 차포에 오졸이 더한 놈인게 이장 자네도 존 밥 먹고 다리 아래 소리 그만하고 이 일에서 손떼게." 이용만이었다. 이장은 난처한 표정이었다. 『은내골 기행』

찬물에 좆 줄듯 墩 무엇이 갑자기 졸아드는 경우를 상스럽게 이르는 말. ¶…저 무지한 헌병놈의 그 서릿발 같던 서슬이 찬물에 뭣 꼴이어서, 저놈들도 기가 죽기로 하면 저러는가 어이가 없을 지경이었다. 『자랏골의 비가』

찬물을 끼얹은 것 같다 갑자기 조용해진 경우를 이르는 말. ¶이싯뚜리가 목소리를 높였다. 회의장은 갑자기 찬물을 끼얹은 것 같았다. 『녹두장군』⑪

찬바람에 풀 날까 따뜻하게 굴어야 사람이 따른다는 말. ¶"…우리는 지금 관을 대적하고 있고 우리편이 되어 줄 사람은 세상 백성들뿐인디, 이런 것으로 칼에 피를 묻히면 우리 살기만 드러나서 백성들이 우리를 멀리할 것이네. 찬바람에 풀 나는 것 보았는가!" 사내는 너울가지 있게 다독이는 소리로 달랬다. 『녹두장군』⑥

찬밥 더운밥 가리다 어려운 형편에 있으면서 배부른 행동을 하다. ¶"소작을 못 얻으면 품팔이를 하더래도 남의 집에 얹혀 살그나 드난살이는 하지 맙시다." "그라고 잡제마는 시방 우리 처지에 찬밥 더운밥 개리겄어." 만득이는 볼부은 소리를 했다. 『녹두장군』③

찰떡궁합 아주 잘 맞는 궁합을 이르는 말. ¶"…여자가 전에 정신이 쪼깐 으쨌다고 하제마는 폴새 다 낫어부렀은게 그것도 흠이랄 것이 없고, 궁합도 이만하면 찰떡궁합이구먼." 사내는 말을 맺으며 또 좌중을 둘러봤다. 『오월의 미소』

참빗으로 훑듯 샅샅이 뒤지는 모양을 이르는 말. ¶이 궁리 저 궁리, 참빗으로 훑듯 궁리를 짜보았으나, 웅치고 뛸래야 뛸 데가 없고, 『자랏골의 비가』

참새 가슴 소심한 성격이나 그런 사람을 이르는 말. ¶…사람이 살아 숨을 쉬고 있어도 그것을 그냥 살았다고 할 수가 없을 만큼, 가슴은 항상 참새 가슴이고, 속은 갓방 인두 닳듯 달아 있는 판인데, 이런 일이 벌어졌으니, 자다가 날

벼락도 이런 벼락이 없었다. 『자랏골의 비가』 ¶남분이는 오빠가 설마 그런 끔찍한 일에 관련이 있으랴 싶으면서도 4년 전 아버지 일로 하도 험한 꼴을 당했던 기억이 생생하다 보니 작은 가슴이 참새 가슴으로 콩콩거렸다. 『녹두장군』① ¶"며칠 동안 바람이나 좀 쐬고 올까 합니다." "어디를 가든 조심해라. 시국이 하도 험해논게 부등가리 조이듯 마음은 항상 참새 가슴이다." 어머니는 밥그릇 보자기를 챙기며 말했다. 『은내골 기행』

참새가 죽어도 짹 한다 웹 아무리 약한 것이라도 너무 괴롭히면 대항한다는 말. ¶"제미, 아무리 양문이라고 하제마는 그래도 참새도 죽을 적에는 짹하고 죽는 것인디, 턱 떨어진 외가리맨키로 양문이 입만 쳐다보고 있다가, 곰 창날 받대기 그런 뚜부에 이빨도 안들어갈 소리나 듣고 와서, 괴 불알 앓는 소리도 아니고, 도깨비 여울물 건너는 소리도 아닌 소리로 연설이나 풀고 있단 말이여?" 『자랏골의 비가』

참새 굴레 씌우겠다 웹 지나치게 약삭빠르고 꾀가 많음을 이르는 말. ¶"강경 바닥 왈패들을 내세우면 소문이 나기 쉽고, 줄포 이갑출이가 어떨까? 옳거니, 이갑출이라면 배짱도 배짱이고 얼레발도 참새 얼러 굴레도 씌울 놈이지. 그놈이 좋겠어…" 『녹두장군』⑧

참새를 볶아먹었나 웹 말이 빠르고 몹시 재잘거리는 것을 이르는 말. ¶그날 저녁, 사랑방과 뭉렛방은 그냥 참새 볶아먹은 꼴이었다. 『자랏골의 비가』

참새 어르듯 아주 조심스럽고 세심하게 대하는 경우를 이르는 말. ¶"여자들도 말이여, 남의 사내 맛 한번 보고 싶어서

속으로는 냠냠함시로도 겉으로는 시치
미를 떼는 것이여. 닭 안 봤냐? 꺽꺽함
시로도 꼴랑지를 안 들어주디야. 그래서
음양에는 천벌이 없는 법이다." 퉁방울
눈은 바짝 달아올라 참새 어르듯 야살
을 떨었다. "그럴까?" 『녹두장군』⑪

참새 얼려 잡겠다 참새 굴레 씌우겠다.
¶"…빌어먹어도 정승집에서 빌어먹으
렸다고, 문영감 같은 분 그늘에 가린 다
음에는 하다못해 무슨 관청 상관이 있
더라도 문지주 사람이라면 관에서도 사
정을 두지 안 두고 배길 것같아?" 김서
기는 참새도 얼려 잡을 것 같게 살가운
소리로 꼬드겼다. 『암태도』

참새 혓바닥만하다 아주 작은 물건을 이
르는 말. ¶영감은 쌈지 새끼 주머니에
서 참새 혓바닥만한 열쇠를 꺼내 그것
을 땄다. 『자랏골의 비가』

채 맞고 자란 탱자 꼴이다 흠이 많은 경
우를 이르는 말. ¶(춘영이는)…갈 데
없이 채 맞고 자란 탱자 꼴의 좀스런 쥐
상인데, 『자랏골의 비가』

채 맞은 개구리 같다 맥을 추지 못하는
경우를 이르는 말. ¶작자는 저만치 나
가떨어져 채 맞은 개구리처럼 버르적거
렸다. 『녹두장군』⑩ ¶억주는 몸을 뒤로
잔뜩 제꼈다가 땅바닥에 매어꼰져 버렸
다. '픽' 놈은 채 맞은 개구리 꼴로 사
지를 떨었다. <가남 약전> ¶(산) 이내
곰은 땅바닥으로 굴러 떨어졌다. 채 맞
은 개구리 꼴이었다. 호랑이는 도망치려
다 말고 숲속에 숨어 그대로 구경을 하
고 있었다. 『보쌈』

채 맞은 족제비 담 넘어가듯 다급하게 도
망치는 모습을 이르는 말. ¶젊은 축들
이 얼러메자 문지주 머슴들은 더 대거

리하지 않고 채 맞은 족제비 담 넘어가
듯 동네를 빠져나갔다. 『암태도』

책력 보아 가며 밥 먹는다 매일 밥을
먹을 수가 없어 책력을 보아 가며 좋은
날만을 택하여 밥을 먹는다는 말로, 가
난하여 끼니를 자주 거른다는 말. ¶
"바로 이 앞산 너머 복골이란 동네에
인물이 소문난 처녀가 하나 있네. 산골
찬물꽂이 남의 산직답 몇 마지기에 얹
혀, 어마 아비 세 식구가 책력 보아가
며 밥 먹을 지경으로 쪘어지는 형편인
데, 지난 여름 그 아비가 거기 중놈하
고 물싸움을 하다가 손질을 잘못했던지
중놈이 관청 알림을 해서 묶여갔었네
…" 『녹두장군』① ¶(산) 그러던 아내가
갑자기 자리에 눕고 말았다. 고된 일에
쫓아 몸이 쇠약해질 대로 쇠약해졌기
때문이었다. 서발 장대 휘둘러야 거칠
것이 없고, 책력 보아가며 밥먹는 터수
라 의원은 커녕 약 한첩 엄두를 낼 수
가 없었다. 『보쌈』

처갓집 쇠말뚝에 절하겠다 아내를 극진
히 사랑하는 사람을 빈정거리는 말. ¶
…필순이 소문까지 난 다음에야 그런
일을 제 힘으로 해결할 수만 있을 것 같
으면, 불감청이언정 처가 동네 쇠말뚝일
것이어서 되레 당겨다가 일을 한달 법
도 한 일이었다. 『자랏골의 비가』

**처녀들은 말똥 굴러가는 것을 보고도 웃는
다** 처녀들은 말 방귀만 뀌어도 웃는
다. 처녀들은 대단치 않은 것만 보아도
잘 웃는다는 말. ¶(방촌 영감은)…말똥
굴러도 히히덕거리는 것이 여편네들이
니 그들 숙덕이는 속이야 뻔한 일이겠
지 생각하면서도 아침 일찍부터 그러는
게 뭐가 좀 이상하다 하면서 자기 집으

로 들어서는 참이었다. <신 농가월령가>

척하면 삼천리 남의 속내를 재빠르게 알아차림을 이르는 말. ¶젊었을 때부터 수많은 수령들을 겪는 사이 권력의 부침을 눈이 무르게 보아온 호방은 그만한 물때 짐작은 척하면 삼천리였다. 『녹두장군』⑧

천 길 물속은 알아도 한 길 사람 속은 모른다㈜ 남의 마음을 알기란 매우 힘들다는 것을 이르는 말. ¶"…천길 물속은 알아도 한길 사람 속은 모른다더니, 천 길 물속도 모르겠고 천길보다 더 깊은 사람 속은 더 모르겠네요." 『오월의 미소』

천 냥 잃고 조리 걸기㈜ 한때 흥청거리고 살다가 조리 장사나 할 지경으로 가련한 처지가 된 경우를 이르는 말. ¶"집집마다 손대 생각해서 정한 것이니 더 따지지 마시오." "손대고 깨묵이고 이판에 농사일이 그까짓 게 뭐야. 천 냥 잃는데 조리걷기." 빠진 사람들의 불평은 대단했으나 소작위원들은 더 신척하지 않았다. 『암태도』

천도깨비 곁에 고목 꼴 죄는 천도깨비가 짓고 벼락은 고목이 맞는다. 남 곁에 있다가 화를 입는 경우를 이르는 말. '천도깨비'는 하늘에 있는 도깨비. ¶나는 죄가 없다고 태연하게 있던 사람들만 다리뼈가 부러지고 머리통이 깨지고 천도깨비 곁에 고목 꼴이 되고 말았다. 대창을 들고 맞서는 사람도 있었으나 물미장 앞에 맥을 추지 못했다. 『녹두장군』⑨

천둥 번개 칠 때는 천하 사람이 한맘 한뜻㈜ 천변이나 큰 재난 때는 모든 사람들이 하나가 된다는 말. ¶"오매, 그 집서 크게 맘 썼네. 고마운 거. 천둥번개 칠 적에는 천하가 한맘 한뜻이라등마는 참

말로 그라요. 하기사 감역댁은 심지 한나는 나무랄 데가 없는 사람이지라우." 『녹두장군』⑦ ¶천둥 번개할 때는 천하가 한맘 한 뜻이라고, 전에는 빌빌 봐 돌던 사람들도 정작 재판에 져서 전답이 넘어 간다고 하자 너도 나도 다투어 돈을 냈다. <유채꽃 피는 동네>

천둥벌거숭이 두려운 줄 모르고 함부로 덤벙거리거나 날뛰는 사람을 이르는 말. ¶천하에 둘째가라면 서러워할 천둥벌거숭이들이 갓망건에 도포를 입어노니 꼴들이 볼 만했다. 막동이는 작은 키에 도포가 몸에 맞지 않아 흡이불을 걸친 꼴이었다. 『녹두장군』④ ¶이 세상에 한점 혈육을 떨구고 가면서, 이 천둥벌거숭이 같은 놈이 얼마나 못미더웠으면 아무 상관도 없는 나한테 그런 부탁을 하고 갔을 것인가 싶었기 때문이었다. <청개구리>

천둥에 개 뛰어들듯㈜ 무엇에 몹시 놀라 쏜살같이 뛰어드는 모양을 이르는 말. ¶그래도 혹시 그렇겠구나 하는 대목이 조금이라도 있어 보일까 싶어, 두고 보았더니 천둥에 개 뛰어들 듯 무단한 동네에 뛰어들어 개방정을 떨며, 사람 치는 것을 보니 다른 놈들보다 한수 더 뜨는 것 같았다. 『자랏골의 비가』 ¶"…정신 차려, 정신. 순사들이 그렇게 총 쏘고 나올 때는 이미 늦어. 그때 가서야 아무리 천둥에 개 뛰듯 해보았자 대가리 처박을 논두렁 하나 만만찮을걸." 『암태도』

천렵에 개구리 전혀 소용없는 것을 이르는 말. '천렵(川獵)'은 냇물에서 고기잡는 일. ¶"…지금 의논이 액막이 의논이라 했은께 말인디, 시방 자네들이 따지고

있는 액은 나 같은 사람한테는 강아지한테 별성마마여. 저놈들이 나와서 사람을 후려갈 때는 돈 나오라고 후려갈것인디, 천렵에 깨구락지도 유분수제 나같이 살 한점 발겨낼 데가 없는 놈을 멋하자고 후려가겠는가?…" 『녹두장군』①

천방지축 한다 천방지방 한다. 어떠한 급한 일에 두서를 차리지 못하고 당황함을 이르는 말. ¶진산읍내 방필만이 작은아들 방학주는 읍내서 술판을 벌이고 있다가 그 소식을 듣고 천방지축 뛰어왔다. 『녹두장군』②

천장 갈비만 세다 누워서 헛생각만 하고 있는 경우를 이르는 말. '천장 갈비'는 천장에 드러난 서까래. ¶"…현감이란 작자는 동헌은 폴새 내주고 객사에서 밤이나 낮이나 구들장 짊어지고 천장갈비나 세고 자빠졌고, 집강이 있다고 하제마는 그 양반은 그냥 이름만 집강이제 아낙군수고, 진도 천지는 바로 장성찰이 쥐고 흔드네…" 『녹두장군』⑩

철 그른 동남풍 囹 필요한 때에는 없다가 아무 소용도 없게 된 다음에 나타나는 경우를 이르는 말. ¶"철그른 동남풍에 늦은 밥 묵고 파장 갔다 와서 기분들 내지 말고 일찌감치 생수 자시고 맘들 잡어." 『자랏골의 비가』 ¶영감은 또 차근히 변설을 풀고 나설 자세였다. 이미 철 그른 동남풍, 아무리 풀어보아야 희고 곰팡 슨 소릴 것이어서, 종수는 시답잖다는 표정으로 다시 얼굴을 걷어가버렸다. 『자랏골의 비가』 ¶"기왕 내친 김이니 말인데, 밀물에 쩡뚱이 새끼들 뛰어다니듯 그놈들 가락에 놀아나다가 아차 했을 때는 이미 철 그른 동남풍이야…" 『암태도』

철옹성 같다 무엇에 둘러싸여 있는 상태가 매우 튼튼함을 이르는 말. '철옹성(鐵甕城)'은 쇠로 만든 독처럼 튼튼하게 둘러쌓은 성이라는 뜻으로, 방비나 단결 따위가 견고한 사물이나 상태를 이르는 말. ¶철옹성같이 높은 담장으로 둘러싸인 곳에 겨우 여기만 한 군데 빠끔하게 숨통이 뚫려 있는데, 이 쬐만한 구멍에서까지 그 안에 앉은 놈이 연기 쐰 고양이상으로 팩팩거리고 있으니, 답답하기가 생사람 결딴이 날 지경이었다. 『암태도』

첫배 과부 코고는 머슴방 엿보듯 한 번 출산 경험이 있는 과부는 성적으로 민감하여 밤에 간절한 마음으로 머슴방을 엿본다는 데서, 무엇을 아주 간절하게 바라보는 경우를 이르는 말. ¶"…지금 순사놈들이 문재철이 물 켜고 앉아 무슨 언턱거리가 없나, 틈 노리기를 첫배 과부 코고는 머슴방 엿보듯 하고 있을 텐데 그런 꼬투리가 잡혀 보게. 난장박살이 고추밭에 말달리길 걸세." 『암태도』

첫술에 배 부르랴 囹 무슨 일이든지 단번에 만족할 수는 없다는 말. ¶"…신원이 되지 않아 응어리는 그대로 남아 있소마는, 첫술에 배부를 리 없고 이만큼이라도 큰 소득입니다. 윗 관청의 체면도 있는데 당장 금단을 하지 말라 이런 소리는 할 수 없을 것이오." 『녹두장군』②

청개구리 같은 자식 어깃장만 놓는 자식. ¶할아버지 말을 듣지 않다가 마지막 말을 이렇게나마 실천하려는 것이 기특하다면 기특하달 수도 있었다. 꼭 청개구리 같은 자식이라는 생각이 들어 혼자 실소를 머금었다. <청개구리>

청개구리 뒤에 실뱀 따라다니듯 끈질기게

뒤를 재는 경우를 이르는 말. ¶"야, 이 새끼들아, 뭣 얻어 먹자고 청개구리 뒤에 실뱀 따라다니듯 졸졸 따라다니냐?" 『암태도』 ¶이갑출이 일행은 청개구리 뒤에 실뱀 따라다니듯 이사투리가 일행 뒤를 따르고 있었다. 『녹두장군』⑪

청산에 매 띄워 놓기다 㑔 허황하게 요행를 바라고 있는 경우를 이르는 말. ¶…아무리 약방영감 장담이 땅이 꺼졌어도 덕제영감 마음은 청산에 매 띄워놓은 기분으로 도무지 차근하게 마음이 잡히지 않았다. 『자랏골의 비가』

청산에 매 팔자 매인 데가 없이 자유로운 형편을 이르는 말. ¶"…당신들이 포수로 들어갈 때는 관속들이나 양반 부호들한테 지금 농민들이 당하고 있는 것보다 더 험하게 당하고 들어간 사람도 있을 것입니다. 그러나 아까도 말했듯이 그동안 당신들은 청산에 매 팔자가 되어버렸소. 이 전쟁은 당신들한테는 남의 전쟁입니다…" 『녹두장군』⑫

청 빌어 안방까지 㑔 대청만 빌리자는 구실로 시작해서 안방에까지 들어간다는 뜻으로, 처음에는 조심하여 삼가다가 차차 통이 큰 짓까지 하게 된다는 말. ¶"…좁제마는 쪼깐 같이 지냅시다. 이러고 염치좋게 들어가서 청 빌어 안방이라고, 뽀짝뽀짝 아랫목으로 내려가서 내중에는 아조 영감을 떡하니 치고 앉아서, 지가 바깥양반 행세를 했을 것 아녀? 하하." 『자랏골의 비가』

청치 않는 잔치에 묻지 않는 대답 㑔 반갑지도 않은 사람이 공연히 쓸데없는 소리를 하는 것을 낮잡아 이르는 말. ¶"그러면, 이것이 다 저저금 일인께, 그로크롬 청치 않은 잔치에 묻지 않은 대답이면, 이왕 말이 나온 짐에 그런 사람이 나서서 일을 한다치라면, 어뜨크롬 일이 될 것 같은가, 대번에 동곳은 못 빼더라도 대강 알아볼 것은 알아보고 와서 말을 해도 해사 쓸 것 아니요?" 『자랏골의 비가』

청하니까 매 한 대 더 때린다 㑔 간청하였다가 도리어 봉변을 당한 경우를 이르는 말. ¶"그런 죽일 놈들!" 털보의 눈에서 불이 이글이글 타고 있었다. "그뿐일 줄 아시오? 청하니까 매 한 대 더 때린다고 하더니, 그렇게 판결이 나자 이번에는 그 동안 집 지어 살고, 농사지어 먹었으니 그 임대론가 소작론가를 내라고 나오지 않것소?" <유채꽃 피는 동네>

쳐 죽일 놈 㖅 죽일 놈이란 감정을 더 거세게 드러낸 욕설. ¶"이 쳐죽일 놈, 멋이? 여, 보, 게?" 땅딸보가 손에 들고 있던 꿩을 내던지고 두 손으로 창을 꼬나쥐며 덤벼들었다. 『녹두장군』①

체면이 밥 먹여주나 체면보다는 실리를 택한다는 말. ¶"체면이 밥 먹여준다던? …" 『자랏골의 비가』

체 보고 옷 짓고 꼴 보고 이름 짓는다 㑔 모든 것은 저마다 제격에 맞게 되도록 처리함을 이르는 말. ¶"잣것이, 저것은 이름까지 어째서 춘양이여, 춘양이가? 지가 먼 천하 일색인가? 체 보고 옷 짓고 꼴 보고 이름 짓는마둥마는 이름 한 나는 꼴값 하겄다." 『자랏골의 비가』

초라니 거동에 망건 쓰듯 준비하는 꼴이 방정맞고 요란스러움을 이르는 말. ¶우리가 그런 짓을 한 것은 권에 띄워 방립이 아니라, 총부리에 못이겨 목숨 살라니까 한짓이었다고, 제대로 발 뻗을 자리가 생기는 것이어서, 봉충다리 의지걸음으로 못이긴 듯 일을 할 참인데, 정작 해야 할 일은 하지 않고 초랭이 거동에 망건 쓰듯 썼다, 벗었다 방정만 떨고 있으니, 경황중에 역정이 나서 한마디 푸념을 한 것이다. 『자랏골의 비가』

초라니 방정 떨듯 한다　행동이 신중하지 못하고 몹시 방정맞다는 말. '초라니'는 하회 별신굿 탈놀이에 등장하는 인물의 하나. 양반의 하인으로 가볍고 방정맞은 성격을 지님. ¶"아녀, 저 작자가 초랭이 방정에다 속은 또 따로 굴뚝 여대치게 칙칙한 속을 가진 놈이여." 『자랏골의 비가』 ¶"…그 춘영이 애비란 놈도, 그놈이 지 아들 애비 같으면, 초랭이 방정에다 낯빤대기는 삼년 묵은 박달 방망이였을 것인디, 그런 놈이 남의 댁네 안방에 들어가서는 또 얼마나 초랭이 방정을 떨었었을 것인가…" 『자랏골의 비가』

초례청 들러리는 인물 자랑으로 선다　초례청 들러리는 신부만큼 예쁘게 차리고 나와 그만큼 하객들의 주목을 받는 데서 나온 말. '초례청(醮禮廳)'은 전통적인 혼례식을 치르는 장소. ¶"제길, 초례청 들러리는 인물 자랑으로나 서제마는 이놈의 들러리는 쌀 한 섬 걷다가 욕은 몇 섬이나 뒤집어쓸런지 모르겠구만. 몇 집 돌아봐서 싹수가 글렀으면 내뺄 참이네." 『녹두장군』①

초벌얼음 밟듯　조마조마한 마음을 이르는 말. ¶그런데, 혼사말이 나고부터 종수가 그렇게 객기를 부리고 나오는 바람에 마음이 초벌얼음 밟듯 조마조마한데, 문길이까지 이러고 나오니 애가 닳을 수밖에 없었다. 『자랏골의 비가』

초상난 절의 중놈　흉사를 당했는데도 별로 놀라거나 애달아 하지 않는 사람을 이르는 말. ¶동네 사람들은 초상난 절의 중놈들처럼 모두 눈만 말똥거리고 있다가, 다시 의논 끝에 전 방호와 질천이를 보내기로 했다. 『자랏골의 비가』

초상난 집 같다　걱정과 비애 속에 잠겨 아주 스산하고 서글픈 분위기를 이르는 말. ¶"…왕건이 군대는 인병에 신병을 합쳐서 동해바다 파도같이 밀려드는데, 이쪽에는 초상난 집구석 꼴이니 벌써 기세부터가 강약이 부동이잖겠어?…" 『녹두장군』①

초상집에서 팥죽타령魯　초상난 집에 사람 죽은 것은 안 치고 팥죽 들어오는 것만 친다는 말이니, 주된 일은 젖혀놓고 엉뚱한 욕심만 채우려고 한다는 말. ¶…동네 사람들은 자기들한테 돌아올 혜택에만 들떠 초상집에서 팥죽타령으로 꾀춤에 매화타령이 요란들 했다. 『자랏골의 비가』

초저녁 구름이 따뜻해야 새벽 구름도 따뜻하다魯　초저녁 구들이 따뜻해야 새벽 구들이 따뜻하다. 어떤 일이든지 먼저 된 일이 잘되어야 그에 따른 일도 잘됨을 이르는 말. ¶"…초저녁 구름이 따뜻해사 새벽 구름도 따뜻한 것인디, 이미 싹수가 노랑 싹수여…" 『자랏골의 비가』

촌년이 아전 서방을 하면 가재걸음을 걷는다魯　촌년이 아전 서방을 하면 갈짓자(之) 걸음을 걷고 육개장이 아니면 밥을 아니 먹는다. 되지 못한 사람일수록 권세를 쥐면 그만큼 못되게 거만을 떨고 가소로운 일을 한다는 말. ¶"촌년이 아전 서방을 얻으면 가재걸음을 걷는다고 하더니 요 자식이 왜정 때부터 그놈 마름으로 우리들 골을 그렇게 내고도 부족해서, 이번에는 흥정 부치고 거간비 얻어 처묵자는 수작인가?" <유채꽃 피는 동네>

총명이 둔필만 못하다㊠ 무엇이나 확실하게 하려면 적어 두는 것이 제일이란 말. '둔필(鈍筆)'은 굼뜨고 서투른 글씨. ¶ 그렇지. 그건 그렇고 아까 사형이 6,763명이라 했느냐? 이런 중요한 숫자는 꼭 수첩에다 적어놔야겠더구나. 총명이 둔필만 못하더라고 숫자는 석는 깃 밖에는 약이 없느니라. 『오월의 미소』

총총들이 반 병이라㊠ 병에다 기름이나 술을 부을 때 바삐(총총히) 부으면 엎질러져서 반병 밖에 못 붓는다는 데서, 바삐 서두르면 일을 그르치거나 손해를 본다는 말. ¶ "총총들이 반병이라고 경황없이 나대다 본께 생각이 너무 외곬으로만 쏠려 부렀소. 이런 낭패가 없구만." 이상만이도 몹시 후회하는 표정이었다. 『녹두장군』①

춘포(春布) 장옷 단벌 호사㊠ 입고 나설 옷이 단벌밖에 없어서 늘 호사한 것같이 보이나 실은 없어서 그렇게 되었다고 할 때 이르는 말. '춘포(春布)'는 강원도에서 나는 베. ¶ "에잇!" 평식이가 이번에는 윗도리를 활활 벗었다. 아랫도리까지 벗었다. 팬티 바람이 되었다. 옷이 망칠까 싶어 그랬지, 내가 힘이 없어 그런 줄 아느냐는 기세였다. 모두 배를 쥐고 웃었다. 춘포장옷 단벌 호사라 그럴 법했다. 『자랏골의 비가』 ¶끝심이는 춘포장옷 단벌 호사라, 지난 추석 때 구렁이를 팔아 사 입은 추석옷을 입고 오빠 병 간호를 하고 있었다. 『자랏골의 비가』

춘풍에 능수버들 같다 봄바람에 능수버들이다. ¶며칠 전의 엉큼하던 눈빛들은 찾아볼 수가 없고 모두가 춘풍에 능수버들같이 느긋한 표정들이었다. 『자랏골의 비가』

춘풍에 우거지 처지듯 때가 지나 기세가 꺾이거나 제 모습을 크게 잃어가는 경우를 이르는 말. ¶…양문이 집에서만 만화방창으로 발복을 하고, 자랏골에는 춘풍에 우거지 처지듯 우환만 처져, 그렇지 않아도 남의 선산 그늘에서 가뜩이나 꾀죄죄한 인생들이 한비당씨 몽둥이찜질을 당하고 나면 궁상스럽고 추럿하기가 그에 더할 수가 없었다. 『자랏골의 비가』

춘향이가 골마다 날까 출중한 인물은 어디서나 나는 게 아니라는 말. ¶ "식자깨나 들었다는데 예사 계집 같겠습니까요?" "식자? 제년이 식자가 들었으면 몇 우큼어치나 들었는지 모르지만, 식자 든 년은 목숨 아까운 줄 모른다던가? 춘향이가 골마다 난다면 춘향이 춘향이 하겠는가?" 『녹두장군』⑧

충성과 효도가 쌍전할 수 없다 충성과 효도는 함께 할 수 없다는 말. 특히 전쟁 때의 처지를 이르는 말. '쌍전(雙全)'은 두 가지 일이 모두 온전하거나 완전하다. ¶전봉준에게 신명을 바치겠다는 감개가 팔목 속의 피가 뛰는 비장한 감정이라면 어머니에 대한 감개는 금방 눈물이라도 쏟아질 것같이 가슴이 찢기는 감정이었다. 충성과 효도가 쌍전할 수 없다는 소리를 심감할 수 있었다. 『녹두장군』③

치고 보니 장비라 만만하게 보고 저지른 일이 알고 보니 엄청난 일인 경우를 이르는 말. '장비(張飛)'는 중국 삼국시대 촉한의 용장. ¶묶여온 맹꽁인 줄 알았다가, 치고 보니 장비라는 놀라움이 잠시 지나갔다. 『자랏골의 비가』

치는 시늉을 하면 우는 시늉을 하랬다㊙ 때리는 시늉하면 우는 시늉을 한다. ¶ "…저자들이 김영달이 옆구리를 찔러 그것이 나한테까지 울려 왔는디, 치는 시늉을 하면 우는 시늉을 하랬더라고, 그래도 방불하게 시늉을 해사제, 쌀 한두 되 상관에 저자들 눈 밖에 났다가, 아닐 말로, 저자들이 앙심을 묵고 우리 동네를 덮치기로 하면 그때는 쌀 한두 되빡이 말하겠나 이것이여." 『녹두장군』①

치려면 변죽만 울리지 말고 들보를 쳐라 덤비려면 제대로 덤비라는 말. ¶ "내놓을 만한 사람치고는 어디가 많이 있어?" 치려면 변죽만 울리지 말고 들보를 쳐버리란 투로부터 능청을 떨었다. 『자랏골의 비가』

칙사 모시듯 극진하고 융숭한 대접을 이르는 말. 칙사 대접. '칙사(勅使)'는 임금의 명령을 전달하는 사신. ¶ "여기서 대충 끝내고 며칠 안으로 우리 쟁우면으로 갑시다. 우리 면에 가면 대접이 칙사 모시듯 할 게요." 정익서였다. 『녹두장군』④

친구 따라 강남 간다㊙ 동무 따라 강남 간다. 자기는 하고 싶지 않으나 남에게 끌려서 덩달아 하게 됨을 이르는 말. ¶ "별동대들이 밤에도 여그저그 길목에 파수를 선다등마는 둘이 다 오늘 저녁이 든번이오?" "여그는 난번이고 나는 든번인게 나는 술을 먹어서는 안되는디, 시방 이 작자 선보는 디 인접 설라고 친구 따라 강남 왔소." 장진호가 익살을

부렸다. 『녹두장군』⑥

친구 좋다는 것이 뭔가 이런 경우에 도와야 친구가 아니냐고 친구의 도리를 일깨우는 말. ¶ "…오씨한테도 안사람들은 넣어서 떠본게 그이도 싫잖은 것 같고, 두루 연분이 닿는 것 같아 우리끼리 작정을 한 걸세. 친구 좋다는 것이 뭔가? 그렇잖소?" 턱석부리는 최경선 등 배행꾼들을 건너다보며 웃었다. 『녹두장군』⑪

친구 처가집에 따라온 것 같다 엉뚱한 곳에 따라갔다가 난처한 경우를 이르는 말. ¶ "나는 이것 친구 처가집에 따라온 것도 같고 사또 덕에 비장나리 호사하는 것도 같고, 어리둥절한디 말까지 몬자 하라고 한게 더 거북하그만." 지산의 익살에 모두 웃었다. 『녹두장군』③ ¶ "소리판에서 소리가 아니라 말로 이죽거리는 것은 술상 곁에서 이를 잡아 죽이는 것보다 더 구성없는 짓인데, 나는 술상 곁에서 이를 죽이는 것도 아니고, 친구 처가집 가는 데 곁 다리로 우죽우죽 따라온 것도 아니고, 내 꼴이 지금 영판 구성없이 되어버렸소." 손화중이의 걸쭉한 익살에 군중들은 와 웃으며 소리를 질렀다. 『녹두장군』⑥

친사돈이 못된 형제보다 낫다㊙ 사돈은 어려운 사이이기는 하나 곤란한 경우에 도움을 받아야 할 때는 제구실을 못하는 형제보다 낫다는 말. ¶딸자식 하나라도 사람 사는 데 보내, 사람 대접받고 살게 하기가 항상 소원이던 곱댁으로는, 그런 집이면 지체도 그렇거니와, 친사돈이 못된 형제보다 낫더라고, 집안에 무슨 일이 생겨도 서로 돌봐주고 의지할 먼 친척 하나 없어 고단하던 처지로는

이만한 혼사자리가 없다 싶었다. 『자랏골의 비가』

칠년대한에 비 바라듯㊠ 무엇을 매우 간절하게 기다리는 모양을 이르는 말. '칠년대한(七年大旱)'은 칠 년 동안이나 내리 계속되는 가뭄. 중국 은나라 탕왕 때에 있었던 큰 가뭄에서 유래함. ¶농자금이 나온다고 해서 그 돈 나오기만을 칠 년 대한 비바라듯, 목이 빠지게 기다리고 있었더니, 이것이라고 달랑 손에 쥐어주는 돈을 받아보니, 나온다는 액수와는 사뭇 엉뚱한 금액이었다. 『자랏골의 비가』 ¶"…요새 세상 사람들치고 누구나 세상이 뒤집히기를 바라지 않는 사람 없겠지만, 그중에서도 세상에서 몰리고 몰려 산속에 숨어들어온 산적들 심정이야 평지 사람들한테 비기겠냐? 모두가 누구든 앞장만 서주기를 칠년대한 비 바라듯 바라고 있다…" 『녹두장군』① ¶"지금 백성들은 도망칠 궁리를 하는 것이 아니라 들고일어나 이 썩은 세상을 바로잡으려고 누가 앞장서는 사람이 없는가, 누구든지 앞장만 서주기를 칠년대한 비 바라듯 바라고 있습니다. 그런데, 지금 동학이 슬슬 움직이고 있는 것 같습니다." 『녹두장군』②

칠년대한 비 바라듯 역졸놈들 어사 바라듯 칠년대한에 비 바라듯. '역졸들이 어사 바란다'는 것은, 특히 암행어사가 출도해야 한껏 기를 펼 수 있기 때문임. ¶(역졸은)…종하고 같은 신분이다. 그들은 평소 상민들한테도 천시를 당하는 것이 무엇보다 한이었다…그러나 단 한번 권세를 부려볼 때가 있다. 어사가 떠서 역졸을 동원할 때다. 그래서 '칠년대한 비 바라듯 역졸놈들 어사 바라듯' 하

는 속담이 있을 정도였다. 장흥서는 '칠년대한 비 바라듯 별사역졸 어사 바라듯'이라고 했다. 『녹두장군』⑦

칠성판에 눕다 죽다. '칠성판'은 관의 안바닥에 까는 널조각. ¶"내가 먹었습니다." 묻을 자리 보아놓고 도끼 들고 안문인데, 죄없는 놈 목베는 법이 있으면, 칠성판에 누워주겠으니, 어디 베어보라는 배짱이었다. 『자랏골의 비가』

칠월 참새 열쭝이 어린 참새 새끼라는 말. 겁이 많고 나약한 사람. '열쭝이'는 겨우 날기 시작한 어린 새. 또는 작고 겁약한 사람을 이르는 말. ¶금테안경 너머로 내려다보이는 자랏골 무지렁이들쯤이야 칠월 참새 열쭝이만큼도 안보일 것이고, 불강아지 무녀리만큼도 안여겨질 것이니… 『자랏골의 비가』

칠 푼 푸념에 열네 푼 든다㊠ 주되는 일보다도 이것을 하기 위한 주변 일에 든 비용이 더 많다는 말. ¶"협조가 뭣이간디? 손해볼 것은 같이 손해를 보고 이익 볼 것은 같이 이익을 보아사 그것이 협조제, 자네 칠푼 벌이에 놈의 돈은 열네 닢이 나가는디 그것이 협조여?" 『자랏골의 비가』

ㅋ

칼 물고 뜀뛰기㊂ 몹시 위태로운 일을 함부로 행함을 이르는 말. ¶ "…이 가운데 그런 사람이 있으면 나를 건드려 보았자 남생이 등거리에 풀쐐기고, 칼 물고 뜀뛰기라는 것만 알아두시요." 『자랏골의 비가』 ¶ 사정이 이 꼴로 칼 물고 뜀뛰긴데 골이 비었다고 그 따위 미련한 짓을 하겠는가? 『녹두장군』③

칼을 뽑았으면 무 토막이라도 잘라라 칼을 뽑고는 그대로 집에 꽂지 않는다. 무슨 일이든 한번 결심했으면 방불하게 해야 한다는 사실을 이르는 말. 또는 칼 뽑는 일 따위를 경솔하게 해서는 안된다는 말. ¶ "저놈들이 며칠 갇혔다 나간다고 정을 다셔라우? 개꼴랑지 삼년 물에 당과눈다고 황모 될 성부르요? 우리가 뒤꼭지에다 사자밥 짊어지고 대창 들고 나설 때는 먼 맘 묵고 나섰소? 칼을 뽑았으면 하다못해 무시토막이라도 잘라사지라우. 대의가 멋이라요?…" 『녹두장군』⑥

코가 비뚤어지게 몹시 취할 정도로. ¶ 코가 비뚤어지게 술을 마시고 삼삼한 계집을 붙어주어 오입까지 했다. 『녹두장군』⑤

코가 석 자나 빠졌다㊂ 아주 심한 곤경에 처한 경우를 이르는 말. ¶ 패거리들은 코가 석 자나 빠져 아무 말도 못하고 고개만 떨구고 있었다. 『녹두장군』⑧ ¶ "먼 일인딘 이장은 저렇게 코가 석 자나 빠져갖고 오까?" 모두 동구 쪽을 봤다. 이장은 어깨가 늘어진 호박잎이었다. 『은내골 기행』

코똥을 퉁기다 콧방귀를 뀌다. ¶ "흥, 저 나이에 자식들도 안 부끄러까?" 그때 호방 마누라가 지나가며 코똥을 퉁겼다. 『녹두장군』③

코를 숙이다 고집을 부리다. ¶ …이번 만석보 수세 나눠 줄 때만 하더라도 봉기에는 나오지도 않은 작자가 수세 나눠 준다고 하자 제일 먼저 섬을 지고 달려왔었다. 더구나 자기 동네 사람들이 돌려받은 쌀을 얼마쯤 내놓고 가자고 하니 이 작자가 끝내 코를 숙였다는 소문이 나서 웃음거리가 되기도 했다. 『녹두장군』⑥

코빼기도 비치지 않다佃 '어떤 자리에 모습을 전혀 보이지 않다'를 낮잡아 이르는 말. ¶법소에서 이렇다 저렇다 무슨 조처가 없을 뿐만 아니라 누구 하나 코빼기도 내밀지 않으니 접주들도 어떻게 해야 할지 답답할밖에 없었다. 『녹두장군』④ ¶벙거지들이 안내를 했다. 안쪽에는 벌써 100명이 와서 자리를 잡고 있었다. 그 동안 어디로 숨어버렸던지 코빼기도 보이지 않던 장교와 나졸들이 부산하게 싸대고 있었다. 『녹두장군』⑦

코 아래 진상㊪ 코 아래 진상이 제일이다. 남의 환심을 사려면 먹이는 것이 가장 효과적이라는 데서, 음식 대접하는 일을 이르는 말. ¶"…코 아래 진상이 제일이라지만 그것은 모르는 소리고 진상은 배꼽 아래 진상을 덮을 것이 없네. 더구나 어사또 나리는 내가 잠시 겪어봤으니 말이지만 그 식성 하나는 아날말로 변강쇠 뺨치는 분일세." 호방은 껄껄 웃었다. 『녹두장군』⑧

코 아래 진상이 물때 있나㊪ 뇌물로 음식 대접을 하는 데는 따로 때가 있을 수 없다는 말. ¶"시방 때가 어느 때라고 그런 정신없는 소리를 하고 있어? 수염이 대 자라도 묵어사 양반인데, 코아래 진상이 물때 있었어?" 이주호는 아내한테 눈을 허옇게 떴다. 『녹두장군』⑤

코피 쏟아지는 데는 틀어막는 수밖에 없다 단순한 사건은 단순하게 대처하는 것이 가장 현실적이라는 말. ¶"여러 말씀할 것 없습니다. 상말로 코피 쏟아지는 데는 틀어막는 수밖에 없습니다. 제가 운봉 적도들을 몰아낼테니 저를 지원해 주십시오." 박봉양이는 잘라 말했다. 『녹두장군』⑪

콧구멍 두 개를 하느님이 잘 마련했다 기가 막힌다는 소리를 에둘러 하는 말. ¶"허허, 세미가 한벌로도 어깨가 내려앉는디, 남의 세미까지 두벌로 짊어지란 소린가? 한울님이 콧구멍을 두 개 뚫어 논 이치를 인자사 알겄네." 조망태는 마치 실성한 사람처럼 하늘을 쳐다보며 헛웃음을 쳤다. 『녹두장군』①

콧대를 꺾다 상대편의 자만심이나 자존심을 꺾어 기를 죽이다. ¶"하여간, 그년이 수청 들었다는 소문부터 널리 내고 그년 콧대를 기어코 꺾으시오." 이용태는 단호하게 말했다. 탈옥당한 분풀이를 거기다 하겠다는 심사 같았다. 『녹두장군』⑧

콧방귀만 뀌다 아니꼽거나 못마땅하여 남의 말을 들은 체 만 체 말대꾸가 없이 콧방귀 소리만 내다. ¶그러나 종수는 네깐 놈 그런 얄팍수에 내가 넘어갈 것 같으냐고 속으로 코방귀를 뀌고 있었다. 『자랏골의 비가』

콧병 든 병아리 같다㊪ 꾸벅꾸벅 조는 모양을 이르는 말. ¶"자기가 생각한 것하고 비슷해서 왕건이는 콧병난 병아리 꼴로 고개를 떨구고 그 집을 나오는구만…" 『녹두장군』① ¶(산)사내는 콧병난 병아리 꼴로 서발이나 코를 떨구고 집을 향했다. 『보쌈』

콩 눌은밥은 눌을수록 좋다 무슨 허물이 겹치면 겹칠수록 이편에 유리한 경우를 이르는 말. ¶"엎질러진 물인데 어찌합니까?" 서방걸이는 대범하게 껄껄 웃었다. 그로서야 콩 눌은밥은 눌을수록 좋았다. 서문모에 대한 체면도 충분히 섰으므로 크게 마음쓸 것이 없었다. 『녹두장군』⑨

콩밥을 먹다▣ 감옥살이를 하다. ¶…왜 무당을 죽이려 했느냐고 이번에는 사뭇 엉뚱한 소리를 하고 나왔다. 죽이려고 그런게 아니라고 문길이가 나서자, 정말 콩밥을 몇 년씩 먹어야 정신을 차리겠느냐고 또 으름장을 놓았다. 『자랏골의 비가』

콩 볶듯 마구 쏘는 총소리가 요란한 모양을 이르는 말. ¶아까 집에서 나와 부내를 돌아다니던 유월례는 완산 쪽에서 총소리가 콩 볶듯 하자 이리 달려왔고 매선이는 자기 아는 집이 무사한지 모르겠다며 그쪽으로 달려갔다. 『녹두장군』⑩

콩으로 메주를 쑨다 하여도 곧이듣지 않는다㊙ 아무리 사실대로 말하여도 믿지 아니함을 이르는 말. ¶"관에서는 지금 저렇게 나오지마는 관에서 하는 짓은 못 믿습니다. 조정의 영이라니까 혹시 모르겠소마는, 나는 관에서 하는 말은 콩으로 메주를 쑨다고 해도 안 믿소…" 『녹두장군』⑦ ¶"…관속들 말은 콩으로 메주를 쑨다고 해도 믿어서는 안됩니다." 『녹두장군』⑪

콩이야 팥이야 한다㊙ 하찮은 일로 티격태격 시비하는 경우를 이르는 말. ¶"…동네 다린게 동네 사람들이 다 나서서 협조를 해사제 그로크롬 콩이냐, 서숙이냐, 건대기 국물을 따진다면 다리 놔놓고, 건너댕기는 사람마다 세금 받아사 쓰겄소그랴." 『자랏골의 비가』 ¶"그 쥐새끼 일을 그렇게 따질 수 있는가도 문제제마는 그런 실수를 가지고 콩이야 팥이야 따지기로 한다면 이참에 질닻 어긋나고 그물 찢어져서 손해 본 것은 어뜨크롬 할 것이요?" 선원 대표로 선장과 함께 나갔던 억주가 따졌다. <가남약전>

콩 쪼가리 하나를 가지고도 어이며느리 시장 멈춤을 한다 서로 뜻이 잘 맞으면 아무리 어려운 처지도 이겨낼 수 있다는 말. '어이며느리'는 시어머니와 며느리를 한꺼번에 일컫는 말. 고부(姑婦). ¶"…사람이란 것이 마음 맞은 사람끼리면 오두막도 대궐보다 낫고, 콩 쪼가리 하나를 가지고도 어이며누리 시장 멈춤을 한다는 것이여." <신 농가월령가>

콩팔칠팔 새삼룩한다 콩팔칠팔하다. ¶"맞네. 여그서 콩팔 칠팔 새삼륙 해보았자, 다 쓰잘 데 없는 소리고, 아무리 은행놈덜이 돈만 가지고 노는 놈덜이라고 하제마는, 그래도 사침에도 용수가 있고, 달걀도 구르다가 서는 모가 있는 것인디, 아무런들 우리같이 비패런 놈덜한테서, 이런 생살이사 뜯어갈 것인가?…" 『자랏골의 비가』 ¶"세상을 제 앞 하나만 가리면서 좀스럽게 살자면 몰라도 이 못된 세상을 염려하는 장부라면 그 따위 일에 콩팔칠팔 세삼육, 곰상스럽게 마음이 걸리다가는 아무 일도 못하네…" 『녹두장군』①

콩팔칠팔하다 하찮은 일을 가지고 시비조로 캐묻고 따지는 모양. ¶"도대체 법소 사람들은 모두가 어뜨코 생겨먹은 사람들인지 모르겠구만. 관의 늑탈을 막아주지는 못할망정 백성들이 제사날로 나서서 하자는 일까지 콩팔칠팔 간섭이냐 말일세." 전창혁은 카랑카랑한 소리로 법소를 비난하고 나왔다. 『녹두장군』④

콩 튀듯이 콩 볶듯. ¶…헌병들의 총소

리가 여기저기서 콩 튀듯 했다. 『자랏골의 비가』 ¶여기저기서 비명소리가 나고 살림 부서지는 소리가 콩튀듯 했다. 『암태도』

쿵그렁하면 굿만 여기고 선산 무당이 춤을 춘다㈜ 무엇이 얼씬하기만 하면 무슨 좋은 수나 생긴 듯이 떠들썩하게 수선을 피우며 공연히 좋아 날뜀을 이르는 말. ¶그런데, 동네 사람들은 그것이 어떻게 나온 소린지는 생각하지 않고 쿵그렁하니 굿인지 알고 선산 무당이 춤을 춘다더니, 동네 사람들은 자기들한테 돌아올 혜택에만 들떠 초상집에서 팥죽타령으로 꾀춤에 매화타령이 요란들 했다. 『자랏골의 비가』

크다 만 무녀리 꼴 좀스럽게 자란 짐승이나 사람을 이르는 말. '무녀리'는 한태에 낳은 여러 마리 새끼 가운데 가장 먼저 나온 새끼. 좀 모자란 듯이 보이는 사람. ¶정익수는 자기 형에 비하면 체구부터가 크다 만 무녀리 꼴이었다. 『녹두장군』⑤

큰 떡은 내 앞에 놓는다㈜ 제 욕심부터 채우는 이기적인 행동을 이르는 말. ¶"…그러면, 자네도 현미기를 놓든지 말든지 할 일이제, 협조 으짜고 함시롱 큰떡은 내 앞에 놓아라?" 『자랏골의 비가』 ¶이 작자가 잘잘 째는 소리는 언젠가 문선왕 대설 것 같으면서도 이익 끝이라면 항상 큰떡은 내 앞에 놔라여서, 무슨 까탈만 있으면, 자기는 뒷전으로 내놓고 어떻게든 그것을 선원들한테 덮씌워서 애잔한 선원들 짓에 손을 대려고 들었다. <가남 약전>

큰 북에서 큰 소리 난다㈜ 사람됨이 뛰어나야 큰일을 해낸다는 사실을 이르는 말. ¶"참말로, 그런께 동네 형편이 원을 만나든지 시주를 받든지 해야 할 판에 시방 질을 찾기는 제대로 찾은 것 같네. 큰 북에서 큰 소리난다고, 이런 일에는 그런 사람이 나서서 일을 보아야 될 것 같애." 『자랏골의 비가』

큰애기 성복술에도 권주가 얹혀가며 얻어 마실 위인이다 염치가 좋음을 낮잡아 이르는 말. ¶어지간한 염치라면, 이렇게 흉사 난 집에는 정작 볼 일이 있어도 들어가기가 꾸릿꾸릿 할 것이지만, 원체가 큰애기 성복술에도 권주가 얹혀가며 얻어 마실 명산댁이다 보니, 왕지네 마당에 씨암탉 걸음으로 써억 들어서며 너스레를 떨었다. 『자랏골의 비가』

큰애기 젖꼭지 만지듯㈜ 처녀 젖가슴 만지듯. 조심스레 살며시 만지는 모양을 이르는 말. ¶"하하. 그런께 바우는 삿가레로 떨고, 겐노로는 큰애기 젖꼭지 만지대끼 그 대가리로 바우등거리나 살살 만치다가 갖다 줘!" 『자랏골의 비가』 ¶…논을 맬 때는 그 풍물소리에 얹혀 논 한 배미를 큰애기 젖가슴 주무르듯 쉽게 휘질렀는데, 그냥 맨정신으로 모를 심자니 모 심는 손은 삶아논 개다리같이 뻣뻣하고, 논 매는 손은 꽉꽉하기가 가위눌린 손이었다. 『녹두장군』④

큰코 다친다 크게 낭패를 본다는 말. ¶"…그 작자들 앞에서 자기 발명한다고 허튼소리 했다가는 큰코 다치네. 잘못하다가 자기가 되감기는 것은 그만두고 애먼 사람 죽인다구…" 『녹두장군』① ¶"그놈들이 화적들이오. 그런 놈들 보거든 관가에 당장 알려야 해요. 흉악망측한 놈들인게 숨겨줬다가는 큰코 다치요." 『녹두장군』②

키 크고 싱겁지 않은 사람 없다ⓢ 키 큰
사람의 행동은 야무지지 못하고 싱겁다
는 말. ¶"이 사람아, 아무런들 그로크
롬이사 될라든가마는, 하여간 미국놈덜
그놈덜 속을 알다가도 모르겄그마, 키
크고 속 찬 놈 없다제마는, 그런께 그
자석덜이 키만 떨렁하니 커갖고, 모도가
껄렁껄렁한 껄랭이덜인 모냥이그마…"
『자랏골의 비가』

[ㅌ]

타는 불에 기름 끼얹는다属 화가 난 사람에게 더욱 화를 돋우는 경우를 이르는 말. 타는 불에 부채질한다. ¶"…저 사람들을 잘못 건드리면 타는 불에다 기름을 끼얹는 꼴이 될지도 모르옵니다. 소 같은 순한 짐승도 성이 났을 때는 그 성깔이 잦아지기를 기다려 다스리는 것이 지혜인 줄 아옵니다…" 『녹두장군』① ¶"도대체 타는 불에다 기름을 끼얹었어도 유분수지 그런 지각 없는 짓을 하다니 너희들이 정신 있는 놈들이냐?" 김덕호는 어이가 없어 말이 안 나온다는 표정이었다. 『녹두장군』⑧

타작마당에 도리깨질하듯 심하게 두들겨 패는 경우를 이르는 말. ¶조정은 이미 썩어문드러져 무엇 하나 추스르고 건질 것이 없으므로 타작마당에 도리깨질하듯 앞뒤 가리지 않고 성질대로 몽둥이를 휘둘러 으깨버리는 길밖에 없을지도 몰랐다. 『녹두장군』④

타작마당에 도리깻열 번득이듯 거세게 휘둘리고 있는 모습을 이르는 말. '도리깻열'은 도리깨 끝에 달아 곡물을 후려치는 회초리같은 곧고 가느다란 나뭇가지. ¶무논에서는 대창과 몽둥이가 타작마당에 도리깻열 번득이듯 했다. 『녹두장군』⑨

탕개도 되면 터지고 쇠도 강하면 부러진다属 무엇이나 정도를 넘어서면 탈이 난다는 말. '탕게'는 동인 것을 죄는 물건. ¶"…탕게도 데면 터지고 쇠도 강하면 부러지는 것이네. 세상 사는 지혜란 것이 그러는 것이 아닐 것 같어." 『자랏골의 비가』 ¶(산) "이놈아, 사침에도 용수가 있고, 바삐 찧는 방아에도 손들 틈이 있는 법이다. 아무리 대의가 어쩐다고 그만한 틈도 용납을 못하겠다는 것이냐? 탕개도 되면 터지고, 쇠도 강하면 부러지는 법이여." 『보쌈』

태백산 백액호(白額虎)가 송풍 나월(蘿月) 어루듯属 태백산의 흰 이마를 가진 범이 솔바람과 은은한 달빛을 어루듯이, 무엇을 매우 애지중지한다는 말. ¶…질천이 말마따나, 평소에 태백산 백호 송송낙월 어르듯하던 저 묏등에 그만한 뒷마련을 안해 놓고 피난을 갔을 것인가 싫지 않았다. 『자랏골의 비가』

태산명동(泰山鳴動)에 서일필(鼠一匹) 囪
일을 크게 떠벌리기만 하고 실제 결과
는 보잘것이 없는 경우을 이르는 말. 산
이 들썩한 끝에 쥐새끼 한 마리라. ¶
"…태산명동에 쥐 한 마리라더니 문초
를 하고 보니 그자들 죄를 밝혀낸 것이
아니라, 되레 죄가 없다는 것을 밝혀준
꼴이 되고 말아 나도 어이가 없습니다.
죄송합니다." 최경선이가 말을 마쳤다.
『녹두장군』⑥

태산불알 탈장이 되어 커다랗게 부푼 불
알. ¶남보다 몇 배나 더 크다는 것은
그 불알이 태산불알이기 때문이다. 보통
불알보다 실하게 여닐곱 배는 컸다. 조
망태라는 별명도 그 불알 때문이었다.
불알을 떼어 담으면 망태기로 하나는
된다는 소리였다. 『녹두장군』⑦

태장에 몽둥이 맞은 꼴 험한 꼴을 거푸
당하는 경우를 이르는 말. '태장(笞杖)'
은 태형과 장형. 즉 매로 볼기는 치는
형벌. ¶민비는 들이당짝 홍두깨 들이대
듯 다그쳤다. 민영준은 태장에 몽둥이
맞은 꼴이었다. 『녹두장군』⑩

태풍에 창구멍 막는 꼴 엄청난 재앙이 닥
쳐오는데 어이없이 사소한 대처를 하고
있는 경우를 이르는 말. ¶"…동학도인
들의 입장에서 본다 하더라도 지금 상
소를 하고 있는 것은 속되게 말하면 태
풍 불고 있는데 창구멍 막는 꼴이오. 태
풍이 몰아쳐 집이 무너지고 있는 판에
창구멍을 막아 무얼 하겠소?" 대원군은
잠시 말을 그쳤다가 다시 이었다. "최제
우는 생각할수록 큰인물이었고, 나라의
앞날을 저만큼 내다보았던 사람이오…"
『녹두장군』④

**터서구니 사나운 집에는 말 좆도 벙긋 못한
다** 囪 귀신 센 집에 말 씹도 벙긋 못한
다. 집안이 불화하고 말썽이 많은 집에
는 걸핏하면 성가신 일이 생기게 된다
는 말. '터서구니'는 터를 속되게 이르
는 말. '터서구니 사납다'는 집안이 화
목하지 못하고 싸움이 그치지 아니하다.
¶터서구니 사나운 집에는 말 뭣도 벙긋
못한다고 하더니, 원체가 험한 꼴의 인
생이라, 도대체 어데다 대고 입 한번 제
대로 벌릴 수 없었다. 『자랏골의 비가』 ¶
"허 참. 터서구니 센 집에는 말 뭣도
벙긋 못 한다더니 수입소 키우는 놈 곁
에 있다가 병신되게 생겼네." <신 농가
월령가>

턱걸이 혼사한 사돈네 이바지짐 챙기듯 정
성스레 챙기는 경우를 이르는 말. '턱걸
이 혼사'란 재산이나 사회적 신분이 크
게 차이가 있는 집안 사이의 혼사. ¶이
주호는 문갑에서 벼룻집과 종이를 꺼내
대번에 붓두껍을 뽑아 앞니로 붓똥을
으깼다. 포기증서를 썼다. 먹이 마르기
를 기다렸다가 봉투에 집어넣어 장문식
이 앞으로 밀어놨다. 이주호는 제 혼자
신명에 떠서 턱거리 혼사한 사돈네 집
에 이바지짐 챙기듯 무얼 더 주지 못해
안달인 것 같았다. 『녹두장군』⑤

턱 떨어진 강아지 같다 멍청하게 건너다
보고만 있는 모습을 이르는 말. ¶전방
호는 멍청하게 서서 턱 떨어진 강아지
처럼 말하는 양문이 입만 쳐다보고 있
었다. 『자랏골의 비가』

턱 떨어진 개 지리산 쳐다보듯 囪 이루지
못할 일을 공연히 바라보고 있는 모습
을 이르는 말. ¶손발에 떡심이 풀려 산
지기 염의 몇 사람들은 턱 떨어진 강아

지 지리산 쳐다보듯 핀잔하는 동네 사
람들 입만 쳐다보고 있었다. 『자랏골의
비가』

턱 떨어진 왜가리 같다　턱 떨어진 강아지
같다. ¶ "제미, 아무리 양문이라고 하제
마는 그래도 참새도 죽을 적에는 쩩하
고 죽는 것인디, 턱떨어진 외가리맨키로
양문이 입만 쳐다보고 있다가, 곰 창날
받대끼 그런 뚜부에 이빨도 안들어갈
소리나 듣고 와서, 괴 불알 앓는 소리도
아니고, 도깨비 여울물 건너는 소리도
아닌 소리로 연설이나 풀고 있단 말이
여?"『자랏골의 비가』

턱주가리를 놀리다　말한다는 말을 모멸적
으로 이르는 말. '턱주가리'는 아래턱의
속된말. ¶ "야, 뭣이 으짜고 으째? 니
손으로 소작료까지 거둬다 준 땅이 갈대
밭이라고 가짜 증인까지 내세운 놈이 지
금 무슨 염치로 여기 와서 턱주가리를
놀리고 있어?…" <유채꽃 피는 동네>

털토시를 끼고 게 구멍을 쑤셔도 제 멋이다
㊉　무슨 짓을 하든지 곁에서 참견할
까닭이 없다는 말. '털토시'는 안에 털
을 넣어 만든 토시(방한구). ¶ "…이 일
이 나하고 상관이 없는 일인다치라면
자네사 털토시를 찌고 기구먹을 쑤시건,
호랭이 코에다 불침을 놓건 옆엣 사람
이 뭣이라고 하겠는가?"『자랏골의 비가』

토끼가 제 방귀에 놀란다㊉　남몰래 저지
른 일이 염려되어 스스로 겁을 먹고 대
수롭지 않은 일에도 놀라는 경우를 이
르는 말. ¶ "아니, 모두들 너무 급하게
덜 생각하는 것 같어. 퇴깽이가 지 방구
에 놀랜다고, 우리가 당해도 하도 험한
일만 당해 와서, 떵 소리만 듣고도 벼락
인지 알고 놀래는디, 시방 나라 질서가

지대로 안잽혀서 그러제, 아무런덜 미
국놈덜이 그런 짓거리사 할라든가?…"
『자랏골의 비가』

토끼도 들굴 날굴을 판다㊉　여우도 굴을
팔 적에는 들구멍 날구멍을 판다. ¶ "…
산속에서 깡총깡총 퇴깽이란 놈도 들굴
날굴을 파는데, 우리는 들어갈 구멍만
생각하고 나올 구멍은 생각을 안 했거
든. 이 사람들이 안 왔으면 우리는 시방
먼 꼴이 되았어?" 최낙수가 장호만이
를 보며 익살을 부렸다. 『녹두장군』⑩

토끼를 다 잡으면 사냥개를 삶는다㊉　필
요할 때에는 소중하게 여기다가 불필요
하면 천대하거나 없애버림을 이르는 말.
토사구팽(兔死狗烹). ¶ 개를 한 마리씩
팔기 시작했다. 토끼가 죽으면 사냥개를
삶는다는 야박한 인심에서가 아니라, 논
까지 몇 마지기 개 입으로 넣고 난 다음
이라, 입을 줄이지 않고는 사람과 개가
같이 굶어 죽게 될 판이었다. 『자랏골의
비가』¶ 호방은 감영 포교들이 잡으러
왔을 때 이 무슨 짓이냐고 제법 호령을
했으나, 이용태가 보낸 명단을 내밀자
후명 받은 귀양다리 꼴로 입이 떡 벌어
지고 말았다. 토끼를 다 잡으면 사냥개
를 삶는다더니, 이용태는 이제 어사 임
무도 끝난 셈이겠다 호방하고는 더 상
종할 일이 없어졌으므로 호방도 사냥개
신세가 된 것이다. 『녹두장군』⑨

토끼 몰이에 낚시대 들고 덤벙거릴 작자다
여럿이 손발을 맞추어 하는 일에 엉뚱한
짓을 하고 나올 경우를 이르는 말. ¶
"…작년 여름에 군수라는 작자 여그 나
와서 뭣이라고 아갈대는 소리 들어본께
농사물정이라면 토끼 몰이에 낚시대 들
고 나와서 덤벙거릴 작자던지, 그런 입

으로 초장부터 이로크롬 설친다면 이건 농사파롱 기별이그마.” <똥바우 영감>

토끼 죽으니 여우가 슬퍼한다㊛ 동류의 괴로움과 슬픔을 같이 괴로워하고 슬퍼한다는 말. ¶“…상놈이 양반댁 마나님하고 상음을 했으면 상놈으로서야 남산골 샌님 역적 소문보다 더 신명나는 일인데, 당신들은 무슨 억하심정으로 슬인 춤에 지겟작대기 짚고 나서요? 유식한 가락으로 풀면, 토끼가 죽으면 여우가 슬퍼하고 지초가 불에 타면 난초가 슬퍼하는 것은, 유유상종 환난상구의 떳떳한 의리인데, 모처럼 여편네를 얻은 동무한테 잘살라고 축수는 못할망정 동무목을 베자고 칼을 들고 뒤를 쫓다니, 그게 어디 장부의 도리요?”『녹두장군』②

토란잎에 구르는 물방울 같다 주변 환경에 전혀 어울리지 못하는 경우를 이르는 말. ¶혜선이 목소리는 토란잎에 구르는 물방울처럼 맑고 또렷했다.『은내골 기행』

토란잎에 빗방울이다 토란잎에 구르는 물방울 같다. ¶이방언이가 아무리 힘들여 말을 해도 이방언이 말은 김한섭이 귀에는 토란잎에 빗방울이었다.『녹두장군』⑧

통박을 굴리다㊎ ‘머리 쓴다’는 말을 낮잡아 하는 소리. ¶“전주 감영에서는 시방 우리들 소장을 받아놓고 동학도 저것들이 춥고 배고프면 제절로 흩어지겠제 하고, 되잖게 통박을 굴렸다가 일이 자기들 생각대로 안 돌아간께, 시방 감사, 영장, 호방, 이방, 이놈들이 미치고 환장을 하고 앉아 있소…”『녹두장군』②

통방㊎ 죄수들이 교도관 모르게 서로 말을 하는 행위를 이르는 말. ¶(산) 통방이란 죄수들이 옆방 사람과 교도관 몰래 이야기하는 것을 말하는데, 꼭 방이 아니 더라도 교도관 몰래 사담을 하는 것이면 모두 통방이라고 한다.『교수와 죄수 사이』

통뼈㊎ ‘배짱이 좋은 사람’을 속되게 이르는 말. ¶아무도 없는 자리지만 요사이 이런 말이나마 할 수 있는 사람은 시쳇말로 이만저만 통뼈가 아니었다.『은내골 기행』

투기 없는 아내㊛ 있을 리 없는 희망적인 사항을 두고 이르는 말. 먹지 않는 종 투기 없는 아내. ¶“…우리 집 여편네가 투기가 심해서 지랄이다마는, 투기 없는 예팬네가 있겠냐? 아무리 안달을 해도 투기는 칠거지악인게 따로 살림을 내고 나면 간섭을 못할 것이다. 얼마간만 꾹 참고 지둘러라. 알았냐?”『녹두장군』③

ㅍ

파고 세운 장나무(속) 땅을 깊이 파고 세운 장나무가 아주 든든하다는 데서, 사람이나 일이 든든하여 믿음직스러운 경우를 이르는 말. '장나무'는 물건을 받치거나 버티는 데 쓰는 굵고 긴 나무. ¶양문이 세도가 아무리 파고 세운 장나무라 하더라도, 부처님한테 생선 토막을 돌라먹었다고 닦달하는 것만치나 애매한 일을 가지고, 이런 독기를 피우게 만들 수가 있을 것인가, 잠시 허탈할 기분이었다. 『자랏골의 비가』

파리 목숨 아무렇게나 죽음을 당할 만큼 보잘것없는 목숨. ¶…그가 붙잡히는 날에는 무슨 꼴이 될 것인가? 우선 그는 죽는다. 파리 목숨보다 못한 것이 종 목숨 아닌가? 그는 상전을 쳤을 뿐만 아니라 도망친 도망노비다. 상전을 친 것도 목을 벨 만큼 큰 죄지만 도망친 것도 큰 죄다. 『녹두장군』③

파리발이 되다 파리처럼 손을 비벼 사죄를 하다. ¶질천이는 어쩔 줄을 모르고 파리발이 되어 안절부절이다가 어물어물 그대로 돌아갔다. 『자랏골의 비가』

파리 보고 총 겨눈다 모기 보고 칼 뺀다. 터무니없이 과잉대처하는 경우를 이르는 말. ¶전창혁이가 도망치는 짐승처럼 벌벌 떨지 않고 의젓하게 대거리를 하고 있으니 마치 호랑이가 으릉거리는 것 같아 겁이 나는 듯했고 한편으로는 늙어 쪼그라진 엉덩이를 보니 곤장을 대잘 데가 없어 파리 보고 총 겨누는 기분인 듯했다. 『녹두장군』④

파리 잡아먹은 두꺼비 같다 못된 짓을 해놓고 시치미를 뚝 떼고 있는 모습을 이르는 말. ¶오기창이와 최낙수는 정참봉 사건 뒤에는 파리 잡아먹은 두꺼비처럼 이런 일에는 무슨 일에든지 말이 없었다. 『녹두장군』⑦ ¶"…남의 귀한 삼을 먹었으니 돈을 내라니까, 이 무지한 작자가 파리 잡아먹은 두꺼비꼴로 눈만 껌벅이고 앉아서 하는 소리 좀 들어보십시오." "중이 돈이 어디 있어?" <약탈하는 풍경>

파방에 수수엿 장수(속) 기회를 놓쳐서 이제는 별 볼일 없게 된 사람이나 그런 경우를 이르는 말. 파장에 수수엿 장수. ¶

"…저놈덜 하는 짓거리가 저러고 보면, 그 양반덜이 와봤자 파방에 수수엿 장수제 뭣이겠어?"『자랏골의 비가』

파장 떨이 도거리 흥정하듯 헐하게 흥정하는 경우를 이르는 말. '도거리 흥정'은 어떤 물건을 한 사람이 몽땅 사려고 하는 흥정. '파장 떨이'는 시장이 끝날 때 팔다 남은 것을 다 떨어서 싸게 파는 물건. ¶오이장수 하나가 들어가더라도 우선 꼴 갖춘 머드러기는 처음부터 젖혀 놓고 고자리 먹은 처질거리부터 골라 그런 것 몇개 낱뜨기를 하면서도, 마수부터 파장 떨이 도거리 흥정하듯 터무니없는 억매흥정을 하는 통에 오이장수가 집만 보고 들어갔다가 울고 나온다는 거여서, 누가 어이없는 흥정을 하고 나오면 문영감네 오이 흥정하듯 한다고 웃을 지경이었다.『암태도』 ¶정부에서 하는 일이라면 땅값이나 집값 같은 것도 파장에 떨이 흥정하듯 후릴 줄 알았는데, 그러지는 않은 것 같았다. <당제>

파젯날 젯상 차린 꼴 때가 지나버린 다음에 무슨 일을 하는 경우를 이르는 말. '파젯날(罷祭-)'은 파제삿날, 제사를 마치는 날. ¶"자복을 했다는디야 할 말 있소?" "하기는 그렇지라우. 그런디 일이 이렇게 되었다면 우리는 이것이 멋이여? 파젯날 젯상 차린 꼴도 아니고." 조만옥이가 김학준이를 보며 어리둥절한 표정을 지었다.『녹두장군』①

팔대군(八大君)에 일옹주(一翁主)라㈜ 여자 한 사람에게 결혼 대상자가 많이 나타나는 경우를 듣기 좋게 이르는 말. '대군'은 조선조 때 정실 왕비가 낳은 임금의 아들이고, 옹주는 정실이 아닌 후궁들이 낳은 딸, ¶동네 사람들이 이렇게 숨덤벙 물덤벙, 팔대군에 일옹주로 산신 제물에 메뚜기 뛰어들듯 나대고 있으니, 아무리 약방영감 장담이 땅이 꺼졌어도 덕재영감 마음은 청산에 매띄워 놓은 기분으로 도무지 차근하게 마음이 잡히지 않았다.『자랏골의 비가』

팔십에 첫 슬기 나이를 한참 먹어서야 너그러워진 노인을 조롱하는 말. ¶"그러니까 양문이가 득철이가 먹고 간 농자금 사건을 깨끗이 해결을 해주었단 말이야? 허허, 팔십에 첫 슬기구나."『자랏골의 비가』

팔월 늦더위에 암소뿔이 물러빠진다㈜ 오뉴월 더위에 암소뿔이 물러빠진다. 이때 더위가 심하다는 것을 비겨 이르는 말. ¶"아이고, 이놈의 더위가 섣달이 거꾸로 돌아온다냐, 으짠다냐? 팔월 늦더위에 암소뿔이 물러 빠진다고 하등마는 더우도 더우도 징상스럽네."『자랏골의 비가』

팔이 안으로 굽는다㈜ 자기와 가까운 사람에게 정이 쏠림은 사람의 상정이라는 말. ¶문씨들은 소작회에 가입하지 않은 이상 소작쟁의에는 간여하고 나설 계제가 아니었지만, 면민대회의 명의로 집안에 그런 불명예가 돌아온다는 것에는 팔이 안으로 굽지 않을 수 없었다.『암태도』 ¶피는 물보다 진하고, 팔은 안으로 굽는다는 속담이 아니더라도 그것은 당연한 일이겠다고 생각했는데 교수는 그 사실에 특별한 관심을 보였다. <귀향하는 여인들>

팔자 도망은 독 안에 들어도 못한다㈜ 타고난 운명은 아무리 피하려 해도 피할 수 없다는 말. 팔자 도망은 못한다. ¶"…한발 밑이 저승이라, 사람이랏 것이 운수가 불길한다치라면, 항우 장사도 하찮은 댕댕 이년출에 넘어져 죽는 것이고, 여든에도 구들 동티에 죽는 것 아니요?…팔자 도망은 독 안에서도 못한 것인디, 기왕에 운수가 불길하고 팔자가 그래서 이리 된 일을 가지고 거그다가 맘을 쓰고 있어 보았자, 죽었던 사람이 살아나는 것도 아닌다치라면 이런 땔수록 맘을 차근히 묵어야 할 것이요…"『자랏골의 비가』

팔자를 고치나 ① '가난히던 처지로부터 벗어나 잘 살게 됨'을 이르는 말. ¶…호리꾼이었던 사람들은 당시를 되새기며 미련을 감추지 못했는데, 그 한 트럭이 반 트럭 정도는 과장이라 하더라도, 그만한 보물덩어리를 파내고도 그것으로 팔자를 고치거나 논밭 한떼기 장만했다는 얘기가 없는 것으로 보아 재미라야 기껏 노적가리 불붙이고 싸라기 주워 먹는 재미였겠지만, 어쨌든 그것도 재미는 재미였다니… 『자랏골의 비가』 ② 여자가 재가하는 것을 이르는 말. ¶ "아니, 어디 가면 삼시 세때 밥 못 먹고 산다고, 골라도 해필 동네 원수집을 골라서 팔자를 고쳐사 쓴단 말이요? 재산 많으면 뭣할 것이요?"『자랏골의 비가』

팔자 치레 못했으면 염치 치례라도 하랬다 좋은 가문에서 태어나거나 좋은 운수를 타고 나지 못했으면 염치라도 좋아야 살아갈 수 있다는 말. ¶팔자 치레 못하면 염치 치례라도 하랬더라고, 염치 좋은 놈은 염치 좋은 놈대로 넉살 좋은 놈은 넉살 좋은 놈대로 타고난 치레 따라 국물을 한 숟가락이라도 더 얻어먹었다. 『녹두장군』②

팥이 풀어져도 솥 안에 있다 ㈜ ① 손해를 본 것 같지만 따지고 보면 손해를 본 것이 없음을 이르는 말. ¶남의 논이 제것이 된다고 해보았자, 그렇지 않아도 거의 공짜나 다름없이 벌어먹고 있던 것이라, 쌈지 것이 주머니 것이고 팥이 풀어져야 솥 안에 있을 것이어서 별반 실감이 가는 일이 아니었다. 『자랏골의 비가』 ② 무엇이 주어진 한계를 벗어나지 못하고 그 안에서 맴돌게 되는 경우를 이르는 말. ¶"팥이 풀어져도 솥 안에 있더라고 제가 도망치기는 어디로 도망쳐?"『암태도』

패악한 사또보다 비장나리 거드럭거리는 것이 더 밉다 탐관도 탐관이지만 그 위세를 업고 설치는 관리들의 횡포가 더 밉다는 것이니 그들의 횡포가 컸음을 이르는 말. '비장(裨將)'은 조선시대에 감사·유수·병사 등을 따라다니던 무관. ¶"…패악한 사또보다 비장나리 거드럭거리는 것이 더 밉더라고 그 놈 발기고 나서는 것이 되게 비윗장이 상한 다음이라, 치기는 모질게 쳤지만, 설마 그렇게 허망하게 맥을 놀 줄은 미처 몰랐어. 꼭 물 먹은 보릿자루 꼴이야." <유채꽃 피는 동네>

평양 감사도 제 싫으면 그만이다 ㈜ 아무리 좋은 벼슬자리나 일이라도 제 마음에 들지 않으면 억지로 시키기 힘들다는 말. ¶"허허, 환장하겠네. 나는 서울 가본 사람인데, 서울 안 가본 사람이 서울 가본 사람을 이길라고 하요잉. 내가 멋 얻어먹을라고 당신한테 거짓말 하겠소? 피양 감사도 지 싫으면 마는 것인게 안 갈라면 마시오." 강쇠가 홱 돌아섰다. 『녹두장군』⑧ ¶"지금은 기자가 아닙니다. 요사이는 사진이나 찍으며 놀고 있습니다." "그럼 신문사를 그만두셨나요? 그 신문사는 들어가기가 하늘에 별 따기라던데." "평안 감사도 제 싫으면 마는 거지요." 명호는 웃으며 얼버무렸다. 『은내골 기행』

평지에서 낙상한다 (속) 방바닥에서 낙상한다. '낙상(落傷)'은 떨어지거나 넘어져 다침. ¶"허허. 제미랄, 평지에서 낙상한다등마는, 저것이 먼꼴이여…" 『자랏골의 비가』

평택이 깨지든지 과천이 무너지든지 (속) 평택이 무너지나 아산이 깨지나. ¶"어서 일들 하시오!" 포교가 거듭 악을 쓰자 한 사람씩 움직이기 시작했다. "평택이 깨지든지 과천이 무너지든지, 우리가 알 것이 멋이여? 시키는 것인께 비어냉겨." 여기저기서 톱질, 도끼질이 시작되었다. 주인들 싸움은 종놈한테는 구경거리더라고, 네놈 덜이야 군아로 끌려가든 감영으로 끌려가든 우리들이 알 바 아니라는 심사들이었다. 『녹두장군』④

포도대장한테 포도청 들보 뽑을 의논한다 엉뚱한 사람한테 가서 의논하는 경우를 과장해서 한 말. ¶"이 사람아, 누구한테 무엇을 의논하고 있는가? 포도대장한테 가서 포도청 들보 뽑을 의논을 하게. 다급한 심정은 알겠네마는 말을 해도 방불한 소리를 해야지." 호방은 허영게 웃었다. 『녹두장군』⑧

포도청의 문고리 빼겠다 (속) 대담하고 겁이 없는 사람의 행동을 이르는 말. ¶(산) "…보아 하니 그놈 술수가 포도청 문고리도 빼먹을 놈이니, 객기만 가지고 날뛰지 말고 차근히 계책을 궁리해서 대들 일이다." 『보쌈』

포수가 사냥에 미치면 여편네도 잊는다 사냥에 깊이 빠지면 모든 일을 다 잊어버림을 이르는 말. ¶"포수란 족속들이 원래 그래. 사냥에 미치면 여편네도 잊는다지 않던가? 실제로 그 사람들은 여편네고 가정이고 내던지고 짐승 쫓는 재미에 세상 일에는 절간 중놈들보다 더 오불관언이야…" 『녹두장군』①

포수가 호랑이를 잡을 적에 그 골 노루 좋으라고 잡을 것인가 (속) 얼핏 남을 위해서 하는 것처럼 보이는 일도 따지고 보면 거의 자신을 위해서 한다는 말. ¶"…우리는 우리 쥴 대로만 생각해서 그 놈덜이 우리덜 해방시켜주었다고 좋아서 덩덩하는디, 포수가 호랭이를 잡을 적에 그 골 노루 좋으라고 잡을 것이여?" 『자랏골의 비가』

포수 앞에 꿩 신세 죽을 위험에 빠진 경우를 이르는 말. ¶"…우리들은 얼핏 드센 것 같지만 여자들까지 식솔이 많아 무슨 일이 생기면 얼른 도망을 칠 수도 없고, 더구나 자네 같은 사람들이 노리기로 하면 우리는 바로 살살 기는 포수 앞에 꿩 신세 한가질세." 정판쇠는 여유 있게 웃으며 말했다. 『녹두장군』⑦

푸줏간에 끌려가는 소걸음 가기 싫은 데를 억지로 가는 모습을 이르는 말. ¶다음날, 나는 푸줏간에 끌려간 소처럼 결혼식장에 가서 서투른 주례를 섰다. <청개구리>

포청 장비의 일그러진 상판 같다 (속) 싸움 잘하는 장비가 포청에 갇혀 있다 하니, 울화를 짓누르느라 몹시 일그러진 얼굴을 이르는 말. ¶쇠좆몽둥이가 몸뚱이를 훑칠 때마다, 훑친 데만 살이 움적움적 움직일 뿐, 포청 장비의 일그러진 상으로 터질 듯한 노기만 삼키고 있었다.

『자랏골의 비가』

풀강아지 관청에 들어가기 영문도 모르고 가는 경우를 이르는 말. '풀강아지'는 아직 길들이지 않은 어린 강아지. ¶"…우리같은 무지렁이들이사 열놈이 떼끌어 가보았자, 풀강아지 관청에 들어가는 것도 아닐 것이고, 이것 참." 『자랏골의 비가』

풀강아지 서울 구경 무엇을 보았지만 무엇이 무엇인지 아무것도 모르는 경우를 이르는 말. ¶"젠장, 기왕에 들을라면 똑똑히 쪼간 듣고 오제, 그런께 풀강아지 서울 구경 갔다가 왔그마." "촌놈들 문자 속이사 풀강아지 서울 구경이고, 봉사 씨름굿이제, 자네는 별 조화 있간디?" 『자랏골의 비가』

풀방구리에 새앙쥐 드나들 듯㉑ 자주 드나드는 모양을 이르는 말. '풀방구리'는 풀을 담아 놓은 작은 질그릇. ¶…애꿎은 닭장만 뒤져 닭꾸러미를 챙겨들고, 풀방구리에 새앙쥐 드나들 듯 재를 넘어 약방영감 집을 드나들었다. 『자랏골의 비가』 ¶전봉준은 풀방구리에 새앙쥐 드나들 듯 거의 날마다 김근택이 집을 드나들었으나 그 일로는 입이 얼어붙기라도 한 듯 말이 나오지 않았다. 『녹두장군』③

풋송아지 관청에 들어간 꼴 어디 가서 아무것도 모르고 어리둥절하고 있는 꼴. '풋송아지'는 어린 송아지. ¶"…도깨비는 방망로 쫓고 병은 의원한테 물으랬다고 풋송아지 관청에 들어 간 꼴로 눈만 말똥 말똥 뜨고 앉았다 올 것이 아니라 일 개탕을 제대로 처줄 사람을 내세워사 쓸 것 아녀." <유채꽃 피는 동네>

풋엿장사 엿가락 늘이듯 마음대로 무엇을 늘이거나 늘여 잡는 경우를 이르는 말. '풋엿장사'는 처음하는 엿장사. ¶…그 험한 놈이 또 나와서 술취한 놈 달걀 파는 것도 아니고 풋엿장수 엿가락 늘이는 것도 아니게, 이 논은 얼마, 저 논은 얼마, 개 입에 벼룩 씹듯 내발기고 다닐 판이니, 손발에 떡심이 풀리지 않을 수 없었다. <가남 약전>

풋엿장수 인심 쓰듯 앞뒤 가늠도 없이 후하게 인심을 쓰는 경우를 이르는 말. ¶질천이는 하는 수 없이 풋엿장수 인심 쓰듯 요미를 서되에서 두뇌로 뚝 자르고,…없는 웃음 인심까지 고루 써가면서 볏 섬을 잡아 보려고 안간힘을 썼으나 허사였다. 『자랏골의 비가』 ¶이주호는 다급한 판이라 풋엿장수 인심 쓰듯 한다. 『녹두장군』⑤ ¶성만이는 풋엿장수 인심 쓰듯 1박 1일 덤까지 얹어 큰소리를 쳤다. <신 농가월령가>

풋장에 땅가시 같다 모두 다소곳한데 혼자만 억세게 어깃장 놓는 경우를 이르는 말. '풋장'은 가을에 잡풀이나 잡목의 가지들을 베어 말린 땔나무. '땅가시'는 식물의 뿌리. ¶그는 목소리를 조금도 높이지 않고 말을 꼭꼭 씹어가며 차근하게 말했다. 감정대로 풋장에 가시처럼 거추없이 나대는 젊은이들과는 달리 말에 그만큼 무게가 실려 있었다. 『녹두장군』⑥

풍각쟁이 뒤에 조무래기 따라가듯 많은 사람들이 흥겨워서 떼 몰려가는 경우를 이르는 말. '풍각쟁이'는 옛날 장거리나 집집으로 돌아다니면서 노래를 들려주고 돈을 받던 사람. ¶그들은 이불보따리를 이고 지고 풍각쟁이 뒤에 동네 조무래기 따라가듯 부지런히 따라가고 있었다. 『녹두장군』⑨

풍뎅이 모가지 비틀 듯 목을 쉽게 비틀거나 그렇게 죽이는 경우를 비유하는 말. ¶"야, 이 잡을 새끼들, 아가리 닥쳐. 병아리새끼가 발 벗었으니 항상 오뉴월인 줄 아느냐? 대신댁 송아지 백정 무서운지 모른다고 함부로 아가리를 놀리고 있는데, 더 까불었단 여차 하는 날에는 네놈들 모가지부터 풍뎅이 모가지 비틀 듯 비틀어놀겨."『암태도』 ¶"…내가 또 일간 이 길을 지나갈 것이다. 그때도 그런 버릇을 안 고쳤으면, 네놈들뿐만 아니라 네놈들 주인 한가놈까지 모가지를, 풍뎅이 모가지 비틀 듯 비틀어버리고 말 것이다. 알겠느냐?" "예!"『녹두장군』①

풍월은 못해도 운자 돌아가는 짐작은 있다 그 일의 내막은 모르지만 일이 어떻게 되어가는지 대충 짐작은 한다는 말. '풍월(風月)'은 시를 짓거나 읊는 것. '운자(韻字)'는 한시에 운으로 다는 글자. ¶"풍월은 못해도 운자 돌아가는 짐작은 있는 것이여. 내가 도술을 부려보지는 못했제마는 이치가 그럴 것 같어…"『자랏골의 비가』

풍월을 읊다 '말하다'는 말을 낮잡아 하는 말. ¶"…일본놈덜한테 당한 것만도 이에 신물이 나는디, 무식한 봉사 파랭갱 외대끼 되지도 않는 풍월을 읊고 있어?"『자랏골의 비가』

피나무 껍질 벗기듯(속) 무엇을 차근차근히 벗겨서 아주 하나도 남기지 않음을 이르는 말. '피나무'는 피나무과에 달린 큰키나무로 중부 이북에서 자라며, 나무는 기구재료, 나무껍질은 배의 밧줄, 그물, 끈의 재료로 소중하게 쓰임. ¶…생대같은 자식들이 피나무껍질 벗겨지듯

얻어맞고 차디찬 감방에 맨살을 딩굴리며 늘어져 있을 것을 생각하면, 하도 억장이 무너지면 이러는가, 되레 허탈한 꼴로 속절없이 눈물만 흘러 나왔다.『자랏골의 비가』 ¶애먼 사람들이 수없이 관가에 끌려가 피나무껍질 벗겨지듯 곤욕을 치를 것은 불을 본 듯 뻔한 일이었다.『녹두장군』①

피는 물보다 진하다(속) 혈족간의 유대감이 남보다도 깊다는 말. ¶피는 물보다 진하고, 팔은 안으로 굽는다는 속담이 아니더라도 그것은 당연한 일이겠다고 생각했는데 교수는 그 사실에 특별한 관심을 보였다. <귀향하는 여인들>

피 다 잡은 논 없고 도둑 다 잡은 나라 없다(속) 논의 피는 아무리 뽑아도 계속 돋아나고, 도둑은 아무리 잡아 없애도 계속 생겨난다 하여 이르는 말. ¶"피 다 잡은 논 없고, 도둑 다 잡은 나라 없더라고 젊은 것들 한번 실수를 가지고 천둥칠 때마다 벼락치기로 하면 어떻게 되겠어? 아까 그만큼 혼을 내놨으니 이제 조근조근 타이르게…"『암태도』

피리춘추(皮裏春秋)가 안은 암탉이다 짐작이 환하다는 말. '피리춘추'는 말로는 잘잘못을 가리지 아니하는 사람도 마음 속으로는 셈속과 분별력이 있음을 뜻하는 말. ¶농민군들은 요사이 앓으면 병담이라 이런 일을 보는 데도 저마다 나름대로 피리춘추가 안은 암탉이었다.『녹두장군』⑪

피아말 궁둥이 둘러 대듯(속) 임기응변으로 말을 이리저리 잘 둘러댄다는 말. '피아말'은 피마 곧 성장한 암말. ¶"제미랄 놈덜, 그놈덜이 둘러대기로 한다치라면, 말이 없어서 못 둘러댈 것이여? 그 질속

으로 묵고 사는 놈덜인디, 즈그덜 빠져
나갈 구녁 보아감시롱 피아말 궁댕이
둘러대끼 둘러대제.” 『자랏골의 비가』

피장파장 서로 매일반이라는 말. ¶(산)
“딸자식도 반자식인데, 시골 현감 한자
리도 말이 없다니 해도 너무하지 않습
니까? 정사를 바로 하면서 그런다면 누
가 뭐라 하겠소마는 어차피 난장판이니
벼슬을 사서 하나 속여서 하나 피장파
장입니다.” 『보쌈』

핑계 없는 무덤 없다⊞ 무슨 일이든 반드
시 둘러댈 핑계가 있음을 이르는 말. ¶
“…혼자 가기는 어섯없은게 우물귀신
한짝으로 발목을 끌어댕기는 소린데 그
런 소리를 멀라고 듣고 말고 해라우. 핑
계 없는 묏등 있간데라우? 가고 싶으면
암말 말고들 가시오.” “뭣이여, 누구한
테 가라고 했냐?” 사내가 소리를 버럭
지르며 일어섰다. 『녹두장군』⑩

핑계 잃은 사돈네 집에 들어가기㏾ 사돈
네 집은 핑계가 있어도 들어가기가 거
북한데 들어갈 구실마저 없어 들어가기
가 더 거북하다는 말. ¶닷새 만에 하루
씩 자기 집 문턱 드나들 듯 했던 장판인
데, 이 꼴을 하고 들어서자니, 어디로
가야 하는가, 꼭 핑계 잃은 사돈네 집에
들어가기였다. 『자랏골의 비가』

핑계 좋아 외갓집 간다㏾ 핑계가 좋아서
사돈네 집에 간다. 속으로는 어떤 일을
좋아하면서 겉으로는 다른 것이 좋은
듯이 둘러댐을 이르는 말. ¶“…그때
나는 공병대에 있었는데, 다른 데보다
공병대는 신병 휴가가 까다로웠는데, 내
가 적당히 서둘러가지고 그놈 휴가를
얻었어. 그러니까 핑계 좋아 외갓집 간
다고, 그 핑계로 그놈 고향으로 휴가를

같이 갔다. 하하.” 『자랏골의 비가』

ㅎ

하고많은 생선에 복생선이 맛이냐(속) 좋은 것이 많은데 하필 고약한 것만 찾느냐는 뜻으로 하는 말. '하고많다'는 많고 많다, 아주 많다. ¶"시살 묵은 어린애가 보아도 뻔한 일을 가지고 눈 어둡다고 엄살인디, 그것은 다 내 쓸개를 낼라고 명태 한 마리 놓고 딴전 보고 있는 것이요. 이 동네서 꽃같은 소실까지 얻어가는 사람이 하고 많은 생선에 복생선이 맛이라고, 어째서 이쁘지도 않는 나만 보자고 그럴것이요?…" 『자랏골의 비가』

하나를 보면 열을 안다(속) 일부만 보고 전체를 미루어 안다는 말. ¶"이 사람아, 하나를 보면 열을 안다고, 시방 미국놈덜이 한다는 짓거리를 봄시롱도 그런 소리를 하고 있어?…" 『자랏골의 비가』 ¶"…내가 가보지도 않은 그런 나라 사람들 뱃속을 어떻게 알겠습니까마는, 하나를 보면 열을 알더라고 그 작자들이 지금까지 우리 나라에 와서 하는 짓을 보면 대강 짐작을 할 수가 있습니다…" 『녹두장군』⑥

하나만 알고 둘은 모른다(속) 사물의 한 측면만 보고 두루 보지 못한다는 뜻으로, 생각이 밝지 못하여 도무지 융통성이 없고 미련하다는 말. ¶"…그러나, 그것은 하나만 알고 둘은 모르는 소리이며, 자기의 이익밖에 공익이라는 것은 전혀 생각하지 않는 소립니다…" 『자랏골의 비가』

하늘과 땅 둘 사이에 큰 차이나 거리가 있음을 이르는 말. ¶전봉준은 닷섬지기란 말에 가슴이 칵 막혀오는 것 같았다. 기껏 일곱 마지기인 자기 집과 비기면 백여 마지기는 하늘과 땅 차이였다. 『녹두장군』③ ¶"머슴이?" "응, 그 머슴이 한동네 양반집 처녀를 마음속으로 죽자사자 사모했더래. 그렇지만 옛날에는 머슴하고 양반은 하늘과 땅 차이라 그 처녀는 다른 데로 시집을 가버렸다잖아. 머슴은 그 길로 머리를 깎고 중이 되어 저 미륵을 깎았다는 거야." 『은내골 기행』 ¶(산)"이 일이 세상에 알려진 다음 감옥에 가는 것하고, 이 일이 미수인 채 잡혀가는 것하고는 하늘과 땅 차이입니다.”『교수와 죄수 사이』

하늘 밑의 벌레㊧ 숨쉰다거나 먹는다거나 아주 낮은 차원에서 사람은 모두 같다는 사실을 상기시키는 말. ¶제미랄 놈, 저나 내나 다 같이 하늘 밑에 벌레기는 마찬가진디, 저는 으째서 문서 없는 동네 상전이 되아가지고 우리덜을 제 머슴놈 자리 저고리만도 못하게 닦달이여, 닦달이?…”『자랏골의 비가』

하늘 보고 주먹질한다㊧ 겨루어 볼 나위도 없는 보잘것없는 사람이 건드려도 꿈쩍하지 않을 대상에게 무모하게 시비를 걸며 욕하는 것을 이르는 말. ¶“…하여간 지금까지 우리가 싸워 온 것이 하늘 보고 주먹질만은 아니었던 것 같습니다. 그 무지한 놈이 여기까지 오는 것은 그놈들이 사람이 갑자기 달라져서가 아니고, 우리 소작인들을 그만큼 얕볼 수 없어서 그런 것이 아니겠습니까?…”『암태도』

하늘 보고 침 뱉기㊧ 남을 해치려다가 도리어 자기가 당함을 이르는 말. ¶“…그때 자네 논 떼인 사정은 동네 사람들이 알 만큼은 다 알고 있는 일이니까, 아무리 흉하적을 해보아야 하늘 보고 침뱉기여. 내 것 잃고 인심까지 잃지 말고 그런 소리는 거둬들이는 것이 좋을 것이여.”『암태도』

하늘의 별 따기㊧ 무엇을 얻거나 성취하기 매우 어려운 경우를 이르는 말. ¶처음부터 끝까지 돈으로 흥정되는 과거에 합격한다는 것은, 자기 같은 가난뱅이로는 글자 그대로 하늘에서 별따기였다.『녹두장군』③ ¶“지금은 기자가 아닙니다. 요사이는 사진이나 찍으며 놀고 있습니다.” “그럼 신문사를 그만두셨나요? 그 신문사는 들어가기가 하늘에 별 따기라던데.” “평안 감사도 제 싫으면 마는 거지요.” 명호는 웃으며 얼버무렸다.『은내골 기행』 ¶(산) 당시의 정세로 보아 재야 유생들의 관계 진출은 하늘의 별 따기였기 때문에 이런 기회에 충군의 의병을 일으켜 공을 세우고 관작을 얻자는 것이 목적이었다.『교수와 죄수 사이』

하늘이 동전짝만 하다㊧ 세상에 아무것도 두렵지 아니하게 여김을 이르는 말. ¶“야, 느그 녹산가 깻묵인가 그 작자가 소쿠리만한 나주성 하나 지키고 앉았은게, 느그들도 하늘이 동전짝만 하게 뵈냐?” 시또가 차근하게 나섰다.『녹두장군』⑩

하늘이 두쪽이 나더라도 아무리 큰 어려움이 있더라도. ¶“나는 하늘 두쪽으로 뽀개져도 그런 돈은 못 물어.”『자랏골의 비가』 ¶“절차나마나 죄없으면 내놔야지 절차가 무슨 상관이오. 그 사람들 내놓기 전에는 하늘이 두쪽으로 뽀개져도 못 물러갑니다.”『암태도』 ¶“하여간에 라우, 경옥이 아씨는 하늘이 두 쪽으로 콱 뽀개져도 다른 데로는 시집을 안갈 것인게 그리 아시오.” 달주는 강쇠네만 건너다보고 있었다.『녹두장군』⑥

하늘이 무너져도 솟아날 구멍이 있다㊧ 아무리 어려운 경우에 처하더라도 살아나갈 방도가 생긴다는 말. ¶“이 계교는 틀림없이 맞아떨어질 테니 마음 턱 놔. 너는 이런 일이 첨이라 떨릴 것이다마는 나만 믿고 어서 자. 하늘이 무너져도 솟아날 구멍이 있는 법이다.”『녹두장군』① ¶“아이고, 내 신세는 그만이네.” “정신 차리시오. 이런 땔수록 침착해야 합니다. 하늘이 무너져도 솟아날 구멍이 있다 했소." "솟아날 구멍이 멋이란 말인가?" 절망적인 목소리였다. "사장이님도 고향을 버리고 멀리 도망치는 수밖에 없소." 『녹두장군』②

하늘 천 왼쪽다리가 어디에 붙었는지도 모른다囹 글자를 전혀 모르는 사람을 두고 이르는 말. ¶이경직은 문자라고는 하늘 천 왼쪽다리가 어디에 붙었는지도 모르는 자였는데, 이런 자가 빌붙는 데는 천재를 타고 났던지 그도 진령군한테 빌붙어 그런 청맹과니가 감사까지 된 것이다. 『녹두장군』②

하루가 천 년 같다(一日千秋)囹 일각이 삼추 같다. ¶"…시방 집을 보고 있은께 금방 구할 것이다. 너도 급할 것이 다마는 나도 일일이 여삼추다." 『녹두장군』③

하루 물림이 열흘 간다囹 일을 뒤로 미루면 계속 미루게 된다는 말. ¶"…하여간, 저것을 이로크롬 한번 맘 묵었을 적에 고쳐부러사제, 하루 물림 열흘 간다고 홀애비 굿날 물리대끼, 오늘낼 하고 있다가 아조 내려앉아 보씨요…" 『자랏골의 비가』

하룻강아지 범 무서운 줄 모른다囹 철없이 함부로 덤비는 경우를 이르는 말. '하룻강아지'는 난 지 얼마되지 않은 어린 강아지. ¶"하룻강아지 범 무선지 모른다등마는 보다가 겁없는 하룻강아지 하나 보겠네." 손달문이는 어처구니없다는 표정으로 한번 웃었다. 『녹두장군』④ ¶"허허, 하룻강아지 범 무서운 줄 모른다더니, 어디서 또 이런 천둥벌거숭이들이 뛰어들지?" 광대뼈가 픽 웃었다. 네까짓 촌것들이 뉘 앞이라고 분수없이

깝죽거리냐는 투였다. 『녹두장군』⑦

하룻밤을 자도 만리장성을 쌓는다囹 잠간 사귀어도 깊은 정을 맺을 수 있음을 이르는 말. ¶"문을 달아노면 한결 아늑하겠소. 하룻밤을 살려고 만리장성을 쌓는다더니, 이만하면 살림도 하겠소." 『녹두장군』⑤ ¶"…나야 홍남부두 첫사랑 서방 만났으니까 망정이지만, 말도 사촌까지 생피를 본다는디, 성씨 졸가리도 본 까지는 따져야겠고 취미따라 궁합도 보고, 하룻밤을 자더라도 만리장성 쌓더라고 졸가리 칠 것은 처얄 것 아녜요?" <귀향하는 여인들> ¶한 군데는 꽤 높이 축대까지 쌓고 언덕을 까뭉개서 어지간히 집터 구색을 갖추어 놓았다. "하룻밤을 살려고 만리장성을 쌓는다더니 정말 극성이 대단했군. 하하" <지리산의 총각샘>

하룻밤을 자도 헌 각시囹 한 번의 작은 실수라도 있으면 지조를 지킨 사람으로 볼 수 없다는 말. ¶"하룻 저녁을 자도 헌 각시라고 하루건 사흘이건 술집에 있었으면 술집 계집인디, 아무런들 대도 그런 데나 댄단 말이여?" <신 농가월령가>

하지 지난 장독에 골마지 같은 소리 해묵은 소리라는 말을 잔뜩 비꼬아 하는 말. '골마지'는 간장·된장·술·초·김치 따위 물기 많은 음식물 겉면에 생기는 곰팡이 같은 물질. ¶"행실이나 기품이 소문나잖았습니까?" "행실? 가마귀가 웃다가 아래턱이 떨어질 소리 작작 하게. 곤쇠아비 딸년인지 몽구리 개구멍받인지 근본도 모르는 년, 더구나 충청도서 예까지 굴러와서 전봉준이 품에 안긴 년이라면 사내가 지나갔어도 몇 못이 지나갔는지 모르는데, 행실이 어쩐다니? 하

지 지난 장독에 골마지 같은 소리 작작
하게…"『녹두장군』⑧

하찮은 경마잡이도 솜씨로 한다 아무리
하찮은 일도 경험이나 솜씨가 있어야
제대로 한다는 말. ¶"…하찮은 경마잽
이도 솜씨로 하는 것이고, 갈보질도 해
본 년이라사, 엉댕이짓이 남았어도 남았
을 것인께, 일본놈덜 앞에서 알랑거리던
놈덜을 이참에는 즈그덜 앞에 알랑거리
라고 그런 것 같어…"『자랏골의 비가』

하품에 딸꾹질⑤ 기침에 재체기. 어려운
일이 겹쳤다는 말. ¶"…이런 기회라면
하품에 딸꾹질로, 다리 일에 묻혀 안듯
모른듯 너댓주 더 눕혀 집수리를 해버
리면 일이 표 안나고 넘어갈 것이 아니
냐는 생각이었다.『자랏골의 비가』

한 냥 장설에 고추장이 열두단지라⑤ 한
냥 장설에 고추장이 아홉 돈어치라. 값
이 한 냥인 음식상에 아홉돈 어치의 고
추장이 올랐다는 뜻으로, 전체에 비하여
그 중 일부분에 지나치게 비용이 많이
든 경우에 이르는 말. 장설(長舌 ; 수다스
런 말)과 장설(帳設 ; 잔치나 놀이 때에 여
러 사람이 모인 자리에 차려내는 음식)의
동음이의에서 오는 묘미가 있음. ¶…외
팔이는 외팔대로 이런 엉큼한 속셈이
있다 보니, 자랏골 사람들이 아무리 비
리발괄, 한냥 장설에 고추장이 열두단지
라도 꿈쩍도 하지 않을 것 같았다.『자랏
골의 비가』

한 발 밑이 저승이라⑤ 한 발 앞이 저승
이라. ¶"…한발 밑이 저승이라, 사람이
랏 것이 운수가 불길한닭치라면, 항우
장사도 하찮은 댕댕 이년줄에 넘어져
죽는 것이고, 여든에도 구들 동티에 죽
는 것 아니요?…팔자 도망은 독 안에서

도 못한 것인디, 기왕에 운수가 불길하
고 팔자가 그래서 이리 된 일을 가지고
거그다가 맘을 쓰고 있어 보았자, 죽었
던 사람이 살아나는 것도 아닌다치라면
이런 땔수록 맘을 차근히 묵어야 할 것
이요…"『자랏골의 비가』

한 발 앞이 저승이라⑤ 죽는 일이 먼 듯
하면서도 실상은 가깝다는 말. 대문 밖
이 저승이라. ¶한발 앞이 저승이라더
니, 양문이 가족들은 자기들 앞에 이런
어마어마한 일이 기다리고 있는 것도
모르고 저렇게 죽음의 길을 오고 있었
다.『자랏골의 비가』

한 발 앞이 지옥이다 죽음이나 액운은 언
제 다가올지 모르는 것이라 바로 한 발
앞에 있을 수도 있다는 말. ¶한발 앞이
지옥이라더니, 한발을 삐득하고 나니,
세상이 이렇게도 험한 꼴이 돼버리는가?
『자랏골의 비가』

한 번 똥싼 개는 항상 저 개 저 개 한다⑤
남새밭에 똥싼 개를 보면 저 개 저 개
한다. ¶"이번에는 또 어쩌다 여기 오시
게 되셨소?" "까닭이라도 알았으면 발
명이라도 하겠소마는, 무작정 끌고 오는
바람에 도둑 만난 소같이 이끄는 대로
끌려왔소. 한번 똥싼 개는 항상 저 개
저 개 하더라고 내가 시방 그짝이오…"
『녹두장군』①

한 번 실수는 병가상사⑤ 일에는 실수나
실패가 으레 있을 수 있다는 말. '병가
상사(兵家常事)'는 실패하는 일은 흔히
있으므로 낙심할 것이 없다는 말. ¶"…
그것이 설사 과오라 하더라도 한 번 실
수는 병가상삽니다. 그러고 아까 작인들
의 낌새를 나보다 먼저 알아차리고 그런
결단을 내렸다는 것부터가 그런 자격이

충분하다는 것을 말해 줍니다…"『암태도』 ¶"허허, 뭘 그러시는가? 한번 실패는 병가 상사라지 않는가? 자, 편히들 앉게 편히들 앉아." 전봉준은 임군한의 손을 잡으며 위로를 했다.『녹두장군』⑥

한 불당에 앉아 내 사당 네 사당 한다 한 집안에서 내 것 네 것을 가리며 제 이익을 찾으려 하는 경우를 이르는 말. ¶"…그 사람들이 소작회원이면 어디까지나 소작회원으로 따져야지 박가, 서가 한다는 것은 한 불당에서 네 서당 내 사당 따지는 격으로 서로 입장을 거북하게만 만듭니다…"『암태도』 ¶"이것은 고부 사람들 싸움이다. 장군님 명령을 어기려면 끼여들지 말아!" 달주가 버럭 소리를 질렀다. "이제 와서 네 사당 내 사당이냐?" "네 사당 내 사당이 아니니까 장군님 영에 따르란 말이야." 달주는 벼락같이 고함을 질렀다.『녹두장군』⑧

한 살 더 먹고 똥 싼다 나이를 더 먹어 가면서 철없는 짓을 하는 경우를 비꼬아 이르는 말. ¶"…저 자식이 한 살 더 묵은께 똥 싼다고 나이를 처묵더니 철이 드는 것이 아니라 객기만 늘었구나. 놈의 초상에 단지도 아니고, 니가 어째서 종수 장단에 꾀춤이란 말이냐, 꾀춤이?"『자랏골의 비가』

한 어미 자식도 아롱이다롱이 한 어머니에게서 난 자식도 각각 다르다는 뜻으로, 세상일은 무엇이나 똑같은 것이 없다는 말. '아롱이다롱이'는 고르지 못하나 비슷비슷하게 아롱진 물건. 또는 그 무늬가 있는 물건. ¶"허허, 천주학쟁인가 서양놈 똥갠가 유세 한번 걸걸하네." "한배 새끼도 아롱이다롱이 있듯마는, 이 집 형제는 동생을 성님 삼아사

쓰겠구만." 동네 사람들이 비아냥거리며 대문을 나섰다.『녹두장군』⑧

한 입으로 두 말 하는 놈은 두 아비 아들 일구이언은 이부지자. ¶"…한 아가리로 두말 하는 놈은 두 애비 아들놈이여. 나는 다른 것은 몰라도 그런 놈은 못 보는 놈이다. 더구나 여그가 으디냐? 한 작두 바탕에다 모가지를 같이 비고 사는 적굴이다. 이런 디 들어와서까장 도련님 으짜고 지랄이여?" 김확실이는 말주변도 제법이었다.『녹두장군』③ ¶"이 날강도 같은 놈. 왜 또 따라 나서?" "하하. 오늘은 곱게 건내 주겠네. 헌디 일구이언은 이부지자여. 만약에 지대로 돈을 안 보내는 날에는 자네 애비 묏등이 저것이 온전하게 남아 있들 않을 것이니, 그런 줄 알게." "허허. 이 강도 같은 작자." 가남영감은 응팔씨를 징검다리 건너 저 앞에까지 바래다 주며 둘이는 유쾌하게 웃었다. <가남 약전> ¶"…자고로 한입 가지고 두말 하는 놈은 두 애비 아들이라 했겠다. 헌디, 지금 자네 한입 가지고 두 말을 해도 몇 번이나 했나? 그러고 보면 자네 모친 행실이 부실해도 단단히…" "여봇!" 젊은이가 아니고 영감 마누라였다. <끼리끼리 세상>

한 잔 술에 눈물 난다 사소한 차별에서 도리어 더 섭섭한 생각이 들 수 있다는 말. ¶"술을 갖고 올라면 우리 군사가 전부 마실 만치 갖고 오든지 해사제, 한 잔술에 눈물 나더라고 우리만 마시면 군사들은 눈물이 얼매나 많이 나겄소? 그런게 우리 접주님보고 야박하다고 원망하지 말고 갖고 올라면 여남은 섬을 그냥 여그다 확 풀어…"『녹두장군』⑥

하찮은 대꼬챙이도 구멍 쑤시는 데는 한몫

이다 아무리 사소한 물건도 쓰임새가 있다는 말. ¶(산)"…무슨 일인지는 모르지만 상말로 하찮은 대꼬챙이도 구멍 쑤시는 데는 한몫일세." "점잖으신 분이 꽤나 오지랖이 넓으십니다 그려." 청지기는 핀잔을 주면서도 비짓이 웃었다. 『보쌈』

한 치 벌레에도 닷푼 걸기가 있다⑥ 비록 보잘것없는 존재일지라도 무시하거나 억누르면 반발을 한다는 말. '걸기'는 참지 못하고 성을 내거나 왈카 행동하는 성미. ¶아무런들 사람 사는 동네 한가운데 송장을 눕혀야는, 한 치 벌레에도 닷푼 걸기, 아니, 닷푼도 채 못되고 서푼이나 될까 한 그 걸기, 그것이 말썽의 씨라면 씨였다. 『자랏골의 비가』 ¶"…전답 넘어가는 것도 넘어가는 것이제마는 한치 벌레에도 닷푼 걸기는 았더라고 이렇게 억울하게 생골을 내고서야 어디가서 우리가 사람이라고 낯짝을 내밀 것이여…" <유채꽃 피는 동네>

한코 조지다⑪ 여자와 상관한다는 말을 천박하게 이르는 말. ¶"…씨발 것들이 그새를 못참아서 으디서 한코 조지고 온디야, 으짠디야?" "아따, 으디서 조지기는 조지라우, 신부가 오짐 눴던 개비요." 모두 킬킬 웃었다. 『녹두장군』③

할망구 둥덩산 머리 같다 무엇이 어수선한 경우를 이르는 말. 아래 예문의 덩덕새 머리는 둥덩산 머리의 잘못. '둥덩산 같다'는 물건이 많이 쌓이어 수북하다. ¶"중년에도 그런 일이 있었지마는 느닷없이 가을 장마라도 들어 봐. 저렇게 자리진 할망구 덩덕새 머리같이 헝클어져 있는 것이 그때는 논바닥에 파지가닥으로 늘어붙고 말 거여." 『암태도』

할 일이 없으면 낮잠이나 자라⑥ 자신과 상관없는 일에 쓸데없이 참견하는 경우를 비꼬는 말. ¶"…할 일이 없으면 낮잠이나 자제, 으짠다고 무단한 묏등에 손을 대기는 대난 말이오?" 『자랏골의 비가』

함박 쪽박 속에서도 오롱조롱 소리가 난다 아무리 가난한 집에서도 자기들 깜냥의 생활과 즐거움이 있다는 말. ¶가진 것이 적으면 적은 대로, 인생이 초라하면 초라한 그만큼, 저마다 한몫씩 저저금의 제 인생이 있는 깃이고 보면, 함박 쪽박 속에서도 오롱조롱 소리가 나는 것, 다 제가 지닌 제 인생의 제 분수대로 다 한몫씩은 해방의 터질 듯한 환희와 감개가 있었다. 『자랏골의 비가』

함포사격⑪ 섬에서 근무하는 공무원들이 육지로 전근하려고 요로에 돈을 뿌리는 것을 일컫었던 은어. ¶(산) 상륙하기 위하여 요로에 돈을 뿌리는 걸 그들은 함포사격이라고 하는데 그런 애교 있는 은어가 차츰 생활어가 되어가고 있는 그들의 대화를 듣고 있노라면 우울하기만 하다. 『녹두꽃이 떨어지면』

합덕 방죽에 줄남생이 늘어앉듯⑥ 여럿이 죽 늘어앉은 모양을 이르는 말. '줄남생이'는 물가의 양지바른 쪽에 볕을 받으려고 죽 늘어앉은 남생이들. ¶…날마다 쉴참 때만 되면 합덕 방죽에 줄남생이 늘어앉듯, 막걸리 옹배기 곁에 늘어앉아, 이런 일에는 덩덩해야 좋은 그런 판으로 양문이 일발을 돌아주고 있었다. 『자랏골의 비가』

핫바지⑪ 무식하고 어리석은 사람을 낮잡아 이르는 말. ¶"…제나 내나 맨× 찼던 놈이 오년만에 오층, 육층 건물 올린 걸 뻔히 눈뜨고 보고 있는데, 신성한 육영사업? 흥, 열녀전 끼고 서방질도 유분수지, 누굴 그냥 핫바지로 아나?" <영감은 불 속으로>

항우도 댕댕이덩굴에 넘어진다㈜ 비록 힘이 세더라도 방심하면 실수를 할 수 있으므로 작고 하찮은 것이라도 깔보아서는 안된다는 말. '댕댕이덩굴'은 새모래덩굴과의 여러해살이 덩굴풀. ¶"…한 발 밑이 저승이라, 사람이랏 것이 운수가 불길한다치라면, 항우 장사도 하찮은 댕댕 이넌출에 넘어져 죽는 것이고, 여든에도 구들 동티에 죽는 것 아니요?… 팔자 도망은 독 안에서도 못한 것인디, 기왕에 운수가 불길하고 팔자가 그래서 이리 된 일을 가지고 거그다가 맘을 쓰고 있어 보았자, 죽었던 사람이 살아나는 것도 아닌다치라면 이런 땔수록 맘을 차근히 묵어야 할 것이요.…"『자랏골의 비가』 ¶"…항우 장사도 댕댕이덩굴에 넘어지더라고 아무리 힘센 놈이더라도 잘 보면 그만한 허가 있는 법이거든. 바로 그 허를 잡아서 힘을 쓸 때는 앙칼지게 써야 해. 족제비만한 담비가 호랑이 잡는 비결이 바로 그걸세."『암태도』

해변 까마귀 골수박 파듯㈜ 어떤 일 한가지에만 열중하는 모양을 이르는 말. '골수박'은 해골을 수박에 비유하여 이르는 말. ¶"…쥐뿔도 일가 푸네기들 덕이라고는 못 봤을 자네로서야 어차피 헌 갓 쓰고 똥누기지. 소작 몇 마지기 들여다 보고 해변 까마귀 골수박 파듯 해보아야 중뿔난 수가 있을 것도 아니고, 이럴 때 마음을 단단히 도사리는 거야. 활인불이 철마다 나는 것도 아니라구."『암태도』

태도』

해우채㈜ 해웃값. ¶거사들은 여자들의 놀이에 여러 가지 허드렛일을 하고 매음을 할 때는 해우채를 챙겼다.『녹두장군』⑦

해웃값㈜ 기생, 창기들과 관계를 가지고 그 대가로 주는 돈. 꽃값. 놀음차. 화대. ¶"그런 작자한테 날마다 해웃값이나 챙겨주고 기시는 갈재 두령님은 그렇고 보면 부처님이셔." 왕삼이 말에 폭소가 터졌다.『녹두장군』⑦

해토머리 고드름 맛이다 싱겁다는 말. '해토머리'는 얼었던 땅이 녹아서 풀리기 시작할 때. ¶"아이고, 똑똑하다고 소문 난 사람이 이런 일에는 으째서 이렇게 쑥맥이까잉. 싱겁기가 해토머리 고드름 맛이요잉…"『녹두장군』⑥

햇빛 가난이다 일조량이 부족하다는 말. ¶이렇게 하늘이 좁아 일광 시간이 짧으니, 산자락에 얹힌 논다랑치들은 항상 햇빛 가난인데다가 산골이라 찬물까지 쳐, 벼포기들은 자라다가 그대로 풋대에 서리를 맞기 십상이었다.『자랏골의 비가』

향당에서는 나이가 양반이고 묘당에서는 관작이 양반이다 향당에 막여치(鄕黨莫如齒). 시골에서는 나이 많은 이가 어른이고 관청에서는 관직이 어른이다. 일반사회에서는 사람들 사이의 상하의 기준이 나이이고, 관청에서는 관직이 기준이라는 말. ¶"…아까 나이를 말씀하셨는데, 향당에서는 나이가 양반이고 묘당에서는 관작이 양반이라 했습니다. 관작은 그 사람의 능력에 따라 주는 것이니 이런 데서도 바로 그런 능력에 따라 지위가 정해져야 할 것입니다." 조만옥이가 조리 있게 이야기를 했다. 『녹두장군』⑥

향청에 들어가는 촌닭 같다 낯설어 두렷거리는 모습을 이르는 말. '향청(鄕廳)'은 조선조 때 수령을 보좌하던 자문기관. 유향소. ¶그들은 그날 밤, 꼭 향청에 들어가는 촌닭처럼 광부들이 자는 숙소라는 데를 들어갔더니, 말없이들 이쪽을 쏘아보는 눈들이 모두 시퍼렇게 가시가 돋쳐 있었다. <가남 약전>

허공에 주먹질이다 허세부리는 경우를 이르는 말. ¶화가 머리끝까지 솟은 이 주호는 마누라를 잡아먹을 듯이 잡죄었으나 허공에 주먹질이었다. 다른 일에는 무슨 일에나 고분고분한 마누라가 천주학 대목에만 이르면 나 죽여라 하는 꼴이었다. 절벽도 그런 절벽이 없었다. 『녹두장군』④

허리가 휘다 몹시 힘에 겹다. ¶…아무리 겨우내 밤 늦도록 물레를 돌리고 베를 짜보았자 아이놈 몫까지 군포 물기도 허리가 휠 지경이었다. 『녹두장군』③

허리춤에서 뱀 집어 던지듯㊂ 너무 끔찍해서 다시는 보지 아니할 듯이 내치는 경우를 이르는 말. ¶"…이런 일에 인정 두고 사정둘 것이 아니라 이런 일은 발각되는 족족 허리춤에서 뱀 집어내듯 해야 합니다." 『암태도』

허허해도 빛이 천냥㊂ 허허해도 빚이 열닷 냥. 겉으로 쾌활하고 낙천적인 것처럼 보이는 사람도 마음속에는 말 못할 근심이 있다는 말. ¶"아이고, 그 두령 소리 말도 마시오. 나는 허허해도 빛이 천냥이라고, 시방 농민군 밥하는 두령 났다가 예팬네 하나 있는 것 다 죽게 생개부렀소." 한쪽에 몰려앉아 밥을 하던 하학동 사람들이 폭소를 터뜨렸다.

『녹두장군』⑥ ¶"허허해도 빛이 천냥이라등마는 날씨가 꾸물한게 속이 타서 죽겠소. 보리가을은 한시를 재촉하는데, 달랑 하나 있는 손대할라 만삭 아니오. 이러다가 봄장마라도 져노면 보리가 밭에서 싹이 나고 말제 조화 있겠소?" 키가 껑충한 이태주는 한숨이 땅이 꺼졌다. 『녹두장군』⑨

헌 갓 쓰고 똥 누기㊂ 체면을 세우기는 이미 글렀으니 좀 염치없는 짓을 하더라도 상관이 없다는 말. ¶"…언제 나도 소문은 나고 말 것이고, 우세는 이미 해놓은 것이고 보면, 어차피 헌 갓 쓰고 똥누기였다. 『자랏골의 비가』 ¶"일이 기왕 여기까지 와버린 다음에야 어차피 헛갓 쓰고 똥누기다. 이번 일이 별당 색시 들 까탈이건 아니건, 차제에 아버님도 정을 좀 다셔야 한다. 저 연세가 됐으면 자식을 체면도 생각해얄 것 아니냐?" "이것 참 난처합니다." 『녹두장군』②

헌 바자에 좆 나오듯㊂ 헌 바자에 개 대가리 나오듯. 무엇이 불쑥 내밀어 보이는 모양을 상스럽게 이르는 말. '바자'는 대나무·갈대·싸리·수수깡 등을 발처럼 엮어 만든 울타리. ¶"야, 이 새끼야, 참판댁이고 개판댁이고 아가리 닥쳐. 니까짓 것이 뭣인디 헌 바지에 좆대 가리 삐져나오듯 기어나와?" 『녹두장군』② ¶"아이고, 샌님, 제 말씀 한마디만 들어보세요." 그때 위에 섰던 박승치가 앞으로 나섰다. 작자는 텁석부리한테 코가 땅에 닿게 절부터 했다. "너는 멋인디, 헌 바지에 좆대가리 볼가지대끼 쏙 볼가지냐?" "소인은 우리 마님을 배행하고 댕기는 놈이올시다요

…"『녹두장군』④

헌 신짝 버리듯 미련 없이 내버리는 경우를 이르는 말. ¶"독립운동을 한 사람이면 목숨 같은 것은 이미 헌신짝으로 내갖혀 놓고, 나라만 찾을라고 기를 쓴 사람덜인 것인디, 그런 사람덜 눈에 대통령이 뵐 것이냐?"『자랏골의 비가』 ¶"…여말 몽고군들이 쳐들어왔을 때 그랬고, 임진왜란 때나 병자호란 때도 다 그랬습니다. 있는 자들은 내 몰라라 제 살길만 찾아 제 살던 터전을 헌신짝 버리듯 버리고 승지를 찾아 도망치기에 정신이 없었지만, 그 있는 자들이 도망간 곳에서 거기 남은 백성들은 목숨을 걸고 제 땅, 제 삶의 터전을 지켰습니다…"『녹두장군』②

헌 젓가락 짝 맞추듯 구색이 좀 어설퍼도 어떤 틀에 어지간히 맞추는 경우를 이르는 말. ¶"…내가 자네 때문에 겪어봤으니 말이지만, 재취란 것이 얼핏 쉬울 것 같아도 옴니암니 따지기로 하면 들쑥날쑥이 장가처보다 까다로와 헌 젓가락 짝 맞추듯 쉬운 것이 아니더라구…" <신 농가월령가>

헌 주머니에 마패 들었다㈜ 떨어진 주머니에 어패 들었다. 겉모양은 허술하고 보잘것없으나 실속은 뜻밖에 훌륭하고 소중하다는 말. ¶"때묻은 괴나리봇짐에 몇푼씩이나 지녔기에 그렇게 큰소리냐?" "꼴로 보지 마시오. 헌 주머니에 마패 들었다는 소리 못 들었소? 5백 냥이면 하루 저녁쯤 뒤집어쓰겠지요?"『녹두장군』②

헌 짚신 짝 맞추듯 아무렇게나 짝을 맞추는 경우를 이르는 말. 헌 젓가락 짝 맞추듯. ¶"…이 세상 밑바닥에서도 저 밑바닥, 천하고 천한 것들이 헌 짚신 짝 맞추듯 짝을 지어 돌아댕기면서, 더구나 돈 몇푼에 제 계집을 남의 사내 품에 내맡기고 있으니, 그런 소리를 백번 할 만도 하네. 허나 우리도 사람 너울을 뒤집어쓰고 있으니 사람의 오장은 예사 사람들하고 다를 것이 없네…"『녹두장군』⑦

헌 풀무질하는 소리 목이 잔뜩 잠긴 소리를 이르는 말. ¶영감은 헌 풀무질하는 소리로, 가래를 달래가며 말을 이어 나갔다.『자랏골의 비가』

헛간에서 울었어도 그 집 조상이라 본의가 확실하면 형식이 문제가 아니라는 말. '조상(弔喪)'은 사람이 죽었을 때 그 유족을 찾아가 위로하는 일. 조문(弔問). ¶"헛간에서 울었어도 그 집 조상인디, 그 묏등에다 작대기를 꽂아놓고 또 그 집 산지기를 패서 이빨을 다섯 개나 어긋냈으면 그것이 다 그것이제 뭣이여? 하하."『자랏골의 비가』

혀 빠질 소리 못된 소리 한 것을 저주하여 하는 욕설. ¶"…우리가 농사 지어다 바친 소작료를 제 손으로 받아다가 지주한테 준 놈이 그런 소리는 봉해서 시렁에 얹어 놓고, 그런 혓 빠질 소리나 나불거리고 있단 말이여." <유채꽃 피는 동네>

혀를 내두르다 매우 놀라거나 어이없어서 말을 못하다. ¶물론 그 돈은 거의 김덕호한테서 나온 것이었지만, 접주들은 그 돈의 출처를 전혀 모르고 있었기 때문에 전봉준의 그런 실력에 혀를 내두를 뿐이었다.『녹두장군』③

현인은 고향에서는 알아주지 않는다 현인도 인간적인 약점이 있고 특히 고향 사람들은 어렸을 때 함께 자라고 허물도 있었을 것이므로 특별히 우러러 대접을 하지는 않는 데서 나온 말. ¶"여기서는 정봉준이가 녹두장군이 아니고 그냥 전봉준이구먼요." 봉노에서 김시만이 친구가 김시만이를 보며 웃었다. "원래 현인은 고향에서는 알아주지 않는 법이지." 김시만은 빙긋 웃으며 대답했다. 『녹두장군』⑦

혓조 패두 버릇이냐㉯ 형조 옥졸의 버릇. 사람을 함부로 치고 때리며 마구 굴 때 이르는 말. '패두'는 죄인의 볼기를 치던 형조의 사령. ¶이제 들쑤신다고 해서 범인이 밝혀질까도 싶지 않았지만, 그 범인을 찾는다면, 필경 형조 패두의 버릇으로 자랏골에 또 경찰을 몰아붙일 판이니, 그렇게 되면 또 애먼 자랏골 사람들만 난장박살에 어혈탕국이 되고 말 것 아닌가? 『자랏골의 비가』

형틀 지고 와서 볼기 맞는다㉯ 가만히 있으면 탈이 없을 것을 제 스스로 화를 부르고 고생을 사서하게 됨을 이르는 말. ¶…그 보에 논이 딸린 사람들은 봇일은 봇일대로 하고 엉뚱한 수세를 물어야 할 판이라 형틀 지고 가서 형문 받기도 아니고 골탕을 먹어도 여러 벌로 먹을 판이었다. 『녹두장군』④

호떡집에 불난 것 같다 왁자지껄하게 떠들어 시끄럽다. ¶청나라 통리아문도 역시 인천서 친 전보를 받고 조선 조정하고 똑같이 호떡집에 불난 꼴이었다. 천진으로 전보를 쳐라, 조선 조정에 사람을 보내 경위를 알아봐라, 야단법석이었다. 『녹두장군』⑩

호랑이가 날개라도 단 기세다 힘이나 능력이 있는 사람이 더욱 힘을 얻게 되었

다는 말. 범에게 날개. ¶박봉양은 호랑이가 날개라도 단 기세로 떵떵거리며 고향에 내려왔다. 『녹두장군』⑩ ¶양총부대는 그동안 핀잔도 숱하게 받았다. 총을 닦을 때는 과부가 화장해서 뭣하냐느니, 고자가 처갓집 가냐느니, 향청머슴은 싸라비가 제격이라느니, 드나나나 핀잔이었으나 이제 호랑이가 날개를 단 셈이었다. 『녹두장군』⑫

호랑이굴로 들어가다 위험 속으로 들어가다. ¶"그럼 어쩔 참이냐?" "호방 나리한테 가서 말씀드리제 어쩌기는 어째라우?" "뭐라구? 다시 호랑이굴로 들어간단 말인가?" "호방 나리한테 가서 나를 그런데 보내지 마시라고 사정을 할라요." 만득이 말에 세 사람은 넋나간 표정으로 서로를 건너다봤다. 『녹두장군』② ¶그때 달주는 전봉준이가 민종렬이를 만나면 어떻게 만나겠다는 것인가 고개를 갸웃거렸었는데, 그러고 보니 지금 그 호랑이굴에 들어가는 것이 아닌가 겁이 났다. 『녹두장군』⑪

호랑이도 굽신거리면 양군다 아무리 강퍅한 사람도 굽실거리면 사정을 보아준다는 말. ¶호랑이도 굽신거리면 양군다고, 비를 세우는 날 문태현씨는 항상 앙상하기만 하던 얼굴을 활짝 펴고 너털웃음을 웃으며 돼지고기야, 막걸리야, 이 영감도 손을 쓰기로 하면 이렇게 활수할 때가 있는가 싶게 푸짐한 잔치를 베풀었다. 『암태도』

호랑이도 남의 골에 들어가면 그 골 길을 걷는다 다른 데 가면 그곳 질서나 풍속을 따라야 한다는 말. ¶"…성인도 시속을 따르고, 호랭이도 놈의 골에 들어가면 그 골 질을 걸어가는 것인디, 이쪽

물정을 모른다치라면, 조선 천지에 미국 말 알아묵는 놈이 그래도 한둘은 있을 것인께…"『자랏골의 비가』

호랑이도 으르렁거릴 적에는 짐승 노는 것 보아서 으르렁거린다 아무리 위세 있는 사람이라도 큰소리 칠 때는 전후 사정을 잘 살펴서 쳐야 한다는 말. ¶"허허, 이 양반덜이 으째서 그로크롬 말귀덜이 어둡소. 호랭이도 으르렁거릴 적에는 짐승노는 것 보아서 으르렁거리는 것인디, 아무리 국회의원이라고 하제마는 무작정 호령만 한다고 먼 일이 그냥 얼음에 박 밀대끼 되는 줄 아시오?…"『자랏골의 비가』

호랑이도 쏘아 놓고 나면 불쌍하다㈜ 아무리 밉던 사람도 죽게 되었을 때는 측은하게 여겨진다는 말. ¶"…처음에 조병갑이를 놓쳤을 적에는 나도 아닌게아니라 그놈들이라도 죽이고 싶은 심정입디다. 그런디 호랭이도 쏘아놓고 보면 불쌍하더라고, 창고에 갇혀서 발발 떨고 있는 것을 본게 불쌍한 생각도 듭디다…"『녹두장군』⑥

호랑이도 얼굴 다듬을 때가 있다 아무리 무작스런 사람도 제 모습을 되돌아볼 때가 있다는 말. ¶"허허. 나는 경찰서 앞에 비둘기집이 울긋불긋하기에 호랑이도 얼굴 다듬을 때가 있더라고 저것들도 간혹 가다가는 저렇게 사람 같은 구석도 있구나 했더니, 그러고 보니 웃음 속에 칼이었그만."『암태도』

호랑이도 자식 난 골에는 두남둔다㈜ 호랑이도 제 새끼 낳은 골짜기에는 사정(私情)을 둔다는 말. '두남두다'는 애착을 가지고 돌본다는 말. ¶"…이선생이 분주한 사람이기는 하제마는 호랑이도

제 난 골에 두남 둔다고, 요로크롬 한번 연을 맺은 다음에사 이 동네에 먼 일이 있은다치라면, 그냥 손 개얹고 보고 있든 않을것이요."『자랏골의 비가』 ¶호랑이도 제 골은 두남두더라고, 임문한은 본디부터가 예사 산적들과는 달랐기 때문에 이 근동 사람들을 건드리는 일은 없고 양반이나 부호들의 집만 털거나 관가의 봉물만 노렸다.『녹두장군』①

호랑이도 제 말 하면 온다㈜ 남의 이야기를 하고 있는데 공교롭게 그 사람이 나타나는 경우를 이르는 말. ¶"어어. 호랑이도 제 말 하면 온다더니 저기 오는구만."『암태도』

호랑이도 제 새끼는 귀여워한다㈜ 누구나 자기 자식은 사랑하고 소중히 여긴다는 말. ¶"감역이란 작자가 어떤 작자라고?" "어떤 작자기는? 제깐 놈이 아무리 무지막지한들 그런 일이 완력으로 될 것 같아? 호랑이도 제 새끼는 이뻐하더라고 부모란 자식의 장래에는 무른 법이야. 일이 그렇게 되면 네가 죽이고 싶겠지만, 그런 딸을 어떻게 다른 데로 시집을 보내냔 말이다."『녹두장군』③

호랑이 뒤에 독수리 따르듯 이익이 있을 것을 짐작하고 여투는 경우를 이르는 말. ¶"…차출만이란 사람은 그런 냄새만 맡고 살아온 사람이라, 호랑이 뒤에 독수리 따르듯 공안기관 사람들은 이미 차출만이 움직임을 주시하고 있을지도 모릅니다…"『은내골 기행』

호랑이를 잡으려면 호랑이굴로 들어가야 한다㈜ 범을 잡으려면 범의 굴로 들어가야 한다. 큰 목적을 이루려면 그만한 위험과 수고를 겪지 않으면 안된다는 말. ¶"…그런께, 시방 사람 호랭이를 잡을

라고, 호랭이 가죽을 뒤집어 쓰고 호랭이 굴로 들어가는 판이다. 하하." "맞어. 호랑이를 잡을라먼 호랑이 굴로 들어가야제." 『자랏골의 비가』

호랑이 만난 놈 제 어미 부르듯 평소에는 관심이 없다가 위급할 때만 도움을 청하는 경우를 이르는 말. ¶"…순사들 총소리만 나봐. 할아버지, 할아버지, 호랑이 만난 놈 제 어미 부르듯 문재철씨 다리 안기를 부처님 다리 안 듯 할 거라 이 말이야…" 『암태도』 ¶"…이 미친 놈들이 우리 녕민군한테 놀래갖고 술덤벙 물덤벙 호랑이 만난 놈 어미 부르듯이 때국놈들한테 날 살려주씨오 해놓고 본게 일판이 녕민군 쫓을라다 늑대 불러들이는 꼴이 되야놓렸소그라. 늑대를 불러들여도 두 늑대를 불러들이게 되아부렀지라." 구레나룻은 말이 구수했다. 『녹두장군』⑩

호랑이 만난 놈 창구멍 내다보듯 겁에 질려 조심스레 살피는 경우를 이르는 말. ¶민영준은 호랑이 만난 놈 창구멍 내다보듯 조심스럽게 고개를 들어 민비를 보며 뇌었다. "한가지 길이라니, 또 청나라 군대 불러오자는 소리냐?" 민비는 한층 눈을 오끔하게 뜨고 노려봤다. 『녹두장군』⑨

호랑이 사냥 가는 포수는 꿩은 쏘지 않는다 쇽 큰일을 할 사람은 사소한 일에 관심을 두지 않는다는 말. ¶"잊어버리고 술이나 들게. 호랑이 사냥가는 포수는 꿩은 안 쏘는 걸세. 큰일을 하겠다는 사람이 아무 일에나 서곱에 참견 닷곱에 참예, 걸리는 놈마다 걷어차다가는 동네 골목일만 가지고도 한생애가 부족하네. 이런 일이 어디 여기뿐인가? 나도 화가

치미네마는, 지긋이 누르고 술이나 들어." 『녹두장군』①

호랑이 사냥가는 포수는 토끼같은 잔 짐승은 잡지 않는다 쇽 호랑이 사냥 가는 포수는 꿩은 쏘지 않는다. ¶"…그런 큰 일을 앞에 두고 이런 작은 일을 벌인다는 것은 좋은 일이 아닙니다. 이럴 때 두고 쓰는 말로 호랑이 사냥 가는 포수는 토끼 같은 잔짐승은 잡지 않는 법입니다…" 『녹두장군』⑥

호랑이 사냥에 꿩 타령 엉뚱한 소리 하는 경우를 이르는 말. ¶"또 호랭이 사냥에 꿩 타령이오?" 그러지 않아도 원두한이 쓴 외 보듯 지루퉁하고 있던 오기창이는 유배걸이 이름까지 내발기며 변모없이 토파하고 나오자 대번에 비위짱이 상한 것 같았다. 『녹두장군』⑨

호랑이 새끼 속에도 스라소니가 있다 쇽 잘난 부모의 자식 가운데도 못난 사람이 있다는 말. '스라소니'는 호랑이 비슷하게 생긴 짐승으로, 여기서는 호랑이 새끼 가운데에서 못난 놈을 이르는 말. 호랑이도 새끼가 열이면 스라소니를 낳는다. ¶호랑이 새끼 속에도 소스라니가 있다더니, 다른 아들들은 제 아비를 닮아 모두가 풍신들이 훤칠했으나, 이 작자만 하나 여산 풍경에 헌 쪽박처럼 용렬한 꼴이었는데, 자식이 꼴에 꼴값하느라고, 해도 험한 짓을 했다. 『자랏골의 비가』

호랑이 아가리에다 대가리라도 처넣듯 아주 험악한 위험 속으로 스스로 빠져드는 경우를 이르는 말. ¶"그 아버지가 잘못했으면 했지 그 아들이야 어디…" 성호 아버지는 호랑이 아가리에다 대가리라도 처넣듯 거의 자폭적인 표정으로

한마디 대거리를 하고 나섰다. <도깨비 잔치> ¶(김이태는)…마치 호랑이 굴에 대가리라도 처넣는 결사적인 심정으로 다시 고개를 디밀었다. <부르는 소리>

호랑이 앞에 맹자왈 무식하고 포악한 사람한테 문자 쓰는 경우를 이르는 말. ¶ "…총칼 앞에서 이치 따지고 사리 따져 봤자, 호랑이 앞에 맹자왈이지 그게 무슨 맥을 써?"『암태도』

호랑이 앞에서 웃통 벗는다 턱없이 객기 부리는 경우를 이르는 말. ¶"멋이 국법이 개 잡는 몽둥이? 허허, 죽기로 환장을 했구나. 그래 죽기로 작정을 하면 호랑이 앞에서 웃통인들 못 벗을 리 없지." 손달문이는 픽 한번 웃고 포졸들을 향했다.『녹두장군』④ ¶이용태한테 당하고 가슴에서 불이 나고 있는 고부 사람들을 건드리다니 호랑이 앞에 웃통벗고 말지 그런 어리석은 짓을 누가 한단 말인가? 죄는 도깨비가 짓고 벼락은 고목이 맞더라고 자칫하다가는 애먼 놈 옆에 벼락을 맞아도 날벼락을 맞을 판이었다.『녹두장군』⑧

호랑이 어금니 아끼듯㉰ 사슴이 어금니 아끼듯 한다. 어떤 것을 몹시 아끼고 귀중히 여김을 이르는 말. ¶"이 잔치가 시방 먼 돈으로 장만한 잔친 줄 아는가? 호랭이 어금니 같은 동네 두레쌀로 벌인 잔치네. 그런 잔칫상을 내친단 말인가?" 다른 사람이 내지르고 나왔다.『녹두장군』⑪ ¶불랑기 포탄은 1백 발이고 크루프포는 30발뿐이므로 호랑이 어금니 아끼듯 아껴야 할 판이었다.『녹두장군』⑫

호랑이 없는 골에 토끼가 선생 노릇 한다㉰ 뛰어난 사람이 없는 곳에서 보잘것 없는 사람이 득세함을 이르는 말. ¶ "저것들이 지금 손바닥만한 섬구석에서만 살아온 것들이라, 호랑이 없는 골짜기에 토끼가 선생이더라고 멍청지 맹자왈로 되잖은 소리만 잘잘 째고 있는데, 제까짓 것들 그 따위 말 같잖은 소리로 아무리 횃대 밑에서 호랑이 잡는 소리 해봤자 순사들이 뺑뺑 총 쏘고 나오는 데야 찾을 것이 쥐구멍밖에 뭐가 있어? …"『암태도』 ¶강쇠는 제법 아는 체했다. 호랑이 없는 골짜기에 토끼가 선생이더라고 동네서 의젓한 남자라고는 한 사람도 남아 있지 않으니 그래도 강쇠가 사내라고 그만큼 돋보였다.『녹두장군』⑦ ¶"너무 상놈 양반 따지지 말게. 전라도 참판이 충청도 혼반(婚班)만 못하다는 소리는 자네가 자꾸 쓰는 소리 아닌가? 전라도에서 반명을 내세우고 큰소리쳐봤자 호랑이 없는 골짜기에 토끼 유세밖에 더 되는가? 지금 세상은 그런 헌 망건이나 쓰고 큰기침할 때가 아닐세." 이사투리는 여유있게 말했다.『녹두장군』⑧

호랑이 없는 골에 토끼가 왕 노릇 한다 호랑이 없는 골에 토끼가 선생 노릇 한다. ¶"보시다시피 불제자요." "보아하니 지나가는 객승 같은데 호랑이 없는 골짜기에 퇴껭이가 왕 노릇한다등마는 그런 게 시방 객이 주인 행세하자는 배짱인가? 행세를 해도 사람 보아감시로 하라고. 엉!" 달마배가 제 집이라도 되는 듯 삿대질을 하며 고함을 질렀다.『은내골 기행』

호랑이 잡아먹는 담비가 있다㉰ 강한 사람 위에 더 강한 사람이 있다는 말. '담비'는 족제비 비슷한 산짐승의 한 가지.

¶"어른? 어른도 그냥 어른이 아녀. 호랭이 잡아묵는 담비가 있다등마는, 그 자석들 꼴랑지를 한번 내리기로 한께 이것은 그냥 살았달 것이 없데." 『자랏골의 비가』 ¶(산) "허허. 호랑이 잡아먹는 담비가 있다더니, 백수지왕인 호랑이 아저씨께서 그렇게 겁을 먹는 것은 살다가 이번에 처음 봅니다." "이놈아, 강약이 부동인데, 무서워 할 것은 무서워 해야지 내가 너같이 미련한 놈인 줄 아느냐?" 『보쌈』

호랑이 제 방귀에 놀란다 ⓒ 토끼가 제 방귀에 놀란다. 행동이나 말이 경망함을 이르는 말. ¶그 뒤 고부 소식을 들어보니 그대로 있었더라도 아무 일이 없었을 텐데 호랑이 제 방귀에 놀라더라고 괜히 이리 뛰어들어 봉변을 자초한 꼴이 되고 만 것이다. 『녹두장군』⑨

호랑이 아가리에다 생대가리를 처넣는다 호랑이 아가리에 대가리를 들이밀다. ¶…설마 동네 한가운데 있는 묏등에다, 더구나, 이것이 뉘 묏등이라고, 호랑이 아가리에다 생대가리를 처넣고 말지, 누가 감히 이런 겁 없는 짓을 했을 것인가, 자랏골 사람들은 얼른 상상도 못한 일이었다. 『자랏골의 비가』

호랑이 아가리에 대가리를 들이밀다 터무니없는 객기를 부리는 경우를 이르는 말. ¶질천이는 호랑이 아가리에 대가리라도 디미는 것 같은 비장한 기분으로, 한껏 독기를 가다듬어 사립문 밖으로 발을 내밀었다. 『자랏골의 비가』

호랑이에게 열두 번 물려가도 정신만 차리면 산다 ⓒ 호랑이에게 물려 가도 정신만 차리면 산다. 아무리 위급한 경우를 당하더라도 정신만 똑똑히 차리면 위기

를 벗어날 수가 있다는 말. ¶호랑이에게 열두 번 물려가도 정신만 차리면 산다는 말이 실감났다. 연엽이는 전봉준이가 지금 당장 위험에 처해 있는지 모른다고 생각하자 새삼스럽게 마음이 다급해졌다. 배자 싼 옷보퉁이를 가슴에 꼭 껴안았다. 『녹두장군』⑧

호랑이 콧구멍에 불침을 놓다 위험하기 짝이 없는 일을 버르집고 있는 경우를 이르는 말. ¶"그렇게 살려야 할 사람이 잡혀왔으면 조심을 해야 할 게 아닙니까? 호랑이 콧구멍에 불침을 놔도 유분수지, 그러지 않아도 독이 오를대로 오른 어사한테 그렇게 무지막지한 소리로 휘창을 해놨으니 그 분풀이를 어디다 하겠습니까?" 호방은 도대체 당신들이 지각이 있는 사람들이냐는 표정이었다. 『녹두장군』⑧ ¶"…섣부른 짓 하다가는 호랑이 콧등에 불침 놓는 꼴이 된다구. 가만있자…" <부르는 소리>

호미로 막을 것을 가래로 막는다 ⓒ 일이 작을 때에 처리하지 않다가 결국에 가서는 쓸데없이 큰 힘을 들이게 된 경우를 이르는 말. ¶"허허, 어째서 큰길을 놔두고 샛길을 찾소? 호미로 막을 것을 가래로도 못 막는다는 조선 속담이 있다는 말은 지난번에 민대감이 하지 않았소? 나도 사정을 대충 듣고 있으니 말인데 조금만 더 가면 가래로도 못 막습니다." 원세개는 껄껄 웃었다. 『녹두장군』⑩ ¶"…관군하고 일본군이 공주로 들어와버리는 날에는 호미로 막을 것 가래로도 못 막습니다. 요사이 경상도가 관군한테 무너진 것은 모두 방심하고 있다가 무너졌습니다." 최대봉이가 다그쳤다. 『녹두장군』⑪

호박 나물에 용쓴다㈜ 쓸데없는 일에 공연히 혼자 기를 쓰고 화를 내는 경우를 이르는 말. '용쓰다'는 기운을 몰아 쓰다. ¶두 사람은 일판이 너무 쉽게 풀리자 여태 벼르고 온 것이 호박나물에 용쓴 것 같아 머쓱한 표정으로 김치걸이를 보고 있었다. 『녹두장군』⑩ ¶이게 뭔가? 그게 사실이란다면, 이건 호박 나물에 용쓴 것도 아니고, 이런 실없는 일에 그 야단을 치고 나왔다니, 이게 어떻게 돌아가는 일판인지 다시 어리벙벙해졌다. <가남 약전>

호박씨 까서 한입에 털어 넣는다㈜ 애써 조금씩 모았다가 한꺼번에 털어 없애는 경우를 이르는 말. ¶손이 부르트도록 푸나무 친 것이 호박씨 까서 한입에 털어넣듯 날아가버린 것은 둘째고, 집에서 이렇게 신용까지 잃고 보니 사실상 회의 활동이 중지되고 말았다. 『자랏골의 비가』

호박에 이빨도 안 들어갈 소리 전혀 사리에 맞지 않는 소리를 이르는 말. ¶"어떤 개 아들놈이 그 따위 소리를 하고 앉았어? 표를 그로크롬 긁어 갔으면 다리를 못 뇌줄망정, 우리가 돈을 내서 하는 일에 감 놓아라 배 놓아라 되잖은 간섭이나 하고 나와? 그런 호박에 이빨도 안 들어갈 소리는 잘 모셔뒀다가 이담 선거 때나 씨부리고 댕기라고 그러소." 영감은 어림 반푼어치도 없는 소리라는 투였다. <가남 약전> ¶"종씨 일어나셨소? 어허, 나는 무담씨 화토 친 디서 귀갱하다가 기냥 날샌지도 몰라부렀 그만이라우." 어젯밤 노름판에 빠졌던지, 방에 들어오며 변명이랍시고 호박에 이도 안들 소리를 했다. <갈머리 방울새>

호박이 넝쿨째로 굴러 떨어졌다㈜ 뜻밖에 좋은 물건이나 행운을 얻었다는 말. ¶"그 딸이 무남독녀, 외동딸이라 그 집 데릴사위가 되어 삼천여 석 전답에다 고래등 같은 기와집까지 호박이 덩굴째 굴러들어왔지요…" 『녹두장군』②

혹 떼러 갔다 혹 붙여 온다㈜ 부담을 덜려다가 도리어 다른 일까지 맡게 된 경우를 이르는 말. ¶"그러면 감사의 영은 헌신짝 같은 것이고, 더구나 우리는 혹을 떼러 왔다가 혹을 붙였다는 이야깁니까?" 부안 김낙철이었다. 『녹두장군』③

혼사 치레 말고 팔자 치레 하랬다 혼사를 거창하게 치르는 것보다 연분이 맞아야 잘 산다는 말로, 가난하여 혼사를 격식대로 못 치르는 것을 위로하는 말. ¶"혼사 치레 말고 팔자 치레 하랬더라고 얼레빗·참빗 한 쌍만 차고 가도 제 복 있으면 잘 산다는 것 아닙니까?" <신농가월령가>

홀아비 굿날 물리듯㈜ 홀아비가 온갖 음식을 장만하고 굿하기가 거치장스러워서 그 날짜를 자꾸 뒤로 물려가듯이, 무슨 일을 자꾸 뒤로 미루는 경우를 이르는 말. ¶"…이놈의 것이 시방 사방팔방으로 뒤얽혀 갖고 가닥을 추릴 수가 없는디, 이것도 본인들 대놓고 가닥을 한번 추리자고 한께는 먼 속인가 차일피일 홀애비 굿날 물리대끼 물리고만 있그만이라우." 『자랏골의 비가』 ¶"이놈들이 홀애비 굿날 물리듯이 오늘 내일 물리고만 있는 것이 이렇게 어물쩍 날짜만 끌자는 수작 아닌가?" 『암태도』

홍길동이 빈 마패 위세가 먹혀들지 않는 경우를 이르는 말. '마패'는 관리들이 공무로 먼데 갈 때 각 역에서 말을 쓸 수 있는 표로, 특히 민담에서는 권력의 표상인 암행어사의 신분 증명으로 묘사됨. '빈 마패'는 가짜 마패란 뜻. ¶"…이 사람아, 팔도를 무른 메주 밟듯하고 다니던 자네 남편이 못 가게 한다고 손 개었고 집안에 틀어앉아 있을 사람이여? 홍길동이 빈 마패여. 하하." 『암태도』

홍길동이 합천 해인사 털어먹듯㉒ 고전소설 <홍길동전>에서 홍길동이 의적을 이끌고 해인사를 들이쳐서 숱한 재물을 빼앗았다는 데서, 무엇을 아무 것도 남기지 아니하고 싹싹 쓸어감을 이르는 말. ¶"아니, 어디서 밥을 싸들었소?" 미리 와서 일을 하고 있던 만석이 아내가 남편 손에 들린 점심 보자기를 보며 물었다. "하하. 일 한번 거들러 오자고 홍길동이 해인사 턴 만큼이나 궁리를 했어." 『암태도』

홍야홍야하다 홍이야 항이야. 관계없는 남의 일에 쓸데없이 참견하여 이래라저래라 하는 모양. ¶"하도 억장이 무너지는 소리에 그놈 입 틀어막는 것만 다급해서 하자는 대로 홍야홍야 했더니만, 자네 말을 듣고 본께 내가 생각이 짧아도 너무 짧았네. 허, 이거!" 감역은 어쩔 줄을 몰랐다. 『녹두장군』①

화가 머리끝까지 치솟다 극도로 화가 나다. ¶화가 머리끝까지 치솟은 순경은, 생각하면 할수록 화가 나는지, 평식이 대가리를 벽에다 마구 짓찧었다. 『자랏골의 비가』 ¶머리끝까지 화가 치솟은 호방은 있는 힘을 다해서 몽둥이를 휘둘렀다. 만득이 등짝에서 떵 소리가 났다. 다시 몽둥이가 날아왔다. 그 순간이었다. 들어오는 몽둥이를 만득이가 한 손으로 붙잡아버렸다. 『녹두장군』③

화가 상투끝까지 솟아오르다 화가 머리끝까지 치솟다. ¶(산) 수령은 화가 상투끝까지 솟아 마른땅에 숭어 뛰듯 발을 구르며 악을 썼다. 『보쌈』

화냥년㉑ '서방질을 하는 여자'를 비속하게 이르는 말. ¶"…화냥년이 수절했다는 소리가 낫제, 양문이가 일본놈 쫓아내는 독립운동에 자금을 댔다는 소리가 그것이 말이 되는 소리여?" 『자랏골의 비가』 ¶"오매, 오매. 시상에 먼 일이 시방 이런 일이 있으까? 양반 집안에 화냥년이 났구만, 화냥년이 났어. 망혔다, 망혔어. 우리 집은 인자 망혔어." 어머니는 제정신이 아니었다. 『녹두장군』③

화냥년 밑구멍으로 외로 빠진 것㉑ 근본이 없다는 것을 상스럽게 이르는 말. ¶"요새 화냥년 밑구멍으로 외로 빠진 것들이 한두 놈씩 촐래촐래 기어들어 가지고, 솔솔 말을 물어내고 있는디, 이것들을 으짜까? 곡괭이가 골통맛을 못봐서 찡찡한 판에 한두 놈쯤 어낼까?" <가남 약전>

화냥년 수절타령 행실이 형편없는 사람이 행실이 어떻고 잘난 체하는 경우를 이르는 말. ¶이런 입으로라면, 아무리 암코양이 얼굴에 침바르듯 고운 소리로 째고 발기고 변설을 풀어보아야, 화냥년 수절타령이지 무엇이겠는가? 『자랏골의 비가』

화냥년 앞에 열녀비 행실이 형편없이 부실한 사람에게 엉뚱한 찬사를 하는 경우를 이르는 말. ¶없는 돈을 모아 저렇게 어리총찮은 짓을 했던 것을 생각하면 칠 년밖에 안된 일이지만, 화냥년 앞에 열녀비도 아니고 어쩌면 그렇게도 못난 짓을 했던가, 저 비를 볼 때마다 자신들의 못난 꼴을 본 것 같아 더 화가 났다. 『암태도』

화순 모기 세 마리가 영암 모기 한 마리를 못 당하고 나주 역졸 셋이 장흥 역졸 하나를 못 당한다 지역에 따라 다른 지역에 비해 더 낫거나 우세한 일이 있는 경우를 이르는 말. ¶"아까 말했네마는 여기 장흥은 아전들이 드세기로 소문난 고을인데, 상전 따라 하배라고 나졸들도 사납기가 살쾡이 한가질세. 여기는 역참도 전라도에서는 삼례역 다음으로는 나 주역하고 이 장흥역을 칠 만큼 큰 곳인데, 또 역졸들도 드세기가 나졸들 못잖네. 화순 모기 세 마리가 영암 모기 한 마리를 못 당하고, 나주 역졸 셋이 장흥 역졸 하나를 못 당한다는 소리가 있을 지경인게 알 만하지 않은가?" 『녹두장군』③

화초밭에 괴석 [속] 변변치 못한 것일지라도 놓일 자리에 바로 놓이면 그 가치가 드러남을 이르는 말. '괴석(怪石)'은 괴상하게 생긴 돌. ¶"…잘 봐라. 느그덜 눈에는 그것이 지대로 보일란가 모르겠다마는, 화초밭에 괴석이라는 말은 원래 이런 데다 쓰라고 있는 말인께, 잘 뜯어 봐." 『자랏골의 비가』

환갑에 철든다 팔십에 첫 슬기. ¶"…이제 남의 나이를 다섯 살이나 먹어버렸소. 환갑에 철든다더니 남의 나이를 먹어서야 철든 꼴이 되었소그려." 대원군은 먼지 날리는 소리로 허탈하게 웃었다. 『녹두장군』⑪

활수한 부자마님 첫며느리 이바지 떡 나누듯 무엇을 푼푼하게 나누어주는 경우를 이르는 말. '활수하다'는 무엇이든지 아끼지 않고 쓰는 솜씨가 시원스럽다.

¶곽가는 탕탕 마른 장구소리가 나는 지폐를 활수한 부자마님 첫며느리 이바지 떡 나누듯 듬뿍듬뿍 집어서 포키트에 찔러 줬다. <귀향하는 여인들>

활인불이 철마다 나랴 어쩌다가 좋은 수가 생겼을 경우 이런 일이 자주 있는 것이 아니라는 사실을 들어 경각을 촉구하는 말. ¶"…쥐뿔도 일가 푸네기들 덕이라고는 못 봤을 자네로서야 어차피 헌 갓 쓰고 똥누기지.소작 몇 마지기 들여다보고 해변 까마귀 골수박 파듯 해 보아야 중뿔난 수가 있을 것도 아니고, 이럴 때 마음을 단단히 도사리는 거야. 활인불이 철마다 나는 것도 아니라구." 『암태도』

활줄 당긴 김에 콧물 씻는다 [속] 떡 본 김에 제사 지낸다. 무슨 일을 할 때 우연히 다른 일까지 할 수 있는 조건이 되어 그 일까지 해버리는 경우를 이르는 말. ¶"그러면 나주를 지나야 쓰겄는데, 가만 있자, 활줄 당긴 김에 콧물 씻더라고 민종렬인가 나주 목산가 그놈 미운게 벙거지라도 몇놈 작살을 내놓고 돛달아 부치께라?" 『녹두장군』⑩

황토밭의 다박솔 같다 바람받이 탱자 같다. '다박솔'은 다복솔의 사투리. 잔가지가 많이 퍼진 어린 소나무. ¶황토밭의 다박솔같이 용렬하고, 『자랏골의 비가』

횃대 밑에서 주먹질 방안에서만 큰소리치는 경우를 이르는 말. '횃대'는 옷을 걸 수 있게 만든 막대. ¶"그런 자가 전라도 감사로 들어앉았더라면 큰일날 뻔했구만." 김덕호가 웃었다. "그런 사람들이야 아무리 나대봐야 횃대 밑에 주먹질이겠지만 청일전쟁이 끝나고 나면 누가 이기든 농민군들이 어렵잖겠습니까?"

군자란이는 시국을 보는 눈이 어지간했다. 『녹두장군』⑪

횃대 밑에서 호랑이 잡고 나가서 쥐구멍 찾는다 좀 집 안에서는 큰소리치고 밖에 나가서는 뒷자리로만 피하는 사람을 이르는 말. ¶ "이 사람아, 횃대 밑에서 호랑이 잡는 소리 해보았자, 양문이 앞에서 찾을 것이라고는 쥐구멍밖에 없은께 아무 소리 말고 나서!" 『자랏골의 비가』 ¶ "저것들이 지금 손바닥만한 섬구석에서만 살아온 것일이라, 호랑이 없는 골짜기에 토끼가 선생이더라고 멍첨지 맹자왈로 되잖은 소리만 잘잘 째고 있는데, 제까짓 것들 그 따위 말같잖은 소리로 아무리 횃대 밑에서 호랑이 잡는 소리 해봤자 순사들이 뺑뺑 총 쏘고 나오는 데야 찾을 것이 쥐구멍밖에 뭐가 있어?…" 『암태도』

횃대 밑에서 호랑이 잡는다 좀 횃대 밑에서 호랑이 잡고 나가서 쥐구멍 찾는다. ¶ "김개범 접주도 큰소리는 땅땅 혼자 쳐쌌음마는 이럴 때 본게로 횃대 밑에서 호랭이 잡는 소리등만이라." 이싯뚜리는 엉뚱하게 김개남이한테까지 핀잔을 주고 나왔다. 『녹두장군』⑦

횃대에 동저고리 넘어가듯 좀 횃대에 건 동저고리가 미끄러져 내려가듯이, 걸리는 데 없이 후딱 넘어가는 모양을 이르는 말. '동저고리'는 남자가 입는 저고리. ¶ 작자가 겉보기에는 어수룩했으나, 양문이 세객답게 말이 매끄러워 말마디가 횃대에 동저고리 넘어가듯 했다. 『자랏골의 비가』 ¶ 횃대에 동저고리 넘어가듯 너스레에 한창 기름이 오르고 있었다. 『암태도』

회 추렴에 중놈 여럿이 하는 일에 참여

못하는 사람을 낮잡거나 우스개로 이르는 말. ¶ "그러면, 그 보에 논이 달린 사람덜이 보를 막든지 둑을 쌓든지 해사제, 회 추렴에 중놈도아니고, 그 보하고는 아무 상관도 없는 우리덜이 으째서 그 봇일에 나가냐 말이여?" 조망태가 언성을 높였다. 『녹두장군』④

횟물 먹은 메기 같다 힘없이 비실거리는 모습을 이르는 말. '횟물(灰-)'은 석회수를 일상적으로 이르는 말. ¶ 포탄에 갈가리 찢긴 시체를 본 농민군들은 횟물 먹은 메기처럼 고개를 살래살래 저었다. 자다가 가위눌려 악을 쓰는 사람도 한둘이 아니었다. 『녹두장군』⑩ ¶ (산) 작자는 꼼짝 못하고 그 자리에서 횟물 먹은 메기처럼 고개만 내두르고 있었다. 『보쌈』

효도 중의 으뜸은 윗방아기 늙은 아버지 방에 나이 어린 계집을 넣어주는 것이 으뜸가는 효도라는 말. 종년딸 윗방에 들이듯. '윗방아기'는 이미 생식력이 다한 늙은이가 회춘을 위하여 동침하는 젊은 여자. ¶ "…'효도 중의 으뜸은 웃방아기'란 속담이 무슨 소린 줄 알어? 바로 이것을 가리키는 말이 라구. 아비 방에다 이런 계집아이를 넣어준다는 소리거든…" 『녹두장군』②

후레아들놈 비 후레자식. 본데없이 막되게 자라서 버릇이 없는 사람을 욕으로 이르는 말. ¶ "예끼, 이 후레아들놈!" 중식이가 주먹을 얼렀다. 셋은 한참 웃었다. 『녹두장군』②

후명 받은 귀양다리 꼴 귀양 가 있는 사람이 사약 받은 꼴을 이르는 말이니, 곤경에 처한 사람이 아주 죽게 된 경우를 이르는 말. '후명(後命)'은 귀양살이하는

죄인에게 사약을 내리는 일. '귀양다리'
는 귀양살이하는 사람을 낮잡아 이르는
말. ¶호방은 감영 포교들이 잡으러 왔
을 때 이 무슨 짓이냐고 제법 호령을 했
으나, 이용태가 보낸 명단을 내밀자 후
명 받은 귀양다리 꼴로 입이 떡 벌어지
고 말았다. 토끼를 다 잡으면 사냥개를
삶는다더니, 이용태는 이제 어사 임무도
끝난 셈이겠다 호방하고는 더 상종할
일이 없어졌으므로 호방도 사냥개 신세
가 된 것이다. 『녹두장군』⑨

흉년거지 동냥 주듯 무엇을 아주 인색스
럽게 주는 경우를 이르는 말. ¶"목숨을
걸고 싸우러 나가는 사람도 있는데 군
자금을 내노라면 듬뿍듬뿍 내놓는 것이
아니라 흉년 거지 동냥 주듯 찔끔찔끔
했다고 입침을 튀깁디다마는 아무리 그
런다고 백성들을 위해서 일어난 농민군
이 그런 무지막지한 짓을 해서야 되겠
습니까?" 『녹두장군』⑪

흑싸리 껍데기 ⑪ 대수롭지 않은 사람이
나 물건을 낮잡아 이르는 말. ¶"그놈들
은 여름이나 겨울이나 항상 따뜻한 아
랫목이고 그놈들한테 작살난 촌놈들은
자나 깨나 흑싸리 껍데기라 이것이그만
이라 잉…" 『오월의 미소』

흙 씹어 뱉는 소리 몹시 투깔스럽게 하는
소리. ¶"이런 재미" 억주는 흙 씹어 뱉
는 소리를 하며, 들어오는 팔을 나꾸었
다. <가남 약전> ¶"철망이야, 까짓 것"
집장수는 영감의 태도가 비웃장이 상해
못견디겠다는 듯 흙 씹어 뱉는 소리를
하며 고개를 걷어찼다. <불패자>

흙 파먹고 살다 농사를 지으며 살아간다
는 말. ¶"그래도, 지 손으로 끙끙 흙
파 묵고 사는 밥이 젤 속 편한 밥인 줄

알소…" 『자랏골의 비가』

흥부네 집 창구멍이다 형편이 궁색하여
당장 해치워야 살아갈 수 있는 일들이
널려 있는 경우를 이르는 말. ¶"…아무
리 손톱 여물을 썰어도 큰 구멍은 큰 구
멍대로 작은 구멍은 작은 구멍대로 여
기저기 아가리를 벌리고 있는 구멍이
흥부네 집 창구멍이어서, 막걸리 한잔도
안 마시고 죄없는 담배만 두 대 세 대
줄담배로 고스르고 있는 판인데. <신 농
가월령가>

희학질 소리가 낭자하다 방사하면서 내지
르는 소리가 요란스럽다. '희학질(戲謔-)'
은 남녀가 어울려 성행위를 하는 짓.
'낭자하다'는 왁자하고 시끄럽다. ¶"삼
패 막창 논다니도 아니고 여염집에서
자랐단 규수가 첫날밤에 신랑을 사타구
니 밑에 깔고 앉아버렸으니 꼴이 뭐가
됐겠소? 천지가 뒤집혀도 유분수지 이
런 날벼락이 어디 있겠어요? 신랑은 벼
락에 떨어진 잠충이처럼 신부 밑에 깔
려서 기가 막혀 있는 참인데. 매화타령
까지 하느라고 천당이 어떻고 지옥이
어떻고 희악질소리까지 또 낭자합니다
그려." 『녹두장군』②

민충환

° 학력 및 경력
  1945년 서울 출생
  휘문고 졸
  고려대학교 국문과 졸
  인하대학교 교육대학원
  현재 부천대학 교수

° 저서
  『이문구 소설어 사전』(고려대 민족문화연구원, 2001)
  『임꺽정 우리말 용례사전』(집문당, 1995)
  산문집 『백두산 질경이』(백산출판사, 1995)
  『꽃은 웁지만 소리가 없다―가려뽑은 북한·연변의 속담』(백산출판사, 1994)
  『이태준 소설의 이해』(백산출판사, 1992)
  『이태준 연구』(깊은샘, 1988) 외

송기숙 소설어 사전

2002년 9월 6일 인쇄
2002년 9월 13일 발행

편저자 · 민충환
발행인 · 김흥국

발행처 · 도서출판 **보고사**
등   록 · 1990년 12월(제6-0429)
주   소 · 서울시 성북구 보문동 7가 11번지
전   화 · 922-5120~1(편집), 922-2246(영업)
팩   스 · 922-6990
메   일 · kanapub3@chollian.net
www.bogosabooks.co.kr

ISBN 89-8433-130-9 (91810)

정가 18,000원